Nicci French

# Der Sommermörder



Thrill

Aus dem Englischen
von Birgit Moosmüller

PENGUIN VERLAG

Die englische Originalausgabe erschien 2000
unter dem Titel *Beneath the Skin*
bei Michael Joseph (Penguin Random House), London.



MIX
Papier aus verantwortungsvollen Quellen
FSC® C014496

Verlagsgruppe Random House FSC® N001967

PENGUIN VERLAG



1. Auflage 2018

Umschlag: www.buerosued.de
Umschlagmotiv: Gettyimages/Ben Lucas-Lee/EyeEm
Satz: Uhl + Massopust, Aalen
Druck und Bindung: GGP Media GmbH, Pößneck
Printed in Germany
ISBN 978-3-328-10220-5
www.penguin-verlag.de

Dieses Buch ist auch als E-Book erhältlich.

FÜR KATIE UND CHRIS

*Im Sommer heizen sich ihre Körper auf. Die Hitze sickert durch die Poren ihrer nackten Haut. Heißes Licht dringt in ihre Dunkelheit. Ich stelle mir vor, wie es in ihrem Innern umherwogt und sie erregt. Ich denke an die dunkle, glänzende Flüssigkeit unter ihrer Haut. Sie ziehen ihre Sachen aus, all die dicken, hochgeschlossenen Schichten, die sie im Winter tragen, und lassen die Sonne auf ihre Arme und ihren Hals scheinen, lassen sie zwischen ihren Brüsten nach unten strömen. Mit zurückgelegtem Kopf genießen sie die Wärme auf ihrem Gesicht. Sie schließen die Augen und öffnen den Mund, ihre geschminkten oder nackten Lippen. Die Gehsteige, auf denen sie mit strumpflosen Beinen dahineilen, flimmern vor Hitze. Dünne Röcke flattern im Rhythmus ihrer Schritte. Frauen. Im Sommer beobachte ich sie, rieche sie, präge sie mir ein.*

*Sie betrachten ihr Spiegelbild in den Schaufenstern, ziehen den Bauch ein, stellen sich aufrechter hin, und ich sehe ihnen dabei zu. Ich beobachte sie dabei, wie sie sich betrachten. Ich sehe sie, wenn sie glauben, unbeobachtet zu sein.*

*Die Rothaarige im orangefarbenen Sommerkleid. Einer von den Trägern ist verdreht. Sie hat Sommersprossen auf der Nase, einen großen Leberfleck am Schlüsselbein. Sie trägt keinen BH. Beim Gehen schwingt sie die bleichen, mit feinen Härchen bedeckten Arme, und ihre Brustwarzen zeichnen sich unter dem straffen Baumwollstoff ihres Kleides ab. Flache Brüste. Kantige Hüftknochen. Sie trägt Sandalen mit niedrigen Absätzen. Ihre zweite Zehe ist länger als die große. Sie hat schlammgrüne Augen, die an den Grund eines Flusses erinnern. Helle Wimpern, die zu viel blinzeln. Schmale Lippen, eine Spur von Lippenstift in den Mundwinkeln. Sie beugt unter der Hitze die Schultern, hebt einen Arm, um sich die Schweißperlen von der Stirn zu wi-*

*schen. Unter ihrer Achsel schimmern kupferrote Haarstoppeln, vielleicht ein paar Tage alt. Auch ihre Beine sind stoppelig. Sie würden sich anfühlen wie feuchtes Sandpapier. Ihre Haut wirkt fleckig, und das Haar klebt ihr an der Stirn. Sie hasst die Hitze, lässt sich von ihr unterkriegen.*

*Ganz anders die mit dem großen Busen, dem wabbeligen Bauch und dem dichten dunklen Haar. Man möchte meinen, bei ihrem Gewicht würde sie stärker unter der Temperatur leiden, aber sie lässt die Sonne in sich hinein, kämpft nicht dagegen an. Ich sehe, wie sie ihren fetten, weichen Körper für die Hitze öffnet. Ihr grünes Shirt ist unter den Armen nass, der Schweiß läuft ihr am Hals hinunter, vorbei an den dicken, geraden Flechten ihres Haars. Ihre dichte Achselbehaarung verrät mir, wie der Rest ihres Körpers aussieht. Sie hat einen dunklen Damenbart und einen Mund wie eine reife Pflaume, rot und feucht. Ihre weißen Zähne beißen in ein Brötchen, das mit braunem, wachsigem Papier umwickelt ist. Ein kleines Stück Tomate klebt an ihrer Oberlippe, und ihr Kinn ist fettverschmiert, aber sie wischt es nicht ab. Ihr Rock verfängt sich zwischen den Pobacken und rutscht ein wenig hoch.*

*Die Hitze kann Frauen abstoßend machen. Manche von ihnen trocknen total aus, wie Insekten in der Wüste. Sie bekommen vor Trockenheit tiefe Furchen im Gesicht, Lippen wie Pergament, ein Kreuzmuster aus Falten unter den Augen. Die Sonne entzieht ihnen all ihre Feuchtigkeit. Das passiert vor allem den älteren Frauen, die deswegen versuchen, ihre crêpe-artigen Arme unter langen Ärmeln und das Gesicht unter einem Hut zu verbergen. Andere Frauen beginnen einen ranzigen, fauligen Geruch zu verströmen. Wenn sie in meine Nähe kommen, kann ich sie riechen. Unter ihrem Deo, dem Duft ihrer Seife und dem Parfüm, das sie sich auf die Handgelenke und hinters Ohr getupft haben, wittere ich den Geruch von Reife und Verfall.*

*Manche aber blühen auf wie Blumen im Sonnenlicht, sauber und frisch. Ihre Haut wirkt glatt, ihr Haar glänzt wie Seide, egal, ob es zurückgebunden ist oder locker ihr Gesicht umspielt. Ich sitze auf einer Parkbank und sehe zu, wie sie einzeln oder in*

*Gruppen an mir vorübergehen und dabei ihre heißen Füße in das ausgebleichte Gras pressen. Die Sonne taucht sie in gleißendes Licht. Die Schwarze mit dem gelben Kleid, der schimmernden Haut und dem üppigen, glänzenden Haar. Ich höre sie im Vorbeigehen lachen, das raue Geräusch scheint von einem geheimen Ort tief im Innern ihres starken Körpers zu kommen. Mein besonderes Augenmerk gilt dem, was im Schatten liegt; der Falte in der Achselhöhle, der Hinterseite des Knies, der dunklen Region zwischen den Brüsten. Den verborgenen Stellen der Frauen, von denen sie glauben, dass niemand sie sieht.*

*Manchmal sehe ich auch, was sie unter ihren Sachen tragen. Die Frau mit dem ärmellosen weißen Shirt und dem BH-Träger, der ihr immer wieder über die Schulter rutscht. Er hat einen Graustich und Flecke vom häufigen Tragen. Sie ist in ein frisches Shirt geschlüpft, hat sich aber nicht die Mühe gemacht, auch einen sauberen BH anzuziehen. Mir fallen diese Dinge auf. Der Unterrock, der unter dem Saum hervorlugt. Der abgeblätterte Nagellack. Der mit Abdeckstift übermalte Pickel. Der Knopf, der nicht zu den Übrigen passt. Der Fleck auf der Hose, der Schmutzrand am Kragen. Der Ring, der mit den Jahren so eng geworden ist, dass er den Finger einschnürt.*

*Sie gehen an mir vorbei. Ich sehe sie durch ein Fenster, wenn sie sich allein wähnen. Die Frau, die nachmittags in ihrer Küche schläft, in dem Haus an der ruhigen Straße, durch die ich manchmal gehe. Ihre Kopfhaltung wirkt unbequem – gleich wird sie mit einem Ruck hochschrecken, sich fragen, wo sie ist –, und ihr schlaffer Mund steht offen. Über ihre Wange zieht sich eine dünne Linie aus Speichel, wie die Spur einer Schlange.*

*Das Kleid, das sich beim Einsteigen ins Auto hochschiebt und ein Stück Slip hervorblitzen lässt. Dellige Oberschenkel.*

*Der Knutschfleck unter dem sorgfältig hindrapierten Schal.*

*Der Bauchnabel einer Schwangeren, der sich durch den dünnen Stoff ihres Kleides drückt.*

*Die Milchspuren auf der Bluse einer jungen Mutter; der kleine Speichelfleck an der Stelle, wo der Kopf des Babys an ihrer Schulter ruht.*

*Das Lächeln, das geschwollenes, schwindendes Zahnfleisch enthüllt, der abgeschlagene Schneidezahn, die Porzellankrone.*

*Der dunkel nachgewachsene Scheitel in blondiertem Haar.*

*Die dicken, gelblichen Zehennägel, die ihr Alter verraten.*

*Das erste Anzeichen von Krampfadern auf einem weißen Bein, wie ein violetter Wurm unter der Haut.*

*Im Park liegen sie auf der Wiese und lassen die Sonne auf sich herabbrennen. Sie sitzen draußen vor den Pubs, Bierschaum auf den Lippen. Manchmal stehe ich zwischen ihnen in der stickigen Luft der U-Bahn und spüre ihr heißes Fleisch. Manchmal sitze ich so dicht neben ihnen, dass sich unsere Oberschenkel leicht berühren. Manchmal halte ich ihnen die Tür auf und folge ihnen ins kühle Innere einer Bibliothek, einer Galerie, eines Ladens. Dann studiere ich ihren Gang, die Art, wie sie den Kopf wegdrehen oder sich das Haar hinter die Ohren schieben. Die Art, wie sie mit einem Lächeln wegsehen. Manchmal sehen sie nicht weg.*

*Noch ein paar Wochen lang herrscht Sommer in der Stadt.*

ERSTER TEIL

# *Zoë*

# 1. KAPITEL

Ohne die Wassermelone wäre ich nicht berühmt geworden, und ohne die Hitze hätte ich die Wassermelone nicht gehabt. Deswegen fange ich wohl am besten mit der Hitze an.

Bloß festzustellen, dass es heiß war, erweckt vielleicht den falschen Eindruck. Es lässt Sie womöglich ans Mittelmeer denken, an einsame Strände und Longdrinks mit farbenfrohen Papiersonnenschirmen. Nichts dergleichen. Die Hitze war wie ein großer, fetter, stinkender alter Hund, ein räudiger, schmieriger, furzender, verendender alter Hund, der sich Anfang Juni auf London niedergelassen und drei schreckliche Wochen lang keinen Millimeter bewegt hatte. Es war immer schweißtreibender und schwüler geworden, und das anfängliche Blau des Himmels hatte sich im Lauf der Zeit in eine giftige Mischung aus Gelb und Grau verwandelt. Die Holloway Road hatte inzwischen etwas von einem riesigen Auspuffrohr, weil die Abgase der Autos vom Gewicht noch schädlicherer Schadstoffe auf Straßenhöhe festgehalten wurden. Wir Fußgänger husteten einander an wie Beagle, die gerade aus einem Tabaktestlabor befreit worden waren. Anfang Juni hatte ich es noch als wohltuend empfunden, ein Sommerkleid anzuziehen und den leichten Stoff auf meiner Haut zu spüren, aber mittlerweile waren meine Kleider abends immer rußgeschwärzt und fleckig, und ich musste mir jeden Morgen die Haare waschen.

Normalerweise wird mir die Auswahl der Bücher, die ich meiner Klasse vorlese, nach faschistischen, totalitären, von der Regierung vorgeschriebenen Prinzipien aufoktroyiert, aber an diesem Morgen hatte ich ausnahmsweise mal rebelliert und ihnen eine Brer-Rabbit-Geschichte vorgelesen, die ich in einer Pappschachtel voller ramponierter Kinderbücher gefunden hatte, als ich die Wohnung meines Dads ausräumte. Fasziniert hatte ich alte Schulberichte durchgesehen, Briefe gelesen, die lange vor meiner Geburt geschrieben worden waren, und billige Porzellanfigürchen betrachtet, die eine Flut von sentimentalen Erinnerungen auslösten. Die Bücher hatte ich alle behalten, weil ich dachte, dass ich eines Tages vielleicht selbst Kinder haben würde und ihnen dann die Bücher vorlesen könnte, die Mom mir vorgelesen hatte, ehe sie gestorben war und es Dad überlassen hatte, mich jeden Abend ins Bett zu bringen. Seit damals gehörte das Vorlesen für mich zu den Dingen, die ich verloren hatte, und deshalb wurde es in meiner Erinnerung zu etwas sehr Wertvollem, Wunderbarem. Immer wenn ich Kindern etwas vorlese, kommt es mir ein bisschen so vor, als hätte ich mich in eine weiche, verschwommene Version meiner Mutter verwandelt. Als würde ich dem Kind vorlesen, das ich selbst einmal war.

Ich wünschte, ich könnte sagen, jene klassische alte Kindergeschichte hätte meine Schüler so richtig in ihren Bann gezogen. Vielleicht ließ das übliche Geschrei und Gestupse, das Nasenbohren und An-die-Decke-Starren ja tatsächlich ein klein wenig nach, aber als ich sie hinterher zu der Geschichte befragte, kam in erster Linie heraus, dass keines der Kinder wusste, was eine Wassermelone war. Ich griff nach der roten und der grünen Kreide und malte ihnen eine an die Tafel. Eine Wassermelone ist so einfach zu zeichnen, dass sogar ich dazu in der Lage bin. Trotzdem starrten mich die Kinder weiterhin ratlos an.

Ich versprach ihnen, am nächsten Tag eine Melone mitzubringen, wenn sie während der letzten Nachmittagsstunde besonders brav wären, und tatsächlich benahmen sie sich so gesittet, dass es fast schon beunruhigend war. Auf der Heimfahrt stieg ich eine Station später als üblich aus und ging dann zu Fuß die Seven Sisters Road zurück, vorbei an den vielen Gemüseläden und -ständen. Gleich beim Ersten kaufte ich ein Pfund Kirschen, das ich auf der Stelle verspeiste. Der säuerliche Geschmack der sauberen, saftigen Früchte ließ mich an meine Kindheit auf dem Land denken. Mir war, als würde ich plötzlich wieder unter der grünen Markise sitzen und den Sonnenuntergang bewundern. Es war kurz nach fünf, und der Verkehr kam langsam zum Erliegen. Obwohl mir heiße Autoabgase ins Gesicht schlugen, empfand ich fast so etwas wie Fröhlichkeit. Wie üblich musste ich mich durch Unmengen von Menschen kämpfen, aber an diesem Tag schienen viele von ihnen guter Laune zu sein. Die meisten waren farbenfroh gekleidet. Meine Stadtklaustrophobie nahm erheblich ab.

Ich kaufte eine Wassermelone, die die Größe eines Basketballs und das Gewicht einer Bowlingkugel besaß. Der Verkäufer musste vier Plastiktüten ineinanderlegen, und es war praktisch unmöglich, sie auf einigermaßen elegante Art zu tragen. Ganz vorsichtig schwang ich mir die Tüte über die Schulter, katapultierte mich dabei fast auf die Straße, und schleppte die Melone wie einen Kohlensack auf dem Rücken. Bis zu meiner Wohnung waren es nur knapp dreihundert Meter, sodass ich es aller Voraussicht nach schaffen würde.

Während ich die Seven Sisters Road überquerte und in die Holloway Road einbog, starrten mich die Leute neugierig an. Sie dachten wohl, dass ich weiß Gott was im Schilde führte: eine junge blonde Frau in einem knappen Sommerkleid, vornübergebeugt unter der Last einer Einkaufstüte.

In dem Moment passierte es. Lässt sich im Nachhinein noch sagen, was ich dabei empfand? Es war ein Moment, ein Impuls, ein Schlag, und dann war es schon wieder vorbei. Den eigentlichen Hergang der Dinge konnte ich bloß rekonstruieren, indem ich das Ganze immer wieder vor meinem geistigen Auge Revue passieren ließ, verschiedenen Leuten davon erzählte und *mir* von verschiedenen Leuten davon erzählen ließ. Ein Bus kam auf mich zu. Als er fast auf meiner Höhe war, sprang jemand von der Plattform am Ende des Fahrzeugs. Der Bus fuhr so schnell, wie es in der Holloway Road während der Rushhour überhaupt nur möglich ist. Normale Menschen springen nicht einfach so von einem Bus, nicht einmal die Londoner, sodass ich zunächst der Meinung war, der Mann wäre leichtsinnigerweise gleich hinter dem Bus über die Straße gelaufen, aber die Geschwindigkeit, mit der er auf dem Gehsteig aufkam und die ihn fast das Gleichgewicht verlieren ließ, sagte mir, dass er aus dem Bus gesprungen sein musste.

Dann erst sah ich, dass es sich um zwei Personen handelte, die allem Anschein nach mit Riemen aneinandergebunden waren. Die hintere Person war eine Frau, etwas älter als der Mann, aber nicht wirklich alt. Im Gegensatz zu ihm verlor sie tatsächlich das Gleichgewicht. Es war schrecklich, mit ansehen zu müssen, wie sie auf dem Boden landete und sich überschlug. Ich sah ihre Füße unglaublich hoch in die Luft ragen, ehe sie gegen eine Mülltonne krachte. Ich sah es nicht bloß, ich hörte es auch. Der Mann rappelte sich hoch. Er hatte eine Tasche in der Hand, die Tasche der Frau. Er hielt sie in Brusthöhe mit beiden Händen umklammert. Jemand schrie etwas. Der Mann sprintete los. Auf seinem Gesicht lag ein seltsames, maskenhaftes Lächeln, und sein Blick wirkte glasig. Er rannte direkt auf mich zu. Ich musste einen Satz zur Seite machen, um ihn vorbeizulassen, aber ich ließ ihn nicht vorbei. Stattdessen ließ ich die Wassermelone von meiner Schulter gleiten, lehnte mich zurück und schwang sie dem Mann entgegen. Hätte ich mich dabei nicht zurückgelehnt, wäre die Melone senkrecht nach unten gefallen und hätte mich mit zu Boden gerissen. So aber schwang sie kreisförmig um mich herum. Hätte sie ihre Kreisbewegung fortgesetzt, hätte ich bestimmt schnell die Kontrolle über sie verloren, aber ihr Flug fand ein jähes Ende, als sie den Mann voll in den Magen traf.

Es heißt, dass jede Art von Schläger die optimale Schlagstelle besitzt. Wenn ich als Kind Federball spielte, landete der Ball meist irgendwo am Rand des Schlägers und sprang jämmerlich zur Seite weg. Hin und wieder aber traf er genau die richtige Stelle und flog pfeilschnell zum Gegner zurück, ohne dass ich mich groß anstrengen musste. Auch bei Kricketschlägern gibt es die genau richtige Stelle, ebenso wie bei Tennis- und Baseballschlägern. Und dieser Handtaschendieb erwischte meine Wassermelone an der genau richtigen Stelle, exakt am perfekten Punkt ihrer Rundung. Mit einem erstaunlich dumpfen Geräusch knallte sie in seinen Magen. Dann stieß er zischend die Luft aus und ging zu Boden, als würde in seiner Kleidung plötzlich kein Körper mehr stecken. Es sah aus, als würden seine Sachen versuchen, sich auf dem Asphalt selbstständig zusammenzufalten.

Er ging nicht zu Boden wie ein gefällter Baum, sondern wie ein großes Gebäude, das nahe am Fundament durch Sprengstoff zum Einstürzen gebracht wird. Erst steht es noch in voller Größe da, und ein paar Sekunden später sind nur noch Staub und Geröll übrig.

Ich hatte keinerlei Plan für den Fall, dass der Mann aufstehen und auf mich losgehen würde. Meine Wassermelone ließ sich nicht nachladen. Aber der Typ war gar nicht in der Lage aufzustehen. Nachdem er ein paar schwache Versuche unternommen hatte, sich mit den Armen hochzustemmen, war er bereits von einer Menschenmenge umringt, sodass ich ihn nicht mehr sehen konnte. Da fiel mir die Frau wieder ein. Ein paar Leute stellten sich mir in den Weg und wollten mich ansprechen, aber ich schob mich an ihnen vorbei. Ich fühlte mich benommen und seltsam euphorisch. Am liebsten hätte ich gelacht oder wild drauflos gequasselt, aber der Zustand der Frau hatte nichts Lustiges an sich. Sie lag verdreht und in sich zusammengesunken mit dem Gesicht nach unten auf dem Gehsteig. Auf dem Boden war ziemlich viel Blut, das sehr dunkel und dick aussah. Einen Moment lang dachte ich, sie sei tot, aber dann bemerkte ich das seltsame Zucken ihres Beins. Sie trug ein schickes Kostüm mit einem ziemlich kurzen grauen Rock. Plötzlich stellte ich mir vor, wie sie an diesem Morgen gefrühstückt hatte und zur Arbeit gefahren war. Wie sie sich nach der Arbeit auf den Heimweg gemacht und vielleicht schon Pläne für den Abend geschmiedet hatte, und dann passierte plötzlich so was und veränderte ihr ganzes Leben. Warum hatte sie die blöde Tasche nicht einfach losgelassen? Vielleicht hatte sich ihr Arm im Riemen verfangen.

Die Leute standen um sie herum und sahen sich unbehaglich an. Uns allen wäre es am liebsten gewesen, irgendjemand Offizielles – ein Arzt, ein Polizist oder sonst jemand in Uniform – wäre vorgetreten, um die Sache in die Hand zu nehmen, aber da war niemand.

»Ist denn kein Arzt hier?«, fragte eine alte Frau neben mir.

Verdammter Mist. Ich hatte im zweiten Semester meiner Lehrerinnenausbildung einen zweitägigen Erstehilfekurs absolviert.

Also trat ich vor und kniete mich neben die Frau. Rund um mich herum ließ die allgemeine Anspannung spürbar nach. Ich wusste höchstens, wie man Kleinkindern Medikamente verabreichte, ansonsten aber konnte ich mich an nichts Brauchbares erinnern, außer an eine der Grundregeln: »Im Zweifelsfall gar nichts tun.« Die Frau war bewusstlos. Gesicht und Mund waren blutverschmiert. Noch etwas fiel mir wieder ein. »Die stabile Seitenlage.« So sanft ich konnte, drehte ich ihr Gesicht zu mir herum. Hinter mir schnappten die Leute nach Luft oder schrien entsetzt auf.

»Hat schon jemand einen Krankenwagen gerufen?«, fragte ich.

»Ja, auf meinem Handy«, antwortete eine Stimme.

Ich holte tief Luft und schob meine Finger in den Mund der Frau. Sie hatte rotes Haar und sehr helle Haut. Sie war jünger, als ich zunächst gedacht hatte, und in normalem Zustand wohl ziemlich schön. Einen Moment lang fragte ich mich, welche Farbe die Augen hinter ihren geschlossenen Lidern hatten. Dann begann ich, das gestockte Blut aus ihrem Mund zu entfernen. Als mein Blick auf meine Hand fiel, entdeckte ich dort einen Zahn oder zumindest ein Stück davon. Aus der Kehle der Frau drang ein Stöhnen, gefolgt von einem Hustenanfall. Wahrscheinlich ein gutes Zeichen. Ganz in unserer Nähe hörte ich eine laute Sirene. Als ich hochschaute, wurde ich bereits von einem Mann in Uniform beiseite geschoben. Das war mir nur recht.

Mit der linken Hand bekam ich in meiner Tasche ein Papiertaschentuch zu fassen und wischte damit sorgfältig das Blut von meinen Fingern. Meine Melone. Sie war mir abhanden gekommen. Entschlossen machte ich kehrt, um nach ihr zu suchen. Der Handtaschendieb hatte sich inzwischen aufgesetzt. Zwei Polizeibeamte, ein Mann und eine Frau, sahen auf ihn hinunter. Mein Blick fiel auf die blaue Plastiktüte.

»Die gehört mir«, sagte ich, während ich danach griff. »Ich habe sie fallen lassen.«

»Die war es«, sagte eine Stimme. »Sie hat ihn aufgehalten.«

»Regelrecht k.o. geschlagen hat sie ihn«, sagte jemand anderer, und eine daneben stehende Frau lachte.

Der Mann starrte zu mir hoch. Ich hatte damit gerechnet, dass er mich hasserfüllt anstarren würde, aber sein Blick wirkte bloß verblüfft.

»Stimmt das?«, fragte die Polizeibeamtin, die mich leicht skeptisch musterte.

»Ja«, antwortete ich vorsichtig. »Aber ich muss jetzt wirklich gehen.«

Ihr männlicher Kollege trat vor. »Vorher brauchen wir noch ein paar Einzelheiten, meine Liebe.«

»Was wollen Sie denn wissen?«

Er zog ein Notizbuch heraus. »Erst mal Ihren Namen und Ihre Adresse.«

Was dann kam, war ziemlich seltsam. Wie sich herausstellte, stand ich stärker unter Schock, als mir bewusst gewesen war. An meinen Namen konnte ich mich immerhin noch erinnern, auch wenn mich selbst das gewisse Mühe kostete, aber meine Adresse wollte mir einfach nicht mehr einfallen, und das, obwohl mir die verdammte Wohnung selbst gehörte und ich schon seit achtzehn Monaten dort wohnte. Ich musste meinen Terminplaner aus der Tasche holen und ihnen die Adresse vorlesen. Dabei zitterte meine Hand so sehr, dass ich die Worte kaum entziffern konnte. Sie müssen mich für verrückt gehalten haben.

## 2. KAPITEL

Ich war auf der Anwesenheitsliste beim Buchstaben E angelangt: E für Damian Everatt, einem mageren kleinen Jungen mit einer riesigen, auf einer Seite von Klebeband zusammengehaltenen Brille, wachsigen Ohren, einem ängstlichen Mund voller Zahnlücken und aufgeschürften Knien, die daher rührten, dass ihn die anderen Jungs auf dem Spielplatz immer herumschubsten.

»Ja, Miss«, flüsterte er. In dem Moment schob Pauline Douglas den Kopf durch die bereits offene Klassenzimmertür.

»Kann ich Sie kurz sprechen, Zoë?«, fragte sie. Ich stand auf, strich mir nervös das Kleid glatt und ging zu ihr hinüber. Obwohl auf dem Gang angenehmer Durchzug herrschte, lief eine Schweißperle über Paulines sorgfältig gepudertes Gesicht, und ihr grau meliertes Haar, das normalerweise tipptopp saß, klebte ihr feucht an den Schläfen. »Mich hat gerade ein Journalist der *Gazette* angerufen.«

»Der *Gazette*?«

»Ein Lokalblatt. Sie wollen mit Ihnen über Ihre Heldentat sprechen.«

»Wie bitte? Ach, das. Es ist –«

»Der Reporter hat irgendwas von einer Melone erwähnt.«

»Ach ja, wissen Sie –«

»Sie wollen auch einen Fotografen mitschicken. Ruhe!« Letzteres galt den Kindern, die hinter uns auf dem Boden herumalberten.

»Tut mir leid, dass die Leute Sie belästigt haben. Wimmeln Sie sie einfach ab.«

»Ganz im Gegenteil«, entgegnete Pauline in bestimmtem Ton. »Ich habe mit ihnen vereinbart, dass sie um halb elf, während der Pause, vorbeikommen sollen.«

»Meinen Sie wirklich?« Ich sah sie zweifelnd an.

»Das Ganze könnte eine gute Werbung für uns sein.« Sie warf einen Blick über meine Schulter. »Ist sie das?«

Ich wandte mich zu der großen grün gestreiften Frucht um, die ganz unschuldig auf dem Regal hinter uns thronte.

»Ja, das ist sie.«

»Sie sind offenbar kräftiger, als Sie aussehen. Also dann, bis später.«

Ich setzte mich wieder an meinen Platz und griff nach der Anwesenheitsliste.

»Wo waren wir stehen geblieben? Ach ja. Kadijah.«

»Ja, Miss.«

Der Journalist war mittleren Alters, ein kleiner, fetter Mann, dem die Haare nicht nur aus den Nasenlöchern, sondern sogar hinten aus dem Hemdkragen quollen. Ich hatte seinen Namen nicht ganz mitbekommen, was insofern ein bisschen peinlich war, weil er mich ständig mit dem Namen ansprach. Bob Irgendwas, glaube ich. Er hatte ein dunkelrotes Gesicht und große Schweißflecken unter den Armen. Während er kleine Stenofetzen in ein abgegriffenes Notizbuch schrieb, rutschte seine plumpe Faust immer wieder am Stift ab. Der Fotograf, der ihn begleitete, sah aus wie siebzehn: Er hatte kurz geschorenes dunkles Haar, einen Ring im Ohr und trug eine so enge Jeans, dass ich jedes Mal, wenn er sich mit seiner Kamera auf den Boden kauerte, Angst bekam, dass sie gleich platzen würde. Während Bob mir seine Fragen stellte, wanderte der Fotograf im Klassenzimmer umher und betrachtete mich durch sein Kameraobjektiv aus unterschiedlichen Blickwinkeln. Bevor die beiden eingetroffen waren, hatte ich noch schnell mein Haar in Ordnung gebracht und ein wenig Make-up aufgelegt. Louise hatte darauf bestanden und mich in die Lehrerinnentoilette geschoben, wohin sie mir mit einer Bürste in der Hand gefolgt war. Nun bereute ich, dass ich mir nicht mehr Mühe gegeben hatte. In meinem alten cremefarbenen Kleid mit dem schiefen Saum fühlte ich mich vor den beiden Männern ziemlich unbehaglich.

»Welche Gedanken gingen Ihnen durch den Kopf, bevor Sie beschlossen, mit der Melone auf ihn loszugehen?«

»Ich habe es einfach getan. Ohne nachzudenken.«

»Dann hatten Sie also keine Angst?«

»Nein. Dazu blieb mir gar keine Zeit.«

Er kritzelte meine Antworten in sein Notizbuch. Irgendwie hatte ich das Gefühl, dass er sich klügere, amüsantere Kommentare von mir erwartet hatte.

»Wo kommen Sie her? Für ein blondes Mädchen wie Sie ist Haratounian ein ungewöhnlicher Name.«

»Aus einem Dorf in der Nähe von Sheffield.«

»Dann sind Sie also neu in London.« Er wartete nicht auf meine Antwort. »Und Sie unterrichten die ganz Kleinen, richtig?«

»Ja, die so genannte Anfängerklasse.«

»Wie alt sind Sie?«

»Dreiundzwanzig.«

»Mmm.« Er betrachtete mich mit dem prüfenden Blick eines Bauern, der auf einer Viehauktion ein nicht sehr viel versprechendes Tier in Augenschein nimmt. »Wie viel wiegen Sie?«

»Was? Knapp fünfzig Kilo, glaube ich.«

»Fünfzig Kilo«, wiederholte er und lachte in sich hinein. »Phantastisch. Und der Typ war ein richtiger Schrank, nicht wahr?« Er saugte an seinem Stift. »Glauben Sie, unsere Gesellschaft wäre menschlicher, wenn sich jeder so engagieren würde wie Sie?«

»Na ja, vielleicht, ich weiß auch nicht…« Ich versuchte krampfhaft, einen zusammenhängenden Satz zu Stande zu bringen. »Ich meine, was, wenn die Melone ihr Ziel verfehlt oder jemand anderen getroffen hätte?«

Zoë Haratounian, die Sprecherin der sprachlosen Jugend. Der Journalist runzelte die Stirn und machte sich nicht mal die Mühe, so zu tun, als würde er sich meine Worte notieren.

»Wie fühlt man sich als Heldin?«

Bis dahin hatte ich das alles irgendwie amüsant gefunden, aber allmählich begann es mich zu nerven. Natürlich gelang es mir nicht, das in einigermaßen sinnvolle Worte zu fassen. »Es ist einfach passiert«, erklärte ich. »Ich möchte mich deswegen nicht auf irgendein Podest heben. Wissen Sie, ob es der Frau, die von dem Kerl überfallen worden ist, schon wieder besser geht?«

»Ja, sie hat nur ein paar gebrochene Rippen, und ein paar neue Zähne wird sie wohl auch brauchen.«

»Ich glaube, wir nehmen sie mit der Melone auf«, meldete sich der jugendliche Fotograf zu Wort.

»Ja, die Story hätten wir«, sagte Bob und nickte.

Er hob die Frucht aus dem Regal und wankte damit zu uns herüber. »Nicht schlecht«, meinte er, als er sie mir auf den Schoß legte. »Kein Wunder, dass Sie ihn bewusstlos geschlagen haben. So, und jetzt sehen Sie mich an. Das Kinn ein bisschen höher. Immer schön lächeln, meine Liebe! Sie haben schließlich gewonnen, nicht wahr? Wunderbar!«

Ich lächelte, bis mir das Gesicht wehtat. Durch die Tür sah ich Louise zu uns hereinspähen und wie wild grinsen. Am liebsten hätte ich losgeprustet.

Als Nächstes wollte er die Melone und mich zusammen mit den Kindern fotografieren. Ich mimte das strenge viktorianische Schulfräulein. Der Fotograf schlug vor, ich solle die Melone aufschneiden. Ihr fasriges Inneres hatte einen dunklen, satten Rosaton, der zum Rand hin blasser wurde, war von glänzenden schwarzen Kernen durchsetzt und verströmte ein frisches Aroma. Ich teilte sie in zweiunddreißig Portionen auf: eine für jedes Kind und eine für mich. Mit je einem Melonenstück in der Hand standen meine Schüler auf dem glühend heißen Asphaltspielplatz um mich herum und lächelten für die Kamera. Und jetzt alle zusammen. Eins, zwei, drei, Cheese!

Das Lokalblatt erschien am Freitag, mit einem riesigen Foto von mir auf der Titelseite. Es zeigte mich umringt von Kindern und Melonenscheiben. »Die Melonenheldin!«, lautete die Schlagzeile. Nicht besonders originell. Daryl hatte einen Finger in der Nase, und Roses Rock steckte in ihrer Unterhose, aber ansonsten war es in Ordnung. Pauline schien zufrieden. Sie hängte den Artikel an das schwarze Brett in der Eingangshalle, wo ihn die Kinder ziemlich schnell zerfetzten, und eröffnete mir dann, eine große Zeitung habe angerufen und wolle ebenfalls einen Artikel über die Geschichte bringen. Sie hatte provisorisch bereits einen weiteren Interview- und Fototermin während der Pause vereinbart, und erteilte mir die Erlaubnis, der Lehrerversammlung fernzubleiben. Natürlich nur, wenn mir das recht sei. Außerdem hatte sie die Schulsekretärin gebeten, eine weitere Melone zu besorgen.

Ich ging davon aus, dass die Sache damit ein Ende haben würde. Es verwirrte mich, welche Eigendynamik eine solche Geschichte entwickeln konnte. Ich erkannte die Frau kaum wieder, die am nächsten Tag mit einer riesigen Wassermelone im Arm auf einer Innenseite der *Daily Mail* zu sehen war und über deren Foto eine dicke Schlagzeile prangte. Mit ihrem vorsichtigen Lächeln und dem hellen Haar, das sie sich ordentlich hinter die Ohren geschoben hatte, sah sie mir überhaupt nicht ähnlich, und ihre Äußerungen klangen erst recht nicht nach mir. Gab es auf der Welt denn nicht genügend echte Nachrichten? Auf der nächsten Seite stand ganz unten ein sehr kleiner Artikel über ein Busunglück in Kaschmir: Der Bus war von einer Brücke gestürzt und hatte dabei eine große Zahl von Menschen in den Tod gerissen. Vielleicht hätten sie dem Unglück mehr Platz eingeräumt, wenn eine blonde, dreiundzwanzigjährige britische Lehrerin an Bord gewesen wäre.

»Blödsinn!«, meinte Fred, als ich ein paar Stunden später diese Vermutung äußerte. Wir genehmigten uns gerade eine Portion essigdurchweichte Pommes, nachdem wir zuvor in einem Film gewesen waren, in dem mit beachtlichen Bizepsen ausgestattete Männer einander mit Kinnhaken traktiert hatten. »Stell dein Licht nicht unter den Scheffel. Du hast dich wirklich wie eine Heldin verhalten. Du hattest einen Sekundenbruchteil Zeit, dich zu entscheiden, und du hast die richtige Entscheidung getroffen.« Er berührte mit seiner schlanken, schwieligen Hand mein Kinn. Ich hatte den Eindruck, dass er statt meiner die Frau mit dem schmalzigen kleinen Lächeln aus der Zeitung vor sich sah. Er küsste mich. »Manche Leute werden zu Helden, indem sie sich auf eine Granate werfen. Du hast es mit einer Wassermelone geschafft, das ist der einzige Unterschied. Lass uns zu dir gehen, ja? Es ist noch gar nicht spät.«

»Ich hab einen ganzen Stapel Hausaufgaben zu korrigieren.«

»Bloß ein Stündchen.«

Er kippte den Rest unserer Pommes in eine bereits überquellende Tonne, wich einem Haufen Hundescheiße mitten auf dem Gehsteig aus und legte seinen langen Arm um meine Schulter. Obwohl die ganze Stadt nach Abgasen, Kebab und Pommesfett stank, stieg mir Freds typischer Geruch nach Zigaretten und frisch gemähtem Gras in die Nase. Er hatte die Ärmel seines Hemds hochgekrempelt, sodass ich seine zerkratzten, aber schön gebräunten Unterarme sehen konnte. Ein paar Strähnen seines hellen Haars hingen ihm über die Augen. Trotz der schwülen Hitze des Abends fühlte er sich angenehm kühl an. Ich konnte nicht widerstehen.

Fred war mein neuer Freund, oder zumindest meine neue Liaison. Vielleicht waren wir gerade am perfekten Zeitpunkt angelangt. Die schwierige, peinliche erste Phase hatten wir bereits hinter uns: die Phase, in der man sich vorkommt wie ein Komiker, der vor ein anspruchsvolles Publikum tritt und verzweifelt auf dessen Lachen und Applaus hofft. Bloß, dass Lachen in diesem Fall das Letzte war, was man gebrauchen konnte. Andererseits waren wir noch weit von der Phase entfernt, in der man in der Wohnung herumläuft und nicht mal mehr registriert, dass der andere nichts anhat.

Fred hatte den Großteil des Jahres als Gärtner gearbeitet und war dadurch drahtig und sehnig geworden. Man konnte das Spiel der Muskeln unter seiner Haut sehen. An den Unterarmen, am Hals und im Gesicht war er braun gebrannt, aber Brust und Bauch hatten eine blasse, fast milchweiße Farbe.

Wir waren auch noch nicht in die Phase eingetreten, in der jeder einfach seine Sachen auszieht, ordentlich zusammenfaltet und dann routinemäßig über einen Stuhl legt. Als wir in meiner Wohnung ankamen – aus irgendeinem Grund landeten wir immer in *meiner* Wohnung –, hatten wir es nach wie vor ziemlich eilig, einander in die Finger zu kriegen. Verglichen damit, erschien alles andere nicht mehr so wichtig. Wenn meine Schüler beim Nachmittagsunterricht besonders zappelig waren und mich die Hitze müde und lustlos machte, dachte ich manchmal an Fred und den vor uns liegenden Abend, was meine Stimmung sofort besserte.

Hinterher zündeten wir uns eine Zigarette an. Während wir in dem kleinen Schlafzimmer lagen und Musik hörten, hupten unten auf der Straße die Autos. Jemand schrie: »Du miese Schlampe, das zahl ich dir heim!« Wir lauschten den Schritten auf dem Gehsteig. Irgendwo kreischte eine Frau. Ich hatte mich inzwischen mehr oder weniger an solche Geräusche gewöhnt. Zumindest hielt es mich nachts nicht mehr vom Schlafen ab.

Fred schaltete die Nachttischlampe an und erhellte damit die ganze triste, schäbige Hässlichkeit meiner Wohnung. Wie hatte ich sie bloß kaufen können, und wie sollte ich es jemals schaffen, sie wieder loszuwerden? Ich hatte versucht, sie ein wenig schöner zu gestalten – die billigen orangenfarbenen Vorhänge ausgemustert, die mir der Vorbesitzer zurückgelassen hatte, einen Teppich über die schmuddeligen Dielenbretter gelegt, Tapeten über den beigen Raufaserverputz geklebt, die abgeblätterten Fensterrahmen gestrichen und die Wände mit Spiegeln und Drucken geschmückt –, aber keine noch so geschickte Raumgestaltung konnte kaschieren, wie eng und dunkel alles war. Irgendein Makler hatte den ohnehin schon knapp bemessenen Raum noch weiter zerstückelt, um dieses Loch von einer Wohnung zu schaffen. Das Fenster im so genannten Wohnzimmer war durch die Trennwand zweigeteilt, und auf der anderen Seite hörte ich manchmal einen Nachbarn, den ich nie zu Gesicht bekommen hatte, Obszönitäten schreien, die einer armen Frau galten. Aus lauter Kummer, Einsamkeit und dem Bedürfnis nach einem Ort, den ich mein Zuhause nennen konnte, hatte ich das ganze Geld, das mir mein Vater hinterlassen hatte, für diese Wohnung ausgegeben. Dabei hatte sie sich nie wirklich wie ein Zuhause angefühlt, und nun, da die Immobilienpreise in Schwindel erregende Höhen geschossen waren, brachte ich sie nicht mehr los. Bei diesem Wetter hätte ich jeden Tag die Fenster putzen können, und sie wären abends trotzdem schon wieder schmutzig gewesen.

»Ich mache uns eine Tasse Tee«, meinte Fred.

»Ich habe keine Milch mehr.«

»Hast du Bier im Kühlschrank?«, fragte er hoffnungsvoll.

»Nein.«

»Was hast du denn?«

»Müsli, glaube ich.«

»Was hilft einem Müsli, wenn man keine Milch hat?«

Das war eher eine Feststellung als eine Frage. Die geschäftsmäßige Art, mit der er in seine Hose schlüpfte, kannte ich bereits. Gleich würde er mir ein Küsschen auf die Wange drücken und gehen. Zweck des Besuchs erledigt.

»Als Snack ist es ganz in Ordnung«, antwortete ich vage. »Wie Chips.«

Ich musste an die Frau denken, die der Handtaschendieb überfallen hatte – die Art, wie ihr Körper durch die Luft geflogen war: wie eine zerbrochene Puppe, die jemand aus dem Fenster geschleudert hatte.

»Morgen«, sagte er.

»Ja.«

»Mit den Jungs.«

»Aber klar doch.«

Ich setzte mich im Bett auf und betrachtete den Stapel Hausaufgaben, den ich noch korrigieren musste.

»Schlaf gut. Hier liegen übrigens ein paar Briefe, die du noch nicht aufgemacht hast.«

Das erste war eine Rechnung. Nachdem ich einen Blick darauf geworfen hatte, legte ich sie auf den Tisch zu den anderen Rechnungen. Das andere war ein Brief, verfasst in einer großen, schwungvollen Schrift:

> *Liebe Miss Haratounian, aus Ihrem Namen schließe ich, dass Sie keine gebürtige Engländerin sind, auch wenn Sie auf den Fotos, die ich gesehen habe, ziemlich englisch aussehen. Selbstverständlich bin ich kein Rassist und zähle zu meinen Freunden viele wie Sie, aber …*

Ich legte den Brief auf den Tisch und rieb mir die Schläfen. Verdammt. Ein Verrückter. Das hatte mir gerade noch gefehlt.

## 3. KAPITEL

Ich wurde von der Türklingel geweckt. Erst dachte ich, dass sich jemand einen Scherz erlaubte oder ein Betrunkener die Haustür mit dem Eingang seiner Unterkunft verwechselt hatte. Ich zog im vorderen Zimmer die Vorhänge ein wenig auseinander und drückte mein Gesicht gegen die Scheibe, aber der Winkel reichte nicht. Ein rascher Blick auf die Uhr sagte mir, dass es erst kurz nach sieben war. Ich konnte mir beim besten Willen nicht vorstellen, wer mich um diese Zeit besuchen sollte. Da ich nichts anhatte, schlüpfte ich schnell in meinen knallgelben Plastikregenmantel, bevor ich nach unten ging.

Ich machte die Tür nur einen Spalt weit auf. Der Vordereingang des Gebäudes geht direkt auf die Holloway Road hinaus, und ich wollte mit meinem Aussehen am frühen Morgen nicht den Verkehr zum Erliegen bringen. Zu meinem Entsetzen war es der Postbote. Wenn der Postbote einem die Post persönlich überreichen möchte, ist das in der Regel kein gutes Zeichen. Meist will er dann, dass man eine Bestätigung über den Erhalt einer schrecklichen, ganz in Rot gedruckten Rechnung unterschreibt, in der sie damit drohen, einem das Telefon abzuschalten.

Wider Erwarten machte er einen recht fröhlichen Eindruck. Draußen schien es noch einigermaßen kühl zu sein, obwohl der Tag bestimmt wieder sehr heiß werden würde. Diesen Postboten kannte ich noch nicht, sodass ich nicht sagen konnte, ob er schon länger so herumlief oder ob sein Outfit neu war. Jedenfalls trug er recht kleidsame blaue Shorts und ein frisches hellblaues Kurzarmhemd. Offenbar handelte es sich dabei um die offizielle Sommerkleidung, aber bei ihm sah es richtig flott aus. Er war nicht mehr ganz jung, hatte aber etwas von einem *Baywatch*-Postboten. Deswegen machte ich die Tür etwas weiter auf und betrachtete ihn mit einem interessierten Blick, den er mit einer gewissen Neugier erwiderte. Mir wurde bewusst, dass mein Regenmantel ziemlich knapp saß und in der Mitte ein wenig auseinanderklaffte. Ich zog ihn fester um meinen Körper, was die Sache nur noch schlimmer machte. Allmählich kam mir das Ganze vor wie eine Szene aus einer dieser schmierigen britischen Sexkomödien aus den frühen Siebzigern, die manchmal am Freitag Abend laufen, wenn man nach dem Pubbesuch noch den Fernseher einschaltet. Pornos für arme Schweine.

»Wohnung C?«

»Ja.«

»Post für Sie«, sagte er. »Es passt nicht alles durch den Briefschlitz.«

Da hatte er allerdings Recht. Er war mit Unmengen von unterschiedlich großen Umschlägen beladen, die zu mehreren Stapeln gebündelt und von Gummis zusammengehalten wurden. Erlaubte sich da jemand einen Scherz mit mir? Es war gar nicht so leicht, die vielen Bündel mit einem Arm entgegenzunehmen und gleichzeitig mit dem anderen den Regenmantel zuzuhalten.

»Darf man zum Geburtstag gratulieren?«, fragte er augenzwinkernd.

»Nein«, antwortete ich und schob die Tür mit meinem nackten Fuß zu.

Ich trug die Briefe nach oben und kippte sie auf den Wohnzimmertisch. Als Erstes griff ich nach einem fliederfarbenen Umschlag und riss ihn auf, wusste aber eigentlich schon vorher, worum es sich handelte. Dank meinem Urgroßvater oder Ururgroßvater, der vor hundert Jahren mit nichts als einem Joghurtrezept aus Armenien ausgewandert ist, bin ich im Telefonbuch sehr leicht zu finden. Hätte er nicht wie die meisten anderen Einwanderer seinen Namen ändern können? Ich las den Brief.

Liebe Zoë Haratounian,
heute Morgen habe ich in der Zeitung von Ihrer Heldentat gelesen. Gestatten Sie mir bitte, Ihnen als Erstes zu dem Mut zu gratulieren, den Sie bewiesen haben, indem Sie auf diesen Menschen losgegangen sind. Wenn ich Ihre Geduld noch ein wenig länger in Anspruch nehmen darf…

Ich überflog die Seite und blätterte um. Insgesamt waren es fünf Briefbogen, und Janet Eagleton (Mrs.) hatte jeweils beide Seiten des Blattes mit grüner Tinte beschrieben. Ich beschloss, mir diesen Brief für später aufzusparen, und öffnete stattdessen einen Umschlag, der einen normaleren Eindruck machte.

Liebe Zoë,
herzlichen Glückwunsch. Sie haben sich großartig verhalten, und wenn mehr Leute so handeln würden wie Sie, dann wäre London ein Ort, an dem es sich besser leben ließe. Außerdem fand ich Sie auf dem Zeitungsfoto sehr hübsch, und das ist der eigentliche Grund, warum ich Ihnen schreibe. Mein Name ist James Gunter, ich bin fünfundzwanzig, und ich glaube, ich sehe recht passabel aus, aber es ist mir bisher nicht gelungen, das richtige Mädchen kennen zu lernen, Miss »Right«, wenn Sie so wollen...

Ich faltete den Brief zusammen, legte ihn auf den von Mrs. Eagleton und öffnete einen anderen Brief, der eher aussah wie ein Päckchen. In dem Umschlag steckte ein Bündel von Blättern, die halb gefaltet, halb zusammengerollt waren. Ich sah Diagramme, Pfeile, spaltenförmig angeordneten Text. Immerhin begann das Ganze auf der ersten Seite wie ein an mich gerichteter Brief.

Liebe Miss Haratounian!
(Ein interessanter Name. Sind Sie vielleicht eine Nachfahrin Zarathustras? Lassen Sie es mich wissen! [Postfachanschrift siehe unten.] Ich werde weiter unten noch genauer auf dieses Thema [Zarathustra] zu sprechen kommen.)
Sie sind in der Lage, sich gegen die Mächte der Dunkelheit zu wehren, aber wie Sie sicher wissen, gibt es andere Mächte, denen man nicht so leicht widerstehen kann. Wissen Sie, was das englische Wort »kunderbuffer« bedeutet? Wenn ja, können Sie das Folgende überspringen und mit einem Abschnitt beginnen, den ich aus Gründen der Übersichtlichkeit mit einem Sternchen versehen werde. Anbei eines zu Demonstrationszwecken (*). Den als markiert angekündigten Abschnitt werde ich nun mit zwei (2) Sternchen versehen, um unnötige Verwirrung zu vermeiden.

Nachdem ich den Brief auf den von James Gunter gelegt hatte, ging ich ins Bad und wusch mir die Hände, was aber nicht viel half. Ich brauchte eine Dusche. Leider war meine Wohnung in dieser Hinsicht ebenfalls beschissen ausgestattet. Eigentlich mochte ich nämlich Duschen mit Türen aus mattiertem Glas, in denen man aufrecht stehen konnte. Ich war mal mit einem Typen zusammen gewesen, dessen einzig positive Eigenschaft im Nachhinein betrachtet darin bestanden hatte, dass er im Besitz einer Powerdusche mit sechs verschiedenen Düsen war, von der normalen über dem Kopf mal ganz abgesehen. In meiner Wohnung dagegen bedeutete Duschen, dass man sich in die Badewanne kauern und mit uralten, ausgeleierten Wasserhähnen herumärgern musste oder im Eifer des Gefechts den Duschschlauch so sehr verdrehte, dass kein Wasser mehr kam. Trotzdem legte ich mich mehrere Minuten mit einem Waschlappen über dem Gesicht in die Wanne und ließ Wasser einlaufen. Es war, als würde ich unter einer warmen, nassen Decke liegen.

Hinterher schlüpfte ich in meine Arbeitsklamotten, machte mir eine Tasse Kaffee und zündete mir eine Zigarette an. Es ging mir schon ein bisschen besser. Viel besser wäre es mir gegangen, wenn sich der Stapel mit den Briefen inzwischen in Luft aufgelöst hätte, aber er lag noch immer auf dem Tisch. All diese Leute wussten, wo ich wohnte. Na ja, nicht alle. Bei einer weiteren schnellen Durchsicht der Briefe stellte sich heraus, dass sie zum Teil von den Zeitungen, an welche die Absender sie ursprünglich geschickt hatten, an mich weitergeleitet worden waren. Wenigstens beschränkten die Leute sich aufs Schreiben, dachte ich, anstatt mich anzurufen oder gar bei mir vorbeizuschauen.

In dem Moment klingelte das Telefon. Ich zuckte erschrocken zusammen. Zu meiner großen Erleichterung war es kein Fan, sondern Guy, der Immobilienmakler, der angeblich versuchte, meine Wohnung zu verkaufen.

»Ein paar Leute möchten sich die Wohnung ansehen.«

»Schön«, sagte ich. »Sie haben ja den Schlüssel. Was ist mit dem Paar, das am Montag hier war?« Ich hatte mir in ihrem Fall keine wirklichen Hoffnungen gemacht. Der Typ hatte ziemlich grimmig gewirkt, während die Frau sich nett mit mir unterhielt, wenn auch nicht über die Wohnung.

»Sie waren von der Lage nicht so angetan«, antwortete Guy in forsch-fröhlichem Ton. »Außerdem fanden sie die Wohnung ein bisschen zu klein. Und sie meinten, sie müssten zu viel Arbeit reinstecken. Insgesamt waren sie nicht so begeistert.«

»Die Leute heute sollten nicht allzu spät kommen. Ich habe ein paar Freunde auf einen Drink eingeladen.«

»Was gibt es denn zu feiern? Ihren Geburtstag?«

Ich holte tief Luft. »Wollen Sie das wirklich wissen, Guy?«

»Na ja…«

»Ich feiere ein Fest, weil diese Wohnung nun schon geschlagene sechs Monate zum Verkauf steht.«

»Das ist nicht Ihr Ernst, oder?«

»O doch!«

»Es kommt mir gar nicht vor wie sechs Monate.«

Es dauerte eine Weile, bis ich ihn davon überzeugt hatte, dass dem tatsächlich so war. Nachdem wir unser Gespräch beendet hatten, blickte ich mich ziemlich verzweifelt um. Wildfremde Menschen würden vorbeikommen und sich diesen Raum ansehen. Als ich nach London gezogen war, hatte mir meine Tante ein Buch geschenkt, *Praktische Tipps für Heim und Haushalt.* Es enthielt unter anderem Ratschläge, wie man seine Wohnung in nur fünfzehn Minuten aufräumte. Aber was, wenn man bloß eine Minute zur Verfügung hatte? Ich machte mein Bett, rückte den Teppich vor der Tür gerade, spülte meine Kaffeetasse aus und stellte sie ordentlich mit der Öffnung nach unten auf das Abtropfbrett. Dann zog ich aus einem Schrank eine Pappschachtel heraus, kippte die ganzen Briefe hinein und schob sie unters Bett. Das alles dauerte eineinhalb Minuten, was bedeutete, dass ich mal wieder zu spät in die Schule kommen würde. Zu spät und schweißgebadet. Dabei fing der Tag doch gerade erst an, heiß zu werden.

»So, meine Liebe, was können wir tun, damit du deine Behausung schneller an den Mann bringst?«

Louise stand mit einer Bierflasche am Fenster und gestikulierte mit ihrer Zigarette auf die Holloway Road hinaus.

»Das ist ganz einfach«, antwortete ich. »Als Erstes muss die Straße weg, dann das Pub und das Kebab House. Anschließend wird renoviert. Es ist eine fürchterliche Wohnung, oder? Ich habe sie von Anfang an gehasst, kaum dass sie mir gehört hat, und selbst wenn ich dabei Geld verliere, ich muss hier endlich raus. Ich möchte mir eine gemütliche kleine Wohnung mit einem Garten kaufen, irgendwas in der Art. Angeblich befinden wir uns ja gerade mitten in einem Immobilienboom. Da muss es da draußen doch irgendeinen Irren geben, der dieses Loch hier haben möchte.« Ich zog an meiner Zigarette. »Zugegeben, es waren schon eine Menge Irre da, die sie sich angesehen haben. Jetzt muss ich nur noch die richtige Sorte Irren finden.«

Louise lachte. Sie war ein bisschen früher gekommen, um mir bei den Vorbereitungen zu helfen und dabei mal wieder so richtig zu plaudern. Sie war einfach ein lieber Kerl.

»Aber ich bin nicht so weit gefahren, um mit dir über Immobilien zu reden. Erzähl mir von dem neuen Mann in deinem Leben. Kommt er heute?«

»Sie kommen alle.«

»Was meinst du mit alle? Hast du denn mehr als einen?«

Ich kicherte.

»Nein, aber er zieht mit einer ganzen Gang von Freunden rum. Ich glaube, sie kennen sich schon seit der ersten Klasse, wenn nicht gar seit dem Kindergarten. Sie sind wie ein Six-Pack Bier. Du weißt schon, nicht einzeln erhältlich.«

Louise runzelte die Stirn.

»Wir sprechen hier aber nicht zufällig von einem flotten Fünfer oder irgend so was Seltsamem? Falls doch, möchte ich sämtliche Details wissen.«

»Nein, hin und wieder lassen sie uns allein.«

»Wie habt ihr euch kennen gelernt?«

Ich zündete mir eine neue Zigarette an.

»Ich habe sie alle zusammen kennen gelernt. Vor ein paar Wochen, auf einer Party drüben in Shoreditch. Das Ganze war eine dieser klassischen Katastrophen. Wie sich nämlich herausstellte, war der einzige Typ, den ich kannte, nicht da. Deswegen wanderte ich mit meinem Drink von Raum zu Raum und tat so, als wäre ich unterwegs zu einem unheimlich wichtigen Gespräch. Du weißt, wovon ich rede?«

»In dieser Disziplin bin ich Weltmeisterin«, antwortete Louise.

»Jedenfalls ging ich nach oben in den ersten Stock, wo ich auf eine Gruppe von gut aussehenden jungen Männern stieß, die auf einen Flipperautomaten einhämmerten und sich dabei köstlich amüsierten. Einer von ihnen – nicht Fred – fragte mich, ob ich mitspielen wolle. Also spielte ich mit. Wir hatten eine Menge Spaß und verabredeten uns für den nächsten Abend in der Stadt.«

Louise sah mich nachdenklich an.

»Dann hast du also vor der schwierigen Wahl gestanden, mit welchem von ihnen du dich allein treffen solltest?«

»Ganz so schwierig war es nicht«, antwortete ich. »Einen Tag nach unserem gemeinsamen Abend in der Stadt rief mich Fred zu Hause an und fragte mich, ob ich Lust hätte, mit ihm auszugehen. Als ich mich erkundigte, ob er dazu die Erlaubnis seiner Kumpel hätte, war ihm das ziemlich peinlich.« Ich lehnte mich ein Stück weiter aus dem Fenster. »Da sind sie ja schon.«

Louise spähte ebenfalls hinaus. Sie waren ein Stück entfernt und hatten uns noch nicht bemerkt.

»Sie sehen recht nett aus«, meinte Louise.

»Fred ist der in der Mitte, mit der großen Tasche. Der mit dem hellbraunen, fast blonden Haar.«

»Dann hast du dir ja den hübschesten gekrallt.«

»Der mit dem langen Mantel ist Duncan.«

»Wie kann er bei dieser Hitze einen langen Mantel tragen?«

»Angeblich ähnelt er damit einem Revolverhelden aus einem Italo-Western. Er zieht das Ding nie aus. Die beiden anderen sind Brüder. Die Burnside-Brüder. Der mit der Brille und dem Käppi ist Graham, der mit den langen Haaren Morris. Hi!« Letzteres galt den Jungs unten auf der Straße.

Überrascht sahen sie zu uns hoch.

»Wir würden ja gern raufkommen«, rief Duncan, »aber leider müssen wir zu einer Party!«

»Idiot!«, gab ich zurück. »Hier, fangt!«

Ich ließ meinen Schlüsselbund fallen. Graham riss sich mit einer raschen Bewegung, die bemerkenswert graziös wirkte, die Kappe vom Kopf und fing den Schlüssel damit auf. Nachdem die Jungs die Tür aufgesperrt hatten, verschwanden sie aus unserem Blickfeld.

»Schnell«, sagte Louise. »Uns bleiben lediglich dreißig Sekunden. Welchen von ihnen soll ich heiraten? Welcher ist die beste Partie? Fred kannst du vorerst mal weglassen.«

Ich dachte zwei Sekunden nach.

»Graham arbeitet bei einem Fotografen.«

»Weiter.«

»Duncan und Morris arbeiten zusammen. Sie machen alles Mögliche mit Computern. Ganz genau bin ich noch nicht dahinter gestiegen, aber ich glaube, sie erwarten auch gar nicht, dass ich es kapiere. Duncan ist der Mittelpunkt jeder Party. Morris hingegen ist ziemlich schüchtern, wenn man ihn mal allein erwischt.«

»Das sind die beiden Brüder, richtig?«

»Nein, Morris ist der Bruder von Graham. Duncan hat rotes Haar. Er sieht völlig anders aus.«

»Alles klar. Spontan würde ich sagen, dass die Computertypen viel versprechender klingen. Morris, der schüchterne Bruder, und Duncan, der redselige Rotschopf.«

Als ich den Jungs von der geplanten Party erzählt hatte, hatten sie sich sofort lautstark erkundigt, welche Frauen kommen würden, aber jetzt in meiner Wohnung warteten sie ruhig und höflich, bis ich ihnen Louise vorgestellt hatte. Das mochte ich irgendwie an ihnen.

Fred kam zu mir herüber und gab mir einen langen Kuss. Ich hatte den starken Verdacht, dass es sich dabei in erster Linie um eine Demonstration für alle Anwesenden handelte. Wollte er mir damit wirklich seine Zuneigung zeigen oder bloß sein Territorium abstecken? Nachdem er mich geküsst hatte, zog er etwas heraus, das aussah wie ein bunter Vorhang.

»Ich habe mir gedacht, das kannst du vielleicht brauchen, um es über den feuchten Fleck zu hängen.«

»Danke, Fred.« Skeptisch beäugte ich das knallige Ding. Die Farbkomposition war ein bisschen gewagt. »Ich fürchte, Leute, die eine Wohnung besichtigen, dürfen Vorhänge und Ähnliches wegschieben.«

»Na, dann lass uns die Sache doch mal begutachten. Komm schon, häng es auf.«

»Also gut.«

»Zoë behauptet, ihr seid Computergenies«, sagte Louise gerade zu Duncan.

Morris, der daneben stand, wurde ein bisschen rot, was ich richtig süß fand.

»Sie hat nur deswegen eine so hohe Meinung von uns«, antwortete Duncan, »weil sie sich selbst nicht besonders damit auskennt. Wir haben ihr lediglich beigebracht, ihren eigenen Computer zu benutzen.« Er nahm einen Schluck aus seinem Glas.

»Das war zugegebenermaßen eine beeindruckende Leistung von uns. Es war, als würde man einem Eichhörnchen beibringen, wie man Nüsse sucht.«

»Eichhörnchen sind doch hervorragend im Nüssesuchen«, wandte Morris ein.

»Stimmt«, antwortete Duncan.

»Aber sie können es von selbst, man braucht es ihnen nicht erst beizubringen«, meinte Morris beharrlich.

»Stimmt. Zoë beherrscht ihren Computer jetzt so gut wie ein Eichhörnchen das Nüssesuchen.«

»Aber dann hättest du sagen müssen, dass es war, als würde man einem Eichhörnchen das Jonglieren beibringen.«

Duncan starrte ihn verblüfft an.

»Es ist doch gar nicht möglich, einem Eichhörnchen das Jonglieren beizubringen!«

Ich schenkte Louise nach.

»Das kann stundenlang so weitergehen«, erklärte ich. »Es muss etwas damit zu tun haben, dass sie schon zusammen im Sandkasten gespielt haben.«

Ich ging in die Küche, um ein paar Chips zu holen, und Louise folgte mir. Wir konnten die Jungs im Wohnzimmer sehen.

»Das ist ja ein richtig Hübscher«, sagte sie mit einer Kopfbewegung in Freds Richtung. »Was raucht er da? Er wirkt so relaxed. Irgendwie exotisch.«

»Er hat manchmal was von einem Hippie. Relaxed trifft es aber auch recht gut.«

»Ist das mit euch beiden was Ernstes?«

Ich nahm einen Schluck aus ihrem Glas. »Das kann ich dir noch nicht sagen«, antwortete ich.

Ein paar andere Gäste trafen ein: John, ein netter Lehrer aus unserer Schule, der mich leider ein paar Tage zu spät gefragt hatte, ob ich mit ihm ausgehen wolle, und ein paar Frauen, die ich durch Louise kennen gelernt hatte. Das Ganze entwickelte sich zu einer richtigen kleinen Feier. Nach ein paar Drinks begann ich, für diesen neuen Kreis von Leuten ein warmes, herzliches Gefühl zu empfinden. Das Einzige, was sie verband, war ich. Ein Jahr zuvor hatte ich mich noch einsam und verloren gefühlt und keinen einzigen von ihnen gekannt. Plötzlich war ein klirrendes Geräusch zu hören. Fred klopfte mit einer Gabel gegen eine Flasche.

»Ruhe, ich bitte um Ruhe!«, rief er, obwohl sowieso schon alle still waren. »Ich bin es nicht gewohnt, lange Reden zu schwingen et cetera, et cetera. Deshalb möchte ich nur für einen Moment das Wort ergreifen und zum Ausdruck bringen, wie sehr ich diese Wohnung mag. Ich möchte, dass wir alle das Glas erheben – in der Hoffnung, dass es uns allen vergönnt sein wird, in sechs Monaten wieder hier zusammenzukommen und einen weiteren schönen Abend miteinander zu verbringen.« Rundherum wurden Gläser und Flaschen gehoben. Ein Blitzlicht erhellte mein Gesicht. Einer von Grahams typischen Schnappschüssen. Damit musste man bei ihm ständig rechnen: Während man gemütlich mit ihm plauderte, riss er plötzlich die Kamera hoch und machte ein Foto. Das konnte ziemlich nervtötend sein – als würde er während der ganzen Zeit, die er mit einem sprach oder zuhörte, in Wirklichkeit bloß auf die Gelegenheit zu einer guten Aufnahme warten. »Außerdem«, fuhr Fred fort, »haben Zoë und ich noch einen Grund zum Feiern.« Alle starrten ihn überrascht an, nicht zuletzt ich selbst. »Ja«, meinte er, »es ist nun genau neun Tage her, seit Zoë und ich uns zum ersten Mal... ähm...«, er legte eine Pause ein, »... ähm... begegnet sind.« Hinter mir war das unterdrückte Lachen von Duncan und Graham zu hören, alle anderen aber schwiegen. Einen Moment lang hatte ich das Gefühl, bei einem offiziellen Dinner des Rugby-Clubs gelandet zu sein.

»Fred«, begann ich, aber er brachte mich mit einer Handbewegung zum Schweigen.

»Einen Moment noch«, sagte er. »Es wäre traurig, wenn ein solcher Abend nicht auf besonders feierliche Weise zelebriert würde, aber... was haben wir denn da?« Er sagte das in einem Ton gespielter Überraschung, während er sich hinunterbeugte und hinter meinem Sessel herumkramte. Er zog ein großes, mit braunem Papier umwickeltes Päckchen hervor. »Entweder haben wir es hier mit einer weiteren Gabe von einem von Zoës anonymen Fans zu tun, oder aber es handelt sich um ein Geschenk.«

»Ihr Idioten«, sagte ich, aber in liebevollem Ton. Das Format des Päckchens deutete auf ein Bild hin, aber nachdem ich es aus seiner Umhüllung befreit hatte, sah ich, was es in Wirklichkeit war. »Ihr Mistkerle!«, meinte ich lachend. Sie hatten eine ganze Seite der Sun eingerahmt, auf der oben die Schlagzeile »Ich und meine Melone« prangte und darunter in kleinerer Schrift: »Beherzte Blondine schlägt Handtaschenräuber k.o.«

»Eine Rede!«, rief Louise, die die Hände wie einen Trichter um den Mund gelegt hatte. »Eine Rede!«

»Also«, begann ich, wurde aber von der Haustürklingel unterbrochen. »Augenblick«, sagte ich. »Bin gleich wieder da.«

Der Mann, der vor der Tür stand, trug einen braunen Kordanzug und Gummistiefel.

»Ich würde mir gern die Wohnung ansehen«, erklärte er. »Passt es Ihnen?«

»Ja, ja«, antwortete ich schnell. »Kommen Sie ruhig rauf.«

Die Stimmen meiner Gäste drangen bis ins Treppenhaus.

»Bei Ihnen steigt wohl gerade eine Party«, bemerkte der Mann.

»Ja. Ich habe Geburtstag.«

# 4. KAPITEL

Mit der Zeit wurden die Briefe weniger. Die anfängliche Flut verwandelte sich in ein Tröpfeln und hörte dann ganz auf. Eine Weile hatte ich das Ganze sogar lustig gefunden. Einmal nahm ich ein paar von den Briefen mit, als ich mich mit Fred und den Jungs traf. Wir saßen vor einer Bar in Soho, tranken eiskaltes Bier, tauschten die Briefe untereinander aus und lasen uns besonders schöne Passagen laut vor. Während Morris und Duncan anschließend mal wieder eines ihrer abstrusen Gespräche führten, unterhielt ich mich mit Graham und Fred ein wenig ernster über die Angelegenheit.

»Man muss sich das mal vorstellen. Diese Leute sitzen in ganz England herum und schreiben achtseitige Briefe an jemanden, den sie überhaupt nicht kennen. Sie schlagen meinen Namen einfach im Telefonbuch nach und kaufen sich eine Briefmarke. Wissen die mit ihrem Leben denn nichts Besseres anzufangen?«

»Nein, offenbar nicht«, antwortete Fred. Er legte mir die Hand aufs Knie. »Du bist eine Göttin. Du und deine Melone. Wir alle hier haben dich schon vorher gern gehabt, aber jetzt bist du eine Männerphantasie. Diese starke, schöne Frau. Wir Kerle wünschen uns doch alle, dass eine Frau wie du mit hohen Absätzen auf unserem Körper herumspaziert.« Dann beugte er sich zu mir und flüsterte mir mit seinem warmen Atem ins Ohr: »Und du gehörst mir allein!«

»Hör auf«, sagte ich. »Ich finde das nicht lustig.«

»Jetzt weißt du, wie es ist, berühmt zu sein«, meinte Graham. »Genieße es, solange du noch kannst.«

»Mein Gott, hat denn kein Mensch Mitleid mit mir? Morris, hast du mir vielleicht was Nettes zu sagen?«

»Ja«, sagte Fred. »Schieß los, Morris. Welchen Rat würdest du einer schönen Frau geben, die sich mit den Schattenseiten des Ruhms herumschlagen muss?«

Mit diesen Worten lehnte er sich zu Morris hinüber und versetzte ihm mehrere sanfte Klapse auf die Wange. Die Jungs schafften es immer wieder, mich zu überraschen. Es war, als würden sie Rituale aus einer fremden, exotischen Welt vollziehen, die ich nicht verstand. Einer von ihnen tat oder sagte etwas zu einem der anderen, und ich wusste nie so genau, ob es ein Scherz war oder eine Beleidigung oder vielleicht eine scherzhaft gemeinte Beleidigung, ob das Opfer lachen oder in Rage geraten würde. Fred beispielsweise schien nie etwas Nettes zu Morris zu sagen, sprach aber manchmal von ihm als seinem besten Freund.

Nun schwiegen plötzlich alle, und ich spürte, wie sich mein Magen verkrampfte. Alle Blicke waren auf Morris gerichtet, der sich blinzelnd mit den Fingern durchs Haar fuhr. Ich hatte immer den Verdacht, dass er das nur tat, um zu demonstrieren, wie beeindruckend lang und dicht es war.

»Wer kann mir zehn Filme nennen, in denen Briefe vorkommen?«, fragte er.

»Morris!«, rief ich wütend.

»*Brief einer Unbekannten*«, antwortete Graham.

»*Ein Brief an drei Frauen*«, sagte Duncan.

»*Der verhängnisvolle Brief.*« Dieser Beitrag kam von Fred.

»Das ist zu einfach«, meinte Morris. »Zehn Filme, in denen Briefe vorkommen, das Wort ›Brief‹ aber nicht im Titel auftaucht.«

»Wie zum Beispiel?«

»Na ja … zum Beispiel *Casablanca.*«

»Da kommen keine Briefe vor.«

»Doch.«

»Nein.«

Das ernste Gespräch war vorüber.

Von da an sparte ich es mir meist, die Briefe überhaupt zu lesen. Bei manchen erkannte ich bereits die Schrift auf dem Umschlag, sodass ich mir gar nicht erst die Mühe machte, sie zu öffnen. Andere überflog ich flüchtig, bevor ich sie zu den anderen in die Pappschachtel warf. Ich fand sie nicht mal mehr lustig. Ein paar waren traurig, ein paar obszön, die meisten einfach langweilig.

Wenn ich das Bedürfnis hatte, mir den Wahnsinn um mich herum ins Gedächtnis zu rufen, brauchte ich bloß hin und wieder aus meinem Fenster zu schauen, dessen Rahmen langsam vor sich hin rotteten. Dann sah ich junge Männer in verbeulten Autos, die Hand auf der Hupe, das Gesicht rot vor Zorn. Einsame alte Frauen, die auf ihre fahrbaren Einkaufskörbe gelehnt durch die Menge stolperten und dabei leise vor sich hin murmelten. Die nach Pisse und Whisky stinkenden Penner, die in ihren schmutzigen, nicht richtig zugeknöpften Hosen im Eingang des mit Brettern verrammelten Ladens ein paar Türen weiter saßen und den Frauen schräge, lüsterne Blicke zuwarfen.

Der Wahnsinn kam auch in Gestalt von potenziellen Wohnungskäufern durch meine Tür. Da gab es beispielsweise einen Mann – er war sehr klein, wohl so um die fünfzig, hatte Blumenkohlohren und zog einen Fuß nach –, der darauf bestand, sich auf den Boden zu knien und die Fußleisten abzuklopfen. Ich stand ziemlich blöd daneben und zuckte jedes Mal zusammen, wenn unten aus dem Pub die Bässe der Musik bis herauf in meine Wohnung drangen. Oder die junge Frau, etwa in meinem Alter, mit Dutzenden von Silbersteckern am Ohrrand, die ihre drei riesigen, stinkenden Hunde mit zur Wohnungsbesichtigung brachte. Beim Gedanken daran, wie die Wohnung aussehen würde, nachdem drei Wochen lang diese Meute darin gehaust hätte, wurde mir fast übel. Die Räume boten kaum genug Platz für eine Person. Einer der Hunde fraß meine Vitamintabletten vom Tisch, ein anderer legte sich an die Wohnungstür und gab dort entsetzliche Gerüche von sich.

Die meisten Besucher blieben nur ein paar Minuten, gerade lang genug, um nicht unhöflich zu wirken, ehe sie den Rückzug antraten. Einige wenige hatten kein Problem damit, unhöflich zu sein. Vor allem Pärchen sprachen manchmal laut darüber, was sie von der Wohnung hielten.

Guy selbst wirkte auf den ersten Blick wie ein etwas normalerer Vertreter der menschlichen Spezies, zumindest solange man ihn nur oberflächlich kannte, aber auf Grund seiner Unfähigkeit, meine Wohnung zu verkaufen, wurden wir mit der Zeit so etwas wie alte Bekannte. Immer schick gekleidet, besaß er eine Vielzahl von Anzügen und farbenfrohen Krawatten, von denen einige mit Zeichentrickfiguren bedruckt waren. Egal, wie heiß es war, er schwitzte nie oder höchstens auf diskrete Art, in Form eines einzelnen Schweißtropfens, der ihm dezent über die Wange lief. Er roch stets nach Rasierwasser und einer frischen Mundspülung. Man hätte meinen sollen, er würde meine Wohnung mit der Zeit als Symbol seines Scheiterns betrachten und daher meiden. Hinzu kam, dass ja wirklich kein Fachmann nötig war, um die Leute herumzuführen. Trotzdem kam er jedes Mal mit, wenn sich jemand die Räume ansehen wollte, und das sogar abends oder am Wochenende.

Deswegen hätte ich wohl nicht so überrascht sein dürfen, als er mir eines Tages, nachdem eine dünne, ängstlich wirkende Frau zur Tür hinausgetrippelt war, tief in die Augen blickte und verkündete: »Irgendwann müssen wir beide mal was trinken gehen, Zoë.«

Ich hätte ihm einen Korb verpassen und auf diese Weise zum Ausdruck bringen sollen, wie sehr er mir mit seiner falschen Bräune und seiner Unsitte, die Dinge schönzureden, auf die Nerven ging, aber mir fiel nichts Passendes ein, sodass ich stattdessen nur hervorstieß: »Ich glaube, wir sollten den Preis senken.«

Der Mann, der sich am Abend meiner Nicht-Umzugsparty die Wohnung angesehen hatte, kehrte mit einem Maßband, einem Notizblock und einem Fotoapparat zurück. Es war früher Abend, und Fred hielt sich in den Yorkshire Dales auf, wo er im Auftrag eines kleinen lokalen Fernsehsenders sechsunddreißig Stunden damit verbrachte, aus einem großen, zugewucherten Garten etwas Ansehnliches zu zaubern – für eine Sendung, die erst in etwa einem Jahr ausgestrahlt werden sollte. Er hatte aus einem Pub angerufen und mir mit einer Stimme, die nach Alkohol klang, erzählt, dass er sich im Geiste bereits ausmale, was er nach seiner Rückkehr alles mit mir anstellen würde. Nicht gerade das, was ich in dem Moment hören wollte. Ich saß gerade an meinem Computer und mühte mich mit einem Bericht ab, den ich für die Schule schreiben musste. Ich versuchte, eine Tabelle zu Stande zu bringen. Das hatte bei Duncan – oder war es Morris gewesen? – so einfach ausgesehen. »Fehlertyp 19« blinkte immer wieder auf meinem Bildschirm auf. Deswegen rauchte ich fluchend eine Zigarette nach der anderen, während der Mann, der vielleicht – vielleicht aber auch nicht – meine Wohnung kaufen würde, überall herumstöberte. Er maß die Bodenflächen ab, öffnete Schränke, warf einen Blick unter meinen schäbigen Teppich, hob Freds hässlichen Wandbehang hoch und inspizierte den feuchten Fleck, der sich trotz des heißen, trockenen Wetters immer mehr auszubreiten schien. Dann begab er sich ins Bad, drehte dort den Wasserhahn auf und begutachtete etwa eine Minute lang das jämmerliche Rinnsal. Als ich schließlich hörte, dass er ins Schlafzimmer übergewechselt war und dort Schubladen aufzog, folgte ich ihm.

»Was machen Sie da?«

»Mich umsehen«, antwortete er seelenruhig, während er weiter auf mein Durcheinander aus Slips, BHs und Strumpfhosen voller Laufmaschen hinunterstarrte.

Nachdem ich erbost die Schublade zugeknallt hatte, ging ich in die Küche, weil ich plötzlich Hunger verspürte, fand im Kühlschrank aber lediglich eine Tüte mit alten Frühlingszwiebeln, ein vor sich hinschimmelndes Brötchen, eine braune Papiertüte, die bis auf einen Kirschkern leer war, und eine Dose Cola. Im Gefrierfach lag eine Tüte Garnelen, deren Verfallsdatum wahrscheinlich längst abgelaufen war, und eine kleine Packung Erbsen. Ich entschied mich für die Cola, die ich im Stehen neben dem Kühlschrank trank, ehe ich an meinen Computer zurückkehrte und schrieb: »Unser Ziel ist es, nicht nur kompetente, sondern auch interessierte Leser heranzuziehen. Ein sorgfältig zusammengestellter Lehrplan stellt sicher, dass alle Schüler verstärkt…« Ach, zum Teufel damit. Ich war nicht Lehrerin geworden, um solchen Mist von mir zu geben. Demnächst würde ich Dinge schreiben wie »zufrieden stellende Leistungsstandards« und »Input-Level«.

Ich schob mir drei Multivitamintabletten in den Mund und

zermalmte sie missmutig. Dann griff ich nach den Hausarbeiten – falls das nicht ein zu hoch gegriffenes Wort dafür war –, die ich der Klasse aufgegeben und an diesem Abend mit nach Hause genommen hatte. Ich hatte sie aufgefordert, eine ihrer Lieblingsgeschichten zu zeichnen. Ein paar der Bilder waren ziemlich unverständlich. Benjamins Zickzackmuster in Grün und Schwarz sollte den »Wolf und die sieben Geißlein« darstellen, was seinen Hang zu abstrakter Kunst offenbarte. Jordanes »Prinzessin auf der Erbse« bestand lediglich aus einem erbsengrünen Kreis. Viele der Kinder hatten Bilder von Disneyfilmen angefertigt: *Bambi*, *Schneewittchen* und Ähnliches. Ich sah sie alle durch, schrieb ermutigende Bemerkungen auf die Blätter und verstaute sie anschließend in einer Aktenmappe unter dem Tisch.

»Ich gehe jetzt.«

Der Mann stand in der Tür, den Fotoapparat um den Hals. Er klopfte mit einem Stift gegen seine Zähne und starrte mich dabei unverwandt an. Ich sah, dass die kahle Stelle auf seinem Kopf in einem intensiven Rosaton leuchtete und seine haarigen Handgelenke ebenfalls sonnenverbrannt waren. Geschah ihm recht.

»Ja, ist gut.«

Kein Wort darüber, dass er noch mal kommen wollte. Mistkerl.

Ich brach ein paar Minuten nach ihm auf, um mir mit Louise und ein paar von ihren Freundinnen, die ich noch nicht kannte, einen Film anzusehen. Es war schön, mit einer Gruppe von Frauen im Dunkeln zu sitzen, Popcorn zu knabbern und vor sich hin zu kichern. Man fühlte sich dabei so geborgen.

Ich kam ziemlich spät nach Hause. Es war eine dunkle, sternenlose Nacht. Als ich die Tür aufschob, entdeckte ich auf der Fußmatte einen Brief. Jemand musste ihn durch den Briefschlitz geschoben haben. Er war in sauberer schwarzer Kursivschrift an mich adressiert. Schien ausnahmsweise mal nicht von einem Spinner zu stammen. Noch immer im Türrahmen stehend, riss ich ihn auf.

Liebe Zoë, wann bekommt ein so junges, hübsches und gesundes Mädchen wie du Angst vor dem Sterben? Ich bin schon gespannt. Du rauchst (wovon du am Finger übrigens einen Nikotinfleck hast), manchmal nimmst du auch Drogen. Du hast eine Vorliebe für ungesundes Essen. Du bleibst oft lange auf, bist am nächsten Morgen aber nicht verkatert. Wahrscheinlich bildest du dir ein, dass du ewig leben wirst. Dass du noch lange Zeit jung sein wirst.

Zoë mit den weißen Zähnen und dem hübschen kleinen Grübchen beim Lächeln, du wirst nicht mehr lange jung sein. Betrachte das als Warnung.

Hast du Angst, Zoë? Ich beobachte dich. Du wirst mich nicht mehr los.

Ich stand am Rand des Gehsteigs, auf dem noch immer Menschen vorüberströmten, sich eilig an mir vorbeidrängten, und starrte auf den Brief. Als ich die linke Hand hob, sah ich, dass ich am Mittelfinger tatsächlich einen gelben Fleck hatte. Ich knüllte den Brief zusammen und warf ihn in eine Abfalltonne, zu all dem anderen Müll, all dem Dreck aus dem Leben anderer Leute.

*Heute hat sie ein hellblaues Trägerkleid an. Es reicht ihr bis zu den Knien, und knapp über dem Saum leuchtet ein Fleck aus Kreidestaub, den sie noch nicht bemerkt hat. Sie trägt keinen BH. Ihre Achseln sind rasiert, ihre Beine wirken ebenfalls glatt und weich. Ihre Nägel sind lackiert, aber an der linken großen Zehe beginnt der helle Lack bereits abzublättern. Sie trägt flache marineblaue Sandalen, die alt und abgewetzt aussehen. Ihre Haut ist gebräunt, und die Härchen auf ihren Armen sind golden. Manchmal erhasche ich einen Blick auf die milchweißen Unterseiten ihrer Arme, die hellere Haut ihrer Kniekehlen. Wenn sie sich hinunterbeugt, kann ich sehen, dass das Honiggold, das ihre Schultern und ihren Hals überzieht, zwischen ihren Brüsten ausläuft. Ihr Haar ist hochgesteckt. Die Sonne hat es ausgebleicht, sodass es am Ansatz viel dunkler ist als oben. Ihre silbernen Ohrringe haben die Form von kleinen Blumen. Hin und wieder dreht sie sie zwischen Daumen und Zeigefinger. Ihre Ohrläppchen sind ziemlich lang. Die vertikale Rille über ihrer Oberlippe ist recht stark ausgeprägt. Wenn ihr so heiß ist wie heute, sammelt sich darin Schweiß, den sie in regelmäßigen Abständen mit einem Taschentuch wegwischt. Ihre Zähne sind weiß, aber im hinteren Teil ihres Mundes habe ich mehrere Plomben entdeckt. Sie blitzen auf, wenn sie lacht oder gähnt. Sie trägt kein Make-up. Ich kann die hellen Spitzen ihrer Wimpern sehen, die leichte Trockenheit ihrer ungeschminkten Lippen. Über ihren Nasenrücken sind ein paar Sommersprossen verteilt, die noch nicht da waren, als ich letztes Mal hingesehen habe. Der gelbe Fleck an ihrem Mittelfinger ist verschwunden. Gut. Sie trägt keine Ringe. Die Uhr an ihrem Handgelenk hat ein großes Zifferblatt mit einem Bild von Mickey Mouse in der Mitte. Als Band benutzt sie ein Haarband.*

*Ihr Lachen klingt ein bisschen wie das Geläut einer Türglocke. Wenn ich ihr sagen würde, dass ich sie liebe, würde sie mich mit diesem Glockengeläut auslachen. Sie würde glauben, dass ich nur Spaß mache. Frauen sind so. Sie stellen ernste, wichtige Dinge als etwas Kleines, Banales hin, einen Witz. Liebe ist kein Witz. Es geht dabei um Leben oder Tod. Eines Tages wird sie das verstehen. Bald wird sie wissen, dass gewisse Dinge wichtig sind: die Art, wie sie lächelt oder einem mit aufmerksamen Augen zuhört, die Art, wie ihre Brüste flach werden, wenn sie den Arm über den Kopf hebt. Sie lächelt zu viel, und sie lacht zu oft. Sie genießt es zu flirten. Sie trägt gern dünne, knappe Sachen. Ich kann durch den Stoff ihres Kleids ihre Beine sehen, die Form ihrer Brustwarzen erahnen. Sie geht sorglos mit ihrem Körper um.*

*Sie redet sehr schnell, mit einer hellen, leicht heiseren Stimme. Sie sagt oft »jap« statt ja. Sie hat graue Augen. Sie hat noch keine Angst.*

## 5. KAPITEL

Jeder Mensch weiß, dass fast überall auf der Welt, außer vielleicht in so geschäftigen Ländern wie Japan, spätestens gegen halb vier oder vier Schulschluss ist, wobei ich mit den kleinen Dingen, die ich lehre, sogar noch eher fertig bin, so gegen Viertel nach drei. Selbst Leute, die keine Ahnung von Kindern haben, wissen das. Sie sehen Jungen und Mädchen an der Hand ihrer Mutter die Hauptstraße entlanggehen oder, beladen mit Schultaschen und Pausenboxen, hinter einer anderen Aufsichtsperson hertrödeln. Ich hatte bereits gelernt, dass sich der Verkehr in der Londoner Rushhour etwa zur Hälfte aus riesigen Menschentransportern zusammensetzte, die bedrückt dreinblickende Kinder in Uniform die weiten Strecken zwischen ihren schönen Elternhäusern und den ihnen standesgemäßen Schulen hin und her kutschierten. Denn natürlich besteht – wie ich ebenfalls bald herausgefunden hatte – für die Londoner Eltern eines der wichtigsten Statussymbole in der Strecke, die sie ihre Kinder transportieren müssen. Die Schule nebenan ist etwas für arme Leute, wie ich sie unterrichte.

Wenn die Leute erfahren, dass ich Lehrerin bin, beneiden sie mich immer um meine kurze Arbeitszeit und die langen Ferien, was ein ziemlicher Witz ist. Bis zu einem gewissen Grad geschieht es mir natürlich recht, weil eben dieser Aspekt eines der weniger noblen Motive war, weshalb ich diesen Beruf ergriff. Meine eigene schulische Laufbahn war nicht besonders erfolgreich verlaufen, sodass ich nicht die nötigen Voraussetzungen besaß, um etwas wirklich Wichtiges zu studieren und mich beispielsweise der Betreuung kranker Katzen zu widmen, was früher einmal mein Berufswunsch gewesen war. Meine Leistungen hatten bloß ausgereicht, um kleine Kinder zu unterrichten. Das kam mir durchaus entgegen. Ich mochte Kinder, ihre Durchschaubarkeit, ihren Eifer, ihr Potenzial. Mir gefiel die Vorstellung, den ganzen Tag um einen Sandkasten herumzustehen, Kleinkindern die Nase zu putzen und ihnen beim Mischen ihrer Malfarben zu helfen.

Stattdessen war ich in einem Job gelandet, der einem eher das Gefühl gab, mitten in einem Zoo als Buchhalter zu arbeiten. Nur dass die Arbeitszeiten länger waren als bei einem Buchhalter. Nachdem die Kinder abgeholt und in ihre Wohnsiedlungen und Hochhäuser zurückgebracht worden waren, trafen wir uns zu Lehrerkonferenzen, füllten stapelweise Formulare aus, planten und organisierten. Pauline schien nie nach Hause zu gehen und wäre wahrscheinlich besser dran gewesen, wenn sie in ihrem Büro ein Feldbett und einen Gaskocher aufgestellt hätte.

Ich machte an diesem Abend eher Schluss, weil ich noch einen Termin mit einem Mann hatte, der sich die Wohnung ansehen wollte. Natürlich musste ich wieder Ewigkeiten auf den Bus warten, sodass der Typ bereits mit einer Zeitung vor der Tür stand, als ich schließlich keuchend den Gehsteig entlanggerannt kam. Ich hatte ihm, auch wenn es nur fünf Minuten Verspätung waren, schon zu viel Zeit gelassen, sich die Gegend anzusehen. Zum Glück schien er völlig in seine Lektüre vertieft zu sein. Vielleicht hatte er das Pub gar nicht bemerkt, oder zumindest nicht ganz realisiert, was es bedeutete. Er trug einen etwas eigenwillig geschnittenen Anzug mit asymmetrischen Revers, wahrscheinlich ein sündhaft teures Teil. Ich schätzte ihn auf Ende zwanzig, vielleicht Anfang dreißig. Er trug das Haar sehr kurz und wirkte trotz der Hitze frisch und gepflegt.

»Tut mir wirklich Leid!«, keuchte ich. »Der Bus!«

»Kein Problem«, meinte er. »Ich bin Nick Shale. Und Sie sind bestimmt Miss Haratounian.« Wir reichten uns zur Begrüßung die Hand. Er musterte mich grinsend.

»Verraten Sie mir, was Sie so lustig finden?«, fragte ich.

»Ich habe Sie mir als grimmige alte Dame vorgestellt.«

»Oh.« Ich bemühte mich, höflich zu lächeln.

Ich schloss die Haustür auf. Auf der Türmatte lag der übliche Müll, Werbung für Pizzadienste, Fensterputzer und Taxiunternehmen, außerdem ein unfrankierter Brief. Ich erkannte die Handschrift sofort. Er war von dem Widerling, der mir schon vor ein paar Tagen geschrieben hatte. Der Kerl war also ein weiteres Mal an meine Haustür gekommen. Keine sehr angenehme Vorstellung. Nachdem ich einen Augenblick auf den Brief hinuntergestarrt hatte, wandte ich meine Aufmerksamkeit wieder Nick zu, der mich fragend ansah.

»Entschuldigung, was haben Sie gerade gesagt?«, fragte ich.

»Ihre Tasche. Soll ich Ihnen Ihre Tasche abnehmen?«

Wortlos reichte ich sie ihm.

Mittlerweile hatte ich meine Führung durch die Wohnung auf die optimale Länge von drei Minuten beschränkt, in denen ich souverän sämtliche positiven Dinge präsentierte und all jene, die meiner Immobilie nicht notwendigerweise zum Vorteil gereichten, geschickt mied. Hin und wieder stellte mir Nick eine von den Fragen, die ich inzwischen zur Genüge kannte.

»Warum ziehen Sie um?«

Glaubte er wirklich, dass er einen alten Hasen wie mich so leicht in die Falle locken konnte?

»Ich möchte näher bei meiner Arbeitsstelle wohnen«, flunkerte ich.

Er warf einen Blick aus dem Fenster. »Ist der Verkehr ein Problem?«

»Darüber habe ich nie nachgedacht.« Das war ein bisschen mehr als gelogen. Wenigstens lachte er nicht. Ich legte den Brief ungeöffnet auf den Tisch. »Praktisch ist, dass es so viele Läden in der Nähe gibt.«

Er schob die Hände in die Taschen und stellte sich in die Mitte des Wohnzimmers, als würde er versuchen, sich in die Rolle des Wohnungseigentümers hineinzuversetzen. Er sah dabei aus wie ein Gutsherr, der sein – allerdings sehr kleines – Anwesen inspizierte.

»Sie sind nicht aus London«, bemerkte er.

»Woraus schließen Sie das?«

»Sie klingen nicht danach. Ich versuche gerade, Sie einzuordnen. Ihrem Namen nach müssten Sie eigentlich Armenierin sein, aber so hören Sie sich auch nicht an. Wobei ich zugeben muss, dass ich gar nicht so genau weiß, wie ein armenischer Akzent klingt. Vielleicht sprechen ja alle Armenier so wie Sie.«

Ich hatte immer ein ganz komisches Gefühl, wenn Leute, die sich die Wohnung ansahen, persönlich wurden, aber in diesem Fall konnte ich mir ein Lächeln nicht verkneifen. »Ich bin in einem Dorf in der Nähe von Sheffield aufgewachsen.«

»Das war bestimmt ganz anders als London.«

»Allerdings.«

Einen Moment lang schwiegen wir beide.

»Ich würde die Sache gern überschlafen«, meinte Nick schließlich mit ernstem Gesichtsausdruck. »Würde es Sie stören, wenn ich demnächst wiederkomme und mir das Ganze noch mal ansehe?«

Ich fragte mich, ob sein Interesse wirklich primär der Wohnung galt, machte mir deswegen aber keine allzu großen Gedanken. Selbst das kleinste bisschen von Interesse war positiv zu werten. »Kein Problem«, antwortete ich.

»Darf ich Sie direkt anrufen, oder soll ich mich erst an den Makler wenden?«

»Wie Sie wollen. Ich bin ziemlich lange in der Arbeit.«

»Was machen Sie?«

»Ich unterrichte an einer Grundschule.«

»Beneidenswert«, sagte er. »Die vielen Ferien.«

Ich zwang mich zu einem Lächeln.

»Ihre Nummer«, fuhr er fort. »Kann ich Ihre Telefonnummer haben?«

Ich nannte sie ihm, und er tippte sie in ein Ding, das aussah wie ein etwas größerer Taschenrechner.

»Es war nett, Sie kennen zu lernen, ähm …?«

»Zoë.«

»Zoë.«

Ich hörte, wie er beim Hinuntergehen jeweils zwei Treppenstufen auf einmal nahm. Dann war ich allein mit meinem Brief. Eine Weile versuchte ich, die Coole zu spielen, indem ich mir erst mal einen Instantkaffee machte und eine Zigarette anzündete. Dann öffnete ich den Umschlag und faltete den Briefbogen vor mir auseinander:

Liebe Zoë,
vielleicht täusche ich mich, aber mir scheint, du hast noch nicht so viel Angst wie von mir geplant. Wie du weißt, beobachte ich dich. Vielleicht beobachte ich dich sogar in diesem Augenblick, während du diese Worte liest.

Es war blöd von mir, aber ich hob den Kopf und sah mich im Zimmer um, als könnte ich jemanden dabei ertappen, wie er mir über die Schulter blickte.

Wie gesagt, ich möchte in dich hineinsehen. Das ist es, was mich wirklich interessiert. Ich möchte dich von innen sehen, diejenigen Teile von dir, die du selbst niemals zu Gesicht bekommen wirst, ich aber schon.
Vielleicht liegt es daran, dass du dich in deiner schrecklichen kleinen Wohnung, die du nicht verkaufen kannst, sicher fühlst. Du bist aber nicht sicher. Denk zum Beispiel an dein hinteres Fenster. Es ist leicht, auf den Schuppen im Garten hinter dem Haus zu klettern und dann durch das Fenster einzusteigen. Du solltest ein richtiges Schloss anbringen lassen. So, wie es im Moment ist, lässt es sich zu leicht öffnen. Deswegen habe ich es gleich offen gelassen. Geh und sieh nach.
PS: Du wirkst glücklich, wenn du schläfst. Tot zu sein ist nichts anderes, als für immer zu schlafen.

Ich legte den Brief zurück auf den Tisch und ging in den Flur hinaus. Tatsächlich war das Fenster, das auf den Garten, den ich nicht betreten durfte, hinausging, ein Stück weit hochgeschoben. Bei dem Anblick lief es mir kalt über den Rücken. Fast kam es mir so vor, als herrschte in der Wohnung plötzlich eine Eiseskälte wie in einem Keller, obwohl ich genau wusste, dass die Abendluft noch immer drückend heiß war. Ich ging zurück ins Wohnzimmer und setzte mich neben das Telefon. Am liebsten hätte ich mich übergeben. Aber handelte es sich wirklich um einen Notfall? Was, wenn an der Sache gar nichts dran war?

Ich entschloss mich zu einem Kompromiss. Nachdem ich im Telefonbuch das nächstgelegene Polizeirevier herausgesucht hatte, rief ich dort an und führte ein etwas kompliziertes Gespräch mit einer Beamtin, die nur nach einem Grund zu suchen schien, den Hörer wieder auflegen zu können. Ich erklärte ihr, dass bei mir eingebrochen worden sei, woraufhin sie wissen wollte, was der Einbrecher gestohlen und welchen Schaden er sonst noch angerichtet habe. Ich antwortete, es sei kein Schaden entstanden, und ich könne noch nicht genau sagen, was gestohlen worden sei.

»Handelt es sich bei der Sache überhaupt um eine Angelegenheit für die Polizei?«, fragte die Stimme müde.

»Ich bin bedroht worden«, erklärte ich. »Jemand droht damit, mir Gewalt anzutun.«

Die Diskussion ging noch ein paar Minuten weiter, und nach einem kurzen Wortwechsel mit einer dritten Person, von dem ich die Hälfte mitbekam, weil die Beamtin bloß die Hand über den Hörer gelegt hatte, erklärte sie, jemand werde »demnächst« bei mir vorbeischauen – was immer das heißen mochte. Während ich wartete, ging ich von Fenster zu Fenster und verriegelte alle, bei denen das möglich war. Als ob jemand zu einem Fenster im ersten Stock hinaufklettern würde, das von der ganzen Holloway Road aus zu sehen war. Ich schaltete weder den Fernseher noch das Radio ein, weil ich jedes Geräusch mitbekommen wollte. Ich rauchte eine Zigarette nach der anderen und trank ein Bier.

Es dauerte über eine Stunde, bis es schließlich an der Tür klingelte. Ich ging hinunter, machte aber nicht gleich auf. »Wer ist draußen?«

Auf der anderen Seite der Tür sagte jemand etwas, was ich nicht verstand. »Was?«

Ungeschickt schob ich die mit einer strammen Feder versehene Klappe des Briefschlitzes hoch und spähte hinaus. Dunkelblauer Stoff. Ich öffnete die Tür. Vor mir standen zwei Polizeibeamte. Sie hatten ihren Wagen direkt vor der Tür geparkt.

»Möchten Sie hereinkommen?«

Nachdem sie wortlos einen Blick gewechselt hatten, traten sie in den Flur. Ich führte sie nach oben. Beide Männer hatten gleich beim Betreten des Hauses ihre Dienstmützen abgenommen. Ich fragte mich, ob das eine alte Form von Höflichkeit gegenüber Frauen war. Dummerweise wurde ich in Gegenwart von Polizisten immer nervös, was die Sache nicht gerade leichter machte. Krampfhaft versuchte ich mir ins Gedächtnis zu rufen, ob sich in der Wohnung irgendwelche illegalen Substanzen befanden. Ich hoffte, dass weder im Kühlschrank noch auf dem Kaminsims etwas herumlag. Ich deutete auf den Brief. Vielleicht war es besser, ihn nicht mehr zu berühren. Womöglich handelte es sich um Beweismaterial. Einer der Beamten trat vor und beugte sich über den Tisch. Er brauchte ziemlich lang, bis er ihn gelesen hatte, was mir Gelegenheit gab, mir den Mann etwas näher anzusehen. Er hatte eine lange Römernase, die zwischen seinen Augen in einem kleinen Wulst endete.

»Haben Sie von dieser Person weitere Briefe erhalten?«, fragte er schließlich.

»Ja, einen. Vor ein paar Tagen. Ich glaube, es war am Mittwoch.«

»Wo ist er?«

Mit dieser Frage hatte ich schon gerechnet. »Ich habe ihn weggeworfen«, antwortete ich ein wenig schuldbewusst. Da ich befürchtete, dass er deswegen mit mir schimpfen würde, sprach ich schnell weiter, um ihm den Wind aus den Segeln zu nehmen. »Tut mir Leid, ich weiß, das war dumm von mir. Ich war einfach durcheinander.«

Wider Erwarten blieb der Beamte ganz ruhig. Er wirkte weder aufgebracht noch beunruhigt. Nicht einmal besonders interessiert.

»Haben Sie nachgesehen, ob das mit dem Fenster stimmt?«

»Ja. Es war offen.«

»Können Sie es uns zeigen?«

Ich führte sie auf den Gang hinaus. Sie folgten mir ziemlich zögerlich, fast als würden sie es als Zumutung empfinden, wegen einer derartigen Lappalie so viel Energie aufwenden zu müssen.

»Es geht auf den Garten des Pubs hinaus«, murmelte der andere Beamte, während er durch das Fenster nach unten sah.

Der mit der Römernase nickte. »Vielleicht hat er das Fenster vom Pub aus gesehen.« Sie kehrten ins Wohnzimmer zurück.

»Haben Sie eine Idee, wer Ihnen das geschickt haben könnte? Vielleicht ein Exfreund oder ein Kollege?«

Ich holte tief Luft und erzählte ihnen von der Melone und der Postlawine, die sie ausgelöst hatte. Sie mussten beide lachen.

»Sie waren das?«, fragte der mit der Römernase in amüsiertem Tonfall. Er wandte sich an seinen Kollegen. »Danny war damals als Erster am Tatort.« Wieder an mich gewandt, meinte er: »Ein netter Fall. Wir haben Ihr Foto im Revier hängen. Für uns sind Sie eine richtige Heldin.« Wieder musste er lachen. »Mit einer Wassermelone, was? Das ist auf jeden Fall besser als ein Schlagstock.« In dem Moment gab sein Funkgerät ein lautes Knistern von sich. Er drückte auf einen Knopf, und eine Stimme sagte etwas, das ich nicht verstand. »Ja, in Ordnung. Wir machen uns sofort auf den Weg. Bis gleich.« Er richtete den Blick wieder auf mich. »Damit haben wir ja des Rätsels Lösung.«

»Wie meinen Sie das?«

»Wenn man mit Foto in die Zeitung kommt, dann passiert so was schon mal.«

»Aber er ist bei mir eingebrochen und hat mich bedroht!«

»Sie stammen nicht aus London, oder? Wie war noch mal Ihr Name?«

»Haratounian. Zoë Haratounian.«

»Ein lustiger alter Name. Italienisch, oder?«

»Nein.«

»Hier in der Stadt laufen einfach eine Menge seltsamer Typen herum.«

»Aber sind Sie denn nicht der Meinung, dass er damit eine Straftat begangen hat?«

Der Beamte mit der Römernase zuckte mit den Achseln. »Ist etwas gestohlen worden?«, fragte er.

»Ich weiß es nicht. Nein, ich glaube nicht.«

»Gibt es irgendwelche Spuren, die beweisen, dass sich jemand unter Anwendung von Gewalt Zugang zur Wohnung verschafft hat?«

»Zumindest kann ich keine entdecken.«

Er sah zu seinem Kollegen hinüber und machte eine kleine Kopfbewegung in Richtung Tür, was soviel hieß wie: Lass uns so schnell wie möglich hier abhauen.

»Falls etwas Ernstes vorfallen sollte« – dabei legte er die Betonung dezent auf »Ernstes«, was ich fast ein bisschen unverschämt fand –, »dann rufen Sie uns an.«

Sie wandten sich zum Gehen.

»Wollen Sie den Brief nicht mitnehmen?«

»Behalten Sie ihn, meine Liebe. Legen Sie ihn in eine Schublade. Irgendwohin, wo er sicher ist.«

»Wollen Sie meine Aussage denn nicht aufnehmen? Müssen Sie nicht ein Formular ausfüllen?«

»Falls der Kerl Sie weiterhin belästigen sollte, werden wir das tun, meine Liebe. In Ordnung? Und nun sehen Sie zu, dass Sie ein wenig Schlaf bekommen. Wir müssen zu einem neuen Einsatz.«

Und weg waren sie. Durchs Fenster beobachtete ich, wie sich ihr Wagen in die anderen Lichter einreihte und im Chaos der Stadt verschwand.

## 6. KAPITEL

Draußen auf der Holloway Road waren laute Musik und Gelächter zu hören, als wäre dort ein Straßenfest im Gange. Jemand klatschte wie wild. Ein Auto hupte. Die schwüle Nachtluft verdichtete all die Gerüche der Nacht: Es roch nach Gewürzen, gebratenen Zwiebeln, Abgasen, Patschuli, Knoblauch und Zimt. Sogar ein Hauch von Rosenduft mischte sich in das Potpourri. Hin und wieder wehte durch das weit offen stehende Fenster eine leichte Brise und bauschte die halb zugezogenen Vorhänge.

Trotz der vorgerückten Stunde waren weder Sterne noch der Mond zu sehen. Die Stadt wurde nur vom Schein der Straßenlampen erhellt, die den Raum in ein schwaches, schmutzig oranges Licht tauchten. Einen Moment lang sehnte ich mich danach, mitten in einem Wald oder einer Wüste zu sein oder draußen auf dem offenen Meer.

Ich hatte die Augen geöffnet und sah Fred an, der meinen Blick mit einem selbstbewussten Lächeln erwiderte, während der Schweiß von seiner Stirn auf mein Gesicht und meinen Hals tropfte und unsere Hände über den nassen Körper des anderen glitten. Er war mir immer noch fremd: seine hohe Stirn, sein voller Mund, sein langer, schlanker, glatter Körper. Sogar nach einem durchtanzten Abend und anschließendem Sex verströmte er noch einen sauberen, leicht hefigen Geruch. Seine Haut duftete nach Zitronenseife und Erde, Gras und Bier. Ich befreite uns von der feuchten Bettdecke. Fred streckte sich auf dem schmalen Bett genüsslich aus, verschränkte die Arme hinter dem Kopf und grinste mich an.

»Das war schön«, flüsterte ich.

»Danke«, antwortete er.

»Das ist nicht die Antwort, die von dir erwartet wird«, erwiderte ich. »Die richtige Antwort lautet: ›Ja, das war schön.‹ Etwas in der Art.«

Er schüttelte den Kopf. »Hast du je zuvor so guten Sex gehabt?«

Gegen meinen Willen musste ich kichern. »Meinst du das jetzt ernst? Du möchtest wohl, dass ich sage: ›O Fred, ich hatte ja keine Ahnung, dass es so sein kann!‹«

»Halt den Mund! Halt verdammt noch mal den Mund!«

Ich sah ihn an. Er lächelte nicht. Ich hatte tatsächlich seine Gefühle verletzt. Er machte einen gedemütigten, wütenden Eindruck. Männer.

Ich setzte mich auf, schüttelte zwei Zigaretten aus der Packung, die neben dem Bett auf dem Boden lag, zündete beide an und reichte eine davon Fred. »Ich hatte noch nie Sex mit einem Gärtner.«

Er zog einmal kräftig daran und blies einen hübschen Rauchkringel in die Luft, der dort einen Moment hängen zu bleiben schien, ehe er sich auflöste. »Ich bin kein Gärtner, ich arbeite lediglich für einen. Ich helfe aus.«

»Genauso gut könnte ich sagen: Ich bin keine Lehrerin, ich unterrichte bloß.«

Er blies einen weiteren Rauchkringel in die Luft und sah ihm nach. »Du bist tatsächlich Lehrerin. Ich dagegen werde mich von diesem Job verabschieden, sobald ich kann.«

»Oh.« Ich spürte, wie Ärger in mir hochstieg. »Herzlichen Dank für die Belehrung. Darf man dann fragen, ob du schon mal Sex mit einer Lehrerin hattest?«

Er sah mich mit hochgezogenen Augenbrauen an. Auf seinem Gesicht breitete sich ein anzügliches Grinsen aus. »Zumindest nicht mit einer so *berühmten* Lehrerin.«

Darüber wollte ich jetzt nicht nachdenken. Den ganzen Abend hatte ich getrunken, gekichert und getanzt, mich bewusst zugeschüttet, um nicht mehr nachdenken zu müssen. Ich hatte die Nase voll von blöden Witzen über Wassermelonen, von Zeitungsartikeln, in denen ich als kleine blonde Zoë bezeichnet wurde, und seltsamen Briefen auf meiner Fußmatte. Ich wollte nichts mehr hören von Leuten, die an mich dachten oder gar von mir träumten, obwohl sie mir nie begegnet waren. Vielleicht stand in diesem Moment jemand draußen vor der Wohnung, starrte zu meinem offenen Fenster hinauf und wartete darauf, dass Fred ginge. Schlagartig fühlte ich mich wieder nüchtern.

Ich ließ meine Zigarette in das Glas neben dem Bett fallen, wo sie zischend erlosch. »Die letzten Briefe, die ich bekommen habe …«

»Ignoriere sie einfach«, fiel mir Fred forsch ins Wort. Er schloss die Augen. »Was machst du dieses Wochenende?«

»Sie haben mir Angst eingejagt. Sie klangen … oh, ich weiß auch nicht, irgendwie zielgerichtet.«

»Mmm.« Er streichelte mir leicht übers Haar. »Wir haben für Samstag ein Picknick geplant. Irgendwo auf dem Land. Hättest du Lust mitzukommen?«

»Seid ihr eigentlich immer als Gruppe unterwegs?«

Er beugte sich vor und küsste meine Brüste. »Manche Sachen schaffe ich auch allein. Also, wo liegt das Problem?«

»Vergiss es.« Einen Moment lang schwiegen wir beide. »Würdest du heute Nacht bei mir bleiben, Fred? Ich meine, die ganze Nacht. Natürlich nur, wenn du magst.«

Es war, als hätte ich verkündet, dass unter dem Kissen eine Bombe liege. Er riss die Augen auf und fuhr hoch. »Tut mir Leid«, sagte er. »Ich muss morgen in aller Herrgottsfrühe bei einer alten Dame in Wimbledon antreten.« Er sprang in seine Boxershorts und dann in die Hose. Unglaublich, wie schnell er sich anziehen konnte. Er hatte bereits das Hemd zugeknöpft, die Socken übergestreift und seine Schuhe unter dem Bett hervorgeholt. Während er auf den Stuhl zusteuerte, über dem seine Jacke hing, tastete er die Hosentaschen ab, um sicherzustellen, dass ihm das Kleingeld nicht herausgefallen war.

»Deine Uhr«, bemerkte ich trocken.

»Danke. Verdammt, schon so spät! Ich ruf dich morgen an, wegen Wochenende und so.«

»Klar.«

»Lass dir keine grauen Haare wachsen.« Er streichelte mir übers Gesicht, küsste meinen Hals. »Gute Nacht, schöne Frau.«

»Gute Nacht.«

Nachdem er gegangen war, stand ich auf und schloss trotz der drückenden Hitze das Wohnzimmerfenster. Der Raum erschien mir beklemmender denn je. Ich blickte auf die Holloway Road hinaus. In ein paar Stunden würde es hell werden. Ich sah zum wohl zehnten Mal an diesem Abend nach, ob das Flurfenster geschlossen war. Dann holte ich meine Armbanduhr aus dem Bad: Viertel vor zwei. Wenn es bloß schon Morgen wäre. Ich war müde, aber nicht schläfrig, und wenn man Angst hat, kriecht die Zeit im Schneckentempo dahin. Meine noch immer schweißnasse Haut prickelte, und mir war plötzlich kalt, sodass ich die dünne Bettdecke vom Boden aufhob und mich darin einwickelte, ehe ich mir eine weitere Zigarette anzündete. Wie gern hätte ich mir jetzt eine Tasse Tee gemacht, aber der war ja leider aus. Vielleicht stand noch irgendwo ein Rest Whisky herum. Ich ging in die Küche und zog einen Stuhl vor den Hochschrank. Er enthielt eine Menge leerer Flaschen, die ich eines Tages zum Glascontainer bringen würde, aber keinen Whisky. Immerhin entdeckte ich eine Flasche Pfefferminzlikör, den ich von einem Verwandten zu Weihnachten bekommen und bisher noch nicht angerührt hatte. Ich schenkte einen Schluck davon in eine Tasse, von der der Henkel abgebrochen war. Das Zeug war grün, zähflüssig und extrem süß. Es rollte wie ein brennender Ball meinen Rachen hinunter.

»Bäh!«, sagte ich laut. Erst jetzt bemerkte ich, wie still es geworden war, wenn man von den gelegentlichen kleinen Erschütterungen absah, die durch vorbeifahrende Lastwagen verursacht wurden. Nur hin und wieder hörte man auf dem Gehsteig noch die Schritte eines Fußgängers. Inzwischen war es Viertel nach zwei.

Eingewickelt in meine Decke, schlurfte ich ins Bad hinüber, putzte mir die Zähne und kühlte mein heißes Gesicht mit Wasser. Dann legte ich mich ins Bett und versuchte, nicht mehr nachzudenken, was mir aber nicht gelang. Im Geist ging ich die beiden Briefe noch einmal durch. Obwohl ich den ersten weggeworfen hatte, konnte ich mich noch ziemlich genau an den Text erinnern. Den zweiten hatte ich auf meinen Schreibtisch gelegt. Die Polizei war offenbar nicht davon überzeugt, dass er von derselben Person stammte, während ich mir da ganz sicher war. Sie nahmen die ganze Sache nicht ernst. Sie wussten nicht, was für ein Gefühl es war, als Frau allein in einer schäbigen Wohnung an der Holloway Road zu leben und Angst zu haben, dass draußen jemand stand und einen beobachtete.

Obwohl ich es eigentlich gar nicht wollte, holte ich den Brief, kehrte damit ins Bett zurück und las ihn ein weiteres Mal. Mir war klar, dass dieser Mann mich tatsächlich beobachtet, dass er genau hingesehen und dabei Dinge entdeckt hatte, die nicht einmal mir selbst aufgefallen waren, wie beispielsweise der Fleck am Finger. Er hatte mich auf eine Weise studiert, wie man es häufig nicht einmal bei einem Geliebten tat. Er war hier in meiner Wohnung gewesen, das wusste ich ganz genau, egal, was die Polizei sagte, und er hatte sich meine Sachen angeschaut, sie womöglich auch berührt. Vielleicht hatte er meine Briefe gelesen, in meinen Fotos und Klamotten gewühlt. Es war sogar denkbar, dass er etwas mitgenommen hatte. Er hatte mich beim Schlafen beobachtet. Er wolle in mich hineinsehen, schrieb er. Nicht in mir sein, sondern in mich hineinsehen. Mir war plötzlich übel, aber vielleicht lag das nur an dem Pfefferminzlikör oder an den anderen Sachen, die ich im Lauf des Abends getrunken hatte, oder an dem schweißtreibenden Sex oder an meiner Müdigkeit oder … ach, verdammt.

Ich schloss die Augen und legte einen Arm übers Gesicht, sodass ich mich in völliger Dunkelheit befand. Draußen vor meinem Fenster lauerte London, eine Stadt voller Augen. Ich hörte einen Regentropfen, dann noch einen. Meine Gedanken rasten weiter, es gelang mir einfach nicht, mich zu beruhigen. Immer wieder ging ich im Geist den Brief durch.

»Wie gesagt.« Das war das Komische daran. In welchem Zusammenhang hatte er das noch mal geschrieben? Er wollte in mich hineinsehen. Wie gesagt. Aber das hatte er vorher doch noch gar nicht gesagt, oder doch? Ich versuchte, den ersten Brief zu rekonstruieren. Den genauen Wortlaut hatte ich zwar nicht mehr ganz genau im Kopf, aber daran hätte ich mich bestimmt erinnert. Was bedeutete das?

Mir kam ein Gedanke, den ich am liebsten ignoriert hätte. Mit trockenem Mund setzte ich mich auf, schwang die Beine aus dem Bett und ging ins Wohnzimmer hinüber, wo ich die Pappschachtel unter dem Sofa hervorzog. Sie enthielt Dutzende von Briefen, die ich zum Teil gar nicht erst geöffnet hatte. Es würde wahrscheinlich Ewigkeiten dauern, sie alle durchzusehen. Ich kehrte ins Schlafzimmer zurück und schlüpfte in meinen schäbigen alten Jogginganzug. Dann schenkte ich mir eine weitere Tasse von dem schrecklichen Likör ein, zündete mir eine Zigarette an und begann mit der Durchsicht.

Ich brauchte bloß einen raschen Blick auf jeden Brief zu werfen, um ganz sicher zu sein, ob er von ihm war oder nicht. Meine liebe Zoë... Miss Haratounian... Geh dahin zurück, wo du hergekommen bist, du Schlampe... Haben Sie Jesus gefunden?... Sie lächeln, aber Ihre Augen wirken traurig... Wie schön für Sie... Vielleicht hätten Sie Lust, für unsere wohltätige Organisation zu spenden... Ich hatte das Gefühl, wir sind uns schon einmal begegnet... Falls du auf SM stehst... Ich schreibe aus dem Gefängnis... Auf Grund meiner langjährigen Erfahrung möchte ich Ihnen den Rat geben...

Dann lag er vor mir. Mein Herz raste. Ich hatte das Gefühl, keine Luft mehr zu bekommen. Seine schräge, schwarze Handschrift. Ich griff nach dem Umschlag, den ich nicht geöffnet hatte. Er war frankiert und mit meiner Adresse versehen, komplett mit Postleitzahl und allem Drum und Dran. Nachdem ich einen großen Schluck aus meiner Tasse genommen hatte, schob ich meinen Finger unter die Lasche und riss den Umschlag auf. Der Brief war kurz und kam schnell zur Sache:

> Liebe Zoë, ich möchte in dich hineinsehen, und dann möchte ich dich töten. Es gibt nichts, was du tun kannst, um mich aufzuhalten. Aber noch ist es nicht so weit. Ich werde dir wieder schreiben.

Ich starrte auf die Worte, bis sie vor meinen Augen verschwammen. Mein Atem ging schnell und heftig. Regentropfen klatschten gegen das Fenster, ein schwerer Sommerregen hatte eingesetzt. Ich sprang auf, zerrte das Sofa auf den Gang hinaus und verbarrikadierte damit die Wohnungstür. Dann griff ich nach dem Telefonhörer und tippte mit zittrigen, ungeschickten Fingern Freds Nummer. Es läutete und läutete.

»Ja?« Seine Stimme klang verschlafen.

»Fred. Fred, hier ist Zoë.«

»Zoë. Weißt du eigentlich, wie spät es ist, verdammt noch mal?«

»Was? Nein, keine Ahnung. Fred, ich habe noch so einen Brief bekommen.«

»Lieber Himmel, Zoë, es ist halb vier!«

»Er schreibt, er wird mich umbringen.«

»Hör zu …«

»Kannst du bitte vorbeikommen? Ich habe solche Angst, und ich weiß nicht, wen ich sonst fragen soll.«

»Zoë, hör zu.« Ich hörte ihn ein Streichholz anzünden. »Es ist alles in Ordnung.« Seine Stimme klang sanft, aber nachdrücklich, als würde er mit einem Kind sprechen, das sich vor der Dunkelheit fürchtete. »Du bist in deiner Wohnung völlig sicher.« Er schwieg einen Moment. »Wenn du tatsächlich solche Angst hast, dann ruf die Polizei an.«

»Bitte, Fred. Bitte!«

»Ich habe schon geschlafen, Zoë.« Seine Stimme klang jetzt kalt. »Ich schlage vor, du versuchst auch zu schlafen.«

Da gab ich es auf. »Also gut.«

»Ich melde mich.«

»In Ordnung.«

Ich rief bei der Polizei an und erwischte einen Beamten, mit dem ich noch nicht gesprochen hatte und der meine Adresse gewissenhaft, aber ziemlich langsam notierte. Meinen Nachnamen musste ich zweimal buchstabieren, H wie Haus und A wie Apfel. Jedes Mal, wenn ich ein Geräusch hörte, wurde ich vor Angst ganz starr. Dabei konnte natürlich keiner zu mir herein. Alles war abgeschlossen und verriegelt.

»Einen Augenblick, Miss.«

Während ich wartete, zündete ich mir eine neue Zigarette an. Mein Mund fühlte sich an wie das Innere eines Aschenbechers.

Schließlich teilte er mir mit, ich solle am Morgen aufs Revier kommen. Ich glaube, ich hatte erwartet, dass eine Horde von Polizisten auf der Stelle herbeieilen würde, um mich zu beschützen. Aber da hatte ich mich wohl geirrt. Immerhin beruhigte es mich ein wenig, dass die Stimme des Beamten so gelangweilt und routiniert klang. Offenbar waren solche Dinge an der Tagesordnung. Irgendwann schlief ich dann doch ein. Als ich wieder aufwachte, war es fast sieben. Ich warf einen Blick aus dem Fenster. Der Platzregen, der in der Nacht niedergegangen war, hatte die

Straße gereinigt. Die Blätter der Platanen wirkten nicht mehr ganz so ausgebleicht und vertrocknet, und der Himmel leuchtete blau. Ich hatte schon ganz vergessen, wie die Farbe Blau aussah.

## 7. KAPITEL

Diesmal sprach ich mit einem höherrangigen Polizisten, was ja schon ein Fortschritt war. Während die uniformierten Beamten, die bei mir in der Wohnung gewesen waren, ausgesehen hatten wie Mitglieder einer Schul-Rugbymannschaft, hatte der Detective, der auf dem Revier mit mir redete, etwas von einem Erdkundelehrer, auch wenn er in seinem marineblauen Anzug, zu dem er eine gedeckte Krawatte trug, vielleicht eine Spur schicker wirkte als alle meine ehemaligen Geographielehrer. Er war groß und untersetzt, fast schon fett. Sein braunes Haar trug er kurz und exakt geschnitten. Er holte mich im Empfangsbereich ab und stellte sich als Detective Sergeant Aldham vor.

Um uns Zutritt zum eigentlichen Polizeibereich zu verschaffen, musste er an der Tür einen Zahlencode eingeben. Beim ersten Mal vertippte er sich, sodass er die Prozedur etwas langsamer und leise fluchend wiederholen musste. Anschließend führte er mich nicht in einen Verhörraum oder etwas ähnlich Formelles, sondern an seinen Schreibtisch in einem Großraumbüro. Während ich seitlich davon Platz nahm, kam ich mir vor wie eine linkische Schülerin, die nach dem Unterricht noch zu einem Gespräch mit ihrem Lehrer erscheinen musste. Oder, in meinem Fall, vor dem Unterricht. Ich war gezwungen gewesen, Pauline anzurufen und ihr mitzuteilen, dass ich später kommen würde, worüber sie nicht gerade begeistert gewesen war. Der Zeitpunkt sei denkbar ungünstig, hatte sie gemeint.

Aldham las die beiden Briefe sehr langsam und konzentriert, mit gerunzelter Stirn, während ich fünf Minuten lang nervös herumzappelte und mir die Leute ansah, die hereingeeilt kamen oder bereits an ihren Schreibtischen saßen und telefonierten.

Am anderen Ende des Raums lachten ein paar Beamte über etwas, das ich nicht mitbekommen hatte. Aldham blickte auf.

»Möchten Sie eine Tasse Tee?«

»Nein, danke.«

»Ich hole mir eine.«

»Wenn das so ist, trinke ich eine mit.«

»Möchten Sie einen Keks dazu?«

»Nein, danke.«

»Ich werde mir einen genehmigen.«

»So früh am Morgen kann ich noch nichts essen.«

Es dauerte ziemlich lang, bis er mit zwei Plastikbechern zurückkam. Offenbar waren sie so heiß, dass er sie kaum halten konnte. Nachdem er wieder Platz genommen hatte, tauchte er einen Keks in seinen Tee und biss vorsichtig ein Stück ab.

»Also, wie denken Sie über die Sache?«, fragte er mich.

»Wie *ich* darüber denke? Ist das nicht eher *Ihr* Job?«

»Ich weiß nicht. Was stand in dem anderen Brief?«

»Ich fand ihn ganz schrecklich, und deshalb habe ich ihn weggeworfen. Zum Teil stand ziemlich seltsames Zeug drin. Irgendwas darüber, was ich esse. Und etwas über die Angst vor dem Sterben. Es klang, als wäre er von jemandem, der mich genau beobachtet hatte.«

»Oder von jemandem, der Sie kennt?«

»Mich kennt?«

»Es könnte sich um einen Scherz handeln. Wäre es nicht denkbar, dass sich ein Freund oder Bekannter einen Scherz mit Ihnen erlaubt?«

Einen Moment lang war ich sprachlos. »Jemand hat damit gedroht, mich zu töten! Das finde ich nicht zum Lachen.«

Aldham rutschte unbehaglich auf seinem Stuhl herum. »Manche Leute haben einen seltsamen Sinn für Humor«, meinte er. Einen Moment lang schwiegen wir beide. Ich überlegte krampfhaft. Konnte es sein, dass ich mich irrte? Vielleicht machte ich wirklich zu viel Aufhebens um die Sache. »Warten Sie bitte hier auf mich«, sagte er schließlich. »Ich würde gern noch eine weitere Meinung einholen.«

Er nahm eine Aktenmappe aus seinem Schreibtisch und steckte die beiden Briefe hinein. Bewaffnet mit der Mappe und seinem Tee, durchquerte er mit schweren Schritten den Raum und verschwand außer Sichtweite. Ich warf einen Blick auf meine Armbanduhr. Wie lange würde das dauern? Lohnte es sich, dass ich meine eigenen Akten herausholte und an der Ecke von Aldhams Schreibtisch ein bisschen arbeitete? Irgendwie war mir nicht danach. Als Aldham schließlich zurückkehrte, wurde er von einem anderen Mann begleitet. Er war kleiner, dünner, bereits leicht ergraut und sah aus, als stünde er in der Hierarchie ein Stück höher als Aldham. Er stellte sich als Detective Inspector Carthy vor.

»Ich hab mir Ihre Briefe angesehen, Miss … ähm …« Er murmelte etwas, das offensichtlich einen Versuch darstellte, meinen Namen auszusprechen. »Ich habe mir die Briefe angesehen, und Kollege Aldham hat mich über die Einzelheiten des Falls informiert. Es handelt sich zweifellos um recht üble Schmierereien.« Er sah sich einen Moment lang suchend um und zog dann von einem anderen Schreibtisch einen Stuhl heran. »Die Frage ist nun, womit wir es hier tatsächlich zu tun haben.«

»Womit wir es zu tun haben? Jemand hat mich bedroht und ist in meine Wohnung eingedrungen!« Carthy schnitt eine Grimasse. »Und ich werde mit diesen Briefen belästigt. Das ist doch wohl ein Tatbestand, oder etwa nicht?«

»Unter gewissen Umständen. Wir verstehen natürlich, dass Sie sich Sorgen machen«, antwortete er, »aber es ist in einem solchen Fall schwierig, konkrete Maßnahmen zu ergreifen.«

»Halten Sie diesen Menschen denn nicht für gefährlich?«

»Schwer zu sagen, Miss. Wenn ich richtig informiert bin, haben Sie in letzter Zeit noch eine Menge andere Post bekommen.«

Nachdem ich ein weiteres Mal über meinen kurzen Ruhm berichtet hatte, wechselten die beiden Beamten einen raschen Blick und lächelten.

»Die Geschichte mit der Melone?«, fragte Carthy. »Das war großartig! Wir haben den Zeitungsausschnitt mit dem Foto noch irgendwo hängen. Alle hier finden, dass Sie eine Heldin sind. Vielleicht könnten Sie noch zu ein paar Leuten hallo sagen, bevor Sie gehen? Aber zurück zu den Schreiben: Ich halte es für sehr wahrscheinlich, dass sie unter die Kategorie Briefe fallen, die einem zwangsläufig ins Haus schneien, wenn man berühmt wird. Es gibt da draußen eine Menge trauriger Gestalten, für die so etwas die einzige Art der Kontaktaufnahme mit anderen Menschen darstellt.«

Ich verlor die Geduld. »Tut mir Leid, aber ich glaube nicht, dass Sie die Sache ernst genug nehmen. Der Kerl hat schließlich nicht nur Briefe geschrieben. Er war in meiner Wohnung.«

»Er war *vielleicht* in Ihrer Wohnung.« Carthy stieß einen langen, gequält klingenden Seufzer aus. »Also gut. Lassen Sie uns mal über ein paar Dinge nachdenken.« Er schwieg einen Augenblick. »Fangen wir mit Ihrer Wohnung an. Ist sie leicht zugänglich?«

Ich zuckte mit den Achseln. »Es ist eine ganz normale, nachträglich ausgebaute Wohnung. Man betritt das Haus von der Holloway Road aus. An den Garten hinter dem Haus schließt der Hinterhof eines Pubs an.«

Carthy schrieb etwas auf einen großen Block, der auf seinen Knien lag. Ich konnte nicht sehen, ob er sich eine Notiz machte oder bloß herumkritzelte.

»Bekommen Sie in Ihrer Wohnung oft Besuch?«

»Wie meinen Sie das?«

»Einmal die Woche? Zweimal? Ich brauche natürlich nur eine durchschnittliche Zahl.«

»Das kann ich so nicht beantworten. Hin und wieder kommen Freunde vorbei. Ein paar von ihnen hatte ich letzte Woche auf einen Drink eingeladen. Außerdem habe ich einen neuen Freund. Er war in letzter Zeit ziemlich oft da.« Wieder kritzelte Carthy etwas aufs Papier. »Ach ja, und die Wohnung steht seit sechs Monaten zum Verkauf.«

Carthy zog eine Augenbraue hoch. »Heißt das, dass auch Leute da waren, um sich die Wohnung anzusehen?«

»Natürlich.«

»Wie viele?«

»Eine Menge. Die ganzen sechs Monate zusammengenommen, waren es bestimmt sechzig oder siebzig, vielleicht sogar noch mehr.«

»Waren darunter auch solche, die öfter als einmal gekommen sind?«

»Ein paar. Ich *möchte* natürlich, dass sie öfter kommen.«

»Gab es darunter Personen, die Ihnen irgendwie seltsam erschienen sind?«

Ich konnte mir ein grimmiges Lächeln nicht verkneifen. »Ungefähr drei Viertel von ihnen. Wildfremde Menschen, die meine Schränke öffnen und in meinen Schubläden herumstöbern. Aber so ist das nun mal, wenn man versucht, seine Wohnung zu verkaufen.«

Carthy verzog keine Miene.

»Wenn man auf diese Weise belästigt wird, können dafür ganz unterschiedliche Motive vorliegen. In den meisten Fällen sind diese Motive privater Natur.« Er klang ein wenig verlegen. »Stört es Sie, wenn ich Ihnen ein paar persönliche Fragen stelle?«

»Nicht, wenn sie für die Sache relevant sind.«

»Sie haben von einem neuen Freund gesprochen. Wie lange sind Sie schon zusammen?«

»Erst seit kurzem. Zwei oder drei Wochen.«

»Bedeutet das, dass Sie deswegen eine andere Beziehung beendet haben?«

»Eigentlich nicht.«

»Wie darf ich das verstehen?«

»Ich hatte vorher keine wirkliche Beziehung.«

»Dann vielleicht eine, ähm, Liaison? Eine Affäre?«

»Na ja, so was in der Art.« Ich lief knallrot an.

»Haben Sie sich im Streit getrennt?«

»So war das nicht«, entgegnete ich. »Ich wollte damit bloß sagen, dass es im Lauf der Zeit hin und wieder mal einen Mann in meinem Leben gegeben hat.«

»Dann waren es also mehrere?« Carthy und Aldham wechselten einen bedeutungsvollen Blick.

»Nein, so kann man das auch nicht sagen.« Mittlerweile war

ich ziemlich durcheinander. Ich wusste, was die beiden jetzt von mir dachten, und alles, was ich von mir gab, würde es nur noch schlimmer machen. Das Lächerliche daran war, dass ich, verglichen mit allen anderen Leuten, die ich kannte, ein richtiges Nonnenleben führte. »Letztes Jahr hat es zwei Männer gegeben, mit denen ich mich hin und wieder getroffen habe – mit denen ich zusammen war, wenn Sie so wollen.« Aus den Blicken der beiden konnte ich schließen, dass sie mir diese niedrige Zahl nicht so ganz abnahmen. »Die letzte Sache ist Monate her.«

»Sind Sie im Streit auseinander gegangen?«

Ich musste daran denken, wie ich Stuart in einem Café in der Nähe von Camden Lock gegenübergesessen hatte. Ich stieß ein trauriges Lachen aus. »Man könnte eher sagen, das Ganze ist einfach im Sand verlaufen. Wie auch immer, ich habe kürzlich gehört, dass er zurzeit durch Australien trampt. Sie können ihn von Ihrer Liste der Verdächtigen streichen.«

Carthy steckte seinen Kugelschreiber ein und stand auf. »Kollege Aldham wird mit Ihnen ein Formular ausfüllen und eine kurze Aussage aufnehmen.«

»Was werden Sie unternehmen, um ihn zu schnappen?«

»Sollte tatsächlich noch mal etwas vorfallen, rufen Sie Aldham an. Dann werden wir sehen, was zu tun ist. Ach ja, und seien Sie in nächster Zeit ein bisschen vorsichtig, was Ihr Privatleben betrifft.«

»Ich hab Ihnen doch gesagt, dass ich einen Freund habe.«

Mit einem kurzen Nicken wandte er sich zum Gehen und murmelte dabei etwas vor sich hin, das ich nicht verstand.

## 8. KAPITEL

Ich kam noch später in die Schule, als ich angekündigt hatte. Nach dem Besuch im Polizeirevier war ich so müde, dass ich befürchtete, meine Beine würden mir den Dienst versagen. Unter dem Baumwollkleid fühlte sich meine Haut staubig, ja fast sandig an. Meine Kopfhaut juckte, und meine Schultern waren total verspannt. Als ich in die gleißende Sonne hinaustrat, begann es in meinen Augen schmerzhaft zu pochen. Ich kniff sie zusammen und wühlte in meiner Tasche nach der Sonnenbrille. Verdammt. Ich hatte sie zu Hause vergessen, ebenso wie meine Vitamintabletten. Von meinen Zigaretten war auch nur noch eine einzige übrig. Einen Moment lang spielte ich mit dem Gedanken, in meine Wohnung zurückzukehren, ein Bad zu nehmen und ein wenig zur Ruhe zu kommen, ehe ich in die Schule aufbrach. Oder mich wenigstens in einen der nahe gelegenen Parks ins sonnenverbrannte Gras zu legen und die Augen zu schließen oder den Enten zuzusehen.

Stattdessen kaufte ich an einem Kiosk neben der Straße zwei Schachteln Zigaretten und eine billige Sonnenbrille und schlich dann schuldbewusst in ein schmuddeliges Café, wo ich zwei Tassen schwarzen Kaffee und Rührei auf Toast bestellte. Während ich langsam aß, beobachtete ich die Leute, die draußen vor dem schmutzigen Fenster vorübergingen. Ein Rasta mit einer gelben Kappe. Ein Teenagerpärchen, das Arm in Arm dahinschlenderte und alle paar Meter stehen blieb, um sich zu küssen. Eine Gruppe japanischer Touristen mit Fotoapparaten und um die Hüften gebundenen Pullis. Bestimmt hatten sie sich verlaufen. Ein Mann mit einem Baby im Tragetuch, von dem ich nur das flaumige Köpfchen sehen konnte. Eine Frau, die das kleine, rotgesichtige Kind an ihrer Seite laut anschrie. Eine Inderin in einem scharlachroten Sari, die sich bemühte, mit ihren feinen Sandalen nicht in Hundescheiße oder anderen Dreck zu treten. Eine mit Schwimmsachen bewaffnete Horde von Schulkindern, die von einer genervt wirkenden jungen Frau, die mich an mich selbst erinnerte, über die abgasverpestete Straße getrieben wurde. Ein Radfahrer in leuchtend gelben Shorts, der konzentriert den Kopf gesenkt hielt, während er sich durch den Verkehr schlängelte. Eine Frau mit breitrandigem Hut, Atombusen und einem winzigen Pudel, die aussah, als wäre sie in den falschen Film geraten.

Ich selbst war ebenfalls in den falschen Film geraten. Womöglich beobachtete er mich gerade wieder. Vielleicht könnte ich ihn sogar sehen, wenn ich wüsste, in welche Richtung ich schauen sollte. Was hatte ich verbrochen, dass mir so etwas widerfahren musste? Ich zündete mir eine Zigarette an und trank meinen lauwarmen, bitteren Kaffee. Inzwischen war es schon so spät, dass ein paar weitere Minuten auch keinen Unterschied mehr machen würden.

Bevor ich in der Kingsland Road in meinen Bus stieg, kam ich an einer Telefonzelle vorbei und empfand plötzlich den irrwitzigen Drang, meine Mutter anzurufen. Meine Mutter, die schon seit zwölf Jahren tot war. Ich wollte einfach von ihr hören, dass alles wieder gut werden würde.

Pauline begrüßte mich mit eisiger Höflichkeit, als ich schließlich eintraf. Sie erklärte mir, ein Mann namens Fred habe angerufen und lasse mir ausrichten, ich solle ihn im Lauf des Tages auf seinem Handy zurückrufen. Sie schien nicht gerade begeistert darüber zu sein, für eine zu spät kommende Lehrerin Nachrichten von deren Freund entgegennehmen zu müssen. Die Vertretung, die für mich eingesprungen war, hatte die Schüler in Plastikkittel gesteckt und sie mit dicken Pinseln Farben zusammenmischen lassen. Deswegen forderte ich die Kinder auf, ein Bild von sich zu malen, das sie dann vor dem Elternabend an die Wand des Klassenzimmers hängen konnten. Raj malte sich mit braunen Haaren und einem blassrosa Gesicht, bei dem die Beine direkt aus dem Kinn herausragten. Eric, der niemals lächelte, gab sich einen roten Mund, der von einem Ohr zum anderen reichte. Stacey verschüttete ihr Wasser über das Ergebnis von Taras Bemühungen, woraufhin Tara ihr einen Schlag verpasste. Damian fing so bitterlich zu weinen an, dass ihm die Tränen aufs Blatt tropften. Als ich ihn beiseite nahm und mich nach dem Grund seines Kummers erkundigte, antwortete er, alle würden auf ihm herumhacken, ihn Memme nennen, auf dem Spielplatz ärgern und immer wieder auf der Toilette einsperren. Nachdenklich betrachtete ich ihn: ein bleiches, schniefendes kleines Etwas mit schmutzigen Ohren, dem seine viel zu weiten Sachen um den dürren Körper schlotterten.

Fred wollte, dass ich ihm an diesem Abend beim Fußballspielen zusah. Sie spielten jeden Mittwoch, immer fünf gegen fünf, erklärte er – ein regelmäßiger Programmpunkt in ihrem Männerleben. Er klang gut gelaunt und gleichmütig, als wäre am Vorabend nicht das Geringste vorgefallen. Er erzählte mir, dass er gerade damit beschäftigt sei, in einem Vorstadtgarten abgeblühte Rosen zurückzuschneiden, dabei aber ständig an meinen Körper denken müsse.

Pauline teilte mir mit, dass ich meinen Bericht über die Fortschritte meiner Schüler bis Ende der Woche abliefern müsse. Ob das machbar sei, wollte sie wissen. »Natürlich«, antwortete ich, klang dabei aber wohl nicht sehr überzeugend. Ich hatte inzwischen rasende Kopfschmerzen. Normalerweise mache ich auf dem Weg in die Schule immer an einem Sandwich-Stand Halt und kaufe mir ein Brötchen mit Käse und Tomaten, aber an diesem Tag hatte ich nicht daran gedacht. So kam es, dass ich bei der dicken Frau in der Cafeteria Salzkartoffeln mit Bohnengemüse bestellte, während die anderen Lehrer gesunde Sandwiches und Obst verspeisten. Anschließend genehmigte ich mir noch eine große Portion Pudding mit Vanillesoße. Das Essen tat mir gut. Danach ging es mir gleich viel besser.

Nach der Pause ließ ich die Kinder immer wieder den Buchstaben F schreiben, wobei sie darauf achten mussten, den gepunkteten Linien auf ihren Arbeitsblättern zu folgen. F für Fuchs und Frosch und fröhlich. »Und ficken«, verkündete der vierjährige Barny, der als Augustbaby der Jüngste seiner Klasse war. Seine Freunde johlten bewundernd.

In unserer Gesprächsrunde, die wir regelmäßig abhielten, diskutierten wir über das Schikanieren von Klassenkameraden. Ohne zu Damian hinüberzusehen, sprach ich darüber, wie wichtig es sei, dass alle versuchten, nett miteinander umzugehen. Die Kinder starrten mich mit ihren grausamen, unschuldigen Augen an. Damian, der ganz in meiner Nähe saß, zupfte verlegen am Teppich herum, während seine Augen hinter den dicken Brillengläsern in Tränen schwammen.

»Besser?«, fragte ich ihn, nachdem der Rest der Klasse gegangen war.

»Mmm«, murmelte er mit hängendem Kopf. Ich sah, dass sein Hals genauso schmutzig war wie seine Nägel. Plötzlich empfand ich so etwas wie Wut auf ihn. Am liebsten hätte ich ihn gepackt und seine Hoffnungslosigkeit aus ihm herausgeschüttelt. Vielleicht war ich zurzeit ja genauso, dachte ich: Vielleicht ließ ich genau wie er zu, dass man mich schikanierte.

Es ist erstaunlich, wie viel Lärm zehn Männer machen können. Sie verständigten sich nicht bloß durch Zurufe untereinander, nein, sie grunzten, schrien, heulten, brüllten, schlugen hart auf dem Boden auf, knallten mit voller Wucht ineinander und traten sich gegenseitig so heftig gegen das Schienbein, dass ich die Knochen krachen hörte. Erstaunlicherweise kam es zu keinen größeren Handgreiflichkeiten, es floss kein Blut, und es musste auch niemand verletzt vom Platz getragen werden. Nach einer Stunde waren sie alle total verschwitzt und fertig, aber bester Laune. Ich kam mir ein bisschen dämlich vor, weil ich wie ein Fan an der Seitenlinie stand und zusah, wie sie sich gegenseitig auf die Schulter klopften. Außer mir waren noch vier Frauen da, die sich offensichtlich kannten. Bestimmt trafen sie sich jeden Mittwoch, um zuzusehen, wie sich ihre Männer blaue Flecken holten. Clio, Annie und Laura. Den Namen der vierten Frau hatte ich nicht richtig verstanden. Sie wollten wissen, wie ich Fred kennen gelernt hätte und ob ich nicht auch fände, dass er ein unglaublicher Charmeur sei. Ihre zurückhaltende Freundlichkeit weckte in mir den Verdacht, dass er fast jede Woche eine andere mitbrachte und sie deswegen gar nicht erst beabsichtigten, sich mit mir anzufreunden. Ich nehme an, ich hätte Fred anfeuern sollen, sooft er schreiend und mit glänzenden Augen an mir vorbeistürmte, aber irgendwie konnte ich mich nicht so recht dazu durchringen.

Nach dem Spiel kam er zu mir herüber, legte den Arm um meine Schulter und küsste mich.

»Du bist ganz schön verschwitzt.«

Ich fand das nicht weiter schlimm, aber es war andererseits auch nicht so, dass mich ein schweißüberströmter Mann insgeheim – auf eine animalische Weise – angetörnt hätte.

»Mmmm.« Er schmiegte sich an mich. »Und du bist so frisch und hübsch.«

Nach der Arbeit hatte ich bei Louise ein Bad genommen, und sie hatte mir eine graue Baumwollhose und ein ärmelloses Stricktop geliehen. Ich hatte Angst davor gehabt, in meine Wohnung zurückzukehren. »Kommst du noch mit auf ein Bier?«

»Klar.« Das Letzte, was mein Körper jetzt wollte, war ein Bier, aber ich brauchte dringend Gesellschaft. Solange ich unter anderen Menschen weilte, an einem öffentlichen Ort, fühlte ich mich sicher. Schon der Gedanke, eine weitere Nacht allein in meiner dunklen Wohnung verbringen zu müssen, machte mir Angst.

»Ich gehe bloß rasch duschen.«

Aus einem Bier wurden mehrere. Wir saßen in einem dunklen Pub, dessen Wirt sie offensichtlich alle gut kannte.

»Seitdem bekommt sie lauter verrückte Briefe«, erzählte Fred gerade, als wäre das alles furchtbar lustig. Seine Hand wanderte an meine Seite, glitt die Rippen entlang nach unten. Nervös setzte ich mich anders hin, zündete mir eine neue Zigarette an und kippte den letzten Rest Bier hinunter. »Unter anderem einen, in dem ihr ein Kerl damit droht, sie umzubringen. Stimmt's, Zoë?«

»Ja« murmelte ich. Ich wollte nicht darüber reden.

»Was hat die Polizei gesagt?«, erkundigte sich Fred.

»Nicht viel.« Ich bemühte mich um einen lässigen Ton. »Keine Sorge, Fred. Ich bin sicher, du kommst auf der Liste der Verdächtigen erst ziemlich weit unten.«

»Ich scheide von vornherein aus«, meinte er fröhlich.

»Wieso?«

»Na ja,... ähm, so halt.«

»Stimmt, du hast mich ja noch nie schlafen sehen.« Ich bereute meine Worte, sobald ich sie ausgesprochen hatte, aber Fred sah mich nur verdutzt an. Zu meiner großen Erleichterung begann mir Morris von den Quizabenden zu erzählen, die hin und wieder in dem Pub veranstaltet würden und an denen sie jedes Mal teilnähmen.

»Es ist richtig grausam«, meinte er. »Sie machen es uns einfach zu leicht, wir haben dabei immer das Gefühl, uns auf ihre Kosten zu bereichern. Wir können von Glück sagen, dass sie uns nicht einfach rausschmeißen.«

*»The Hustler«*, warf Graham ein.

»Was?«, fragte ich.

»Langweilt dich mein Bruder mit seinem Geschwätz?«

»Sei nicht so gemein«, erwiderte ich.

»Nein, nein«, beruhigte mich Morris. »Das ist bloß ein Zitat. Diesen Satz hat Herman Mankiewicz über Joseph Mankiewicz gesagt.« Er grinste zu seinem Bruder hinüber. »Aber am Ende war Joseph der erfolgreichere von beiden.«

»Tut mir Leid«, sagte ich. »Ich habe keine Ahnung, wovon ihr sprecht.«

Leider fingen sie daraufhin an, es mir zu erklären. Für mich waren die Gespräche, die die beiden Brüder untereinander und mit ihren alten Freunden führten, eine seltsame Mischung aus abgedroschenen Witzen, obskuren Anspielungen und Stichworten, die nur sie allein verstanden, sodass ich es in der Regel vorzog, mich rauszuhalten und schweigend abzuwarten, bis ich wieder folgen konnte. Nach einer Weile kam das hektische Wortgefecht, bei dem immer einer den anderen zu übertrumpfen versuchte, wieder zum Erliegen, und ich konnte mein Gespräch mit Morris fortsetzen.

»Bist du eigentlich zusammen mit einer von …«, sagte ich mit leiser Stimme und nickte diskret zu den jungen Frauen am Tisch hinüber.

Das Thema schien Morris nicht besonders angenehm zu sein.

»Na ja, Laura und ich sind sozusagen, auf gewisse Weise …«

»Auf welche Weise?«, fragte Laura quer über den Tisch. Sie war eine große Frau mit glattem, braunem Haar, das sie am Hinterkopf in einem Knoten trug.

»Ich habe Zoë gerade erzählt, dass du Ohren hast wie eine Fledermaus.«

Ich rechnete damit, dass Laura wütend reagieren würde. *Ich* hätte so reagiert, aber mir wurde langsam klar, dass die drei

Frauen nicht zum harten Kern der Gruppe gehörten. Sie unterhielten sich hauptsächlich untereinander und wurden nur dann ins allgemeine Gespräch mit einbezogen, wenn die Männer es für nötig hielten, was nicht allzu häufig der Fall zu sein schien. Mit ihren frischen Gesichtern und den vom Fußball noch immer leuchtenden Augen wirkten die Jungs mehr denn je wie kleine Buben. Warum hatten sie mich in ihre Gruppe aufgenommen? Als Publikum? Morris lehnte sich so nah zu mir herüber, dass ich einen Moment lang dachte, er wolle sich an mein Ohr schmiegen. Stattdessen flüsterte er mir etwas zu: »Es ist vorbei.«

»Was ist vorbei?«

»Das mit mir und Laura. Sie weiß es bloß noch nicht.«

Ich sah zu ihr hinüber. Sie saß völlig ahnungslos da und unterhielt sich. »Warum?«, fragte ich.

Er zuckte mit den Achseln. Es wäre mir ohnehin zuwider gewesen, weiter über dieses Thema zu sprechen.

»Wie läuft's mit der Arbeit?«, fragte ich, weil mir nichts anderes einfiel.

Morris zündete sich eine Zigarette an, ehe er antwortete. »Wir sind alle am Warten«, sagte er schließlich.

»Wie meinst du das?«

Er nahm einen tiefen Zug an seiner Zigarette und dann einen noch tieferen aus seinem Bierglas. »Sieh uns doch an«, sagte er. »Graham arbeitet für einen Fotografen und wartet darauf, selbst ein richtiger Fotograf zu werden. Duncan und ich fahren herum und erklären dämlichen Sekretärinnen die Details ihrer Software, die sie eigentlich im Handbuch hätten nachlesen können. Wir warten darauf, dass ein, zwei von unseren Ideen endlich... na ja, Früchte tragen. So, wie die Dinge in diesem Geschäft zurzeit laufen, braucht man bloß eine halbwegs passable Idee, und schon ist man mehr wert als British Airways.«

»Und Fred?«

Morris' Blick wurde nachdenklich. »Fred buddelt und sägt vor sich hin und versucht währenddessen herauszufinden, wer er ist.«

»Immerhin wird er dabei braun und bekommt muskulöse

Arme«, mischte sich Graham ein, der unser Gespräch belauscht hatte.

»Mmmm«, sagte ich.

Wir blieben noch lange sitzen und tranken alle viel zu viel. Auf Lauras Bitte hin, die aber eher wie ein Befehl klang, wechselte Morris irgendwann die Tischseite und setzte sich zu ihr, woraufhin Duncan neben mir Platz nahm. Er sprach erst eine Weile von seiner Arbeit mit Morris – dass sie jeden Tag unterwegs seien und meist getrennt voneinander in verschiedenen Firmen arbeiteten, wo sie irgendwelchen Idioten mit zu viel Geld und zu wenig Zeit erklären müssten, wie ihre Computer funktionierten. Dann erzählte er mir von Fred, den vielen Jahren, die sie sich schon kannten, ihrer langen Freundschaft.

»Nur eins kann ich ihm nicht verzeihen«, erklärte er.

»Was denn?«

»Das mit dir. Das war kein fairer Kampf.«

Ich zwang mich zu einem Lachen. Er starrte mich an. »Wir finden alle, dass du die Beste bist.«

»Die Beste was?«

»Einfach die Beste.«

»Und wen meinst du mit ›wir‹?«

»Uns Jungs.« Er machte eine ausladende Geste, die den ganzen Tisch mit einschloss. »Aber irgendwann gibt Fred seinen Frauen immer den Laufpass«, erklärte er.

»Mit dem Problem werden wir uns herumschlagen, wenn es so weit ist, ja?«

»Kann ich dich dann haben?«

»Wie bitte?«

»Nein, ich will sie!«, rief Graham von der anderen Seite des Tisches herüber.

»Und was ist mit mir?«, fragte Morris.

»Ich habe sie als Erster gefragt!«, gab Duncan zurück.

Ein Teil von mir erkannte, dass es sich um einen ihrer üblichen Späße handelte. Zu einem anderen Zeitpunkt hätte ich vielleicht darüber gelacht und ein wenig mit ihnen geflirtet, um ihr Spiel mitzuspielen, aber an diesem Abend war mir nicht danach.

Fred drückte sich an mich, presste seine Hand gegen meine Hose. Louises Hose. Plötzlich wurde mir übel. Ich hatte das Gefühl, als würden sich der Lärm und die schlechte Luft in dem Pub wie eine zähe Masse um meinen Körper legen.

»Zeit zu gehen«, sagte ich.

Obwohl Fred definitiv zu viel getrunken hatte, um noch fahrtüchtig zu sein, chauffierte er mich, Morris und Laura in seinem Lieferwagen nach Hause.

»Macht es dir eigentlich nichts aus, wenn sie so mit mir reden?«, fragte ich ihn, nachdem er die beiden anderen abgesetzt hatte.

»Die sind doch bloß eifersüchtig.«

Ich erzählte ihm von den Fragen, die man mir auf dem Polizeirevier über mein Privatleben gestellt hatte. »Irgendwie haben sie mir das Gefühl gegeben, als wäre das Ganze meine eigene Schuld«, erklärte ich. »Sie haben sich nach meinem Sexleben erkundigt.«

»Eine lange Geschichte?«, fragte er mit einem Funkeln in den Augen.

»Eine sehr kurze.«

»So viele?« Er stieß einen Pfiff aus.

»Sei nicht albern.«

»Dann glauben sie also, dass einer von deinen Exlovern dahinter steckt?«

»Vielleicht.«

»War da denn einer dabei, der einen Sprung in der Schüssel hatte?«

»Nein, eigentlich nicht«, antwortete ich zögernd. »Wenn man allerdings mal anfängt, darüber nachzudenken, kommt einem plötzlich jeder ein bisschen seltsam oder unheimlich vor. Kein Mensch ist wirklich normal, oder?«

»Nicht mal ich?«

»Du?« Ich betrachtete ihn, wie er mit seinen schlanken Händen den Wagen lenkte. »Nein, nicht mal du.«

Meine Antwort schien ihm zu gefallen. Ich sah, dass er lächelte.

Er drückte mich auf meinen Sitz zurück und küsste mich so hart, dass ich Blut auf der Lippe spürte. Dabei presste er eine Hand gegen meine Brust, fragte aber nicht, ob er noch mit hinaufkommen könne. Da ich meine Lektion vom Vorabend gelernt hatte, bat ich ihn auch nicht darum. Mit gut gespielter Fröhlichkeit winkte ich ihm nach, aber statt in meine Wohnung hinaufzugehen, eilte ich zur nächsten Telefonzelle. Zum Glück waren noch immer ziemlich viele Leute unterwegs. Ich rief Louise an. Vielleicht würde sie mich für eine Nacht bei sich aufnehmen. Aber das Telefon klingelte und klingelte, und niemand ging ran. Ich stand da und drückte den Telefonhörer an mein Gesicht, bis ein verärgerter Mann mit einer prallvollen Aktentasche gegen die Scheibe klopfte. Außer Louise kannte ich in London niemanden gut genug, den ich um einen Platz zum Schlafen bitten konnte. Ich wusste also nicht, wo ich sonst hinsollte. Nachdem ich noch eine Weile hin und her überlegt hatte, nahm ich mich selbst an die Kandare. Ich ging zu meiner Haustür zurück, schloss auf und stieg mit meiner Post, die aus einer Menge Werbung, einer Gasrechnung und einer Karte von meiner Tante bestand, die Treppe hinauf. Wenigstens war diesmal kein unfrankierter Brief dabei. Die Fenster waren alle geschlossen, und die Flasche mit dem Pfefferminzlikör stand noch so auf dem Tisch, wie ich sie zurückgelassen hatte, mit abgeschraubtem Deckel. Es war niemand da.

## 9. KAPITEL

Ich glaube, er ist wirklich interessiert.«

»Wer? Fred?«

»Nein. Der Mann, der sich die Wohnung noch einmal ansehen möchte. Gott weiß, warum, aber ich habe das Gefühl, dass sie ihm gefällt. Ich hoffe, mein Gefühl trügt mich nicht. Weißt du, Louise, mittlerweile kann ich diese Wohnung einfach nicht mehr ertragen. Ich hasse sie richtig. Jeden Abend fürchte ich mich, sie zu betreten. Wenn ich es bloß schaffen würde, hier rauszukommen! Vielleicht hätte dann auch das mit den Briefen ein Ende, und der Typ würde mich in Ruhe lassen.«

Louise sah sich im Raum um. »Wann kommt er?«

»Gegen neun. Eine seltsame Zeit für eine Wohnungsbesichtigung, findest du nicht auch?«

»Immerhin haben wir auf diese Weise noch fast zwei Stunden Zeit.«

»Bist du sicher, dass du deinen kostbaren Donnerstag Abend dafür opfern willst, Louise?«

»Ich hatte sowieso nichts vor. Ich wäre zu Hause geblieben, hätte Schokolade in mich hineingestopft und den ganzen Abend ferngesehen. Du hast mich vor mir selbst gerettet. Außerdem schätze ich Herausforderungen.«

Mit grimmiger Miene ließ ich den Blick durch die Wohnung schweifen. »Eine Herausforderung ist es auf jeden Fall«, sagte ich.

Louise rollte entschlossen die Ärmel hoch. Einen Moment lang befürchtete ich schon, sie könnte sich in den Kopf gesetzt haben, den Boden zu schrubben.

»Wo sollen wir anfangen?«

Ich liebe Louise. Sie ist ein praktisch denkender, sehr großzügiger Mensch. Auch wenn sie hin und wieder die Wilde, Leichtsinnige spielt, weiß ich doch, dass sie mit beiden Beinen fest auf der Erde steht. Sie neigt zu Lachanfällen, und bei traurigen Filmen muss sie immer weinen. Sie isst zu viel Kuchen und macht in regelmäßigen Abständen verrückte, sinnlose und völlig unnötige Diäten. Sie trägt Röcke, bei deren Anblick Pauline ihre schön geschwungenen Augenbrauen hebt, und dazu hohe Plateauschuhe, T-Shirts mit seltsamen Logos, riesige Ohrringe und einen Stecker im Nabel. Sie ist klein, selbstbewusst, eigensinnig und beharrlich. Sie hat ein markantes, entschlossen wirkendes Kinn und eine Stupsnase. Nichts scheint sie aus der Ruhe bringen zu können. Sie hat etwas von einem Grubenpony.

Als ich an der Laurier School anfing, nahm Louise mich unter ihre Fittiche, obwohl sie selbst auch erst ein Jahr dort unterrichtete. Sie gab mir Tipps für den Unterricht, warnte mich vor problematischen Eltern, teilte mittags ihre Sandwiches mit mir, wenn ich vergessen hatte, mir selbst welche mitzubringen, und half mir mit Tampons oder Aspirin aus. Sie war mein einziger Fixpunkt in dem großen, sich ständig wandelnden Chaos, das London für mich darstellte. Auch jetzt war sie wieder zur Stelle, um mein Leben in Ordnung zu bringen.

Wir begannen mit der Küche. Als Erstes spülten wir das schmutzige Geschirr und räumten es ordentlich in den Schrank. Dann säuberten wir die Arbeitsflächen, fegten den Boden und putzten das winzige Fenster, das auf den Garten hinter dem Pub hinausging. Louise bestand darauf, die Töpfe und Pfannen herunterzunehmen, die ich über dem Herd aufgehängt hatte.

»Lass uns mehr freie Flächen schaffen«, meinte sie und sah sich mit zusammengekniffenen Augen um, als hätte sie sich von einer Sekunde auf die andere in eine überkritische Innenarchitektin verwandelt.

Im Wohnzimmer, das nur drei mal vier Meter groß war, leerte sie die überquellenden Aschenbecher aus, schob den Tisch unters Fenster, sodass ein Teil der abblätternden Tapete verdeckt war, drehte die fleckigen Sofakissen um und staubsaugte den Teppich, während ich meinen ganzen Papierkram zu Stapeln ordnete und alles wegwarf, was ich nicht mehr brauchte.

»Sind das die ganzen Briefe?«, fragte Louise und deutete auf die Pappschachtel.

»Jap.«

»Richtig unheimlich. Warum wirfst du sie nicht weg?«

»Soll ich? Ich hab mir gedacht, dass die Polizei sie vielleicht noch braucht.«

»Wozu? Die Briefe von dem Perversen bewahrst du doch sowieso separat auf. Kipp das Zeug in den Müll, wo es hingehört.«

Sie hielt eine Mülltüte auf, in die ich all die lavendelfarbenen Umschläge, die mit grüner Tinte beschriebenen Briefe, die Anweisungen zur Selbstverteidigung und die vielen traurigen Lebensgeschichten hineinstopfte. Hinterher ging es mir gleich viel besser. Louise zog los, um in der Holloway Road ein paar Blumen zu kaufen, während ich mit einem alten Waschlappen das

Bad putzte. Sie kam mit gelben Rosen fürs Wohnzimmer und einer Topfpflanze mit fleischigen Blättern für die Küche zurück. »Du solltest klassische Musik spielen, wenn er kommt.«

»Ich habe nichts, worauf ich Musik spielen könnte.«

»Dann koch Kaffee für ihn. Back einen Kuchen. Das kommt immer gut an.«

»Ich besitze bloß Instantkaffee, und selbst wenn ich alle Zutaten im Haus hätte, was nicht der Fall ist, würde ich mich bestimmt nicht hinstellen und einen blöden Kuchen backen!«

»War ja nur so eine Idee!«, sagte sie eine Spur zu munter, während sie die Rosen frisch anschnitt. »Dann leg einfach ein bisschen Parfüm auf. Sag mal, kann ich diesen Krug als Vase benutzen? Na, sieht das nicht schon besser aus?«

Viel besser. Nun, da Louise da war – Louise mit ihren stachligen Wimpern, ihrem knallrot geschminkten Mund, dem zinnoberroten Nagellack und dem engen grünen Kleid –, herrschte in dem Raum auch gleich eine ganz andere Atmosphäre. Gar nicht mehr wie in einem Sarg, sondern wie in einem ganz normalen, wenn auch etwas heruntergekommenen Zimmer mit Blick auf ein Pub.

»Diese ganze Geschichte hat mich richtig aus der Bahn geworfen«, sagte ich.

Louise füllte den Wasserkessel. »Wo zum Teufel steckt man das Ding hier ein? Es ist keine Steckdose frei. Das ist auch so eine Sache, die bei deiner Wohnung dringend nötig ist – die ganze Elektrik muss von Grund auf erneuert werden.« Mit einer schwungvollen Bewegung zog sie einen anderen Stecker aus der Dose. »Du kannst jederzeit bei mir aufkreuzen und auch bleiben, wenn dir damit geholfen ist. Ich habe zwar kein freies Bett, aber ein freies Fleckchen Boden. Komm doch gleich dieses Wochenende, wenn du magst.«

Ich musste mich zusammenreißen, um nicht vor Dankbarkeit laut aufzuseufzen. »Das ist aber nett von dir«, war alles, was ich herausbrachte.

Das Schlafzimmer befand sich in einigermaßen akzeptablem Zustand, abgesehen davon, dass ich das Bett nicht gemacht hatte und der Korb mit der Schmutzwäsche fast voll war. Wir stellten den Korb in den Schrank und schüttelten mein Kopfkissen auf. Louise schlug eine Ecke der Bettdecke zurück, genau wie meine Mutter es immer getan hatte.

Bei ihrem abschließenden Rundgang durchs Zimmer blieb ihr Blick an den Gegenständen auf meiner Kommode hängen.

»Du lieber Himmel! Was ist denn das für eine seltsame Sammlung?«, fragte sie.

»Lauter Zeug, das mir die Leute geschickt haben.«

»Was, zusätzlich zu den Briefen?«

»Ja. Die von der Polizei wollten noch einen Blick darauf werfen.«

»Nicht zu fassen!« Sie nahm die Sachen genauer in Augenschein. Da war unter anderem eine Trillerpfeife, die ich aus Sicherheitsgründen ständig um den Hals tragen sollte. Ein winziger Seidenslip. Ein runder glatter Stein, der aussah wie ein Vogelei. Ein kleiner brauner Teddybär.

»Was um alles in der Welt sollst du denn mit diesem Ding hier anfangen?«, fragte Louise und hielt einen leicht schmuddeligen rosafarbenen Kamm in die Höhe.

»Es war eine Gebrauchsanweisung dabei. Er ist zur Abwehr potenzieller Angreifer gedacht. Man soll damit die Nase des Betreffenden bearbeiten, besser gesagt das Stück zwischen seinen Nasenlöchern. Angeblich lassen sich auf diese Weise sogar Mörder vertreiben.«

»Falls sie so lange still halten, bis du deinen Kamm herausgezogen hast. Das hier ist aber hübsch!« Sie inspizierte ein filigranes silbernes Medaillon, das an einer feinen Kette hing. »Sieht irgendwie wertvoll aus.«

»Man kann den Anhänger aufmachen, und drinnen steckt eine echte Haarlocke.«

»Wer hat dir das geschickt?«

»Keine Ahnung. Es war in einen Zeitungsartikel über beherzte Heldinnen eingewickelt. Es ist schön, nicht wahr?«

»Ja, aber nicht so heiß wie die hier.« Sie hatte ihre Aufmerksamkeit einem Päckchen pornografischer Spielkarten zugewandt. Die Karte, die sie sich gerade ansah, zeigte eine Frau, die die Hände an ihre prallen Brüste gelegt hatte. »Männer!«, meinte Louise.

Ich schauderte trotz der Hitze.

Nick Shale traf kurz nach neun ein. In der Zwischenzeit hatte ich ein Bad genommen und war in Jeans und ein gelbes Baumwoll-T-Shirt geschlüpft. Ich wollte sauber und ordentlich aussehen, damit ich zu meiner Wohnung passte. Ich steckte mir das Haar hoch und tupfte ein wenig Parfüm hinter die Ohren.

Er trug Laufschuhe, und als er seinen Segeltuchrucksack abnahm, sah ich hinten auf seinem T-Shirt ein dunkles V aus Schweiß.

»Hier, die habe ich für Sie gekauft.« Er reichte mir eine braune Papiertüte. »Aprikosen von dem Stand ein Stück die Straße runter. Ich konnte nicht widerstehen.«

Ich wurde vor Verlegenheit rot. Es war, als hätte er mir Blumen geschenkt. Ich glaube nicht, dass es üblich ist, dass potenzielle Wohnungskäufer dem Noch-Besitzer Geschenke überreichen. Die Aprikosen waren mit einem feinen Flaum überzogen und so golden, dass sie fast zu leuchten schienen.

»Danke«, sagte ich verlegen.

»Wollen Sie mir denn keine anbieten?«

Wir aßen sie im Stehen, in meiner engen Küche. Er verkündete, das nächste Mal werde er mir Erdbeeren mitbringen. Ich tat so, als hätte ich das mit dem nächsten Mal gar nicht gehört.

»Möchten Sie sich die Wohnung nicht noch mal ansehen?«

»Doch, sicher.«

Während er von Raum zu Raum wanderte, starrte er die meiste Zeit zur Zimmerdecke hinauf, als könnte er dort interessante Muster sehen. In den Ecken hingen mehrere Spinnweben, die Louise und mir entgangen waren. Im Schlafzimmer öffnete er den Einbauschrank und sah einen Moment auf meinen Wäschekorb hinunter. Ein seltsames kleines Lächeln umspielte seine Mundwinkel. Dann richtete er sich auf und sah mich an: »Jetzt könnte ich ein Glas Wein vertragen.«

»Ich habe keinen da.«

»Dann ist es ja gut, dass ich uns ein Fläschchen mitgebracht habe.«

Er beugte sich hinunter, öffnete seinen Rucksack und zog eine schlanke grüne Flasche heraus. Ich berührte sie: Sie war noch ganz kalt, und an ihrem Hals liefen Wassertropfen hinunter.

»Besitzen Sie einen Korkenzieher?«

Obwohl mich die Aussicht, mit ihm Wein zu trinken, nicht gerade mit Begeisterung erfüllte, reichte ich ihm einen, woraufhin er mir den Rücken zukehrte, um die Flasche zu öffnen. Ich hielt ihm zwei Gläser hin, die er langsam und mit ruhiger Hand voll schenkte. Er erzählte mir, dass er in Norfolk leben, aber unbedingt eine Wohnung in London kaufen wolle, weil er während der Woche oft drei bis vier Tage in der Stadt zu tun habe.

»Dann ziehen Sie also in Betracht, meine bescheidene Behausung zu Ihrer Zweitwohnung zu machen. Was für eine Ehre!«

»Zum Wohl.«

»Ich muss leider gleich weg. Ich habe noch eine Verabredung«, erklärte ich, was natürlich gelogen war. Mein Terminkalender fürs Wochenende war leer.

»Ist es nicht schon ein bisschen spät zum Ausgehen?«, fragte er, nachdem er sein Glas geleert hatte.

Ich gab ihm darauf keine Antwort. Schließlich war ich einem Mann, den ich kaum kannte, keine Rechenschaft schuldig. »Sie sollten Ihre Flasche wieder mitnehmen«, forderte ich ihn auf.

»Nein, behalten Sie sie.« Er wandte sich zum Gehen.

»Was ist nun mit der Wohnung?«

»Sie gefällt mir«, antwortete er. »Ich melde mich bei Ihnen.«

Ich hörte, wie unten die Haustür ins Schloss fiel. Irgendwie fand ich den Typen ganz in Ordnung. Ich fragte mich, was er wohl für eine Handschrift hatte.

## 10. KAPITEL

Am nächsten Tag kam ich mir im Unterricht vor wie ein Roboter, dem es einigermaßen gelang, eine Grundschullehrerin zu spielen. Während der Roboter den Kindern etwas über Buchstaben erzählte, war ich irgendwo in seinem Inneren damit beschäftigt, mir über ein paar Dinge Klarheit zu verschaffen. Ich musste schleunigst die Wohnung loswerden. Dieser Gedanke war wie eine Melodie, die einen nicht loslässt. Ich hatte das deutliche Gefühl, dass ich, wenn es mir gelänge, die Tür hinter diesem ungeliebten Stück Wohnraum zuzuschlagen, auch in der Lage sein würde, die Tür hinter anderen Dingen zu schließen. Eigentlich wäre es nahe liegender gewesen, die Wohnung sicherer zu machen, aber das erschien mir falsch. Eine zerbrochene Flasche wusch man schließlich auch nicht mehr aus. Der einzige Weg, die Wohnung besser und sicherer zu machen, bestand darin, sie zu verlassen. Etwas anderes kam nicht in Frage. Gleich am Wochenende würde ich anfangen, mich ernsthaft nach einer anderen Bleibe umzusehen.

Ich war noch zu jung gewesen, als ich die Wohnung erworben hatte. Das mir von Dad hinterlassene Geld war mir wie Monopoly-Geld vorgekommen: zu viel, um echt zu sein. Er hatte gesagt, ich solle mir davon meine eigenen vier Wände leisten. Ich hatte das fast als eine Art letzten Wunsch empfunden. Mein Vater war ein Mann, der glaubte, dass man sicher war, sobald man seine eigene Wohnung besaß. Dann konnte einem die Welt nichts mehr anhaben, egal, was passierte. Also handelte ich wie eine brave Tochter – auch wenn ich natürlich keine Tochter mehr war, denn ich besaß ja keine Eltern mehr. Ich war ganz allein, ein einsames und verängstigtes Mädchen – und ich tat, wie mein Vater mich geheißen hatte. So schnell ich konnte, erfüllte ich ihm seinen letzten Wunsch, und da ich aus einem ruhigen kleinen Dorf kam, beschloss ich spontan, mir etwas zu suchen, das in einer *wirklichen* Stadt lag, dort, wo das Leben stattfand, wo Läden, Märkte und Menschen waren, der Trubel und der Lärm. Was das betraf, war ich definitiv erfolgreich gewesen.

»Zoë?«

Ich erwachte aus einem Zustand, der sich für mich wie Schlaf angefühlt hatte, auf einen Beobachter aber wie hektische Betriebsamkeit gewirkt hätte (ich war selbst fast ein wenig erstaunt, in meiner Hand ein Stück Kreide zu entdecken und an der Tafel die Großbuchstaben B und P, die ich fein säuberlich und wie in Trance aufgemalt hatte). Ich drehte mich um. Es war Christine, eine unserer Spezialistinnen für Problemfälle. Es gab an unserer Schule eine Menge solcher Fälle. Oft sah man Christine an einem behelfsmäßigen Schreibtisch auf dem Gang sitzen und mit Kindern reden, die an Unterernährung litten, missbraucht worden waren oder gerade aus einem Kriegsgebiet in Osteuropa oder Zentralafrika kamen.

»Pauline möchte dich sprechen«, erklärte sie. »Es ist dringend. Ich übernehme hier.«

»Warum?«

»Eine Mutter ist bei ihr. Ich glaube, sie ist wegen irgendwas sehr aufgeregt.«

»Oh.«

Ich spürte einen dumpfen Schmerz in der Magengegend, als stünde mir irgendein größeres Unheil bevor. Mein Blick wanderte durch die Klasse. Was konnte es sein? Der Wechsel in meiner Klasse war erstaunlich. Die Leute zogen mit ihren Kindern oft ohne jede Vorankündigung weg, manchmal sogar ins Ausland. Schnell nahmen andere Problemkinder ihre Plätze ein. Wir hatten Schüler, über deren Schicksal per gerichtliche Verfügung entschieden wurde, Kinder mit Akten im Sozialamt. Ich zählte sie rasch durch. Einunddreißig. Sie waren alle da. Keins von meinen Schäfchen war unbemerkt nach Hause marschiert. Ich hatte es auch nicht versäumt, wichtige Medikamente zu verabreichen. Niemand hatte Schaum vor dem Mund. Ich fühlte mich schon viel besser. Was konnte da noch Schlimmes kommen?

Auf dem Weg in Paulines Büro, das nicht weit von meinem Klassenzimmer entfernt lag, ging mir durch den Kopf, dass zumindest die Schule ein Ort war, den ich liebte, wenn ich schon meine eigene Wohnung hasste. In der kleinen Eingangshalle befand sich ein kleines Bassin aus Ziegelsteinen, in dem ein paar große, fette Fische herumschwammen. Wie immer tauchte ich im Vorbeigehen meine Finger hinein, weil das angeblich Glück brachte. Die Schule lag an einer stark befahrenen Londoner Fernverkehrsstraße. Das Gebäude wurde den ganzen Tag von vorbeidonnernden Lastwagen erschüttert, die nach East Anglia hinauf fuhren oder hinunter über den Fluss und dann weiter in Richtung Kent und Südküste. Um mit den Kindern in den nächsten kümmerlichen Park zu gelangen, musste man sie ein Stück die Straße entlang und über zwei gefährliche Kreuzungen führen. Die Schule selbst aber war für mich ein Ort wie aus einer anderen Welt. Inmitten von Lärm und Staub, hatte sie fast etwas von einem Kloster. Das war es, was ich an ihr mochte. Selbst dann, wenn die Kinder schreiend durch die Gänge rannten, empfand ich sie als eine Art Refugium.

Vielleicht lag es bloß an diesen dämlichen Fischen, dass ich so empfand, und wahrscheinlich sah ich das alles sowieso völlig falsch. Ich musste daran denken, dass ich als Kind einmal in einem Lexikon gelesen hatte, dass Wasser Geräusche besser leitet als Luft. Wahrscheinlich verbrachten die Fische ihr ganzes Leben damit, über den Verkehrslärm zu jammern und sich nach einem anderen, schöneren Ort zu sehnen. Ich versuchte mir ins Gedächtnis zu rufen, wie es war, wenn ich in der Badewanne den Kopf untertauchte, um mir das Shampoo aus dem Haar zu spülen. Hörte ich dann draußen die Lastwagen vorbeidonnern? Ich konnte mich nicht erinnern.

Pauline stand mit einer Frau, die ich vom Sehen kannte, in der halb offenen Tür. Sie sprachen nicht miteinander, und es sah aus, als hätten sie die ganze Zeit schweigend auf mein Eintreffen gewartet. Die Frau tauchte jeden Nachmittag kurz vor Ende der letzten Stunde an der Klassenzimmertür auf. Elinors Mutter. Ich begrüßte sie mit einem Nicken, aber sie wandte den Kopf ab. Irritiert überlegte ich, ob sich Elinor an diesem Morgen anders verhalten hatte als sonst. Hatte sie einen aufgeregten Eindruck gemacht? Meines Wissens nicht. Ich versuchte mir das Mädchen in der Klasse vorzustellen, die ich gerade verlassen hatte. Mir war nichts Ungewöhnliches aufgefallen.

»Schließen Sie bitte die Tür hinter sich«, bat Pauline, während sie mich hineinführte. Die Mutter blieb draußen. Pauline forderte mich mit einer Handbewegung auf, auf dem Stuhl vor ihrem Schreibtisch Platz zu nehmen. »Das war Gillian Tite, die Mutter von Elinor.«

»Ja, ich weiß.«

Mir fiel auf, dass Pauline sehr bleich aussah und zitterte. Sie war entweder sehr aufgeregt oder so wütend, dass sie sich kaum beherrschen konnte.

»Haben Sie Ihrer Klasse letzte Woche eine Hausaufgabe aufgegeben?«

»Ja. Wenn man das überhaupt so nennen kann.«

»Was war das?«

»Eine Zeichenaufgabe. Nur so zum Spaß. Wir hatten über Geschichten gesprochen, und ich bat sie, in ihrem Malheft ein Bild von einer ihrer Lieblingsgeschichten zu zeichnen.«

»Wie sind Sie dann weiter verfahren?«

»Ich versuche, die Kinder daran zu gewöhnen, ihre Hausaufgaben termingerecht zu machen und abzugeben. Deswegen habe ich die Hefte am Mittwoch eingesammelt. Ja, ich glaube, es war am Mittwoch. Ich bin mir ziemlich sicher. Zu Hause habe ich sie dann gleich durchgesehen.« Ich konnte mich noch gut daran erinnern – ich hatte über den Heften gesessen, während dieser seltsame Typ, der sich meine Wohnung anschauen wollte, in der Schublade mit meiner Unterwäsche herumschnüffelte. Das war der Tag gewesen, an dem ich den Brief auf der Fußmatte gefunden hatte. »Ich habe nette Kommentare dazu geschrieben und ihnen die Hefte am nächsten Morgen zurückgegeben. Vielleicht hat Elinors Mutter erwartet, dass ich die Bilder benoten würde, aber für diese Art von Hausaufgabe sind sie noch zu klein.«

Pauline schien mir gar nicht zuzuhören. »Können Sie sich an Elinors Bild erinnern?«

»Nein.«

»Heißt das, Sie haben sich die Zeichnungen gar nicht richtig angeschaut?«

»Natürlich habe ich sie mir angeschaut. Ich habe gleich zu Anfang einen Blick darauf geworfen, nachdem die Kinder bereits im Unterricht mit dem Zeichnen begonnen hatten, und unten auf jedes Blatt einen passenden Titel geschrieben. Später habe ich dann die fertigen Arbeiten, die ich eigens mit nach Hause genommen habe, durchgesehen. Natürlich habe ich nicht Stunden auf jedes einzelne Bild verwandt, aber ich habe sie mir alle angesehen und etwas dazugeschrieben.«

»Elinors Mutter war in Tränen aufgelöst, als sie vorhin bei mir eintraf«, sagte Pauline. »Das hier ist Elinors Zeichnung. Schauen Sie sich das mal an.«

Sie schob ein vertraut wirkendes, großformatiges Heft über den Schreibtisch. Es war aufgeschlagen, und auf dem unteren Teil der Seite erkannte ich meine Schrift. »Dornröschen.« Elinor hatte einen ziemlich kläglichen Versuch unternommen, die Worte selbst noch einmal abzumalen. Das D war seitenverkehrt, und gegen Ende zu wurden die Buchstaben immer kleiner. Mit der Zeichnung hingegen verhielt es sich völlig anders. Sie hatte nichts mehr vom Bild eines kleinen Kindes. Zwar waren noch hier und dort Spuren von Elinors krakeliger Linienführung zu sehen, aber das Ganze war übermalt und ausgeschmückt worden. Das Mädchen lag jetzt in einem detailgetreu wiedergegebenen Zimmer. In *meinem* Zimmer. Meinem Schlafzimmer. Zumindest waren Teile davon in die Zeichnung aufgenommen worden, beispielsweise das Bild von der Kuh, das mich schon mein ganzes Leben begleitete, und der Spiegel, über dessen Rahmen ich die Kordel einer Beuteltasche gehängt hatte. Ich hatte den Beutel längst aufräumen wollen, war bisher aber nicht dazugekommen.

Das Mädchen auf dem Bett schlief nicht, und es war auch nicht Dornröschen, sondern ich. Zumindest trug es meine Brille. Das Bett selbst ähnelte eher einem Tisch in einer Leichenhalle. Der Körper des Mädchens wies lange Schnitte auf, aus denen die Eingeweide und andere innere Organe heraushingen. Teile des

Körpers, vor allem rund um die Vagina – *meine* Vagina – waren derart verstümmelt, dass sie kaum mehr zu erkennen waren. Mir wurde schlagartig übel, und ich spürte, wie mir bittere Galle in den Mund stieg. Ich schaffte es zwar, das Zeug bei mir zu behalten und wieder hinunterzuschlucken, aber durch die Säure brannte mein Hals so heftig, dass ich husten musste. Ich zog ein Taschentuch heraus und wischte mir den Mund ab. Dann schob ich das Heft wieder zu Pauline hinüber. Sie musterte mich mit ernstem Blick. »Falls das Ihr Werk ist und irgendeine seltsame Art von Scherz sein soll, dann sagen Sie es mir besser gleich. Also, waren Sie das?«

Ich brachte kein Wort heraus. Pauline klopfte auf den Tisch, als wollte sie mich aufwecken. »Zoë. Ist Ihnen eigentlich klar, in welcher Lage Sie sich befinden? Was soll ich denn nun Ihrer Meinung nach tun?«

Meine Augen brannten. Ich durfte jetzt nicht weinen. Ich musste stark sein, durfte auf keinen Fall zusammenbrechen.

»Rufen Sie die Polizei an«, brachte ich mühsam hervor.

## 11. KAPITEL

Pauline war skeptisch und wollte erst nicht, aber ich bestand darauf. Ich würde ihr Büro erst wieder verlassen, wenn in dieser Sache endlich etwas unternommen wurde. Carthy hatte mir seine Visitenkarte gegeben, aber meine Hände zitterten so, dass ich eine Weile in meiner Geldbörse herumkramen musste, bis ich sie herausbekam. Pauline wirkte sichtlich überrascht, als ich umständlich die Nummer tippte und dabei immer wieder auf die Karte sah. Sie hatte wohl angenommen, dass ich hysterisch die 999 wählen würde.

»So was ist schon mal passiert«, erklärte ich. »So was Ähnliches.«

Ich fragte nach Carthy. Er war nicht zu sprechen, und ich wurde zu Aldham durchgestellt, der in meinen Augen nur ein unzureichender Ersatz war. Ich redete wie wild auf ihn ein, sagte ihm, er müsse sofort in die Schule kommen, auf der Stelle. Aldham zog nicht so recht, aber ich kündigte an, mich bei seinen Vorgesetzten zu beschweren, wenn er nicht käme, und drohte mit allem, was mir sonst noch in den Sinn kam. Schließlich erklärte er sich doch bereit. Nachdem ich ihm die Adresse der Schule gegeben hatte, legte ich rasch auf. Dann zündete ich mir eine Zigarette an. Pauline wies mich darauf hin, dass das Rauchen nur im Lehrerzimmer erlaubt sei, worauf ich ihr zur Antwort gab, es tue mir Leid, aber dies sei ein Notfall.

»Wollen Sie zurück in Ihre Klasse?«, fragte sie.

»Lieber nicht«, antwortete ich. »Ich rede besser erst mal mit der Polizei. Ich muss wissen, was sie dazu sagt. Ich warte hier auf sie.«

Eine Weile schwiegen wir. Pauline starrte mich an, als wäre ich ein unberechenbares wildes Tier, mit dem man vorsichtig umgehen musste. Zumindest schien es mir so. Tatsächlich wäre ich wohl wirklich bei der kleinsten Berührung ausgeflippt. Schließlich meinte Pauline achselzuckend: »Ich gehe raus und rede mit Mrs. Tite.«

»Ja«, antwortete ich geistesabwesend.

An der Tür drehte sie sich noch einmal um.

»Wollen Sie damit sagen, dass jemand anderer dafür verantwortlich ist? Für die Zeichnung?«

Ich drückte meine Zigarette aus und zündete mir eine neue an. »Ja«, antwortete ich. »Da ist etwas Schreckliches im Gang. Etwas ganz Schreckliches. Ich muss dafür sorgen, dass das so schnell wie möglich ein Ende hat.«

Pauline wollte noch etwas hinzufügen, überlegte es sich dann aber anders und ließ mich allein in ihrem Büro zurück. Ich rauchte eine Zigarette nach der anderen und verlor dabei jedes Zeitgefühl. Irgendwann griff ich nach einer Zeitung, die auf Paulines Schreibtisch lag, konnte mich aber nicht aufs Lesen konzentrieren. Es muss etwa eine halbe Stunde gedauert haben, bis ich draußen schließlich Stimmen hörte und Aldham gefolgt von Pauline hereinkam. Sie hatte ihm bereits alles gesagt, was sie wusste. Ich hielt mich nicht mit Begrüßungsfloskeln auf.

»Sehen Sie sich das an«, sagte ich und deutete auf das Malheft, das noch immer aufgeschlagen auf dem Tisch lag. »Das bin ich. Das ist eine verdammt genaue Abbildung meines Schlafzimmers. *Das* kann man von dem verdammten Pub aus *nicht* sehen.«

Vielleicht hatte Pauline ihn bereits auf meinen aufgelösten Zustand vorbereitet, denn er wies mich nicht zurecht und schnauzte auch nicht zurück. Er warf lediglich einen Blick auf die Zeichnung und murmelte dann etwas, das ich nicht verstand. Er machte einen bestürzten Eindruck.

»Wo ist das gemacht worden?« Er sah mich an.

»Woher soll ich das wissen?« Ich versuchte, mich ein wenig zu beruhigen, mich zu konzentrieren. »Es war ein ganzer Stapel solcher Hefte. Sie lagen das Wochenende über in der Schule, nachdem ich sie am Freitag eingesammelt hatte.«

»Wo wurden sie aufbewahrt?«

»Im Klassenzimmer. Am Mittwoch nahm ich sie dann mit nach Hause und brachte sie am nächsten Morgen wieder mit.«

»Hatten Sie sie zu Hause immer im Blick?«

»Natürlich nicht. Was glauben Sie denn! Ich habe mich nicht daneben gesetzt und sie die ganze Nacht bewacht! Entschuldigen Sie. Tut mir wirklich Leid. Es ist bloß, o mein Gott! Tut mir Leid. Lassen Sie mich nachdenken. Ach ja, ich war mit ein paar Freundinnen im Kino und bestimmt zwei bis drei Stunden außer Haus. Das war an dem Tag, als ich den Brief auf meiner Fußmatte gefunden habe. Das habe ich Ihnen damals ja erzählt. Den ersten Brief – zumindest dachte ich, es wäre der erste. Ich habe ihn weggeworfen.«

Aldham zog die Nase kraus und nickte. »Ja«, sagte er, wich dabei aber meinem Blick aus. Er machte einen verwirrten, besorgten Eindruck. »Wann haben Sie die Hefte zurückgegeben?«

»Wie ich Ihnen schon gesagt habe, am nächsten Morgen. Ich hatte sie nur an dem einen Abend zu Hause liegen; da bin ich ganz sicher. Hundertprozentig.«

»Aber die Zeichnung ist erst heute entdeckt worden?«

Pauline trat vor. »Die Mutter hat erst heute Morgen einen Blick in das Heft geworfen«, erklärte sie.

»Hat sich der Betreffende auch noch an anderen Heften zu schaffen gemacht?«, wollte Aldham wissen.

»Ich weiß nicht«, antwortete ich. »Ich glaube nicht. Aber ich kann es Ihnen nicht mit Sicherheit sagen. Ich –«

»Wir werden die anderen Hefte überprüfen«, unterbrach mich Pauline.

Ich zündete mir eine neue Zigarette an. Mein Herz schlug wie wild. Ich hatte das Gefühl, meinen Herzschlag überall spüren zu können, im Gesicht ebenso wie in den Armen und Beinen.

»Was halten Sie davon?«, fragte ich.

»Augenblick«, antwortete er.

Er nahm ein Handy aus der Tasche und zog sich in eine Ecke des Raums zurück. Ich hörte, wie er nach Detective Inspector Carthy fragte und sich dann im Flüsterton mit ihm zu unterhalten begann. Offenbar gab es verschiedene Grade des Nichtzusprechenseins. Obwohl Aldham so leise redete, bekam ich doch Bruchstücke des Gesprächs mit.

»Sollen wir mit Stadler sprechen? Ja, Detective Inspector Cameron Stadler. Und Grace Schilling? … Könnt ihr sie anrufen? Und schickt jemanden mit der Akte hin. Am besten Lynne, sie hat ein Händchen für solche Fälle. Wir treffen uns dort … Ja, bis später.«

Aldham verstaute sein Telefon und wandte sich an Pauline. »Kann Miss Haratounian für eine Weile mit uns kommen?«

»Selbstverständlich«, antwortete Pauline. Sie musterte mich besorgt. »Alles in Ordnung?«

»Das haben wir bestimmt bald geklärt«, meinte Aldham. »Reine Routine.« Er zog ein Taschentuch heraus und griff damit nach Elinors Malheft.

Die Fahrt dauerte ziemlich lang, weil wir quer durch London mussten. Das übliche Verkehrschaos gestaltete sich am Freitag noch schlimmer als sonst. Ein Lastwagen war bei seinem Versuch, in den Hof einer Baufirma einzubiegen, stecken geblieben, sodass Aldham eine Abkürzung nahm, dann aber in einem Wohngebiet nahe der Balls Pond Road in einen neuen Stau geriet.

»Fahren wir zum Polizeirevier?«, fragte ich.

»Vielleicht später«, antwortete er zwischen zwei Flüchen. »Erst mal treffen wir uns mit einer Frau, die sich mit solchem Psychozeug auskennt.«

»Was halten Sie von der Zeichnung?«

»Es gibt schon kranke Leute, was?«

Ich war mir nicht ganz sicher, ob er damit den Künstler meinte oder eine alte Frau, die gerade im Schneckentempo die Straße überquerte.

Eine knappe Stunde später hielten wir vor einem Gebäude an, das in einem Wohngebiet lag und aussah wie eine Schule, in dem jedoch die Welbeck-Klinik untergebracht war, wie man auf einem draußen angebrachten Schild lesen konnte. Im Empfangsbereich saß eine Polizeibeamtin, die in die Lektüre von Akten vertieft war. Als sie uns bemerkte, klappte sie die Mappe zu und kam zu uns herüber. Sie reichte Aldham die Unterlagen.

»Warten Sie bitte hier auf mich«, wandte er sich an mich. »Kollegin Burnett wird Ihnen Gesellschaft leisten.«

»Lynne«, sagte sie mit einem beruhigenden Lächeln. Sie hatte große Augen und ein violettes Muttermal auf der Wange. An jedem anderen Tag hätte ich sie auf Anhieb sympathisch gefunden.

Ich wollte mir eine Zigarette anzünden, aber da das Rauchen im Klinikbereich verboten war, stellten Lynne und ich uns auf die Treppe hinaus, wo Lynne netterweise eine mitrauchte, obwohl sie nicht allzu viel Übung darin zu haben schien. Ich glaube, sie tat es wirklich nur, damit ich nicht allein rauchen musste. Zu meiner großen Erleichterung versuchte sie nicht, mich in ein Gespräch zu verwickeln. Nach nur zehn Minuten kam Aldham in Begleitung einer großen Frau in einem langen grauen Mantel zu uns heraus. Sie hatte ihr blondes Haar locker hochgesteckt und trug einen ledernen Aktenkoffer und eine Umhängetasche aus khakifarbenem Segeltuch. Ich schätzte sie nicht viel älter als mich, vielleicht Anfang dreißig.

»Miss Haratounian, das hier ist Dr. Schilling«, stellte Aldham sie mir vor.

Wir gaben uns die Hand. Dabei musterte sie mich mit zusammengekniffenen Augen, als wäre ich eine Patientin mit einer besonders seltenen Krankheit, die zur Untersuchung in die Klinik gebracht worden war.

»Es tut mir wirklich Leid«, sagte sie. »Ich muss zu einer Besprechung und bin schon spät dran, wollte aber trotzdem noch schnell mit Ihnen reden.«

Plötzlich fühlte ich mich völlig am Boden zerstört. Ich war durch ganz London gefahren, um mit einer Frau zu sprechen, die auf der Treppe einer Klinik an mir vorbeihastete.

»Was halten Sie von der Zeichnung?«, fragte ich sie.

»Ich bin der Meinung, man sollte die Sache ernst nehmen.« Sie warf Aldham einen strengen Blick zu. »Vielleicht hätte man sie schon ein bisschen früher ernst nehmen sollen.«

»Aber es könnte sich doch um einen Scherz handeln, meinen Sie nicht?«

»Führ ihn *ist* es ein Scherz«, antwortete sie mit besorgter Miene.

»Aber er hat mir bisher nichts getan, ich meine, er hat mich nicht körperlich angegriffen.« Angesichts des Ernstes, mit dem sie die Sache behandelte, hätte ich das Ganze am liebsten in einen dummen Streich zurückverwandelt.

»Genau«, pflichtete mir Aldham ein wenig zu enthusiastisch bei.

»Das Problem an diesem Argument«, erklärte Dr. Schilling eher an Aldham als an mich gewandt, »ist, dass …« Sie hielt mitten im Satz inne. Was hatte sie sagen wollen? Sie schluckte, ehe sie weitersprach, »… es nicht zu Miss Haratounians Sicherheit beiträgt.«

»Nennen Sie mich Zoë«, sagte ich. »Das ist nicht ganz so lang.«

»Zoë«, fuhr sie fort, »ich möchte, dass wir uns am Montag früh in Ruhe zusammensetzen und alle Einzelheiten dieser Sache besprechen. Es wäre schön, wenn Sie um neun hier sein könnten.«

»Ich habe einen Job«, wandte ich ein.

»*Das* ist jetzt Ihr Job«, erwiderte sie. »Zumindest im Moment. Ich muss jetzt gehen, aber… Diese Zeichnung, stellt sie wirklich Ihr Schlafzimmer dar?«

»Das habe ich doch schon gesagt.«

Dr. Schilling trat nervös von einem Fuß auf den anderen. Wäre sie ein Kind aus meiner Klasse gewesen, hätte ich sie auf die Toilette geschickt.

»Sie haben einen Freund, richtig?«

»Ja. Fred.«

»Wohnen Sie zusammen?«

Ich zwang mich zu einem Lächeln. »Er bleibt nicht über Nacht.«

»Was denn, nie?«

»Nein.«

»Aber es handelt sich dabei um eine sexuelle Beziehung?«

»Ja, wir haben bereits das volle Programm absolviert, falls Sie das meinen.«

Sie warf einen Blick zu Aldham hinüber. »Sprechen Sie mit ihm.«

»Falls Sie Fred verdächtigen«, sagte ich, »können Sie ihn gleich wieder von der Liste streichen. Ganz abgesehen von der Tatsache, dass er sowieso nicht in Frage kommt, weil er, ähm, na ja… weil er eben nicht in Frage kommt. Sie wissen schon.« Sie nickte höflich, wirkte aber nicht sehr überzeugt. »Jedenfalls war er an dem Abend, an dem es passiert sein muss, gar nicht in der Stadt. Er war in den Dales, wo er mit mehreren anderen Leuten einen Garten umgegraben hat. Er ist erst am folgenden Abend wieder zurückgekommen. Sie werden vermutlich feststellen, dass es sogar Filmaufnahmen eines Yorkshirer Fernsehsenders gibt, die beweisen, dass er dort war.«

»Sie sind ganz sicher, dass er es nicht gewesen sein kann?«

»Ja, hundertprozentig sicher.«

»Reden Sie trotzdem mit ihm«, sagte sie zu Aldham. An mich gewandt fügte sie hinzu: »Wir sehen uns am Montag, Zoë. Ich möchte Sie nicht unnötig in Panik versetzen, es kann gut sein, dass sich das Ganze als weniger ernst entpuppt, als es aussieht, aber ich fände es trotzdem gut, wenn Sie eine Weile nicht mehr allein in Ihrer Wohnung übernachten würden. Ach ja, eins noch, Doug.« Damit war offenbar Aldham gemeint. »Werfen Sie einen Blick auf die Türschlösser, ja? Also dann, bis Montag!«

Aldham und ich gingen zu seinem Wagen zurück.

»Das war … ähm, schnell«, sagte ich.

»Lassen Sie sich von ihr nicht ins Bockshorn jagen«, meinte Aldham. »Sie geht bloß auf Nummer Sicher.«

»Sie hat gesagt, dass Sie mit Fred reden sollen. Das werden Sie doch nicht tun, oder?«

»Irgendwo müssen wir ja anfangen.«

»Jetzt gleich?«

»Wissen Sie, wo er ist?«

»Er arbeitet an einem Garten.«

»Sie meinen wohl, in einem Garten.«

»Nein, Fred sagt, er arbeitet *an* einem Garten. Er findet wohl, dass das künstlerischer klingt. Wo sind wir denn hier?«

»In Hampstead.«

»Dann ist er gar nicht so weit weg, glaube ich. Er hat was vom Norden der Stadt erwähnt.«

»Gut. Wissen Sie die Adresse?«

»Ich könnte ihn auf seinem Handy anrufen. Aber hat das denn nicht noch ein bisschen Zeit?«

»Hier, bitte.« Aldham hielt mir sein Telefon hin.

Ich hatte die Nummer in meinem Terminplaner stehen. »Wenn Sie hinfahren und mit ihm reden, kann ich dann vorher noch kurz mit ihm sprechen?«

»Wozu?«

»Ich weiß nicht«, antwortete ich. »Vielleicht aus Höflichkeit.«

Ich sah Fred, bevor er mich erkannte. Er stand am Ende eines langen Gartens, der an die Rückseite eines unglaublich vornehmen Hauses anschloss, und arbeitete sich mit einem Gerät, das an Gurten von seinen Schultern hing, eine Rabatte entlang. Er trug eine Baseballkappe mit dem Schirm nach hinten, eine zerrissene Jeans, ein weißes T-Shirt und schwere Arbeitsstiefel. Außerdem hatte er eine Schutzbrille auf und Stöpsel in den Ohren, sodass die einzige Möglichkeit, mich bemerkbar zu machen, darin bestand, ihm auf die Schulter zu klopfen. Obwohl ich mich telefonisch angekündigt hatte, zuckte er leicht zusammen. Er schaltete die Maschine aus und löste die Gurte. Dann nahm er die Schutzbrille ab und die Ohrstöpsel heraus. Er wirkte benommen von dem Lärm, auch wenn der inzwischen verstummt war, und dem grellen Licht. Wir standen im strahlenden Sonnenschein neben einer Lilienrabatte. Fred war schweißgebadet.

Er trat einen Schritt zurück und starrte mich an. In seinem Blick lag nicht nur Überraschung, sondern auch Wut. Er ist einer von jenen Menschen, dachte ich, die gern jeden Bereich ihres Lebens in einer eigenen Schublade haben: Er trennte strikt zwischen Arbeit und Privatleben, genauso wie zwischen Sex und Schlaf. Ich hatte die Trennlinie überschritten, und darüber war er nicht gerade erfreut.

»Hallo«, sagte er, betonte seinen Gruß aber wie eine Frage.

»Hallo.« Ich drückte ihm einen Kuss auf seine schweißnasse Wange. »Tut mir Leid. Sie wollten unbedingt mit dir reden. Ich habe ihnen gesagt, dass das nicht nötig ist.«

»Jetzt?«, fragte er argwöhnisch. »Wir stecken gerade mitten in der Arbeit. Ich kann nicht einfach aufhören.«

»Es war nicht meine Idee«, erwiderte ich. »Ich wollte dir bloß persönlich sagen, wie Leid es mir tut, dass du da hineingezogen wirst.«

Sein Gesicht wirkte plötzlich hart. »Was soll denn das ganze Theater überhaupt?«

Ich berichtete in Kurzform über die Ereignisse an der Schule, hatte aber den Eindruck, dass er mir gar nicht zuhörte. Er benahm sich wie einer von diesen schrecklichen Typen, die sich auf einer Party mit einem Mädchen unterhalten, ihr dabei aber nicht in die Augen sehen, sondern über ihre Schulter hinweg auf eine besser aussehende Frau starren. In meinem Fall starrte Fred zu Aldham hinüber, der am anderen Ende des Gartens neben der Tür wartete, durch die man ins Haus gelangte.

»Und deswegen hat sie mir geraten, in den nächsten Tagen nicht allein in meine Wohnung zu gehen.«

Ich sah Fred erwartungsvoll an. Bestimmt würde er mir gleich voller Mitgefühl anbieten, dass ich, wenn ich wolle, natürlich gern bei ihm bleiben könne, bis diese ganze Sache geklärt sei. Ich wartete darauf, von ihm in den Arm genommen zu werden und ihn sagen zu hören, dass alles gut ausgehen werde und er jederzeit für mich da sei. Sein Gesicht wirkte unter der glänzenden Schweißschicht wie eine Maske. Ich konnte überhaupt nicht sagen, was er dachte.

Langsam wanderte sein Blick zu meinen Brüsten hinunter. Ich spürte, wie mir die Schamröte ins Gesicht stieg, gleichzeitig aber eine brennende Wut in mir hochkam. »Ich …«, fing er an, hielt dann aber inne und sah mich an. »Also gut, ich rede kurz mit ihnen. Auch wenn ich zu der Sache nichts zu sagen habe.«

»Da wäre noch was«, erklärte ich. Ich war selbst überrascht über meine Worte. »Ich glaube, es ist besser, wenn wir uns nicht mehr sehen.«

Das brachte seinen wandernden, leicht entrüsteten Blick zum Stillstand. Mit einem Schlag wirkte seine Miene nicht mehr so vage und unbeteiligt. Er starrte mich ungläubig an. An seiner Schläfe begann eine Vene zu pulsieren, und seine Kiefermuskeln zuckten.

»Dürfte ich den Grund erfahren, Zoë?«, fragte er schließlich. Seine Stimme klang eisig.

»Vielleicht ist der Zeitpunkt einfach nicht günstig«, antwortete ich.

»Du machst also mit mir Schluss?«

»Ja.«

Sein schönes Gesicht überzog sich mit Zornesröte. Aus kalten Augen musterte er mich von oben bis unten, als wäre ich in einem Schaufenster ausgestellt, eine Ware, von der er noch nicht wusste, ob er sie kaufen wollte oder nicht. Dann verzog er die Mundwinkel zu einem kleinen bösen Grinsen. »Wer zum Teufel glaubst du, dass du bist?«, fragte er.

Ich sah ihn an, betrachtete sein schweißnasses Gesicht und seine vor Zorn hervortretenden Augen.

»Ich habe Angst«, antwortete ich. »Und ich brauche Hilfe, aber die werde ich von dir wohl nicht bekommen, oder?«

»Du Fotze!«, sagte er. »Du arrogante Fotze!«

Ich drehte mich um und ging. Ich wollte nur noch weg, an einen Ort, an dem ich sicher war.

*Das Haar hängt ihr offen über die Schultern. Es müsste dringend gewaschen werden; der Scheitel wirkt dunkel und ein bisschen fettig. Sie ist in den letzten paar Wochen stark gealtert. Vom äußeren Rand ihrer Nasenflügel verlaufen tiefe Furchen bis zu ihren Mundwinkeln, sie hat dunkle Ringe unter den Augen und eine leichte Querfalte über den Brauen, als hätte sie stundenlang die Stirn gerunzelt. Ihre Haut sieht ungesund aus, unter der Bräune wirkt sie blass und ein wenig schmuddelig. Auf Ohrringe hat sie heute verzichtet. Sie trägt eine alte Baumwollhose, hellbeige würde man die Farbe wohl nennen, und dazu ein weißes Kurzarmhemd. Die Hose ist ihr zu weit und müsste gebügelt werden, an dem Hemd fehlt ein Knopf. Sie kaut an der Seite ihres rechten Mittelfingers herum, ohne sich dessen bewusst zu sein. Sie blickt sich häufig um, aber ihr Blick bleibt nie länger als eine Sekunde an einer Person hängen. Manchmal kneift sie die Augen zusammen, als wäre sie kurzsichtig. Sie raucht die ganze Zeit, zündet sich eine nach der anderen an.*

*Das Gefühl in mir wird stärker. Wenn ich so weit bin, werde ich es wissen. Das ist wie mit der Liebe, man weiß es einfach. Es besteht nicht der geringste Zweifel. In mir wächst die Gewissheit, und das macht mich stark und entschlossen. Sie dagegen wird immer schwächer und kleiner. Ich sehe sie an und denke mir: Das ist mein Werk.*

## 12. KAPITEL

Ich hämmerte gegen die Tür. Warum kam sie denn nicht? Oh, bitte, komm schnell! Ich hatte Probleme mit dem Atmen. Natürlich wusste ich, dass ich atmen musste, jeder Mensch musste atmen, aber wenn ich es versuchte, ging es nicht, jedenfalls nicht richtig, und das, obwohl sich in meiner Brust bereits ein unerträglicher Druck aufbaute. Ich keuchte ein paar Mal flach, was sich anhörte, als hätte ich einen verzweifelten Weinkrampf hinter mir. Ein enges Band aus Schmerz hatte sich um meinen Kopf gelegt, und ich konnte nicht mehr klar sehen. Bitte hilf mir, wollte ich sagen, konnte aber weder sprechen noch rufen. In meinem Hals und meiner Lunge saß ein Felsblock, der mich am Luftholen hinderte. Meine Beine trugen mich nicht länger, vor meinen Augen verschwamm alles zu einer grauschwarzen Masse. Ich sank vor der Tür auf die Knie.

»Zoë? Zoë! Um Himmels willen, Zoë, was ist denn passiert?« Louise kniete neben mir, in ein Badetuch gehüllt und mit nassem Haar. Als sie mir den Arm um die Schulter legte, begann das Badetuch zu rutschen, aber das störte sie nicht. Louise war einfach ein Schatz. Es machte ihr nichts aus, dass Leute vorbeigingen, die uns befremdet anstarrten und auf die andere Straßenseite wechselten, um uns nicht zu nahe zu kommen. Ich versuchte, etwas zu sagen, brachte aber nur seltsame Stotterlaute heraus.

Sie nahm mich in den Arm und wiegte mich hin und her. Das hatte seit Mums Tod niemand mehr mit mir getan. Ich fühlte mich plötzlich wieder wie ein kleines Mädchen. Endlich kümmerte sich jemand um mich. Oh, wie ich das vermisst hatte, wie sehr ich es vermisst hatte, von meiner Mutter in den Arm genommen zu werden! Louise flüsterte mir ins Ohr, dass alles wieder in Ordnung kommen, dass alles gut werden würde, keine

Angst, schh, ganz ruhig, ja, so ist es gut! Sie sagte mir, ich solle ruhig ein- und ausatmen. Ein und aus. Langsam hatte ich das Gefühl, wieder Luft zu bekommen, aber reden konnte ich noch immer nicht. Bloß wimmern, wie ein Baby. Ich spürte, wie warme Tränen unter meinen geschlossenen Lidern hervorquollen und über meine heißen Wangen liefen. Ich wollte mich nie wieder bewegen, nie wieder. Meine Arme und Beine fühlten sich schwer an, zu schwer, um sie auch nur einen Zentimeter zu heben. Ich hätte auf der Stelle einschlafen können.

Louise half mir auf die Beine, während sie mit der anderen Hand das Badetuch festhielt. Sie führte mich die Treppe zu ihrer Wohnung hinauf, ließ mich auf dem Sofa Platz nehmen und setzte sich neben mich.

»Das war nur eine Panikattacke, Zoë«, sagte sie. »Weiter nichts.«

Die Panik war weg, aber nicht die Angst. Es war, als hätte sich ein eisiger Schatten über mich gelegt, erklärte ich Louise. Als würde ich vom Rand eines hohen Gebäudes hinunterblicken, ohne den Boden sehen zu können.

Am liebsten hätte ich mich zusammengerollt und geschlafen, bis alles vorbei war. Ich wollte, dass jemand anderer die Sache in die Hand nahm und dafür sorgte, dass alles wieder gut wurde. Ich würde mir in der Zwischenzeit die Ohren zuhalten und fest die Augen schließen, und wenn ich sie wieder öffnen würde, wäre alles vorüber.

»Eines Tages«, versuchte mich Louise zu beruhigen, »wirst du auf das alles zurückblicken, und es wird nur noch eine Erinnerung sein. Eine schlimme Sache, die du gut überstanden hast. Eine aufregende Geschichte, die du den Leuten erzählen kannst.« Ich glaubte ihr nicht. Ich glaubte nicht, dass es je vorübergehen würde. Meine Welt hatte sich völlig verändert.

Ich blieb bei Louise. Ihre Wohnung lag in Dalston, in der Nähe des Marktes. Es gab keinen anderen Ort, wo ich hinkonnte. Diese liebe, stämmige kleine Frau war meine Freundin, und in ihrer Gegenwart hatte ich weniger Angst. Solange Louise bei mir war, würde mir nichts passieren.

Ich nahm erst einmal ein Bad. Louises Bad war viel schöner als das meine. Ich lag in dem heißen Wasser, während Louise neben mir auf dem Klodeckel saß, eine Tasse Tee trank und mir den Rücken wusch. Sie erzählte mir von ihrer Kindheit in Swansea, ihrer allein erziehenden Mutter und ihrer Großmutter, die noch lebte. Swansea bedeutete für sie Regen, graue Schieferplatten, dicke Wolken und Hügel, sagte sie. Sie habe immer gewusst, dass sie mal nach London gehen werde.

Ich erzählte ihr von dem Dorf, aus dem ich kam und das eigentlich nur aus ein paar verstreuten Häusern und einem Postamt bestand. Von meinem Vater, der tagsüber schlief und nachts Taxi fuhr, bis er eines Tages genauso ruhig und bescheiden starb, wie er gelebt hatte: ohne jemals die Aufmerksamkeit anderer auf sich lenken zu wollen. Dann erzählte ich ihr, wie ich mit zwölf Jahren meine Mutter verloren hatte. Wie sie mir schon in den zwei Jahren davor immer mehr entglitten war, sich in ihre eigene Welt des Schmerzes und der Angst zurückgezogen hatte. Oft stand ich an ihrem Bett, hielt ihre kalte, knochige Hand und spürte dabei, wie fremd sie mir geworden war. Ich erzählte ihr von den Dingen, die ich an diesem Tag gemacht hatte, oder richtete ihr Grüße von Freunden aus, sehnte mich aber insgeheim danach, draußen bei meinen Freundinnen zu sein oder in meinem Zimmer, wo ich so gern las und Musik hörte – oder an irgendeinem anderen Ort, bloß nicht hier, in diesem eigenartig riechenden Krankenzimmer, bei dieser Frau mit dem eingefallenen Gesicht, die mich aus großen Augen anstarrte. Sobald ich sie aber verlassen hatte, fühlte ich mich seltsam schuldig und verstört. Und dann, als sie tot war, sehnte ich mich danach, wieder in ihrem Schlafzimmer zu sitzen, ihre schmale Hand zu halten und ihr von meinem Tag zu erzählen. Manchmal konnte ich noch immer nicht glauben, dass ich sie niemals wieder sehen würde.

Ich sagte zu Louise, dass ich seit damals nie mehr so genau gewusst hätte, was ich machen oder wo ich sein wollte. Dass ich als Lehrerin in Hackney gelandet sei, sei mehr oder weniger Zufall gewesen. Eines Tages aber würde ich weggehen und etwas anderes tun. Eines Tages würde ich meine eigenen Kinder haben.

Louise bestellte uns eine Pizza. Ich lieh mir ihren knallroten Bademantel aus, und wir setzten uns aufs Sofa und aßen öltriefende Pizzastücke, tranken dazu billigen Rotwein und sahen uns *Und täglich grüßt das Murmeltier* auf Video an. Natürlich kannten wir den Film schon, aber zum Entspannen erschien er uns genau richtig.

Ein paar Mal klingelte das Telefon. Sie unterhielt sich dann mit leiser Stimme, die Hand vor den Hörer gelegt, und sah dabei hin und wieder zu mir herüber. Einmal war es für mich: Detective Sergeant Aldham. Einen Moment lang dachte ich, er würde mir vielleicht sagen, dass sie den Kerl erwischt hätten. Eine vergebliche Hoffnung. Er wollte nur hören, wie es mir ging, und mir noch einmal sagen, dass ich nicht ohne Begleitung in die Wohnung zurückkehren und mit keinem Mann allein bleiben solle, den ich nicht gut kannte, und dass die Polizei am Montag ebenfalls noch einmal mit mir sprechen wolle, zusammen mit Dr. Schilling. Ich solle dafür mehr Zeit einplanen, es werde länger dauern, sagte er.

»Seien Sie vorsichtig, Miss Haratounian«, verabschiedete er sich. Die Tatsache, dass er es geschafft hatte, meinen Namen richtig auszusprechen, machte mir fast noch mehr Angst als sein ernster, respektvoller Ton. Ich hatte mir gewünscht, dass sie mich ernst nehmen würden. Nun nahmen sie mich ernst.

Louise bestand darauf, mir ihr Bett zu überlassen. Sie selbst wickelte sich in ein Leintuch und legte sich auf die Couch. Ich befürchtete, nicht einschlafen zu können, und lag auch tatsächlich noch eine Weile wach, während die Gedanken in meinem Kopf umherschwirrten wie Fledermäuse, die ihre Orientierung verloren hatten. Die Nachtluft war schwül und drückend, und ich konnte auf dem Kissen kein kühles Fleckchen finden. Louises Wohnung lag in einer ruhigen Straße. Ein paar Katzen lieferten sich einen Kampf, der Deckel einer Mülltonne klapperte, und ein einzelner Mann ging die Straße hinunter und sang dabei »O Little Town of Bethlehem«. Trotzdem muss ich bald eingeschlafen sein, und das Nächste, woran ich mich erinnern konnte, war der Geruch von verbranntem Toast. Durch die blau gestreiften Vorhänge flutete das Tageslicht herein. In den Lichtstrahlen tanzten Staubkörnchen. Drüben im Wohnzimmer klingelte das Telefon, und eine Minute später steckte Louise den Kopf zur Schlafzimmertür herein. »Tee oder Kaffee?«

»Kaffee, bitte.«

»Toast oder Toast?«

»Für mich nichts, danke.«

»Dann also Toast.«

Sie verschwand wieder, und ich kämpfte mich aus dem Bett. Ich fühlte mich gar nicht so schlecht. Leider hatte ich nichts Frisches zum Anziehen dabei, sodass ich noch einmal in die Sachen schlüpfen musste, die ich am Tag zuvor getragen hatte und die sich schon ein bisschen schmuddelig anfühlten.

Nachdem ich eine Scheibe Toast gegessen und meinen Kaffee getrunken hatte, rief ich Guy an, um zu hören, ob sich mit der Wohnung etwas getan hatte. Er klang verlegen und auf eine vorsichtige Weise besorgt, gar nicht so munter und schmeichlerisch wie sonst.

»Wie ich höre, läuft's bei Ihnen zurzeit nicht so gut«, sagte er. Natürlich hatte die Polizei inzwischen mit ihm gesprochen.

»Nicht gerade großartig. Irgendwas Neues wegen der Wohnung?«

»Mr. Shale möchte sie sich noch einmal ansehen. Er ist ernsthaft interessiert. Meiner Meinung nach haben wir ihn schon am Haken. Jetzt müssen wir den Fisch bloß noch an Land ziehen.«

»Wie meinen Sie das?«, fragte ich müde.

»Ich glaube, er ist kurz davor, uns ein Angebot zu machen«, antwortete Guy. »Er lässt fragen, ob es Ihnen heute Mittag passen würde.«

»Könnten Sie das diesmal nicht für mich übernehmen?«

Guy lachte auf seine übliche, irritierende Weise. »Ich könnte schon, aber er möchte Sie noch ein paar Sachen fragen. Ich werde auch dabei sein.«

»Gut.« Ich dachte an Aldhams Warnung. Keine fremden Männer mehr.

Wir vereinbarten, dass wir uns um zwölf in seinem Büro treffen würden, Guy, ich und Nick Shale. Auf diese Weise konnte mir nichts passieren. Wir würden uns zu dritt in meine Wohnung begeben, eine rasche Besichtigungsrunde drehen und nach ein paar Minuten wieder gehen. Louise bestand darauf, dass ich mit dem Taxi zu Guy fuhr, was zur Folge hatte, dass wir eine halbe Stunde lang fluchend im Stau standen und ich mal wieder schweißgebadet zu spät kam. Die beiden Männer warteten bereits auf mich, Guy in einem leichten blauen Anzug, Nick in Jeans und weißem T-Shirt. Wir reichten uns formell die Hand.

Als wir an der Wohnung angekommen waren, zog Guy seinen dicken Schlüsselbund heraus, sperrte auf und ging als Erster hinein. Nick trat einen Schritt zurück, um mir den Vortritt zu lassen. Sofort fiel mir der eigenartige, seltsam süßliche Geruch auf. Nick rümpfte die Nase und sah mich fragend an.

»Da habe ich wohl irgendwas nicht in den Kühlschrank getan«, sagte ich. »Ich war schon eine Weile nicht mehr hier.«

Es kam aus der Küche. Als ich die Tür aufschob, wurde der Geruch stärker, aber ich konnte seinen Ursprung noch immer nicht identifizieren. Mein Blick glitt über die Arbeitsfläche. Nichts. Ich schaute in den Mülleimer, er war leer. Als Nächstes öffnete ich den Kühlschrank.

»O Gott!«, sagte ich.

Das Licht ging nicht an. Im Kühlschrank war es warm. Auf den ersten Blick schien es nicht allzu schlimm. Die Milch war sauer geworden, aber ansonsten hielt sich der Schaden in Grenzen. Mir war klar, dass das dicke Ende erst noch kam. Vorsichtig öffnete ich das kleine Gefrierfach über dem Kühlschrank. Bei dem Anblick, der sich mir bot, konnte ich ein Stöhnen nicht unterdrücken. Es sah aus, als hätte jemand alles durcheinandergemischt. Aus einer seitlich daliegenden Packung Kaffeeeis hatte sich der Inhalt über eine offene Tüte Garnelen ergossen. Der Anblick und Geruch dieser Mixtur aus Tage alten Garnelen und geschmolzenem Eis ließ mich würgen. Am liebsten hätte ich mich auf der Stelle übergeben.

»Verdammter Mist!«, fluchte ich.

»Zoë.« Guy legte mir nur leicht die Hand auf die Schulter, aber ich zuckte erschrocken zurück. »Kein Grund, sich aufzuregen, Zoë. So was passiert eben mal.«

»Bin gleich wieder da«, sagte ich. »Ich muss die Polizei anrufen.«

»Was?«, fragte er. Seine Miene wirkte bestürzt, fast peinlich berührt.

Ich wandte mich zu ihm um. »Seien Sie still! Halten Sie verdammt noch mal den Mund. Und bleiben Sie mir bloß vom Leib!«

»Zoë…«

»Seien Sie still!« Inzwischen schrie ich ihn fast an.

Er wollte etwas sagen, hob dann aber resignierend die Hände. »Na schön, wie Sie wollen!«

Er warf einen ängstlichen Blick zu Nick hinüber. Offenbar befürchtete er, dass aus dem Verkauf der Wohnung nun nichts werden würde. Für mich spielte das keine Rolle. Mir ging es bloß noch darum, am Leben zu bleiben. Ich tippte die Nummer, die ich inzwischen auswendig konnte, und verlangte nach Carthy. Diesmal kam er gleich ans Telefon. Keine Zicken mehr. Er sagte, er werde sofort kommen. Tatsächlich war er in weniger als zehn Minuten da, begleitet von Aldham und einem anderen Mann, der eine große Ledertasche trug und kaum, dass er die Wohnung betreten hatte, dünne Handschuhe überstreifte. Nachdem sie sich die Bescherung angesehen hatten, zogen sie sich zu einer kurzen Beratung in eine Ecke zurück. Anschließend ging Carthy mit mir ins Wohnzimmer und stellte mir ein paar Fragen. Ich hatte Mühe, ihm zu folgen. Er sagte irgendetwas über Polizeischutz. Aldham und der andere Mann waren noch in der Küche. Guy fragte, ob Shale und er gehen könnten, aber Carthy sagte nein, sie sollten bitte draußen auf der Treppe warten.

»Er war wieder da! Der Gedanke ist mir unerträglich!«, stieß ich hervor.

Aldham kam aus der Küche und musterte mich besorgt.

»Was werden Sie jetzt unternehmen?«, fragte ich.

Aldham trat zu Carthy und flüsterte ihm etwas ins Ohr. Er wirkte etwas mitgenommen. Dann wandte er sich an mich.

»Zoë«, sagte er mit leiser, ruhiger Stimme. »Da war kein Brief, oder?«

»Ich weiß es nicht. Ich habe keinen gesehen, aber ich habe auch nicht so genau geschaut.«

»Wir haben uns umgesehen. Wir haben keinen gefunden.«

»Und?«

»Wir haben den Kühlschrank überprüft. Er war ausgeschaltet, stattdessen war der Wasserkocher eingesteckt.«

»Warum hätte der Kerl das tun sollen?«

»Vielleicht waren Sie es selbst. Aus Versehen. So was kann schon mal passieren.«

»Aber ich würde bestimmt nicht...« Dann verstummte ich plötzlich. Mir fiel ein, dass Louise für mich Tee gekocht und dabei einen Stecker herausgezogen hatte, um den Wasserkocher anzusmachen. Verdammt. Ich spürte, wie ich rot wurde.

Eine Weile schwiegen wir. Aldham starrte auf den Teppich hinunter, Carthys Blick war auf mich gerichtet. Ich erwiderte seinen Blick. »Sie haben gesagt, ich soll vorsichtig sein«, brach ich schließlich das Schweigen.

»Natürlich«, antwortete Aldham sanft.

»Für Sie ist es leicht«, sagte ich. »Ich muss die ganze Zeit daran denken, dass mich dieser Kerl umbringen will.«

»Ich weiß.« Aldham sagte das fast im Flüsterton. Zögernd legte er mir eine Hand auf die Schulter. »Ich frage mich, ob wir Sie vielleicht zu sehr beunruhigt haben. Es tut mir Leid.«

Ich schüttelte seine Hand ab. »Sie... Sie...«

Aber mir fiel kein passendes Schimpfwort ein. Ich drehte mich um und stürmte hinaus, der Tatsache bewusst, dass ich sie alle in meiner Wohnung zurückließ.

## 13. KAPITEL

Als ich zu Louise zurückkam, wartete sie bereits auf mich. Sie hatte in der Zwischenzeit eine weiße Gesichtsmaske aufgelegt, mit der sie aussah wie eine Leiche. Nur rund um die Augen war je ein rosafarbener Ring ausgespart, was ihrem Gesicht einen überraschten Ausdruck verlieh. Während ich ihr erzählte, was geschehen war, wurde mir plötzlich bewusst, dass ich einfach davon ausging, weiter bei ihr wohnen zu können. Einen Moment lang sah ich sie verlegen an, aber Louise machte es mir leicht. »Bleib, solange du willst.«

»Aber ich schlafe auf dem Sofa.«

»Wie du möchtest.«

»Und ich zahle Miete.«

Sie zog die Augenbrauen hoch und legte dabei die Stirn so in Falten, dass sich in ihrer Maske Risse bildeten.

»Wenn du dich dann besser fühlst. Nötig ist es aber nicht. Es reicht, wenn du meine Pflanzen gießt. Das vergesse ich nämlich immer.«

Ich fühlte mich schon viel besser. Die beklemmende Angst vom Vortag ließ langsam nach. Ich musste nie wieder in meiner Wohnung schlafen, mit Guy sprechen oder fremde Männer durch die Räume führen, damit sie in meinen Schubladen herumwühlen oder auf meine Brüste starren konnten. Nie wieder brauchte ich in der Dunkelheit wach zu liegen, während ich ängstlich auf jedes Geräusch lauschte und versuchte, normal zu atmen. Fred und seine Freunde brauchte ich auch nie wieder zu sehen. Ich fühlte mich, als hätte ich eine schmutzige, einengende Haut abgestreift. Ich würde bei Louise bleiben. Wir würden abends vor dem Fernseher essen oder uns gegenseitig die Nägel lackieren. Am Montag würde ich mit Dr. Schilling sprechen. Sie würde wissen, was zu tun war. Sie kannte sich mit solchen Dingen aus.

Louise behauptete beharrlich, keine Pläne fürs Wochenende zu haben. Obwohl ich den Verdacht hegte, dass sie in Wirklichkeit alle Termine meinetwegen abgesagt hatte, war ich viel zu erleichtert, um auch nur ansatzweise zu protestieren. Wir holten uns mit Käse und Tomaten gefüllte Baguettes und spazierten damit in den nahe gelegenen Park, wo wir uns im trockenen, von der Hitze gelben Gras niederließen. Die Sonne brannte herunter, die Luft war heiß und drückend, der Park überfüllt. Gruppen von Teenagern spielten Frisbee oder knutschten im Schatten der Bäume. Eltern saßen mit ihren Kindern im Gras und picknickten, ausgerüstet mit Bällen und Springseilen. Junge Mädchen in knappen Tops genossen die Sonne. Überall tummelten sich Leute mit Bierdosen, Hunden, Fotoapparaten, Drachen, Fahrrädern, Brot für die Enten. Sie trugen alle helle, leichte Kleidung und waren guter Laune.

Louise schob ihr T-Shirt ein Stück hoch und legte sich zurück, die Arme unter dem Kopf. Ich saß neben ihr, rauchte eine Zigarette nach der anderen und beobachtete die vorüberströmenden Menschen. Irgendwie rechnete ich damit, unter ihnen ein bekanntes Gesicht zu entdecken oder zumindest jemanden, der mich ansah, als würde er mich kennen, aber so jemand war nicht dabei.

»Weißt du, was?«

»Was?«, fragte sie schläfrig.

»Ich habe mich in der ganzen Sache viel zu passiv verhalten.«

»Nein, hast du nicht.«

»Doch. Ich wollte, dass andere Leute das für mich regeln. Selbst habe ich mir nicht die Mühe gemacht, etwas dagegen zu unternehmen.«

»Sei nicht albern, Zoë.«

»Es ist doch so. Ich glaube, es hat etwas mit London zu tun. Ich wollte mich in der Stadt verlieren. Ich wollte nicht, dass jemand auf mich aufmerksam wird. Höchste Zeit, dass ich mal einen kritischen Blick auf mich selber werfe. Genau das muss ich jetzt tun. Ich muss mich selbst einer kritischen Prüfung unterziehen und mir überlegen, wieso sich dieser Typ ausgerechnet mich ausgesucht hat. Und wie der Mensch aussehen könnte, der so etwas tut.«

»Morgen«, sagte Louise. »Verschieb deine kritische Prüfung auf morgen. Heute solltest du es dir einfach mal gut gehen lassen.«

Ich ließ die Sonne in meine Haut dringen, unter meine schmuddeligen Klamotten. Ich war müde. Noch nie in meinem Leben hatte ich mich so müde gefühlt. Die Augen schmerzten, und Arme und Beine waren so schwer, dass ich sie kaum bewegen konnte.

In Zukunft wollte ich jeden Tag ein ausgiebiges Bad nehmen, stundenlang auf einem sauberen Laken schlafen, gesunde Rohkost, Karotten und grüne Äpfel zu mir nehmen und nur noch Orangensaft und Kräutertee trinken. Ich konnte mir nicht vorstellen, dass ich jemals wieder den Wunsch verspüren würde, in einen Club zu gehen, mich zu betrinken oder zuzurauchen oder gar von einem Mann anfassen zu lassen. Das schweißtreibende, hektische Leben, das ich in London geführt hatte, erfüllte mich nun mit einem vagen, aber alles beherrschenden Gefühl von Abscheu. All der Lärm, all die Anstrengung. Vielleicht, dachte ich, würde ich sogar mit dem Rauchen aufhören. Aber heute noch nicht.

Wir kamen an einem Laden mit Kindersachen vorbei – bunten Baumwolllatzhosen, Streifentops, Bomberjacken in Rot, Rosa und Gelb –, und Louise zerrte mich hinein. »Du passt mittlerweile in Kinderklamotten«, sagte sie und musterte mich kritisch. »Du hast zu viel abgenommen – wir werden dich wieder aufpäppeln müssen. Aber bis dahin brauchst du was zum Anziehen. Lass uns ein paar Sachen kaufen.« Unter den missbilligenden Blicken der Verkäuferin wählte ich ein paar Teile aus und ging damit in die Umkleidekabine. Als Erstes probierte ich ein geripptes graues Hemdkleid, das laut Etikett für Dreizehnjährige gedacht war, und betrachtete mich im Spiegel. Gut. Ich sah darin flachbrüstig und geschlechtslos aus. Genau das, was ich im Moment brauchte. Nachdem ich es wieder ausgezogen hatte, schlüpfte ich in ein hübsches weißes T-Shirt, das mit kleinen Blümchen bestickt war.

»Lass mal sehen!«, rief Louise von draußen herein. »Komm schon, du kannst doch nicht mit einer Freundin zum Einkaufen gehen, ohne eine Modenschau zu veranstalten!«

Kichernd zog ich den Vorhang auf und drehte mich vor ihr.

»Wie findest du das?«

»Nimm es!«, befahl sie.

»Ist es mir nicht zu klein?«

»Bestimmt, wenn du erst mal ein paar Tage bei mir wohnst und meine schrecklichen Essgewohnheiten übernommen hast. Im Moment aber siehst du sehr hübsch darin aus.« Sie legte mir eine Hand auf die Schulter. »Wie eine Blume, meine Liebe.«

Später fuhren wir mit Louises Klapperkiste zum Supermarkt, um Vorräte einzukaufen. Ich hatte lange Zeit von der Hand in den Mund gelebt, hier ein paar Pommes, da einen Riegel Schokolade, hin und wieder ein gekauftes Sandwich im verrauchten Lehrerzimmer. Es war bestimmt schon Wochen her, wenn nicht Monate, dass ich wirklich mal etwas gekocht hatte, mit einem Rezept und richtigen Zutaten.

»Für das Abendessen bin heute ich zuständig!«, verkündete ich großspurig. Es würde mir gut tun, für ein paar Stunden die Hausfrau zu spielen. Ich legte frische Pasta in unseren Einkaufswagen, außerdem spanische Zwiebeln, große Knoblauchzehen, italienische Eiertomaten, eine Tüte mit Salatherzen, eine Gurke. Für die Nachspeise Mangos und Erdbeeren. Einen Becher Sahne. Eine Flasche Chianti. Zum Schluss erstand ich eine Sparpackung Slips, ein Deo, einen Waschlappen, eine Zahnbürste und Zahnpasta. Seit gestern früh hatte ich mir die Zähne nicht mehr geputzt. Ich würde mir ein paar Klamotten aus der Wohnung holen müssen.

»Morgen«, sagte Louise in bestimmtem Ton. »Heute nicht mehr. Wir können morgen früh zusammen hinfahren. Mit dem Wagen. Bis dahin hast du ja deine Kindersachen.«

An der Kasse legte ich noch ein paar mit Zellophan umwickelte Rosen in unseren Einkaufswagen. »Ich weiß nicht, wie ich dir danken soll, Louise.«

»Dann lass es doch einfach.«

Eine Freundin von Louise, Cathy, kam ebenfalls zum Essen. Sie war außergewöhnlich groß und dünn und hatte eine Adlernase und winzige Ohren. Louise hatte ihr offensichtlich von mir erzählt, denn sie ging sehr vorsichtig und nett mit mir um. Leider hatte ich die Nudeln zu lange kochen lassen, aber die Tomatensoße war gut, und die Nachspeise auch. Selbst die schlechteste Hausfrau ist in der Lage, Mangos und Erdbeeren aufzuschneiden und in einer Schüssel miteinander zu vermischen. Louise zündete Kerzen an und befestigte sie mit ein paar Wachstropfen auf alten Untertassen. Als ich mich schließlich in meinem neuen grauen Hemdkleid am Küchentisch niederließ, fühlte ich mich leicht benebelt, als würde ich das alles nur träumen. Ich hatte ein flaues Gefühl in der Magengegend, konnte aber nicht viel essen. Auch das Reden fiel mir schwer. Es reichte mir schon, einfach nur dazusitzen und zuzuhören. Zum Teil drang ihre leicht dahinplätschernde Unterhaltung gar nicht richtig in mein Bewusstsein.

Während wir erst meinen Chianti und dann fast den ganzen Weißwein tranken, den Cathy mitgebracht hatte, sahen wir uns im Fernsehen einen alten Film an, einen Thriller, aber ich konnte mich nicht auf die Handlung konzentrieren. Meine Gedanken schweiften mitten in einer Szene ab, sodass ich nicht mitbekam, wieso der Held in der nächsten Sequenz in ein Lagerhaus einbrach. Mir war völlig schleierhaft, was er damit bezweckte oder was er dort zu finden hoffte. Draußen begann es zu regnen. Große Tropfen prasselten auf das Dach und ans Fenster. Noch bevor Cathy ging, legte ich mich schlafen. Bekleidet mit einem dünnen Nachthemd von Louise, rollte ich mich in dem kleinen Wohnzimmer auf der Couch zusammen und lauschte dem beruhigenden Gemurmel der beiden Frauen in der Küche, das hin und wieder von Lachen unterbrochen wurde, bis ich schließlich mit einem Gefühl von Geborgenheit in den Schlaf hinüberglitt.

Am nächsten Morgen fuhren wir nach dem Frühstück zu meiner Wohnung, um ein paar Klamotten für mich zu holen. Obwohl ich nicht vorhatte, je wieder in der Wohnung zu leben, würde ich mein ganzes Zeug erst später zusammenpacken und diesmal nur das Wichtigste mitnehmen. Noch immer regnete es ununterbrochen. Louise fand im näheren Umkreis der Wohnung keinen Parkplatz, sodass sie ein paar Meter von der Haustür entfernt im Halteverbot wartete. Ich sagte, ich würde rasch hinaufspringen.

»Ich brauche bloß ein paar Minuten.«

»Bist du sicher, dass ich nicht mitkommen soll?«

Ich schüttelte lächelnd den Kopf. »Ich möchte mich nur kurz verabschieden.«

Obwohl ich gerade mal einen Tag weggewesen war, wirkte die Wohnung heruntergekommen und vernachlässigt, als wüsste sie, dass sich niemand mehr um sie kümmerte. Ich ging ins Schlafzimmer und nahm ein paar Kleider aus dem Schrank, außerdem zwei Hosen, vier T-Shirts, ein paar Slips, BHs, mehrere Paar Socken und zwei Paar Turnschuhe. Das musste erst mal reichen. Nachdem ich alles in einer großen Reisetasche verstaut hatte, ging ich ins Bad, zog meine schmutzigen Sachen aus und warf sie in eine Ecke. Meine Dreckwäsche würde ich später abholen. Ein andermal.

Ich hörte ein Klicken, als wäre eine Schranktür zugefallen. Das habe ich mir nur eingebildet, beruhigte ich mich selbst. Offenbar ging mal wieder meine Phantasie mit mir durch. Ich kehrte ins Schlafzimmer zurück, wo ich frische Unterwäsche aus der Schublade nahm. Dann machte ich die Vorhänge zu und begann mich anzuziehen. Im Spiegel sah ich meine dunklen Augenringe, meinen nackten Körper mit den gebräunten Armen und Beinen, den weißen Bauch. Nachdem ich in meinen Slip geschlüpft war, holte ich mein neues T-Shirt aus der Tasche, die ich mitgebracht hatte – das T-Shirt, von dem Louise behauptete, ich sähe darin aus wie eine Blume –, und zog es mir über den Kopf. Es war albern, aber ich konnte den Gedanken nicht ertragen, etwas anzuhaben, das nach der Wohnung roch, meinem alten Leben. Ich wollte sauber und frisch sein.

Als ich das T-Shirt über meine Brüste zog, legte sich ohne jede Vorwarnung ein Arm um meinen Hals und meinen Körper, ich spürte ein Gewicht im Rücken, jemand hielt mich von hinten umklammert, bis ich die Balance verlor und mit dem Gewicht zu Boden stürzte, wobei mein Gesicht, das noch immer in dem T-Shirt steckte, hart in den Teppich gedrückt wurde. Ich war vor Schreck wie gelähmt. Durch das T-Shirt spürte ich die Hand, die mir den Mund zuhielt, eine warme Hand, die nach Seife roch, nach der Apfelseife aus meinem Bad. Der andere Arm umklammerte meinen Brustkorb knapp unter meinen Brüsten.

»Miststück! Du Miststück!«

Ich versuchte mich zu befreien, indem ich mich heftig hin und her wand. Gleichzeitig versuchte ich zu schreien. Es gelang mir nicht, irgendetwas zu fassen zu bekommen, meine Arme wurden festgehalten, konnten nichts ausrichten. Er gab kein Geräusch mehr von sich, atmete bloß seinen heißen, weichen Atem in mein Ohr. Schließlich hörte ich auf, gegen ihn anzukämpfen. Draußen schrie jemand, das Heulen einer Sirene kam näher, entfernte sich wieder. Sie hatten ein anderes Ziel.

Der Druck auf meinem Mund ließ nach, ich versuchte den Kopf freizubekommen und zu schreien, aber plötzlich waren die Hände an meinem Hals. Es gab nichts, was ich dagegen tun konnte. Ich konnte mich nicht bewegen, konnte weder kämpfen noch schreien. Ich musste an Louise denken, die draußen im Wagen saß und auf mich wartete, auch wenn ich inzwischen nicht mehr das Gefühl hatte, dass sie in meiner Nähe war. Sie schien weit, weit weg zu sein. Vielleicht würde sie bald kommen und mich finden. Nicht bald genug. Wie dumm von mir, auf diese Weise zu sterben. Bevor ich überhaupt richtig angefangen hatte zu leben. Wie dumm.

Ich spürte, wie mein Kopf auf die Dielen knallte, meine Füße über das Holz glitten. Ich hörte den Regen sanft gegen das Fenster klatschen. Ich konnte nicht sprechen, es war nichts mehr zu sagen, keine Zeit mehr, es zu sagen, aber irgendwo tief in meinem Inneren flüsterte eine Stimme: Nein, bitte nicht. Bitte.

ZWEITER TEIL

# *Jennifer*

## 1. KAPITEL

Alles schien drunter und drüber zu gehen, aber zur Frühstückszeit hat unser Haus immer etwas von einem mittelalterlichen Schloss, in dem Tier und Mensch Schutz suchen, sobald auch nur das leiseste Anzeichen von Gefahr am Horizont auftaucht. In den Wochen seit unserem Umzug war es noch chaotischer geworden, falls das überhaupt möglich ist, und mitten im Schloss befand sich nun eine Großbaustelle.

Clive hatte das Haus um sechs verlassen, noch ein bisschen eher als sonst, weil er im Moment an irgendeinem horrenden Übernahmeangebot arbeitet. Kurz vor acht zerrt Lena die beiden älteren Jungs in den Espace und fährt sie zur Schule. Lena ist unser Kindermädchen Schrägstrich Au-pair, eine hübsche, unverschämt blonde, schlanke und junge Schwedin. Allerdings hat sie so ein Ding in der Nase stecken, das mich immer, wenn ich es sehe, zusammenzucken lässt. Weiß der Himmel, wie sich das anfühlt, wenn sie sich die Nase putzt.

Dann begannen langsam die Leute einzutrudeln. Allen voran natürlich unsere Perle Mary, die uns nach Primrose House gefolgt ist. Sie ist ein richtiger Schatz, wenn man mal davon absieht, dass ich so viel Zeit damit verbringe, ihr über die Schulter zu schauen und zu sagen, was sie tun soll, und hinterher nachzusehen, ob sie es auch wirklich getan hat, dass ich schon mal zu Clive gesagt habe, genauso gut könnte ich selber putzen. Und dann all die anderen Leute, von denen wir eigentlich erwartet hatten, dass sie das Haus auf Vordermann bringen würden, die es stattdessen aber in einen mit Ziegelstaub bedeckten Slum verwandelt haben. Immerhin waren die Arbeiten an den neuen Strom- und Wasserleitungen seit einer Woche abgeschlossen, sodass man eigentlich davon ausgehen konnte, dass es von nun an nur noch bergauf gehen würde.

Ich war trotz alledem zufrieden, denn jetzt besaß ich endlich, was ich schon immer gewollt und was Clive mir schon so lange versprochen hatte: ein Projekt. Das Haus bestand nur noch aus blanken Dielenbrettern und Wänden, war sozusagen auf den Rohbau reduziert. Nun würde ich das Ganze in ein Zuhause verwandeln, auf das wir stolz sein konnten. Ich weiß, dass man sich eigentlich auf Anhieb in ein Haus verlieben sollte, aber in dieses Haus würde man sich erst in frühestens sechs Monaten verlieben können. Vor uns hatten es zwei nette alte Leute bewohnt, und es hatte darin ausgesehen wie in einem Antiquariat, das schon seit den fünfziger Jahren niemand mehr betreten hatte. Die Frage war nicht gewesen, wie viel man verändern sollte, sondern ob man überhaupt irgendetwas so lassen konnte, wie es war.

Vier Monate lang saß ich mit Jeremy, unserem cleveren Architekten, über die Pläne gebeugt, wobei ich ihn ständig mit Espresso wach hielt. Es ging im Grunde bloß darum, alles möglichst einfach zu gestalten. Erst mal alles rausreißen, dann ein neues Dach. Küche und Esszimmer ins Untergeschoss, den Wohnbereich ins Erdgeschoss, Clives Arbeitszimmer in den hinteren Teil des ersten Stocks und dann Schlafzimmer bis unters Dach. Für das Kindermädchen eine ausgebaute Mansardenwohnung, damit sie anstellen konnte, was Kindermädchen so anstellen, ohne gleich die Pferde scheu zu machen. Und natürlich mehrere Bäder. Je ein eigenes für Clive und mich und eine Powerdusche für die Jungs, in der Hoffnung, dass sie das vielleicht dazu bewegen würde, sich hin und wieder zu waschen.

An diesem Morgen erschien Jeremy gegen halb neun in Begleitung von Mick, um ein Problem wegen eines Bogens oder Balkens in Angriff zu nehmen, dicht gefolgt von Francis, den wir mitgebracht hatten, damit er sich um das kümmerte, was man uns als Garten verkauft hatte – wobei kümmern in diesem Fall völlig neu gestalten hieß. Ein Garten von sechsunddreißig Metern Länge ist für London nicht schlecht, auch wenn das Ganze ausgesehen hat wie ein überdimensionales Kaninchengehege, bis Francis sich seiner annahm. Die Schar der Elektriker und Installateure ist mittlerweise Gott sei Dank weg, aber Mick und seine Leute kommen noch immer. Natürlich gibt es für alle Tee und Kaffee, sobald Lena zurück ist. Irgendwann zwischendrin bringe ich Christopher – er ist vier – in den Kindergarten, den er seit unserem Umzug besucht. Anfangs war ich leicht skeptisch, weil die Kinder dort nicht mal richtige Uniformen tragen, lediglich blaue Sweatshirts, und den ganzen Tag nichts anderes tun, als in riesigen Sandkästen zu spielen oder mit den Fingern zu malen, aber mittlerweile lohnte es sich kaum mehr, ihn da wieder rauszuholen und etwas anderes für ihn zu suchen. Im Herbst würde er sowieso nach Lascelles in die Vorvorschule gehen und sich somit nicht mehr in meiner Obhut befinden, was für mich eine gewisse Erleichterung bedeutete.

Nachdem ich ihn abgeliefert hatte, fuhr ich zurück nach Hause und gönnte mir endlich ein paar Minuten, um einen Kaffee zu trinken und einen raschen Blick in die Zeitung und auf die Post zu werfen, bevor ich mich an die Arbeit machte – beziehungsweise im Haus herumrannte und die Leute davon abhielt, die falschen Wände durchzubrechen, oder als eine Art Verbindungsmann dafür sorgte, dass alles reibungslos lief. Leo, mein treuer Handwerker, würde ebenfalls vorbeikommen, und ich hatte bereits eine Liste von Dingen aufgestellt, die zu erledigen waren. Außerdem musste ich mit Jeremy noch eine ernste Diskussion über die Küche führen. Sie war bei unseren ganzen Planungen der härteste Brocken gewesen. In jedem anderen Teil des Hauses kann man irgendwie damit leben, wenn man etwas falsch gemacht hat, aber wenn die Kühlschranktür so aufgeht, dass sie die Besteckschublade blockiert, wird einen das fünfundzwanzigmal am Tag ärgern, bis man alt und grau ist. Ideal wäre es, die Küche erst mal provisorisch zu bauen, dann ein halbes Jahr darin zu leben und sie anschließend noch einmal neu zu gestalten, aber dafür ist selbst Clive nicht reich oder zumindest nicht geduldig genug.

Lena traf ein, und ich gab ihr ein paar Anweisungen. Dann, während sie sich an die Arbeit machte, trank ich einen Schluck Kaffee und nahm mir endlich die Zeitung und die Post vor. Ich habe es mir zur strikten Regel gemacht, der Zeitung höchstens fünf Minuten zu widmen, wenn überhaupt. Es steht sowieso nicht viel Wichtiges drin. Dann kommt die Post an die Reihe. Normalerweise sind neunzig Prozent für Clive. Die restlichen zehn Prozent verteilen sich auf die Kinder, die Haustiere – 1999 waren das eine Katze, die entweder vor ein Auto gelaufen war oder irgendwo einen besseren Platz gefunden hatte, und ein Hamster, der in der hintersten Ecke unseres Gartens in Battersea begraben lag – und mich. Zur Zeit hatten wir keine Haustiere, allerdings spielte ich schon eine Weile mit dem Gedanken, mir einen Hund anzuschaffen. Eigentlich hatte ich immer die Meinung vertreten, dass London nicht der geeignete Ort war, einen Hund zu halten, aber nun, da wir nur zwei Minuten von Primrose Hill entfernt wohnen, ertappe ich mich manchmal dabei, wie ich mit sehnsuchtsvollem Blick darüber nachdenke. Clive weiß allerdings noch nichts davon.

Die Post war schnell durchgesehen. Alles, worauf Clives Name stand, kam auf einen Stapel. Ebenso alle Rechnungen. Ich kann eine Rechnung schon aus zwanzig Metern Entfernung erkennen, sodass ich sie meist gar nicht erst aufzumachen brauche. Alles, was an Mr. und Mrs. Hintlesham adressiert war, landete ebenfalls auf Clives Stapel. Wie üblich trug ich die so geordneten Briefe anschließend nach oben und legte sie meinem Mann in seinem Allerheiligsten auf den Schreibtisch, damit er sich abends nach der Arbeit oder – noch wahrscheinlicher – am Wochenende darum kümmern konnte.

Blieben bloß noch zwei Briefe an Josh und Harry, identische Nachrichten aus Lascelles, in denen sie darüber informiert wurden, dass demnächst der große Sporttag stattfand, sowie diverse Werbeanzeigen und Spendenaufrufe, die ich sofort in den Papierkorb warf. Zu guter Letzt hielt ich ein an mich adressiertes Kuvert in der Hand. Fast immer entpuppten sich Briefe, auf denen mein Name stand, als Rechnungen irgendwelcher Versandhäuser, die umgehend auf Clives Stapel landen. Wenn nicht, handelt es sich in der Regel um Schreiben von Versandhäusern, die meine Adresse von anderen Versandhäusern bekommen haben.

Nicht so bei diesem Brief. Name und Adresse waren sauber mit der Hand geschrieben, aber es war keine Handschrift, die ich kannte, weder die meiner Mummy noch die einer Freundin oder Bekannten. Interessant. Ich hatte fast das Gefühl, den Moment genießen zu müssen. Ich schenkte mir eine weitere Tasse Kaffee ein und nahm einen Schluck, bevor ich das Kuvert öffnete. Er enthielt ein zusammengefaltetes Stück Papier, das viel zu klein für den Umschlag war. Ich sah gleich, dass nicht viel darauf stand. Gespannt strich ich den Zettel glatt:

Liebe Jenny,
ich hoffe, du hast nichts dagegen, wenn ich dich Jenny nenne. Ich finde dich nämlich sehr schön. Du riechst sehr gut, Jenny, und du hast eine schöne Haut. Und ich werde dich töten.

So was Blödes. Ich überlegte, ob mir vielleicht jemand einen Streich spielen wollte. Manche von Clives Freunden haben einen makabren Sinn für Humor. Ein Freund namens Seb hat ihn beispielsweise mal zu einem ganz fürchterlichen Herrenabend eingeladen, an dem zwei Stripperinnen auftraten und am Ende alle Lippenstift am Hemdkragen hatten. Wie auch immer, während ich noch überlegte, kam Jeremy herunter, und wir begannen über ein paar von den Küchenproblemen zu sprechen. Während der letzten, schrecklich heißen Tage war mir durch den Kopf gegangen, ob es nicht besser wäre, die Oberlichte so nachzurüsten, dass man sie öffnen konnte. In der Zeitschrift *House and Garden* hatte ich Fenster gesehen, die sich durch eine Schnur öffnen ließen. Ich zeigte Jeremy das Bild, aber er war nicht beeindruckt. Das ist er nie, es sei denn, die Idee stammt von ihm selbst. Wir gerieten uns deswegen ziemlich in die Haare, auch wenn ich zugeben muss, dass Jeremy dabei recht witzig war. Stur, aber witzig. Plötzlich fiel mir der Brief wieder ein, und ich zeigte ihn Jeremy.

Wider Erwarten lachte er nicht. Das fand er nun überhaupt nicht komisch. »Hast du eine Ahnung, wer das geschrieben haben könnte?«, fragte er.

»Nein«, antwortete ich.

»Dann rufst du besser die Polizei an.«

»Ach, sei nicht albern. Wahrscheinlich will mir nur jemand einen Streich spielen. Da mache ich mich doch lächerlich.«

»Und wenn schon. Selbst wenn es sich um einen Streich handelt. Du musst die Polizei anrufen.«

»Ich werde den Brief Clive zeigen.«

»Nein«, widersprach Jeremy entschieden. »Ruf die Polizei an. Jetzt sofort. Wenn es dir peinlich ist, mache ich es für dich.«

»Jeremy!«

Er ließ sich nicht davon abbringen. Nicht genug, dass er bei der Auskunft anrief und sich die Nummer des nächstgelegenen Polizeireviers geben ließ, nein, er tippte die Nummer auch noch selbst und reichte mir dann den Hörer, als wäre ich ein Kleinkind, das mit seiner Omi reden soll.

»Da«, sagte er.

Das Telefon läutete und läutete. Ich streckte Jeremy die Zunge heraus. »Wahrscheinlich keiner zu Haus... Oh, hallo? Hören Sie, ich weiß, es klingt ziemlich blöd, aber ich habe gerade so einen seltsamen Brief bekommen.«

## 2. KAPITEL

Ich sprach ein paar Minuten mit einem Mädchen, dessen Art zu reden mich an die Vertreter erinnerte, die einem übers Telefon irgendwelche schrecklichen metallenen Fensterrahmen anzudrehen versuchen. Ich war skeptisch, und sie war gelangweilt. Schließlich sagte sie, sie werde dafür sorgen, dass jemand bei mir vorbeischaue. Allerdings könne es ein wenig dauern. Ich antwortete, das mache mir nichts aus, und beendete das Gespräch.

Ohne einen weiteren Gedanken an die Sache zu verschwenden, wandte ich mich wieder Jeremy zu, der sich gerade Kaffee nachschenkte. Clive hat die Kommune, in der wir zurzeit hausen, die Hintlesham-Selbstbedienungskantine getauft. Die lieben alten Leutchen, die vor uns dort wohnten, hatten überall

Wände durchbrechen lassen, sämtliche vertäfelten Türen durch neue ersetzt, jeden Kamin herausgerissen und jede noch vorhandene Nische ausgerottet. Ich weiß, dass das in den Sechzigern so üblich war. Allem Anschein nach hatten sie versucht, so zu tun, als würden sie in einer Sozialwohnung im obersten Stock eines Hochhauses wohnen und nicht in einer Doppelhaushälfte am Ende einer frühviktorianischen Häuserreihe.

Es ging mir größtenteils darum, dem Haus wieder den Stil zu geben, der zu seiner Geschichte passte. Lediglich bei der Küche machte ich eine Ausnahme. Die viktorianische Küche war ein Ort für Küchenmägde und Köchinnen und mittlerweile einfach nicht mehr zeitgemäß. Trotzdem wollte ich auch dort so etwas wie eine historische Atmosphäre schaffen. Das Schwierige daran war, am Ende nicht bei dem Stil zu landen, den Jeremy Bauernhaus-Ikea nennt. Ich hatte Jeremy die Pläne bestimmt achtmal neu zeichnen lassen, nicht zuletzt deswegen, weil es in der Küche eine störende Säule gab, um die wir herumarbeiten mussten. Ich hätte das blöde Ding am liebsten entfernt, aber Jeremy meinte, dann würde der hintere Teil des Hauses einstürzen.

Wir waren gerade dabei, über seinen neuesten Geistesblitz zu diskutieren, als es an der Tür läutete. Wie üblich überließ ich es Lena zu öffnen, weil zurzeit sowieso nur Leute kamen, die Farbkübel, Heizkörper oder seltsam geformte Kupferrohre ins Haus schleppten. Ich hörte sie von oben zu mir herunterschreien. In meinem eigenen Haus angeschrien zu werden, schätze ich ungefähr genauso, wie auf Alufolie zu beißen. Ich ging ins Erdgeschoss hinauf. Lena stand an der offenen Haustür.

»Lena, wenn Sie mir etwas zu sagen haben, dann kommen Sie bitte zu mir und teilen es mir in normalem Ton mit!«

»Das habe ich doch!«, antwortete sie mit Unschuldsmiene.

Ich gab es auf und trat neben sie. Erst jetzt sah ich, dass zwei uniformierte Polizisten vor der Tür standen. Sie wirkten beide sehr jung und etwas verlegen, wie zwei Pfadfinder, die gerade ihre Dienste als Autowäscher angeboten hatten und nicht ganz sicher waren, wie man sie aufnehmen würde.

»Mrs. Hintlesham?«

»Ja. Es ist sehr nett von Ihnen, dass Sie vorbeischauen, auch wenn ich mir beim besten Willen nicht vorstellen kann, dass es wirklich nötig ist.« Die beiden wirkten noch eine Spur verlegener. »Aber nachdem Sie nun schon mal hier sind, kommen Sie doch bitte herein.«

Beide putzten sich mit ungeheurer Sorgfalt die Schuhe am Fußabstreifer ab, bevor sie eintraten und mir in den Rohbau unserer Küche folgten. Jeremy sah mich fragend an, was so viel hieß wie: Soll ich mich verziehen? Ich schüttelte den Kopf.

»Es dauert bestimmt nicht lang«, sagte ich und deutete auf den Brief, der noch immer neben dem Herd lag. »Sie werden selbst feststellen, dass sich da nur irgendjemand einen üblen Scherz erlaubt hat. Es lohnt sich wirklich nicht, deswegen viel Aufhebens zu machen. Möchten Sie vielleicht eine Tasse Tee? Oder etwas anderes?«

Einer der Beamten antwortete: »Nein, danke.« Dann starrten sie beide auf den Zettel hinunter, während ich mich wieder mit Jeremy an die Arbeit machte. Als ich ein paar Minuten später aufblickte, sah ich, dass einer der beiden gerade durch die Terrassentür in den Garten hinausgetreten war und in sein Funkgerät sprach. Der andere sah sich im Raum um.

»Neue Küche?«, wollte er wissen.

»Ja«, antwortete ich und wandte mich demonstrativ wieder zu Jeremy um. Ich war nicht in der Stimmung, mit einem jugendlichen Polizeibeamten über Innenarchitektur zu plaudern. Der andere kam wieder herein. Ich weiß nicht, ob es an ihrer Uniform lag oder an den schwarzen Stiefeln oder daran, dass sie ihre Mützen abgenommen hatten, aber ihre Anwesenheit bewirkte, dass mir dieser Kellerraum, der eigentlich ziemlich groß war, plötzlich klein und eng vorkam. »Sind Sie fertig?«, fragte ich.

»Nein, Mrs. Hintlesham. Ich habe gerade mit dem Revier gesprochen. Sie schicken noch jemanden vorbei.«

»Warum denn das?«

»Der Kollege möchte auch noch einen Blick auf den Brief werfen.«

»Eigentlich hatte ich heute Vormittag noch was vor.«

»Es wird nicht lange dauern.«

Ich seufzte gereizt. »Also wirklich!«, sagte ich in vorwurfsvollem Ton. »Meinen Sie nicht, dass das reine Zeitverschwendung ist?« Sie antworteten mit einem unbeholfenen Achselzucken, einer Geste, die nicht viel Raum für Diskussionen ließ. »Wollen Sie hier auf ihn warten?«

»Nein, Madam. Wir warten draußen im Wagen, bis der Detective Inspector eintrifft.«

»Ganz wie Sie möchten.«

Die beiden verschwanden mit verlegener Miene. Ich ging ebenfalls hinauf, um Jeremy zu suchen, der mittlerweile wieder irgendwo im Haus unterwegs war. Wie sich herausstellte, tat ich gut daran, oben nach dem Rechten zu sehen, denn soeben war ein Kübel Farbe mit einem völlig falschen Farbton eingetroffen. Eins ist mir im Verlauf dieses ganzen schrecklichen Umbauprozesses mehr als klar geworden: Man ist rund um die Uhr damit beschäftigt sicherzustellen, dass die Dinge, die man bestellt hat, auch wirklich eintreffen, und dass anschließend tatsächlich auch das damit gemacht wird, was man geplant hat. Während ich mich an die Strippe hängte und versuchte, die Sache mit dem hirnlosen weiblichen Wesen am anderen Ende der Leitung zu klären, hörte ich, dass es an der Tür klingelte, und kurz darauf führte Lena einen genervt wirkenden Mann im grauen Anzug herein. Ich begrüßte ihn mit einer Handbewegung, während ich weiter versuchte, aus meiner Gesprächspartnerin etwas Vernünftiges herauszubekommen – oder in sie hinein, um genauer zu sein. Aber da es ziemlich peinlich ist, mit jemandem zu schimpfen, den man nicht kennt, während jemand anderer, den man ebenfalls nicht kennt, mit erwartungsvoller Miene danebensteht, beendete ich das Telefongespräch, so schnell es ging. Der Mann stellte sich als Detective Sergeant Aldham vor. Ich führte ihn ins Untergeschoss.

Nachdem er einen Blick auf den Brief geworfen hatte, hörte ich ihn leise fluchen. Dann beugte er sich tief über das Blatt, als wäre er hoffnungslos kurzsichtig. Schließlich blickte er mit einem Grunzen auf. »Haben Sie den Umschlag noch?«

»Was? Ähm, nein, ich glaube, ich habe ihn in den Mülleimer geworfen.«

»Wo?«

»Da drüben im Schrank, neben dem Spülbecken.«

Ich traute meinen Augen kaum, aber er ging tatsächlich hinüber, zog den Mülleimer heraus, hob den Deckel an und begann darin herumzuwühlen.

»Tut mir Leid. Ich fürchte, da sind auch Teeblätter und Kaffeesatz drin.«

Er zog einen zerknüllten Umschlag heraus, der ein bisschen feucht und braun und insgesamt recht mitgenommen aussah. Er hielt ihn ganz vorsichtig an einer Ecke und legte ihn neben den Brief. »Entschuldigen Sie mich einen Moment«, sagte er und holte ein Handy heraus.

Ich zog mich diskret in die andere Ecke des Raums zurück und steckte den Wasserkocher ein. Trotzdem bekam ich Bruchstücke des Gesprächs mit: »Ja, definitiv.« »Ich glaube schon.« »Ich habe noch nicht mir ihr gesprochen.« Anscheinend lief es ab da nicht mehr so gut für Sergeant Aldham, denn sein Anteil am Gespräch beschränkte sich nun auf gepresste Fragen: »Was?« »Sind Sie sicher?« Schließlich verstaute er das Telefon mit einem resignierten Seufzer in seiner Tasche. Er war rot angelaufen und atmete schwer, als wäre er gerade vom Joggen gekommen. Es dauerte eine Weile, bis er sich wieder beruhigt hatte.

»Zwei weitere Beamte sind hierher unterwegs«, sagte er schließlich in mürrischem Ton. »Sie würden gern mit Ihnen sprechen. Falls es Ihnen passt.« Letzteres murmelte er so leise vor sich hin, dass ich es kaum verstand. Dabei machte er ein Gesicht wie ein Hund, dem man gerade einen Fußtritt verpasst hatte.

»Was soll denn um Himmels willen das ganze Theater?«, protestierte ich. »Es ist doch nur ein dummer Brief. Auch nicht viel schlimmer als ein obszöner Anruf, oder?«

Aldham spitzte plötzlich die Ohren. »Hat es bei Ihnen derartige Anrufe gegeben?«

»Obszöne, meinen Sie? Nein.«

»Fällt Ihnen irgendwas ein, was mit diesem Brief zusammenhängen könnte? Haben Sie vielleicht noch andere seltsame Briefe erhalten? Oder gibt es in Ihrem Bekanntenkreis jemanden, dem Sie so etwas zutrauen würden?«

»Nein, natürlich nicht. Es sei denn, es handelt sich um einen dummen Streich.«

»Fällt Ihnen jemand ein, der Ihnen unter Umständen einen solchen Streich spielen könnte?«

Ich wusste nicht, was ich sagen sollte. »Witze und Streiche sind nicht so ganz mein Ding«, meinte ich. »Das fällt eher in Clives Ressort.«

»Wer ist Clive?«

»Mein Mann.«

»Ist er in der Arbeit?«

»Ja.«

Ab da wurde es ziemlich peinlich. Aldham stand mit verlegener Miene herum. Ich versuchte, meine Sachen zu erledigen, aber seine düstere Miene verdarb mir jede Lust daran. Deswegen war ich ziemlich erleichtert, als es eine gute Viertelstunde nach Aldhams Eintreffen erneut an der Tür klingelte. Ich ging öffnen, und Aldham trottete auf etwas alberne Weise hinter mir her. Diesmal stand eine ganze Schar vor der Tür: in vorderster Front zwei wichtig aussehende Herren in Zivil und hinter ihnen zwei uniformierte Beamte, ein Mann und eine Frau. Zwei weitere Personen in Zivil, ebenfalls ein Mann und eine Frau, kamen gerade die Treppe herauf. Draußen auf der Straße parkten zwei Polizeiwagen und zwei andere Autos, alle in zweiter Reihe.

Der ältere der beiden Männer, die die Gruppe anführten, hatte schütteres, sehr kurz geschnittenes graues Haar.

»Mrs. Hintlesham?«, fragte er mit einem beruhigenden Lächeln. »Ich bin Detective Chief Inspector Links. Stuart Links.« Wir gaben uns die Hand. »Und das hier ist Detective Inspector Stadler.«

Stadler sah überhaupt nicht aus wie ein Polizist, eher wie ein Politiker oder einer von Clives Kollegen. Er trug einen gut geschnittenen dunklen Anzug und eine dezente Krawatte. Irgendwie war er eine recht beeindruckende Erscheinung, mit einem südländischen, vermutlich spanischen Einschlag und einem ziemlichen Schlafzimmerblick. Er war groß, gut gebaut und hatte sehr dunkles, fast schwarzes Haar, das er nach hinten gekämmt trug. Wir gaben uns ebenfalls die Hand. Sein Händedruck war seltsam weich, und er presste dabei seine Finger gegen meine Handfläche, als versuchte er auf diese Weise etwas über mich herauszufinden. Er brachte mich damit richtig aus dem Konzept. Ich rechnete jeden Moment damit, dass er meine Finger an seine Lippen heben und sie sanft küssen würde.

»Sie sind so viele«, sagte ich.

»Tut mir Leid«, meinte Links. »Das hier ist Dr. Marsh von der Spurensicherung. Er hat seine Assistentin mitgebracht, Gill, ähm…«

»Gill Carlson«, kam ihm die Frau zu Hilfe. Sie war ein hübsches kleines Ding, wenn auch auf eine ungestylte Weise. Dr. Marsh sah aus wie ein etwas verwahrloster Lehrer.

»Sie fragen sich natürlich, warum so viele von uns gekommen sind«, sagte Links.

»Na ja…«

»Ein Brief, wie Sie ihn erhalten haben, stellt eine Art von Bedrohung dar. Wir müssen herausfinden, wie ernst die Sache ist, und bis dahin müssen wir für Ihre Sicherheit sorgen.«

Links hatte mir in die Augen gesehen, während er das sagte. Nun aber wanderte sein Blick langsam zu Aldham hinüber, der gleich noch eine Spur verlegener dreinblickte. »Wir übernehmen die Sache«, erklärte der ältere Mann ruhig.

Aldham murmelte etwas in meine Richtung – ich glaube, es war ein Abschiedsgruß – und schob sich dann an uns vorbei. Weg war er.

»Warum ist er überhaupt gekommen?«, fragte ich.

»Ein Missverständnis«, erklärte Links. Er sah sich um. »Sie sind erst vor kurzem hier eingezogen?«

»Im Mai.«

»Wir werden versuchen, Sie nicht allzu sehr zu stören, Mrs. Hintlesham. Ich würde gern den Brief sehen und Ihnen anschließend ein, zwei Fragen stellen. Ich hoffe, damit ist die Sache dann erledigt.«

»Folgen Sie mir bitte nach unten«, sagte ich schwach.

»Schönes Haus«, stellte er fest.

»Vielleicht irgendwann mal«, antwortete ich.

»War bestimmt nicht ganz billig.«

»Na ja …« Ich wollte mich nicht auf eine Diskussion über Immobilienpreise einlassen.

Ein paar Minuten später saß ich in meiner halbfertigen Küche mit zwei Detectives am Tisch. Aus Gründen, die ich nicht mal annähernd verstand, wanderten die beiden uniformierten Beamten durch Haus und Garten. Der Brief war von allen gelesen und anschließend mit einer Pinzette in eine Klarsichthülle geschoben worden. Der verknitterte und durchweichte Umschlag kam in einen kleinen Plastikbeutel. Somit hatten sowohl Dr. Marsh als auch seine Assistentin etwas, das sie untersuchen konnten, und zogen mit ihrer Beute ab.

Bevor die beiden Detectives mit mir sprachen, flüsterten sie erst eine Weile miteinander, was mich ziemlich nervte. Schließlich wandten sie sich mir zu.

»Hören Sie«, erklärte ich, »ich glaube wirklich nicht, dass ich Ihnen zu der Sache irgendwas sagen kann. Es ist ein widerlicher, blöder Brief, mehr fällt mir dazu nicht ein. Ansonsten weiß ich nicht das Geringste darüber.«

Die beiden Männer sahen mich nachdenklich an.

»Wir werden Ihnen lediglich ein paar Routinefragen stellen«, meinte Links. »Wenn ich Sie richtig verstanden habe, sind Sie erst kürzlich hier eingezogen. Haben Sie schon mal in dieser Gegend gewohnt?«

»Nein. Wir haben vorher in einer ganz anderen Ecke der Stadt gelebt, südlich vom Fluss, in Battersea.«

»Kennen Sie die Laurier School?«

»Warum?«

»Wir versuchen unter anderem festzustellen, ob diese Sache mit anderen, unter Umständen ähnlich gelagerten Fällen in Zusammenhang steht. Haben Sie Kinder?«

»Ja. Drei Jungen.«

»Laurier ist eine staatliche Grundschule in Hackney, nicht weit von der Kingsland Road. Kann es sein, dass Sie mal in Betracht gezogen haben, Ihre Kinder dorthin zu schicken?«

Ich konnte mir ein Lächeln nicht verkneifen. »Eine staatliche Grundschule in Hackney? Das ist nicht Ihr Ernst, oder?«

Die beiden Männer wechselten einen Blick.

»Vielleicht haben Sie ja mal eine der Lehrkräfte kennen gelernt. Eine Frau namens Zoë Haratounian beispielsweise.«

»Nein. Was hat diese Schule mit dem Brief zu tun?«

»Es gab … ähm, Vorfälle, die mit dieser Schule in Verbindung stehen. Vielleicht besteht da ein Zusammenhang.«

»Welche Vorfälle?«

»Briefe von der Art, wie Sie einen erhalten haben. Aber können wir jetzt mit unseren Fragen fortfahren? Ist dieser Brief für Sie aus heiterem Himmel gekommen, oder bringen Sie ihn mit irgendwelchen anderen Vorkommnissen in Verbindung? Fällt Ihnen vielleicht jemand ein, der mit dieser Sache auf irgendeine Weise zu tun haben könnte?«

»Nein.«

»Dann würde ich mir jetzt gern ein Bild davon machen, wie viele Leute Zutritt zu diesem Haus haben. Wie ich sehe, haben Sie zurzeit Handwerker hier.«

»Stimmt. Hier herrscht ein Betrieb wie am Hauptbahnhof.«

Er lächelte. »Über welches Maklerbüro haben Sie das Haus gekauft?«

»Frank Dickens. Lauter Halsabschneider.«

»Hatten Sie jemals mit Clarke's zu tun?«

Ich zuckte mit den Achseln. »Schon möglich. Ich nehme an, so ziemlich jeder Londoner Makler hat inzwischen meine Adresse.«

Wieder wechselten die beiden Männer einen Blick.

»Ich kümmere mich darum«, erklärte Stadler.

Die uniformierte Beamtin kam die Treppe herunter. Sie war in Begleitung einer großen Blondine, die aussah, als hätte sie sich das Haar in einem stockfinsteren Raum von einem Blinden hochstecken lassen. Ihrem Leinenkostüm hätte es auch nicht geschadet, mal ein wenig aufgebügelt zu werden. Die Frau trug eine Aktentasche in der Hand und einen Regenmantel über dem Arm. Sie wirkte gestresst und außer Atem. Beide Detectives wandten sich um und nickten ihr zu.

»Hallo, Grace«, begrüßte Links sie. »Danke, dass Sie so schnell gekommen sind.« Er wandte sich wieder zu mir. »Das alles muss Ihnen ziemlich seltsam vorkommen. Tatsache ist, dass jemand es auf Sie abgesehen hat. Warum, wissen wir nicht. Wir wissen auch nicht, wer dieser Mensch ist oder was er macht. Aber wir haben Sie. Über sein Leben wissen wir nichts, aber wir können uns Ihr Leben ansehen.«

Ich fühlte mich plötzlich beunruhigt und gereizt. Das Ganze fing an, mir auf die Nerven zu gehen. »Wie meinen Sie das?«

»Das hier ist Dr. Grace Schilling. Sie ist eine sehr renommierte Psychologin und hat sich auf Fälle wie diesen spezialisiert. Sie kennt sich aus mit Leuten, die… nun ja, die beispielsweise solche Briefe schreiben. Ich wäre Ihnen sehr dankbar, wenn Sie mit Ihr sprechen würden.«

Ich sah Dr. Schilling an. An ihrer Stelle wäre ich nach Links schmeichelnden Worten rot geworden oder hätte zumindest gelächelt. Sie dagegen verzog keine Miene. Stattdessen starrte sie mich mit zusammengekniffenen Augen an. Ich hatte das Gefühl, von ihrem Blick durchbohrt und wie ein Schmetterling auf ein Stück Pappe gespießt zu werden.

»Mrs. Hintlesham«, sagte sie, »können wir irgendwo hingehen, wo wir ungestört sind?«

Ich blickte mich um.

»Ich bin nicht sicher, ob es in diesem Haus einen solchen Ort gibt«, antwortete ich mit einem gezwungenen Lächeln.

Sie müssen das Chaos entschuldigen«, sagte ich, während wir uns zwischen den Umzugskisten hindurchschlängelten und bis zu einem Sofa vorkämpften. »In ungefähr zwanzig Jahren wird das hier mal das Wohnzimmer sein.«

Sie zog ihre verknitterte Leinenjacke aus und ließ sich auf dem unbequemen alten Korbsessel nieder. Sie war groß und schlank, hatte dunkelblondes Haar und lange, dünne Finger, an denen sie keine Ringe trug.

»Danke, dass Sie sich für mich Zeit nehmen, Mrs. Hintlesham.« Sie setzte eine randlose Brille auf, holte einen Notizblock und einen Stift aus ihrer Tasche und notierte sich etwas, das sie anschließend unterstrich.

»Ich habe wirklich nicht viel Zeit. Wie Sie sehen, bin ich sehr beschäftigt. Bis die Jungs nach Hause kommen, muss ich noch eine Menge erledigen.« Mit diesen Worten nahm ich ebenfalls Platz und strich meinen Rock über den Knien glatt. »Darf ich Ihnen eine Tasse Kaffee oder Tee anbieten? Oder lieber etwas anderes?«

»Nein, danke. Ich werde versuchen, es kurz zu machen. Ich wollte bloß, dass wir uns schon mal ein wenig kennen lernen.«

Allmählich regte mich das alles ziemlich auf. Ich begriff einfach nicht, was da ablief und wieso diese Frau so ernst wirkte.

»Ehrlich gesagt finde ich, dass die Polizei ein bisschen viel Theater um die ganze Sache macht. Ich meine, es ist doch nur ein blöder Brief. Erst wollte ich gar nicht anrufen, und nun geht es hier plötzlich zu wie am Piccadilly Circus.«

Sie wirkte nachdenklich – so nachdenklich, dass sie gar nicht richtig mitzubekommen schien, was ich sagte.

»Nein«, antwortete sie. »Sie haben schon richtig gehandelt.«

»Es tut mir schrecklich Leid, aber ich habe Ihren Namen vergessen, mein Gehirn ist zurzeit wie ein Sieb. Vorzeitige Senilität, nehme ich an.«

»Grace. Grace Schilling. Das muss Ihnen alles ziemlich seltsam vorkommen.«

»Nein, eigentlich nicht. Ich habe der Polizei schon gesagt, dass ich es bloß für einen Scherz halte.«

Dr. Schilling war diejenige mit dem Kostüm und dem Notizbuch. Sie war die Ärztin. Trotzdem rutschte sie unbehaglich auf ihrem Sessel hin und her, als wüsste sie nicht so recht, was sie sagen sollte. Zugegeben, dieser unglückselige Sessel ist so unbequem, dass sich kein Mensch darauf wohl fühlt, aber mir war trotzdem nicht ganz klar, worauf sie eigentlich hinauswollte.

»Ich möchte Ihnen keinen psychologischen Vortrag halten. Es geht mir nur darum, Ihnen zu helfen.« Sie hielt einen Moment inne, als würde sie nach den richtigen Worten suchen. »Wie Sie wissen, gibt es Männer, die sich wahllos irgendwelche Frauen aussuchen und sie belästigen oder angreifen. Mit dem Brief, den Sie bekommen haben, verhält es sich offensichtlich anders.«

»Ja, das sehe ich auch so«, antwortete ich.

»Der Kerl hat Sie gesehen. Sie bewusst ausgewählt. Ich frage mich, wie nahe er Ihnen dabei gekommen ist. Er schreibt, dass Sie gut riechen. Dass Sie eine schöne Haut haben. Was für ein Gefühl gibt Ihnen das?«

Ich lachte verlegen. Sie verzog keine Miene. Stattdessen beugte sie sich zu mir herüber und musterte mich. »Sie haben tatsächlich eine schöne Haut.«

Aus ihrem Mund klang das nicht wie ein Kompliment, sondern wie eine interessante wissenschaftliche Feststellung.

»Na ja, ich tue auch einiges dafür. Ich habe da so eine besondere Creme.«

»Passiert es Ihnen oft, dass Leute Sie attraktiv finden?«

»Was für eine Frage! Ich kann mir nicht vorstellen, wie Ihnen das weiterhelfen soll. Aber wenn Sie meinen … Lassen Sie mich nachdenken. Ein paar von Clives Freunden sind schreckliche Frauenhelden. Und auch sonst gibt es bestimmt ein paar Männer, die mich genauer ansehen, Sie wissen schon … wie Männer Frauen eben ansehen.« Grace Schilling sagte nichts, sondern starrte mich nur erwartungsvoll an. »Meine Güte, ich bin fast vierzig!«, stieß ich hervor, um das Schweigen zu brechen. Meine Stimme klang lauter als beabsichtigt.

»Arbeiten Sie, Jenny?«

»Ja, aber anders, als Sie sich das vorstellen«, antwortete ich fast kampflustig. »Ich habe keinen Job wie Sie. Ich habe Kinder, und ich habe dieses Haus.« Letzteres sagte ich mit einer gewissen Genugtuung. »Ich arbeite nicht mehr, seit ich mit Josh schwanger geworden bin. Das ist nun fünfzehn Jahre her. Clive und ich waren uns von vornherein einig, dass ich mit dem Arbeiten aufhören würde. Ich war früher Model. Aber nicht, wie Sie denken. Ich habe als Hand-Model gearbeitet.«

Sie sah mich verdutzt an.

»Als Hand-Model?«

»Sie wissen schon, auf Postern für Nagellack und solche Sachen. Da ist meist nur eine riesige Hand zu sehen. In der ersten Hälfte der achtziger Jahre war das oft die meine.«

Wir blickten beide auf meine Hände hinunter, die ich in den Schoß gelegt hatte. Ich versuche nach wie vor, sie zu pflegen, gehe einmal pro Woche zur Maniküre, benutze dieselbe teure Lotion wie früher und trage beim Abspülen grundsätzlich Handschuhe. Trotzdem sind sie nicht mehr das, was sie mal waren. Meine Finger sind insgesamt ein bisschen dicker geworden. Ich kann weder meinen Verlobungsring noch meinen Ehering abnehmen, nicht einmal, wenn ich mir die Finger mit Butter einreibe.

Dr. Schilling lächelte zum ersten Mal. »Es ist ein bisschen so, als hätte sich jemand in Sie verliebt«, erklärte sie. »Aus der Ferne. Wie in einem Roman. Oder aber ganz aus der Nähe. Es könnte jemand sein, den Sie noch nie zuvor gesehen haben, oder jemand, dem Sie jeden Tag begegnen. Vielleicht würde es uns weiterhelfen, wenn Sie mal darüber nachdenken würden, ob sich einer von den Männern, mit denen Sie regelmäßig zusammentreffen, seltsam oder ungebührlich verhält.«

Ich stieß ein Grunzen aus. »Da fallen mir auf Anhieb meine drei Söhne ein«, sagte ich.

»Vielleicht können Sie mir Ihr Leben ein wenig beschreiben.«

»O je, Sie meinen, einen Tag in meinem Leben?«

»Ich würde mir gern ein Bild davon machen, welche Dinge für Sie wichtig sind.«

»Das ist doch lächerlich! Sie werden bestimmt keinen Verbrecher fangen, indem Sie mich fragen, wie ich über mein Leben denke.« Sie wartete, aber diesmal schlug ich sie mit ihren eigenen Waffen. Wortlos erwiderte ich ihren Blick. Im Hintergrund hörte ich ein lautes Krachen, als hätte jemand etwas Schweres fallen lassen. Wahrscheinlich irgendein tölpelhafter Polizist.

»Verbringen Sie viel Zeit mit Ihren Söhnen?«

»Ich bin schließlich ihre Mutter. Auch wenn ich mir manchmal eher vorkomme wie ihr unbezahlter Chauffeur.«

»Und Ihr Mann?«

»Clive arbeitet wahnsinnig viel. Er ist…« Ich hielt mitten im Satz inne. Irgendwie sah ich nicht ein, wieso ich dieser Frau in allen Einzelheiten erklären sollte, was ich selbst nicht verstand. »Ich bekomme ihn im Moment kaum zu Gesicht.«

»Wie lange sind Sie schon verheiratet? Fünfzehn Jahre?«

»Ja. Diesen Herbst werden es sechzehn.« Lieber Himmel, wirklich schon so lang? Ich musste wider Willen seufzen. »Ich war damals noch sehr jung.«

»Und würden Sie Ihre Ehe als glücklich beschreiben? Stehen Sie sich nahe?«

»Ich würde sie Ihnen am liebsten gar nicht beschreiben.«

»Jenny.« Sie lehnte sich vor, und einen Moment lang befürchtete ich, sie könnte meine Hand nehmen und auf eine Art drücken, von der mir schlecht werden würde. »Da draußen gibt es einen Mann, der behauptet, dass er Sie umbringen möchte. Egal, wie lächerlich das auch klingen mag, wir müssen es ernst nehmen.«

Ich zuckte mit den Achseln. »Es ist eine ganz normale Ehe«, sagte ich. »Ich weiß nicht, was Sie hören wollen. Wir haben unsere Höhen und Tiefen, unsere dummen Zankereien, genau wie jedes andere Ehepaar auch.«

»Haben Sie Ihrem Mann von dem Brief erzählt?«

»Der Detective hat mich darum gebeten. Ich habe in seiner

Kanzlei eine Nachricht für ihn hinterlassen. Er wird mich später zurückrufen.«

Sie starrte mich an, als könnte sie durch mich hindurchsehen. Mir wurde unter ihrem Blick immer unbehaglicher zu Mute.

»Jenny«, brach sie schließlich das Schweigen. »Mir ist klar, dass Sie sich belästigt fühlen. Oder fühlen werden. Das Schlimme daran ist, dass Sie auch unsere Versuche, Ihnen zu helfen, zum Teil als Belästigung empfinden werden. Es gibt eine Menge Dinge, die ich Sie noch fragen muss.« Sie ließ ihren Blick über das allgemeine Chaos schweifen und setzte wieder ihr wissendes Lächeln auf. »Betrachten Sie mich einfach als eine Art Bauinspektorin, die das Haus nach Stellen absucht, durch die Wasser eindringen könnte.«

»Sagen Sie es mir, wenn Sie welche finden«, antwortete ich sarkastisch.

»Ist Ihnen Ihr Mann immer treu gewesen, Jenny?«

»Was?«

Sie wiederholte ihre Frage, als wäre es das Normalste der Welt.

Während ich sie wütend anstarrte, spürte ich, wie ich rot wurde. In meinem Kopf begann es zu pochen. »Ich glaube, das fragen Sie ihn besser selbst«, antwortete ich, so kühl ich konnte.

Sie machte sich eine Notiz. »Und Sie?«

»Ich?«, fauchte ich. »Seien Sie nicht albern! Wann um alles in der Welt sollte ich Zeit für eine Affäre finden, selbst wenn ich wollte? Die einzigen Männer, mit denen ich zusammentreffe, sind der Gärtner, irgendwelche Handwerker und mein Tennislehrer. Hören Sie, Sie sagen, Sie machen bloß Ihren Job und müssen mir diese Fragen stellen, aber jetzt haben Sie es getan, und ich möchte mit meiner eigenen Arbeit weitermachen. Viel Zeit bleibt mir heute sowieso nicht mehr.«

»Empfinden Sie diese Fragen als Eingriff in Ihre Privatsphäre?«

»Natürlich! Ich weiß, dass das mittlerweile als altmodisch gilt, aber ich ziehe es vor, meine Privatangelegenheiten für mich zu behalten.«

Endlich stand sie auf, aber ich merkte, dass sie noch etwas auf dem Herzen hatte. »Jenny«, sagte sie. Es ärgerte mich, dass sie mich ständig beim Vornamen nannte, obwohl ich ihr das nicht erlaubt hatte. Sie kam mir vor wie ein Versicherungsvertreter, der seinen Fuß nicht aus der Tür nahm. »Ich und meine Kollegen wollen doch nur, dass diese Sache ein Ende hat und Sie in Ruhe weiterleben können. Sollte Ihnen noch etwas einfallen, das Ihnen irgendwie relevant erscheint, dann geben Sie mir Bescheid. Lassen Sie uns entscheiden, was davon wichtig ist und was nicht. Scheuen Sie sich nicht, uns alles zu sagen, ja?«

Ihre Stimme klang fast flehend. Ich fühlte mich gleich ein wenig besser, als hätte ich die Dinge wieder im Griff.

»In Ordnung«, antwortete ich. »Ich werde meine Denkkappe aufsetzen.«

»Tun Sie das.« Sie wandte sich zum Gehen. »Noch was, Jenny.«

»Ja?«

Sie zögerte einen Moment, überlegte es sich dann aber anders. »Nichts. Passen Sie auf sich auf.«

Nach einer Weile verließen sie alle das Haus – alle bis auf Stadler, der Mann mit dem Schlafzimmerblick. Er erklärte mir, dass sie in den nächsten Tagen meine Post öffnen würden. Nur um sicherzugehen.

»Damit Sie keine bösen Überraschungen mehr erleben«, meinte er mit einem Lächeln, das einem anzüglichen Grinsen gefährlich nahe kam. Also wirklich! Ich warf ihm einen wütenden Blick zu. »Außerdem«, fügte er hinzu, als wäre es ihm gerade erst eingefallen, »postieren wir zwei Beamte vor Ihrem Haus.«

»Jetzt wird es aber wirklich lächerlich!«, erwiderte ich.

»Eine reine Vorsichtsmaßnahme«, sagte er in beruhigendem Ton, als wäre ich ein nervöses Pferd. »Und tagsüber wird sich eine Beamtin um Ihre Sicherheit kümmern. Ihre persönliche Leibwächterin«, fügte er lächelnd hinzu. »Damit Sie sich nicht immer wieder an ein neues Gesicht gewöhnen müssen.«

Ich machte den Mund auf, um etwas zu sagen, aber alles, was

mir einfiel, waren obszöne Schimpfworte, sodass ich mich lieber darauf beschränkte, ihn wütend anzufunkeln.

»Sie ist schon da. Einen Moment.« Er trat an die Tür und rief hinaus: »Lynne! Lynne, können Sie mal kurz herkommen? Mrs. Hintlesham, darf ich Ihnen meine Kollegin Lynne Burnett vorstellen? Lynne, das ist Mrs. Hintlesham.«

Die Frau war nicht viel größer als ich, aber um einiges jünger – so jung, dass sie fast meine Tochter hätte sein können. Sie hatte hellbraunes Haar, helle Wimpern und ein Muttermal auf der linken Wange, das sie aussehen ließ, als hätte sie gerade eine Ohrfeige bekommen. Sie lächelte, aber ich lächelte nicht zurück. »Ich werde versuchen, Ihnen nicht im Weg zu sein«, erklärte sie.

»Das möchte ich Ihnen auch geraten haben!«, fauchte ich. Dann wandte ich ihr und Stadler demonstrativ den Rücken zu, bis die beiden den Raum verlassen hatten und ich endlich wieder allein war.

In der Küche standen lauter leere Tassen herum, und auf dem Boden vor der Hintertür entdeckte ich ein paar Zigarettenkippen. Sie hätten wenigstens ihren Dreck wegräumen können, dachte ich. Ich rief erneut in Clives Büro an, aber er war noch immer nicht zu sprechen.

Lena kam mit Chris und Josh zurück. Harry würde nach dem Fußballtraining von einer anderen Mutter nach Hause gebracht werden. Ich erklärte Josh mit ruhiger Stimme, dass mir jemand einen blöden Brief geschrieben habe und deswegen ein paar Polizisten vor der Tür stünden. Ich hatte damit gerechnet, dass er beunruhigt oder zumindest beeindruckt sein würde, aber er lehnte nur in der Küchentür, kaute auf seiner Unterlippe herum und zuckte kurz mit den Achseln, bevor er, bewaffnet mit zwei Erdnussbutter-Sandwiches und einem Glas Milch, hinauf in sein Zimmer verschwand. Ich frage mich immer wieder, wie man so viel in sich hineinstopfen kann, ohne ein Gramm zuzunehmen.

Darüber, was er dort oben alles anstellt, denke ich lieber gar nicht nach. Er hat die Vorhänge immer zugezogen, und wenn er nicht gerade laute Musik hört, dringen aus seinem Zimmer die Pieptöne und Schreie dieser schrecklichen Computerspiele und der Duft von Räucherstäbchen, wahrscheinlich, damit wir die Zigaretten nicht riechen, die er ins Haus schmuggelt. Ich achte darauf, dass nur Mary sein Zimmer betritt, um dort aufzuräumen und das Bett frisch zu beziehen. Ich selbst setze keinen Fuß hinein, sondern beschränke mich darauf, ihn durch die Tür aufzufordern, seine Hausaufgaben zu machen, Saxofon zu üben, die Musik leiser zu stellen oder seine Dreckwäsche nach unten zu bringen. Er ist mit einem Schlag erwachsen geworden. Plötzlich ist er im Stimmbruch, hat kleine Pickel auf der Stirn und weichen Flaum über der Oberlippe. Und er ist viel größer als ich. Er hat auch schon diesen seltsamen Männergeruch an sich, den nicht einmal die zahllosen Lotionen und Gele überlagern können, die junge Männer heutzutage benutzen. In unserer Jugend war das noch nicht üblich.

Christo ist natürlich noch zu klein, um die Sache mit dem Brief zu verstehen. Ihm gegenüber erwähnte ich davon nichts, schloss bloß seinen weichen kleinen Körper einen Moment in meine Arme. Er ist mein Baby.

Dann fuhr ich zum Baumarkt, um ein paar falsch gelieferte Haken zu reklamieren, aber er war bereits geschlossen. Das hatte mir gerade noch gefehlt.

Clive rief an, um mir mitzuteilen, dass er erst sehr spät nach Hause kommen würde, sodass ich, nachdem Harry eingetroffen war und ich Christo mit einer Gutenachtgeschichte ins Bett gebracht hatte, mit Josh und Harry zu Abend aß. Es gab Lasagne, die ich ein paar Stunden zuvor aus dem Gefrierfach genommen hatte, dazu Erbsen und als Nachtisch Vanilleeis mit Schokosoße. Wir waren alle drei ziemlich wortkarg. Ich sah zu, wie sich die Jungs mit Essen voll stopften, als hätten sie seit Tagen nichts bekommen. Ich selbst brachte bei der Hitze nicht viel hinunter.

Nachdem sich die Jungs wieder in ihre Zimmer verzogen hatten, setzte ich mich mit einem Glas Weißwein vor den Fernseher und blätterte nebenbei ein paar Kataloge durch. Wir brauchten einen Esszimmertisch. Ich wusste genau, wonach ich suchte: eine Tafel aus gemasertem dunklem Holz, lang und schlicht. Kürzlich hatte ich einen entdeckt, bei dem kleine Mosaike aus unterschiedlichen Hölzern wie Untersetzer in die Tischplatte eingelegt waren, aber Jeremy hatte mir geraten, zuerst nach den passenden Stühlen zu suchen, die seien erfahrungsgemäß viel schwieriger zu finden.

Clive war noch immer nicht da. Aus Joshs Zimmer dröhnten die Bässe der schrecklichen elektronischen Musik, die er dauernd hört. Als ich die Vorhänge zuzog, sah ich draußen die beiden Polizisten in ihrem Wagen sitzen. Sobald wir einen Tisch haben, dachte ich, müssen wir unbedingt ein großes Essen veranstalten. Ich würde mein schwarzes Kleid und die Diamantkette tragen, die Clive mir zu unserem fünfzehnten Hochzeitstag geschenkt hatte. Ich griff nach einem Kochbuch und blätterte die Sommerrezepte durch. Als Aperitif würde es ein Glas Champagner geben, dann eisgekühlte Gurkensuppe mit Kerbel, anschließend mit Koriander gewürzten Tunfisch, dazu kalten Weißwein. Als Nachtisch Aprikosensorbet und als Tischdekoration die pfirsichfarbenen Rosen aus dem Garten, die Francis gleich nach unserem Umzug gepflanzt hatte. Ich hielt mir mein Glas an die Stirn. Diese Hitze!

Ich hörte, wie sich der Schlüssel im Schloss drehte. Clive begrüßte mich mit einem Kuss auf die Wange. Er war vor Müdigkeit ganz grau im Gesicht. »Gott, was für ein Tag!«, stöhnte er.

»Es ist noch ein bisschen Lasagne da, falls du etwas möchtest.«

»Nein, ich habe mit ein paar Mandanten gegessen.«

Ich betrachtete ihn: teurer anthrazitgrauer Anzug, auf Hochglanz polierte schwarze Schuhe, die violett und grau gemusterte Krawatte, die ich ihm zu Weihnachten geschenkt hatte, ein leichter Bauchansatz unter seinem tipptopp gebügelten weißen Hemd, feine Silberfäden im dunklen Haar, eine Spur von einem Doppelkinn und erste Falten, die sich allmählich in seine hohe Stirn einzugraben begannen. Alles in allem ein recht elegant wirkender Mann. Seltsamerweise fand ich schon immer, dass er am besten aussah, wenn er spät abends völlig erschöpft zur Tür hereinkam. Am frühen Morgen, bevor er seine Anwaltsmaske aufsetzte und zur Arbeit fuhr, war er hektisch, nervös und zerstreut. Jetzt zog er geschafft seine Jacke aus, hängte sie vorsichtig über eine Stuhllehne und ließ sich dann mit einem Seufzer aufs Sofa sinken. Sein Hemd war unter den Armen nass geschwitzt. Ich ging in die Küche und kam mit zwei Weingläsern zurück. Der Weißwein war sehr kalt, direkt aus dem Kühlschrank. Mir brummte noch immer der Kopf.

»Ich hatte heute einen ziemlich seltsamen Tag«, begann ich.

»Oh, wirklich?« Er zog die Schuhe aus, lockerte die Krawatte und schaltete auf einen anderen Fernsehsender um. »Erzähl.«

Ich glaube, ich erzählte die Geschichte ziemlich schlecht. Es gelang mir nicht, ihm zu vermitteln, wie eigenartig das alles gewesen war und wie ernst die Polizei es genommen hatte. Nachdem ich fertig war, trank Clive einen Schluck Wein, löste den Blick vom Bildschirm und sah mich an. »Schön, dass endlich mal jemand deine Haut zu schätzen weiß, Jens.« Dann fügte er hinzu: »Der Kerl ist bestimmt nur ein harmloser Spinner. Ich möchte nicht, dass hier weiterhin Scharen von Polizisten herumlaufen.«

»Ganz meine Meinung. Eine verrückte Geschichte, nicht wahr?«

## 4. KAPITEL

Ich gehe nie nach unten, bevor ich mein Make-up aufgelegt habe, nicht einmal am Wochenende. Das wäre für mich, als würde ich nackt herumlaufen. Sobald ich morgens die Haustür hinter Clive zufallen höre, stehe ich auf und stelle mich unter die Dusche. Ich schrubbe meinen Körper mit einem Massagehandschuh, um all die toten Hautzellen loszuwerden. Dann setze ich mich an meine Frisierkommode, die laut Clive aussieht wie ein Möbelstück aus dem Wohnwagen eines Starlets. Rund um den Spiegel sind grelle Lampen angebracht, sodass ich mein Gesicht genau inspizieren kann. Gestern habe ich in meinen Augenbrauen ein paar graue Haare entdeckt, und immer wieder finde ich Falten, die ich letztes Jahr noch nicht hatte, schreckliche kleine Furchen über der Oberlippe, von denen sich links und rechts eine bis zu meinen Mundwinkeln hinunterzieht und meinem Gesicht ein schlaffes, deprimiertes Aussehen verleiht, wenn ich müde bin. Außerdem bekomme ich langsam Tränensäcke, und manchmal tun mir die Augen weh, wahrscheinlich von dem vielen Staub im Haus. Ich habe nicht die Absicht, jetzt schon mit einer Brille herumzulaufen.

Meine Haut besitzt nicht mehr ihre jugendliche Frische, egal, was dieser Idiot in seinem Brief geschrieben hat. Früher hatte ich wirklich mal schöne Haut. Als Clive mich kennen lernte, sagte er zu mir, ich hätte eine Haut wie ein Pfirsich. Aber das ist lange her. Inzwischen spart er mit solchen Komplimenten. Manchmal denke ich mir, dass es wichtiger wäre, solche Dinge dann zu äußern, wenn sie nicht mehr der Wahrheit entsprechen. Wenn ich in den Spiegel sehe, habe ich gelegentlich das Gefühl, dass meine Haut inzwischen mehr einer Grapefruitschale ähnelt. Als ich mich kürzlich für das Schulfest fertig machte und in mein grünes Kleid schlüpfte, sagte Clive zu mir, ich solle etwas anziehen, womit ich die Kinder nicht in Verlegenheit bringen würde.

Ich stelle sicher, dass zwischen meinen Augenbrauen oder – Gott bewahre! – auf meinem Kinn keine einzelnen Härchen sprießen, und beginne dann mit der Grundierung, die ich mit einer Feuchtigkeitscreme mische, damit sie sich leichter auftragen lässt. Dann kommt dieser wundervolle Faltenabdeckstift rund um die Nase und unter die Augen. Meine Freundin Caro hat mich darauf gebracht. Er ist unglaublich teuer. Manchmal versuche ich auszurechnen, wie viel Geld ich im Gesicht trage. Tagsüber muss alles unsichtbar sein. Nur ein Hauch von beigem Lidschatten, eine Spur Eyeliner, Wimperntusche, die die Härchen nicht verkleben lässt, und vielleicht ein wenig Lipgloss. Dann geht es mir besser. Ich mag das kleine, ovale Gesicht, das mich aus dem Spiegel munter ansieht, bereit, sich der Welt zu stellen.

Beim Frühstück ging es wie immer drunter und drüber. Mitten in dem ganzen Chaos klopfte es auch noch an der Tür. Polizeibeamtin Lynne Burnett, heute allerdings in Zivil. Sie trug einen grauen Rock, eine blaue Bluse und darüber ein Stricktop.

Sie wirkte damit recht schick, wenn auch ein bisschen trist, aber aus irgendeinem Grund ärgerte es mich, dass dies das Outfit war, das sie ausgewählt hatte, um bei Mrs. Hintlesham herumzuhängen. Wahrscheinlich, damit sie zur Landschaft passte. »Nennen Sie mich Lynne«, sagte sie. Das sagen sie alle. Alle wollen gleich immer gut Freund mit einem sein. Ich wünschte, sie würden einfach ihren Job machen. Lynne erklärte mir, dass ihre erste Aufgabe darin bestehe, einen Blick auf meine Post zu werfen, sobald sie eingetroffen sei.

»Werden Sie auch mein Essen vorkosten?«, fragte ich sarkastisch.

Die Röte, die sich auf ihrem Gesicht ausbreitete, schien ihr Muttermal zum Leben zu erwecken. Bevor sie etwas antworten konnte, klingelte das Telefon. Es war Clive, der bereits in der Kanzlei war. Ich wollte ihm berichten, was vor sich ging, aber er unterbrach mich und teilte mir mit, dass Sebastian und seine Frau am Samstag zum Abendessen kommen würden.

»Aber wir haben keinen Esstisch!«, protestierte ich. »Und nur eine halbe Küche!«

»Jens, die Dokumentation, die wir für die Fusion nächsten Monat vorbereiten, hat über zweitausend Seiten. Wenn ich es schaffe, das zu koordinieren, wirst du es doch wohl fertig bringen, ein Abendessen für einen Mandanten zu organisieren.«

»Natürlich, kein Problem, ich wollte damit ja bloß sagen...« Mary kam mit einem Wischmopp zur Tür herein und begann damit demonstrativ um meine Füße herumzuputzen. Als ich weitersprechen wollte, hatte Clive das Gespräch bereits beendet. Ich legte auf und drehte mich um. Lynne stand noch immer da. Nun ja, das war auch nicht anders zu erwarten gewesen, aber ich war trotzdem ein wenig enttäuscht. Ein Teil von mir hatte gehofft, dass sie einfach wieder verschwinden würde, wie Kopfschmerzen es manchmal tun. Nun jedoch, nach diesem Telefonat, hatte ich beides: Kopfschmerzen und Lynne.

»Ich gehe jetzt nach draußen, um mit meinem Gärtner zu sprechen«, erklärte ich frostig. »Ich nehme an, Sie wollen mitkommen und ihn kennen lernen.«

»Ja«, antwortete sie.

Mit seinem langen, im Nacken zu einem Zopf geflochtenen Haar hätte Francis vielleicht besser in eine Karawane nach Stonehenge gepasst, aber als Gärtner ist er ein absolutes Genie. Sein Vater war ein hohes Tier in der Marine, und er selbst hat eine Ausbildung in Marlborough genossen. Wenn man ihn mit zusammengekniffenen Augen betrachtet, könnte man ihn sich durchaus in der City vorstellen, mit einem Job wie Clive, abgesehen von der Tatsache, dass er neben seinem knapp einen Meter langen Haar auch noch eine erstaunlich dunkelbraune Haut besitzt und dazu diese starken, sehnigen Arme, die man bekommt, wenn man den ganzen Tag schwere Dinge durch die Gegend schleppt. Manche Leute würden ihn wahrscheinlich als ziemlich gut aussehend bezeichnen. Obwohl ich über sein Privatleben, das ihn anscheinend sehr in Anspruch nimmt, lieber nicht so genau Bescheid wissen möchte, gehört er zu den wenigen Menschen, denen ich absolut vertraue.

Ich stellte ihn Lynne vor, die sofort wieder errötete. Wahrscheinlich läuft sie bei jeder Gelegenheit rot an.

»Lynne ist hier, weil irgend so ein Typ mir einen verrückten Brief geschrieben hat«, erklärte ich. Wie nicht anders zu erwarten, blickte Francis mich verständnislos an. »Und Francis wird hier mindestens noch einen Monat beschäftigt sein.«

»An was arbeiten Sie denn im Augenblick?«, fragte Lynne.

Francis sah mich an. Als ich nickte, antwortete er achselzuckend: »Ich fange gerade mit dem Gestalten der Gartenlandschaft und dem Anlegen der Wege an. Vorher musste erst mal eine Menge Beton und Schutt in einen Container verfrachtet werden. Anschließend wurde alles mit Erde aufgefüllt.«

»Machen Sie das alles ganz allein?«, fragte Lynne.

Francis lächelte.

»Natürlich nicht«, antwortete ich für ihn. »Francis hat eine Crew heimatloser Jungs, die kommen und für ihn arbeiten, wenn er sie braucht. Rund um London treibt sich eine ganze Subkultur aus Gärtnern herum. Sie sind wie die Tauben und die Füchse.«

Ich warf einen nervösen Blick zu Francis hinüber. Vielleicht war ich zu weit gegangen. Die Leute sind oft sehr empfindlich. Lynne zog doch tatsächlich ihren Notizblock heraus und begann sich nach seinen Arbeitszeiten zu erkundigen. Dann bombardierte sie ihn mit Fragen über den Zaun und den Zutritt zum Haus. Sie schrieb sich die Namen all seiner Aushilfsgärtner auf.

Obwohl ich schon sehr spät dran war, empfand ich es als Wohltat, endlich das Haus verlassen zu können. Zumindest so lange, bis Lynne mir eröffnete, dass sie mich begleiten würde.

»Das ist nicht Ihr Ernst, oder?«

»Tut mir Leid, Jenny.« Ja, sie nennt mich tatsächlich Jenny, obwohl ich ihr das nicht erlaubt habe. »Ich weiß nicht genau, wie wir das in den nächsten Tagen handhaben werden, aber heute habe ich Anweisung, Sie nicht aus den Augen zu lassen.«

Ich wollte gerade zu schimpfen beginnen, als es an der Haustür klingelte. Es war Stadler, sodass ich meinen Protest gleich bei ihm loswerden konnte. Er lächelte nur höflich.

»Das alles dient zu Ihrer eigenen Sicherheit, Mrs. Hintlesham. Ich wollte mich bloß kurz bei Ihnen melden und Sie fragen, ob Sie etwas dagegen haben, wenn wir Ihre Telefongespräche aufzeichnen.«

»Was bedeutet das für mich?«

»Nichts, weswegen Sie sich Sorgen machen müssten. Sie werden gar nichts davon mitbekommen.«

»Na meinetwegen«, brummte ich.

»Wir möchten eine Liste der Leute zusammenstellen, mit denen Sie zu tun haben. Es wäre schön, wenn Sie heute oder morgen mit Lynne Ihr Adressbuch, Ihren Terminplaner und Ähnliches durchgehen könnten. Ist das möglich?«

»Halten Sie das wirklich für nötig?«

»Je effektiver wir jetzt arbeiten, desto schneller können wir die ganze Sache zu Ende bringen.«

Meine Wut war fast schon wieder verraucht. Ich empfand nur noch ein Gefühl leichten Abscheus.

Als Erstes fuhr ich zum Baumarkt, um endlich die Messinghaken zu holen. Dann warf ich einen Blick in ein Antiquitätengeschäft. Beinahe hätte ich ein rundes Buntglasfenster gekauft, das aus einer alten Kirche stammte, überlegte es mir im letzten Moment aber doch anders. Wenigstens war Lynne nicht mit in den Laden gekommen.

Dafür begleitete sie mich in die Läden in Hampstead oder blieb knapp vor der Ladentür stehen und starrte mit unbeteiligter Miene in die Schaufenster voller Damensachen. Keine Ahnung, was die Verkäuferinnen über sie dachten. Ich jedenfalls tat so, als würde ich sie nicht sehen. Ich brauchte etwas für Samstag Abend. Mit einem ganzen Arm voller Klamotten verschwand ich in die Umkleidekabine, aber als ich in einem perlenbestickten rosa Oberteil wieder herauskam, um mich in dem großen Spiegel zu betrachten, fiel mein Blick auf Lynne, die durchs Fenster zu mir hereinstarrte. Ich verließ das Geschäft mit leeren Händen.

»Fündig geworden?«, fragte sie, als wären wir alte Freundinnen, die miteinander einen Einkaufsbummel machten.

»Ich habe nichts Bestimmtes gesucht«, zischte ich.

Als Nächstes musste ich zum Metzger, um die Würstchen zu kaufen, die die Jungs so gern aßen. Gleich nebenan gab es einen weiteren schönen Antiquitätenladen. Ich schaute kurz hinein, weil ich dort schon vor einiger Zeit ein Auge auf einen goldgerahmten Spiegel geworfen hatte, der perfekt in unsere Diele passen würde, wenn sie erst einmal gestrichen war. Er kostete dreihundertfünfundsiebzig Pfund, aber ich hoffte, ihn etwas billiger zu bekommen.

Nachdem ich die Stoffstreifen mit Christos Namen abgeholt hatte, die alle Schüler von Lascelles auf ihren Uniformen tragen mussten, traf ich mich mit Laura zum Mittagessen. Während ich den Hügel hinunterfuhr, hatte ich die ganze Zeit Lynnes Wagen im Rückspiegel. Laura wartete bereits auf mich, aber diesmal hatten wir nicht so viel Spaß wie sonst. Lynne saß draußen im Wagen und aß ein Sandwich, während ich drinnen mit meinem Salat kämpfte. Dann vertiefte sie sich in ein Taschenbuch. Wenn in dem Restaurant ein Typ mit einer Axt auf mich losgegangen wäre, hätte sie wahrscheinlich nicht mal hochgeblickt. Es fiel mir schwer, mich auf das zu konzentrieren, was Laura sagte. Schließlich brach ich unser Mittagessen vorzeitig ab, indem ich behauptete, noch einen dringenden Termin zu haben.

Meine nächste Station war Tonys Salon in Primrose Hill. Normalerweise genieße ich es, mir die Haare machen zu lassen. Es ist ein angenehmes Gefühl, umgeben von Spiegeln, Edelstahl und farbenfrohen Shampooflaschen in dem kleinen Raum zu sitzen und sich verwöhnen zu lassen, die feuchte, nach Parfüm duftende Luft einzuatmen und dem beruhigenden Klappern der Scheren zu lauschen.

An diesem Tag aber lief alles schief. Ich fühlte mich verschwitzt und gereizt, irgendwie daneben. Mein Kopf dröhnte, und die Kleider klebten mir am Körper. Mein neuer Haarschnitt gefiel mir auch nicht. Irgendwie ließ er meine Nase zu groß und mein Gesicht zu knochig wirken. Während der Heimfahrt machte mich der dichte Verkehr so nervös, dass ich an jeder roten Ampel genervt den Motor aufheulen ließ. Lynne blieb geduldig hinter mir. Manchmal fuhr sie so nahe auf, dass ich im Rückspiegel ihre Sommersprossen sehen konnte. Ich streckte ihr die Zunge raus, weil ich wusste, dass sie es nicht bemerkte.

Den Rest des Tages folgte sie mir wie ein treuer Hund – einer, dem ich am liebsten einen Tritt verpasst hätte. Sie kam mir sogar nach, als ich mit Chris ein Stück die Straße entlangging, damit er mit seinem Freund spielen konnte, einem dürren kleinen Jungen namens Todd. Wie konnte man seinem Kind bloß einen solchen Namen geben? Später musste ich die beiden Großen von der Schule abholen, weil Lena ihren freien Nachmittag hatte. Die Mittwoche sind immer ein Albtraum. Josh besucht nach dem Unterricht noch einen von der Schule organisierten Computerkurs, der in einem Container abgehalten wird, in dem es penetrant nach den Schweißfüßen der Jungen riecht. Wenn ich dort eintreffe, steckt er normalerweise mit einem anderen Jungen zusammen, der sich Scorpion oder Spyder nennt oder sonst einen albernen Spitznamen hat. Josh selbst nannte sich immer Ganymede, bis er letzte Woche zu dem Schluss kam, dass dieser Name zu weibisch klang, und sich in Eclipse umtaufte. So lautet jetzt auch sein Passwort. Sein bester Freund nennt sich Freak, allerdings mit Ph und ee geschrieben: Phreek. Sie nehmen das alle wahnsinnig ernst.

An diesem Abend aber saß Josh zusammengesunken in einem Sessel, und neben ihm kauerte der recht sympathisch aussehende junge Mann, der sie jede Woche unterrichtete, und redete eindringlich auf ihn ein. Ich musste daran denken, wie er mir bei unserer ersten Begegnung vor ein paar Wochen gesagt hatte, dass ihn jeder im Club Hacker nenne. Ich hatte das Gesicht verzogen, woraufhin er mir erklärte, dass das gar nicht sein richtiger Name sei und ich ihn auch Hack nennen dürfe. »Ist das denn Ihr richtiger Name?«, hatte ich gefragt, aber er hatte nur gelacht.

Die Jungs trugen alle noch ihre Schuluniform, aber Hack hatte eine alte, zerrissene Jeans und ein mit japanischen Schriftzeichen bedrucktes T-Shirt an. Er war selbst noch ziemlich jung und besaß langes, lockiges dunkles Haar. Fast wäre er selbst noch als Schüler durchgegangen. Zuerst befürchtete ich, dass Josh Nasenbluten oder gar einen Unfall gehabt hatte, aber als ich näher kam, blickten sie beide auf, und ich sah, dass seine Augen vom Weinen ganz rot waren. Bestürzt starrte ich ihn an. Ich konnte mich nicht daran erinnern, wann ich Josh zum letzten Mal weinen gesehen hatte. Es ließ ihn jünger und verletzlicher erscheinen. Wie dünn und blass er war, dachte ich. Trotz seiner pickeligen Stirn und seines ausgeprägten Adamsapfels kam er mir plötzlich wieder wie ein kleiner Junge vor.

»Josh! Alles in Ordnung? Was ist passiert?«

»Nichts.« Sein Ton klang eher mürrisch als betrübt. Abrupt stand er auf. »Wir sehen uns nächstes Schuljahr. Also dann, bis September, Hack.«

Der Typ nannte sich tatsächlich Hack. Kein Wunder, dass Josh so aufgelöst wirkte.

»Was ist mit ihm los?«, fragte ich, nachdem Josh den Container verlassen hatte.

»Was? Ach das!«, antwortete er mit einer Handbewegung in die Richtung, in die Josh gerade verschwunden war. »Nichts Tragisches, Mrs. Hintlesham.«

»Jenny«, korrigierte ich ihn wie jede Woche. »Nennen Sie mich Jenny.«

»Tut mir Leid. Jenny.«

»Er hat ziemlich aufgeregt gewirkt.«

Hack schien sich deswegen keine Sorgen zu machen. »Wahrscheinlich wegen der Schule oder weil jetzt Sommerferien sind, irgendwas in der Art. Außerdem hat er am Bildschirm gerade eine schwere Schlappe erlitten.«

»Vielleicht hat er Unterzucker.«

»Ja, bestimmt. Geben Sie ihm ein bisschen Zucker, Jenny.«

Ich sah Hack ins Gesicht. Konnte es sein, dass er mich auf den Arm nahm?

Harry befand sich auf der anderen Seite der Schule, in der großen, zugigen Aula, die einmal im Jahr, wenn das Schulstück aufgeführt wurde, auch als Theatersaal herhalten musste. Als Josh und ich den Raum betraten, sahen wir Harry mit knallrotem Gesicht an der Seite der Bühne stehen. Er trug ein gelbes Kleid über der Hose und eine Federboa um den Hals. Sein Anblick schien Josh beträchtlich aufzuheitern. Auf der Bühne tummelte sich ein bunt zusammengewürfelter Haufen von Jungs, die zum Teil ebenfalls Kleider trugen.

»Harry!«, rief ein rundköpfiger Mann mit einem kleinen Schnurrbart und einem radikalen Kurzhaarschnitt. Höchstwahrscheinlich schwul. »Harry Hintlesham, das war dein Stichwort! ›... met by moonlight, proud Titania.‹ Wenn Roley das sagt, solltest du dich schon in Bewegung setzen.«

Harry stolperte auf die Bühne, fiel dabei fast über sein Kleid. »›What, jealous Oberon‹«, murmelte er leise. Sein Haar wirkte schweißnass. »›Fairies, skip off, I have long –‹«

»›Skip hence‹!«, brüllte der Schnurrbartmann. »Nicht ›off‹« Junge, ›hence‹, und sprich um Himmels willen lauter! Für heute hören wir sowieso auf mit dem Proben, ich kann nicht zulassen, dass eure Eltern es in dieser Phase zu sehen bekommen. Das Stück wird erst Weihnachten fertig sein. Und weil wir gerade von euren Eltern sprechen, deine schöne Mutter ist eingetroffen, Titania. Skip hence! Guten Abend, Mrs. Hintlesham. Welch Glanz in unsrer Hütte!«

»Guten Abend.«

»Versuchen Sie bitte, Ihren Sohn dazu zu bringen, dass er seinen Text lernt.«

»Ich werde mein Bestes tun.«

»Und vielleicht können Sie ihn auch dazu überreden, ein Deo zu benutzen, ja?«

*Sie ist tot. Natürlich ist sie tot. Genau, wie ich es wollte. Trotzdem fühle ich mich um sie betrogen. Natürlich. Vergiss es. Auf ein Neues. Eine neue Frau.*

*Sie trägt zu viel Make-up. Die Schminke schmiegt sich wie eine Maske über ihr Gesicht. Alles an ihrem Gesicht wirkt glänzend und gepflegt – schimmernde Lippen, dunkle Wimpern, cremegesättigte Haut, exakt geschnittenes, glänzendes Haar. Sie ist wie ein Bild, das ständig ausgebessert und überarbeitet wird. Eine Fassade, die sie der Welt präsentiert. Vor mir aber kann sie nichts verbergen. Ich stelle mir ihr abgeschminktes Gesicht vor. Die Falten um ihre Augen, ihre Nase, ihren Mund. Ihre bleichen, weichen, nervösen Lippen.*

*Wenn sie die Straße entlanggeht, betrachtet sie in den Schaufenstern ständig ihr Spiegelbild, um zu überprüfen, ob noch alles an Ort und Stelle ist. Dabei wirkt sie immer wie aus dem Ei gepellt. Ihre Sachen sind gebügelt, ihr Haar liegt wie eine Kappe um ihren Kopf. Ihre Nägel sind manikürt und in einem hellen Rosaton lackiert. Ihre Zehennägel sind ebenfalls rosa, und ihre Füße stecken in teuren Sandalen. Die Haut an ihren Beinen ist glatt. Sie hält sich gerade, die Schultern zurück und das Kinn hoch. Sie wirkt frisch und gepflegt, energisch und entschlossen.*

*Doch der Eindruck täuscht. Ich habe sie beobachtet. Ich sehe hinter ihr Lächeln, das kein wirkliches Lächeln ist. Wenn man ganz genau hinhört, merkt man, dass ihr Lachen gezwungen klingt, eine Spur zu schrill. Sie ist wie eine Geigensaite, die zu stark gespannt worden ist. Sie ist nicht glücklich. Wäre sie glücklich oder außer sich vor Angst oder Lust, sähe sie bestimmt sehr schön aus. Dann wäre sie von ihrer harten Schale befreit und könnte ihr wahres Ich entfalten. Ihr ist nicht bewusst, dass sie unglücklich ist. Das weiß nur ich. Nur ich kann in sie hineinsehen und sie befreien. Sie wartet auf mich, versiegelt in ihrem Innern, noch unberührt von der Welt.*

*Das Glück ist mir hold, das weiß ich inzwischen. Anfangs habe ich nicht begriffen, dass ich unsichtbar geworden bin. Niemand kann mich sehen. Ich kann endlos weitermachen.*

## 5. KAPITEL

Es ist schon sehr spät, aber noch immer unerträglich heiß. Obwohl ich oben alle Fenster geöffnet habe, ist der Wind, der hereinbläst, so warm, als wäre er über eine Wüste hinweggefegt. Clive ist noch nicht da. Seine Sekretärin, Jan, hat angerufen und zu Lena gesagt, dass er erst sehr spät nach Hause kommen werde. Nun ist es sehr spät, und er ist noch immer nicht da. Wie üblich habe ich ihm ein paar Sandwiches in den Kühlschrank gelegt. Eines davon habe ich selbst gegessen.

Im Haus ist es jetzt ganz still. Lena ist ausgegangen. Weiß der Himmel, was sie macht und wie lange. Die Jungs schlafen. Kurz nach elf habe ich einen Blick in ihre Zimmer geworfen und das Licht ausgeschaltet. Sogar Josh war schon eingeschlafen, erschöpft von einem anstrengenden Abend am Telefon. Alles, was zu tun war, ist erledigt. Ich habe sogar schon angefangen, für Josh und Harry zu packen, die morgen in ihr Feriencamp fliegen. Deswegen, aber auch aus anderen Gründen, wird es in den nächsten Wochen im Haus sehr ruhig sein.

Normalerweise bin ich nicht besonders scharf auf Alkohol. Clive ist ein großer Weinkenner, aber mir persönlich ist das nicht so wichtig. Würde ich allein leben, wäre das für mich kein großes Thema. An diesem Abend aber fühlte ich mich leicht nervös, und es war so unglaublich schwül, dass mir plötzlich der Gedanke an einen Gin Tonic durch den Kopf schoss. Wie in einem Werbespot, sah ich vor meinem geistigen Auge eine schöne, heißblütige Frau in einer exotischen Landschaft sitzen und einen Drink in der Hand halten. In meiner Fantasie schwitzte die Frau auf höchst erotische Weise, und wenn sie gerade nicht an ihrem Getränk nippte, hielt sie sich das kalte Glas an die Stirn. Obwohl sie allein dasaß, war sonnenklar, dass sie auf einen tollen Mann wartete.

Natürlich musste auch ich so einen Drink haben. Aber das einzige Stück Zitrone, das wir im Haus hatten, war eine übrig gebliebene, schon ziemlich eingetrocknete Scheibe, die ich nach längerem Suchen in einem Fach der Kühlschranktür entdeckte. Für einen Drink würde sie es schon noch tun. Nachdem ich mir den Gin Tonic eingeschenkt hatte, bekam ich plötzlich Lust auf einen Snack. Das Einzige, was ich finden konnte, war ein Päckchen von den Käsekräckern, die ich Chris hin und wieder in den Kindergarten mitgab. Nach einer Minute hatte ich das ganze Päckchen aufgegessen, und zu meinem eigenen Erstaunen stellte ich fest, dass von meinem Drink nichts mehr übrig war. Da ich nur ganz wenig Gin hineingetan hatte, beschloss ich, mir noch einen zweiten zu genehmigen. Ich würde ihn mit nach oben ins Bad nehmen.

Im Gegensatz zu dem Mädchen in meiner Fantasie schwitzte ich nicht besonders hübsch oder erotisch. Mein BH war feucht, mein Slip hatte dunkle Schweißränder, und ich konnte mich selbst riechen. Wahrscheinlich fange ich schon langsam an zu verrotten, dachte ich.

Nachdem ich eine Weile in dem warmen, schaumbedeckten Bad gelegen hatte, wurde mir leicht schummrig zu Mute. Inzwischen hatte ich auch den zweiten Drink zur Hälfte geleert, und manche Dinge erschienen mir nicht mehr ganz so wichtig wie zuvor. Zum Beispiel tauchte ich mit dem Kopf einfach unter, um mir das Shampoo aus dem Haar zu waschen, statt es vorher unter der Dusche abzuspülen, und das, obwohl ich ziemlich viel von dem durchdringend riechenden Schaumbad ins Wasser getan hatte. Normalerweise mache ich das nicht so. Habe ich eigentlich erwähnt, dass ein zweiter Brief gekommen ist?

Kurz nach Mittag traf heute plötzlich eine Lieferung nach der anderen ein, unter anderem die Wandfarbe im richtigen Ton und die Heizkörper, die schon vor einem Monat hätten da sein sollen. Es war, als würde eine Rugby-Mannschaft bei uns ein- und ausgehen, und hinterher fand Lena auf der Fußmatte einen an mich adressierten Umschlag. Als sie ihn mir brachte, war mir sofort klar, worum es sich handelte, aber ich machte ihn trotzdem auf.

Liebe Jenny,
du bist eine schöne Frau. Nicht wenn du mit jemandem zusammen bist, sondern wenn du allein bist, allein die Straße entlanggehst. Wenn du in Gedanken versunken bist, kaust du manchmal an deiner Oberlippe herum. Oder du singst vor dich hin.
Du betrachtest dich, und ich betrachte dich. Das haben wir gemeinsam. Eines Tages aber werde ich dich betrachten, wenn du tot bist.

Natürlich machte mir der Brief ein bisschen Angst, aber in erster Linie war ich sauer. Nein, nicht sauer, richtig wütend. Seit zwei Tagen hatte ich Lynne am Hals. Sicher, sie war recht nett, aber sie saß mir trotzdem ständig auf der Pelle und nervte mich mit ihrer leicht schmeichlerischen Art, ihrer Entschlossenheit, nicht beleidigt zu sein, wenn ich sie anfauchte. Von dem Polizeiwagen vor der Tür ganz zu schweigen. Sie beobachteten mich den ganzen Tag, hatten ständig ein Auge auf mich. Und nun das. Nachdem ich den Brief gelesen hatte, begab ich mich sofort auf die Suche nach Lynne. Sie telefonierte gerade. Ich stellte mich vor sie hin und wartete so lange, bis es ihr peinlich wurde und sie auflegte.

»Ich habe hier etwas, das Sie interessieren dürfte«, sagte ich und reichte ihr den Brief.

Es war, als hätte ich unter ihrem Hintern eine Rakete gezündet. Keine zehn Minuten später saß Stadler mir gegenüber am Küchentisch.

»Auf dem Fußabstreifer, sagen Sie?« Seine Stimme war nur ein leises Murmeln.

»Zumindest hat Lena ihn dort gefunden«, antwortete ich in scharfem Ton. »Offenbar schickt er seine Briefe nicht gern mit der Post. Ehrlich gesagt, frage ich mich, wieso Sie mein Leben derart stören, wenn der Typ trotzdem noch seelenruhig bis zu meiner Haustür marschieren und mir einen Brief auf die Fußmatte legen kann.«

»Das ist tatsächlich etwas frustrierend«, antwortete Stadler und fuhr sich dabei mit den Fingern durchs Haar. Ein gut aussehender Mann – und er weiß es, wie meine Großmutter immer missbilligend über solche Männer zu sagen pflegte. »Ist Ihnen jemand aufgefallen, der sich dem Haus genähert hat?«

»Heute haben sich ständig irgendwelche Leute dem Haus genähert. Ganze Horden sind herein- und hinausgetrampelt.«

»Sie haben Lieferungen bekommen?«

»Ja, eine ganze Menge.«

»Können Sie die Leute beschreiben, die die Sachen gebracht haben?«

»Ich habe keinen von ihnen zu Gesicht bekommen. Darüber müssen Sie mit Lena reden.«

Während ich geschäftig in der Küche herumlief, saß Stadler mit finsterer Miene am Tisch. Der Ärmste.

»Verraten Sie mir doch bitte mal, was Sie in der ganzen Sache tatsächlich unternehmen!«, fuhr ich ihn an.

»Unternehmen?«, wiederholte er, als hätte ich ihm eine völlig unnötige Frage gestellt.

»Ja. Entschuldigen Sie, dass ich so dumm bin, aber Sie müssen mir das wirklich mal erklären.«

Ich setzte mich wieder zu ihm an den Tisch. Er legte seine heiße, schwere Hand auf meine. »Mrs. Hintlesham, Jenny, wir tun alles in unserer Macht Stehende. Wir lassen sämtliche Briefe im Labor untersuchen, wir versuchen herauszufinden, wo das Papier herkommt, wir sehen uns die Fingerabdrücke in Ihrem Haus an, für den Fall, dass er hier eingebrochen ist. Und wie Sie wissen«, fügte er mit einem zerknirschten Lächeln hinzu, das gar nicht zu ihm passte, »durchforsten wir Ihren ganzen Freundes- und Bekanntenkreis, überprüfen alle Ihre Kontakte, alle Leute, die für Sie arbeiten oder gearbeitet haben, um herauszufinden, ob eine Verbindung besteht zwischen Ihnen und der … ähm, den anderen Leuten, die Briefe von diesem Kerl erhielten. Und bis wir ihn gefasst haben, sorgen wir natürlich dafür, dass Ihnen nichts passiert.«

Ich entzog ihm meine Hand. »Hat es denn wirklich einen Sinn, mit all dem fortzufahren?«

»Was meinen Sie damit?«

»Dieses ganze lächerliche Theater. Dass Sie meine Briefe öffnen und Lynne hier im Haus rumhängt.«

Stadler schwieg eine ganze Weile. Offenbar wusste er nicht so recht, was er darauf antworten sollte. Schließlich blickte er auf und sah mich mit seinen dunklen, fast schon schwarzen Augen an. »Die Sache ist ernst«, sagte er. »Sie haben die Briefe gelesen. Der Mann hat damit gedroht, Sie umzubringen.«

»Stimmt, die Briefe sind ziemlich übel«, räumte ich ein, »aber mit solchen Dingen muss man in London nun mal leben, genauso wie mit obszönen Anrufen, Verkehrslärm und Hundedreck auf dem Gehsteig.«

»Vielleicht«, meinte Stadler. »Trotzdem müssen wir die Sache ernst nehmen. Ich habe gleich eine Besprechung mit Detective Links, und bei der Gelegenheit werde ich ihn darauf hinweisen – und er wird mir bestimmt beipflichten –, dass wir dieses Haus noch sicherer machen müssen.«

»Wie meinen Sie das?«

»Sämtliche Arbeiten, die zurzeit hier im Gange sind, müssen sofort abgebrochen werden. Zumindest für ein paar Tage.«

»Sind Sie verrückt?« Ich starrte ihn entsetzt an. »Die Baufirma hat eine sechsmonatige Warteliste. Jeremy muss in ein paar Tagen nach Deutschland. Anfang nächster Woche kommen die Stuckateure. Wollen Sie meine Mappe sehen? Man kann so was nicht einfach abbrechen und wieder anfangen, wenn einem danach ist.«

»Es tut mir Leid, Mrs. Hintlesham, aber ich halte diese Maßnahme für dringend erforderlich.«

»Dringend erforderlich für wen? Für Sie, weil Sie Ihren Job nicht richtig machen?«

Stadler stand auf. »Tut mir Leid«, sagte er. »Tut mir Leid, dass wir diesen Irren noch nicht geschnappt haben. Aber so was ist nun mal schwierig. Normalerweise gibt es eine klare Vorgehensweise: Man klopft an Türen und sucht nach Zeugen. Aber wenn sich ein Irrer willkürlich jemanden herauspickt, gibt es keine normale Vorgehensweise. Da muss man einfach hoffen, dass sich irgendwas ergibt.«

Obwohl ich am liebsten losgelacht hätte, starrte ich ihn weiter aus kalten Augen an, ohne ein Wort zu sagen. Dieser lächerliche Kerl wollte doch tatsächlich mein Mitgefühl. Er wollte von mir tröstende Worte hören, weil er es als Polizist so schwer hatte. Am liebsten hätte ich ihn auf der Stelle rausgeworfen, ihn und den Rest der Bagage.

»Wir dürfen nicht außer Acht lassen«, fuhr er fort, »dass der Kerl eine ernsthafte Drohung ausgesprochen hat. Natürlich ist es unser Ziel, ihn zu schnappen, aber oberste Priorität hat Ihre Sicherheit. Meiner Meinung nach sollten wir in dieser Hinsicht keine Risiken mehr eingehen. Die Alternative wäre, dass Sie dieses Haus vorübergehend verlassen und sich von uns an einen sicheren Ort bringen lassen.«

Ich hatte das Gefühl, als würde tief in meinem Magen gleich ein Vulkan ausbrechen. Der zweite Vorschlag war noch schlimmer, sodass ich schließlich zähneknirschend dem ersten zustimmte. Auf meine Frage, bis wann er die Leute aus dem Haus haben wollte, antwortete er, sofort, auf der Stelle. Ich stapfte also wie der Rausschmeißer eines Nachtclubs durchs Haus und forderte alle in forschem Ton auf, die Baustelle zu verlassen. Anschließend verbrachte ich eine schreckliche Stunde damit, alle möglichen Leute anzurufen und zu versuchen, meinen verblüfften Gesprächspartnern die Lage halbwegs plausibel zu erklären und dann vage Vereinbarungen für die Zukunft zu treffen.

Nun kippte ich den Rest meines Gin Tonic hinunter, stieg aus der Wanne und wickelte mich in ein großes, weiches Badetuch. Die Luft im Badezimmer war so schwül und feucht, dass ich meine Haut nicht trocken bekam, egal, wie sehr ich auch rubbelte. So ging ich schließlich ins Schlafzimmer hinüber. An den Türen der Einbauschränke waren große Spiegel angebracht. Eigentlich hätten sie nächste Woche entfernt werden sollen. Ich stellte mich vor einen und sah mir dabei zu, wie ich erst mein Haar und dann meinen Körper trocken zu reiben versuchte. Die Abendluft war noch immer so warm, dass ich die Feuchtigkeit auf meiner Haut einfach nicht los wurde, sodass ich schließlich das Handtuch auf den Boden warf und mein nacktes Spiegelbild betrachtete. Normalerweise tat ich das so gut wie nie, zumindest nicht nackt und ohne Make-up.

Ich versuchte mir vorzustellen, wie es wäre, diesen Körper nicht zu kennen, ihn zum ersten Mal zu sehen und attraktiv zu finden. Ich kniff die Augen zusammen und legte den Kopf zur Seite. Es war gar nicht so leicht, sich in diese Situation hineinzuversetzen. Vermutlich geht das allen so, die schon lange verheiratet sind, miteinander Kinder haben und auf viele Jahre harter Arbeit zurückblicken: Irgendwann fühlt man sich nur noch wie ein Teil des Inventars, ein Ding, das einem gar nicht mehr auffällt, es sei denn, etwas stimmt nicht mit ihm. Vielleicht ist das auch der Grund, warum einem andere Sachen – oder andere Leute – oft viel interessanter erscheinen. Ich versuchte mich daran zu erinnern, wie es gewesen war, als Clive und ich uns zum ersten Mal … na ja, auf diese Weise gesehen hatten, aber komischerweise gelang es mir nicht. Dabei wusste ich noch ganz genau, wann wir das erste Mal miteinander geschlafen hatten. In seiner Wohnung in Clapham. Ich konnte mich noch an sämtliche Einzelheiten erinnern: welches Theaterstück wir uns vorher angesehen, was wir hinterher gegessen hatten, ja sogar, was ich angehabt und wie er es mir ausgezogen hatte, aber wie es gewesen war, zum ersten Mal die nackte Haut des anderen zu spüren … das wusste ich nicht mehr.

Vorher hatte ich nur eine einzige ernsthafte Beziehung gehabt. Na ja, einigermaßen ernsthaft, zumindest für mich. Er war Fotograf und hieß Jon Jones. Mittlerweile ist er ziemlich berühmt. Man liest seinen Namen in *Harper's* und *Vogue*.

Damals fotografierte er meine Hände für eine Nagellackwerbung, und eins führte zum anderen. Was das Thema Sex betraf, war ich recht unsicher. Ich wusste nicht genau, was von mir erwartet wurde, und machte im Grunde nur das, wozu er mich aufforderte. Rückblickend kann ich gar nicht mehr sagen, ob das Ganze damals wirklich so aufregend war, aber nun, nach all den Ehejahren, war allein schon der Gedanke daran – an ihn – aufregend.

Ich befand mich fast in einer Art Trance, als mir plötzlich bewusst wurde, dass ich bei angeschaltetem Licht, offenen Fenstern und Vorhängen im Zimmer stand. Rasch ging ich hinüber, um die Vorhänge zuzuziehen, hielt dann aber mitten in der Bewegung inne. Was machte es eigentlich, wenn mir jemand zusah? War das wirklich so schlimm? Einen Moment lang blieb ich am Fenster stehen. Ein warmer Wind wehte herein. Was hätte ich jetzt für ein paar Atemzüge kühle Luft gegeben! Da es viel zu heiß war, um das Fenster zu schließen, beschränkte ich mich darauf, das Licht auszuschalten.

Dann ging ich zum Bett hinüber und legte mich auf den Rücken, ohne mich zuzudecken. Sogar ein dünnes Leintuch wäre eine Qual gewesen. Ich berührte Stirn und Brüste. Die Haut fühlte sich schon wieder schweißnass an. Langsam ließ ich meine Finger über meinen Bauch nach unten zwischen meine Beine gleiten. Ich spürte, wie warm und feucht ich war. Während ich mich sanft streichelte, starrte ich zur Decke hinauf und fragte mich, wie es wohl wäre, von jemandem zum ersten Mal betrachtet zu werden. Welche Gefühle es in mir wecken würde, begehrt zu werden. Von lustvollen Blicken verfolgt zu werden. Angesehen zu werden. Geliebt zu werden.

## 6. KAPITEL

Ich verstehe mich aufs Packen. Jedes Mal, wenn Clive für ein paar Tage wegmuss, packe ich seine Sachen für ihn. Männer haben zwei linke Hände, wenn es darum geht, ihre Hemden richtig zusammenzulegen. Diesmal packte ich für die Jungs, die für drei Wochen ins Sommercamp in die Wildnis von Vermont durften. Wir hatten vor Jahren über den Freund eines Freundes eines Kollegen von Clive davon erfahren. Drei Wochen Zeit, um zu klettern, zu surfen, abends am Lagerfeuer zu sitzen und, in Joshs Fall wahrscheinlich, mit hübschen jungen Mädchen in knappen Shirts Blicke zu tauschen. Ich machte ihm gegenüber eine diesbezügliche Bemerkung, während ich sorgfältig die T-Shirts, Shorts, Schwimmsachen und Hosen in seinen Koffer legte. Er wirkte niedergeschlagen. »Du willst uns doch nur loswerden«, murmelte er.

Zurzeit murmelt er nur noch vor sich hin, sodass ich die Hälfte von dem, was er sagt, nicht verstehe.

»Aber Josh, letztes Jahr hat es dir doch so gut gefallen! Harry findet auch nicht, dass drei Wochen zu lang sind.«

»Ich bin aber nicht Harry!«

»Nun sag bloß nicht, dass du Sehnsucht nach mir hast«, meinte ich neckend.

Er starrte mich an. Josh hat große, dunkelbraune Augen, mit denen er einen unglaublich vorwurfsvoll ansehen kann, fast wie ein beleidigter Esel. Mir fiel auf, wie dürr und bleich er war: Seine Schlüsselbeine ragten wie Griffe hervor, und seine Handgelenke schienen nur aus Knochen und Sehnen zu bestehen. Als er sein Shirt auszog, um in saubere Sachen für den Flug zu schlüpfen, zeichneten sich seine Rippen deutlich an seinem mageren Körper ab.

»Die frische Luft wird dir gut tun. Diesem Zimmer könnte ein bisschen Frischluft übrigens auch nicht schaden. Machst du eigentlich nie die Fenster auf?«

Er gab mir keine Antwort, sah bloß verdrossen auf die Straße hinunter. Ich klatschte in die Hände, um ihn aus seiner Lethargie zu reißen. »Josh, ich bin in Eile! Euer Vater wird euch in etwa einer Stunde zum Flughafen bringen.«

»Immer bildest du dir ein, in Eile zu sein.«

»Ich habe nicht vor, mich kurz vor deiner Abreise noch mit dir zu streiten.«

Er drehte sich um und sah mich an. »Warum suchst du dir keinen richtigen Job?«

»Wo ist dein Deo? Ich habe einen Job. Als eure Mutter. Du wärst bestimmt der Erste, der sich beschweren würde, wenn ich plötzlich aufhören würde, euch zu euren Partys und Clubs zu kutschieren, Essen für euch zu kochen und eure Klamotten zu waschen.«

»Und was tust du, während Lena deine Arbeit macht?«

»Ich kümmere mich um die Renovierung dieses Hauses, in

dem du dich ja recht wohl zu fühlen scheinst. Also, was machst du mit dem bisschen Zeit, das dir vor eurer Abreise noch bleibt? Wie wär's, wenn du noch zu Christo hineinschaust? Ihr werdet ihm bestimmt fehlen.«

Josh ließ sich an seinem Computer nieder. »Ja, gleich. Ich möchte mir bloß noch schnell dieses neue Spiel ansehen. Es ist ganz neu.«

»Genau aus dem Grund ist es gut, dass du mal hier rauskommst. Sonst würdest du nämlich drei Wochen lang im Dunkeln vor deinem Bildschirm hocken. Hör mal, wenn du sowieso noch hier bleibst, könntest du genauso gut dein Bett abziehen und Mary die schmutzige Bettwäsche rauslegen.« Schweigen. Ich wandte mich zum Gehen, überlegte es mir dann aber anders. »Josh?« Schweigen. »Wirst du Sehnsucht nach mir haben? Ach, Josh, nun mach endlich den Mund auf!« Inzwischen schrie ich ihn schon fast an.

Er drehte sich schmollend um. »Was ist denn?«

»Ach, nichts.«

Als ich schließlich das Zimmer verließ, war er bereits in das neue Computerspiel, eine Art Nahkampf ohne Waffe, vertieft.

Ich nahm Harry in den Arm, auch wenn sich sein Körper dabei wie üblich versteifte. Er scheint der Meinung zu sein, dass man mit elf viel zu alt ist, um sich noch umarmen zu lassen. Ansonsten aber ist er Gott sei Dank ein fröhlicher Junge, der nichts von Joshs Launenhaftigkeit hat. Er ist wie ich, ein Typ, der nicht zum Trübsalblasen neigt. Harry hat braunes, lockiges Haar, eine Stupsnase und stämmige Beine. Josh sah neben ihm aus wie eine Bohnenstange. Sein neues, übergroßes Shirt ließ seinen Hals noch magerer erscheinen als sonst. Ich küsste ihn auf die Wange. »Einen wunderschönen Urlaub, Josh, es wird dir bestimmt gefallen!«

»Mum…«

»Ihr müsst jetzt los, meine Lieben, euer Vater wartet schon im Auto. Seid brav, und passt auf euch auf. Wir sehen uns in drei Wochen. Wiedersehen, meine Lieblinge, auf Wiedersehen!« Ich winkte ihnen nach, bis ich sie nicht mehr sehen konnte.

»Na, was sagst du, Chris? Jetzt sind wir drei Wochen lang allein, nur du und ich.«

»Und Lena.«

»Ja, natürlich, Lena ist auch noch da. Sie wird nachher sogar mit dir in den Zoo gehen. Da könnt ihr ein schönes Picknick machen. Mummy hat heute viel zu tun.«

Ich hatte tatsächlich viel zu tun, weil ich dieses verflixte Essen vorbereiten musste, zu dem mich Clive verdonnert hatte. Ich konnte mich nicht daran erinnern, wann ich das letzte Mal allein im Haus gewesen war. Meine Schritte hallten durch die Räume, es war seltsam ruhig. Kein Josh und kein Harry, kein Chris und keine Lena, kein Clive, keine Mary, kein Jeremy, Leo oder Francis. Kein Hämmern und keine Arbeiter, die laut vor sich hinpfiffen, während sie Farbe an die Wand klatschten; kein ständiges Klingeln an der Haustür, weil Kies, Tapeten oder Stromkabel angeliefert wurden. Nun ja, fast allein. Lynne war natürlich immer irgendwo in der Nähe. Sie kam mir vor wie eine Hummel, die hin und wieder summend in den Raum schwirrte.

Noch vor kurzem war dieses Haus eine Baustelle, was an sich schon schlimm genug war. Nun ist es eine verlassene Baustelle: Das Gästezimmer ist erst zur Hälfte tapeziert, im zukünftigen Wohnzimmer warten die Bodendielen darauf, verlegt zu werden, das Esszimmer ist schon mit Plastikplanen ausgelegt, bereit für die Maler, die nun nicht kommen werden, der Garten voller Unkraut und Löcher. Die Polizei mag vielleicht nicht in der Lage sein, den Kerl zu finden, der mich belästigt, aber meine Pläne haben sie definitiv durchkreuzt. Ganz zu schweigen von dieser Dr. Schilling, die mich immer mehr nervt.

Bei ihrem zweiten Besuch beglückte sie mich erneut mit ihrer ernsten, aufmerksamen Miene. Ich wette, sie übt diesen Gesichtsausdruck vor dem Spiegel. Sie gräbt und kratzt sich immer tiefer in mein Leben hinein, will alles wissen, über Clive, Männer, ganz allgemein, kratz, kratz. Angeblich ist das die normale Vorgehensweise bei einer solchen Untersuchung. Manchmal habe ich das Gefühl, es geht ihr überhaupt nicht um den Verbrecher. In Wirklichkeit möchte sie meine anderen Probleme lösen. Mich ändern, eine andere Frau aus mir machen. Wahrscheinlich eine Frau wie sie. Am liebsten würde ich ihr sagen, dass ich keine Tür bin, die eines Tages aufgehen und den Blick auf den Zaubergarten ihn meinem Inneren freigeben wird. Tut mir Leid. Ich bin nun mal die Frau, die ich bin: Jenny Hintlesham, Ehefrau von Clive, Mutter von Josh, Harry und Chris. Nimm mich so, wie ich bin, oder lass es bleiben. Ach, lass es lieber bleiben – lass mich in Ruhe, damit ich endlich mein Leben weiterleben kann.

Ich bin keine so leidenschaftliche Köchin, aber es macht mir durchaus Spaß, Gäste zu bewirten – das heißt, wenn ich genug Zeit für die Vorbereitungen habe. Heute hatte ich jede Menge Zeit. Lena würde erst zum Tee zurückkommen, und Clive fuhr direkt vom Flughafen zu einem Golfturnier. Ich hatte meine Kochbücher durchgesehen, die noch immer in einer Pappschachtel unter der Treppe lagen, und mich der Hitze wegen für ein richtiges Sommermenü entschieden: Frisch, knackig und einfach, mit viel gutem Weißwein. Die Pilzkanapees konnte ich erst in letzter Minute zubereiten, und das Gazpacho hatte ich schon gestern Abend gemacht, während Clive vor dem Fernseher saß. Jetzt würde ich den Hauptgang vorbereiten, rote Meeräsche in Tomaten-Safran-Soße, eiskalt zu servieren. Als Erstes kam die Soße dran, eine einfache, aber reichhaltige italienische Paste, mit Olivenöl, Zwiebeln, Kräutern aus dem Garten (immerhin hatte Francis noch den Kräutergarten pflanzen können, bevor alle Arbeiten zum Stillstand kamen), einer Menge Knoblauch und gehäuteten Eiertomaten. Wenn das Ganze dann so richtig schön dick ist, fügt man Rotwein, eine Spur Balsamico und Safran hinzu. Ich legte die sechs Meeräschen in eine lange Form und goss die Soße darüber. Nun musste der Fisch nur noch bei mittlerer Hitze eine halbe Stunde dünsten, dann konnte ich das Ganze in die Speisekammer stellen.

Als Nachtisch hatte ich eine große Aprikosentorte geplant. Sie macht immer viel her, und Aprikosen passen wundervoll in diese Jahreszeit. Ich rollte den Blätterteig aus (ich hatte ihn fertig gekauft, es gibt gewisse Grenzen) und legte ihn in eine Form. Dann bereitete ich eine Masse aus gemahlenen Mandeln, Puderzucker, Butter und Eiern zu und gab sie über den Teig. Zum Schluss halbierte ich die Aprikosen und legte sie obenauf. Geschafft. Ich schob die Torte ins heiße Backrohr, wo sie noch fünfundzwanzig Minuten brauchte, bis sie fertig war. Dazu würde es Unmengen von Schlagsahne geben. Wein und Champagner standen bereits im Kühlschrank, die Butter war in kleine Stückchen geschnitten. Die dunklen Brötchen würde ich am Nachmittag holen. Den grünen Salat konnte ich erst kurz vor dem Essen anrichten.

Wir würden in der Küche essen müssen, egal, wie wichtig Clives Mandant war, aber ich zog den chinesischen Raumteiler hervor, sodass der eigentliche Kochbereich abgetrennt war, und schmückte den Tisch mit der weißen Spitzendecke, die uns meine Cousine zur Hochzeit geschenkt hatte. Mit unserem schönen Silberbesteck und einem üppigen Strauß aus orangefarbenen und gelben Rosen ergab das ein höchst gelungenes Arrangement.

Ich hatte auch Emma und Jonathan Barton eingeladen. Wer weiß, wie dieser Sebastian und seine Frau sein würden. Ich stellte mir einen City-Typen mit Bauchansatz und geplatzten Äderchen auf der Nase vor, und dazu eine taffe, ehrgeizige, gestylte Frau mit wasserstoffblondem Haar und breiten Hüften. Ich beneide solche Frauen nicht, auch wenn sie Leute wie mich oft ein wenig herablassend behandeln.

Ich wollte an diesem Abend gut aussehen. Emma Barton hat runde Hüften, einen großen Busen und volle Lippen, die sie immer knallrot schminkt, sogar morgens, wenn sie die Kinder in die Schule bringt. Auf mich wirkt sie manchmal ein bisschen gewöhnlich, aber die Männer fahren definitiv auf sie ab. Leider hat sie in letzter Zeit ein bisschen an Attraktivität verloren. Sie dürfte etwa in meinem Alter sein, vielleicht ein paar Jährchen älter, aber sie neigt dazu, nervös herumzuzappeln und ständig einen Schmollmund zu ziehen, was bei einer Zwanzig- oder Dreißigjährigen ganz in Ordnung ist, bei einer Vierzigjährigen aber ein wenig lächerlich wirkt. Wir kennen die Bartons schon seit Ewigkeiten. Vor zehn Jahren war er noch rasend besitzergreifend und konnte die Finger nicht von ihr lassen, aber inzwischen fällt mir auf, dass sein Blick des Öfteren an Frauen hängen bleibt, die genauso aussehen wie Emma damals.

Gegen sechs nahm ich ein ausgiebiges Bad und wusch mir die Haare. Unten hörte ich, wie die Tür aufgeschlossen wurde und Lena mit Chris hereinkam. Ich schlüpfte in den Bademantel und nahm vor dem Spiegel Platz. An diesem Abend sparte ich nicht mit Make-up. Erst die Grundierung, dann Rouge auf die Wangen, graugrüner Lidschatten, dunkelgrauer Eyeliner, mein geliebter Faltenabdeckstift, pflaumenfarbener Lippenstift und zum Schluss ein paar Tropfen von meinem Lieblingsparfüm hinter die Ohren und aufs Handgelenk – Letzteres würde ich später noch einmal wiederholen. Normalerweise husche ich zwischen Vor- und Hauptspeise rasch in mein Zimmer hinauf, um mein Make-up nachzubessern und mich frisch einzuparfümieren. Das gibt mir Selbstvertrauen.

Ich zog ein langes schwarzes Kleid mit Spaghettiträgern an und darüber ein zartes Oberteil aus kastanienbrauner Spitze, das am Kragen und an den Ärmeln mit schwarzem Samt besetzt war, und für das ich letztes Jahr in Italien ein kleines Vermögen bezahlt hatte. Dazu hochhackige Schuhe, meine Diamantkette und Diamantohrringe. Anschließend warf ich einen kritischen Blick in den Spiegel, wobei ich mich langsam um die eigene Achse drehte, um mich von allen Seiten zu betrachten. Niemand wäre auf die Idee gekommen, dass ich schon auf die vierzig zuging. Es kostet eine Menge Mühe, jung zu bleiben.

Ich hörte Clive nach Hause kommen. Als Nächstes musste ich Chris ins Bett bringen und dafür sorgen, dass er alles bekam, was er brauchte, bevor die Gäste eintrafen. Hatte ich eigentlich die Pralinen auf die Anrichte gestellt?

Chris war sonnenverbrannt und quengelig. Ich erlaubte ihm, vor dem Einschlafen noch eine Roald-Dahl-Kassette zu hören, und schaltete sein Nachtlicht an. Hoffentlich würde er während des Essens kein Theater machen. Clive war duschen gegangen.

Unten in der Küche zog ich eine große Schürze über meine schönen Sachen, verteilte die Pilze über die Kanapees und riss die Salatblätter in mundgerechte Stücke. Als Beilage zum Fisch würde es nur grünen Salat geben. Die wahre Eleganz liegt in der Einfachheit. Ich warf einen Blick aus dem Küchenfenster. Der Himmel hatte die Farbe von Himbeeren. Abendrot Schönwetterbot. Josh und Harry waren inzwischen bestimmt schon in ihrem Camp eingetroffen und hatten auf amerikanische Zeit umgestellt.

»Hallo«, begrüßte mich Clive. Braun gebrannt und frisch geduscht, umgab ihn in seinem eleganten Anzug eine Aura des Erfolgs.

»Gut siehst du aus. Die Krawatte kenne ich ja noch gar nicht«, sagte ich. Ich wollte von ihm auch ein Kompliment über mein schickes Aussehen hören.

Er fummelte an seinem Krawattenknoten herum. »Stimmt, sie ist neu.«

Es klingelte an der Tür.

Weder Sebastian noch seine Frau Gloria waren auch nur annähernd so, wie ich sie mir vorgestellt hatte. Sebastian war groß und ziemlich kahl. Wäre seine Nervosität nicht so deutlich spürbar gewesen, hätte er auf eine finstere, hollywoodmäßige Art recht vornehm ausgesehen. Aus Clives Verhalten ihm gegenüber sprach ein Hauch von Verachtung, eine Spur von Überlegenheit. Schlagartig kam ich zu der Erkenntnis, dass Clive Sebastian mit seinem verflixten Übernahmeangebot über den Tisch ziehen würde und dieses freundschaftliche Abendessen eine Farce war. Gloria, die in der City als Headhunter arbeitete, war um einiges jünger als ihr Mann – ich schätzte sie auf Ende zwanzig. Sie besaß tatsächlich blondes, fast silbriges Haar, aber entgegen meinen Erwartungen war es nicht wasserstoffblondiert, sondern echt. Sie hatte hellblaue Augen, schlanke braune Arme und schmale Handgelenke. Sie trug ein schlichtes weißen Leinenkleid, kaum Make-up und als einziges Schmuckstück ein feines silbernes Armkettchen. Emma wirkte neben ihr fast ein wenig schlampig, und ich fühlte mich völlig overdressed.

Alle drei Männer wandten ihr aufmerksam das Gesicht zu, während wir draußen auf unserer halb fertigen Terrasse standen und Champagner tranken. Sie wusste natürlich genau, wie hübsch sie war. Immer wieder senkte sie lasziv den Blick oder lächelte geheimnisvoll. Ihr Lachen klang silbrig, wie zartes Glockengeläut.

»Hübsche Krawatte«, sagte sie zu Clive und lächelte ihn dabei kokett an. Am liebsten hätte ich ihr eine Flasche Rotwein übers Kleid geschüttet.

Die beiden kannten sich offenbar schon – was bei ihren Jobs wohl nicht weiter verwunderlich war. Sie, Sebastian, Clive und Jonathan unterhielten sich über den Footsie und zukünftige Märkte, während Emma und ich blöd daneben standen.

»Ich muss immer lachen, wenn von diesem Footsie-Index die Rede ist«, warf ich ein. »Er hat wirklich einen witzigen Namen.« Ich war fest entschlossen, mich nicht ignorieren zu lassen.

Gloria wandte sich höflich zu mir um. »Arbeiten Sie auch in der City?«, fragte sie, obwohl sie genau wusste, dass dem nicht so war.

»Lieber Himmel, nein!« Ich lachte laut und nahm einen Schluck von meinem Champagner. »Ich bin ja nicht mal in der Lage, beim Bridge die Punkte zusammenzuzählen. Nein, Clive und ich haben uns damals darauf geeinigt, dass ich zu Hause bleiben und mich um die Kinder kümmern würde. Haben Sie Kinder?«

»Nein. Was haben Sie denn vorher gemacht?«

»Als Model gearbeitet.«

»Als Hand-Model«, fügte Emma hinzu. Meine Freundin Emma.

»Sie haben wirklich schöne Hände«, meinte Sebastian ziemlich steif.

Ich streckte sie ihnen hin. »Sie waren mal mein Kapital«, erklärte ich. »Damals habe ich die ganze Zeit Handschuhe getragen, sogar beim Essen und manchmal sogar im Bett. Verrückt, nicht?« Jonathan schenkte uns nach. Gloria sagte etwas zu

Clive, der sie lächelnd ansah. Oben begann Chris zu weinen. Ich kippte meinen Champagner hinunter.

»Ihr müsst mich einen Moment entschuldigen, die Pflicht ruft! Lasst euch nicht stören. Ich gebe euch Bescheid, wenn das Essen fertig ist. Bitte nehmt euch noch von den Kanapees!«

Nachdem ich Chris' Kassette umgedreht und ihm einen weiteren Gutenachtkuss auf die Wange gedrückt hatte, sagte ich ihm, er solle jetzt Ruhe geben, weil ich sonst böse werden würde. Dann ging ich in unser Schlafzimmer, zog meine Lippen nach, fuhr mir mit der Bürste durchs Haar und tupfte ein wenig Parfüm auf mein Dekolleté. Ich fühlte mich leicht beschwipst. Am liebsten hätte ich mich jetzt in ein kühles, frisch bezogenes Bett gelegt. Allein, versteht sich.

Zur Suppe trank ich sprudelndes Mineralwasser, aber zum Fisch gönnte ich mir ein Glas von dem guten Chardonnay, zum Brie einen roten Bordeaux und zum Nachtisch einen ziemlich guten Dessertwein. Zwischen all dem Alkohol wirkte der Kaffee wie ein kleiner Schock, der in meinem Kopf zumindest kurzfristig wieder für Klarheit sorgte.

»Was für ein raffiniertes Frauenzimmer«, sagte ich hinterher zu Clive, während ich mich mit einem Wattebausch abschminkte. Clive putzte sich gerade die Zähne.

Nachdem er sich gründlich den Mund ausgespült hatte, kniff er ein Auge zu und musterte mich mit dem anderen kritisch. »Du bist ja betrunken!«, stellte er fest.

Ich verspürte plötzlich unbändige Lust, ihm ins Gesicht zu schlagen und meine Nagelschere in seinen Bauch zu rammen. »Unsinn!«, erwiderte ich lachend. »Ich bin bloß ein bisschen beschwipst, Liebling. Ich finde, es ist alles recht gut gelaufen, meinst du nicht auch?«

## 7. KAPITEL

Mein großes Laster sind Versandhauskataloge. Das ist irgendwie verrückt, weil es mir im Grunde überhaupt nicht ähnlich sieht. Wenn es etwas gibt, woran ich wirklich glaube, dann daran, dass die Dinge, mit denen man sich umgibt, genau passen müssen. Der Gedanke, sich für das Zweitbeste entschieden zu haben, nur weil es ein bisschen – oder viel – billiger war, und dieses Ding dann Jahr für Jahr in einer Ecke stehen zu sehen – das ist meine Vorstellung von Folter. Bevor man sich etwas kauft, muss man die Dinge anfassen, um sie herumgehen, ein Gefühl dafür bekommen, wie sie sich an der Stelle machen würden, die man für sie vorgesehen hat.

Aus diesem Grund sollte ich mich mit Katalogen eigentlich gar nicht befassen. Die Handtücher, die auf dem Bild so flauschig aussehen, können sich in Natura wie Kratzwolle anfühlen oder eine Spur von der abgebildeten Farbe abweichen, sodass sie nicht mehr zum Holzrahmen des wundervollen Spiegels passen, den man letzten Sommer auf einem Markt entdeckt hat. Das Salatbesteck kann im Katalog schön massiv aussehen, sich dann aber als billiges Plastik entpuppen. Natürlich weiß ich, dass man theoretisch alles zurückschicken kann, aber in der Praxis schafft man das irgendwie nie. Es ist wirklich nicht zu entschuldigen, und Clive äußert sich immer ziemlich verächtlich darüber, wenn er es zufällig mal mitbekommt, aber selbst brütet er schließlich auch bis tief in die Nacht über seinen blöden Weinkatalogen.

Jedes Mal, wenn so ein Versandhauskatalog eintrifft, kann ich einfach nicht widerstehen, ich muss ihn rasch durchblättern, und immer ist irgendwas drin, das mir ins Auge sticht: Turnschuhe oder Baseballjacken für die Jungs, ein praktischer Bleistifthalter, ein hübscher Zuckerlöffel, ein witziger Wecker oder ein Papierkorb, der sich oben im Arbeitszimmer gut machen könnte. Oft landen die Sachen dann im Speicher oder in der hintersten Ecke im Schrank, aber manchmal erweisen sie sich auch als Spitzenklasse. Das ist dann fast wie ein zusätzlicher Geburtstag. In mancher Hinsicht vielleicht noch besser. Wollte man sarkastisch sein, könnte man sagen, dass gewisse Jungs – und auch gewisse Männer, deren Namen besser ungenannt bleiben –, durchaus mal einen Geburtstag vergessen, während ein Versandhaus es hingegen niemals versäumt, den bestellten Lampenschirm zu liefern, auch wenn er einem letztendlich gar nicht so gut gefällt, wie man gedacht hat.

Dreisterweise geben solche Versandhäuser die Namen ihrer Kunden an andere Firmen weiter, insbesondere dann, wenn ihre Computer dahinter gekommen sind, dass man dazu neigt, sich Dinge zu kaufen, die man eigentlich gar nicht braucht. Es hat ein bisschen was von dem Gefühl, das beliebteste Mädchen der Schule zu sein. Alle möchten mit dir befreundet sein, auch wenn du das nicht willst.

Also ehrlich, manchmal bekomme ich von den seltsamsten Leuten Prospekte zugeschickt. Erst kürzlich kam eine Broschüre von einer Firma, die Ponchos aus Lamahaar herstellt. So ein Ding kostet neunundzwanzig Pfund neunundneunzig, und für neununddreißig neunundneunzig bekäme man einen Doppelpack. Als ob irgendein halbwegs vernünftiger Mensch, der nicht zufällig in den Anden lebt, auch nur einen einzigen solchen Poncho gebrauchen könnte. Ich dachte nicht mal eine Sekunde lang darüber nach.

Das alles ist lediglich die Vorgeschichte zu dem, was am Montag passierte, als ich irgendwann am Vormittag die Treppe herunterkam und auf der Fußmatte den üblichen Schund liegen sah. Keine richtige Post natürlich, nur der übliche Packen lächerlich bunter Werbezettel, auf denen einem die Leute anboten, zu jeder Pizza eine kostenlose Cola mitzuliefern, die Fenster besonders gründlich zu putzen, das Haus zu schätzen und die Originalfenster durch Metallrahmen und Doppelfenster zu ersetzen. Zwischen all diesen Blättern steckte ein Umschlag mit der Aufschrift: »Viktorianische Möbel – viele Sonderangebote.« Das klang interessant, also öffnete ich den Umschlag.

Ich wette, Sie wissen nicht, wie Sie Ihre Briefe öffnen. Sie machen es jeden Tag, aber Sie denken nie darüber nach. Ich weiß genau, wie es geht, denn ich war gezwungen, mich damit auseinander zu setzen. Man nimmt den Brief und dreht die Vorderseite mit der Adresse von sich weg. Wenn die Lasche des Kuverts ganz zugeklebt ist, versucht man eine Ecke zu lösen und vorsichtig daran zu ziehen, um auf diese Weise so viel Platz zu schaffen, dass man seinen Zeigefinger hineinschieben und den Umschlag entlang der Kante aufreißen kann. Jedenfalls machte ich es so, und das Komische daran war, dass ich keinen Schmerz fühlte. Während ich den Umschlag öffnete, sah ich ein Stück graues Metall herausblitzen. Erst dann fiel mir auf, dass das Kuvert an einigen Stellen nass war, nass und voller roter Flecken.

Noch immer spürte ich keinen richtigen Schmerz, bloß ein dumpfes Ziehen in meiner linken Hand. Ich sah nach unten, und es dauerte ziemlich lang, bis ich begriff, was ich da sah. Alles war voller Blut, meine beige Hose, der Boden, meine Finger. Mir war noch immer nicht klar, wo das Blut herkam, ich starrte nur benommen auf den Umschlag, als hätte sich daraus warme rote Farbe auf den Boden ergossen. Mein Blick fiel auf das graue Metall. Flache Metallstücke, die auf einem Streifen Pappe aneinander gereiht waren. Anfangs begriff ich nicht, worum es sich dabei handelte, aber dann fiel mir plötzlich mein Vater ein, wie er auf dem Rand der Badewanne saß und sich rasierte. Als kleines Mädchen hatte ich ihm oft dabei zugeschaut und den weißen Schaum auf seinem Gesicht bewundert, mit dem er aussah wie der Weihnachtsmann. Altmodische Rasierklingen.

Ich starrte auf meine Finger. Blut tröpfelte auf den blanken Holzboden. Ich hob meine Hand und sah sie mir genauer an. Am Zeigefinger klaffte eine tiefe Schnittwunde. Ich spürte, wie der Finger pulsierte, sah, wie das Blut herausquoll. Erst in dem Moment begann es wehzutun, und mir wurde auf einmal schwindlig und kalt und heiß, alles auf einmal. Ich schrie nicht um Hilfe. Mir wurde auch nicht schlecht. Stattdessen gaben einfach meine Beine nach, und ich glitt zu Boden. Ich weiß nicht, wie lange ich dort lag. Wahrscheinlich waren es bloß ein paar Minuten, bis Lena herunterkam und losrannte, um Hilfe zu holen, und Lynne mit aufgerissenem Mund in der Tür erschien.

*Sie trägt eine cremefarbene Hose und ein kastanienbraunes Shirt. Ihre Hand ist verbunden, und hin und wieder hält sie sie vorsichtig mit ihrer gesunden Hand, als wäre es ein verletzter Vogel. Sie hat das Haar hinter die Ohren geschoben, was ihr Gesicht noch schmaler wirken, ihre Wangenknochen noch stärker hervortreten lässt. Sie sieht schon um Jahre älter aus. Ich drehe an ihrer Lebensuhr.*

*Sie trägt heute keine Ohrringe, kein Parfüm. Der rote Lippenstift macht ihr Gesicht blass. Sie hat den Puder zu dick aufgetragen, sodass ihre Wangen und ihre Stirn fleckig wirken. Sie geht wie eine Schlafwandlerin, ihre Füße schlurfen über den Boden. Sie lässt die Schultern hängen. Hin und wieder runzelt sie die Stirn, als würde sie versuchen, sich an etwas zu erinnern. Sie presst die Hand an ihr Herz, als wollte sie den Puls ihres Lebens unter der Handfläche spüren. Das hat die andere auch gemacht.*

*Alles an ihr war so sorgsam zusammengehalten, aber jetzt beginnt sie auseinander zu fallen. Stück für Stück bricht ihre Schale auf. Ich kann sie sehen. Die Teile von ihr, die sie niemals jemandem zeigen wollte. Angst bringt die Menschen dazu, ihr Innerstes nach außen zu kehren.*

*Manchmal verspüre ich den Wunsch zu lachen. Es ist alles so gut gelaufen. Das kann mein ganzes Leben so weitergehen. Das ist es, worauf ich gewartet habe.*

## 8. KAPITEL

Tut es weh?« Detective Chief Inspector Links beugte sich zu mir vor. Viel zu nah, gleichzeitig aber schien er weit weg zu sein.

»Ich habe Tabletten gegen die Schmerzen bekommen.«

»Gut. Wir müssen Ihnen ein paar Fragen stellen.«

»Lieber Himmel, nicht schon wieder!«

Inzwischen weiß ich, dass die Polizei durchaus für ein paar Dinge zu gebrauchen ist: Polizisten bringen es beispielsweise fertig, dass man trotz der langen Warteschlange auf der Unfallstation sofort drankommt. Sie fahren einen zum Krankenhaus und zurück und kochen Tee. Das Problem ist eher der Rest – das, was sie nicht zuwege bringen.

»Mir ist klar, dass das alles für Sie sehr schwierig ist. Trotzdem brauchen wir Ihre Hilfe.«

»Warum? Ich habe genug von Ihren Fragen. Aus meiner Sicht ist die Sache ganz einfach: Da draußen gibt es einen Mann, der immer wieder an meine Haustür kommt. Können Sie ihn nicht einfach verhaften, wenn er das nächste Mal einen Umschlag durch den Briefschlitz wirft?«

»So einfach ist das nicht.«

»Warum nicht?«

Links holte tief Luft. »Wenn sich jemand etwas wirklich in den Kopf gesetzt hat, dann –« Er brach abrupt ab.

»Dann was?«

»Wir würden gern ein paar Namen mit Ihnen durchgehen.«

»Meinetwegen. Möchten Sie Tee? Die Kanne ist voll.«

»Nein, danke.«

»Stört es Sie, wenn ich eine Tasse trinke?« Nachdem ich mir eingeschenkt hatte, schaffte ich es irgendwie, die Kanne auf dem Rand eines Tellers abzustellen, sodass sie ganz langsam kippte und dann auf den Steinboden krachte, wo sie in tausend Scherben zerbarst. Kochend heißer Tee spritzte durch die ganze Küche.

»Tut mir Leid, es muss an meiner Hand liegen. Wie ungeschickt von mir!«

»Lassen Sie mich helfen.« Links begann, Porzellanscherben aufzusammeln. Lynne machte sich ausnahmsweise auch mal nützlich, indem sie mit einem Mopp die restlichen Scherben zusammenfegte. Dann nahmen wir wieder am Küchentisch Platz. Lynne reichte Links eine Aktenmappe, die er sofort öffnete. Sie enthielt eine Liste von Namen, neben die in den meisten Fällen Fotos geheftet waren. Unter den Personen befanden sich mehrere Lehrer, ein Gärtner, ein Immobilienmakler, ein Architekt, die unterschiedlichsten Typen, in Anzügen, Jeans und T-Shirt, sauber rasiert oder mit Bartstoppeln. Die Tabletten hatten mich in einen leicht benebelten Zustand versetzt, und mir war, als würde ich mich in Zeitlupentempo bewegen; das konnte aber auch an den Schmerzen oder am Schock liegen. Irgendwie fand ich es fast lustig, diese Auflistung langweiliger Leute durchzusehen, denen ich noch nie begegnet war.

»Was sind das für Leute? Kriminelle?«

Links schien sich ziemlich unbehaglich zu fühlen. »Aus rechtlichen Gründen«, antwortete er, »darf ich Sie nicht in alle Einzelheiten einweihen, aber ich kann immerhin so viel sagen, dass wir herauszufinden versuchen, ob möglicherweise Verbindungen bestehen zwischen Ihnen und, ähm...«, er schien nach den richtigen Worten zu suchen, »...Bereichen, in denen ähnliche Probleme aufgetreten sind. Sollte Ihnen eine dieser Personen auch nur vage bekannt erscheinen, könnte uns das weiterhelfen. Vielleicht dieser Immobilienmakler, Guy Brand, um nur ein Beispiel zu nennen. Ich will ihm gar nichts unterstellen, aber ein Immobilienmakler hat nun mal Zutritt zu vielen Grundstücken und Wohnungen. Und Sie sind erst kürzlich umgezogen, nachdem Sie in vielen Teilen Londons nach einem Haus gesucht hatten.«

»Ja, ich habe Hunderte von Immobilienmaklern kennen gelernt. Leider habe ich, was Gesichter angeht, ein ganz fürchterliches Gedächtnis. Warum fragen Sie nicht ihn?«

»Das haben wir schon getan«, antwortete Links. »Ihr Name war nirgendwo aufgeführt. Allerdings schien in der Kundenkartei ein ziemliches Chaos zu herrschen.«

Ich sah mir das Foto noch einmal an. »Er kommt mir tatsächlich bekannt vor. Andererseits – Immobilienmakler sehen alle irgendwie gleich aus, finden Sie nicht?«

»Sie meinen also, dass Sie ihm möglicherweise schon mal begegnet sind?«

»So weit würde ich nicht gehen«, entgegnete ich. »Falls Sie aber herausfinden sollten, dass ich ihn tatsächlich schon mal getroffen habe, dann würde ich sagen, möglich wäre es.«

Mit dieser Antwort schien Links nicht sehr zufrieden zu sein. »Ich kann Ihnen die Fotos dalassen, wenn Sie wollen.«

»Warum hat er das wohl getan?«, fragte ich unvermittelt. »So viel Mühe, nur um etwas so Gemeines zu tun?«

Unsere Blicke trafen sich, und zum ersten Mal war er nicht in der Lage, seine Besorgnis zu verbergen. »Ich weiß es nicht.«

»Tja, das ist mir inzwischen auch schon klar geworden«, gab ich bissig zurück. Momentan krochen etwa acht von ihnen wie Ameisen im Haus herum, nahmen alles Mögliche in kleinen Schachteln und Plastiktüten mit, unterhielten sich im Flüsterton in irgendwelchen Ecken und sahen mich an, als wäre ich ein verwundetes Tier. Ich konnte nirgendwo hingehen, ohne einem von ihnen über den Weg zu laufen. Sie waren auf ihre Art sehr höflich, aber das änderte nichts an der Tatsache, dass es im ganzen Haus praktisch keinen Ort gab, wo ich allein sein konnte. Aufgebracht fügte ich hinzu: »Können Sie mir mal verraten, was Ihre Leute eigentlich tun, während ich mich hier abmühe und mir das Gehirn zermartere, um Ihnen zu helfen?«

»Ich versichere Ihnen, dass wir ebenfalls hart arbeiten«, erwiderte er. Bei näherer Betrachtung wirkte er tatsächlich ein bisschen müde.

Auf dem Weg nach oben kam mir ein Beamter entgegen, der gerade mit einem Stapel Papier nach unten ging. Ich flüchtete mich ins Bad, sperrte die Tür ab und lehnte mich einen Moment dagegen. Dann klatschte ich mir mit der unverletzten Hand Wasser ins Gesicht. Der Verband an der anderen war bereits von Blut durchtränkt. Ich setzte mich an meine Frisierkommode und versuchte unbeholfen, mit der linken Hand mein Make-up zu erneuern. Ich sah ein wenig mitgenommen aus, was in Anbetracht der Ereignisse ja nicht weiter verwunderlich war. Mein Haar hatte dringend eine Wäsche nötig. Bei dieser Hitze musste man sich fast jeden Tag den Kopf waschen. Ich übermalte die dunklen Ringe unter meinen Augen mit einem Abdeckstift und legte ein wenig Lippgloss auf. Allmählich ging mir die Sache ganz schön an die Nerven. Ich wünschte, Clive würde zurückrufen, damit ich endlich mit jemandem reden konnte, der nicht bei der Polizei war. Ich hatte ihn bereits über den Vorfall mit der Hand informiert. Er war sehr geschockt gewesen und hatte darauf bestanden, Stadler zu sprechen, hatte ihn am Telefon mit aufgebrachten Fragen bombardiert, aber er war nicht mit einem Blumenstrauß zu mir nach Hause geeilt, wie ich insgeheim gehofft hatte.

Als Nächstes wollte Detective Inspector Stadler mit mir über die Details meines täglichen Lebens sprechen. Wir mussten uns ins Wohnzimmer zurückziehen, weil Mary den Küchenboden zu wischen begann.

»Wie geht es Ihrer Hand, Mrs. Hintlesham?«, fragte er mit seiner leisen, tiefen, drängenden Stimme.

An diesem heißen Tag hatte er seine Jacke ausgezogen und die Ärmel seines Hemds bis knapp unter die Ellbogen hochgekrempelt. Auf seiner Stirn standen Schweißperlen. Wenn er mir eine Frage stellte, sah er mir immer fest in die Augen, als versuche er zu ergründen, ob ich die Wahrheit sagte oder nicht.

»Gut«, antwortete ich, was nicht ganz der Wahrheit entsprach. Die Wunde brannte. Durch Rasierklingen verursachte Schnitte tun immer höllisch weh, hatte die Ärztin gesagt, als sie die Wunde verband.

»Dieser Mensch weiß anscheinend, dass Sie mal Hand-Model waren.«

»Möglich.«

Er griff nach zwei Büchern. Erst jetzt merkte ich, dass es sich dabei um meinen Terminplaner und mein Adressbuch handelte. »Können wir ein paar Dinge zusammen durchgehen?«

Ich seufzte. »Wenn es unbedingt nötig ist. Wie ich Ihrem älteren Kollegen schon erklärt habe – ich habe sehr viel zu tun.«

Er sah mich auf eine Weise an, die mir die Röte ins Gesicht trieb. »Sie wissen, dass das alles nur zu Ihrem eigenen Besten geschieht, Mrs. Hintlesham.«

Also ließ ich mein Leben Revue passieren.

Wir fingen mit meinem Terminplaner an. Stadler schlug jede einzelne Seite auf und bombardierte mich mit Fragen über Namen, Orte, Verabredungen.

Das war ein Friseurtermin, und da war ich mit Harry beim Zahnarzt. Das war ein Mittagessen mit Laura, Laura Offen. Ich buchstabierte Namen, beschrieb Geschäfte, erläuterte Termine mit Handwerkern, Französischlehrern und Tennistrainern, Verabredungen zum Frühstück oder zum Mittagessen, knappe Memos. Wir gingen immer weiter zurück, bis wir auf Dinge stießen, an die ich mich nicht mal mehr erinnern konnte, nachdem er sie mir vorgelesen hatte: all die Verhandlungen wegen des Hauses, all die Immobilienmakler und Bauinspektoren, die Baumchirurgen und Planer. Das Schuljahr. Mein gesellschaftliches Leben. All die Details meines Tagesablaufs. Immer wieder fragte mich Stadler, wo denn Clive gewesen sei, als dieses oder jenes geschah.

Als wir schließlich beim Neujahrstag angelangt waren, klappte er den Planer zu und griff nach dem Adressbuch. Resigniert führte ich ihn durch den alten, vernachlässigten und völlig verstaubten Speicher meines gesellschaftlichen Lebens. So viele waren weggezogen oder gestorben. Paare hatten sich getrennt. Zu manchen Freunden hatte ich einfach den Kontakt abreißen lassen – oder sie zu mir. Stadlers Fragen ließen mich zum ersten Mal kritisch über das gesellschaftliche Leben nachdenken, das ich in den letzten Jahren geführt hatte. Konnte dieser Kerl tatsächlich einer von diesen Namen sein?

Als hätte das noch nicht gereicht, zog Stadler anschließend

auch noch Clives Rechnungen für das Haus heraus. Ich versuchte ihm zu erklären, dass mich diese Dinge nichts angingen, dass das ganz allein Clives Ressort war, weil ich kein Händchen für Zahlen hatte, aber er schien meine Worte gar nicht zu hören: 2300 für die Wohnzimmervorhänge, die wir noch gar nicht aufgehängt hatten, 900 für den Baumchirurgen, 3000 für den Kronleuchter, 66 für den Türklopfer, in den ich mich am Portobello Market verliebt hatte. Die Zahlen begannen zu verschwimmen, ich konnte nichts mit ihnen anfangen. Ich konnte mich überhaupt nicht daran erinnern, dass die Fliesen für den Steinboden so teuer gewesen waren. Schrecklich, wie sich das zusammenläpperte.

Als wir fertig waren, sah er mich an, und ich dachte: Dieser Mann weiß mehr über mich als jeder andere Mensch auf der Welt, mit Ausnahme von Clive.

»Ist das wirklich relevant?«, fragte ich.

»Das ist genau das Problem, Mrs. Hintlesham. Wir wissen es nicht. Im Moment brauchen wir einfach nur Informationen. So viele wir kriegen können.«

Dann ermahnte er mich, in nächster Zeit besonders vorsichtig zu sein. Das Gleiche hatte Links auch schon zu mir gesagt. »Wir wollen doch nicht, dass Ihnen noch mal so was passiert, oder?«

Er klang dabei recht optimistisch.

Draußen hatten die Blätter der Bäume einen dunklen, schmutzigen Grünton angenommen. Sie hingen schlaff von den Ästen, schienen sich in der drückenden, schwülen Luft kaum zu bewegen. Der Garten sah aus wie eine Wüste: Die Erde war von der Hitze hart und von Rissen durchzogen wie altes Porzellan. Manche der Pflanzen, die Francis erst vor kurzem eingesetzt hatte, ließen bereits die Blätter hängen. Die neue kleine Magnolie würde auf keinen Fall überleben. Alles war völlig ausgetrocknet.

Ich versuchte noch einmal, Clive anzurufen. Seine Sekretärin sagte, er sei gerade nicht da. Tut mir Leid, fügte sie hinzu, klang dabei aber überhaupt nicht so, als würde es ihr Leid tun.

Ganz anders Dr. Schilling. Sie kam nicht mit einer Liste zu überprüfender Namen in den Raum marschiert, um mich sofort mit Fragen zu bombardieren. Ihr Interesse galt zunächst meiner Verletzung, sie wickelte den Verband ab und nahm meine Finger in ihre schmale kühle Hand. Sie sagte, es täte ihr sehr Leid, als müsste sie sich persönlich dafür entschuldigen. Zu meinem Entsetzen war mir plötzlich nach Heulen zu Mute, aber ich würde mir bestimmt nicht die Blöße geben, in ihrer Gegenwart in Tränen auszubrechen. Diesen Gefallen würde ich ihr nicht tun.

»Ich möchte Ihnen ein paar Fragen stellen, Jenny.«

»Worüber?«

»Könnten wir über Sie und Clive sprechen?«

»Ich dachte, das hätten wir schon getan.«

»Ich brauche noch ein paar Einzelheiten. Schaffen Sie das?«

»Ja, ich glaube schon, aber...« Ich rutschte unbehaglich auf meinem Stuhl hin und her. »...irgendwie habe ich dabei so ein komisches Gefühl. Ich möchte lediglich sicher sein, dass es Ihnen bei Ihren Fragen wirklich nur darum geht, diesen Kerl zu schnappen. Sie sind wahrscheinlich der Meinung, dass ich total verrückt bin und ein schreckliches Leben führe, aber ich bin glücklich damit. Ist das klar? Ich brauche Ihre Hilfe nicht. Und falls ich sie *doch* brauche, dann *will* ich sie nicht.«

Dr. Schilling lächelte verlegen. »Ich bin überhaupt nicht dieser Meinung.«

»Dann ist es ja gut«, sagte ich. »Ich wollte bloß, dass wir uns verstehen.«

»Ja«, antwortete Dr. Schilling. Sie warf einen Blick auf das Notizbuch, das aufgeschlagen auf ihrem Schoß lag.

»Sie wollten etwas über Clive und mich wissen.«

»Macht es Ihnen etwas aus, dass er so selten zu Hause ist?«

»Nein.« Sie wartete, aber ich fügte meiner Antwort nichts hinzu. Mittlerweile kannte ich ihre Tricks.

»Glauben Sie, dass er Ihnen treu ist?«

»Das haben Sie mich schon mal gefragt.«

»Aber Sie haben mir keine Antwort gegeben.«

Ich seufzte beleidigt. »Da Detective Stadler inzwischen sogar weiß, wann meine nächste Periode fällig ist, macht es wohl keinen Unterschied mehr, wenn ich mit Ihnen auch noch über mein Sexualleben spreche. Wenn Sie es unbedingt wissen wollen – kurz nachdem Harry auf die Welt kam, hatte er eine … eine Bettgeschichte.«

»Eine Bettgeschichte?« Sie sah mich mit hochgezogenen Augenbrauen an.

»Ja.«

»Wie lang ging das?«

»Ganz genau weiß ich es nicht. Vielleicht ein Jahr. Achtzehn Monate.«

»Dann war das aber nicht nur eine Bettgeschichte, oder? Eher schon was Ernsteres.«

»Er hatte nie vor, mich zu verlassen. Die andere hatte er zusätzlich. Männer verhalten sich immer so klischeehaft, finden Sie nicht? Ich war damals ständig müde und hatte ein bisschen zugenommen.« Ich berührte die Haut unter meinen Augen. »Ich wurde eben langsam älter.«

»Jenny«, sagte sie sanft, »Sie waren doch erst Ende zwanzig, als Harry geboren wurde.«

»Und wenn schon.«

»Was haben Sie dabei empfunden?«

»Darüber möchte ich nicht sprechen. Tut mir Leid.«

»Schon gut. Hat es noch andere gegeben?«

Ich zuckte mit den Achseln. »Vielleicht.«

»Sie wissen es nicht?«

»Ich will es nicht wissen. Wenn er irgendeine dumme Affäre hat, ist es mir lieber, er behält es für sich.«

»Sie glauben, dass er Affären hat?«

»Wie ich gerade gesagt habe: Vielleicht, vielleicht auch nicht.« Gegen meinen Willen musste ich daran denken, wie Clive Gloria angesehen hatte. Ich schob den Gedanken schnell wieder beiseite.

»Aber Sie selbst haben keine?«

»Wie ich Ihnen letztes Mal schon gesagt habe: Nein.«

»Nie?«

»Nein.«

»Und Sie waren auch nie nahe dran?«

»Lieber Himmel, nun hören Sie endlich auf!«

»Führen Sie und Ihr Mann ein befriedigendes Sexualleben?«

Ich schüttelte abwehrend den Kopf. »Tut mir Leid«, sagte ich. »Ich kann nicht.«

»Schon gut.« Wieder klang ihre Stimme unerwartet sanft. »Glauben Sie, dass Ihr Mann Sie liebt?«

Ich blinzelte. »Mich liebt?«

»Ja.«

»Ein großes Wort.« Sie reagierte nicht. Ich holte tief Luft. »Nein.«

»Glauben Sie, dass er Sie mag, Sie gern hat?«

Ich stand auf. »Das reicht«, sagte ich. »Für Sie ist das leicht. Sie machen sich ein paar kurze Notizen über dieses Gespräch, und das war's dann, aber ich muss damit leben, und das möchte ich nicht. Warum wollen Sie all diese Dinge von mir wissen? Ich habe die Rasierklingen schließlich nicht von Clive geschickt bekommen!« Neben der Tür blieb ich stehen. »Ist Ihnen schon mal in den Sinn gekommen, dass das, was Sie da tun, ziemlich grausam ist? So, wenn Sie mich jetzt entschuldigen würden, ich habe zu tun …«

Dr. Schilling ging, und ich blieb allein im Wohnzimmer zurück. Ich fühlte mich, als hätte mich jemand auf den Kopf gestellt und mein ganzes Inneres auf den Boden geleert.

## 9. KAPITEL

Draußen konnte ich den Wind in den Bäumen hören. Am liebsten hätte ich die Fenster geöffnet und die Nachtluft in alle Räume gelassen, aber das ging nicht. Ich durfte nicht. Alles musste aus Sicherheitsgründen geschlossen und verriegelt bleiben. Die Luft im Haus war abgestanden, verbraucht. Ich war in diesem Haus eingesperrt, die Welt war ausgeschlossen, und ich spürte, wie alles rund um mich herum langsam wieder in Chaos und Hässlichkeit versank: Tapeten hingen von den Wänden, Stuckarbeiten brachen ab, Bodendielen waren herausgerissen, sodass man die dunklen, schmutzigen Löcher darunter sehen konnte. Der Staub und die Flusen und Fitzelchen vieler Jahre kamen langsam wieder an die Oberfläche. All die unvollendete Arbeit, all meine Träume von perfekten Räumen: kühles Weiß, Zitronengelb, Schiefergrau, Erbsengrün, Pointilismus in der Diele, ein Feuer im Kamin, tanzende Schatten auf dem weichen, cremefarbenen Teppich, das große Piano mit einem Strauß Gladiolen darauf, die runden Tischchen für Drinks in geschliffenen Gläsern, meine Drucke, von oben angestrahlt, und durch die Fenster weite Ausblicke auf grüne Rasenflächen und blühende Sträucher.

Mein Körper war schweißnass. Ich wendete mein Kissen, um eine kühlere Stelle für meinen Kopf zu finden. Draußen rauschte der Wind in den Blättern. Um mich herum war es nicht völlig dunkel, die Straßenlampen warfen ein schmutzig oranges Licht in den Raum. Ich konnte schemenhaft meine Umgebung erkennen: die Frisierkommode, den Sessel, den großen Schrank, die etwas helleren Rechtecke der beiden Fenster. Und ich konnte sehen, dass Clive noch immer nicht da war. Ich setzte mich im Bett auf und spähte zu den Leuchtziffern des Weckers hinüber. Ich beobachtete, wie eine Sieben zu einer Acht anwuchs und dann zu einer Neun schrumpfte.

Halb drei, und er war noch immer nicht zu Hause. Lena würde erst morgen früh zurückkommen, sie übernachtete bei ihrem Freund, sodass es im Haus nur mich und Chris gab und all diese leeren, verfallenden Räume, und draußen einen Polizeiwagen. Mein Finger pochte, mein Hals schmerzte, meine Augen brannten. An Schlaf war nicht mehr zu denken.

Als ich aufstand, fiel mein Blick auf mein schemenhaftes Spiegelbild. In dem weiten Baumwollnachthemd sah ich aus wie ein Geist. Barfuß ging ich in Chris' Zimmer hinüber. Seine Schlafhaltung erinnerte an einen Balletttänzer: den einen Fuß unters andere Knie geschoben, die Arme hochgeworfen. Seine Bettdecke lag neben ihm auf dem Boden. Das Haar klebte nass an seiner Stirn, der Mund war leicht geöffnet. Vielleicht sollte ich ihn zu Mummy und Daddy bringen, hinunter nach Hassocks. Vielleicht sollte ich selbst auch abhauen, diesen ganzen Schrecken hier hinter mir lassen, mich ins Auto setzen und das Weite suchen. Warum eigentlich nicht? Was um alles in der Welt sollte mich davon abhalten, und warum hatte ich nicht schon viel eher an diese Möglichkeit gedacht?

Ich ging hinaus auf den Treppenabsatz und spähte hinunter. In der Diele brannte Licht, aber in den Zimmern war es dunkel. Ich schluckte, und plötzlich bekam ich kaum mehr Luft. So was Blödes. Das war wirklich dumm von mir, dumm, dumm, dumm. Draußen hielten zwei Polizisten Wache, und sämtliche Türen und Fenster waren zum Teil doppelt oder dreifach verriegelt, die unteren Fenster sogar mit hässlichen Eisengittern gesichert. Außerdem besaßen wir eine Alarmanlage und einen Bewegungsmelder, der den ganzen Garten erhellte, wenn sich ihm jemand näherte.

Ich trat in den Raum, der einmal unser Gästezimmer sein würde, und schaltete das Licht an. Es war erst eine halbe Wand tapeziert. Die Tapetenrollen stapelten sich in der Ecke, gleich neben der Trittleiter und dem Tapeziertisch. Das Messingbett musste erst noch zusammengebaut werden, die Einzelteile lagen auf dem Boden. Der Raum roch muffig. Ich spürte Wut in mir aufsteigen. Wenn ich jetzt den Mund aufmachte, würde sie als langer, nicht enden wollender Schrei, der in die Stille der Nacht hinausdringen und alle in der Stadt aufwecken würde, aus mir herausbrechen. Ich presste fest die Lippen zusammen. Ich musste endlich wieder Ordnung in mein Leben bringen. Auf Hilfe brauchte ich dabei nicht zu hoffen, so viel war klar. Clive war nie da. Leo, Francis, Jeremy und all die anderen waren verschwunden, als hätte es sie nie gegeben. Mary schlich um mich herum, als hätte ich eine ansteckende Krankheit, mittlerweile konnte ich schon froh sein, wenn sie sich herabließ, die Mülleimer zu leeren. Morgen würde ich ihr sagen, dass ich sie nicht mehr brauchte. Die Polizisten waren alle dumm und inkompetent.

Wären sie meine Handwerker gewesen, hätte ich sie längst gefeuert. In Zukunft würde ich mich einfach auf mich selbst verlassen müssen. Ich war jetzt auf mich allein gestellt. Ich spürte, wie unter meinem rechten Auge ein Nerv zu zucken begann. Als ich einen Finger auf die Stelle legte, fühlte ich ihn unter der Haut hüpfen wie ein kleines Insekt.

Ich griff nach der Dose mit dem Tapetenleim und las die Gebrauchsanweisung. Klang recht einfach. Warum machten die Leute immer so viel Aufhebens darum? Ich würde mit diesem Raum beginnen und dann nacheinander sämtliche Bereiche meines Lebens in Angriff nehmen und alles, was in Auflösung begriffen war, wieder zusammenfügen – so, wie es gewesen war.

Etwa eine halbe Stunde später kam Clive nach Hause. Als er die Tür aufschloss, erstarrte ich einen Augenblick, bis ich hörte, wie er die Schuhe auszog und in die Küche ging, wo er den Wasserhahn aufdrehte. Ich machte mit dem, was ich gerade tat, einfach weiter. Für Unterbrechungen hatte ich keine Zeit, ich musste unbedingt bis zum Morgen fertig sein.

»Jenny!«, rief er, als er mich im Schlafzimmer nicht fand. »Jens, wo bist du?«

Ohne ihm eine Antwort zu geben, klatschte ich weiter den Leim auf die Tapete. »Jens!«, rief er, diesmal aus dem Bad – dem, dessen Wände eines Tages italienische Fliesen zieren würden. Der Saum meines Nachthemdes war schon voller Leim, ebenso der Verband meiner Hand, aber das machte nichts. Meine Verletzung schmerzte schlimmer denn je. Das Schwierigste an der Sache war, die Tapete gerade und ohne Blasen an die Wand zu bekommen. Manchmal benutzte ich zu viel Leim, sodass die betreffende Bahn dunkle, feuchte Flecken aufwies, aber das würde bestimmt trocknen.

»Was um alles in der Welt machst du da?« Clive stand in der Tür und starrte mich an. Er trug ein weißes Hemd, rote Boxershorts und die Socken, die er letztes Jahr vom blöden Weihnachtsmann bekommen hatte.

»Wonach sieht es denn aus?«

»Jens, es ist mitten in der Nacht!«

»Und?« Er sagte nichts mehr, sah sich lediglich im Raum um, als wüsste er nicht recht, wo er war. »Was spielt es für eine Rolle, ob jetzt mitten in der Nacht ist? Was spielt es für eine Rolle, wie spät es ist? Wenn es kein anderer macht, muss ich es eben selbst tun. Und es wird bestimmt kein anderer für mich machen, da kannst du Gift drauf nehmen. Eins habe ich inzwischen wirklich gelernt: Wenn man will, dass etwas getan wird, dann muss man es selbst tun. Pass um Himmels willen auf, wo du hintrittst! Wenn du mir jetzt alles ruinierst, muss ich noch mal von vorn anfangen, und dazu fehlt mir die Zeit. Wie war dein Tag? Gut, nehme ich an, sonst wärst du bestimmt nicht bis drei Uhr morgens im Büro geblieben, stimmt's, Liebling?«

»Jens.«

Ich stieg mit der klebrigen, verdrehten Tapetenbahn die Leiter hinauf. »Ich bin selbst schuld«, sagte ich. »Ich habe zugelassen, dass alles auseinander bricht. Erst ist es mir gar nicht aufgefallen, aber inzwischen sehe ich völlig klar. Ein paar blöde Briefe, und schon lassen wir das Haus verkommen und verdrecken. Völlig bescheuert.«

»Jens, hör endlich auf damit! Es ist sowieso alles schief. Außerdem hast du Leim im Haar. Komm von der Leiter runter!«

»Die Stimme des Herrn!«, fauchte ich.

»Du bist ja völlig durcheinander!«

»Ach, was du nicht sagst! Wundert dich das vielleicht? Nimm deine Hand von meinem Knöchel!«

Er wich einen Schritt zurück. Plötzlich spürte ich einen stechenden Schmerz hinter meinen Augen.

»Jenny, ich rufe jetzt Dr. Thomas an.«

Ich sah zu ihm hinunter. »Alle reden in diesem Ton mit mir, als wäre mit mir was nicht in Ordnung. Aber mir fehlt nichts. Sie brauchen bloß diesen Kerl zu fangen, und alles ist wieder, wie es war. Und du –«, ich deutete mit meinem leimtriefenden Pinsel auf ihn, sodass ein Tropfen auf seiner gerunzelten, zu mir emporgewandten Stirn landete, »– du bist mein Ehemann, falls du das vergessen haben solltest. In guten und in schlechten Tagen – und jetzt haben wir gerade die schlechten.«

Ich versuchte die Tapete an der Wand glatt zu streichen, indem ich mich auf der Leiter hinunterbeugte, bis mir der Rücken wehtat, aber die vielen Falten blieben. Das feuchte Nachthemd klatschte gegen meine Schienbeine, und Schmutzkörnchen stachen mir in die Fußsohlen.

»Es ist sinnlos«, sagte ich, während ich mich im Raum umblickte. »Es ist völlig sinnlos.«

»Komm ins Bett.«

»Ich bin überhaupt nicht müde.« Ich war tatsächlich nicht müde, ganz im Gegenteil, ich sprühte vor Energie und Wut. »Aber wenn du etwas für mich tun möchtest, kannst du Dr. Schilling anrufen und ihr sagen, dass langweilig wohl das beste Wort dafür ist. Sie weiß dann schon Bescheid. Übrigens siehst du mit deinen Socken richtig lächerlich aus«, fügte ich boshaft hinzu.

»Wie du meinst.« In seiner Stimme schwangen Gleichgültigkeit und Verachtung mit. »Mach doch, was du willst! Ich gehe jetzt jedenfalls ins Bett. Die letzte Bahn hast du übrigens falsch herum hingeklebt.«

Um sechs brach Clive zur Arbeit auf. Er rief einen Abschiedsgruß zu mir herein, aber ich machte mir nicht die Mühe zu antworten. Chris stand an diesem Tag allein auf. Ich forderte ihn auf, sein Frühstück selbst zu machen. Ein paar Minuten lang stand er in der Tür und sah mir zu. Dabei machte er ein Gesicht, als würde er jeden Moment in Tränen ausbrechen. Allein schon sein Anblick – er trug seinen blauen, mit Teddybären bedruckten Schlafanzug, hatte den Daumen im Mund und starrte mich aus traurigen Augen an – ließ mich vor Wut und Ungeduld fast platzen. Er versuchte, mich zu umarmen, aber ich schüttelte ihn ab und erklärte, dass ich ganz klebrig sei. Als Lena eintraf, rannte er zu ihr, als wäre ich seine böse Stiefmutter. Meine neueste Busenfreundin, eine kleine Beamtin mit dem Gesicht eines Fuchses und dem Nachnamen Page, marschierte im Haus herum und überprüfte, ob alle Fenster verriegelt waren. Als sie ins Gästezimmer trat und mich in zurückhaltendem Tonfall begrüßte, tat sie so, als fände sie es ganz normal, dass ich im Nachthemd tapezierte. Ich ignorierte sie einfach. Dumme Kuh. Mein Vertrauen in die Polizei war mir völlig abhanden gekommen.

Als ich mit dem Tapezieren fertig war, nahm ich ein Bad. Ich wusch mir dreimal die Haare, enthaarte meine Beine, rasierte meine Achseln, zupfte die Härchen zwischen meinen Augenbrauen aus. Ich lackierte mir die Zehennägel und legte noch mehr Make-up auf als sonst, eine dicke Schicht Grundierung, weil meine Haut seltsam fleckig aussah, und anschließend ein bisschen Rouge und Eyeliner. Mein Gesicht wirkte wie eine Maske. Allerdings hatte ich Schwierigkeiten, meine Hand ruhig zu halten. Immer wieder malte ich mit dem Lippenstift über den Mund hinaus, was mich aussehen ließ wie eine betrunkene alte Frau. Schließlich schaffte ich es doch. Der dezente Pflaumenton fiel kaum auf. Nun kam mir das Gesicht im Spiegel wieder bekannt vor: Jennifer Hintlesham, wie aus dem Ei gepellt.

Ich entschied mich für einen schwarzen Rock, schwarze Pantoletten und eine hübsche weiße Bluse. Ich wollte geschäftsmäßig aussehen, schick und cool, aber der Rock war mir an der Taille viel zu weit. Demnach hatte ich ganz schön abgenommen. Na ja, etwas Gutes musste die Sache ja haben.

Ich schickte Lena mit Chris ins Londoner Aquarium und sagte ihr, sie solle dort mit ihm zu Mittag essen. Chris wollte lieber bei mir bleiben, aber ich warf ihm einen Handkuss zu und ermahnte ihn, nicht albern zu sein, er werde bestimmt einen schönen Tag haben. Dann zahlte ich Mary den Lohn für eine Woche aus und erklärte ihr, dass ich sie nicht mehr brauchte. Ich fuhr mit dem Finger über die Mikrowelle und zeigte ihr den Staub. Sie stemmte die Hände in die Hüften und gab mir zur Antwort, sie wäre sowieso nicht mehr gekommen, es sei der absolute Horror, in diesem Haus zu arbeiten.

Anschließend machte ich mir eine Liste, nein, zwei Listen. Auf die erste schrieb ich, was im Haus alles zu tun war. Dafür brauchte ich nicht lang. Die zweite war für Links und Stadler und wesentlich komplizierter, sodass ich vier Tassen Kaffee trank, bis ich endlich fertig war. Sie hatten gesagt, alles, was mir dazu einfalle, könne wichtig sein.

Dr. Schilling und Stadler trafen gemeinsam ein, beide mit ernster, geheimnisvoller Miene. Ich forderte sie auf, mir in Clives Arbeitszimmer zu folgen.

»Sie brauchen gar nicht so besorgt dreinzublicken«, sagte ich. »Ich habe nämlich beschlossen, Ihnen alles zu sagen. Möchten Sie eine Tasse Kaffee? Nein? Stört es Sie, wenn ich mir noch eine einschenke? Oops!«

Ich hatte die Hälfte auf den Schreibtisch gegossen und wischte die Pfütze mit irgendeinem Dokument auf, das neben dem Computer lag und mit den Worten »Ohne Verbindlichkeit« überschrieben war.

»Jenny ...«

»Augenblick. Ich habe für Sie eine Liste zusammengestellt. Lauter Dinge, von denen ich dachte, dass Sie sie wissen sollten. Und ich habe versucht, diese Haratounian anzurufen.«

Dr. Schilling warf Stadler einen durchdringenden Blick zu, als wollte sie ihn auf diese Weise auffordern, mir etwas zu sagen. Stadler runzelte die Stirn.

»Ehrlich gesagt bin ich in meinem Leben vielen seltsamen Männern begegnet«, begann ich, an Stadler gewandt. »Im Grunde finde ich euch Männer alle seltsam. Da fällt keiner besonders aus dem Rahmen, weil alle aus dem Rahmen fallen.« Ich lachte und nahm einen weiteren Schluck von meinem Kaffee. »Mein erster Freund, eigentlich mein einziger Freund, wenn man Clive nicht mitzählt, hieß Jon Jones. Er war Fotograf, ist es immer noch, vielleicht kennen Sie ihn, er fotografiert halb nackte Models. Als ich ihn kennen lernte, war ich auch Model, natürlich nur Hand-Model, sodass ich mein Oberteil nicht ausziehen musste, zumindest nicht in der Öffentlichkeit, aber privat hat er eine Menge Fotos von mir gemacht. Als wir uns trennten – eigentlich war es gar keine richtige Trennung, es war eher so, dass er langsam das Interesse an mir verlor, sodass ich irgendwann nicht mehr sicher war, ob wir überhaupt noch zusammen waren –, na ja, wie auch immer, jedenfalls lernte ich bald darauf Clive kennen, und ich bat Jon, mir die Fotos zu geben, aber er lachte bloß und sagte, das könne ich vergessen, er habe das Copyright. Wahrscheinlich liegen sie noch immer irgendwo bei ihm rum.«

»Jenny«, unterbrach mich Dr. Schilling, »möchten Sie vielleicht etwas essen?«

»Keinen Hunger«, antwortete ich und nahm einen weiteren großen Schluck von meinem Kaffee. »Bevor das hier losging, hatte ich sowieso ein bisschen zugelegt, vor allem an den Hüften. Na ja, jedenfalls glaube ich nicht, dass ich eine besonders sinnliche Frau bin.« Ich beugte mich vor und murmelte leise: »Für mich fängt die Erde nicht zu beben an!«

Dr. Schilling nahm mir die Kaffeetasse aus der Hand. Ich bemerkte, dass sie auf Clives Schreibtisch einen Ring hinterlassen hatte. Egal. Ich würde ihn später mit dieser Wunderpolitur behandeln. Die Fenster würde ich auch alle putzen, damit es wenigstens wieder so aussah, als würde mich nichts von der Welt draußen trennen.

»Eigentlich wollte ich ja was ganz anderes sagen. Das kommt davon, weil Sie mich immer über mein Sexleben ausfragen, Dr. Schilling! Ich habe alle Männer aufgelistet, von denen ich finde, dass sie sich mir gegenüber seltsam benehmen.« Ich fuchtelte mit der Liste vor den beiden herum. »Ich muss zugeben, dass sie ziemlich lang geworden ist, aber um es Ihnen ein bisschen leichter zu machen, habe ich die besonders seltsamen Typen mit Sternchen versehen.« Blinzelnd starrte ich auf das Blatt hinunter. Meine Schrift kam mir an diesem Morgen ziemlich krakelig vor, aber vielleicht lag es auch nur daran, dass ich vor Müdigkeit schon nicht mehr gerade schauen konnte. Obwohl ich mich überhaupt nicht müde fühlte.

Stadler nahm mir die Liste aus der Hand.

»Kann ich eine Zigarette haben?«, fragte ich ihn. »Ich weiß, dass Sie rauchen, auch wenn Sie es in meiner Gegenwart nie tun. Ich habe Sie durchs Fenster beobachtet. Wissen Sie, dass ich Sie oft beobachte, Detective Inspector Stadler? Ich beobachte Sie, und Sie beobachten mich.«

Er zog ein Päckchen aus der Tasche, nahm zwei Zigaretten heraus, zündete beide an und reichte mir eine. Es war eine seltsam intime Geste, die mich kichernd zurückweichen ließ.

»Clives Freunde sind alle eigenartig«, sagte ich. Dann musste ich erst mal eine Weile husten. Jedes Mal, wenn ich an der Zigarette zog, verschwamm der Boden, und meine Augen tränten. »Sie wirken so respektabel, aber ich wette, sie haben alle heimliche Affären oder hätten zumindest gern welche. Männer sind wie Tiere in einem Zoo. Man muss sie in Käfige sperren, damit sie nicht überall herumlaufen. Wir Frauen sind die Zoowärter. Das ist doch der Sinn der Ehe, oder nicht? Wir versuchen, die Männer zu zähmen. Vielleicht ist es auch eher wie im Zirkus, nicht wie im Zoo. Ist ja auch egal.

Ich habe versucht, alle aufzuschreiben, die jemals dieses Haus betreten haben, sogar die, die nicht in meinem Adressbuch oder Terminplaner stehen. Als Erstes mal die vielen Männer, die im Garten und im Haus gearbeitet haben. Sie wissen ja, wie die sich benehmen. Wobei die anderen, ehrlich gesagt, auch nicht besser sind. Die Männer sind doch alle gleich. Ohne Ausnahme. Wenn ich beispielsweise an die Väter in Chris' Kindergarten denke oder an die Typen, die mir in Joshs Computerklub untergekommen sind … Da sind auch ein paar ziemlich schräge Vögel dabei. Und …« Ich hatte noch etwas anderes sagen wollen.

Dr. Schilling legte mir eine Hand auf die Schulter. »Kommen Sie, Jenny, ich mache Ihnen ein Frühstück.«

»Ist immer noch Frühstückszeit? Lieber Himmel! Na ja, wenigstens habe ich dann noch jede Menge Zeit, die Zimmer der Jungs sauber zu machen. Aber wir sind die Liste noch gar nicht richtig durchgegangen!«

»Los, ab in die Küche mit Ihnen!«

»Ich habe Mary entlassen, müssen Sie wissen.«

»Wirklich?«

»Jetzt bin nur noch ich übrig. Na ja, ich und Chris und Clive. Aber die zählen nicht.«

»Wie meinen Sie das?«

»Sie werden mir kaum beistehen, oder? Männer helfen einem grundsätzlich nicht. Das ist zumindest die Erfahrung, die ich gemacht habe.«

»Toast?«

»Was da ist. Egal. Mein Gott, in dieser Küche sieht es vielleicht aus! Überall herrscht Chaos, wo man auch hinsieht. Wie um alles in der Welt soll ich das bloß schaffen, jetzt, wo ich niemanden mehr habe, der mir hilft?«

## 10. KAPITEL

An das, was danach kam, erinnere ich mich nur noch verschwommen. Ich verkündete, dass ich einkaufen gehen wolle, und fing wohl auch an, nach meiner Jacke zu suchen, konnte sie aber nicht finden. Alle um mich herum versuchten mich davon abzuhalten. Ihre Stimmen schienen aus allen Richtungen zu kommen und zugleich von innen an mir zu kratzen, als würden im Inneren meines Schädels Wespen herumkrabbeln und darauf warten, mich zu stechen. Ich forderte sie schreiend auf zu verschwinden und mich in Ruhe zu lassen. Die Stimmen verstummten, aber dann bemerkte ich, wie jemand mich am Arm nahm. Plötzlich war ich in meinem Schlafzimmer und Dr. Schilling so nahe an meinem Gesicht, dass ich ihren Atem spüren konnte. Sie sagte etwas, das ich nicht verstand. Ich fühlte ein kurzes Pieksen am Arm, und dann versank alles ganz langsam in Dunkelheit und Stille.

Es war, als läge ich auf dem Grund einer tiefen, dunklen Grube. Hin und wieder tauchte ich auf und sah Gesichter, die Dinge zu mir sagten, die ich nicht verstand, aber dann sank ich zurück in die wohltuende Dunkelheit. Als ich aufwachte, war es damit wieder vorbei. Alles erschien mir grau, kalt und schrecklich. Eine Polizistin saß neben meinem Bett. Als sie feststellte, dass ich wach war, stand sie auf und verließ den Raum. Ich hätte so gern weitergeschlafen, nur um nichts mitzubekommen, aber es ging nicht. Ich dachte daran, wie ich mich aufgeführt hatte, schob den Gedanken jedoch gleich wieder weg. Ich wusste selbst nicht, was mit mir los war, aber es hatte auch keinen Sinn darüber nachzudenken.

Nach einer Weile traten Dr. Schilling und Stadler in den Raum. Sie wirkten ein bisschen nervös, als hätte man sie ins Büro der Schuldirektorin zitiert. Ich fand das irgendwie witzig, bis mir einfiel, dass sie wahrscheinlich bloß befürchteten, ich könnte mich weiterhin so verrückt benehmen. Anscheinend ging es mir wirklich schon besser, denn plötzlich ärgerte es mich, dass diese Leute einfach in mein Schlafzimmer kamen. Ich blickte an mir hinunter und stellte fest, dass ich ein kurzes grünes Nachthemd trug. Wer hatte mir meine anderen Sachen ausgezogen und mir das übergestreift? Und wer hatte dabei zugesehen? Noch so etwas, worüber ich nicht nachdenken wollte.

Stadler blieb neben der Tür stehen, aber Dr. Schilling trat an mein Bett und hielt mir eine von den großen französischen Keramiktassen hin, die eigentlich für die Kinder bestimmt waren. Natürlich konnte sie das nicht wissen. Die Hintlesham-Küche war ein kompliziertes Gefüge, und nur ich kannte mich darin aus. Weiß der Himmel, was sie dort noch alles anstellten.

»Ich habe Ihnen Kaffee gemacht«, sagte sie. »Schwarz, so wie Sie ihn mögen.« Ich setzte mich auf, um meine Hände um die warme Tasse zu legen. Der Verband war dabei ein bisschen störend, schützte mich aber vor der Hitze. »Soll ich Ihnen Ihren Morgenmantel bringen?«

»Ja, bitte. Den aus Seide.«

Ich stellte den Kaffee auf dem Nachttisch ab und kämpfte mich umständlich in den Morgenmantel. Ich musste daran denken, wie ich mich mit dreizehn am Strand in meinen Badeanzug gequält hatte, den Körper straff mit einem Badetuch umwickelt. Ich benahm mich noch immer so albern wie damals. Kein Mensch interessierte sich für meine nackten Beine. Dr. Schilling zog sich einen Stuhl heran, und Stadler trat ans Fußende des Betts. Ich war fest entschlossen, kein Wort zu sagen. Es gab nichts, wofür ich mich entschuldigen musste. Ich wollte nur, dass sie wieder gingen, aber da ich langes Schweigen noch nie ertragen konnte, redete ich schließlich doch.

»Das ist ja wie zur Besuchszeit im Krankenhaus.« In meiner Stimme lag mehr als nur eine Spur Sarkasmus. Keiner von beiden erwiderte etwas, sie starrten mich bloß voller Verständnis und Mitgefühl an. Widerlich. Wenn ich etwas nicht ertragen kann, dann ist es die Vorstellung, bemitleidet zu werden.

»Wo ist Clive?«

»Er hat in der Nacht nach Ihnen gesehen. Wir haben heute schon Dienstag. Er musste zur Arbeit, aber ich werde ihn gleich anrufen und ihm sagen, dass Sie auf dem Weg der Besserung sind.«

»Bestimmt gehe ich Ihnen schon total auf die Nerven«, sagte ich zu Dr. Schilling.

»Das ist komisch«, antwortete sie, »weil ich nämlich gerade dasselbe gedacht habe. Ich meine, andersherum natürlich. Bestimmt gehe ich *Ihnen* schon total auf die Nerven. Wir haben vorhin über Sie gesprochen.«

»Das kann ich mir vorstellen.«

»Nicht auf eine negative Weise. Einer der Punkte, über die wir diskutiert... oder vielmehr gesprochen haben...« Sie sah dabei zu Stadler hinüber, aber der fingerte an seinem Krawattenknoten herum und schien ihr gar nicht zuzuhören. »Ich bin der Meinung... wir sind beide der Meinung, dass wir Ihnen gegenüber nicht offen genug waren, und ich möchte etwas tun, um das wieder gutzumachen. Jenny...« Sie hielt einen Moment inne. »Zum einen, Jenny, möchte ich mich bei Ihnen entschuldigen, falls ich wirklich zu penetrant war. Sie wissen wahrscheinlich, dass ich tagsüber als Psychiaterin Patienten behandle. Hier aber besteht meine Aufgabe darin, alles in meiner Macht Stehende zu tun, um der Polizei zu helfen, diesen gefährlichen Menschen zu fassen.« Ihre Stimme klang jetzt sehr sanft, als spräche sie zu einem Kind, das mit Fieber im Bett lag. »Sie sind zur Zielscheibe eines Mannes geworden, der von Ihnen besessen ist. Eine Möglichkeit, diesen Menschen hinter Schloss und Riegel zu bringen, besteht darin herauszufinden, wieso er ausgerechnet auf Sie aufmerksam geworden ist, und das bringt manchmal mit sich, dass ich ebenfalls ziemlich aufdringlich werden muss. Eigentlich wollte ich Ihnen nur sagen, dass Sie schon einen sehr guten Arzt haben und ich ihn nicht ersetzen möchte. Ebenso wenig möchte ich Ihnen vorschreiben, wie Sie Ihr Leben führen sollen.«

Ich sah sie mit fragendem Blick und gerunzelter Stirn an. Plötzlich stellte ich mir die beiden vor, wie sie über mich diskutierten und den Entschluss fassten, zu mir hineinzugehen und mich besonders vorsichtig und ›einfühlsam‹ zu behandeln. Diese komische Jenny Hintlesham, mir der man so behutsam umgehen muss.

»Ich vermute, Sie haben mittlerweile festgestellt, dass ich total plemplem bin«, sagte ich. Das war als niederschmetternde Abfuhr gedacht, aber es kam ganz anders an.

Dr. Schilling lächelte nicht. »Sie meinen, wegen gestern?« Ich gab keine Antwort. Ich hatte nicht vor, über irgendetwas, das gestern passiert war, mit ihr zu reden. »Sie stehen unter sehr großem Druck. Wir alle hier. Wir versuchen, Ihnen zu helfen, aber der größte Druck lastet auf Ihnen. Für Sie ist es am schlimmsten. Sie sollen wissen, dass uns das durchaus bewusst ist.«

Ich hob meine verbundene Hand und betrachtete sie. Vielleicht bildete ich mir das nur ein, aber sie schien mehr wehzutun, wenn ich sie ansah. »Spüren Sie meine Schmerzen auch?«, fragte ich in ziemlich bitterem Ton. »Ich will nicht, dass Sie Mitleid mit mir haben«, fügte ich hinzu. »Ich möchte, dass Sie dem allen ein Ende machen.«

Ich rechnete mit einer wütenden oder genervten Reaktion, aber Dr. Schilling blieb völlig ruhig. »Ich weiß«, sagte sie nur. »Darüber wird Detective Inspector Stadler jetzt mit Ihnen sprechen.«

Sie schob ihren Stuhl ein Stück zur Seite, saß aber noch immer ganz in meiner Nähe. Stadler trat vor. Seine Miene erinnerte mich an einen freundlichen Schutzmann, der in eine Grundschule gekommen ist, um den kleinen Knirpsen ein paar Hinweise für sicheres Verhalten im Straßenverkehr zu geben. Das passte gar nicht zu seinem Libertingesicht. Er zog sich einen Stuhl heran. »In Ordnung, Jenny?«, fragte er.

Obwohl ich leicht schockiert war, weil er mich einfach beim Vornamen nannte, nickte ich. Aus der kurzen Entfernung sah ich zum ersten Mal, dass er eins von diesen neckischen Grübchen am Kinn hatte, die einen irgendwie dazu reizen, mit dem Finger hineinzustupsen.

»Sie fragen sich natürlich zu Recht, wieso wir diesen Mann nicht einfach schnappen. Das ist schließlich unser Job, stimmt's? Ich möchte Ihnen hier keinen Vortrag halten, aber Fakt ist, dass die Mehrzahl der Verbrechen verdammt leicht aufzuklären ist, weil die meisten Leute sich dabei nicht viel Mühe geben. Sie werden handgreiflich oder stehlen etwas, jemand sieht ihnen dabei zu, und das war's. Wir brauchen ihnen nur noch die Handschellen anzulegen. Ganz anders verhält es sich mit dem Verbrechertyp, mit dem wir es hier zu tun haben. Er ist kein Genie, aber die Sache ist sein Hobby, und er steckt eine Menge Mühe und Energie hinein. Genauso gut hätte er einen Anorak anziehen und von einer Brücke aus Züge beobachten können, aber stattdessen hat er sich Sie ausgesucht.«

»Wollen Sie damit sagen, dass er nicht zu fassen ist?«

»Zumindest ist es schwierig, ihn auf normale Art zu fassen.«

»Er ist bis an meine Haustür gekommen. Unter Ihrer Nase.«

»Nun gehen Sie doch nicht gar so streng mit uns ins Gericht!«, erwiderte Stadler mit einem verlegenen Lächeln.

»Aber das ist ein ganz entscheidender Punkt«, mischte sich Dr. Schilling ein. »Wenn er wollte, könnte er eine Frau einfach tätlich angreifen. Aber ihm geht es darum, seine Macht und Überlegenheit zu demonstrieren.«

»Seine Psyche interessiert mich nicht«, erklärte ich gereizt.

»Mich schon«, entgegnete Dr. Schilling. »Seine Psyche ist einer unserer größten Trümpfe. Damit können wir ihn schnappen, indem wir sie gegen ihn einsetzen. Und eine der viel versprechendsten Möglichkeiten, das zu tun, besteht darin, Sie so zu sehen, wie er es tut. Auch wenn das für Sie nicht sehr schön ist, fürchte ich.«

»Wir sind auf Sie angewiesen«, meinte Stadler. »Uns ist klar, dass wir Sie damit noch mehr unter Druck setzen, aber wir hätten gern, dass Sie über Ihr Leben nachdenken und uns informieren, falls Sie dabei auf irgendwelche Auffälligkeiten stoßen.«

»Wir haben es hier nicht mit einem gewöhnlichen Spanner zu tun«, fügte Dr. Schilling hinzu. »Es könnte jemand sein, dem Sie auf der Hauptstraße öfter als normal in die Arme laufen. Genauso gut könnte es ein Freund sein, der Ihnen plötzlich ein bisschen mehr Aufmerksamkeit schenkt als sonst, oder ein bisschen weniger. Er möchte seine Macht ausspielen, und deshalb ist es entscheidend, dass Sie bewusst auf Ihre Umgebung achten, auf alles, was neu oder ungewöhnlich ist. Wie wir gesehen haben, geht es ihm beispielsweise darum, zu demonstrieren, dass er trotz Polizei Dinge zu Ihnen ins Haus schaffen kann.«

Ich schnaubte verächtlich.

»Das Problem sind nicht so sehr die Sachen, die neu eintreffen«, sagte ich, »sondern eher die alten, die verschwinden.«

Stadler riss den Kopf hoch. »Was meinen Sie damit?«

»Nichts, was Ihnen irgendwie weiterhelfen wird. Sind Sie jemals umgezogen? Es waren zwei Möbelwagen nötig, um unser ganzes Zeug hierher zu verfrachten, und ich bin davon überzeugt, dass irgendwo auf der M25 noch immer ein kleiner Lieferwagen mit all den Sachen herumkurvt, die es nicht bis zu uns geschafft haben. Schuhe, Teile von Küchenmaschinen, meine Lieblingsbluse und so weiter.«

»Sind Sie sicher, dass das alles während des Umzugs abhanden gekommen ist?«

»Nun, seien Sie nicht albern«, sagte ich. »Der Mann kann unmöglich all dieses Zeug gestohlen haben, es sei denn, er wäre mit einem Lieferwagen und vier Helfern vorgefahren. Und das hätten sogar *Sie* mitbekommen.«

»Trotzdem ...«, meinte Stadler nachdenklich. Er beugte sich zu Dr. Schilling hinüber und flüsterte ihr etwas zu. Dann blickte er hoch. »Jenny, könnten Sie uns einen Gefallen tun?«

Das Ganze sah aus wie ein Kofferraum-Flohmarkt, organisiert von einem blinden Geisteskranken. Nachdem Stadler uns telefonisch angekündigt hatte, waren die beiden mit mir zum Polizeirevier gefahren, wo ich, wie Stadler mir erklärte, einen Blick auf ein paar Gegenstände werfen sollte. Im Wagen legte mir Dr. Schilling die Hand auf den Arm – eine Geste, die mich schaudern ließ – und meinte, ich solle mir die Sachen einfach nur ansehen und sagen, was mir dazu einfalle. Spontan fiel mir dazu eigentlich nur eins ein: dass das Ganze verdammt nach Hokuspokus klang.

Als ich die Sachen dann sah, musste ich fast lachen. Ein Kamm, ein ziemlich billig aussehender rosa Slip, ein Plüschteddy, ein Stein, eine Trillerpfeife, ein eindeutig pornografisches Kartenspiel.

»Also ehrlich«, sagte ich. »Ich weiß wirklich nicht, was Sie sich davon …«

Plötzlich hatte ich das Gefühl, als würde mir jemand in den Magen boxen und gleichzeitig einen Elektroschock verpassen. Da war es. Das komische kleine Medaillon. Alle möglichen Erinnerungen stürmten auf mich ein. Ein Tag und eine Nacht in Brighton, an unserem ersten Hochzeitstag. In späteren Jahren hatten wir noblere Orte besucht, aber diese erste Reise war die schönste gewesen. Wir waren durch all die schnuckeligen kleinen Einkaufsstraßen in der Nähe der Strandpromenade gewandert und hatten über die schrecklichen Souvenirläden gelästert. Einen Moment später fiel uns dieses Medaillon im Schaufenster eines Juweliers auf, und Clive war hineingegangen und hatte es mir einfach gekauft. Ein weiterer Gedanke schoss mir durch den Kopf. In jener Nacht im Hotel hatte Clive mich ausgezogen. Nur meine neue Kette hatte er nicht abgenommen. Das silberne Medaillon hatte zwischen meinen Brüsten gehangen. Er hatte zuerst es und dann meine Brüste geküsst. Verrückt, welche Dinge sich ins Gedächtnis eingraben. Ich spürte, wie ich rot wurde. Fast wären mir die Tränen gekommen. Ich griff nach dem Medaillon, spürte das vertraute Gewicht auf meiner Handfläche.

»Hübsch, nicht wahr?«, meinte Stadler.

»Es gehört mir«, antwortete ich.

Sein Gesicht nahm einen völlig verdutzten Ausdruck an. Es war fast schon komisch. *»Was?«*, fragte er atemlos.

»Ein Geschenk von Clive«, antwortete ich wie in Trance. »Ich konnte es in letzter Zeit nicht finden.«

»Aber…«, begann Stadler. »Sind Sie sicher?«

»Natürlich«, antwortete ich. »Es lässt sich von hinten öffnen. Der Verschluss ist ziemlich knifflig. Es enthält eine Locke von meinem Haar. Hier, sehen Sie.«

Er starrte auf das Schmuckstück hinunter. »Ja«, erwiderte er, immer noch atemlos. Dr. Schilling rang ebenfalls nach Luft. Sie sahen sich beide mit offenem Mund an. »Einen Moment!«, sagte er. »Einen Moment!«

Und er spurtete los, rannte regelrecht aus dem Raum.

## 11. KAPITEL

Das Ganze war mir völlig schleierhaft. Ich verstand es einfach nicht. Nichts davon. Ich hatte das Gefühl, eins von den verflixten Computerspielen vor mir zu haben, die Josh per Post zugestellt bekommt und jedes Mal sein mürrisches Gesicht aufleuchten lassen, aber ich kannte nicht mal die Sprache, das Alphabet, in dem dieses Spiel geschrieben war. Für mich waren es bloß Pünktchen, Striche und Zeichen, ein unverständlicher Code. Ich warf einen Blick zu Dr. Schilling hinüber, als könnte sie mich aufklären, aber sie reagierte lediglich wieder mit diesem unverbindlichen, beruhigenden Lächeln, das mir immer eine Gänsehaut verursachte. Mein Blick wanderte zu dem Medaillon, das ich zwischen all den anderen seltsamen Gegenständen an seinen Platz zurückgelegt hatte. Erneut streckte ich die Hand aus, berührte es diesmal nur leicht mit einem Finger, als befürchtete ich, es könnte vor meinen Augen explodieren.

»Ich will nach Hause«, sagte ich. Das war nicht wirklich ernst gemeint, aber ich musste etwas sagen, um das Schweigen zu brechen, das sich in dem tristen kleinen Raum ausgebreitet hatte.

»Es dauert nicht mehr lang«, antwortete Dr. Schilling.

»Ich brauche etwas zu essen. Ich habe Hunger.«

Sie nickte geistesabwesend, mit leicht gerunzelter Stirn.

»Ich weiß gar nicht mehr, wann ich das letzte Mal was gegessen habe. Es muss Ewigkeiten her sein.« Ich versuchte, mir die letzten Tage ins Gedächtnis zu rufen, aber es war, als würde ich in eine tintenschwarze Dunkelheit hineinspähen. »Kann mir jemand verraten, wie mein Medaillon hierher gekommen ist?«

»Ich bin sicher, das wird sich …«

Sie sprach den Satz nicht zu Ende, weil in dem Moment Stadler und Links den Raum betraten und mir gegenüber Platz nahmen. Beide Männer wirkten sehr aufgeregt. Links hob das Medaillon an seinem silbernen Kettchen hoch. »Sind Sie ganz sicher, dass das Ihnen gehört, Mrs. Hintlesham?«

»Natürlich bin ich sicher. Clive hat sogar ein Foto davon, für unsere Versicherung.«

»Wann haben Sie die Kette verloren?«

Darüber musste ich erst mal nachdenken.

»Schwer zu sagen. Ich weiß noch, dass ich sie zu einem Konzert getragen habe. Das war am neunten Juni, dem Tag vor dem Geburtstag meiner Mutter. Ein paar Wochen später wollte ich sie zu einem Fest in Clives Kanzlei tragen, konnte sie aber nicht finden.«

»Erinnern Sie sich an das genaue Datum?«

»Lieber Himmel! Wozu habe ich Ihnen eigentlich meinen Terminplaner gegeben? Es muss irgendwann im Juni gewesen sein, Ende Juni.«

Stadler blickte auf das Notizbuch, das aufgeschlagen auf seinem Schoß lag, und nickte zufrieden.

»Wieso ist das so wichtig? Wo haben Sie die Kette gefunden?«

Stadler sah mir in die Augen, und ich zwang mich, seinem Blick nicht auszuweichen. Einen Moment lang dachte ich, er würde mir etwas sagen, aber der Moment ging vorüber, und er schaute wieder mit diesem Ausdruck heimlicher Befriedigung auf sein Notizbuch hinunter.

Einen Augenblick lang herrschte Schweigen. Dann sagte ich laut: »Kann mir mal bitte jemand verraten, was hier vor sich geht?!« Aber der Zorn in meiner Stimme war nicht echt, meine ganze Wut plötzlich verraucht. »Ich verstehe das alles nicht!«

»Mrs. Hintlesham«, begann Links, »lassen Sie mich klarstellen …«

»Nicht jetzt«, fiel ihm Dr. Schilling ins Wort. Sie stand auf. »Ich fahre Jenny jetzt nach Hause. Sie war die letzten Tage sehr großer Belastung ausgesetzt und muss sich erst mal ein wenig erholen. Wir verschieben das auf später.«

»Was? Was wollten Sie klarstellen?«

»Kommen Sie, Jenny.«

»Ich mag keine Geheimnisse. Ich mag es nicht, wenn andere Leute Dinge über mich wissen, von denen ich keine Ahnung habe. Ist Ihnen der Kerl ins Netz gegangen?«

Dr. Schilling schob eine Hand unter meinen Ellbogen. Ich stand auf. Warum um alles in der Welt trug ich eigentlich diese Baumwollhose? Ich hatte sie schon seit Jahren nicht mehr angehabt. Sie stand mir überhaupt nicht.

Alle benahmen sich mir gegenüber so seltsam. Das Haus war von einer neuen Art von Energie erfüllt, als wären die Vorhänge zurückgezogen und alle Fenster aufgerissen worden. Natürlich erklärte mir niemand etwas, aber Dr. Schilling leistete mir zusammen mit einer gelangweilt wirkenden Polizeibeamtin Gesellschaft. Links und Stadler tauchten kurz darauf ebenfalls auf. Sie gaben sich alle irgendwelche Zeichen oder flüsterten miteinander, wobei sie jedes Mal in meine Richtung sahen, aber sofort den Kopf abwandten, wenn sich unsere Blicke trafen. Dr. Schilling wirkte nicht so enthusiastisch wie die anderen.

»Meinen Sie, Sie könnten Ihren Mann anrufen, Mrs. Hintlesham?«, fragte Stadler, der mir in die Küche gefolgt war.

»Warum rufen Sie ihn nicht selbst an?«

»Wir möchten mit ihm sprechen. Wir dachten, dass es für ihn vielleicht angenehmer ist, das von Ihnen zu hören.«

»Wann?«

»Jetzt gleich.«

»Wozu soll denn das um Himmels willen gut sein?«

»Wir müssen ein paar Punkte klären.«

»Wir sind am frühen Abend zu einer Cocktailparty eingeladen. Mit wichtigen Leuten.«

»Je schneller wir mit ihm reden können, desto schneller ist er uns wieder los.« Ich griff nach dem Hörer. »Er wird verärgert sein«, sagte ich.

Er war sogar sehr verärgert.

Das Telefon klingelte. Es waren Josh und Harry. Obwohl sie aus Amerika anriefen, wo gerade früher Morgen war, klangen sie, als wären sie gleich um die Ecke und würden jeden Moment ins Haus gestürmt kommen. Harry erzählte mir, dass er im See einen Zander gefangen und das Surfen gelernt habe. Josh fragte mich, wie es zu Hause laufe. Seine Stimme sprang aus der Jungen- in die Männerlage, wie sie es immer tat, wenn er sich aufregte.

»Gut, mein Schatz.«

»Ist die Polizei noch immer da?«

»Ich glaube, sie macht Fortschritte.« Ich spürte, wie sich bei diesen Worten ein Hauch von Hoffnung in mir regte.

»Müssen wir wirklich noch zwei Wochen hier bleiben?«

»Sei nicht albern, Liebling, ihr habt bestimmt eine Menge Spaß. Reicht euer Geld?«

»Ja, aber …«

»Und habe ich euch die richtigen Klamotten eingepackt? Oh, und denk daran, Harry zu sagen, dass in deinem Rucksack Reservebatterien für seinen Walkman sind.«

»Ja, mach ich.«

Ich legte auf. Irgendwie hatte ich das Gefühl, dass unser Gespräch nicht besonders gut gelaufen war. Christo tapste vorbei, eine Decke im Schlepptau. Beim Anblick seines fleckigen, trotzigen Gesichts empfand ich plötzlich Schuldgefühle.

»Hallo, Christo«, sagte ich zu ihm. »Bekommt Mummy einen Kuss?«

Er wandte sich zu mir um.

»Ich bin nicht Christo«, erwiderte er. »Ich bin Alexander. Und du bist nicht meine Mummy.« Lena rief mit ihrem schwedischen Singsangakzent nach ihm. »Ich komme schon, Mummy!«, erwiderte er und warf einen triumphierenden Blick in meine Richtung, bevor er losrannte.

Ich vertauschte meine Hose mit einem gelben Sommerkleid. Während ich meine Ohrringe anlegte, warf ich einen Blick in den Spiegel. Ich trug kein Make-up. Mein Gesicht wirkte schmal und bleich, meine Frisur war eine Katastrophe, meine Augen hatten einen seltsamen Glanz, obwohl die Haut unter ihnen wie dünnes, knittriges Papier aussah, und über meine Wange zog sich ein langer roter Kratzer. Wie war er dort hingekommen? Ich erkannte mich selbst kaum wieder.

Dr. Schilling bestand darauf, dass ich das Kräuteromelett aß, das sie mir zubereitet hatte. Die Kräuter hatte ich eigentlich für das Abendessen aufgespart, das ich für nach der Cocktailparty geplant hatte. Egal. Ich aß das ganze Omelett in ein paar Bissen, wobei ich kaum kaute und nach jeder hastig hinuntergeschlungenen Gabel voll ein Stück dunkles, leicht altbackenes Brot nachschob. Mir war gar nicht bewusst gewesen, was für einen Heißhunger ich hatte. Dr. Schilling sah mir beim Essen zu, das Kinn nachdenklich auf eine Hand gestützt. Sie starrte mich an, als würde ich ihr Rätsel aufgeben. Bald, dachte ich, wäre ich wieder in der Lage, alles in den Griff zu bekommen, das Haus einer Grundreinigung zu unterziehen, die Handwerker, den Gärtner und die Putzfrau zurückzuholen, tief durchzuatmen und die Energie zu finden, wieder Jenny Hintlesham zu sein. Jetzt aber hatte es etwas angenehm Betäubendes, sich ausnahmsweise mal umsorgen zu lassen. Ich hatte nicht mehr das Gefühl, in meinem eigenen Haus zu sein. Es war für mich nur noch ein Ort, an dem ich saß und darauf wartete, dass etwas passierte. Alle warteten darauf, dass etwas passierte.

Ich riss die Augen auf. Ein Schlüssel drehte sich im Schloss, eine Tür knallte zu, in der Diele waren schwere Schritte zu hören.

»Jenny. Jens, wo bist du?«

Grace Schilling und ich erhoben uns gleichzeitig, aber Stadler und Links waren schneller als wir. Wir trafen alle an der Treppe zusammen.

»Was geht hier vor?«, fragte Clive mit finsterer Miene. Er sagte das so laut und abgehackt, dass mir der Kopf davon wehtat. In dem Moment fiel sein Blick auf eine Schachtel, die, gefüllt mit seinen wertvollen Dokumenten, auf dem Dielenboden stand. Ich sah, wie an seiner Stirn eine Ader zu pulsieren begann.

»Mr. Hintlesham«, begann Stadler, »danke, dass Sie gekommen sind.« Er war viel größer als Clive, der neben ihm vierschrötig und rotgesichtig wirkte.

»Ja?«

Er sprach mit Stadler, als wäre er ein besonders unwichtiger Geschäftspartner.

»Wir würden es vorziehen, wenn Sie uns begleiten könnten«, sagte Links.

Clive starrte ihn an. »Wie meinen Sie das?«, fragte er. »Warum nicht hier?«

»Wir möchten, dass Sie eine Aussage machen. Es wäre wirklich besser.«

Clive warf einen Blick auf seine Uhr. »Herrgott noch mal! Ich hoffe für Sie, dass es wirklich wichtig ist!«

»Bitte«, sagte Stadler und hielt ihm die Tür auf. Clive wandte sich zu mir um, bevor er ging.

»Ruf Jan an und erzähl ihr irgendwas!«, fuhr er mich an. »Irgendwas, das uns nicht beide wie Idioten aussehen lässt. Und Becky. Geh zu dieser Party und tu recht gut gelaunt, als wäre alles völlig normal, hörst du?« Ich legte ihm eine Hand auf den Arm, aber er schüttelte sie mit einer heftigen Bewegung ab. »Ich hab von diesem ganzen Theater die Schnauze voll«, schimpfte er. »Gestrichen voll.«

Grace Schilling, die sich ebenfalls verabschiedete, knöpfte energisch ihre Jacke zu, ehe sie aus der Tür eilte.

Ich rief in der Kanzlei an und erklärte Jan, dass Clive Probleme mit dem Rücken habe. »Schon wieder?«, antwortete sie sarkastisch, was ich überhaupt nicht verstand. Zu Becky Richards sagte ich zwei Stunden später das Gleiche, woraufhin sie verständnisvoll lachte. »Männer sind richtige Hypochonder, nicht wahr?«

Ich blickte mich im Raum um. All die Frauen in ihren schwarzen Kleidern und die Männer in ihren dunklen Anzügen. Die meisten von ihnen kannte ich zumindest vom Sehen, aber ich brachte plötzlich nicht mehr die Kraft auf, mich mit ihnen zu unterhalten. Mir fiel kein einziges Wort ein, das ich hätte sagen können. Ich fühlte mich völlig leer.

## 12. KAPITEL

Clive ließ auf sich warten, und ich fühlte mich zunehmend fehl am Platz. Nervös spielte ich mit dem Glas in meiner Hand, sah mir Bilder an und wanderte zielstrebig von einem Raum in den anderen, als hätte ich irgendwo eine dringende Verabredung mit jemandem. Fast ein wenig entsetzt stellte ich fest, dass es für mich inzwischen eine völlig ungewohnte Erfahrung war, allein auszugehen. Irgendwie erschien es mir auch nicht richtig. Ich habe schon manchmal im Scherz zu Clive gesagt, dass die Leute sowieso nur ihn sehen wollen, wenn wir gemeinsam eine Party besuchen, und ich im Grunde nur als Mrs. Clive dabei bin.

Deswegen war es für mich eher eine Erleichterung als eine Peinlichkeit, als Becky mir mitteilte, dass jemand an der Tür sei, der mit mir sprechen wolle.

»Ein Polizist«, erklärte sie verlegen und etwas verwirrt, aber mit viel Taktgefühl.

Wir wissen schließlich alle, was ein Polizist an der Tür für normale Menschen wie uns bedeutet: Jemand, den wir lieben, hat einen Unfall gehabt, ein Familienmitglied ist verschwunden oder gestorben. Aber da ich kein ganz so normaler Mensch mehr war, ging ich an die Tür, ohne mir Sorgen zu machen. Draußen warteten Stadler und ein uniformierter Beamter, den ich noch nie gesehen hatte. Becky blieb einen Moment bei uns stehen, teils aus Höflichkeit, teils aus Neugier. Da der Beamte in ihrer Gegenwart offenbar nichts sagen wollte, drehte ich mich zu ihr um und sah sie fragend an. »Falls ich irgendwas tun kann, ich bin drinnen«, erklärte sie, ehe sie sich widerstrebend zurückzog.

Ich wandte mich wieder dem Beamten zu.

»Entschuldigen Sie die Störung«, sagte er. »Man hat mich geschickt, um Ihnen auszurichten, dass Ihr Mann nicht kommen kann. Mr. Hintlesham wird noch verhört.«

»Oh«, sagte ich. »Ist etwas nicht in Ordnung?«

»Wir versuchen lediglich ein paar Details zu klären.«

Wir standen vor Beckys Haustür und sahen uns an. »Eigentlich möchte ich gar nicht wieder hineingehen«, sagte ich.

»Wir können Sie nach Hause fahren, wenn Sie wollen«, entgegnete Stadler. Dann fügte er hinzu: »Jenny«, und ich lief knallrot an.

»Ich hole meine Jacke.«

Während der kurzen Fahrt sprach keiner der beiden mit mir. Ein oder zwei Mal wechselten Stadler und der Beamte ein paar leise Worte. Am Haus angekommen, begleitete mich Stadler die Treppe hinauf. Während ich den Schlüssel im Schloss drehte, hatte ich einen Moment lang das alberne Gefühl, als wären wir beide gemeinsam aus gewesen und würden uns nun voneinander verabschieden.

»Wird Clive heute Abend noch zurückkommen?«, fragte ich in bestimmtem Tonfall, als wollte ich mich selbst davon überzeugen, wie dumm dieser Gedanke war.

»Ich bin nicht sicher«, antwortete Stadler.

»Worüber sprechen Sie mit ihm?«

»Wir versuchen mit seiner Hilfe noch ein paar Fragen zu klären, die sich im Verlauf unserer Ermittlungen ergeben haben.« Stadler sagte das ganz beiläufig und ließ dabei den Blick schweifen. »Ach ja, da wäre noch was. Im Rahmen dieses neuen Ermittlungsschwerpunkts würden wir Ihr Haus morgen früh gern noch etwas genauer durchsuchen. Haben Sie etwas dagegen einzuwenden?«

»Nein, ich glaube nicht. Allerdings kann ich mir nicht vorstellen, dass es dort etwas gibt, das Sie noch nicht gesehen haben. Welchen Teil des Hauses wollen Sie denn durchsuchen?«

Stadler tat wieder ganz lässig. »Verschiedene Teile. Ein paar von den oberen Zimmern. Unter Umständen auch das Arbeitszimmer Ihres Mannes.«

Clives Arbeitszimmer. Es war der erste Raum, den wir im neuen Haus eingerichtet hatten, was eigentlich eine Frechheit war, weil es niemand außer Clive bewohnte. Wo auch immer wir gelebt hatten, darauf hatte Clive bestanden: ein Zimmer, in dem er allein sein und seine persönlichen Sachen unterbringen konnte. Ich weiß noch, wie ich, als wir die Räume planten, mit einem Lachen protestierte, dass ich schließlich auch kein solches Allerheiligstes besäße, woraufhin er geantwortet hatte, das mache nichts, da ja das ganze Haus mein Allerheiligstes sei.

Der Raum war nicht wirklich abgeschlossen und verriegelt, aber das war auch gar nicht nötig. Den Jungs war es unter Androhung von Folter und Todesstrafe verboten, auch nur einen Fuß hineinzusetzen. Ich hingegen war nicht völlig ausgeschlossen. Manchmal ging ich zu ihm hinein, während er die Buchführung machte oder Briefe schrieb. Er reagierte darauf keineswegs wütend und schickte mich auch nicht wieder hinaus, sondern nahm mit freundlicher Miene den Kaffee entgegen oder hörte sich an, was ich zu sagen hatte, wartete dann aber, bis ich fertig war und mich wieder zum Gehen wandte. Er behauptete immer, nicht arbeiten zu können, wenn ich im Raum sei.

Deshalb hatte ich das Gefühl, etwas Verbotenes zu tun, als ich – nachdem ich eine Runde durchs Haus gedreht und mich für die Nacht fertig gemacht hatte – in Nachthemd und Morgenmantel das Arbeitszimmer betrat. Schon in dem Moment, als ich das Licht anknipste, empfand ich starke Schuldgefühle, sodass ich, obwohl es schon fast Mitternacht war, rasch zum Fenster hinüberging und die Vorhänge zuzog. Erst dann fühlte ich mich in dem Raum wirklich sicher.

Das Zimmer war Clive: ordentlich, effektiv, nüchtern, fast kahl. An den Wänden hingen nur einige wenige Bilder. Ein kleines verschwommenes Aquarell von einem Segelboot, das er von seiner Mutter geerbt hatte. Ein alter Kupferstich von seiner Privatschule, den er als Junge bekommen hatte. Ein Foto, das ihn mit einer Gruppe von Kollegen bei einem Festessen zeigte, alle mit Zigarren, glänzenden roten Gesichtern und leeren Gläsern. Sie hatten einander die Arme um die Schultern gelegt, und Clive wirkte ein wenig gehetzt und verlegen. Er schätzte es nicht, angefasst zu werden, vor allem nicht von anderen Männern.

Das Arbeitszimmer meines Mannes. Was konnte hier für die Polizei von Interesse sein? Natürlich hatte ich nicht vor, seine Sachen zu durchwühlen. Bei ihm herumzuschnüffeln, während er bei der Polizei war, erschien mir äußerst unloyal. Ich wollte mich nur ein wenig umsehen. Vielleicht würde ich ein gutes Wort für ihn einlegen müssen, und dann war es wichtig, dass ich Bescheid wusste. Zumindest redete ich mir das ein.

In dem Raum standen zwei Aktenschränke, ein großer brauner und ein kleiner, stummeliger aus grauem Metall. Ich öffnete sie beide und sah flüchtig die Ordner und Papiere durch, die aber alle unglaublich langweilig waren. Dokumente über Hypotheken, Gebrauchsanweisungen, unzählige Rechnungen und Garantiescheine, Lieferscheine, Schreiben von Steuerberatern. Bei ihrem Anblick empfand ich so etwas wie Liebe für Clive. Das alles machte er, damit ich es nicht tun musste. Mir überließ er den interessanten, kreativen Teil, den langweiligen übernahm er. Alles davon war erledigt, alles geregelt. Es war nichts offen, keine Rechnung unbezahlt, kein Brief unbeantwortet. Was hätte ich bloß ohne ihn angefangen? Die einzelnen Papiere sah ich mir nicht näher an, ich wollte nur sichergehen, dass die Ordner tatsächlich nur Akten enthielten.

Ich schloss den zweiten Aktenschrank. Das war alles so idiotisch. In diesem Arbeitszimmer gab es nichts, was für die Polizei auch nur im Entferntesten von Interesse sein konnte, außer vielleicht die Hypothekendokumente. Ansonsten verschwendeten sie lediglich ihre Zeit. Das hätte ich ihnen gleich sagen können, wenn sie mich gefragt hätten.

Ich rollte die Schreibtischabdeckung zurück. Das verursachte ziemlich viel Lärm, sodass ich mich nervös umblickte. Ich achtete darauf, nichts zu tun, was nicht innerhalb weniger Sekunden rückgängig zu machen war, falls es unten an der Haustür klingeln sollte. Wie nicht anders zu erwarten, fand ich nichts Interessantes. Es war eine von Clives Grundregeln, seinen Schreibtisch stets in aufgeräumtem Zustand zu verlassen. Auf der Arbeitsfläche befanden sich nur Kugelschreiber, Bleistifte, Radiergummis, ein ziemlich teurer elektrischer Bleistiftspitzer, Gummibänder und Büroklammern, alles in speziell dafür vorgesehenen Behältnissen. Die Fächer enthielten Umschläge, Notizzettel, Visitenkarten, Adressenaufkleber. Immerhin würden die von der Polizei beeindruckt sein, wenn sie schon sonst nichts fanden.

Blieben nur noch die Schubladen. Ich setzte mich auf den Schreibtischstuhl und zog die flache Schublade über meinen Knien heraus. Lauter Ansichtskarten. Alle unbeschrieben. Dann die Schubläden zu beiden Seiten. Scheckbücher, neue und leere. Urlaubsprospekte für den Winter. Eine Menge Papierkram von Matheson Jeffries, wo Clive arbeitete.

In der untersten Schublade rechts lagen mehrere große, prall gefüllte braune Umschläge. Ich inspizierte den obersten. Er enthielt lauter handgeschriebene Briefe. Immer dieselbe Unterschrift. Ich sah mir einen davon etwas genauer an. Es handelte sich um einen langen, drei Seiten umfassenden Brief. Unterschrieben mit Gloria. Mir war klar, dass es kaum einen schlimmeren Vertrauensbruch gab, als unerlaubterweise die persönlichen Briefe eines anderen Menschen zu lesen. Außerdem erfuhr man dabei nur selten etwas Gutes über sich. Ich wusste, dass ich sie nicht lesen durfte. Das einzig Richtige wäre gewesen, sie sofort zurückzulegen, endlich schlafen zu gehen und mir das Ganze aus dem Kopf zu schlagen. Gleichzeitig musste ich daran denken, dass diese Briefe am Morgen wahrscheinlich von der Polizei gelesen werden würden, wenn auch aus anderen Beweggründen. War es da nicht besser, zumindest eine ungefähre Vorstellung von ihrem Inhalt zu haben?

Ich entschloss mich zu einem Kompromiss, indem ich die

Briefe nur überflog und hin und wieder einen Satz oder ein Wort las. Eigentlich hätte es schwierig sein müssen, auf diese Weise einen Eindruck von ihrem Inhalt zu bekommen, aber irgendwie schienen mir bestimmte Worte und Formulierungen regelrecht ins Auge zu springen: Liebling… du fehlst mir so… musste an letzte Nacht denken… zähle die Stunden. Seltsamerweise empfand ich anfangs keine Wut auf Clive, nicht einmal auf Gloria, sondern nur Verachtung, weil ihre Briefe so abgedroschen klangen. Müssen sich Leute, die heimliche Affären haben, immer in den gleichen, alten, abgenutzten Phrasen ausdrücken? Hatte Clive das wirklich nötig? Dann musste ich an den Abend denken, an dem ich Gloria kennen gelernt hatte, daran, wie sie sich während des Essens zu Clive hinübergebeugt und ihm etwas zugeflüstert hatte. Meine Wangen begannen zu brennen. Vorsichtig schob ich die Briefe zurück in den Umschlag. Den letzten hatte sie ihm erst vor kurzem geschrieben.

Ich hätte gar nicht erst damit anfangen sollen. Es kam bestimmt nichts Gutes dabei heraus. Bloß noch mehr Schmerz, noch mehr Erniedrigung.

Nur noch ein kleines Stück. Einen ganzen Absatz, nicht nur einen einzelnen Satz. Ich würde Gloria einen ganzen Absatz lang die Chance geben, sich darzustellen. Den letzten Absatz des jüngsten Briefes. Ich wollte wissen, wo ich stand.

»Aber jetzt muss ich aufhören, Liebling. Ich schreibe diesen Brief im Büro, und es ist Zeit, nach Hause zu gehen. Der Gedanke, dich nicht zu sehen, ist mir unerträglich, aber im September haben wir ja Genf.« Genf. Eine Geschäftsreise. Davon hatte er noch gar nichts erwähnt. »Ich gebe es nur ungern zu, aber manchmal hasse ich sie auch, fast so sehr wie du.«

Ich legte den Brief weg und schluckte heftig, aber der Kloß in meinem Hals blieb. Demnach empfand er also Hass auf mich. Nicht Liebe. Nicht einmal Sympathie. Hass. Ich sah wieder auf den Brief hinunter. »Aber das dürfen wir nicht. Wir werden eine Lösung finden und es irgendwie schaffen, zusammen zu sein. Wir werden einen Weg finden. Das hast du kürzlich zu mir gesagt, und ich glaube dir. All meine Liebe, Gloria.«

Ich faltete den Brief zusammen und schob ihn vorsichtig zurück in den Umschlag, ganz unten, wo er hingehörte. Mein Blick fiel auf die anderen prall gefüllten Umschläge in der Schublade, und allein schon der Gedanke an ihren Inhalt erfüllte mich mit einem Gefühl tiefer Trostlosigkeit. Als ich den obersten anhob, sah ich, dass darunter ein Foto lag. Ein Foto von einer Frau, aber nicht von Gloria. Es war offenbar auf einer Party aufgenommen worden. Die Frau hob lachend ihr Glas, während sie in die Kamera blickte. Sie war ganz anders als die Frauen, die ich kannte. Irgendwie lustig. Klein, schlank und sehr jung. Dunkelblondes Haar, Minirock, billige Bluse, aber alles recht lässig. Einen verrückten Augenblick lang fand ich, dass sie nett aussah, dass sie meine Freundin hätte sein können. Aber dann stieg eine solche Wut in mir hoch, dass es mir richtig übel wurde und ich ihren Anblick nicht mehr ertragen konnte. Ich legte die Aufnahme zurück und schloss die Schublade. Als ich den Raum verließ, hätte ich beinahe vergessen, das Licht zu löschen.

## 13. KAPITEL

Ich war von Dunkelheit umgeben. Mein ganzes Leben bestand nur noch aus Dunkelheit. Alles, was ich einmal als selbstverständlich betrachtet hatte, drohte nun über mir zusammenzubrechen. Ich war davon ausgegangen, dass dort draußen jemand war, der mir etwas antun wollte, und dieser Gedanke war schon erschreckend genug gewesen, aber nun erkannte ich, dass ich nirgendwo sicher war. Nicht dort draußen, nicht hier drinnen, nicht bei dem Menschen, mit dem ich seit fünfzehn Jahren verheiratet war, nicht einmal in meinem eigenen Haus, meinem eigenen Zimmer, meinem eigenen Bett. Nirgendwo.

Josh und Harry waren in Amerika, in einem Zelt auf einem Berg, weit weg von zu Hause. Christo tat so, als wäre ich gar nicht seine Mutter. Und Clive hasste mich. Zumindest hatte er das zu Gloria gesagt. Während ich in dieser Nacht in meinem Bett lag, testete ich das Wort, testete es, wie man eine Batterie testet, indem man sie mit der Zungenspitze berührt. Hass. Hass. Hass. Das Wort saß wie ein Stachel in meinem Gehirn. Mein Mann hasste mich. Seit wann, fragte ich mich. Seit Gloria oder schon vorher? Immer schon?

Draußen strich der Wind leise durch die von der Hitze schlaffen Bäume. Ich stellte mir vor, dass dort draußen jemand stand und auf mein Fenster starrte.

Vielleicht wünschte sich mein Ehemann meinen Tod.

Mit einem Ruck setzte ich mich auf, schaltete die Nachttischlampe an. Nein, das war lächerlich. Verrückt, ein völlig verrückter Gedanke. Aber warum behielt ihn die Polizei so lange da?

Nach einer Nacht wirrer Träume ging ich im Morgengrauen in Christos Zimmer hinüber und setzte mich an sein Bett. Durch die Vorhänge fiel gedämpftes Licht. Ein weiterer glühend heißer Tag stand uns bevor. Christo hatte seine Bettdecke abgeworfen und das Schlafanzugoberteil aufgeknöpft. Mit einer Hand umklammerte er den Plüschdelfin, den Lena ihm im Zoo gekauft hatte. Sein Mund war leicht geöffnet, und hin und wieder murmelte er ein paar unverständliche Worte. Heute, nahm ich mir vor, würde ich alles in die Wege leiten, um ihn mit Lena zu meinen Eltern zu schicken. Das hätte ich schon längst tun sollen. Dieses Haus war kein Ort mehr für ein Kind.

Die Polizei erschien ziemlich früh. Drei Beamte fielen wie ein Sondereinsatzkommando in Clives Büro ein. Ich tat so, als wären sie gar nicht da.

Ich stellte mich in die Küche und bereitete Christo und Lena das Frühstück zu. Lena, die fast nie etwas aß, stocherte nur ein bisschen in ihrer gegrillten Tomate herum und versuchte den Rest dann zu einem Haufen zusammenzuschieben, damit es so aussah, als hätte sie einen Teil davon gegessen. Christo verschmierte erst den Dotter seines Spiegeleis über den ganzen Teller und erklärte dann, das sei alles ganz eklig, und er wolle stattdessen lieber Schokoflakes. »Wie lautet das Zauberwort?«, fragte ich automatisch. Bitte. Bitte zwing mich nicht, dieses eklige Zeug zu essen.

Die Polizisten trugen große Kartons aus dem Haus, dieselben, die erst vor ein paar Monaten von mürrischen, genervten Möbelpackern hineingetragen und planlos gestapelt worden waren. Christo fiel die Abwesenheit seines Vaters gar nicht auf, weil dieser in der Regel sowieso schon weg war, wenn der Junge aufstand. Weg, bevor er aufstand, und zurück, nachdem er längst schlief. Hass. Mein Mann hasste mich.

In der Küche ging es drunter und drüber. Seit ich Mary entlassen hatte, sah es im ganzen Haus aus wie in einem Schweinestall. Morgen würde ich alles putzen. Morgen, nicht heute. Mein Blick wanderte an meinen nackten Beinen hinunter. Sie müssen schon wieder enthaart werden, dachte ich, und mein Nagellack blättert auch ab.

»Geht es Ihnen nicht gut, Mrs. Hintlesham?«, fragte Lena mit ihrer Singsangstimme. Wie hübsch sie in ihrem kurzen Sommerkleidchen aussah, so blond und schlank, die zarten Arme von der Sonne gebräunt. Vielleicht war Clive das auch schon aufgefallen. Ich starrte sie an, bis ihr Gesicht vor meinen Augen zu verschwimmen begann.

»Mrs. Hintlesham?«

»Doch, doch, mir geht es gut.« Ich legte die Hand an mein Gesicht. Meine Haut fühlte sich dünn und alt an. »Ich habe schlecht geschlafen …«

»Ich möchte mir die Zeichentrickfilme ansehen.«

»Nicht jetzt, Christo.«

»Ich möchte einen Zeichentrickfilm sehen!«

»Nein.«

»Du bist ein Arschloch.«

»Christo!« Ich packte ihn am Oberarm und kniff heftig zu. »Was hast du gerade gesagt?«

»Nichts.«

Ich ließ ihn los und drehte mich zu Lena um, die mich mit ernster Miene ansah.

»Das ist heute alles ein bisschen kompliziert«, sagte ich vage. »Vielleicht könnten Sie mit Christo in den Park gehen, zur Hüpfburg. Ihr könntet ein Picknick machen.«

»Ich will aber nicht picknicken!«

»Bitte, Christo.«

»Ich will bei dir bleiben!«

»Heute nicht, Liebling.«

»Komm, Chrissy, lass uns die Sachen aussuchen, die du heute anziehen willst.« Mit diesen Worten stand Lena auf. Kein Wunder, dass Christo sie liebte. Sie wurde nie böse, sprach immer nur mit dieser lustigen Singsangstimme mit ihm.

Ich ließ den Kopf auf die Hände sinken. Überall Staub und Dreck. Ein Berg Bügelwäsche. Niemand, der mir half. Clive zur Befragung auf dem Polizeirevier. Welche Fragen sie ihm wohl stellten? Hassen Sie Ihre Frau, Mr. Hintlesham? Wie sehr hassen Sie sie? Genug, um ihr Rasierklingen zu schicken?

Die beiden brachen Hand in Hand auf. Christo trug rote Shorts und ein gestreiftes Hemd. Ich starrte auf das langsam eintrocknende Essen auf ihren Tellern. Ich starrte auf die Fenster, die dringend geputzt werden mussten. An der Lampe über mir entdeckte ich eine Spinnwebe. Ich fragte mich, wo wohl die dazugehörige Spinne war.

Als es an der Haustür klingelte, fuhr ich erschrocken zusammen. Es war Stadler, verknittert und schwitzend, mit Bartstoppeln im Gesicht. Er sah aus, als hätte er gar nicht geschlafen.

»Kann ich Ihnen ein paar Fragen stellen, Jenny?« Er nannte mich jetzt immer Jenny, als wären wir Freunde oder gar ein Liebespaar.

»Noch mehr Fragen?«

»Nur eine«, antwortete er mit einem müden Lächeln.

Wir gingen nach unten. Mein Angebot, ihm Kaffee und Frühstück zu machen, lehnte er ab.

Er blickte sich um. »Wo ist Lynne?«

»Sie sitzt draußen in ihrem Wagen«, sagte ich. »Sie müssten eigentlich an Ihr vorbeigekommen sein.«

»Ach ja, stimmt.« Er schien gar nicht mehr richtig wach zu sein.

»Sie wollten mir eine Frage stellen?«

»Ja, richtig«, sagte er. »Es geht lediglich um ein Detail. Können Sie sich erinnern, wo Sie am Samstag, dem siebzehnten Juli waren?«

Ich unternahm einen zaghaften Versuch, gab aber schnell auf. »Sie haben doch meinen Terminplaner.«

»Ja, aber da steht an diesem Tag nur: ›Fisch abholen‹.«

»Ach ja. Jetzt fällt's mir wieder ein.«

»Was haben Sie an diesem Tag gemacht?«

»Ich war zu Hause und habe gekocht, Verschiedenes vorbereitet.«

»Mit Ihrem Mann?«

»Nein.« Stadler hob erstaunt den Blick. Dann breitete sich auf seinem Gesicht ein triumphierendes Lächeln aus, obwohl er versuchte, es zu unterdrücken. »Sie brauchen gar nicht so überrascht zu tun«, sagte ich. »Sie wissen doch ganz genau, dass er fast nie zu Hause ist.«

»Wissen Sie, wo er an dem Tag war?«

»Er hatte einen Termin. Hat er zumindest gesagt. Irgendwas wichtiges Geschäftliches.«

»Sind Sie sicher?«

»Ja. Ich hatte nämlich vor, schön für uns zu kochen. Morgens hat er mir dann eröffnet, dass er weg müsse.«

Ich konnte mich noch genau an den Tag erinnern. Es war Lenas freier Tag gewesen. Harry und Josh hatten sich ständig gezankt, bis sie schließlich von Freunden abgeholt wurden, während Christo fast den ganzen Tag fern sah und Lego spielte; abends war er schlecht gelaunt und müde von der Hitze ins Bett gegangen. Ich hatte nach dem ruinierten Tag in der Küche gesessen und auf den Tisch mit dem schönen Essen hinuntergestarrt, den ich mit langstieligen Weingläsern und Blumen aus dem Garten so festlich gedeckt hatte. Clive war nicht gekommen.

»Dann war er also den ganzen Tag unterwegs?«

»Ja.«

»Wissen Sie noch, von wann bis wann er weg war?«

Als ich ihm darauf antwortete, fiel mir selbst auf, wie dünn und traurig meine Stimme klang. »Als er ging, hatte der Fischhändler noch nicht auf. Zurückgekommen ist er so gegen Mitternacht. Vielleicht auch ein bisschen später. Jedenfalls war er noch nicht da, als ich ins Bett gegangen bin.«

»Wären Sie bereit, diese Aussage zu unterschreiben?«

Ich zuckte mit den Achseln. »Wenn Sie es für nötig halten. Ich nehme an, Sie werden mir nicht sagen, wieso das eine Rolle spielt.«

Zu meiner großen Überraschung nahm Stadler meine Hand. »Jenny«, sagte er mit sanfter Stimme, »ich kann Ihnen nur sagen, dass das alles bald vorüber sein wird, falls das ein Trost für Sie ist.«

Ich spürte, wie ich rot wurde. »Oh.« Mehr brachte ich nicht heraus. Ich kam mir vor wie ein Idiot.

»Ich bin bald zurück«, erklärte er.

Ich wollte nicht, dass er ging, aber das konnte ich ihm natürlich nicht sagen. Stattdessen entzog ich ihm meine Hand. »Gut.«

Ich legte mich auf mein sonnenbeschienenes Bett. Meine Arme und Beine fühlten sich so schwer an, dass ich sie kaum bewegen konnte, mein Gehirn war so träge, als befände ich mich unter Wasser.

Ich ließ mir ein kaltes Bad ein, schloss die Augen und versuchte, alle Gedanken aus meinem Kopf zu verbannen. Anschließend wanderte ich von Raum zu Raum. Was hatte mir an diesem Haus eigentlich jemals gefallen? Es war hässlich, abweisend, genügte nicht meinen Ansprüchen. Ich würde hier ausziehen, noch mal neu anfangen.

Ich wünschte, Josh würde anrufen. Ich wollte ihm sagen, dass er nicht im Feriencamp bleiben musste, wenn es ihm so gar nicht gefiel. Es lohnte sich nicht, sich zu quälen, so viel war mir inzwischen klar geworden.

Ich ging in die Zimmer der Jungs und berührte die Sachen in ihren Schränken, die Pokale auf ihren Regalen. Wir waren alle so weit voneinander entfernt. In der Diele fiel mein Blick auf mein Spiegelbild: eine dünne Frau mittleren Alters, die mit ihren fettigen Haaren und knochigen Knien wie verloren in einem für sie viel zu großem Haus herumwandert.

Draußen war der Himmel diesig von der Hitze und den vielen Abgasen.

Vielleicht konnten wir aufs Land ziehen, in ein kleines Häuschen mit Rosen vor der Tür. Mit einem Swimmingpool und einer Buche, auf die die Jungs hinaufklettern konnten.

Es klingelte an der Tür.

Ich bekam kein Wort heraus. Das konnte einfach nicht sein. Es war nicht möglich, nicht real. Ich schüttelte nur den Kopf, als könnte ich dadurch Klarheit in die ganze Verwirrung bringen. Links beugte sich zu mir vor, als hätte er es mit einer kurzsichtigen und schwerhörigen Wahnsinnigen zu tun.

»Haben Sie gehört, was ich gesagt habe, Mrs. Hintlesham?«

»Was?«

»Ihr Mann, Clive Hintlesham«, begann er, als müsste er es mir ganz langsam erklären, Detail für Detail. »Vor einer Stunde. Er wurde des Mordes an Zoë Haratounian angeklagt. Wir gehen davon aus, dass er sie am Morgen des siebzehnten Juli 1999 umgebracht hat.«

»Ich verstehe nicht«, sagte ich. »Das ist doch verrückt.«

»Mrs. Hintlesham, Jenny ...«

»Verrückt«, wiederholte ich. »Völlig verrückt.«

»Sein Anwalt ist informiert. Er wird morgen früh vor Gericht erscheinen, dem St. Steven's Magistrates' Court. Sie werden eine Kaution beantragen. Der Antrag wird abgelehnt werden.«

»Wer ist diese Frau überhaupt? Was hat sie mit Clive zu tun? Mit mir und den Briefen?«

Links war anzusehen, wie unwohl er sich in seiner Haut fühlte. Nachdem er tief Luft geholt hatte, antwortete er langsam und bedächtig, mit leiser Stimme, obwohl niemand da war, der uns hätte belauschen können.

»Einzelheiten darf ich Ihnen nicht verraten«, sagte er, »aber auf Grund der besonderen Umstände hielt ich es für angebracht, Sie vorzubereiten. Wie es scheint, hatte Ihr Mann eine Affäre mit ihr. Wir gehen davon aus, dass er ihr Ihr Medaillon geschenkt hat. Wir haben bei seinen Sachen ein Foto von ihr gefunden.«

Ich erinnerte mich an das Foto, das ich letzte Nacht gesehen hatte: die junge Frau mit dem fröhlichen, lachenden Gesicht, in der Hand ein Glas, um damit auf eine Zukunft zu trinken, die sie nicht haben würde. Ich schluckte. Eine Welle der Übelkeit stieg in mir hoch. »Deswegen muss er sie noch lange nicht umgebracht haben.«

»Miss Haratounian hat auch solche Briefe bekommen wie Sie. Geschrieben von derselben Person. Wir gehen davon aus, dass Ihr Mann sie bedroht und dann umgebracht hat.«

Ich starrte ihn an. Ein Puzzle begann sich zusammenzufügen, aber was dabei herauskam, ergab keinen Sinn, es war bloß ein Durcheinander aus schrecklichen Bildern. Ein böser Traum. »Wollen Sie damit sagen, dass Clive mir diese Briefe geschrieben hat?«

»Alles, was wir im Moment mit Sicherheit sagen können, ist, dass Ihr Mann des Mordes an Miss Haratounian angeklagt worden ist.«

»Sagen Sie mir Ihre persönliche Meinung.«

»Mrs. Hintlesham …«

»Sie müssen es mir sagen. Es ergibt keinerlei Sinn.«

Links schwieg einen Moment, sichtlich hin und her gerissen. »Das alles ist für Sie sehr schmerzlich«, sagte er schließlich. »Ich wünschte, wir könnten Ihnen das ersparen. Möglicherweise wollte er sich dieser Frau entledigen, aus welchem Grund auch immer. Nachdem er das getan hatte, nutzte er offenbar die Tatsache, dass niemand von seiner Bekanntschaft mit ihr wusste. Aus diesem Grund … nun ja, wenn Sie von derselben Person bedroht würden, die diesen Mord begangen hatte, dann würde man ihn nicht verdächtigen.« Er schwieg einen Moment. »Zumindest stellt sich die Sache für mich so dar«, fügte er dann verlegen hinzu. »Tut mir Leid.«

»Kann es wirklich sein, dass er mich so sehr hasst?«

Links gab keine Antwort.

»Hat er es zugegeben?«

»Bis jetzt leugnet er sogar, Miss Haratounian überhaupt zu kennen«, antwortete Links trocken. »Was ziemlich dreist ist.«

»Ich möchte ihn sehen.«

»Das ist Ihr gutes Recht. Sind Sie sicher?«

»Ich möchte ihn sehen.«

»Du glaubst das doch nicht, oder, Jenny? Jens! Du kannst dieser lächerlichen Anschuldigung doch unmöglich Glauben schenken!« In seiner Stimme mischten sich Wut und Angst. Sein Gesicht war rot und ungewaschen, seine Sachen fleckig. Ich starrte ihn an. Meinen Mann. Hängebacken, ein dicker Hals, leicht blutunterlaufene Augen.

»Jens!«, sagte er noch einmal.

»Warum sollte ich es nicht glauben?«

»Jens, ich bin's, Clive, dein Mann! Ich weiß, dass in letzter Zeit alles ein bisschen hektisch war, aber ich bin trotzdem noch der alte Clive.«

»Hektisch«, wiederholte ich. »Hektisch.«

»Wir sind seit fünfzehn Jahren verheiratet, Jens. Du kennst mich. Sag ihnen, wie absurd das alles ist! Ich war an dem Tag mit dir zusammen. Das weißt du ganz genau, Jens!«

Eine Fliege ließ sich auf seiner Wange nieder. Er schlug sie mit einer heftigen Handbewegung weg.

»Erzähl mir von Gloria«, sagte ich. »Ist es wahr?«

Er wurde rot und wollte etwas sagen, hielt dann aber inne.

Ich betrachtete ihn, die Haare in den Nasenlöchern, den Schmutzrand am Hemdkragen, die trockene Haut an den Ohren, die Schuppen im Haar. Clive sah nur gut aus, wenn er sich sorgfältig pflegte. Im Gegensatz zu Stadler gehörte er nicht zu den Menschen, die nach einer durchwachten Nacht fast noch besser aussahen als sonst – die die ganze Nacht aufbleiben konnten und trotzdem noch sexy wirkten.

»Ich glaube nicht, dass es zwischen uns noch etwas zu besprechen gibt. Oder bist du da anderer Meinung?«

»Ja«, sagte er. »Allerdings.«

»Leb wohl.«

»Du wirst schon sehen!«, rief er. »Du wirst schon sehen, und dann wird es dir Leid tun! Du machst den größten Fehler deines dummen kleinen Lebens!« Seine Faust krachte auf den Tisch. Der mondgesichtige Beamte an der Tür erhob sich. »Das wirst du mir büßen, verlass dich drauf!«

In dem Polizeiwagen vor meinem Haus saß jetzt nur noch ein einzelner Beamter, und der hatte sich hinter einer Zeitung verschanzt und schien halb zu schlafen. Clives Büro sah aus, als hätte dort ein Einbrecher gewütet. Das Haus war eine aus halb fertigen Räumen bestehende Baustelle, der Garten ein Ödland. In den Beeten, die Francis für die blühenden, süß duftenden Sträucher vorbereitet hatte, wuchsen Brennnesseln. Das Gras war von der Hitze gelb.

Ich machte eine Flasche Champagner auf und trank ein Glas, von dem mir prompt übel wurde. Eigentlich hätte ich etwas essen sollen, aber das erschien mir völlig unmöglich. Es sei denn, Grace Schilling wäre gekommen und hätte mir noch mal so ein weiches, köstliches Kräuteromelett zubereitet. Ich wünschte mir, Josh würde anrufen und sagen, dass er nach Hause unterwegs war.

Ich saß allein in der Küche, gedemütigt, aber frei.

## 14. KAPITEL

Ein Tag hektischer Betriebsamkeit beruhigte mich. Das war genau das, was ich jetzt brauchte. Es hielt mich davon ab, zu viel über alles nachzudenken, und dämpfte das Dröhnen in meinem Kopf, das ich einfach nicht loswurde, egal, welche Tabletten ich nahm. Am nächsten Morgen saß ich mit Lynne in der Küche. Es war sonnig, aber noch nicht so schrecklich heiß, und ich empfand fast so etwas wie Ruhe. Lynne trug wieder ihre Uniform. Seit alles vorüber war, hatte sich die Atmosphäre im Haus entspannt, und zwischen Lynne und mir herrschte Abschiedsstimmung. Wir hatten schon fast eine ganze Kanne Kaffee geleert und knabberten beide an unserem Toast herum, als Lynne mich fragte, ob sie eine Zigarette rauchen dürfe. Ich bat sie, mir auch eine zu geben, und holte uns als Aschenbecher eine Untertasse.

Der erste Zug fühlte sich irgendwie sündig an, als wäre ich wieder vierzehn, aber dann empfand ich es als sehr beruhigend. Vielleicht würde ich in meinem neuen Leben wieder zu rauchen beginnen.

»Früher habe ich geraucht, um abzunehmen«, erklärte ich. »Zumindest war das eine angenehme Nebenwirkung. Als ich dann mit Josh schwanger war, hörte ich auf. Mein Hintern und meine Oberschenkel sind nie wieder so geworden wie damals.«

Lynne schüttelte lächelnd den Kopf. »Ich wünschte, ich hätte Ihre Figur«, meinte sie.

Ich starrte sie skeptisch an. »Sie würde Ihnen nicht gefallen«, erwiderte ich. »Sie haben mich noch nicht nackt gesehen.«

Wir zogen beide an unseren Zigaretten. Nach all den Jahren kam ich mir wie eine Anfängerin vor. Ich würde noch viel üben müssen.

»Dann waren Sie gestern also fleißig?«, erkundigte sich Lynne. »Wann brechen Sie auf?«

»Ich fliege heute Abend nach Boston.«

»Wissen es die Jungs schon?«

Ihre Frage brachte mich fast zum Lachen. »Die Vorstellung, Josh am Telefon mitzuteilen, dass sein Vater … ich hielt das für keine sehr gute Idee. Nein, ich bin sicher, Dr. Schilling würde auch dazu raten, es ihm persönlich zu sagen.«

»Ja, das ist wahrscheinlich besser.«

»Den Großteil des Nachmittags habe ich am Telefon verbracht, um mit meinem Architekten und den verschiedenen Baufirmen zu sprechen, und mit Francis, meinem phantastischen Gärtner. Anfang nächster Woche kommen wir zurück, und dann kann die Arbeit am Haus beginnen.«

Lynne zündete sich eine weitere Zigarette an. Als sie meinen Blick bemerkte, gab sie mir auch noch eine. »Wird das nicht ein seltsames Gefühl sein?«, fragte sie. »Mit all dem wieder anzufangen?«

»Diesmal ist es anders«, erwiderte ich. »Deswegen hat das am

Telefon auch so lang gedauert. Sie werden alles nur ein wenig aufpeppen, ein bisschen weiße Farbe an die Wände klatschen, im Garten ein paar Büsche pflanzen. Dann verkaufe ich das Haus.«

Lynnes Augen weiteten sich überrascht. »Sind Sie sicher?«

»Noch lieber wäre es mir, das Ganze samt Inhalt anzuzünden und einfach davonzulaufen, aber da das nicht geht, werde ich es wohl verkaufen müssen.«

»Sie sind doch gerade erst eingezogen.«

»Ich kann seinen Anblick einfach nicht mehr ertragen. Ich bin hier so unglücklich gewesen. Das Haus kann zwar nichts dafür, aber trotzdem...«

»Haben Sie mit Dr. Schilling darüber gesprochen?«

»Warum sollte ich mit ihr darüber reden?«, fragte ich in leicht angriffslustigem Ton. »Die Aufgabe von Grace Schilling war es, ihr fachliches Wissen einzusetzen, um den Mann zu fassen, der mich belästigt hat. Wie Sie wissen, ist dieser Mann inzwischen gefasst!« Ich hielt inne. »Tut mir Leid. Ich wollte Sie nicht schon wieder anschreien.«

»Ist schon gut.«

»Ich nehme an, das war für Sie alles andere als ein angenehmer Job.«

»Wieso?«

»Na ja, es war bestimmt kein Spaß, auf eine so übellaunige, unglückliche Person wie mich aufzupassen.«

Lynne sah mich mit ernster Miene an. »Sie sollten so was nicht sagen. Es war fürchterlich. Wir haben uns Ihretwegen ganz schrecklich gefühlt. Das tun wir immer noch.«

»Immer noch?«

»Na ja, wir sind natürlich froh, dass wir den Schuldigen erwischt haben, aber weniger begeistert darüber, dass es Mr. Hintlesham ist.«

Es dauerte eine Weile, bis ich ihr darauf eine Antwort gab. Über Lynnes Schulter hinweg blickte ich in den Garten hinaus. Ich konnte mir kaum vorstellen, wie selbst Francis es schaffen sollte, ihn innerhalb von zwei Wochen so hinzukriegen, dass man das Ganze verkaufen konnte. Nun ja, wir würden sehen.

»Mir fallen bloß immer wieder Einzelheiten aus unserer Ehe ein, und ich frage mich wirklich, wie es dazu kommen konnte. Ich weiß, dass wir Probleme hatten, aber ich verstehe trotzdem nicht, wieso er mich so hasste. Was habe ich ihm getan? Was hat ihm dieses arme Mädchen getan, diese Zoë, außer dass sie mit ihm ins Bett gegangen ist?« Lynne wich meinem Blick nicht aus, das muss ich zu ihrer Ehrenrettung sagen, aber Antwort gab sie mir keine. »Und selbst wenn er wirklich einen solchen Hass auf mich hatte, musste er dann gleich auf die Idee kommen, mich umzubringen? Mich leiden lassen? Ich hätte ihm das nie zugetraut. Sie vielleicht? Nun sagen Sie schon was!«

Lynnes Blick wirkte etwas unsicher.

»Ich muss da vorsichtig sein«, erklärte sie. »Wegen der gerichtlichen Anhörung und all dem. Aber Menschen tun nun mal solche Dinge. Mr. Hintlesham hatte jemand anderen kennen gelernt, und er wusste, dass Sie nicht in eine Scheidung einwilligen würden.« Sie zuckte mit den Achseln. »Der letzte Mörder, mit dem ich zu tun hatte, war ein vierzehnjähriger Junge, der seine Oma umbrachte, weil sie sich weigerte, ihm Geld für ein Lotterielos zu geben. Wie eine von meinen Ausbilderinnen immer gesagt hat: Man braucht keine besondere Qualifikation, um zum Mörder zu werden.«

»Demnach trauen Sie ihm ein solches Verbrechen also wirklich zu? Glauben Sie, man wird ihn schuldig sprechen?«

Lynne zögerte einen Moment, ehe sie antwortete. »Es wird erst dann gegen jemanden Anklage erhoben, wenn eine Wahrscheinlichkeit von fünfundsiebzig Prozent besteht, dass es zu einer Verurteilung kommt. So weit ich weiß, hat die Staatsanwaltschaft im Fall Ihres Mannes nicht gezögert, Anklage zu erheben. Zum einen besteht eindeutig eine Verbindung zu dem toten Mädchen, Zoë, auch wenn Ihr Mann versucht hat, das zu leugnen. Hinzu kommen sein fehlendes Alibi und die gegen Sie gerichteten Drohungen, seine Affäre, sein klares Motiv. Da hat er schlechte Chancen, ungeschoren davonzukommen.«

»Was, wenn der Mordfall separat verhandelt wird?«, fragte ich zögernd.

»Keine Chance!«, antwortete Lynne. »Aufgrund der Briefe, die Sie beide bekommen haben, sind die beiden Fälle untrennbar miteinander verbunden.«

»Die halbe Zeit glaube ich, dass er unschuldig ist und zu Unrecht verurteilt werden wird, und die restliche Zeit befürchte ich, dass er schuldig ist und ungeschoren davonkommt. Er ist clever. Und er ist Anwalt. Ich weiß einfach nicht, was ich denken soll.«

»Er wird nicht davonkommen«, erwiderte Lynne bestimmt.

Wir tranken unseren Kaffee und rauchten unser Zigaretten zu Ende.

»Haben Sie schon gepackt?«, fragte sie.

»Das ist einer der nächsten Punkte auf meiner Liste«, erwiderte ich. »Ich nehme nur eine kleine Tasche mit.«

Sie warf einen Blick auf ihre Uhr. »Ich glaube, ich gehe jetzt besser.«

»Es wird ein seltsames Gefühl sein, nicht mehr bewacht zu werden«, erklärte ich.

»Sie werden nicht völlig unbewacht sein. Wir haben weiter ein Auge auf Sie.«

Ich verzog das Gesicht. »Heißt das, die Polizei ist sich nicht ganz sicher?«

»Nur um zu sehen, ob es Ihnen gut geht.«

Und weg war sie.

Ich aß nicht zu Mittag. Keine Zeit. Die Packerei war doch ein bisschen komplizierter, als ich Lynne gegenüber behauptet hatte. Normalerweise bin ich Weltmeisterin darin, genau die richtige Menge Kleidung mitzunehmen, aber zurzeit fühlte ich mich ein wenig überfordert und schien für alles etwas länger zu brauchen.

Hinzu kam, dass ständig das Telefon klingelte. Ich führte ein ziemlich langes Gespräch mit Clives Anwalt und hatte dabei das Gefühl, dass wir einander vorsichtig umkreisten. Mir war nicht ganz klar, ob wir uns überhaupt auf derselben Seite befanden, und gegen Ende der Unterhaltung fragte ich mich ernsthaft, ob es nicht besser wäre, mir einen eigenen Anwalt zu nehmen. Ein paar Leute riefen für Josh an: sein Geigenlehrer, dieser Hack aus dem Computerclub – er sagte, Josh habe ihn gebeten, ihm ein Computerspiel vorbeizubringen –, und Marcus, einer von seinen Freunden, außerdem ein paar von meinen beziehungsweise Clives Freunden, denen zweifellos zu Ohren gekommen war, dass bei uns etwas nicht stimmte. Ich wimmelte sie alle mit ausweichenden Antworten ab, bemühte mich dabei aber, ihnen keine allzu krassen Lügen aufzutischen.

Angesichts des Zustands, in dem ich mich befand, hielt ich es für besser, frühzeitig zum Flugplatz aufzubrechen, sodass ich mir ein Taxi bestellte und anschließend hektisch durchs Haus lief, um alle Fenster zu schließen und die Vorhänge halb zuzuziehen. Ich hatte Mary angerufen. Sie würde abends vorbeikommen und Licht machen. Wobei es sowieso nicht mehr viel zu stehlen gab. Sollten sich die Einbrecher doch bedienen! Plötzlich kam mir ein Gedanke. Der lange Flug. Bequeme Schuhe. Ich besaß ein Paar schöne blaue Leinenslipper. Wo waren sie nur? Hatte ich sie nach dem Umzug überhaupt ausgepackt? Jetzt fiel es mir wieder ein. Auf dem Schlafzimmerschrank. Ich rannte nach oben. Im Schlafzimmer – unserem Schlafzimmer, hätte ich vor nicht allzu langer Zeit gesagt – blickte ich mich kurz um. Ich konnte nichts entdecken, was ich vergessen hatte.

Es klopfte an der Tür. Nicht an der Haustür, nein, an der Schlafzimmertür.

»Mrs. Hintlesham?«

»Ja?«, antwortete ich erschrocken.

Ein Gesicht spähte durch den Türspalt herein. Einen Moment lang war ich völlig irritiert. Sie wissen, wie das ist, wenn man ein Gesicht nicht in seiner normalen Umgebung, sondern an einem völlig anderen Ort sieht. Ein gut aussehender junger Mann in Jeans, T-Shirt und schwarzer Arbeitsjacke. Langes dunkles Haar. Wer war das bloß?

»Hack. Was tun Sie …«

»Das ist nicht mein richtiger Name. So nenne ich mich nur, um die Jungs zu beeindrucken.«

»Wie lautet denn Ihr richtiger Name?«

»Morris«, antwortete er. »Morris Burnside.«

»Hören Sie, Morris Burnside, ich bin ziemlich in Eile. Ich muss gleich zum Flughafen.«

»Das Spiel«, sagte er und fuchtelte mit einem knallbunten Päckchen herum. »Ich habe angerufen, erinnern Sie sich? Sie müssen entschuldigen, aber die Tür stand offen, und da bin ich einfach reinmarschiert. Ich habe unten nach Ihnen gerufen.«

»Oh. Sie haben Glück, dass Sie mich noch erwischen. Das Taxi kann jeden Moment kommen.«

Erst jetzt bemerkte ich, dass er keuchte, als wäre er gerannt.

»Ja, ich bin wirklich froh, dass ich Sie noch angetroffen habe, weil … es ist nicht nur wegen des Spiels. In der Abendzeitung stand, dass gegen Ihren Mann Anklage erhoben worden ist.«

»Was? O Gott! Ich habe schon befürchtet, dass so was passieren würde.«

»Es tut mir wirklich Leid, Mrs. Hintlesham. Und ich weiß, wie schwierig das für Josh sein wird.«

»Ja, da haben Sie Recht. Augenblick, ich hole nur schnell diese Schuhe vom Schrank. So, da haben wir sie ja.«

»Deswegen bin ich gleich gekommen, um mit Ihnen zu reden. Wissen Sie, ich habe über die Sache nachgedacht. Mr. Hintlesham kann es nicht gewesen sein.«

»Das ist nett von Ihnen, ähm, Morris, aber …«

Ich schlüpfte in die Schuhe. Es war fast schon Zeit aufzubrechen.

»Nein, es ist nicht bloß das. Ich weiß, wie Ihr Mann seine Unschuld beweisen kann.«

»Wie meinen Sie das?«

»Es ist absolut narrensicher. Wenn man Ihre Leiche findet, werden die von der Polizei wissen, dass er es nicht gewesen sein kann.«

»Was?«, fragte ich benommen. Eine Welle der Panik durchlief meinen Körper.

Er war nur einen Schritt von mir entfernt, und mit einer ruckartigen Bewegung ließ er etwas über meinen Kopf sausen, das sich eine Sekunde später um meinen Hals zusammenzog. Nun stand er so knapp vor mir, dass ich seinen heißen Atem auf meinem Gesicht spüren konnte, während er auf mich herunterblickte.

»Jetzt kannst du nicht mehr sprechen.« Seine Stimme war nur noch ein Flüstern. Sein Gesicht war dem meinen so nah, dass er mich hätte küssen können, wenn er gewollt hätte. »Du kannst kaum noch atmen. Ein Ruck, und du bist tot.« Sein Gesicht war rot angelaufen, als wäre ihm sein ganzes Blut zu Kopf gestiegen, und er starrte mich aus kalten Augen an, aber als er weitersprach, klang seine Stimme fast zärtlich. »Das spielt nun alles keine Rolle mehr. Es gibt nichts, was du tun könntest.«

Ich verlor die Kontrolle über meinen Körper. Plötzlich spürte ich etwas Warmes, Feuchtes zwischen meinen Beinen. Ich machte in die Hose. Das Geräusch, mit dem mein Urin auf die Bodendielen plätscherte, erinnerte mich daran, wie damals mein Fruchtwasser abgegangen war. Ein guter Gedanke. Christo war fort, bei meinen Eltern. Josh und Harry waren weit, weit weg. Das war gut.

Er verzog angewidert das Gesicht. »Nun sieh mal, was du gemacht hast«, sagte er. »Dabei hast du noch alle deine Sachen an!«

Das war das Letzte, was ich je sehen würde. Sein Gesicht. Ich hätte so gern nach dem Grund gefragt, aber das konnte ich nun nicht mehr.

»Das mit dem Taxi ist schade«, sagte er. »Ich dachte, ich hätte viel Zeit. Ich wollte mir ganz viel Zeit lassen, dir meine Liebe zu zeigen, aber jetzt muss ich mich beeilen.«

Er zog die Schnur noch etwas enger und hielt sie dann mit einer Hand fest. Mit der anderen fasste er nach unten und holte etwas aus seiner Tasche. Eine Klinge.

»Ich liebe dich, Jenny.«

Ich wünschte mir nur noch Schwärze, Bewusstlosigkeit. Aber es ging nicht. Ich konnte nicht.

DRITTER TEIL

# *Nadia*

## 1. KAPITEL

Ich war in Eile. Na ja, eigentlich war ich überhaupt nicht in Eile, aber ich hoffte, mich selbst zu überlisten, indem ich mir ein bisschen Eile vorgaukelte. Vielleicht würde ich es auf diese Weise endlich schaffen, meinen Papierkram zu erledigen. Mit ein bisschen Glück würde ich meinen Irrtum zu spät bemerken und hätte mein Leben wieder im Griff.

Ich kramte einen alten Baumwollrock unter meinem Bett hervor und schlüpfte hinein. Darüber zog ich ein schwarzes, ärmelloses T-Shirt, das lang genug war, um den Schokofleck am Rockbund zu verdecken. Wahrscheinlich hatte mich ein Kind mit einem Marsriegel oder etwas Ähnlichem gestreift. Ich betrachtete mich im Spiegel. Mein Haar sah aus wie ein Vogelnest, und auf der Wange hatte ich noch einen Fleck Kinderschminke.

Kaffee. Eine gute Idee, um in die Gänge zu kommen. Ich suchte mir eine Tasse und spülte sie im Bad aus. Den Wasserkessel musste ich ebenfalls im Bad füllen, weil das Spülbecken in der Küche von einem Stapel verkrusteter Teller und Pfannen blockiert war. Wenn ich meine Steuererklärung fertig hatte, würde ich abspülen. Auch eine gute Idee. Mit diesem widerlichen, unhygienischen Berg aus dreckigem Geschirr würde ich mich selbst erpressen, mein Leben wieder in Ordnung zu bringen.

Bewaffnet mit Kaffee und einem halben Schokoriegel setzte ich mich an den Schreibtisch. In Zukunft würde ich zum Frühstück Müsli und aufgeschnippeltes frisches Obst essen. Vier Portionen Gemüse und sechs Portionen Obst sollte man am Tag zu sich nehmen. Wurde Schokolade nicht aus irgendwelchen Bohnen gemacht?

Am besten, ich brachte es schnell hinter mich. Auf der Tastatur meines Computers lag die letzte Aufforderung des Finanzamts. Sie war mir schon vor Wochen zugeschickt worden, aber ich hatte sie zu all meinen anderen ungeöffneten Briefen in die Schublade gelegt und versucht, jeden Gedanken daran zu verdrängen.

Max hat immer gesagt, ich gehörte eigentlich in therapeutische Behandlung, allein schon wegen meiner Unfähigkeit, meine Post zu öffnen. Manchmal schaue ich sie wochenlang nicht an. Ich weiß selbst nicht, warum. Mit ist natürlich klar, dass ich mich damit in Schwierigkeiten bringe. Außerdem handelt es sich dabei keineswegs nur um unangenehme Dinge wie Rechnungen und Mahnschreiben wegen nicht rechtzeitig zurückgegebener Bibliotheksbücher. In den ungeöffneten Umschlägen stecken auch Schecks, Briefe von Freundinnen oder Jobangebote, die ich im Moment wirklich brauchen könnte. Später, sage ich mir dann. Das mache ich später. Wenn die Schublade ganz voll ist.

Nun war es so weit. Nachdem ich eine Schachtel Kekse und einen Strohhut vom Bett gefegt hatte, ließ ich mich darauf nieder, schaltete den Computer an und sah zu, wie der Bildschirm grün aufleuchtete. Ich klickte mit der Maus erst auf »Buchführung«, dann auf »Ausgaben«. Gut. Sehr gut. Ich arbeitete eine Stunde lang. Ich wühlte mich durch das Chaos auf dem Schreibtisch, hinter dem Schreibtisch, in meinen Jackentaschen. Ich öffnete Umschläge und strich zusammengeknüllte Rechnungen glatt. Mein Leben nahm langsam Gestalt an. Ich beschloss, sicherheitshalber alles auszudrucken. Auf dem Bildschirm erschien ein kleines Fenster: Fehlertyp 18. Was hieß das? Ich klickte noch einmal, aber der Curser bewegte sich nicht. Nichts rührte sich mehr, das ganze Bild war eingefroren. Ich versuchte es über die Tastatur, hämmerte wütend auf die Tasten ein, als könnte ich mit roher Gewalt etwas ausrichten. Nichts geschah. Und jetzt? Was sollte ich jetzt tun? Mein Leben, mein neues, geordnetes Leben steckte irgendwo hinter dem Bildschirm, und ich kam nicht ran. Frustriert ließ ich den Kopf in die Hände sinken. Ich fluchte und jammerte. Ich versetzte dem Bildschirm von oben einen kräftigen Schlag. Dann versuchte ich es mit Streicheleinheiten. »Bitte«, flehte ich, »ich werde in Zukunft auch immer nett zu dir sein!«

Wahrscheinlich hätte ich nur einen Blick ins Handbuch zu werfen brauchen, aber leider besaß ich keines. Der Computer war mir von einem Freund von Max vermacht worden. Plötzlich fiel mir die Karte wieder ein, die ich letzte Woche unter meinem Scheibenwischer gefunden hatte. Hilfe bei Computerproblemen. Damals hatte ich darüber gelacht und die Karte achtlos irgendwo hingeworfen. Fragte sich bloß, wohin. Ich öffnete die oberste Schreibtischschublade: Tampons, Kaugummis, auslaufende Filzstifte, Klebeband, Geschenkpapier, ein Scrabblespiel für die Reise, eine Hand voll Fotos, eine Packung Spielkarten, ein paar Murmeln, ein Ohrring, mehrere Gummibänder, ein Lippenstift, ein Jonglierball und ein paar Filzstiftkappen. Ich suchte in meiner Geldbörse, zwischen den Kreditkarten, den Rechnungen, den ausländischen Geldscheinen und dem Automatenfoto von Max. Ich warf das Foto weg. Keine Karte.

Sie war auch nicht unter den Sofakissen oder in der angeschlagenen Teekanne, in der ich allerlei Krimskrams aufbewahrte, genauso wenig in meiner Schmuckschublade oder zwischen den Zeitungen, die sich auf dem Küchentisch stapelten. Wahrscheinlich hatte ich sie als Lesezeichen benutzt. Ich ging ins Schlafzimmer hinüber und blätterte die Bücher durch, die ich in letzter Zeit gelesen oder angeschaut hatte. In Jane Eyre fand ich ein gepresstes vierblättriges Kleeblatt, in einem Amsterdam-Führer einen Handzettel, der für Pizza zum Mitnehmen warb.

Oder hatte ich die Karte einfach in meine Hosentasche gesteckt? Was hatte ich an dem Tag überhaupt angehabt? Ich durchsuchte sämtliche Hosen und Shorts, die in meinem Schlafzimmer und im Bad herumlagen und auf den nächsten Waschtag warteten. Schließlich wurde ich unter einem Sessel fündig. Die Karte steckte in einem Wildlederstiefel, in den sie wohl versehentlich wie ein trockenes Herbstblatt hineingeflattert war. Ich strich sie glatt und las den Text: »Probleme mit Ihrem Computer?«, stand dort in fetten Lettern. »Bei großen und kleinen Problemen stehe ich Ihnen mit Rat und Tat zur Seite.« Darunter folgte in kleinerer Schrift eine Telefonnummer, die ich sofort wählte.

»Hallo?«

»Sind Sie der Computertyp?«

»Ja.«

Er klang jung, freundlich und hochintelligent.

»Gott sei Dank! Mein Computer ist gelähmt. Und alles steckt in dieser Kiste. Mein ganzes Leben.«

»Wo wohnen Sie?«

Ich fasste wieder Mut. Großartig. Vor meinem geistigen Auge hatte ich mich das Ding schon durch ganz London schleppen sehen.

»In Camden, ganz in der Nähe der U-Bahn-Station.«

»Wie wär's mit heute Abend?«

»Wie wär's mit jetzt gleich? Bitte! Glauben Sie mir, ich würde Sie nicht darum bitten, wenn es kein echter Notfall wäre.«

Er lachte. Nett und jungenhaft. Irgendwie beruhigend, fast wie ein Arzt. »Ich werde sehen, was ich tun kann. Sind Sie den ganzen Tag zu Hause?«

»Ja. Es wäre wirklich toll, wenn Sie möglichst bald vorbeikommen könnten.« Rasch gab ich ihm meine Adresse und Telefonnummer, bevor er es sich anders überlegen konnte. Dann fügte ich hinzu: »In meiner Wohnung sieht es übrigens verheerend aus.« Ich blickte mich um. »Ich meine, wirklich verheerend. Und mein Name ist Nadia, Nadia Blake.«

»Bis später.«

## 2. KAPITEL

Kaum eine halbe Stunde später stand er vor der Tür. Eine unglaublich praktische Sache. Er kam mir vor wie einer der Handwerker aus der guten alten Zeit, von denen mein Dad immer erzählt. Ein Mensch, der sofort ins Haus kommt, wenn etwas zu reparieren ist. Noch besser fand ich, dass er nicht wirklich aus dieser alten Zeit stammte. Er war keiner dieser mittelalterlichen, mit Klemmbrett ausgerüsteten Männern in Uniform, die mit einem Lieferwagen vorfahren, auf dem der Name ihrer Firma steht, und einem am Ende eine Rechnung in die Hand drücken, bei deren Anblick einem klar wird, dass es billiger gewesen wäre, eine neue Toilette zu kaufen, als die Verstopfung der alten beseitigen zu lassen.

Er war ein ganz normaler Mensch wie du und ich, nur ein bisschen jünger. Zumindest ein bisschen jünger als ich. Er war groß und trug eine lässige graue Hose, ein T-Shirt und darüber eine abgewetzte alte Jacke, die für das tropische Wetter viel zu warm aussah. Er hatte eine helle Haut und dunkles, schulterlanges Haar. Alles in allem sah er ganz passabel aus und war überhaupt nicht so maulfaul, wie man sich diese Computerheinis immer vorstellt.

»Hallo«, sagte er und streckte mir die Hand entgegen. »Ich bin Morris Burnside. Der Computermann.«

»Phantastisch«, sagte ich. »Phantastisch. Ich bin Nadia.«

Ich bat ihn herein.

»Einbrecher?«, fragte er, nachdem er sich einen Moment umgesehen hatte.

»Nein, ich habe Sie doch schon am Telefon vor meinem Chaos gewarnt. Bei mir ist demnächst Großputz angesagt. Steht ganz oben auf meiner Liste.«

»Sie verstehen wohl keinen Spaß? Ich find's nett hier. Die große Terrassentür ist schön.«

»Ja, und erst der Garten! Der steht auch auf meiner Liste. Allerdings ein bisschen weiter unten.«

»Wo ist der Patient?«

»Hier durch, bitte.« Die streikende Maschine befand sich in meinem Schlafzimmer. Als Schreibtischstuhl fungierte mein Bett. »Möchten Sie eine Tasse Tee?«

»Kaffee, bitte. Mit Milch, aber ohne Zucker.«

Erst wollte ich sehen, wie er mein Problem in Angriff nehmen würde. Auf eine perverse Weise hatte das Ganze etwas von einem Arztbesuch. Wenn sich das Wehwehchen, mit dem man gekommen ist, als etwas einigermaßen Ernstes entpuppt, ist man irgendwie stolz, weil man dem Arzt etwas zu bieten hat, das seine Aufmerksamkeit verdient. Wenn sich dagegen herausstellt, dass einem so gut wie nichts fehlt, empfindet man das als ziemlich beschämend. Ich wünschte mir einerseits einen gesunden Computer, wollte aber andererseits Computerdoktor Morris eine angemessene Herausforderung bieten. Er sollte nicht das Gefühl haben, umsonst gekommen zu sein. Mein Wunsch ging nicht in Erfüllung.

Morris zog seine Jacke aus und warf sie aufs Bett. Überrascht musterte ich ihn. Ich hatte damit gerechnet, dass er lange, dünne Arme haben würde, aber sie waren muskulös und sehnig. Vor mir stand ein breitschultriger, durchtrainierter junger Mann. Mit meinen einsfünfundfünfzig und meiner zierlichen Figur kam ich mir neben ihm vor wie eine Zwergin.

»Space Buddy«, sagte ich.

»Was?« Einen Moment lang sah er mich fragend an. Dann blickte er an sich hinunter und lächelte. »Mein Shirt? Ich weiß auch nicht, wer sich diese Sprüche ausdenkt. Wahrscheinlich irgendein Computer in Japan, bei dem jemand die Drähte falsch zusammengesteckt hat.«

»Also«, wechselte ich das Thema. »Wie Sie sehen, tut sich bei der Kiste gar nichts mehr. Normalerweise drücke ich auf eine Taste, und es passiert zumindest irgendwas, aber diesmal kann ich drücken, so viel ich will – ohne jeden Erfolg.« Er setzte sich aufs Bett und nahm den Bildschirm in Augenschein. »Dass da Fehlertyp achtzehn steht, hilft mir auch nicht weiter«, fuhr ich fort. »Als ob damit irgendwer was anfangen könnte! Ich habe mir schon überlegt, ob es nicht am besten wäre, einfach den Stecker rauszuziehen und anschließend zu versuchen, das Ding neu zu starten, aber dann hatte ich Bedenken, was kaputtzumachen.«

Morris lehnte sich ein wenig vor. Mit der linken Hand drückte er mehrere der größeren Tasten am linken Rand der Tastatur und tippte dann mit der rechten auf die Returntaste. Der Bildschirm wurde einen Moment schwarz, dann startete der Computer neu.

»War's das?«, fragte ich.

Er stand auf und griff nach seiner Jacke. »Wenn es wieder passiert, drücken Sie gleichzeitig diese drei Tasten und die Returntaste. Falls das nicht funktioniert, befindet sich auf der Rückseite des Computers ein kleines Loch.« Er hob ihn hoch und blies ein bisschen Staub weg. »Hier. Schieben Sie ein Streichholz hinein. Das klappt fast immer. Sollte das alles nichts bringen, dann ziehen Sie den Stecker.«

»Tut mir wirklich Leid«, erklärte ich verlegen. »Ich bin einfach ein hoffnungsloser Fall, was diese technischen Dinge anbelangt. Eines Tages lerne ich es. Ich mache einen Kurs.«

»Sparen Sie sich die Mühe«, meinte er. »Frauen sind nicht dafür geschaffen, Computer zu bedienen. Dafür gibt es schließlich Männer.«

Ich war ein bisschen in Eile, weil ich noch meine Sachen zusammensuchen musste, hatte aber das Gefühl, ihn nicht einfach so abschieben zu können. »Jetzt kriegen Sie Ihren Kaffee«, erklärte ich. »Falls ich noch irgendwo eine Tasse finde.«

»Darf ich kurz Ihr Bad benutzen?«

»Klar, es ist gleich nebenan. Kann ich mich schon im Voraus für das Chaos entschuldigen?«

»Was schulde ich Ihnen?«, fragte ich.

»Gar nichts«, antwortete Morris. »Für die paar Handgriffe nehme ich kein Geld.«

»Kommt gar nicht in Frage! Sie mussten schließlich extra herfahren. Bestimmt haben Sie so was wie eine Grundgebühr.«

Er lächelte. »Ja. Eine Tasse Kaffee.«

»Wie wollen Sie Ihren Lebensunterhalt verdienen, wenn Sie durch die Gegend fahren und umsonst arbeiten? Sind Sie so eine Art Mahatma?«

»Nein, nein, ich mache ganz verschiedene Dinge mit Computern, Programme installieren, Einsteigerkurse an Schulen, alles Mögliche. Das hier ist bloß eine Art Hobby.« Er schwieg einen Moment. »Und was machen Sie?«

Mir war immer ein bisschen flau zu Mute, wenn dieses Thema zur Sprache kam. »Es ist kein richtiger Beruf, und als meinen Traumjob würde ich es auch nicht bezeichnen, aber im Moment arbeite ich als eine Art Entertainerin. Auf Kinderfesten.«

»Wie bitte?«

»Jetzt wissen Sie, was ich mache. Zusammen mit meinem Partner Zach – meinem Geschäftspartner, meine ich – besuche ich Kinderfeste und führe ein paar Tricks vor. Wir lassen die Kids eine Wüstenspringmaus streicheln, binden ein paar Luftballons zu witzigen Formen zusammen, veranstalten ein kleines Puppentheater.«

»Erstaunlich«, sagte Morris.

»Kein sehr aufregender Job, aber man kann mehr oder weniger davon leben. Jetzt wissen Sie auch, warum ich so was Lästiges wie Buchführung machen muss. Tut mir wirklich Leid, Morris, ich fühle mich ziemlich blöd, weil ich Ihre Zeit vergeudet habe. Ich kann verstehen, wenn Sie meine Darbietung des hilflosen weiblichen Wesens nicht besonders witzig finden.«

»Hätte Ihr Freund das nicht für Sie machen können?«

»Wie kommen Sie darauf, dass ich einen Freund habe?«, fragte ich ein wenig misstrauisch.

Morris wurde rot. »Ich wollte Ihnen nicht zu nahe treten«, sagte er. »Ich habe nur den Rasierschaum im Bad gesehen. Und die zweite Zahnbürste.«

»Ach, das. Max – das ist der Typ, mit dem ich zusammen war – hat ein paar Sachen dagelassen, als er vor ein paar Wochen ausgezogen ist. Sobald ich es schaffe, meinen Großputz zu starten, landet das alles in der Mülltonne.«

»Tut mir Leid«, sagte er.

Ich hatte keine Lust, weiter über dieses Thema zu reden. »Dann ist mein Computer also wieder voll funktionsfähig!«, sagte ich munter, bevor ich meinen letzten Schluck Kaffee trank.

»Wie alt ist die Kiste? Drei Jahre?«, fragte er.

»Keine Ahnung. Er hat mal dem Freund eines Freundes gehört.«

»Ich verstehe nicht, wieso Sie mit so einem alten Ding arbeiten.« Er betrachtete meinen Computer aus zusammengekniffenen Augen. »Sie brauchen mehr Speicherkapazität. Schnellere Hamster. Das ist alles.«

»Wie bitte? Schnellere Hamster?«

Er grinste. »Sorry. Das ist so ein Insiderausdruck.«

»Ich besaß als kleines Mädchen mal einen Hamster. Der war überhaupt nicht schnell.«

»Ich wollte damit bloß sagen, dass Sie da ein ziemlich vorsintflutliches Modell haben.«

»Das klingt aber gar nicht gut.«

»Für einen Riesen bekommen Sie ein Gerät mit tausendmal mehr Power. Sie könnten ans Netz gehen. Ihre eigene Website einrichten. Wenn Sie wollen, kann ich das für Sie machen. Es gibt ein spezielles Programm, das Ihnen in null Komma nichts Ihre ganze Buchführung erledigt. Ich könnte Ihnen das installieren, wenn Sie wollen. Dann würden Sie mich als ganz seriösen Computerberater erleben.«

Mir wurde langsam ein bisschen schwindlig. »Das ist wahnsinnig nett von Ihnen, Morris, aber ich fürchte, Sie verwechseln mich mit einer Frau, die dem Leben gewachsen ist.«

»Da liegen Sie völlig falsch, Nadia. Mit dem richtigen Computer ist alles viel einfacher. Damit bekommen Sie Ihr Leben in den Griff.«

»Hören Sie auf!«, erklärte ich in bestimmtem Ton. »Ich will keinen Computer, der mehr kann, sondern einen, der weniger kann. Ich will keine Website. Auf mich wartet Bügelwäsche von sechs Monaten.«

Morris stellte seine Kaffeetasse auf den Tisch. Er machte einen enttäuschten Eindruck.

»Falls Sie es sich doch noch anders überlegen«, sagte er, »haben Sie ja meine Karte.«

»Ja, die hab ich.«

»Und vielleicht könnten wir… na ja, ich meine, vielleicht könnten wir uns mal auf einen Drink treffen.«

Es klingelte an der Tür. Zach. Gott sei Dank. Es ist eine statistische Tatsache, dass neunundsiebzig Prozent aller männlichen Wesen, die ich kennen lerne, mit mir ausgehen wollen. Wieso wirkte ich auf Männer kein bisschen einschüchternd? Ich sah ihn an. In meinem Kopf setzte keine Geigenmusik ein. Nein.

»Das ist mein Partner«, sagte ich. »Wir müssen leider gleich weg. Und ...«, ich legte eine angemessene Pause ein, ehe ich weitersprach, »... ich fühle mich zurzeit ein bisschen daneben. Ich bin noch nicht bereit für etwas Neues. Tut mir Leid.«

»Natürlich«, antwortete Morris, wich dabei aber meinem Blick aus. »Ich verstehe das vollkommen.«

Das war nett von ihm. Er folgte mir zur Tür, wo ich ihn Zach vorstellte. »Vor dir steht ein Mann«, erklärte ich, »der ins Haus kommt und kostenlos Computer repariert.«

»Wirklich?«, fragte Zach interessiert. »Meiner streikt auch gerade. Ich habe keinen blassen Schimmer, woran das liegen könnte. Würden Sie eventuell mal einen Blick darauf werfen?«

»Tut mir Leid«, antwortete Morris. »Das war ein einmaliges Angebot.«

»Typisch«, meinte Zach mit düsterer Miene. »Das geht mir immer so.«

Morris nickte mir noch einmal freundlich zu, und weg war er.

*Ich habe sie gefunden. Meine perfekte Dritte. Sie ist klein, wie die anderen, aber stark, voller Energie. Sie sprüht geradezu vor Energie. Sie hat honigfarbene Haut, glänzendes, kastanienbraunes Haar, das immer zersaust wirkt, grünbraune Augen, deren Farbe an Walnüsse erinnert, kupferrote Sommersprossen auf Nase und Wangen. Herbstfarben für das Ende des Sommers. Ein energisches Kinn. Weiße Zähne. Sie lächelt oft, legt beim Lachen den Kopf zurück, begleitet ihre Worte mit Gesten. Kein schüchternes Mädchen, sondern eines, das sich in seiner Haut wohl fühlt. Wie eine Katze am Kamin. Ihre Haut sieht aus, als würde sie Wärme abstrahlen. Ihre Hand war warm und trocken, als ich sie geschüttelt habe. Schon in dem Moment, als ich sie sah, wusste ich, dass sie genau richtig für mich ist. Meine Herausforderung. Meine Liebste. Nadia.*

3. KAPITEL

Wir bräuchten noch einen zusätzlichen Trick.« Zach runzelte die Stirn, während er mich über seinen schaumigen, rosafarbenen Milchshake hinweg ansah. »Auf jeden Fall was Neues.«

»Warum?«

»Für den Fall, dass wir irgendwo ein zweites Mal eingeladen werden.«

Ich kann zwei Zaubertricks (drei, wenn man den Zauberstab mitrechnet, der in mehrere Stücke zerfällt, wenn ich an seinem hinteren Ende einen kleinen Hebel betätige – für alle, die jünger als vier sind, eine höchst erstaunliche Sache). Beim ersten Trick lege ich einen weißen Seidenschal in eine leere Tasche – die Kinder wissen, dass sie leer ist, weil mehrere von ihnen ihre kleinen knuddeligen Hände hineingesteckt haben, bevor ich anfange – und dann, hey presto, wenn ich ihn wieder herausziehe, ist er plötzlich rosa und lila gebatikt. Beim zweiten Trick lasse ich Bälle verschwinden und wieder auftauchen. Beides sind extrem einfache, elementare Tricks. Im Lauf der Jahre habe ich sie so oft vorgeführt, dass ich sie mittlerweile perfekt beherrsche. Das Wichtigste ist, dass man seine Zuschauer dazu bringt, in die falsche Richtung zu sehen. Wenn sie dann vor Überraschung nach Luft schnappen, muss man der Versuchung widerstehen, das Ganze zu wiederholen. Und man darf niemandem – nicht einmal neugierigen Eltern – verraten, wie sie funktionieren. Einmal bin ich diesem Grundsatz Max gegenüber untreu geworden. Ich zeigte ihm den Trick mit den Bällen, und er war total verblüfft. Und neugierig. Wie hast du das gemacht, wie hast du das gemacht? Er ließ mir keine Ruhe. Als ich es ihm schließlich zeigte, fiel ihm vor Enttäuschung die Kinnlade herunter. Und das ist alles? Was hast du denn erwartet!, schrie ich ihn an. Es ist doch bloß ein gottverdammter Trick!

Jonglieren kann ich auch, allerdings nur mit drei Bällen, wie die meisten Leute. Nichts Schwieriges. Das einzig Besondere ist bei mir, dass ich nicht nur die üblichen bunten, mit Bohnen gefüllten Säckchen verwende, sondern auch mit Bananen, Schuhen, Tassen, Teddybären oder Schirmen jongliere. Die Kinder sind immer total begeistert, wenn ich beim Jonglieren ein Ei fallen lasse. Sie glauben, dass ich es absichtlich tue, um den Clown zu spielen.

Das Puppentheater ist eher Zachs Domäne. Ich kann bloß zwei verschiedene Stimmen, und selbst die klingen völlig identisch. Manchmal veranstalten wir auch Kochpartys: Wir bringen sämtliche Zutaten mit und zeigen den Kindern, wie man kleine Kuchen, klebrigen Zuckerguss oder Hamburger macht oder mit Backformen kreisrunde Schinkensandwiches aussticht. Hinterher dürfen die Kleinen alles aufessen, während wir das Chaos beseitigen. Wenn wir Glück haben, macht uns die Mutter eine Tasse Tee.

Ich bin der Clown, ein lauter, fröhlicher, chaotischer Spaßvogel, der ständig über die eigenen Beine fällt. Zach spielt meinen ernsten, miesepetrigen Handlanger.

Wir hatten gerade das Fest einer Fünfjährigen namens Tamsin besucht – einen Raum voller tyrannischer kleiner Mädchen, deren Kleidchen alle aussahen wie Baisers –, und ich war von dem vielen hektischen Gekreische, das zu meinem Auftritt gehörte, schweißgebadet und ziemlich erschöpft. Ich wollte nach Hause, ein Nickerchen machen, in der Badewanne entspannt Zeitung lesen.

»Insekten«, sagte Zach plötzlich. »Ich habe von einem Typen gehört, der mit Reptilien und allerlei Ungeziefer bei Kinderfesten auftritt. Die Kinder dürfen die Viecher anfassen, und das war's.«

»Vergiss es! Ich werde in meiner Wohnung weder Insekten noch Reptilien halten.«

Nachdenklich schlürfte er seinen Milchshake.

»Wir könnten uns irgendein Insekt besorgen, das die Kinder sticht. Nein, das würde nicht funktionieren, die Eltern würden uns bestimmt anzeigen. Besser wäre ein Vieh, das die Kinder mit einer schlimmen Krankheit ansteckt, die aber erst viel später ausbricht.«

»Klingt gut.«

»Kannst du ›Happy Birthday‹ auch nicht mehr hören?«, fragte er.

»Ich hasse dieses Lied!«

Wir grinsten uns an.

»Du hast heute katastrophal jongliert.«

»Ich weiß. Ich bin aus der Übung. Bestimmt werden sie uns nie wieder einladen. Was mir aber ganz recht ist. Tamsins Dad hat nämlich den Arm um mich gelegt.« Ich stand auf. »Sollen wir uns ein Taxi teilen?«

»Nein, ist schon okay.«

Wir küssten uns zum Abschied auf die Wange und brachen in entgegengesetzte Richtungen auf.

Es ist ein seltsames Gefühl, in die leere Wohnung zurückzukommen, seit Max vor ein paar Wochen ausgezogen ist. Dabei hatte ich mich gerade erst an seine Anwesenheit gewöhnt: den hochgeklappten Klodeckel, den Schrank voller Anzüge und Hemden, den frisch gepressten Orangensaft und den Schinken im Kühlschrank, den anderen Körper in meinem Bett, der mir nachts sagte, dass ich schön sei, und morgens, dass ich endlich aufstehen solle, weil ich sonst wieder zu spät käme. Ich hatte mich daran gewöhnt, dass es in meinem Leben jemanden gab, für den ich kochen konnte, jemanden, der für mich kochte, mir den Rücken massierte und mir sagte, ich solle anständig frühstücken. Jemanden, mit dem ich Pläne schmieden und für den ich mein Leben ändern konnte. Hin und wieder hatte es mich genervt, dass dadurch meine Freiheit eingeschränkt war. Max hatte mich gedrängt, ordentlicher zu sein, mein Leben besser zu organisieren. Er fand mich zu schlampig, zu verträumt. Die Eigenschaften, die ihm anfangs an mir gefallen hatten, begannen ihn zu nerven. Jetzt aber stellte ich fest, dass es mir fehlte, mein Leben mit jemandem zu teilen. Ich musste erst wieder lernen, allein zu leben und ungehemmt meiner Selbstsucht zu frönen: Endlich konnte ich wieder im Bett Schokolade essen, mir abends Porridge machen, *Meine Lieder – meine Träume* auf Video ansehen, nach Lust und Laune Notizzettel an die Wand pinnen und schlechter Laune sein. Ich konnte jemand Neuen kennen lernen und mit der ganzen Schwindel erregenden, herrlichen und schrecklichen Karussellfahrt von vorn beginnen.

Um mich herum wurden meine Freunde und Freundinnen langsam sesshaft. Sie arbeiteten in den Berufen, die sie gelernt hatten, mit Rentenversicherungen und Zukunftsaussichten. Sie hatten Hypotheken, Waschmaschinen, feste Bürozeiten. Viele waren verheiratet, einige besaßen sogar schon Kinder. Vielleicht war das der Grund, warum Max und ich uns getrennt hatten: Uns war einfach klar geworden, dass wir kein gemeinsames Bankkonto eröffnen und Kinder mit seinem Haar und meinen Augen haben würden.

Ich begann verwickelte und leicht beängstigende Überlegungen darüber anzustellen, wie viel von meinem Leben ich schon gelebt hatte und wie viel Zeit mir noch blieb – was ich bisher getan hatte und was ich alles noch tun wollte. Ich bin achtundzwanzig. Ich rauche nicht, oder höchstens ganz selten, und ich esse viel Obst und Gemüse. Ich gehe jede Treppe hinauf, statt den Lift zu nehmen, und man hat mich auch schon mal joggen gesehen. Ich nehme an, dass ich noch mindestens fünfzig Jahre vor mir habe, vielleicht sogar sechzig. Genug Zeit, um zu lernen, meine Filme selbst zu entwickeln, Wildwasserrafting zu machen, das Nordlicht zu sehen und den Mann meiner Träume kennen zu lernen. Oder – noch wahrscheinlicher – die Männer meiner Träume. Zu meiner großen Erleichterung habe ich letzte Woche in der Zeitung gelesen, dass wir Frauen bald in der Lage sein werden, sogar noch mit sechzig Babys zu bekommen.

Wahrscheinlich würde Max ebenfalls auf der Party sein, die ich an diesem Abend besuchen wollte. Während ich durch den dichten Verkehr nach Hause fuhr, nahm ich mir fest vor, mich mal so richtig schönzumachen. Ich würde mir die Haare waschen, mein rotes Kleid anziehen und den ganzen Abend lachen, flirten und tanzen. Dann würde er schon sehen, was er alles verloren hatte, und er würde feststellen, dass es mir überhaupt nichts ausmachte. Ich bin nicht einsam ohne ihn.

Ich wusch mir tatsächlich die Haare und bügelte mein Kleid. Anschließend legte ich mich in ein duftendes Ölbad und entzündete rund um mich herum Kerzen, obwohl draußen noch helllichter Tag war. Hinterher verspeiste ich zwei Scheiben Toast mit Marmite und eine kühle, glänzende Nektarine.

Wie sich herausstellte, war Max doch nicht auf dem Fest, und nach einer Weile hörte ich auf, jedes Mal hochzublicken, wenn jemand zur Tür hereinkam. Ich lernte einen Mann namens Robert kennen, der Anwalt war und buschige Augenbrauen hatte, und einen anderen Mann mit Namen Terence, der eine schreckliche Nervensäge war. Ich tanzte ziemlich wild mit meinem alten Freund Gordon, der mich damals Max vorgestellt hatte. Dann unterhielt ich mich eine Weile mit Lucy, deren dreißigster Geburtstag der Anlass für das Fest war, und ihrem neuen Freund, einem Zwei-Meter-Riesen mit weißblond gefärbtem Haar. Er musste sich regelrecht zu mir herunterbeugen, sodass ich mir neben ihm wie eine Zwergin vorkam. Gegen halb zwölf verließ ich das Fest mit meinen alten Freundinnen Cathy und Mel. In einem chinesischen Restaurant aßen wir Spareribs mit schleimigen Nudeln und tranken dazu billigen Rotwein, bis wir davon angenehm beschwipst waren. Irgendwann wurde es mir in meinem dünnen roten Kleid zu kalt, und ich fühlte mich plötzlich so müde, dass ich nur noch nach Hause in mein großes Bett wollte.

Als ich schließlich in meiner Wohnung eintraf, war es bereits nach eins. Camden Town erwacht nach Mitternacht erst so richtig zum Leben. Auf den Gehsteigen wimmelte es von seltsamen Gestalten. Manche wirkten schon recht mitgenommen, andere überdreht und hektisch. Ein Mann mit einem grünen Pferdeschwanz versuchte mich am Arm zu packen, zuckte dann aber grinsend mit den Schultern, als ich ihm sagte, er solle sich verpissen. Ein schönes, nur spärlich bekleidetes Mädchen wirbelte ganz in der Nähe meiner Straße wie ein Kreisel auf dem Gehweg herum. Niemand schien ihr Beachtung zu schenken.

Benommen stolperte ich zu meiner Wohnungstür hinauf. Als ich im Gang das Licht anmachte, sah ich, dass auf der Fußmatte ein Brief lag. Ich hob ihn auf. Keine Handschrift, die ich kannte. Ordentliche, schräge schwarze Buchstaben: Ms. Nadia Blake. Ich fuhr mit dem Finger die gummierte Klappe entlang und zog den Brief heraus.

## 4. KAPITEL

Hat er Ihnen die Wohnung auf den Kopf gestellt?«

»Wie meinen Sie das?«

Links deutete auf das Chaos: die im ganzen Raum verstreuten Kissen, die Zeitungen, die sich auf dem Boden türmten.

»Nein«, antwortete ich. »Das habe ich ganz allein geschafft. Ich hatte in letzter Zeit ziemlich viel um die Ohren. Höchste Zeit, dass ich das in Angriff nehme.«

Der Detective wirkte einen Moment lang verdutzt, als wäre er gerade aufgewacht und wüsste nicht so recht, wo er war.

»Ähm, Miss ähm …«

»Blake.«

»Ja, Miss Blake. Stört es Sie, wenn ich rauche?«

»Kein Problem.«

Ich suchte nach einem Aschenbecher und fand schließlich einen geschnitzten, der die Form der Insel Ibiza hatte. Einen Moment lang machte ich mir wegen eventueller Drogenassoziationen Gedanken, aber Detective Chief Inspector Links hatte offensichtlich andere Sorgen. Er machte keinen sehr gesunden Eindruck. Ein Onkel von mir hat schon drei Herzinfarkte hinter sich und raucht immer noch, obwohl seine Puste kaum ausreicht, um die Zigarette am Brennen zu halten, und ein Freund von Max erholt sich gerade von einem Nervenzusammenbruch, der zur Folge hatte, dass er für eine Weile in eine geschlossene Anstalt musste. Das ist nun über ein Jahr her, aber er spricht noch immer mit der zittrigen Stimme eines Menschen, der sich angestrengt bemüht, nicht zu weinen. Detective Links erinnerte mich an beide. Zuzusehen, wie er sich eine Zigarette anzündete, war eine spannende Angelegenheit. Seine Finger zitterten so sehr, dass er es kaum schaffte, das Streichholz länger als eine Mikrosekunde an das Ende des Glimmstängels zu halten. Er stellte sich an, als stünde er im Mastkorb eines Nordseefischdampfers und nicht in meinem relativ zugluftfreien Wohnzimmer.

»Geht es Ihnen nicht gut?«, fragte ich. »Soll ich Ihnen was zu trinken bringen? Vielleicht eine Tasse Tee?«

Links wollte etwas sagen, aber ein heftiger Hustenanfall hielt ihn davon ab, sodass er nur den Kopf schütteln konnte.

»Oder lieber ein Glas heiße Zitrone mit Honig?«

Er schüttelte erneut den Kopf. Nach einer Weile zog er ein schmutzig aussehendes Taschentuch aus der Tasche und wischte sich damit über die Augen. Als er schließlich wieder genug Luft bekam, sprach er so leise, dass ich mich vorbeugen musste, um ihn zu verstehen. »Es geht um …« Er legte eine Pause ein. Offenbar hatte er den Faden verloren. »Den Zutritt. Ich meine, um die Frage, wer hier Zutritt hat.«

»Ja«, antwortete ich müde. »Das haben Sie schon gesagt. Ist das nicht ein bisschen viel Aufwand wegen eines einzelnen perversen Briefs? Da haben Sie sich nämlich einiges vorgenommen. Ich bekomme oft Besuch. Mein Freund war ziemlich viel hier. In dieser Wohnung gehen ständig Leute ein und aus. Ein paar Monate lang war ich nicht da, und eine Freundin von mir hat hier gewohnt. In der Zeit scheint die Haustür quasi für jedermann offen gewesen zu sein.«

»Wo ist diese Freundin jetzt?«, fragte Links. Seine Stimme war kaum mehr als ein jämmerliches Keuchen.

»In Prag, glaube ich. Sie wollte dort noch eine Weile arbeiten, bevor sie nach Perth zurückgeht.«

Links blickte sich nach seinem Kollegen um. Der andere Beamte, Detective Inspector Stadler, sah ein wenig verlebt aus, aber doch irgendwie attraktiv. Bisher war er völlig passiv gewesen. Er hatte glattes, zurückgekämmtes Haar, hervortretende Wangenknochen und dunkle Augen, die er ununterbrochen auf mich gerichtet hielt, als wäre ich sehr, sehr interessant, wenn auch auf eine etwas eigenartige Weise – nicht so sehr wie eine Frau, sondern eher wie ein Autounfall. Jetzt ergriff er zum ersten Mal das Wort: »Haben Sie eine Ahnung, wer Ihnen diesen Brief geschrieben haben könnte? Hat es in letzter Zeit ähnliche Vorfälle gegeben? Vielleicht irgendwelche bedrohlichen Anrufe? Oder seltsame Begegnungen?«

»O ja, jede Menge seltsame Begegnungen«, antwortete ich. Links spitzte die Ohren und hatte dadurch nicht mehr ganz so viel Ähnlichkeit mit einem Zombie. »Zu meinem Job gehört, dass ich jede Woche mehrere fremde Häuser betrete. Ich sollte vielleicht dazusagen, dass ich keine Einbrecherin bin.« Über ihre Gesichter huschte nicht die Spur eines Lächelns. »Mein Partner und ich arbeiten als Entertainer auf Kinderfesten. Sie können sich nicht vorstellen, was man da für Leute kennen lernt. Glauben Sie mir, wenn man vom Vater der Fünfjährigen, für die man gerade eine Vorstellung gegeben hat, nach Strich und Faden angemacht wird, während die Mutter in der Küche die Kerzen auf dem Kuchen anzündet – da verliert man schnell die Achtung vor der menschlichen Natur.«

Links drückte seine erst halb gerauchte Zigarette aus und zündete sich eine neue an.

»Miss, ähm…« Er warf einen Blick auf sein Notizbuch. »Miss, ähm…« Offenbar bereitete es ihm Schwierigkeiten, seine Notizen zu entziffern. »Ähm, Blake. Wir haben, ähm, Grund zu der Annahme, dass im Moment, das heißt, in den letzten, ähm, Monaten, weitere Frauen von der betreffenden Person ähm… belästigt worden sind.« Er sah dabei immer wieder zu Stadler hinüber, als erhoffte er sich von ihm moralische Unterstützung. »Ein Ziel unserer Nachforschungen wird daher sein herauszufinden, wie diese Fälle zusammenhängen, das heißt, falls sie überhaupt zusammenhängen.«

»Wer sind die anderen Frauen?«

Links musste wieder husten. Stadler unternahm keinen Versuch, für ihn einzuspringen. Er saß lediglich da und starrte mich an.

»Nun ja«, sagte er schließlich, »zum gegenwärtigen Zeitpunkt ist es vielleicht nicht, ähm, ratsam, konkrete Details preiszugeben. Das könnte sich für unsere weiteren Ermittlungen als hinderlich erweisen.«

»Befürchten Sie, ich könnte mich mit ihnen in Verbindung setzen?«

Links zog erneut sein Taschentuch heraus und putzte sich die Nase. Ich warf einen Blick zu Stadler hinüber, der jetzt den Kopf gesenkt hielt. Er blätterte hektisch in einem Notizbuch, als würde er nach einer besonders wichtigen Eintragung suchen.

»Wir werden Sie über die Fortschritte unserer Ermittlungen auf dem Laufenden halten, so gut wir können«, erklärte Links.

»Ermittlungen?«, fragte ich. »Es ist doch nur ein Brief.«

»Man darf solche Dinge nicht auf die leichte Schulter nehmen. Deswegen haben wir auch eine Psychologin eingeschaltet, Dr. Grace Schilling, eine Expertin für ... ähm ... Eigentlich sollte sie schon hiersein ...« Er warf einen Blick auf seine Uhr. »Sie müsste wirklich jeden Moment kommen.«

»Hören Sie«, sagte ich, nachdem wir uns ein paar Sekunden angeschwiegen hatten, »ich bin nicht blöd. Vor ungefähr einem Jahr ist bei mir eingebrochen worden. Die Einbrecher haben nichts mitgenommen, ich glaube, ich habe sie überrascht, aber es hat ungefähr einen Tag gedauert, bis sich die Polizei endlich herbemüht hat, und unternommen haben sie am Ende gar nichts. Jetzt kriege ich einen einzigen abartigen Brief, und Sie starten hier eine Mordsaktion. Was soll das? Haben Sie nichts Wichtigeres zu tun?«

Stadler klappte sein Notizbuch zu und schob es in die Tasche. »Uns wird immer wieder mangelnde Sensibilität vorgeworfen, was Vergehen gegen Frauen betrifft«, erklärte er. »Aus diesem Grund nehmen wir derartige Drohungen inzwischen sehr ernst.«

»Na ja«, meinte ich. »Ich nehme an, das ist eine gute Sache.«

Dr. Schilling gehörte zu der Sorte Frauen, die ich ziemlich beneidete. Bestimmt war sie in der Schule sehr gut gewesen und hatte phantastische Noten bekommen. Sogar ihre elegante Art, sich zu kleiden, wirkte irgendwie intelligent. Ihr schönes, langes blondes Haar sah aus, als hätte sie es in drei Sekunden hochgesteckt. Wahrscheinlich wollte sie auf diese Weise zeigen, dass es ihr nicht allzu wichtig war. Sie schien nicht der Typ Frau zu sein, der sich vor eine Horde kreischender Kleinkinder stellte. Wenn ich gewusst hätte, dass sie kommen würde, hätte ich die Wohnung wirklich ein bisschen aufgeräumt. Das Einzige, was mich an ihr störte, war die extrem ernste, fast schon niedergeschlagene Miene, die sie aufsetzte, wenn sie mit mir sprach. Als würde sie eine religiöse Fernsehsendung moderieren.

»Wenn ich das richtig verstanden habe, kommen Sie gerade aus einer gescheiterten Beziehung«, sagte sie.

»Also eins können Sie mir glauben, der Brief ist bestimmt nicht von Max. Das ist aus mehreren Gründen völlig ausgeschlossen – unter anderem, weil es ihm schon Schwierigkeiten bereiten würde, einen Brief an den Milchmann zu formulieren. Außerdem war er derjenige, der das Ganze beendet hat.«

»Trotzdem könnte ich mir vorstellen, dass Sie deswegen eine Weile recht verwundbar waren.«

»Stinksauer trifft es eher.«

»Wie groß sind Sie, Nadia?«

»Müssen Sie denn das unbedingt wissen? Ich versuche immer, es zu verdrängen. Einsfünfundfünfzig. Ein emotional verwundbarer Zwerg. Ist es das, worauf Sie hinauswollen? Sie dürften demnach keine Probleme haben.«

Sie verzog keine Miene.

»Muss ich mir wirklich Sorgen machen?«, fragte ich.

Es dauerte eine ganze Weile, bis sie mir antwortete.

»Ich glaube nicht, dass es, ähm … produktiv wäre, panisch zu reagieren. Trotzdem bin ich der Meinung, dass Sie sich so verhalten sollten, als wären Sie beunruhigt. Bloß, um auf Nummer Sicher zu gehen. Sie sind bedroht worden. Sie sollten sich so benehmen, als wäre die Drohung ernst gemeint.«

»Glauben Sie wirklich, jemand will mich ohne Grund umbringen?«

Sie wirkte nachdenklich. »Ohne Grund? Vielleicht. Es gibt viele Männer, die der Meinung sind, sehr gute Gründe zu haben, Frauen anzugreifen oder zu töten. Dabei mag es sich um Gründe handeln, die weder Sie noch mich überzeugen würden, aber das ist kein sehr großer Trost, oder?«

»Für mich jedenfalls nicht«, antwortete ich.

»Nein«, sagte Dr. Schilling kaum hörbar, fast als würde sie mit jemand anderem sprechen – jemandem, den ich nicht sehen konnte.

## 5. KAPITEL

Es sah nicht so aus, als ob sie jemals wieder gehen würden. Nach ein paar Stunden bekam Links eine Nachricht und verzog sich, aber Stadler und Dr. Schilling blieben. Während Dr. Schilling mit mir sprach, ging Stadler einkaufen und kam mit Sandwiches, Milch und Obst zurück. Dann, während er mit mir durch die Wohnung ging und meine Sicherheitsvorrichtungen inspizierte (die seiner Meinung nach erheblicher Verbesserung bedurften), zog sie sich in meine Küchennische zurück, um Tee für uns zu machen. Ich hörte Wasser rauschen und das Klappern von Geschirr. Es klang, als würde sie abspülen. Schließlich kehrte sie mit drei Tassen zurück. Stadler zog seine Jacke aus und rollte die Ärmel hoch.

»Wir haben Tunfisch mit Gurke, Lachs mit Gurke, Geflügelsalat, Schinken mit Senf«, verkündete er.

Ich nahm den Schinken und Dr. Schilling den Tunfisch. Mir ging durch den Kopf, dass der Tunfisch bestimmt viel gesünder war.

»Sind Sie so eine Art Polizeiärztin?«, fragte ich sie.

Sie hatte gerade den Mund voll, sodass sie bloß den Kopf schütteln konnte, während sie krampfhaft versuchte, den Bissen hinunterzuschlucken. Ich empfand einen Moment des Triumphs. Es war mir gelungen, sie zu erwischen, als sie gerade mal nicht so würdevoll wirkte.

»Nein, nein!«, antwortete sie, als hätte ich sie beleidigt. »Bei der Polizei habe ich nur eine beratende Funktion.«

»Und was ist Ihr richtiger Beruf?«

»Ich arbeite in der Welbeck-Klinik.«

»Als was?«

»Grace ist mal wieder zu bescheiden«, schaltete sich Stadler ein. »Sie ist auf ihrem Gebiet eine Koryphäe. Sie können sich glücklich schätzen, sie auf Ihrer Seite zu haben.«

Dr. Schilling drehte sich zu ihm um und sah ihn scharf an, wobei sie ziemlich rot anlief, meiner Meinung nach eher vor Wut als vor Verlegenheit. Dauernd verständigten sie sich mit Blicken oder flüsterten sich etwas zu. Ich kam mir vor wie ein Störenfried in einer Gruppe alter Freunde, die ihren eigenen Jargon hatten, ihre gemeinsame Geschichte.

»Eigentlich wollte ich damit bloß sagen«, fuhr ich fort, »dass ich als Entertainerin auf Kinderpartys arbeite. Während der Woche, wenn alle anderen im Büro sitzen, habe ich oft keinen so großen Termindruck. Aber Sie, Dr. Schilling …«

»Bitte, Nadia, nennen Sie mich Grace«, murmelte sie.

»Also gut, Grace, ich weiß, dass Ärzte unglaublich viel beschäftigte Leute sind, diese Erfahrung habe ich jedes Mal gemacht, wenn ich bei einem einen Termin wollte. Ich gebe ganz offen zu, dass ich es sehr angenehm finde, hier zu sitzen und zu plaudern, und ich bin auch gern bereit, vor Ihnen mein Leben auszubreiten, aber ich frage mich trotzdem, warum eine renommierte Psychiaterin wie Sie hier in einer schäbigen Zweizimmerwohnung in Camden Town auf dem Boden sitzt und ein Tunfischsandwich isst. Sie sehen nicht auf die Uhr, und Sie bekommen auch keine Anrufe auf Ihrem Handy. Das kommt mir wirklich seltsam vor.«

»Das ist überhaupt nicht seltsam«, antwortete Stadler und wischte sich über den Mund. Er hatte sich für den Lachs entschieden. Bestimmt war das Schinkensandwich nicht nur das ungesündeste, sondern auch das billigste gewesen. »Wichtig ist jetzt, dass wir uns genau überlegen, wie wir vorgehen wollen. Wir möchten Sie auf unauffällige Weise beschützen, und der Zweck dieser Zusammenkunft ist, darüber zu entscheiden, wie dieser Schutz aussehen soll. Und was Dr. Schilling angeht, ist sie Expertin für derartige Fälle von Belästigung und hat als solche zwei wichtige Aufgaben. In erster Linie soll sie uns natürlich helfen, die Person zu finden, die Ihnen den Drohbrief geschickt hat. Um diese Aufgabe erfüllen zu können, muss sie aber auch Ihre Person und Ihr Leben genau unter die Lupe nehmen, um eine Vorstellung davon zu bekommen, was diesen Irren auf Sie aufmerksam gemacht hat.«

»Demnach ist es also meine Schuld?«, fragte ich. »Weil ich ihm irgendwie aufgefallen bin?«

»Es ist absolut nicht Ihre Schuld«, antwortete Grace in eindringlichem Ton. »Aber Tatsache ist, dass er sich Sie ausgesucht hat.«

»Ich finde, Sie reagieren total übertrieben«, erwiderte ich. »Wir haben es hier mit einem Typen zu tun, den es anturnt, Frauen schlimme Briefe zu schicken. Wahrscheinlich weil er Angst vor Frauen hat. Warum machen Sie eine so große Sache daraus?«

»Sie irren sich«, widersprach Grace. »Ein solcher Brief ist ein Akt der Gewalt. Ein Mann, der einen derartigen Brief verschickt, hat – nun ja, er hat vielleicht… eine Grenze überschritten. Man muss davon ausgehen, dass er gefährlich ist.«

Ich starrte sie verwirrt an. »Sind Sie der Meinung, ich sollte mehr Angst vor ihm haben?«

Sie trank ihren Tee aus. Irgendwie wirkte es fast so, als versuchte sie, Zeit zu schinden. »Ich kann Ihnen vielleicht raten, wie Sie sich verhalten sollen«, erklärte sie schließlich. »Aber ich glaube nicht, dass ich Ihnen sagen kann, was Sie fühlen sollen. Kommen Sie, geben Sie mir Ihre Tasse. Ich hole uns noch mal Tee.«

Damit war das Thema für sie erledigt. Stadler räusperte sich. »Wenn Sie nichts dagegen haben«, sagte er, »würde ich mit Ihnen gern ein wenig über Ihr Leben sprechen. Darüber, wer Ihre

Freunde sind, mit welchen Leuten Sie zusammenkommen, welche Gewohnheiten Sie haben, all diese Dinge.«

»Sie sehen gar nicht aus wie ein Polizist«, bemerkte ich.

Einen Augenblick starrte er mich überrascht an, dann lächelte er. »Wie soll ein Polizist denn Ihrer Meinung nach aussehen?«

Er ließ sich nicht leicht in Verlegenheit bringen, zumindest nicht von mir. Noch nie zuvor hatte mir jemand so tief in die Augen gesehen wie er, fast als wollte er in mein Innerstes hineinblicken. Was versuchte er zu sehen?

»Ich weiß nicht«, antwortete ich. »Sie sehen einfach nicht aus wie ein Polizist. Sie sehen, ähm …« Ich hielt abrupt inne, weil mir beinahe rausgerutscht wäre, dass er für einen Polizisten viel zu gut aussah, was nicht nur ein total bescheuerter, sondern auch ein der Situation völlig unangemessener Kommentar gewesen wäre. Außerdem war Grace soeben mit dem Tee zurückgekehrt.

»… so normal aus«, brachte ich den Satz mit einiger Verspätung zu Ende.

»Ist das alles?«, meinte er. »Ich dachte, Sie würden was Netteres sagen.«

Ich schnitt eine Grimasse. »Ich finde, dass es schon ein ziemlich nettes Kompliment ist, wenn man zu einem Polizisten sagt, dass er nicht wie einer aussieht.«

»Kommt darauf an, wie Polizisten Ihrer Meinung nach aussehen.«

»Störe ich irgendwie?«, fragte Grace leicht ironisch.

In dem Moment klingelte das Telefon. Es war Janet. Sie rief an, um nachzufragen, ob wir uns abends wie vereinbart treffen sollten. Ich legte die Hand über den Hörer.

»Es ist eine von meinen besten Freundinnen«, flüsterte ich. »Wir wollten uns am frühen Abend auf einen Drink treffen. Übrigens, von ihr ist der Brief mit Sicherheit nicht.«

»Sagen Sie ihr ab«, antwortete Stadler.

»Ist das Ihr Ernst?«

»Tut mir Leid. Bitte haben Sie Verständnis.«

Ich verzog erneut das Gesicht und erklärte Janet dann, dass

mir leider etwas dazwischengekommen sei. Natürlich hatte sie Verständnis. Obwohl ich merkte, dass sie gern noch ein bisschen geplaudert hätte, beendete ich das Gespräch so schnell wie möglich. Grace und Stadler schienen mir allzu interessiert an dem, was ich sagte. »Kann es sein, dass Sie mich irgendwie verarschen?«, fragte ich, nachdem ich aufgelegt hatte.

»Wie meinen Sie das?«

»Allmählich fühle ich mich ein bisschen verfolgt«, antwortete ich, »aber nicht von dem Bescheuerten, der mir den Brief geschrieben hat. Ich komme mir vor wie ein aufgespießtes Insekt. Während ich mich noch zuckend winde, betrachtet mich jemand durchs Mikroskop.«

»Wirklich? So fühlen Sie sich?«, fragte Grace ernst.

»Ach, hören Sie bloß auf!«, gab ich aufgebracht zurück. »Sagen Sie jetzt um Gottes willen nicht, dass das von Bedeutung ist.«

Außerdem war es nicht ganz das, was ich fühlte. Wir saßen den ganzen Nachmittag in meiner Wohnung. Später kochte ich uns Kaffee. In einer Dose fand ich noch ein paar Kekse. Nachdem ich die Papierfetzen hervorgekramt hatte, die meinen Terminkalender darstellten, ging ich mein Adressbuch durch und ließ mich über mein Leben aus. Hin und wieder stellte mir einer der beiden eine Frage. Nach einer Weile fing es zum ersten Mal seit vielen, vielen Tagen zu regnen an, und plötzlich fühlte ich mich nicht mehr wie ein seltenes Insekt, das vor der Präparierung eingehend studiert wurde, sondern wie ein Mädchen, das einen Nachmittag mit zwei ziemlich seltsamen neuen Freunden verbrachte. Mit ihnen auf dem Boden zu sitzen, während draußen der Regen an das Fenster klatschte, war ein ziemlich beruhigendes Gefühl.

»Können Sie wirklich jonglieren?«, fragte Stadler.

»Ob ich jonglieren kann?«, gab ich kampfeslustig zurück. »Überzeugen Sie sich selbst!« Suchend sah ich mich im Raum um. Mein Blick fiel auf die Obstschale.

Als ich nach zwei verschrumpelten Äpfeln und einer Mandarine griff, erhob sich ein Schwarm winziger Fliegen in die Luft.

»Darum kümmere ich mich gleich«, erklärte ich. »Aber jetzt aufgepasst!«

Nachdem ich eine Weile auf der Stelle jongliert hatte, begann ich vorsichtig im Raum auf und ab zu gehen. Trotzdem stolperte ich über ein Kissen und fiel der Länge nach hin.

»Na ja, jetzt haben Sie zumindest eine Vorstellung.«

»Lässt sich das noch ausbauen?«, fragte Stadler.

Ich schnaubte verächtlich.

»Mit vier Bällen jonglieren ist total langweilig«, erklärte ich. »Man hat in jeder Hand zwei Bälle, die man nur hochwirft und wieder auffängt. Da rührt sich nichts.«

»Und was ist mit fünf?«

Wieder schnaubte ich verächtlich.

»Fünf sind was für Verrückte. Um mit fünf Bällen zu jonglieren, muss man sich erst mal drei Monate lang allein in ein Zimmer setzen und üben. Das spare ich mir für später auf, wenn ich ins Gefängnis komme oder Nonne werde oder auf einer einsamen Insel strande. Mein Publikum besteht nur aus Kleinkindern, und außerdem ist das Ganze für mich sowieso bloß eine Übergangsphase. Bis ich mir darüber klar geworden bin, was ich mit dem Rest meines Lebens anfangen möchte.«

»Damit lassen wir uns nicht abspeisen«, erklärte Stadler. »Wir wollen fünf Bälle sehen, nicht wahr, Grace?«

»Mindestens!«, erwiderte Grace.

»Seid bloß still!«, sagte ich. »Sonst zeige ich euch meine Zaubertricks!«

## 6. KAPITEL

Was als Nächstes passierte, kann ich nicht erklären. Zumindest kann ich es nicht so erklären, dass es wirklich einen Sinn ergibt.

Grace Schilling ging. Zum Abschied legte sie mir die Hände auf die Schultern und starrte mich einen Moment lang an, als würde sie gleich zu heulen beginnen oder etwas schrecklich Ernstes sagen. Dann erklärte mir Stadler, dass eine Polizeibeamtin namens Lynne Burnett vorbeikommen und ein Auge auf mich haben werde.

»Sie wird aber nicht hier schlafen, oder?«

»Nein, lassen Sie es mich erklären. Lynne Burnett wird in den nächsten Tagen den größten Teil Ihrer Bewachung übernehmen. Nachts werden wir sie oder – wahrscheinlich häufiger – andere Beamte draußen vor Ihrem Haus postieren, in der Regel in einem Wagen. Keinem Polizeiwagen. Tagsüber wird sie Ihnen wohl die meiste Zeit hier drin Gesellschaft leisten, aber wie das im Einzelnen abläuft, ist eine Sache zwischen Ihnen und ihr.«

»Ich werde rund um die Uhr bewacht?«

»Bloß für eine Weile.«

»Und Sie?«, fragte ich. »Werden Sie auch da sein?«

Er sah mir ein paar Sekunden zu lang in die Augen. Gerade wollte ich was sagen, als es an der Tür klingelte. Einen Moment lang blinzelte ich erschrocken, dann lächelte ich ihn benommen an.

»Das ist bestimmt Lynne«, sagte er.

»Warum gehen Sie dann nicht an die Tür?«

»Es ist Ihre Wohnung.«

»Aber Sie wissen doch, dass es für Sie ist.«

Er machte auf dem Absatz kehrt und öffnete die Tür. Lynne war jünger als ich, wenn auch nicht viel, und ziemlich hübsch. Sie hatte ein großes violettes Muttermal auf der Wange. Sie trug keine Polizeiuniform, sondern Jeans und T-Shirt, und hatte eine hellblaue Jacke über dem Arm.

»Ich bin Nadia Blake«, sagte ich und streckte ihr die Hand hin. »Sie müssen das Chaos entschuldigen, aber ich war eigentlich nicht auf Besuch eingestellt.«

Sie lächelte und wurde rot. »Ich werde versuchen, Sie so wenig wie möglich zu stören«, erklärte sie. »Es sei denn, Sie brauchen mich. Ich könnte Ihnen ein bisschen beim Aufräumen helfen. Natürlich nur, wenn Sie das wollen«, fügte sie rasch hinzu.

»Bei mir ist alles ein wenig außer Kontrolle geraten«, erklärte ich und lächelte dabei Stadler an, der mein Lächeln aber nicht erwiderte, sondern mich nur nachdenklich ansah. Ich ging in mein Schlafzimmer und setzte mich aufs Bett, bis er gegangen war. Ich fühlte mich müde und verwirrt. Was lief da eigentlich ab? Wie sollte ich den Abend verbringen, wenn Lynne die ganze Zeit bei mir herumhing? Da konnte ich ja nicht mal mit einem guten Gefühl relaxen, indem ich mich schon um neun mit einem Käsetoast ins Bett verzog.

Es hätte schlimmer sein können. Zum Abendessen bereiteten wir uns Spiegeleier und Bohnen zu, und Lynne erzählte mir alles über ihre sieben Geschwister und ihre Mutter, die als Friseuse arbeitete. Nach dem Essen räumte sie ein bisschen auf. Ich hatte das Gefühl, dass sie nicht bloß herumsitzen und Däumchen drehen wollte. Dann ging sie – natürlich nicht nach Hause, sondern nach draußen in den Wagen. Nur heute, erklärte sie, in den nächsten Tagen würde sie sich abends von anderen Beamten ablösen lassen, weil sie ja auch mal schlafen müsse. Ich legte mich in die Badewanne, bis meine Finger ganz schrumpelig waren. Hinterher warf ich einen Blick durch den Spalt zwischen den Vorhängen. Ich konnte Lynnes Silhouette im Wagen sehen. Ob sie wohl las oder Radio hörte? Schwer zu sagen. Wahrscheinlich durfte sie nichts tun, was sie ablenken konnte. Ich fragte mich, ob ich ihr eine Tasse Suppe oder Kaffee hinausbringen sollte, ging dann aber einfach ins Bett.

Am nächsten Tag begleitete mich Lynne zum Einkaufen. Sie saß daneben, während ich Briefe schrieb. Ein wenig peinlich wurde es, als Zach anrief und wir vereinbarten, dass er vorbeikommen würde, um mit mir unseren Terminkalender durchzugehen. Nachdem ich aufgelegt hatte, drehte ich mich zu ihr um und sagte: »Ähm …«

Sofort antwortete sie: »Ich werde draußen warten.«

»Es ist bloß, weil …«

»Schon gut.«

Am frühen Abend klingelte es, und Lynne ging an die Tür. Es war Stadler, bewaffnet mit einer wichtig aussehenden Aktenmappe. Er trug einen Anzug.

»Hallo, Detective«, begrüßte ich ihn mit weicher Stimme.

»Ich löse Lynne für eine Weile ab«, erklärte er, ohne eine Miene zu verziehen. Ohne ein Lächeln. »Alles in Ordnung?«

»Bestens, danke.«

»Ich würde Ihnen gern ein paar Fragen stellen.«

Er nahm auf dem Sofa Platz, und ich ließ mich ihm gegenüber auf dem Sessel nieder.

»Na, was haben Sie denn für Fragen, Detective?« Er hatte schöne Hände. Lang und schmal, mit glatten Nägeln.

Er öffnete die Aktenmappe und zog Papiere heraus. »Ich möchte, dass Sie mir etwas über Ihre Exfreunde erzählen.«

»Darüber haben wir doch schon gesprochen.«

»Ja, aber …«

»Wissen Sie, was? Ich glaube, über meine früheren Beziehungen würde ich lieber mit Grace Schilling reden.«

Er holte tief Luft. Anscheinend fühlte er sich nicht besonders wohl in seiner Haut, aber das war mir egal. »Es könnte sich als hilfreich herausstellen –«, begann er, aber ich ließ ihn nicht ausreden.

»Ich habe wirklich keine Lust, mich mit Ihnen über weitere Details meines Liebeslebens zu unterhalten.«

Jetzt sah er nicht mehr auf seine Notizen hinunter, sondern starrte mich direkt an. Ich stand auf und wandte mich von ihm ab.

»Ich hole mir ein Glas Wein. Möchten Sie auch eins? Sagen Sie jetzt bloß nicht: ›Ich bin im Dienst.‹«

»Aber nur ein ganz kleines.«

Ich schenkte sein Glas genau so voll wie meines. Wir gingen in meinen so genannten Garten hinaus. Er grenzte an ein Industriegelände, auf dem Container abgestellt waren, aber es war immer noch besser, als ständig drinnen zu sitzen. Inzwischen hatte es zu regnen aufgehört, und seit langer Zeit war die Luft wieder angenehm frisch. Die Blätter des Birnbaums glänzten nass.

»Hier draußen muss ich auch mal was tun«, erklärte ich. »Das Unkraut nimmt langsam überhand.«

»Immerhin ist man hier schön ungestört. Keiner kann reinsehen.«

»Das stimmt.«

Ich nahm einen Schluck von meinem Wein. Er wusste eine Menge über mich. Er wusste über meine Arbeit Bescheid, meine Familie, meine Freunde und meine Männer, meine Examensergebnisse und meine Finanzen. Er wusste, dass ich mir ein Cabrio wünschte, eine bessere Singstimme und eine würdevollere Art, und er wusste, dass ich unter Höhenangst litt und mich vor Aufzügen, Schlangen und Krebs fürchtete. Ich hatte mit ihm und Grace gesprochen, wie ich es sonst nur mit einem Geliebten tat, mit dem ich nach dem Sex noch im Bett lag und, während es draußen schon dunkel und still war, kleine Geheimnisse und intimen Unsinn austauschte. Über ihn aber wusste ich nichts, absolut nichts. Bei dem Gedanken wurde mir ganz schwindlig.

Wir lehnten uns aneinander. Na wunderbar, dachte ich: Schon wieder stand ich davor, einen großen Fehler zu begehen. Aber noch während mir dieser Gedanke durch den Kopf ging, blieb ich an einer dicken Ranke hängen und stolperte. Ich ließ mein Glas fallen und landete auf den Knien im feuchten Gras. Er ging neben mir in die Hocke und schob eine Hand unter meinen Ellbogen.

»Kommen Sie, ich helfe Ihnen auf«, sagte er mit heiserer Stimme. »Kommen Sie, Nadia.«

Ich schlang die Arme um seinen Hals. Er sah mich an. Sein Blick war schwer zu deuten, ich konnte nicht sagen, was er dachte oder wollte. Ich küsste ihn voll und hart auf den Mund. Seine Lippen waren kühl, seine Haut warm. Er schob mich nicht weg, erwiderte meinen Kuss anfangs aber nicht, sondern kniete einfach nur da und ließ sich von mir halten. Ich sah die Linien seines Gesichts, die Fältchen rund um seine Augen, die Furchen um seinen Mund.

»Dann hilf mir auf«, sagte ich.

Er zog mich auf die Füße. Wir standen nebeneinander in dem verwahrlosten Garten. Er war viel größer als ich und versperrte mir mit seiner Größe und seinen breiten Schultern den Blick auf die tief stehende Sonne.

Ich strich mit dem Daumen über seine Unterlippe. Ich hielt seinen schweren Kopf in meinen Händen, küsste ihn wieder, noch leidenschaftlicher und länger als zuvor. Mir war fürchterlich schwindlig, als hätte ich nicht ein Glas, sondern sechs Gläser Wein getrunken. Ich legte die Hände auf seinen Rücken, schob sie unter sein Hemd und presste mich an ihn. Er fühlte sich fest und stark an. Noch immer verhielt er sich passiv, ließ die Arme hängen. Ich nahm seine Hand und legte sie an meine heiße Wange. Dann führte ich ihn durch die Terrassentür zurück ins Wohnzimmer.

Er ließ sich auf einen Stuhl sinken und starrte mich an. Ich knöpfte mein Shirt auf und setzte mich rittlings auf seinen Schoß.

»Stadler«, sagte ich. »Cameron.«

»Ich sollte das nicht tun«, flüsterte er. Er vergrub den Kopf zwischen meinen Brüsten. Ich fuhr ihm mit der Hand durchs Haar. »Ich sollte das wirklich nicht tun!« Er schloss die Augen. Dann lag er plötzlich auf mir, auf dem Boden, und ich spürte einen Schuh im Rücken. Die Borsten einer alten Haarbürste stachen mir in den linken Fuß, und überall war Staub. Er schob meinen Rock hoch und drang in mich ein, dort auf dem schmutzigen Boden. Keiner sagte ein Wort.

Hinterher rollte er von mir herunter und blieb neben mir auf dem Rücken liegen, die Hände im Nacken verschränkt. Etwa zehn Minuten lagen wir einfach nur so da, Seite an Seite, schweigend, den Blick an die Decke gerichtet.

Als Lynne zurückkam, hing Cameron ganz geschäftsmäßig an der Strippe, und ich las eine Zeitschrift. Wir verabschiedeten uns sehr formell, aber dann murmelte er plötzlich an Lynne gewandt, er habe etwas zu überprüfen vergessen, und folgte mir mit seiner Akte unter dem Arm in mein Schlafzimmer. Dort schob er mich rückwärts aufs Bett, küsste mich noch einmal, presste den Kopf an meinen Hals, damit Lynne sein Stöhnen nicht hörte, und versprach mir, sobald wie möglich wiederzukommen.

Den Rest des Abends lag ich auf meinem Bett und tat, als

würde ich lesen. Mein ganzer Körper prickelte. Ich blätterte nicht ein einziges Mal um, und ich las kein einziges Wort.

## 7. KAPITEL

»Wie geht's weiter?«, fragte ich Lynne beim Frühstück.

Ich halte mich für eine Frau mit relativ viel Phantasie, aber diese Sache ging über mein Vorstellungsvermögen. Ich hatte am Vortag mit einem Mann geschlafen, den ich kaum kannte. Jetzt saß ich nicht mit diesem Mann beim Frühstück, sondern mit einer Frau, die ich kaum kannte.

Ich war an diesem Morgen aus einem turbulenten Traum erwacht, den ich sofort wieder vergaß. Stattdessen fielen mir die Ereignisse der beiden vorhergehenden Tage wieder ein. Das alles erschien mir so unglaublich, wie ein grausames Zerrbild der Realität, aber als ich einen Blick aus dem Fenster warf, sah ich draußen Lynne in ihrem Wagen sitzen und stumpfsinnig vor sich hin starren. Was für ein Job! Verglichen damit stellte mein eigenes Leben ja fast eine intellektuelle Herausforderung dar. Nachdem ich zirka zwei Minuten darauf verwandt hatte, mich zu waschen, mir die Zähne zu putzen, die Haare zu bürsten und mich anzuziehen, ging ich nach draußen und klopfte an Lynnes Wagenfenster. Sie zuckte erschrocken zusammen. Eine tolle Leibwächterin!

Ich teilte ihr mit, dass ich uns etwas zum Frühstück holen wollte, und sie bestand darauf, mich zu begleiten. Wir gingen in die Bäckerei und kauften ein paar Croissants, von denen sie die Hälfte bezahlte. Ich spielte mit dem Gedanken, sie alle bezahlen zu lassen, weil ich normalerweise nicht frühstücke, es sei denn, es gibt einen ganz besonderen Anlass.

Als wir vom Einkaufen zurück waren, kochte ich Kaffee. Im Kühlschrank fand sich sogar noch ein Glas mit Resten von Erdbeermarmelade. Nachdem wir uns am Tisch niedergelassen hatten, fragte ich sie, wie es denn nun weitergehe.

»Wir kümmern uns um Ihre Sicherheit«, antwortete sie, als hätte sie den Satz auswendig gelernt.

Ich biss ein großes Stück von meinem Croissant ab und spülte es mit einem Schluck Kaffee hinunter. Wenn ich meine Regel, nicht zu frühstücken, erst mal gebrochen habe, stelle ich sicher, dass ich sie richtig breche. Ich ließ mir ziemlich viel Zeit, ehe ich weitersprach – nicht zum Nachdenken, sondern zum Essen. Ich war wie eine Python, die ein Reh verschlang. Schließlich hatte ich es geschafft. »Trotzdem«, fuhr ich fort. »Haben Sie nicht auch das Gefühl, dass das Ganze eine alberne Überreaktion ist?«

»Es geschieht nur zu Ihrem Besten.«

»Ein Typ hat mir einen Brief geschrieben. Wollen Sie mich deswegen bis an mein Lebensende beschützen?«

»Unser Ziel ist es, den Kerl zu schnappen, der diese Briefe verschickt.«

»Was, wenn euch das nicht gelingt? Ihr könnt nicht ewig so weitermachen.«

»Darüber werden wir reden, wenn es an der Zeit ist.«

Angesichts von so viel Blödsinn erschien es mir idiotisch, weiter über dieses Thema zu sprechen.

»Für mich ist das Ganze ziemlich peinlich«, erklärte ich abschließend. »Mein Leben ist auch so schon lächerlich genug. Bestimmt sind Sie ein großartiger Mensch, Lynne, und ich möchte Sie auch nicht kritisieren, aber der Gedanke, bei allem, was ich tue, von einer Polizistin angestarrt zu werden, baut mich nicht gerade auf.«

»Darüber reden wir noch«, antwortete Lynne mit ernster Miene, als hätte ich damit einen wichtigen Aspekt polizeilicher Vorgehensweise angesprochen. In dem Moment wurden wir von der Türklingel unterbrochen. Ich stand auf, um zu öffnen. Es war Cameron.

»Guten Morgen, Miss Blake«, sagte er, nachdem er Lynne über meine Schulter hinweg zugenickt hatte.

»Oh, sagen Sie doch bitte Nadia zu mir, Detective«, antwortete ich. »Wir sind hier nicht so formell.«

»Nadia«, murmelte er schwach, »ich bin vorbeigekommen, um Lynne für zwei Stunden abzulösen.«

»Schön.« Ich bemühte mich, locker und fröhlich zu klingen.

»Und um mit Ihnen den Ablauf des Tages zu besprechen«, fuhr er fort. »Ich weiß nicht, ob Sie für heute irgendwelche Pläne haben.«

»Ja«, sagte ich. »Um halb fünf müssen Zach und ich zu einer Kinderfeier nach Muswell Hill. Am Wochenende haben wir zwei weitere Termine. Vielleicht auch mehr, falls noch jemand anruft.«

»Kein Problem. Lynne kann Sie begleiten.«

»Da werden die Leute aber nicht begeistert sein«, wandte ich ein.

»Ich werde draußen warten«, erklärte Lynne. »Aber ich fahre Sie hin.«

»Ein Privatchauffeur. Das wird ja immer besser!«

Lynne hatte noch eine halbe Tasse Kaffee und ein halbes Croissant vor sich.

»Es besteht kein Grund zur Eile«, erklärte Cameron unnötigerweise.

Wie sich herausstellte, hatte Lynne es tatsächlich nicht eilig. Langsam trank sie ihren Kaffee und zupfte nur hin und wieder ein kleines Stück von ihrem Croissant. Sie war gerade im Begriff, sich eine Wohnung zu kaufen, und erkundigte sich nach meinen Erfahrungen. Hatte ich erst meine vorherige Wohnung verkaufen müssen, ehe ich mir die neue zulegte? Es war eine lange Geschichte, und je kürzer ich mich zu fassen versuchte, desto länger wurde sie. In der Zwischenzeit inspizierte Cameron den Raum auf eine Weise, die wohl fachmännisch und objektiv wirken sollte, indem er hier einen Gegenstand hochhob und dort eine Schublade aufzog. Ich hatte das Gefühl, dass er immer wieder zu mir herübersah, während er Dinge über mich herausfand, die ich lieber für mich behalten hätte. Endlich hatten Lynne und ich die Wohnungsfrage erschöpfend behandelt. Sie drehte sich zu Cameron um.

»Nadia hat gewisse Bedenken, was unsere Pläne betrifft.«

»Im Grunde weiß ich ja nicht mal, wie diese Pläne aussehen«, stellte ich richtig.

»Ich werde mit ihr darüber sprechen«, meinte Cameron beiläufig und wandte sich ab, ohne weiter auf das Thema einzugehen.

Lynne hielt noch immer ihre Kaffeetasse in der Hand. Hatte diese Frau denn nicht genug von mir? Hatte sie nichts Besseres zu tun?

»Dann treffen wir uns also gegen eins wieder hier?«, fragte Cameron Lynne.

»Bleibt ihr nicht hier?«, entgegnete sie.

»Auf jeden Fall sind wir um eins wieder da.«

Sie nickte. »Gut. Bis später, Nadia.«

»Bis dann, Lynne.«

Endlich ging sie. Durchs Fenster sah ich ihre Beine die Treppe hinuntersteigen und auf dem Gehsteig verschwinden. Die Luft war rein. Ich drehte mich zu Cameron um. »Wegen gestern …«

Aber er war schon bei mir, riss mich in seine Arme, als hätte er es keine Sekunde länger ausgehalten, berührte mein Gesicht, streichelte mein Haar. Ich schob ihn ein Stück weg und sah ihm in die Augen.

»Ich –«, stammelte ich. »Ich bin nicht …«

»Ich kann nicht …«, murmelte er und küsste mich.

Inzwischen spürte ich seine Hände auf meinem Rücken, unter meinem T-Shirt, wo er nach meinem BH tastete und feststellte, dass ich keinen trug.

»Möchtest du, dass ich aufhöre?«

»Ich weiß nicht. Nein.«

Er nahm mich an der Hand und führte mich ins Schlafzimmer. Es war anders als am Vortag: entspannter, bewusster, langsamer. Ich setzte mich aufs Bett. Er ging zum Fenster und ließ die Jalousie herunter. Nachdem er auch noch die Schlafzimmertür geschlossen hatte, zog er seine Jacke aus und nahm die Krawatte ab. Mir ging durch den Kopf, dass es für mich eine völlig neue Erfahrung war, Sex mit einem Mann zu haben, der erst mal Anzug und Krawatte ablegen musste.

»Ich hab die ganze Zeit an dich gedacht«, sagte er. »Immer wenn ich die Augen schließe, sehe ich dich vor mir. Was sollen wir nur tun?«

»Zieh dich aus«, erwiderte ich.

»Was?« Er blickte an sich hinunter, so als würde es ihn überraschen, dass er seine Kleider noch anhatte.

Wie in Trance zog er seine Sachen aus und warf sie auf einen Stuhl. Dabei ließ er mich keinen Moment aus den Augen. Ich streckte die Arme nach ihm aus.

»Warte«, sagte er. »Warte. Lass mich. Nadia.«

Voller Lust gab ich mich ihm hin, und hinterher, als es vorbei war und wir ineinander verschlungen dalagen, ließ er mich noch immer nicht aus den Augen, streichelte zärtlich mein Haar und flüsterte meinen Namen, als wäre er eine Art Zauberspruch. Es dauerte eine ganze Weile, bis wir uns voneinander lösten.

»Das war schön«, sagte ich, den Ellbogen auf ein Kissen gestützt.

»Nadia. Nadia.«

»Ich bin total durcheinander.«

Damit hatte ich den Bann gebrochen. Er wich ein wenig zurück, ein Schatten huschte über sein Gesicht, und er biss sich auf die Lippe. »Kann ich ehrlich zu dir sein?«, fragte er.

Plötzlich war mir kalt. »Bitte.«

»Dieser Job ist mein Leben«, erklärte er. »Und das hier …«

»Du meinst das«, sagte ich und deutete auf das Bett, in dem wir lagen.

Er nickte. »Ich dürfte das nicht. Es ist strikt verboten.«

»Ich werde es niemandem verraten«, beruhigte ich ihn. »Ist es das, was dir Sorgen bereitet?«

»Nein«, antwortete er mit rauer Stimme.

»Was ist es dann?« Er gab mir keine Antwort. »Verdammt noch mal, nun rück endlich raus damit!«

»Ich bin verheiratet«, sagte er. »Es tut mir Leid. Es tut mir so Leid!«

Mit diesen Worten begann er zu weinen. Ich lag mit einem nackten, weinenden Detective im Bett. Unsere Beziehung war gerade mal achtzehn Stunden alt, und wir waren schon vom ersten Taumel der Lust zu Tränen und Vorwürfen übergegangen. Kein gutes Gefühl. Wortlos starrte ich ihn an. Ich brachte es nicht über mich, ihn zu streicheln oder mit zärtlichen Worten zu trösten. Schließlich stieß er einen tiefen Seufzer aus. Offenbar hatte er sich wieder gefangen. »Nadia?«

»Ja?«

»Sag was!«

»Was willst du denn hören?«

»Bist du wütend auf mich?«

»Ach, Cameron«, antwortete ich. »Bloß sauer. Ich nehme an, du fühlst dich von deiner Frau unverstanden?«

»Nein, nein… ich weiß nicht. Ich weiß nur, dass ich dich will. Ich spiele nicht mit dir, Nadia, das schwör ich dir. Ich begehre dich so sehr. Du bedeutest mir so viel, dass ich überhaupt nicht weiß, was ich jetzt tun soll. Verstehst du das? Wie denkst du darüber? Nadia, sag mir, wie du darüber denkst.«

Ich warf einen Blick auf meinen Wecker, der in Gestalt eines Frosches auf dem Nachttisch thronte. Dann beugte ich mich zu Cameron hinüber und küsste ihn auf die Brust. »Wie ich darüber denke? Es ist ein Prinzip von mir, nicht mit verheirateten Männern zu schlafen. Ich habe dabei ein schlechtes Gefühl, weil ich immer an die Frau denken muss. Aber das ist wohl in erster Linie dein Problem, nicht meins. Außerdem denke ich, dass Lynne in ungefähr sieben Minuten wieder auf der Matte stehen wird.«

Es war schon fast zum Lachen, mit welcher Geschwindigkeit wir uns ankleideten.

»Vielleicht sollte ich eine andere Hose anziehen«, meinte ich. »Bloß, um Lynnes detektivische Fähigkeiten zu testen.«

»Nein!« Camerons Miene wirkte leicht panisch.

»War doch nur Spaß.«

Wir küssten uns, und gleichzeitig lächelten wir einander an. Verheiratet. Wieso musste er verheiratet sein?

Das war am Mittwoch. Am Donnerstag hatte er keine Zeit, sodass wir lediglich kurz telefonieren konnten. Da sich Lynne im Raum aufhielt, wurde es ein seltsames Gespräch mit leidenschaftlichen Beteuerungen auf seiner Seite und nichts sagenden Bemerkungen auf meiner: Ja. Ja. Natürlich. Ja. Das empfinde ich auch so. Ja, gut.

Am Freitag Morgen fiel ein Team von Männern in meine Wohnung ein, um an sämtlichen Türen neue Schlösser anzubringen und alle Fenster mit Eisengittern zu sichern. Kurz nach Mittag erschien dann Cameron, und Lynne musste weg, um einen Bericht abzuliefern. Wir hatten Zeit für ein Bad.

»Ich würde gern deine Show sehen«, erklärte er. »Dir zusehen, wie du vor den Kindern auftrittst.«

»Dann komm doch morgen mit«, schlug ich vor. »Da sind wir bei einer Gruppe von Fünfjährigen. Hier ganz in der Nähe, in Primrose Hill, bloß ein Stück die Straße rauf.«

»Ich kann nicht«, antwortete er und wandte den Blick ab.

»Oh«, sagte ich in zickigem Ton und hasste mich sofort dafür. »Familiäre Verpflichtungen.«

»Ich kann mich da nicht abseilen«, sagte er. »Wenn ich könnte, würde ich es.«

»Schon gut.« Genau aus diesem Grund schlief ich sonst nicht mit verheirateten Männern – am Ende blieben nur Scham, Schmerz und Schuldgefühle.

»Bist du jetzt sauer?«

»Überhaupt nicht.«

»Bist du sicher?«

»Wäre es dir lieber, ich wäre es?«

Er nahm meine Hand und presste sie gegen seine Wange. »Ich bin verliebt, Nadia. Ich habe mich in dich verliebt.«

»Sag so was nicht! Das macht mir Angst. Es macht mich zu glücklich.«

*Sie glaubt, dass niemand sie sehen kann. Ich sehe sie. Sehe, wie sie sich küssen. Mein Mädchen und der Polizist küssen sich. Treiben es auf dem Boden. Während er am Fenster steht, um die Jalousie herunterzulassen, sehe ich auf seinem blöden Gesicht den verzückten, dümmlichen Gesichtsausdruck eines verliebten Mannes.*

*Ich liebe sie mehr als er. Niemand kann sie so lieben, wie ich sie liebe. Sie sehen alle in die falsche Richtung. Sie suchen nach Hass. Liebe: Das ist der Schlüssel.*

## 8. KAPITEL

Fünf- und sechsjährige Mädchen sind das beste Publikum. Lieb und voller Bewunderung sitzen sie dekorativ aufgereiht in ihren seidigen, pastellfarbenen Kleidchen da, die Haare zu Zöpfen geflochten, die Füße in Lackschuhen. Wenn ich eines von ihnen bitte, nach vorn zu kommen und mir zu helfen, schiebt es vor Aufregung den Daumen in den Mund und spricht nur im Flüsterton. Am schlimmsten sind acht- und neunjährige Jungen. Sie machen blöde Bemerkungen, tun lautstark kund, dass sie genau wissen, dass der verschwundene Gegenstand in meiner Tasche steckt, schubsen sich gegenseitig herum und drängen nach vorn, um meinen Zauberkasten zu inspizieren. Sie lachen höhnisch, wenn ich beim Jonglieren einen Ball fallen lasse. Das Puppentheater ist etwas für Memmen, sagen sie. Sie singen ›Happy Birthday‹ mit lauter, spöttischer Stimme und bringen alle Luftballons zum Platzen. Zach und ich haben eine Regel, die wir niemals brechen: keine zweistelligen Geburtstage!

Diese Party war für fünfjährige Jungs und ein paar im Randbereich herumschwirrende Mädchen. Sie fand in einem großen, schönen Haus in Primrose Hill statt, zu dessen Eingangstür eine breite Treppe hinaufführte. Die Diele hatte eher die Ausmaße einer Halle, in der man mehrere Räder schlagen konnte, ehe man die andere Seite des Raums erreichte. Die Küche war so groß wie meine ganze Wohnung, und das riesige, mit einem hellen, flauschigen Teppich ausgelegte Wohnzimmer, in dem die Kinderschar herumtobte, ging auf eine Terrasse hinaus, an die sich ein weitläufiger, gepflegter Garten mit einem Goldfischteich, bogenförmigen Spalieren, sauber getrimmten Buchshecken und schönen weißen Rosen anschloss.

»Mannomann! Ganz schön schnieke!«, flüsterte ich Zach zu.

»Pass bloß auf, dass du nichts zerbrichst!«, flüsterte er zurück.

Das Geburtstagskind war ein kleiner, pummeliger Junge namens Oliver, der vor Aufregung ganz fleckige Wangen hatte. Seine Freunde sausten um ihn herum, während er das Geschenkpapier von seinen Päckchen riss. Seine Mutter, Mrs. Wyndham, war eine sehr große, sehr dünne und offensichtlich sehr reiche Frau, die schon jetzt schrecklich genervt wirkte, obwohl die Party gerade erst anfing. Sie musterte Zach und mich mit skeptischer Miene.

»Es sind vierundzwanzig«, erklärte sie. »Und alle ziemlich wild. Sie wissen ja, wie Jungs sind.«

»Allerdings«, antwortete Zach mit leidender Stimme.

»Kein Problem«, sagte ich. »Wenn die Kinder ein paar Minuten in den Garten hinausgehen, können wir hier drinnen alles vorbereiten.« Ich trat ins Wohnzimmer und klatschte in die Hände. »Jungs, geht doch bitte kurz in den Garten raus. Wenn wir bereit sind für die Show, rufen wir euch herein.«

Die ganze Meute stürmte zur Terrassentür hinaus, gefolgt von Mrs. Wyndham, die ihnen irgendwas wegen ihrer Kamelien hinterherrief.

Das Puppentheater war Zachs und mein Werk. Stundenlang hatten wir gesägt und genagelt und dann ein großes Stück Leinwand mit blauen Bergen, grünem Wald und einem kleinen Häuschen bemalt. Wir hatten sogar eine unserer Puppen selbst angefertigt, einen Löwen aus Pappmaché. Wir brauchten eine Ewigkeit dafür, kleckstenfürchterlich herum, und am Ende sah das Ding aus wie ein eingetrockneter Plastilinklumpen mit einer knubbeligen Oberfläche und einem schief aufgemalten Gesicht. Den Rest kauften wir dann in einem Spezialgeschäft. Die paar Stücke, die wir spielen, hat Zach geschrieben. Schließlich ist er der Schriftsteller von uns beiden. Wenn ihn jemand fragt, was er macht, antwortet er in bestimmtem Ton: »Ich schreibe Romane.« Meist fügt er dann nach einer kurzen Pause hinzu, dass er zusätzlich zu seiner Schreiberei noch ein paar andere Jobs hat, beispielsweise als Kinderunterhalter.

Seine Puppenspiele sind kurz und kompliziert, mit zu vielen Stimmen. In dem Stück, das wir an diesem Tag aufführen wollten, spielten ein Junge, ein Mädchen, ein Zauberer, ein Vogel, ein Schmetterling, ein Clown und ein Fuchs eine Rolle. Ich bin hinterher immer schweißgebadet.

Natürlich wusste Zach bereits von dem Brief, der Polizei und den vielen Sicherheitsvorkehrungen. An diesem Tag hatte er Lynne kennen gelernt, als wir ihn mit dem Auto abholten und dann zusammen nach Primrose Hill fuhren. Er hatte neben ihr auf dem Beifahrersitz gesessen und auf sie eingeredet – über Chaostheorie und die Tatsache, dass die Bevölkerung von Indien demnächst die Billionengrenze überschreiten werde. Sie hatte einen ziemlich benommenen Eindruck gemacht, es aber trotzdem irgendwie geschafft, den Wagen durch den dichten Verkehr zu lenken.

Während wir das Theater zusammenbauten, fragte er mich, ob mir die Sache denn gar keine Angst mache.

»Nein.« Ich war gerade damit beschäftigt, die Vorhänge an der Miniaturbühne zu befestigen, und zögerte einen Moment. Aber ich musste es jemandem sagen. »Wenn ich ehrlich sein soll, finde ich das Ganze eher aufregend.«

»Das klingt ein bisschen pervers.«

»Weißt du, Zach… kannst du ein Geheimnis für dich behalten?« Ich wartete seine Antwort nicht ab. Ich wusste, dass er es nicht konnte. Er ist dafür bekannt, dass er alles weitererzählt. »Ich habe was mit einem der Polizeibeamten.«

»Wie bitte?«

»Ich weiß, es ist ein bisschen seltsam, aber –«

»Nadia.« Er packte mich an den Schultern. »Bist du wahnsinnig? Das kannst du doch nicht machen!«

»Ach, kann ich nicht?«

Zach ließ mich los und fuchtelte wild mit den Händen durch die Luft, als könnte er durch Worte allein nicht ausdrücken, wie unmöglich ich mich benahm. »Das tut man einfach nicht! Es ist nicht richtig! Genauso gut könntest du eine Affäre mit deinem Arzt haben. Ist dir denn nicht klar, dass der Typ dich ausnutzt?

Du bist im Moment besonders verletzbar, und das ist sein Vorteil. Hör zu, ich bin sicher, dass du das Ganze als etwas Schönes, Reines und Wichtiges betrachtest, aber du hast dich doch gerade erst von Max getrennt, und jetzt hüpfst du mit jemandem ins Bett, der dich eigentlich beschützen sollte.«

»Halt den Mund, Zach!«

»Stichwort Vaterfigur. Du musst damit aufhören, Nadia!«

»Er ist verheiratet«, fügte ich kläglich hinzu.

Zach schnaubte verächtlich. »Hast du was anderes erwartet?«

»Er ist attraktiv. Ich meine, ich hätte nie gedacht…« Mit einem Schaudern musste ich daran denken, wie er an diesem Morgen, also erst wenige Stunden zuvor, gekommen war, um Lynne für eine Weile abzulösen, und wir uns im Bad geliebt hatten. An die geflieste Wand gelehnt, hatten wir uns voller Leidenschaft die Kleider vom Leib gerissen.

»Nadia!«, sagte Zach in drängendem Ton. »O verdammt, da sind sie schon!«

Die Jungs waren aus dem Garten zurückgekehrt.

Nach dem Puppenspiel brachte ich Oliver dazu, mir bei meinem kläglichen Zaubertrick zu helfen. Jedes Mal, wenn er meinen Zauberstab berührte, fiel das Ding in sich zusammen, und alle Kinder schrien so laut »Abrakadabra!«, dass Mrs. Wyndham, die in der Tür stand und zusah, vor Schreck zusammenzuckte. Dann bat ich die Kinder, mir ausgefallene Gegenstände zum Jonglieren zu geben. Ein boshafter Junge namens Carver überreichte mir eine Käsereibe, die er in der Küche gefunden hatte, aber da ich davon ausging, dass Mrs. W. kein Blut auf dem Teppich haben wollte, entschied ich mich für eine Melone, einen Serviettenring und einen Trommelschlegel. Zum Glück ließ ich nichts davon fallen. Im Anschluss an meine Jongliernummer blies Zach lange Luftballons auf und drehte daraus verschiedene Tierformen. Dann stürmten die Kinder in die Küche, wo neben Würstchen und marmeladegefüllten Keksen ein großer, wie ein Zug geformter Geburtstagskuchen auf sie wartete. Damit war die Sache für uns gelaufen. Da Zach bereits nach seiner Zigarette lechzte, schob ich ihn nach draußen auf die Terrasse.

»Macht es dir wirklich nichts aus?«, fragte er, »das Zeug allein aufzuräumen?«

»Nein, raus mit dir!«

»Vergiss nicht, was ich gesagt habe, Nadia.«

»Ja, ja. Jetzt mach endlich die Fliege, Partner.«

»Du hast nicht vor, die Sache zu beenden, oder?«

Ich schloss für einen Moment die Augen. Es war, als könnte ich noch immer Camerons Mund an meinem Hals spüren.

»Ich weiß nicht. Ich kann es noch nicht sagen.«

Eltern und Kindermädchen begannen einzutrudeln – den Unterschied zwischen ihnen kann ich sogar aus kilometerweiter Entfernung erkennen. Ich nahm das Theater auseinander und begann es in der Kiste zu verstauen. Eine hübsche junge Frau kam mit einer Tasse Tee auf mich zu.

»Mrs. Wyndham hat mich gebeten, Ihnen das zu bringen.« Sie hatte silberblondes Haar und einen lustigen Singsangakzent.

Dankbar nahm ich die Tasse entgegen.

»Sind Sie Olivers Kindermädchen?«

»Nein, ich bin gekommen, um Chris abzuholen. Er wohnt nur ein paar Häuser weiter die Straße entlang.« Sie griff nach einer unserer Handpuppen und inspizierte sie. »Was Sie da machen, ist bestimmt ein harter Job.«

»Nicht so hart wie Ihrer. Haben Sie bloß den einen Jungen?«

»Es gibt noch zwei ältere Brüder, aber Josh und Harry sind im Internat. Gehört die Puppe auch in diese Tasche?«

»Danke.« Ich nahm einen Schluck von meinem Tee und fuhr dann mit dem Einpacken fort. Was das betraf, war ich mittlerweile eine richtige Künstlerin. Das Mädchen blieb stehen und sah mir zu. »Wo kommen Sie her?«, fragte ich sie. »Ihr Englisch ist phantastisch.«

»Aus Schweden. Eigentlich sollte ich schon wieder zu Hause sein, aber es ist was dazwischengekommen.«

»Oh«, antwortete ich vage. Wo war mein Zauberstab abgeblieben? Bestimmt hatte Oliver ihn mitgenommen, um herauszufinden, wie er sich in seine Einzelteile zerlegen ließ. »Vielen Dank für den Tee, ähm…«

»Lena.«

»Lena.«

Sie verschwand wieder in die Küche, wo sich wahrscheinlich sämtliche Kindermädchen versammelt hatten und über Männer und das Nachtleben sprachen, während sich ihre Schützlinge Teile des Schokoladenzugs in den Mund stopften. Die ersten Partygäste brachen bereits auf. »Hast du dich bedankt?«, hörte ich. Dann: »Wo ist meine Partytüte?« und: »Harvey hat eine blaue! Ich will auch eine blaue!«

Ich sammelte meine Sachen zusammen. Gott sei Dank stand Lynne mit dem Wagen draußen. Es hatte durchaus Vorteile, von einer ständig errötenden, eigensinnigen Polizistin begleitet zu werden. In der Eingangshalle stieß ich mit einem kleinen, blonden Jungen zusammen. Er hatte violette Augenringe und einen schokoladenverschmierten Mund.

»Hallo!«, sagte ich fröhlich. Ich war fest entschlossen, einen schnellen Abgang zu machen.

»Meine Mummy ist tot«, erklärte er und fixierte mich mit seinen hellen Augen.

»Oh.« Ich blickte mich um. Wahrscheinlich stand die Mutter bei den anderen in der Küche.

»Ja. Mummy ist gestorben. Daddy sagt, sie ist im Himmel.«

»Wirklich?«

»Nein«, antwortete er und leckte kurz an seinem Lutscher. »Ich glaube nicht, dass sie so weit weg ist.«

»Na ja, weißt du…«

»Ein Mann hat sie umgebracht.«

»Jetzt schwindelst du, oder?«

»Nein, es ist echt passiert!«, widersprach er in bestimmtem Ton.

Lena erschien mit seiner Jacke. »Komm, Chris, ab nach Hause!«, sagte sie.

Er nahm ihre Hand.

»Aber vorher möchte ich meine Partytüte haben!«

»Er behauptet, seine Mutter sei umgebracht worden«, wandte ich mich an sie.

»Ja.« Mehr sagte sie dazu nicht.

»Was? Wirklich?«

Ich stellte die Kiste ab und beugte mich zu Chris hinunter. »Das tut mir sehr, sehr Leid«, erklärte ich unbeholfen. Ich wusste nicht, was ich sonst noch sagen sollte.

»Kann ich jetzt meine Partytüte haben?« Ungeduldig zerrte er an Lenas Hand.

»Wann ist das passiert?«, fragte ich sie.

»Vor zwei Wochen. Eine schreckliche Sache.«

»Lieber Himmel!« Ich starrte sie fasziniert an. Niemand aus meinem Bekanntenkreis hatte je mit einem Menschen zu tun gehabt, der ermordet worden war. »Was ist passiert?«

»Das weiß niemand so ganz genau.« Sie schüttelte den Kopf. »Es ist im Haus geschehen.«

Ich starrte sie mit offenem Mund an.

»Wie schrecklich! Wie schrecklich für die ganze Familie!«

Mrs. Wyndham erschien mit einer Partytüte für Chris. Sie sah dreimal so groß aus wie die, die alle anderen bekommen hatten.

»Hier, mein Liebling!«, sagte sie und drückte ihm einen Kuss auf die Stirn. »Wenn es irgendetwas gibt, das ich für dich tun kann…« Sie seufzte, als würde ihr allein schon sein Anblick Schmerz bereiten. Dann wandte sie sich an mich. »Ich bringe Ihnen Ihr Geld, Miss Blake. Es dauert nur einen Moment, ich habe schon alles vorbereitet.«

»In meiner Tüte sind zwei Päckchen Bonbons! Thomas hat nur eins!«, rief Chris triumphierend. »Und ich habe einen Gummiball!«

»Hier ist das Geld, Miss Blake.«

Ihrer Stimme nach zu urteilen, würde sie uns wohl kein zweites Mal einladen.

»Danke.« Erneut schulterte ich meine Ausrüstung.

»Viel Glück«, sagte ich zu der jungen Schwedin.

»Danke.«

Gerade wollte ich mich zum Gehen wenden, als mir einfiel, dass Zach gesagt hatte, er werde hinterher mit der U-Bahn nach Hause fahren. Ich musste mich noch von ihm verabschieden. Also blieb ich neben Lena stehen.

»War es ein Einbrecher?«, fragte ich sie.

»Nein.«

»Er hat Briefe geschrieben«, fügte Chris eifrig hinzu.

»Was?«

Lena nickte seufzend. »Ja«, sagte sie. »Schreckliche Briefe, in denen er angekündigt hat, dass er sie umbringen würde. Sie klangen fast wie Liebesbriefe.«

»Wie Liebesbriefe«, wiederholte ich benommen.

»Ja.« Sie hob den kleinen Jungen hoch. Er schlang die Beine um ihre Taille. »Komm, Chris.«

»Warten Sie! Nur einen Moment! Hat sie denn nicht die Polizei verständigt?«

»O doch. Das ganze Haus war voller Polizisten.«

»Und er hat sie trotzdem getötet?« Mir war plötzlich sehr kalt.

»Ja.«

»Wie haben sie geheißen?«

»Wie bitte?«

»Die Polizisten. Wie waren ihre Namen?«

»Warum wollen Sie das wissen?«

»Können Sie sich an ihre Namen erinnern?«

»Erinnern? Ich sehe sie jeden Tag. Einer heißt Links, ein anderer Stadler. Außerdem ist da noch eine Psychologin, Dr. Schilling. Warum wollen Sie das wissen?«

»Ach, nicht weiter wichtig.« Ich zwang mich zu einem Lächeln. »Ich dachte, ich kenne sie vielleicht.«

## 9. KAPITEL

Geht es Ihnen nicht gut, Nadia?«

»Was?«

Erschrocken blickte ich mich um. Einen Moment lang wusste ich nicht so recht, wo ich war. Ich saß neben Lynne im Wagen. Sie beugte sich gerade mit besorgtem Gesichtsausdruck zu mir herüber.

»Sie sind blass«, stellte sie fest.

»Ich habe schreckliche Kopfschmerzen. Würde es Ihnen etwas ausmachen, wenn wir eine Weile nicht reden?«

»Soll ich Ihnen Tabletten besorgen?«

Ich schüttelte den Kopf und lehnte mich mit geschlossenen Augen zurück. Ich wollte sie nicht sehen. Wenn ich erst mal zu reden anfing, konnte ich für nichts garantieren. Lynne startete den Wagen und fuhr los. Ich hatte das Gefühl, als müsste ich meinen Kopf mit beiden Händen festhalten, um zu verhindern, dass er auseinander brach. Plötzlich fiel mir ein, dass ich mich nun doch nicht mehr von Zach verabschiedet hatte.

Ich war in eine neue Welt gestoßen worden, eine schreckliche, dunkle Welt, und ich musste erst einmal herausfinden, wo ich stand, aber vorher musste ich warten, bis sich das Tosen in meinem Kopf gelegt hatte. Vor allem aber musste ich mich während der kurzen Heimfahrt darauf konzentrieren, nicht in Lynnes schönen neuen Dienstwagen zu kotzen. Ich dachte an den Moment, wenn man sich kochendes Wasser über die Hand schüttet. Man spürt keinen Schmerz, aber man weiß, dass er eine Sekunde später durch Hand und Arm schießen wird. Mir war klar, dass ich erst einmal zur Ruhe kommen und richtig realisieren musste, was ich da eben gehört hatte. Im Augenblick war da nur eine Stimme, die mir aus weiter Ferne, aus den Tiefen meines Kopfes zu kommen schien und immer wieder sagte, dass noch eine Frau solche Briefe erhalten hatte wie ich und dass sie tot war, ermordet. Eine andere Frau hatte durchgemacht, was ich durchmachte, und am Ende war sie getötet worden. Und das erst vor ein paar Wochen. Als ich das letzte Mal mit Max gestritten hatte, war sie noch am Leben gewesen. Sie hatte sich wegen der Drohbriefe Sorgen gemacht und sich gefragt, wann das Ganze ein Ende haben würde, und jetzt gab es drei Kinder, die keine Mutter mehr besaßen.

Der Wagen kam zum Stehen. Ich atmete tief durch.

»Wir sind zu Hause«, sagte eine Stimme. »Kann ich irgendwas für Sie tun?«

»Ich glaube, ich werde mich eine Weile hinlegen.«

»Ist es Ihnen lieber, wenn ich draußen im Wagen bleibe?«

Mit einem Schlag war mein Kopf wieder klar. Von jetzt an würde ich nur so tun, als wäre ich krank.

»Nein, nein, auf keinen Fall. Ich möchte, dass Sie mit hineinkommen.«

»Sind Sie sicher?«

»Ich werde allerdings keine sehr gute Gesellschaft sein. Ich glaube, ich habe Migräne.«

»Müssen Sie was einnehmen?«

»Es reicht, wenn ich mich ein bisschen in einen verdunkelten Raum lege.«

Wir gingen ins Haus, und ich zog mich in mein Schlafzimmer zurück. Nachdem ich die Tür hinter mir zugemacht hatte, überprüfte ich, ob das Fenster fest geschlossen war, und ließ die Jalousie herunter. Wie Cameron. Genau wie der verdammte Detective Inspector Cameron Stadler. Dann legte ich mich aufs Bett und drückte das Gesicht ins Kissen. Ich fühlte mich wie ein kleines Mädchen. Am liebsten wäre ich unter die Bettdecke gekrochen und hätte sie mir über den Kopf gezogen, um sicher zu sein, dass mich niemand finden würde. Aber ich war nicht sicher. Er konnte mich finden, und ich hatte plötzlich das dringende Bedürfnis, meine Umgebung genau in Augenschein zu nehmen. Ich drehte mich um und schob mir das Kissen in den Nacken. Aus dieser Position konnte ich jeden Winkel des Zimmers sehen. Aber was nützte mir das? Vielleicht war es besser, nichts zu sehen und sich einfach umbringen zu lassen.

Ich versuchte, mir das Gespräch mit Lena noch einmal in Erinnerung zu rufen. Ich hatte Schwierigkeiten, es zu rekapitulieren. Ein paar Minuten lang versuchte ich mir eine optimistische Version davon zurechtzulegen. Vielleicht war das Kindermädchen ja verrückt. Aber diese Erklärung fand ich selbst nicht sehr überzeugend. Schließlich hatte sie Links, Grace Schilling und Cameron genannt. Hatte sie nicht gesagt, dass sie ganz in der Nähe wohnte? Das war immerhin ein Anhaltspunkt.

Jeden Freitag wird mir ein kostenloses Lokalblatt zugestellt, in das ich nicht mal einen Blick werfe. Ich interessiere mich nicht für neue Einbahnstraßen oder Leserbriefe aus meinem Stadtteil, sodass die Zeitung immer gleich in einen Schrank unter der Spüle wandert. Hin und wieder missbrauche ich ein Exemplar für andere Zwecke, beispielsweise indem ich es zusammenknülle und in feuchte Schuhe stopfe. Da meine Schuhe schon eine ganze Weile nicht mehr feucht geworden waren, würden die Ausgaben der letzten Monate dort alle noch gestapelt sein. Ich verließ das Schlafzimmer und sagte Lynne, dass es mir schon ein wenig besser gehe und ich für uns beide Tee machen wolle. Ich füllte den Wasserkocher und schaltete ihn an. Das würde mir die Zeit verschaffen, die ich brauchte.

Ich ging fünf Ausgaben zurück. Die ersten beiden enthielten lediglich einen Bericht über eine Drogenrazzia und einen Brand in einer Lagerhalle, außerdem jede Menge Werbung. In der nächsten Ausgabe, die nur knapp zwei Wochen alt war, wurde ich dann fündig. Es war nur ein kleiner Artikel im Mittelteil der Zeitung. Meine Hände begannen so sehr zu zittern, dass ich befürchtete, das Geraschel würde Lynnes Aufmerksamkeit erregen.

Die Schlagzeile lautete: »Mord in Primrose Hill«. Rasch riss ich die Seite heraus. Der Wasserkocher hatte sich soeben abgeschaltet. Ich übergoss die Teebeutel.

»Einen Keks, Lynne?«

»Für mich nicht, danke.«

Ein paar Minuten hatte ich noch Zeit. Ich strich den Artikel auf der Arbeitsfläche glatt:

*Letzte Woche wurde eine Mutter von drei Kindern in ihrem 800 000-Pfund-Haus in Primrose Hill ermordet. Laut Polizeibericht wurde Jennifer Hintlesham, 38, am 3. August tot aufgefunden. Die Polizei vermutet, dass sie am Spätnachmittag einen Einbrecher überrascht hat. »Eine Tragödie«, erklärte Detective Chief Inspector Stuart Links, der die Ermittlungen leitet. »Falls jemand Informationen hat, möchte ich die Betreffenden dringend bitten, sich mit dem Polizeirevier Stretton Green in Verbindung zu setzen.«*

Das war's. Ich las den kurzen Abschnitt immer wieder, als könnte ich ihm durch meine bloße Verzweiflung weitere Informationen entlocken. Von Briefen war nicht die Rede. Wieder versuchte ich mir eine Version zusammenzuschustern, in der das Kindermädchen und ich aneinander vorbeigeredet hatten, aber dann drängte sich mir die Wahrheit mit einer Unerbittlichkeit auf, die ich fast schmecken konnte – trocken und metallisch. Lena war mit dieser Information freiwillig herausgerückt, ich hatte ihr nichts erzählt. Die Polizeibeamten waren auch dieselben.

Ich griff nach den beiden Teetassen, aber meine linke Hand zitterte so heftig, dass ich mir einen Teil des kochend heißen Tees über das Handgelenk schüttete. Ich musste die Tasse abstellen und Wasser nachgießen. Dann brachte ich Lynne den Tee und ging ein zweites Mal, um meine eigene Tasse und ein Stück Shortbread zu holen. Anschließend setzte ich mich neben Lynne und sah sie an. War sie als Leibwächterin abgestellt worden, weil sie die andere Frau nicht gekannt oder gerade weil sie sie gekannt hatte? Hatte sie genauso bei Jennifer Hintlesham gesessen, mit ihr Tee getrunken und so getan, als wäre sie ihre Freundin? Hatte sie zu ihr auch gesagt, dass alles wieder in Ordnung kommen würde und dass sie in Sicherheit sei? Ich nahm einen Schluck Tee. Er war so heiß, dass ich mir die Zunge verbrannte und einen Hustenanfall bekam. Als ich mich wieder gefangen hatte, tauchte ich den Keks in die Flüssigkeit und biss den warmen, weichen Rand ab. Dann versuchte ich so zu tun, als würde ich Smalltalk machen.

»Irgendwie kommt es mir immer noch komisch vor«, begann ich. »Ich kriege einen Brief, und plötzlich werde ich Tag und Nacht von einer Polizistin bewacht. Handhabt ihr das immer so, wenn jemand einen Drohbrief erhält?«

Lynne schien sich in ihrer Haut nicht besonders wohl zu fühlen. Vielleicht lag es aber auch nur daran, dass mir ihre unerschütterliche Miene mittlerweile wie eine Maske erschien.

»Für mich ist das reine Routine«, erklärte sie. »Ich befolge nur meine Anweisungen.«

»Und wenn jemand ins Haus käme, um mich zu überfallen, dann würden Sie mich beschützen?«, fragte ich mit einem Lächeln. »So ist es doch gedacht, oder?«

»Das wird nicht passieren«, antwortete sie. Einen Moment lang hasste ich Lynne, wie ich noch nie im Leben jemanden gehasst hatte. Am liebsten hätte ich mich auf sie gestürzt und ihr mit den Fingernägeln das Gesicht zerkratzt. Wessen Gefühle versuchte sie hier zu schützen? Aber mein Hass schwächte sich rasch ab und wurde zu einem dumpfen Schmerz in der Magengegend. Ich trank den heißen Tee aus, so schnell ich konnte. Ich brauchte Zeit, um über alles noch mal in Ruhe nachzudenken. Das Telefon klingelte. Es war Zach. Ich erklärte ihm, dass ich Migräne hätte.

»Migräne?«, fragte er. »Woher weißt du, dass es Migräne ist?«

»Weil es sich so anfühlt. Ich muss mich hinlegen.«

Was ich anschließend auch sofort tat. Dann versuchte ich, mir all die Ereignisse der letzten Tage ins Gedächtnis zu rufen. Es war, als würde ich durch ein Haus wandern, in dem meine Erinnerungen wie Gegenstände herumstanden. Ich griff nach einem Stück, untersuchte es eingehend und musste feststellen, dass es plötzlich ganz anders aussah als zuvor. In erster Linie dachte ich an Cameron. Cameron, wie er in der Ecke saß und mich mit einem fast schon gierigen Blick musterte, Cameron, wie er mich auszog, als wäre ich ein schönes, wertvolles, sehr zerbrechliches Objekt. Cameron, wie er mich unendlich sanft und zärtlich streichelte. Cameron, wie er den Kopf zwischen meinen Brüsten vergrub. Was hatte er gesagt? »Ich muss ehrlich zu dir sein.« Das waren seine Worte gewesen. Ehrlich.

Am Abend machte ich mit Lynne einen kleinen Spaziergang, und wir kauften uns Fish and Chips. Ich pickte ein bisschen daran herum, trank eine Flasche Bier und sagte kaum ein Wort. Lynne warf mir immer wieder fragende Blicke zu. Ob sie wohl ahnte, dass ich Verdacht geschöpft hatte? Wieder zu Hause, verschwand ich gleich ins Bett, obwohl es noch nicht mal dunkel war. Ich lag einfach da und lauschte den Geräuschen der Straße, der Samstagnacht in Camden Town. Meine Gedanken rasten, und je mehr ich nachdachte, desto größer wurde meine Angst. Sie kroch in mir hoch wie die Feuchtigkeit in den Wänden eines Hauses. Als ich schließlich einschlief, quälten mich Träume.

Morgens beim Aufwachen konnte ich mich an ihren Inhalt nicht mehr erinnern. Das ist immer so bei mir, aber diesmal war ich froh darüber, als wüsste ein Teil von mir sehr genau, was ich geträumt hatte, und wollte es so schnell wie möglich wieder vergessen. Das Telefon klingelte. Ich kroch aus dem Bett und ging ran. Es war Cameron. »Ich hatte gerade einen Moment Zeit«, sagte er leise. »Du fehlst mir so.«

»Gut«, antwortete ich.

»Ich muss dich unbedingt sehen«, flüsterte er. »Ich kann nicht mehr ohne dich sein. Ich habe es so eingerichtet, dass ich am Spätnachmittag hier wegkomme. Ist es dir recht, wenn ich gegen vier bei dir bin?«

»O ja«, antwortete ich.

Ich war den ganzen Tag wie benebelt. Ein paar Stunden lang lief ich mit Lynne auf dem Markt von Camden Lock herum, aber nur, weil ich auf diese Weise nicht so viel mit ihr reden musste, zumindest nicht über wichtige Themen. Ich hatte einfach keine Lust, mir weitere Lügen anzuhören. Um Punkt vier stand Cameron vor der Tür. Er trug Jeans und darüber ein lässiges blaues Hemd. Unrasiert und leicht zerknittert, erschien er mir attraktiver denn je, weniger zugeknöpft. Er erklärte Lynne, dass er gekommen sei, um sie für zwei Stunden abzulösen und mit mir ein paar Dinge zu besprechen, die den Ablauf der nächsten

Woche beträfen. Wie immer hatte Lynne es nicht eilig wegzukommen. Ob sie vermutete, dass zwischen uns etwas lief? Wunder wäre es keins gewesen. Diesmal aber fand ich das Warten nahezu unerträglich. Ich hatte das Gefühl, mich kaum mehr beherrschen zu können, als würde ich jeden Moment platzen. Endlich ging sie. Cameron schloss sanft die Tür hinter ihr und drehte sich zu mir um.

»O Nadia!«, stieß er hervor.

Langsam ging ich auf ihn zu. Seit unserem kurzen Telefonat am Morgen hatte ich mich auf diesen Moment vorbereitet. Er streckte die Arme nach mir aus. Ich ballte die Faust, so fest ich konnte. Als ich nur noch einen Schritt von ihm entfernt war, schlug ich ihm mit aller Kraft ins Gesicht.

## 10. KAPITEL

Er hob die Hände. Wollte er mich bloß abwehren, oder hatte er vor zurückzuschlagen? Ich reckte das Kinn vor und sah ihn herausfordernd an, aber er ließ die Hände sinken und trat einen Schritt zurück.

»Was zum Teufel soll das?« Er sagte das nicht laut, aber in eisigem Ton. Sein Blick war kalt. Plötzlich wirkte sein sonst so attraktives Gesicht dumm und bösartig. Voller Genugtuung stellte ich fest, dass ihm an der Nase, wo ich ihn mit dem Ring getroffen hatte, ein wenig Blut hinunterlief.

»Ich weiß es, Detective Inspector Stadler.«

»Was?«

»Ich weiß alles.«

»Wovon redest du überhaupt?«

»Hat es dich angemacht?«

»Was?«, fragte er wieder. »Was?« Er wischte sich das Blut von der Nase und sah sich seine Finger an.

»Es hat dich tatsächlich angemacht, stimmt's? Was für eine erregende Vorstellung, eine Frau zu ficken, die bald sterben wird!«

»Du bist ja total hysterisch!«, sagte er verächtlich.

Ich rammte ihm einen Zeigefinger in die Brust. »Jennifer Hintlesham. Kommt dir der Name irgendwie bekannt vor?«

Sein Gesichtsausdruck veränderte sich, allmählich schien es ihm zu dämmern. »Nadia«, sagte er. Er trat einen Schritt auf mich zu und streckte die Hand aus, als wäre ich ein wildes Tier, das es zu besänftigen galt. »Nadia, bitte!«

»Bleib, wo du bist, du – du –« Mir fiel kein Wort ein, das gemein genug gewesen wäre. »Was hast du dir dabei gedacht? Wie konntest du mir das antun? Hast du dir dabei meinen toten Körper vorgestellt?«

Seine Miene wirkte mit einem Mal verschlossen. »Wir haben dir doch gesagt, dass wir die Drohungen ernst nehmen«, antwortete er mit ausdrucksloser Stimme.

»Du verdammter Heuchler!« Ich gab ihm eine Ohrfeige. Am liebsten hätte ich ihn richtig verletzt, verstümmelt, am Boden zermalmt. »Ich glaub's einfach nicht«, sagte ich. »Nicht zu fassen, dass ich mit dir ins Bett gegangen bin.« Ich sah ihn voller Abscheu an. »Mit einem verheirateten Mann, den es anmacht, mit einer Frau Sex zu haben, die er eigentlich beschützen sollte.«

»Wir beschützen dich ja.«

Zu meinem eigenen Entsetzen brach ich in Tränen aus.

»Nadia!« Obwohl er sehr leise sprach, schwang in seiner Stimme eine Spur von Triumph mit. »Nadia, Liebling, es tut mir so Leid! Es hat mir total widerstrebt, dir das zu verschweigen.«

Ich spürte seine Hand auf meinem Arm und zuckte zurück. »Rühr mich nicht an!«, schrie ich und starrte ihn durch einen Schleier aus Tränen an. »Ich heule doch nicht deinetwegen! Kapierst du denn nicht, dass ich Angst habe? Ich habe vor lauter Angst das Gefühl, als würde in meiner Brust ein riesiges Loch klaffen!«

»Nadia...«

»Halt den Mund!« Ich zog ein Taschentuch heraus und putzte mir die Nase. Dann warf ich einen Blick auf meine Uhr. »In einer Stunde kommt Lynne zurück. Vorher musst du mir ein paar Fragen beantworten. Aber jetzt wasche ich mir erst mal das Gesicht.«

»Warte!«, sagte er. »Ich verspreche dir, dass ich dich nicht anfassen werde, aber du musst wissen, dass das, was zwischen uns passiert ist, für mich … ich meine, es war … ich möchte nicht, dass jemand …« Er hielt inne und sah mich mit einem Gesichtsausdruck an, der zugleich unterwürfig und ärgerlich wirkte. Jetzt hatte er Angst vor mir.

Im Bad wusch ich mir die Hände und das Gesicht. Ich stellte fest, dass ich einen widerlichen Geschmack im Mund hatte, und putzte mir auch noch die Zähne. Dann betrachtete ich mich im Spiegel. Ich sah nicht anders aus als sonst. Wie war das möglich? Ich lächelte, und mein Spiegelbild lächelte fröhlich zurück.

Mein Hass brannte nicht mehr so heiß wie noch vor ein paar Minuten. Ich fühlte mich zwar immer noch scheußlich, war aber schon viel ruhiger und gelassener. Auch Cameron wirkte nicht mehr so aufgeregt. Wir setzten uns einander gegenüber wie zwei Fremde. Inzwischen erschien es mir völlig absurd, dass er noch vor zwei Tagen meinen Kopf zwischen den Händen gehalten hatte, als wäre ich das Kostbarste auf der ganzen Welt. Dass er die Hände unter meine Klamotten geschoben und nach meinem nackten Körper getastet hatte. Der Gedanke ließ mich schaudern.

»Wie hast du es herausgefunden?«, fragte er.

»Nord-London ist klein«, antwortete ich. »Vor allem das reiche Nord-London. Ich habe das Kindermädchen kennen gelernt. Lena.« Er sagte nichts, sondern nickte nur leicht. »Sie hat mir von den Briefen erzählt. Und von dir. Seid ihr sicher, dass sie von derselben Person stammen?«

Er sah mir nicht in die Augen. »Ja.«

»Er hat ihr Briefe geschrieben wie den, den er mir geschickt hat, und dann hat er sie umgebracht?«

»Ja.«

»Habt ihr sie denn nicht beschützt?«

»Ursprünglich schon. Es gab Faktoren, die die Situation verkomplizierten.«

»Jedenfalls hat er es geschafft, ins Haus zu gelangen und sie zu ermorden.«

»Zu dem Zeitpunkt haben wir sie nicht mehr richtig bewacht.«

»Warum nicht? Habt ihr das Ganze nicht ernst genug genommen?«

»Ganz im Gegenteil«, gab er ärgerlich zurück. »Wir haben es sogar sehr ernst genommen. Immerhin –« Er brach abrupt ab.

»Was?«

»Nichts.«

»Was?«

»Nadia, du musst mir wirklich glauben, dass wir alle nötigen Vorkehrungen getroffen haben, um dich zu beschützen.«

»Was wolltest du sagen? Immerhin was? Sag es mir!«

»Wir wussten, wie ernst die Briefe an Mrs. Hintlesham zu nehmen waren«, murmelte er so leise, dass ich mich anstrengen musste, ihn zu verstehen.

»Warum?« Er sah mich an, und plötzlich fiel es mir wie Schuppen von den Augen. Diese neue Erkenntnis traf mich wie ein Keulenschlag. Ich starrte ihn an. »Sie war nicht die Erste, oder?« Meine Stimme war nur noch ein heiseres Flüstern.

Cameron schüttelte den Kopf.

»Wer noch?«

»Eine junge Frau namens Zoë Haratounian. Sie hat drüben in Holloway gewohnt.«

»Wann?«

»Vor fünf Wochen.«

»Wie?«

Cameron schüttelte wieder den Kopf. »Bitte, Nadia. Nicht. Wir passen auf dich auf. Vertrau uns.«

Ich konnte ein hässliches Lachen nicht unterdrücken.

»Ich weiß, wie du dich fühlst, Nadia.«

Ich ließ den Kopf auf die Hände sinken. »Nein, das weißt du nicht«, gab ich zurück. »Du kannst gar nicht wissen, wie ich mich fühle. Wie solltest du auch?«

»Was wirst du jetzt tun?«

Ich hob den Kopf und starrte ihn an. Er wollte wissen, ob ich ihn hinhängen würde. Was für ein Kind! Ein grausames, eitles Kind.

»Ich werde leben«, antwortete ich.

»Natürlich wirst du das.« Seine Stimme klang beschwichtigend und honigsüß. Er sprach mit mir wie ein Arzt mit einem sterbenden Patienten.

»Du glaubst, dass ich sterben werde, oder?«

»Unsinn!«, widersprach er. »Auf keinen Fall.«

»Ein Wahnsinniger«, sagte ich. Ich spürte die Angst wie Galle in meinem Mund. »Ein Killer.«

Es klingelte an der Tür. Die errötende, lächelnde, lügende Lynne. Leise sagte Cameron zu mir: »Bitte, erzähl niemandem was von uns.«

»Lass mich in Ruhe! Ich muss nachdenken.«

## 11. KAPITEL

Auf eine perverse Weise genoss ich es fast, mir Lynne vorzuknöpfen. Sie hatte versucht, Cameron ein paar technische Fragen zum Ablauf der kommenden Woche zu stellen, aber er war kaum in der Lage, etwas zu sagen oder ihrem Blick standzuhalten – geschweige denn dem meinen. Er strich sich die ganze Zeit leicht über die Wange, als wollte er mit seinen Fingerspitzen herausfinden, ob dort, wo ich ihn geschlagen hatte, eine verräterische Spur zu sehen war. Dann murmelte er etwas von einem wichtigen Termin.

»Den Rest besprechen wir morgen«, sagte ich.

»Was?«, fragte er kläglich.

»Den weiteren Ablauf«, antwortete ich.

Er sah mich einen Augenblick lang durchdringend an. Dann zuckte er mit den Achseln und ging. Es traf mich fast ein wenig unerwartet, wieder mit Lynne allein zu sein. Ich hatte mir noch gar nicht überlegt, was ich nach dem Gespräch mit Cameron mit ihr reden wollte.

»Möchten Sie was trinken?«, fragte ich sie.

Ich bin normalerweise nicht der Typ, dem am helllichten Tag nach einem Drink zu Mute ist, nun aber brauchte ich einen.

»Eine Tasse Tee wäre wunderbar.«

Also verzog ich mich in die Küche und schaltete den Wasserkocher an. Langsam kam ich mir vor wie Lynnes Großmutter, weil ich ständig Tee für sie kochte. Ich hängte den Teebeutel in die Tasse. Für mich fand ich ganz hinten in einem Schrank eine Flasche Whisky, den mir mal jemand aus einem Duty-free-Shop mitgebracht hatte. Ich schenkte mir ein halbes Glas ein und füllte es mit kaltem Leitungswasser auf. Wir gingen mit unseren Getränken in den Garten hinaus. Obwohl inzwischen schon früher Abend war, brannte die Sonne noch immer unerbittlich herab.

»Cheers!«, sagte ich, stieß mein Glas leicht gegen ihre Tasse und nahm einen Schluck. Der Garten war natürlich in katastrophalem Zustand, aber gerade weil er so verwildert war, empfand ich ihn als ein Refugium, in das ich vor der schrecklichen Welt flüchten konnte, auch wenn ihre Geräusche durchaus noch zu hören waren. Wir stellten uns neben einen Busch, der mit einer Ansammlung zapfenförmiger violetter Blüten übersät war. Weiße und braune Schmetterlinge umflatterten sie wie vom Wind herumgeblasene Papierfetzen.

»Ich liebe es, mich abends hier draußen aufzuhalten«, bemerkte ich. Lynne nickte. »Ich meine, im Sommer. Wenn es regnet, gehe ich natürlich nicht raus. Es macht mir Spaß, die Blumen anzusehen und mich zu fragen, wie sie wohl heißen. Kennen Sie sich mit Pflanzen aus?« Lynne schüttelte den Kopf. »Schade.« Ich nahm einen weiteren Schluck von meinem Drink. Dann legte ich los. »Ich schulde Ihnen eine Erklärung«, sagte ich, während sie gerade ihre Tasse an die Lippen hob, um mit einem vorsichtigen Nippen die Temperatur des Tees zu prüfen. Sie sah mich fragend an.

»Weswegen?«

»Gestern habe ich Sie gefragt, ob Sie das alles – ich meine, diese ganzen Sicherheitsvorkehrungen – nicht ein bisschen übertrieben finden. Dabei habe ich zu dem Zeitpunkt schon Bescheid gewusst.«

Lynne, die gerade ein zweites Mal ihre Teetasse an den Mund führen wollte, erstarrte mitten in der Bewegung.

Ich sprach weiter. »Wissen Sie, gestern ist etwas Komisches passiert. Auf dem Kinderfest bin ich mit dem Kindermädchen von einem der Jungs ins Gespräch gekommen. Dabei habe ich rein zufällig erfahren, dass sie für eine Frau namens Jennifer Hintlesham arbeitet – ich meine, gearbeitet hat.« Eines musste man Lynne lassen: Sie zeigte keinerlei sichtbare Reaktion, abgesehen davon, dass sie meinem Blick auswich. »Sie haben von ihr gehört?«, fragte ich.

Lynne ließ sich mit ihrer Antwort Zeit. Sie starrte auf ihre Tasse hinunter. »Ja«, sagte sie schließlich so leise, dass ich es kaum verstand.

Ein Gedanke schoss mir durch den Kopf. Eigentlich war es mehr eine Empfindung als ein Gedanke. Ich musste an das komische Gefühl denken, das ich immer gehabt hatte, wenn ich mit Max unterwegs war und er mir durch eine Bemerkung verriet, dass er an dem betreffenden Ort auch schon mit einer früheren Freundin gewesen war. Irgendwie hatte mir das immer ein bisschen die Freude verdorben, obwohl ich natürlich wusste, dass das eine alberne Reaktion war.

»Haben Sie das mit ihr auch gemacht? Mit Jennifer? Haben Sie mit Ihr im Garten gestanden und Tee getrunken?«

Lynne sah aus, als wäre sie am liebsten davongelaufen, aber das durfte sie ja nicht. Sie musste bleiben und auf mich aufpassen.

»Es tut mir Leid«, sagte sie. »Es ist mir schwer gefallen, Ihnen das zu verschweigen, aber es gab strikte Anweisungen. Man glaubte, das Ganze könnte traumatisch für Sie sein.«

»Hat Jennifer von Ihrer Vorgängerin gewusst?«

»Nein.«

Ich spürte, wie mir die Kinnlade herunterfiel. Entgeistert starrte ich sie an. Mir fehlten einfach die Worte.

»Ich … ihr habt sie auch belogen«, war alles, was ich schließlich herausbrachte.

»So war das nicht«, widersprach Lynne, die meinem Blick noch immer auswich. »Diese Entscheidung wurde schon ganz zu Anfang getroffen. Man war der Meinung, dass es schlecht sei, Sie in Panik zu versetzen.«

»Und sie auch. Ich meine Jennifer.«

»Ja«.

»Lassen Sie uns klarstellen, dass ich Sie da richtig verstanden habe: Jennifer hat nicht gewusst, dass die Person, von der die Briefe stammten, bereits jemanden umgebracht hatte, richtig?«

Lynne reagierte nicht.

»Und deshalb konnte sie im Hinblick auf ihren Schutz auch keine Vorkehrungen treffen.«

»So war das nicht«, erklärte Lynne erneut.

»Inwiefern war das nicht so?«

»Das Ganze war nicht meine Idee«, antwortete Lynne, »aber ich weiß, dass diejenigen, die diese Entscheidung getroffen haben, nur Jennifers Bestes wollten – oder was sie für ihr Bestes hielten.«

»Die Strategie, die ihr im Fall von Jennifer verfolgt habt – und auch im Fall der ersten Frau, Zoë – war nicht besonders erfolgreich.« Ich nahm einen großen Schluck von meinem Whisky und musste prompt husten. So harte Sachen trank ich sonst nicht. Ich fühlte mich so erbärmlich, krank vor Angst. »Es tut mir Leid, Lynne, ich bin sicher, dass das alles schrecklich für Sie ist, aber für mich ist es noch schrecklicher. Es ist mein Leben. Ich bin diejenige, die sterben soll.«

Sie trat einen Schritt näher. »Sie werden nicht sterben.«

Ich wich zurück. Ich wollte nicht, dass diese Leute mich berührten. Auf ihr Mitgefühl konnte ich verzichten.

»Ich verstehe das nicht, Lynne. Sie sitzen nun schon seit Tagen hier bei mir herum. Sie haben mit mir Tee getrunken und gegessen. Ich habe Ihnen von meinem Leben erzählt. Sie haben mich barfuß gesehen, auf meine Couch gelümmelt, halb nackt in der Wohnung herumlaufend. Ihnen war bewusst, dass ich Ihnen geglaubt, Ihnen vertraut habe. Ich verstehe das einfach nicht. Was haben Sie sich eigentlich dabei gedacht?«

Lynne gab mir keine Antwort. Ich schwieg ebenfalls eine Weile. Nachdenklich griff ich nach meinem Whiskyglas und nippte daran.

»Halten Sie mich eigentlich für blöd?«, fragte ich. »Ich habe wirklich ein Problem damit, dass alle etwas über mich wissen, das ich nicht weiß. Wie würden Sie sich denn fühlen, wenn es dabei um Sie ginge?«

»Keine Ahnung.«

Ich nahm einen weiteren Schluck. Allmählich spürte ich den Alkohol. Ich habe bei aller Art von Drogen eine erstaunlich niedrige Toleranzschwelle. Ich fürchte, der Grund ist nicht, dass mein Körper so sensibel reagiert, sondern dass ich einfach ein bisschen weich in der Birne bin. Es fiel mir immer schwerer, meine Wut zu konservieren, auch wenn die Angst irgendwo tief in mir weiterbohrte. Ich spürte den Alkohol im ganzen Körper und auch außerhalb davon, sodass mir die Welt im goldenen Licht dieses Sommerabends mitten in Nord-London immer weicher und verschwommener erschien.

»Haben Sie auf die Erste auch aufgepasst?«

»Zoë? Nein. Ich bin ihr nur ein einziges Mal begegnet. Kurz bevor… nun ja…«

»Und Jennifer?«

»Ja. Mit ihr habe ich einige Zeit verbracht.«

»Wie waren die beiden? Waren sie wie ich?«

Lynne trank ihren Tee aus. »Es tut mir Leid«, sagte sie. »Es tut mir Leid, dass man Ihnen das alles verschwiegen hat. Trotzdem ist es mir strikt verboten, derartige Details an Sie weiterzugeben.«

»Verstehen Sie denn nicht?« Meine Stimme klang jetzt ziemlich bitter. »Ich bin diesen beiden Frauen nie begegnet. Ich weiß nicht mal, wie sie ausgesehen haben, aber ich habe etwas ganz Entscheidendes mit ihnen gemeinsam. Ich würde gern etwas über sie erfahren. Vielleicht hilft uns das weiter.«

Lynnes Miene wirkte jetzt verschlossen. »Wenn Sie irgendwelche Fragen haben, müssen Sie sich damit an DCI Links wenden. Ich bin nicht berechtigt, Auskünfte zu geben.« Ein Anflug menschlicher Anteilnahme huschte über ihr Gesicht. »Hören Sie, Nadia, ich bin da wirklich nicht die richtige Ansprechpartnerin. Ich habe die Akten zu dem Fall nicht eingesehen. Was das betrifft, bin ich nur eine Randfigur, genau wie Sie.«

»Ich bin keine Randfigur«, widersprach ich. »Ich wünschte,

ich wäre es, aber leider stecke ich in dem schwarzen Loch direkt in der Mitte. Dann können Sie mir also nichts weiter sagen? Sie wollen, dass ich Ihnen einfach glaube und darauf vertraue, dass Sie Ihren Job diesmal besser machen?«

Zum Teufel mit ihr, dachte ich. Zum Teufel mit ihnen allen. Wir gingen zurück ins Haus, ohne uns anzusehen. Sie bereitete uns mit dem Rest Schinken, der noch im Kühlschrank lag, ein paar Sandwiches, und wir setzten uns schweigend vor den Fernseher. Ich bekam vom Programm kaum etwas mit. Stattdessen ließ ich voller Wut Szenen aus meiner jüngsten Vergangenheit Revue passieren, Gespräche mit Lynne, Links, Cameron. Ich musste daran denken, wie ich mit Cameron im Bett gelegen, wie er mich angesehen hatte. Ich versuchte mir vorzustellen, wie viel erotische Anziehungskraft ein nackter Körper wie der meine besitzen konnte, der Körper einer Frau, die bald sterben würde, das aber nicht wusste. Wie fühlte sich ein Mann, dessen einziger Rivale ein Mörder war? Machte das den Sex für ihn aufregender? Je länger ich darüber nachdachte, desto widerlicher fand ich es.

Ich hatte nie zuvor wirklich Angst gehabt und bin kein Mensch, der sich leicht einschüchtern lässt. Ich verliebe mich häufig, ich werde schnell wütend, und ich bin auch schnell glücklich, verärgert oder aufgeregt. Ich schreie, weine, lache. Diese Dinge liegen bei mir dicht beieinander. Die Angst hingegen verbirgt sich irgendwo in der Tiefe. Jetzt hatte ich Angst, aber dieses Gefühl löschte nicht alle anderen Emotionen aus, wie es beispielsweise Wut oder plötzliches sexuelles Begehren tun. Es war eher so, als wäre ich aus der Sonne in den Schatten getreten, wo es kalt und unheimlich war. In eine andere Welt.

Ich wusste nicht, an wen ich mich wenden sollte. Ich dachte an meine Eltern, verwarf den Gedanken aber sofort wieder. Sie waren alt und ängstlich. Die beiden machten sich seit jeher Sorgen um mich, auch als es dafür noch keinen wirklichen Grund gab. Eine weitere Möglichkeit war Zach, der liebe, immer ein wenig bedrückt wirkende Zach. Oder vielleicht Janet. Wer von ihnen würde ruhig und stark sein, ein Fels in der Brandung? Wer würde mir zuhören? Wer würde mich retten?

Dann, ohne es zu wollen, begann ich über die Frauen nachzudenken, die gestorben waren. Ich wusste nichts über sie, außer ihren Namen und dass Jennifer Hintlesham drei Kinder hinterlassen hatte. Ich musste an das kampflustige Engelsgesicht ihres kleinen Sohnes denken. Zwei Frauen, Zoë und Jenny. Wie hatten sie ausgesehen, und wie hatten sie sich gefühlt? Bestimmt hatten sie in der Dunkelheit wach gelegen, wie ich es jetzt tat, und die gleiche Angst empfunden. Die gleiche Einsamkeit. Jetzt waren es nicht mehr nur zwei Frauen, sondern drei, verbunden durch einen einzelnen Wahnsinnigen. Zoë und Jenny und Nadia. Nadia, das war ich. Warum ich?, dachte ich. Warum sie, und warum ich? Und überhaupt – warum?

Aber noch während ich so dalag, mit klopfendem Herzen und brennenden Augen, wusste ich, dass mir nichts anderes übrig blieb, als diesen lähmenden, hilflosen Zustand zu beenden. Ich konnte nicht einfach nur darauf warten, dass etwas passierte oder andere Menschen mich aus diesem Albtraum retteten. Tränen, unter der Bettdecke vergossen, würden mich nicht retten. Während mir diese Gedanken durch den Kopf gingen, war es, als würde sich ein kleiner Teil tief in meinem Innern zum Kampf bereit machen.

Ich schlief erst lange nach Mitternacht ein, und als ich am nächsten Morgen müde und benommen aus seltsamen Träumen erwachte, fühlte ich mich nicht direkt mutiger oder sicherer, aber irgendwie stärker, gestählter. Um zehn fragte ich Lynne, ob sie für eine Weile den Raum verlassen könnte, weil ich ein privates Telefongespräch führen müsste. Sie wollte im Wagen warten, und nachdem sie gegangen war, rief ich Cameron in der Arbeit an.

»Ich bin völlig am Ende«, erklärte er, kaum dass er am Apparat war.

»Gut. Ich auch.«

»Es tut mir so Leid, dass du dich von mir verraten fühlst. Das macht mich ganz fertig.«

»Schon gut«, sagte ich. »Du kannst was für mich tun.«

»Was immer du möchtest.«

»Ich möchte die Akten zu dem Fall sehen. Nicht nur meine eigene, sondern auch die der anderen beiden Frauen.«

»Das ist unmöglich. Sie sind für die Öffentlichkeit nicht zugänglich.«

»Ich weiß. Ich will sie trotzdem sehen.«

»Kommt überhaupt nicht in Frage.«

»Ich möchte, dass du mir jetzt gut zuhörst, Cameron. Meiner Meinung nach hast du dich ziemlich mies verhalten, was die ganze Sexgeschichte betrifft. Wahrscheinlich hat dich der Gedanke, mit einem potenziellen Mordopfer Sex zu haben, auf eine perverse Weise angemacht. Tatsache ist aber, dass ich das Ganze ebenfalls genossen habe und außerdem ja eine erwachsene Frau bin. Ich habe kein Interesse daran, dich zu bestrafen, das möchte ich in aller Deutlichkeit klarstellen. Aber wenn du mir die Akten nicht bringst, gehe ich zu Links und erzähle ihm von unserer kleinen Affäre. Wahrscheinlich werde ich dann ein bisschen weinen und ihn darauf hinweisen, dass ich zu dem Zeitpunkt sehr angeschlagen und verletzlich war.«

»Das würdest du nicht tun!«

»Außerdem werde ich deine Frau anrufen und mit ihr darüber plaudern.«

»Das würdest du nie fertig bringen. Das wäre –« Er machte ein Geräusch, das wie ein Husten klang, als bekäme er keine Luft mehr. »Du darfst es Sarah nicht erzählen! Sie ist in letzter Zeit so depressiv, sie würde das nicht verkraften.«

»Das ist mir völlig egal«, entgegnete ich. »Es interessiert mich nicht. Du brauchst mir bloß diese Akten zu besorgen.«

»Das würdest du nicht tun!«, wiederholte er mit gepresster Stimme.

»Hör gut zu, was ich dir jetzt sage. Da draußen ist ein Mann, der schon zwei Frauen umgebracht hat und als nächste mich töten möchte. Mich interessieren im Moment weder deine Karriere noch die Gefühle deiner Frau. Wenn du mit mir Poker spielen möchtest, dann versuch's. Ich will, dass die Akten morgen früh hier auf dem Tisch liegen, und ich brauche Zeit, sie durchzusehen. Dann kannst du sie wieder mitnehmen.»

»Das geht nicht.«

»Die Entscheidung liegt bei dir.«

»Ich werde es versuchen.«

»Ich will sämtliche Akten, die es dazu gibt.«

»Ich werde tun, was ich kann.«

»Tu das. Und denk dabei an deine Karriere. Denk an deine Frau.«

Ich hatte damit gerechnet, dass ich nach diesem Gespräch losheulen oder mich zumindest schämen würde, aber dem war nicht so. Als ich mich selbst im Spiegel über dem Kamin sah, war ich überrascht. Endlich mal wieder ein freundliches Gesicht.

## 12. KAPITEL

Ich räumte meinen Wohnzimmertisch ab, aber es war noch immer nicht genug Platz. Nachdem Cameron es geschafft hatte, Lynne loszuwerden, musste er dreimal gehen, um die Akten aus seinem Wagen zu holen. Es waren zwei prall gefüllte Mappen und zwei Pappkartons. Er lud die roten, blauen und beigefarbenen Akten auf dem Tisch und, als dort kein Platz mehr war, auch auf dem Teppich ab. Schließlich schaffte er keuchend die letzte Ladung herein. Sein Gesicht glänzte vor Schweiß, seine Haut wirkte schlaff und grau.

»Ist das alles?«, fragte ich ironisch, nachdem er den letzten Stoß auf dem Boden abgelegt hatte.

»Nein«, antwortete er.

»Ich habe doch gesagt, dass ich alles sehen will!«

»Dafür bräuchte man einen kleinen Lieferwagen«, erklärte er. »Das sind die aktuellen Akten aus dem Revier, außerdem alle anderen, zu denen ich direkten Zugang habe. Ich weiß sowieso nicht, was du dir davon erhoffst. Du wirst feststellen, dass das meiste für dich völlig unverständlich ist.« Er ließ sich in dem unbequemen Korbstuhl in der Ecke nieder. »Du hast dafür zwei Stunden Zeit. Und wenn du irgendjemandem erzählst, dass du diese Akten eingesehen hast, bin ich meinen Job los.«

»Sei still!« Ich griff aufs Geratewohl nach einer der Mappen. »Wie sind sie geordnet?«

»Bring sie bloß nicht durcheinander!«, ermahnte er mich. »In den grauen Akten findest du hauptsächlich Zeugenaussagen. Die blauen enthalten unsere eigenen Berichte und Dokumente. Die roten sind Gerichtsmedizin und Spurensicherung. Die Systematik ist nicht immer ganz konsequent durchgehalten, aber sämtliche Akten sind außen beschriftet.«

»Gibt es auch Fotos?«

»Die Alben neben deinen Füßen enthalten Fotos der Tatorte.«

Ich blickte nach unten. Wie seltsam, dass die Polizei für die Fotos Ermordeter die gleiche Sorte Album benutzte wie andere Leute für ihre Urlaubsschnappschüsse. Ich schauderte. War das wirklich eine gute Idee gewesen?

»Ich werde sie mir gleich ansehen. Ich möchte wissen, wie die beiden ausgesehen haben.«

Cameron kam herüber und begann in den Unterlagen auf dem Tisch herumzusuchen, wobei er leise vor sich hinmurmelte. »Hier«, sagte er. »Und hier.«

Als ich nach den Akten griff, nahm er meine Hand. »Es tut mir Leid«, flüsterte er.

Ich entzog sie ihm. Mir blieb nicht viel Zeit. »Lass mich allein«, sagte ich. »Geh raus in den Garten. Ich rufe dich, wenn ich fertig bin.«

»Und wenn ich mich weigere?«, fragte er müde. »Rufst du dann meine Frau an?«

»Ich kann nicht lesen, wenn du hier bist.«

Er schwieg einen Moment. »Es ist keine schöne Lektüre, Nadia.«

»Lass mich allein.«

Langsam und widerstrebend verließ er den Raum.

Ich zögerte einen Moment, bevor ich die erste Akte aufschlug, ja überhaupt berührte. Ich stand kurz davor, eine Tür zu öffnen und einen Raum zu betreten, und irgendwie würde hinterher alles anders sein. Ich würde anders sein.

Ich schlug die Akte auf, und da war sie. Ein Schnappschuss,

der auf ein Blatt Papier geklebt war. Zoë Haratounian, geboren am 11. Februar 1976. Ich sah mir die Aufnahme genauer an. Offenbar handelte es sich um ein Urlaubsfoto. Zoë saß auf einer niedrigen Mauer, und hinter ihr strahlte ein tiefblauer Himmel. Das grelle Sonnenlicht ließ sie die Augen leicht zusammenkneifen. (Sie hatte eine Sonnenbrille in der Hand und schien lachend mit der Person zu sprechen, die das Foto machte.) Sie trug eine grüne Weste und weite schwarze Shorts. Das blonde Haar reichte ihr bis zur Schulter. War sie hübsch? Schwer zu sagen. Auf jeden Fall sah sie nett aus. Es war ein fröhliches Bild, das eigentlich an der Korkwand in einer Küche hätte hängen sollen, neben der Einkaufsliste und der Karte mit der Nummer des nächst gelegenen Taxiunternehmens.

An das Blatt mit dem Foto schlossen sich mehrere maschinengeschriebene Seiten an. Das war es, worauf ich gehofft hatte: Namen, Adressen und Telefonnummern, unter anderem von Zoës Freund, ihren Freundinnen, ihrem Arbeitgeber, außerdem Querverweise auf andere Akten. Ich hatte ein Notizbuch bereit liegen. Nachdem ich sichergestellt hatte, dass Cameron mich nicht sehen konnte, notierte ich rasch ein paar Namen und Nummern. Dann blätterte ich den Rest der Akte durch. Da war noch ein weiteres Foto, eine Schwarzweißaufnahme, die aussah, als wäre sie für eine Art von Ausweis gemacht worden. Ja, Zoë war hübsch. Bereits auf dem anderen Foto hatte ich gesehen, dass sie schlank war, aber noch das leicht pausbäckige Gesicht eines jungen Mädchens hatte. Sie wirkte überhaupt sehr jung. Obwohl sie ein ernstes Gesicht machte, funkelte in ihren Augen eine Spur von Schalk. Ich fragte mich, was für eine Stimme sie wohl gehabt hatte. Ihr Name klang ausländisch, aber sie war in der Nähe von Nottingham geboren.

Ich klappte die Akte zu und legte sie behutsam zur Seite. Nun zur zweiten. Jennifer Charlotte Hintlesham, 1961 geboren, sah ganz anders aus als Zoë. Allerdings handelte es sich auch um ein viel formelleres, in einem Studio aufgenommenes Foto. Ich konnte es mir gut in einem silbernen Rahmen auf einer alten Kommode vorstellen. Jennifer war eine auffälligere Erscheinung als Zoë. Obwohl sie nicht wirklich schön war, hatte sie bestimmt viele Blicke auf sich gezogen. Sie besaß große dunkle Augen und markante Wangenknochen, die durch die lange, schmale Form ihres Gesichts noch betont wurden. Irgendwie hatte sie etwas Altmodisches an sich. Sie trug einen Pullover mit rundem Ausschnitt und dazu eine Kette aus kleinen Perlen. Ihr dunkelbraunes Haar glänzte. Sie erinnerte mich an eine von den unbedeutenderen britischen Schauspielerinnen aus den Fünfzigerjahren, die mit Beginn der Sechziger ein wenig in Vergessenheit gerieten.

Zoë war mir viel jünger vorgekommen als ich. Bei Jennifer hatte ich das Gefühl, dass sie eine Generation älter war. Damit meine ich nicht, dass ihr Gesicht älter aussah als meines. Nein, sie wirkte einfach so erwachsen. Mit Zoë hätte ich mich wahrscheinlich gut verstanden. Dagegen war ich weniger sicher, ob ich Jennifers Typ gewesen wäre. Ich warf einen weiteren Blick in die Akte. Ehemann und drei Kinder, Namen und Alter. Was für eine Tragödie. Ich notierte mir ein paar Details.

Plötzlich schoss mir ein Gedanke durch den Kopf. Ich nahm den Stapel, aus dem Cameron die beiden Akten gezogen hatte, etwas genauer in Augenschein. Wie ich vermutet hatte, gab es auch eine Akte mit meinem Namen. Als ich sie aufschlug, starrte mir ein Foto von mir selbst entgegen. Nadia Elizabeth Blake, geboren 1971. Ich schauderte. Vielleicht würde diese Akte in ein paar Wochen viel dicker sein, und es gäbe bereits eine neue zu einem weiteren Fall.

Ich warf einen Blick auf die Uhr. Was um alles in der Welt sollte ich mir als Nächstes ansehen? Und was brachte mir das Ganze überhaupt, abgesehen davon, dass ich meine Neugier befriedigen konnte? Als ich elf Jahre alt war, ging ich immer in ein Schwimmbad, in dem es ein Fünfmeterbrett gab. Ich hatte mich nie getraut hinunterzuspringen, aber eines Tages stieg ich einfach die Stufen hinauf, trat ohne nachzudenken an den Rand des Bretts – und schon war es passiert. Genauso machte ich es jetzt.

Ich griff nach dem ersten Fotoalbum. Es hatte einen knallroten Einband, und eigentlich hätten Aufnahmen von kleinen

Mädchen hinein gehört, die Kerzen auf Geburtstagstorten ausbliesen, oder von Familien, die am Strand Ball spielten. Ich schlug es auf und blätterte mechanisch eine Seite nach der anderen um. Im Grunde war auf den Bildern nicht viel zu sehen. Ich blätterte zum Anfang zurück, um sicherzugehen. Ja, es handelte sich um den Tatort des Mordfalls Zoë Haratounian. Ihre eigene Wohnung. Und dann sah ich sie. Mit dem Gesicht nach unten auf einem Teppich. Sie war weder nackt noch irgendwie entstellt. Nichts dergleichen. Mit ihrem Slip und ihrem T-Shirt sah sie gar nicht aus wie eine Tote. Genauso gut hätte sie schlafen können. Ein Band oder eine Krawatte war fest um ihren Hals geschlungen, der auf mehreren Fotos aus verschiedenen Blickwinkeln festgehalten war. Ich aber starrte immer wieder auf den Slip und das T-Shirt. Ich musste daran denken, dass sie diese Sachen am Morgen angezogen hatte, ohne zu wissen, dass sie sie nie wieder ausziehen würde. Immer sind es solche blöden Gedanken, die einem nicht mehr aus dem Kopf gehen.

Ich legte das Album beiseite und griff nach dem zweiten, um mir den Tatort in Jennifer Hintleshams Haus anzusehen. Ich begann zu blättern, wie ich es auch beim ersten getan hatte, aber dann hielt ich plötzlich inne. Dieser Tatort sah völlig anders aus. Es war bloß eine einzelne Aufnahme, eine einzelne Szene, aber ich nahm sie in Fragmenten wahr: Offene, starrende Augen, Draht um den Hals, zerrissene oder aufgeschlitzte Kleider, gespreizte Beine und eine Art Metallstab, der in ihren Körper hineingerammt war. An welcher Stelle, konnte ich nicht mehr sehen. Ich warf das Album auf den Tisch und stürzte zum Spülbecken. Ich schaffte es gerade noch rechtzeitig, bevor ich mich übergab. Das Bild, das sich mir bot, als ich schließlich nach unten blickte, war ekelhaft.

Ich wusch mir das Gesicht mit warmem und kaltem Wasser und machte mich dann an die widerlichste Abspülaktion meines Lebens. Das Hantieren mit Tellern und Tassen beruhigte mich irgendwie, sodass ich hinterher in der Lage war, zum Tisch zurückzugehen und das Album zuzuschlagen, ohne einen weiteren Blick darauf zu werfen.

Mir blieb nicht viel Zeit, ich würde selektiv vorgehen müssen. Rasch sah ich die Akten durch, um mir einen Überblick zu verschaffen. Ich sah Pläne von Zoës Wohnung und Jennifers Haus. Ich überflog Zeugenaussagen. Sie waren zum Teil so umfangreich, weitschweifend und langatmig, dass es fast unmöglich war, etwas Substanzielles herauszufiltern. Zoës Freund Fred äußerte sich über ihre wachsende Angst und seine Versuche, sie zu beruhigen. Ihre Freundin Louise klang völlig aufgelöst. Sie hatte draußen vor der Wohnung in ihrem Wagen gewartet, während Zoë erdrosselt wurde. Die Zeugenaussagen zum Mord an Jennifer füllten zehn dicke Akten. Ich konnte kaum mehr tun, als mir die Namen der Befragten anzusehen. Es handelte sich hauptsächlich um Personen, die für Jennifer gearbeitet hatten. Offenbar hatten die Hintleshams eine Menge Leute beschäftigt.

Die gerichtsmedizinischen Berichte über die beiden Frauen sah ich mir etwas genauer an. Der von Zoë war kurz und bündig: Sie war mit dem Gürtel ihres Bademantels stranguliert worden. Ihre Leiche hatte ein paar kleinere Quetschungen aufgewiesen, die man aber nur auf die Gewaltanwendung zurückführte, die nötig gewesen war, um sie während der Strangulation festzuhalten. Vaginale und anale Abstriche hatten keine Hinweise auf sexuellen Missbrauch ergeben.

Der Bericht über Jennifers Tod war wesentlich länger. Ich notierte mir nur ein paar Einzelheiten: Tod durch Erdrosselung, eine tiefe, schmale Furche am Hals, verursacht durch den benutzten Draht. Schnitt- und Stichwunden. Diverse Blutspuren und -lachen. Dammriss. Zahlreiche Spuren von Urin: Sie hatte sich vor Angst angepinkelt.

Eine dicke Akte handelte von der Analyse der Briefe. Sie enthielt unter anderem Fotokopien der an Zoë und Jennifer geschickten Briefe. Ich überflog sie mit dem makabren Gefühl, gestohlene Liebesbriefe zu lesen. Mit ihren Versprechungen und Schwüren waren es im Grunde tatsächlich Liebesbriefe. Dann stieß ich auf eine Zeichnung, die eine verstümmelte Zoë darstellte. Seltsamerweise war es von all den schrecklichen Bildern, die ich an diesem Tag gesehen hatte, ausgerechnet diese grobe, bösartige Zeichnung, die mich zum Weinen brachte. Sie führte mir vor Augen, was sich ein einzelner Mensch alles ausdenken konnte, um einen anderen zu zerstören. Ich überflog die Analyse der Dokumente. Es hatte Versuche gegeben, die Briefe mit Leuten aus Zoës Bekanntenkreis in Verbindung zu bringen: ihrem Freund Fred, einem Exfreund, einem Immobilienmakler, einem potenziellen Käufer ihrer Wohnung. Anhand der Zeichnung aber konnte eindeutig nachgewiesen werden, dass der Mörder Linkshänder war (und wie aus einer hinzugefügten Anmerkung hervorging, hatten die an der Leiche von Jennifer Hintlesham festgestellten Verletzungen das bestätigt), während es sich bei allen genannten Verdächtigen um Rechtshänder handelte.

In den Berichten der Spurensicherung ging es um Staubpartikel, Stofffasern, Haare und alles Mögliche andere. Vieles davon war so technisch, dass ich nicht feststellen konnte, ob etwas von Bedeutung gefunden worden war. Die kurze Zusammenfassung, die für Links, Cameron und andere Mitglieder des Ermittlungsteams kopiert worden war, besagte, dass zwischen den Spuren, die an den beiden Tatorten sichergestellt worden waren, keine wirklich nennenswerten Parallelen bestanden. Die Haare und Stofffasern auf Zoës Kleidung, die man außerdem auf dem Teppich, dem Bettzeug und anderen Kleidungsstücken gefunden hatte, stammten nur von Zoës Freund Fred, der ja häufig bei ihr ein- und ausgegangen war, und von Zoë selbst. Die Analyse des Tatorts im Haus von Jennifer Hintlesham war wesentlich komplizierter ausgefallen. Da sich im Haus Scharen von Leuten aufgehalten hatten, war es nicht möglich gewesen, alle gefundenen Haare und Stofffasern zuzuordnen. Fest stand jedoch, dass die Spurensicherung auf kein Bindeglied zwischen den beiden Tatorten gestoßen war, abgesehen von einem silbernen Medaillon, das Jennifer gehört hatte und in Zoës Wohnung gefunden worden war, und einem Foto von Zoë, das man in Jennifers Haus sichergestellt hatte.

Außerdem überflog ich eine Reihe interner Memos, die den jeweiligen Stand der Ermittlungen festhielten, einschließlich einer informellen internen Mitteilung, die mit dem Vermerk »Höchste Geheimhaltung« versehen war. Daraus ging hervor, dass die Beamten, die Jennifer Hintlesham bewacht hatten, abgezogen worden waren, weil man ihren Mann Clive des Mordes an Zoë Haratounian angeklagt hatte. Was für ein Durcheinander!

Ich war schon fast im Begriff, Cameron wieder hereinzurufen, als ich beschloss, noch einen kurzen Blick in eine Akte zu werfen, die nicht besonders interessant aussah. Sie enthielt Terminpläne, Sitzungsprotokolle, Pläne für Urlaubsvertretungen. Dann aber sprang mir ein fotokopiertes Memo ins Auge. Es war von Links, an einen gewissen Dr. Michael Griffen adressiert und in Fotokopie an Stadler, Grace Schilling, Lynne und ein Dutzend anderer gegangen, deren Namen mir nichts sagten. Der Anfang bezog sich offenbar auf eine Beschwerde Dr. Griffens. Demnach war die Spurensicherung an den ersten beiden Tatorten, insbesondere in der Wohnung von Zoë Haratounian, dadurch erschwert worden, dass die Beamten, die als Erste am Tatort eintrafen, falsche Maßnahmen ergriffen hatten:

> Ich werde alles in meiner Macht Stehende tun, um dafür zu sorgen, dass jeder zukünftige Tatort rasch und effektiv versiegelt wird. Ich bin mir der Tatsache bewusst, dass aller Wahrscheinlichkeit nach – und nicht zuletzt wegen der Schwierigkeiten, die sich im Hinblick auf den Personenschutz in der Praxis ergeben – die Lösung dieses Falls in den Händen von Wissenschaftlern aus dem Bereich der Gerichtsmedizin und Spurensicherung liegen wird, sodass wir bemüht sein werden, so eng wie möglich mit Ihnen zusammenzuarbeiten.

Ich rief nach Cameron, der Sekunden später im Raum stand. Hatte er mich durchs Fenster beobachtet? Und wenn schon!

»Sieh dir das an«, sagte ich und reichte ihm die Notiz. »›Jeder zukünftige Tatort‹. Nicht gerade ein Beweis für euer Vertrauen in die eigenen Fähigkeiten.«

Nachdem er einen kurzen Blick auf den Text geworfen hatte,

heftete er ihn wieder ab. »Du wolltest die Akten ja unbedingt sehen«, sagte er. »Natürlich müssen wir für jede Eventualität gerüstet sein.«

»Von meinem Standpunkt aus stellt sich das Ganze etwas anders dar«, entgegnete ich. »Der zukünftige Tatort, von dem hier die Rede ist, das bin ich. Ich.«

»Wie ist es dir beim Lesen ergangen?«

»Es war schrecklich«, erwiderte ich. »Aber ich bin froh, dass ich Bescheid weiß.«

Cameron begann die Akten einzusammeln und auf die Schachteln und Mappen zu verteilen.

»Wir sind uns nicht sehr ähnlich«, stellte ich fest.

Er hielt inne.

»Was?«

»Ich dachte, wir wären alle derselbe Typ. Ich weiß, dass das anhand von Fotos und ein paar Personen schwer zu beurteilen ist, aber ich habe trotzdem den Eindruck, dass es sich bei uns dreien um total unterschiedliche Frauen handelt. Zoë war jünger und vom Typ her garantiert ein bisschen weicher als ich. Und was Jennifer betrifft, sieht sie aus wie ein Mitglied der königlichen Familie. Ich glaube nicht, dass sie für jemanden wie *mich* viel Zeit erübrigt hätte.«

»Möglich«, antwortete Cameron. Sein wehmütiger Tonfall versetzte mir einen Stich. Er hatte sie gesehen, mit ihr gesprochen. Er wusste, wie ihre Stimme geklungen hatte. Er kannte ihre Gestik, all die kleinen Eigenarten, denen kein offizieller Bericht je gerecht werden kann.

»Sie waren auch so klein«, sagte er.

»Was?«

»Du bist genau so klein und zierlich wie die beiden anderen. Und du lebst ebenfalls in Nord-London.«

»Das ist ja eine tolle Ausbeute«, sagte ich. »Wochenlange Ermittlungen und zwei tote Frauen, und ihr wisst immerhin schon, dass der Mörder nicht auf einsachtzig große Bodybuilderinnen steht und sich keine Frauen aussucht, die in Afrika oder Australien leben.«

Er hatte alles zusammengepackt.

»Ich muss jetzt gehen«, erklärte er. »Lynne wird gleich hier sein.«

»Cameron?«

»Ja.«

»Ich werde es deiner Frau nicht sagen. Auch nicht Links oder sonst jemandem.«

»Gut.«

»Aber ich hätte es getan.«

»Das habe ich mir schon gedacht.«

Inzwischen waren wir in Gegenwart des anderen ein wenig verlegen. Ich empfand dabei jenes unangenehme Gefühl, das man hat, wenn man mit jemandem nackt war und ihn plötzlich überhaupt nicht mehr begehrt. In meinem Fall kam außerdem der dringende Wunsch hinzu, mich in meinem Schlafzimmer zu vergraben, um mich so richtig auszuweinen und ein paar Stunden lang übers Sterben nachzudenken.

»Nadia?«

»Ja?«

»Das alles tut mir so Leid. Es war so … so …« Er hielt inne und rieb sich das Gesicht. Dann sah er sich um, als hätte er plötzlich Angst, Lynne könnte bereits im Raum stehen. »Ich habe noch etwas.«

»Was?« Der Ton seiner Stimme sagte mir bereits, dass es sich um keine guten Nachrichten handelte.

Er griff in die Innentasche seiner Jacke und zog ein Blatt Papier heraus. Genauer gesagt, zwei Blätter. Er faltete sie auseinander und strich sie auf dem Tisch glatt. »Die haben wir in den letzten Tagen abgefangen.«

»Wie?«

»Einer ist mit der Post geschickt worden. Den anderen hat er wahrscheinlich persönlich durch den Türschlitz geschoben.«

Ich starrte auf die beiden Blätter.

»Das hier war der Erste«, erklärte er und deutete auf den linken Brief. Der Text lautete:

Liebe Nadia,
ich möchte dich zu Tode ficken. Und ich möchte, dass du darüber nachdenkst.

»Oh«, sagte ich.
»Der andere ist vor zwei Tagen gekommen.«

Liebe Nadia,
ich weiß nicht, was die von der Polizei dir erzählen. Sie können mich nicht aufhalten, das wissen sie. In ein paar Tagen oder einer Woche oder zwei Wochen wirst du tot sein.

»Ich wollte ehrlich zu dir sein«, sagte Cameron.

»Weißt du, bisher war es ein winziger Trost für mich, dass ich nur einen einzigen von diesen Briefen bekommen hatte. Ich dachte, er würde vielleicht jemand anderen umbringen.«

»Tut mir Leid«, sagte er, während er sich erneut im Raum umblickte. »Ich muss schleunigst dieses Zeug in den Wagen schaffen. Aber es tut mir wirklich sehr Leid.«

»Ich werde sterben, nicht wahr?«, fragte ich. »Das denkst du doch bestimmt, oder?«

»Nein, nein«, antwortete er, während er auf die Tür zusteuerte. »Dir wird nichts passieren.«

## 13. KAPITEL

Ich gehe zum Camden Market«, erklärte ich. »Jetzt sofort.«

Lynne starrte mich verwirrt an. Es war Samstagmorgen, kurz nach neun. Wahrscheinlich hatte sie sich inzwischen daran gewöhnt, dass ich ewig im Bett blieb und nach Möglichkeiten suchte, allein zu sein. Die letzten zwei Tage war ich in meinem Albtraum gefangen gewesen, hatte immer wieder diese Fotos vor Augen. Zoë, die aussah, als würde sie bloß schlafen. Jenny, obszön verstümmelt. Hier aber stand ich, gewaschen und angezogen, merkwürdig freundlich, bereit zum Aufbruch.

»Bestimmt sind eine Menge Leute unterwegs«, gab sie in skeptischem Tonfall zu bedenken.

»Genau das, was ich jetzt brauche. Menschenmassen, Musik, billige Klamotten und Modeschmuck. Sie müssen ja nicht mitkommen.«

»Natürlich komme ich mit.«

»Ihnen bleibt nichts anderes übrig, stimmt's? Arme Lynne, dauernd müssen Sie hinter mir herlaufen, immer freundlich zu mir sein, immer lügen. Bestimmt vermissen Sie Ihr normales Leben.«

»Ich bin ganz zufrieden«, widersprach sie.

»Ich weiß, dass Sie keinen Ehering tragen. Haben Sie einen Freund?«

»Ja.« Die vertraute Röte breitete sich auf ihrem bleichen Gesicht aus und brachte ihr Muttermal zum Leuchten.

»Hmmm. Bestimmt wäre es Ihnen lieber, wenn das alles schon vorbei wäre. So oder so. Aber nun lassen Sie uns aufbrechen. Es sind ja nur fünf Minuten zu gehen.«

Lynne hatte recht gehabt. Es war ein heißer Tag, der Himmel wölbte sich in einem blassen, schmutzigen Blauton über der Stadt, und auf dem Camden Market war die Hölle los. Lynne trug eine Wollhose und schwere Schuhe. Ihr Haar hing ihr in vom Schweiß nassen Strähnen ins Gesicht. Bestimmt schmilzt sie fast vor Hitze, dachte ich mit einer gewissen Genugtuung. Ich hatte ein zitronengelbes, trägerloses Kleid und flache Sandalen angezogen und mein Haar zurückgebunden. Obwohl die Gehsteige bereits von der Sonne aufgeheizt waren, fühlte ich mich angenehm frisch und leicht. Während ich mich umsah, spürte ich, wie in mir Euphorie aufstieg, weil ich mich endlich wieder unter Menschen befand. Ich betrachtete die Rastas, die Punks, die Biker, die Mädchen in ihren hellen Kleidern oder gebatikten Röcken, die Männer mit den narbigen Gesichtern und den wachsamen Blicken, die vorbeilatschenden, sich cool gebenden Teenager. Ich legte den Kopf zurück und atmete den Geruch von Patschuliöl und Dope ein, von Räucherstäbchen und Duftkerzen und gutem ehrlichem Schweiß.

An den Ecken gab es Stände, die frisch gepresste Säfte verkauften, und ich holte uns beiden ein Glas Mango-Orangensaft und eine Brezel. Dann erstand ich zwanzig dünne Silberreifen und schob sie mir übers Handgelenk, wo sie genau so schön klirrten, wie ich mir das vorgestellt hatte. Außerdem leistete ich mir einen fließenden Seidenschal, ein Paar winzige Ohrringe und ein paar extravagante Haarklammern. Nichts, was ich nicht sofort tragen konnte. Ich wollte keine Tüten mit mir herumschleppen. Dann, als Lynne gerade eine Holzschnitzarbeit begutachtete, verschwand ich einfach. Es war kinderleicht.

Rasch lief ich die Treppe zum Kanal hinunter und rannte den Fußweg entlang, bis ich zur Hauptstraße gelangte. Es war noch immer viel Betrieb. Ich zog den Kopf ein und schlängelte mich zwischen den Leuten hindurch. Selbst wenn Lynne in diese Richtung kam, um nach mir Ausschau zu halten, würde sie mich nicht entdecken. Niemand würde mich sehen können, nicht mal er mit seinen Röntgenaugen. Endlich war ich allein.

Ich fühlte mich frei, fast wie ein neuer Mensch, von jeglicher Last befreit. Ich wusste genau, wo ich hinwollte, die Route hatte ich mir gestern Abend zurechtgelegt. Nun hieß es schnell handeln, bevor jemand dahinter kam, wo ich war.

Ich musste ein paarmal klingeln. Vielleicht war er bereits unterwegs, obwohl die Vorhänge der oberen Fenster noch zugezogen waren. Dann aber hörte ich Schritte und einen gedämpften Fluch.

Der Mann, der an die Tür kam, war größer, jünger und attraktiver, als ich erwartet hatte. Er besaß helles Haar, das ihm lässig ins Gesicht hing, und helle Augen in einem gebräunten Gesicht. Er trug Jeans, sonst nichts.

»Ja?«, fragte er nicht gerade freundlich. Er wirkte verschlafen.

»Sind Sie Fred?« Ich versuchte ihn anzulächeln.

»Ja. Kennen wir uns?« Seine Stimme klang gelangweilt und sehr selbstsicher. Ich stellte mir Zoë neben ihm vor, wie sie mit ihrem hübschen, lebhaften Gesicht zu ihm aufblickte.

»Tut mir Leid, wenn ich Sie geweckt habe, aber es ist dringend. Kann ich reinkommen?«

Er hob die Augenbrauen. »Wer sind Sie?«

»Mein Name ist Nadia Blake. Ich bin hier, weil ich von demselben Mann bedroht werde, der Zoë umgebracht hat.«

Ich war davon ausgegangen, dass er überrascht sein würde, aber mit einer so heftigen Reaktion hatte ich nicht gerechnet. Meine Worte schienen ihn wie ein Faustschlag zu treffen. Sie hauten ihn fast um.

»Was?«, fragte er.

»Kann ich reinkommen?«

Er trat einen Schritt zurück und hielt mir die Tür auf. Offenbar war er noch immer ganz benommen. Rasch schob ich mich an ihm vorbei, ehe er es sich anders überlegen konnte. Er folgte mir nach oben in ein kleines, voll gestopftes Wohnzimmer.

»Das mit Zoë tut mir übrigens sehr Leid«, sagte ich.

Er starrte mich eindringlich an. »Wie haben Sie von mir erfahren?«

»Ich habe Ihren Namen auf einer Zeugenliste gesehen.«

Er fuhr sich mit der Hand durch sein zerzaustes Haar und rieb sich dann die Augen. »Möchten Sie eine Tasse Kaffee?«

»Danke, gern.«

Während er in der angrenzenden Küche hantierte, sah ich mich im Raum um. Ich rechnete mit einem Foto von Zoë, etwas, das mich an sie erinnern würde, aber da war nichts. Ich hob ein paar von den Zeitschriften auf, die auf dem Boden herumlagen: Fachzeitschriften für Gartenbau, eine Londoner Stadtzeitung mit Tipps für das Nachtleben, ein Fernsehprogramm. In einem der Regalfächer entdeckte ich ein Häufchen runder Steine. Ich griff nach einem marmorierten, der aussah wie ein Entenei, und betrachtete ihn. Dann legte ich ihn vorsichtig zurück an seinen Platz, nahm stattdessen den braunen Filzhut, der über die Ecke eines Stuhlrückens gestülpt war, und ließ ihn auf meinem Zeigefinger kreisen. Ich war gekommen, um Zoë nahe zu sein, aber in diesem Raum war nichts von ihr zu spüren. Ich streckte die Hand nach einer geschnitzten Holzente aus, die in einem anderen Regalfach stand, und inspizierte sie. Als Fred zurückkam, stellte ich sie hastig zurück.

»Was tun Sie da?«, fragte er misstrauisch.

»Ich habe nur ein bisschen herumgespielt. Entschuldigen Sie.«

»Hier ist Ihr Kaffee.«

»Danke.« Ich hatte vergessen, ihm zu sagen, dass ich ihn ohne Milch trank. Fred ließ sich auf ein Sofa fallen, das aussah, als käme es von einer Müllkippe, und forderte mich mit einer Handbewegung auf, mich auf den Sessel zu setzen. Er hielt seine Tasse mit beiden Händen umklammert und starrte wortlos hinein.

»Das mit Zoë tut mir Leid«, sagte ich noch einmal, weil mir nichts Besseres einfiel.

»Ja«, antwortete er. Achselzuckend wandte er den Blick ab.

Was hatte ich erwartet? Ich hatte mir eingebildet, dass zwischen uns beiden eine Verbindung bestand, weil er mit Zoë befreundet gewesen war, und auf eine ziemlich irrationale Weise hatte ihn das in meiner Phantasie zu einem Seelenverwandten gemacht, der mir näher stand als meine eigenen Freunde.

»Wie war sie?«

»Zoë?« Verdrossen blickte er auf. »Sie war nett, attraktiv, fröhlich... aber wieso interessiert Sie das? Was wollen Sie von mir?«

»Ich weiß, es ist albern, aber ich möchte so viel wie möglich über sie erfahren: was ihre Lieblingsfarbe war, welche Klamotten sie gern trug, welche Träume sie hatte, wie ihre Reaktion war, als sie die Briefe erhielt... einfach alles...« Atemlos hielt ich inne.

Er sah mich mit betretener, fast ein wenig angewiderter Miene an.

»Ich fürchte, da kann ich Ihnen nicht helfen.«

»Haben Sie sie geliebt?«, fragte ich ihn unvermittelt.

Er starrte mich an, als hätte ich etwas Obszönes gesagt.

»Wir hatten viel Spaß miteinander.«

Viel Spaß. Mir wurde das Herz schwer. Er hatte sie gar nicht richtig gekannt oder wollte zumindest nicht, dass ich sie durch ihn kennen lernte. Viel Spaß: was für eine traurige Grabinschrift!

»Fragen Sie sich denn nicht auch, wie sie sich wohl gefühlt hat? Als sie bedroht wurde, meine ich, und dann, als sie starb?«

Er griff nach den Zigaretten und der Zündholzschachtel, die auf dem niedrigen Tischchen neben dem Sofa lagen.

»Nein«, antwortete er, während er sich eine anzündete.

»Das Foto von ihr, das ich gesehen habe, schien schon ziemlich alt zu sein. Haben Sie ein aktuelleres?«

»Nein.«

»Sie haben kein Foto von ihr?«

»Ich bin nicht der Typ, der ständig Fotos macht.«

»Oder sonst etwas von ihr, das ich mir ansehen könnte? Irgendetwas müssen Sie doch haben!«

»Wozu?«, fragte er. Sein Gesicht wirkte hart.

»Sie müssen entschuldigen. Bestimmt komme ich Ihnen vor wie eine Verrückte, aber irgendwie fühle ich mich diesen zwei Frauen einfach verbunden.«

»Wieso zwei Frauen?«

»Zoë und Jennifer Hintlesham, die zweite Frau, die er umgebracht hat.«

»Was?« Mit einem Ruck beugte er sich vor und verschüttete dabei seinen Kaffee. »Was haben Sie da gerade gesagt?«

»Oh, tut mir Leid! Sie haben es nicht gewusst. Die Polizei hat ein großes Geheimnis daraus gemacht. Ich hab es auch nur durch Zufall herausgefunden. Diese andere Frau hat auch solche Briefe bekommen wie Zoë. Sie wurde ein paar Wochen nach ihr ermordet.«

»Aber... aber...« Fred wirkte abwesend. Dann sah er mich plötzlich mit ganz neuem Interesse an. »Diese zweite Frau.«

»Jennifer.«

»Sie ist von demselben Mann umgebracht worden?«

»Das ist richtig.«

Er stieß einen leisen Pfiff aus.

»Verdammt!«

»Ich weiß«, sagte ich.

Sein Telefon läutete so laut, dass wir beide erschrocken zusammenfuhren. Er ging ran und drehte mir den Rücken zu.

»Ja. Ja, ich bin schon wach.« Nach einer Pause fügte er hinzu: »Ja, ich warte auf dich. Dann können wir Duncan und Graham gemeinsam abholen.«

Er legte auf und drehte sich zu mir um.

»Ein Freund kommt gleich vorbei.«

Sein Tonfall sagte mir, dass er mich loswerden wollte. »Viel Glück, Nadia. Tut mir wirklich Leid, dass ich Ihnen nicht helfen konnte.«

Und das war's? Das konnte doch wohl nicht sein! Ich starrte ihn fassungslos an.

»Auf Wiedersehen, Nadia.« Mit diesen Worten schob er mich fast zur Tür hinaus. »Passen Sie auf sich auf!«

Mit gesenktem Kopf ging ich Richtung U-Bahn. Arme Zoë, dachte ich. Meiner Meinung nach war Fred ein ziemlich unsensibler Kerl, gut aussehend, aber rücksichtslos. Ich konnte mir nicht vorstellen, dass er sich ihr gegenüber sehr mitfühlend verhalten hatte, als sie die Drohbriefe bekam, egal, was er der Polizei hinterher erzählt haben mag. Ich ging unser Gespräch im Geist noch einmal durch. Letztendlich hatte ich von ihm so gut wie nichts erfahren – zumindest nichts, wofür es sich gelohnt hatte, meine Leibwächterin abzuhängen. Angst stieg in mir auf. Ich war allein, niemand beschützte mich. Überall in der samstäglichen Menge konnten Blicke lauern, die es auf mich abgesehen hatten.

Plötzlich versperrte mir jemand den Weg. Dunkles Haar, bleiche Haut, ein lächelnder Mund, blitzende Zähne. Wer war das?

»Hallo, Sie sehen aus, als wären Sie in Gedanken meilenweit weg.«

Ich starrte ihn an.

»Sie sind doch Nadia, oder? Die Frau mit dem alten Computer?«

Ah, jetzt fiel es mir wieder ein. Ein Gefühl von Erleichterung durchströmte mich. Ich lächelte. »Ja. Entschuldigen Sie, ähm –«

»Morris. Morris Burnside.«

»Natürlich. Hallo!«

»Wie geht's, Nadia? Alles klar bei Ihnen?«

»Was? O ja, bestens«, antwortete ich zerstreut. »Hören Sie, es tut mir wirklich Leid, aber ich hab's ziemlich eilig.«

»Natürlich, lassen Sie sich nicht aufhalten. Sind Sie sicher, dass Ihnen nichts fehlt? Sie wirken ein bisschen nervös.«

»Ich bin bloß müde. Sie wissen ja, wie das ist. Also dann, auf Wiedersehen!«

»Auf Wiedersehen, Nadia. Passen Sie auf sich auf! Bis irgendwann mal wieder.«

Das Haus war schön. Ich kannte es natürlich schon von den Fotos, aber in natura wirkte es noch vornehmer. Es war ein Stück von der Straße zurückgesetzt und von Gärten umgeben. Eine breite Treppe führte zu einem überdachten Eingang hinauf. An den hohen weißen Wänden kletterte eine Glyzinie nach oben. Alles an dem Gebäude wirkte gediegen und sprach von gutem Geschmack und Reichtum. Das mit dem Reichtum hatte ich schon vorher gewusst, aber jetzt konnte ich ihn praktisch riechen. Ich blickte zu den Fenstern im ersten Stock hinauf. In einem dieser Räume war Jennifer gestorben. Ich strich mir das Haar zurück und fingerte nervös an meinem billigen Baumwollkleid herum. Dann ging ich rasch die Treppe hinauf und betätigte den schweren Türklopfer aus Messing.

Ich rechnete fast damit, dass Jennifer mir selbst die Tür öffnen würde. Jennifer mit ihrem schmalen Gesicht und dem glänzenden dunklen Haar. Bestimmt hätte sie mich höflich begrüßt – mit jener wohlerzogenen, leicht überraschten Miene, die einfachen, ungebildeten Leuten wie mir zu verstehen gab, dass sie unerwünscht waren.

»Ja?« Vor mir stand nicht Jennifer, sondern eine große, elegante Frau mit blondem, glatt nach hinten gekämmtem Haar und kostbar funkelnden Ohrringen. Sie trug eine gut geschnittene schwarze Hose und eine apricotfarbene Seidenbluse. Ich hatte in der Akte von Clives Affäre gelesen und wusste ziemlich genau, wer sie war. »Kann ich Ihnen helfen?«

»Ich würde gern mit Clive Hintlesham sprechen. Mein Name ist Nadia Blake.«

»Ist es dringend?«, fragte sie mit eisiger Freundlichkeit. »Wie Sie hören können, haben wir Gäste.«

Aus dem Inneren des Hauses drangen Stimmen. Es war Samstagmittag, und der arme Witwer Clive veranstaltete mit seiner Geliebten gerade ein kleines Fest. Ich konnte das Klirren der Gläser hören.

»Es ist wirklich wichtig.«

»Dann kommen Sie herein.«

In der großen, kühlen Eingangshalle waren die Stimmen bereits lauter zu vernehmen. Hier hat sie gelebt, dachte ich, während ich mich umblickte. Das ist das Haus, das sie in das Heim ihrer Träume verwandeln wollte. Nun aber hatte diese Frau hier das Regiment übernommen. Wie es aussah, waren die Handwerker zurückgekehrt. Im Eingangsbereich standen überall Leitern und Farbkübel herum. Die Möbel waren mit Tüchern abgedeckt.

»Möchten Sie vielleicht hier warten?«

Ich ignorierte ihre Frage und folgte ihr in ein großes, offenbar frisch gestrichenes Wohnzimmer in Schiefergrau, dessen große Terrassentüren auf einen umgegrabenen Garten hinausgingen. Auf dem Kaminsims stand ein ovaler Silberrahmen mit einem Foto der drei Kinder. Keine Jennifer. Würde das Gleiche auch mit mir passieren, wenn ich starb? Würde das Wasser einfach über mir zusammenschlagen?

In dem Raum hielten sich etwa zehn bis zwölf Leute auf, die alle ein Glas in der Hand hielten und in mehreren kleinen Grüppchen herumstanden. Vielleicht waren es Freunde von Jennifer gewesen, die sich nun hier versammelten, um die neue Hausherrin willkommen zu heißen. Gloria trat auf einen kräftig gebauten Mann mit kantigem Gesicht zu, dessen Haar bereits zu ergrauen begann. Sie legte ihm eine Hand auf die Schulter und flüsterte ihm etwas ins Ohr. Er blickte hoch, sah mich einen Moment lang scharf an und kam dann zu mir herüber.

»Ja?«, fragte er.

»Bitte entschuldigen Sie, dass ich einfach so hereinschneie.«

»Gloria meinte, Sie hätten mir etwas Wichtiges zu sagen.«

»Mein Name ist Nadia Blake. Ich werde von demselben Mann bedroht, der Jennifer getötet hat.«

Er verzog kaum eine Miene, blickte sich nur verstohlen um, ob uns jemand beobachtete.

»Oh«, sagte er. »Und warum kommen Sie damit zu mir?«

»Wie meinen Sie das? Ihre Frau ist ermordet worden, und nun hat es der Typ auf mich abgesehen.«

»Das tut mir sehr Leid«, antwortete er gelassen. »Aber was habe ich damit zu tun?«

»Ich dachte, Sie könnten mir etwas über Jennifer erzählen.«

Er nahm einen Schluck von seinem Wein. »Ich habe der Polizei bereits alles Relevante mitgeteilt«, erklärte er. »Ich verstehe nicht recht, was Sie hier wollen. Das Ganze war eine schreckliche Tragödie. Jetzt versuche ich einfach, mein Leben so gut wie möglich weiterzuleben.«

»Das scheint Ihnen recht gut zu gelingen«, antwortete ich, während ich den Blick durch den Raum schweifen ließ.

Sein Gesicht lief puterrot an. »Was haben Sie gesagt?« Seine Stimme klang sehr wütend. »Bitte verlassen Sie jetzt mein Haus, Miss Blake.«

Das Gefühl, das ich in diesem Moment empfand, war eine Mischung aus Panik, Wut und Scham. Während ich verlegen versuchte, ein paar Worte der Rechtfertigung zu stammeln, fiel mein Blick auf einen Jungen, der allein auf einem der Fensterbretter saß. Er war bleich und mager, ein Teenager mit fettigen hellen Haaren, dunklen Augenringen und Pickeln auf der Stirn. Er strahlte die ganze Hoffnungslosigkeit eines halbwüchsigen Jungen aus, eines Sohnes, der seine Mutter verloren hatte. Josh, der älteste Sohn. Ich starrte ihn an, und unsere Blicke trafen sich. Er hatte große dunkle Augen. Schöne Augen in einem schlichten Gesicht.

»Ich werde jetzt gehen«, erklärte ich ruhig. »Es tut mir Leid, dass ich Sie gestört habe, aber Sie verstehen sicher, dass ich Angst habe. Ich suche nach Hilfe.«

Er nickte. Wahrscheinlich war sein Gesichtsausdruck gar

nicht so grausam, bloß ein bisschen dumm und selbstgefällig – ein Mensch wie alle anderen. Ein bisschen schwächer vielleicht. Ein bisschen egoistischer.

»Tut mir Leid«, sagte er mit einem bedauernden Achselzucken.

»Danke.« Ich machte auf dem Absatz kehrt und versuchte mit aller Gewalt, die Tränen zurückzuhalten und nicht darauf zu achten, dass alle mich anstarrten, als wäre ich eine Bettlerin, die sich gewaltsam Zutritt zum Haus verschafft hatte.

In der Eingangshalle kam mir ein kleiner Junge auf einem Dreirad entgegen, der wie wild in die Pedale trat. »Ich kenne dich!«, rief er. »Du bist der Clown! Lena, der Clown ist zu Besuch gekommen! Komm und sieh dir den Clown an!«

## 14. KAPITEL

Ich nehme alles«, erklärte ich bestimmt. »Eier mit Speck, Toast, Bratkartoffeln, Tomaten, Würstchen, Pilzen. Was ist denn das da?«

Die Frau hinter der Theke inspizierte den Inhalt des betreffenden Metallbehälters. »Blutwurst.«

»Gut, davon nehme ich auch noch. Und eine Kanne Tee. Was ist mit Ihnen, Lynne?«

Lynne wirkte ein bisschen blass um die Nase, wahrscheinlich vom Anblick dessen, was sich auf meinem Teller türmte.

»Oh«, sagte sie. »Eine Scheibe Toast. Und Tee.«

Wir trugen unsere Tabletts in den sonnigen Garten am Rand des Parks hinaus. Das Café hatte gerade erst geöffnet, sodass wir die ersten Gäste waren. Ich suchte einen Ecktisch aus. Nachdem wir unsere Teller, Tassen und metallenen Teekannen abgeladen hatten, machte ich mich sofort über das Essen her. Als Erstes attackierte ich mein Spiegelei, indem ich in den Dotter hineinschnitt, der sich daraufhin auf dem ganzen Teller ausbreitete. Lynnes pikierter Blick ließ keinen Zweifel daran, wie sehr ihr meine Essgewohnheiten missfielen.

»Nicht so ganz Ihr Ding, was?«, meinte ich, nachdem ich mir den Mund mit einer Papierserviette abgewischt hatte.

»So früh am Tag kann ich noch nicht viel essen.« Sie nippte an ihrem Tee und biss ein winziges Stückchen von ihrem Toast ab.

Es war ein schöner Morgen. Zutrauliche Spatzen hüpften auf der Suche nach Brotkrumen um die Tischbeine. Eichhörnchen jagten durch die Äste der großen Bäume, die von dem eigentlichen Park auf der anderen Seite der Mauer herüberragten. Ein paar Sekunden lang stellte ich mir vor, ohne Lynne hier zu sitzen.

»Möchten Sie, dass ich mich an einen anderen Tisch setze, wenn Ihre Freundin kommt?«, fragte Lynne.

»Nicht nötig«, antwortete ich. »Sie kennen sie.«

»Was?«, fragte sie verblüfft.

Ich genoss es, sie noch ein wenig auf die Folter zu spannen. Das war wahrscheinlich der Zauberer in mir. »Es ist Grace Schilling.«

Mit einem Gefühl von Triumph schob ich mir ein Stück Speck in den Mund, an dem ein Stückchen gegrillte Tomate klebte.

»Aber …«, stammelte Lynne.

»Hm?« Mehr brachte ich nicht heraus, weil ich den Mund so voll hatte.

»Wer – wer hat das Treffen arrangiert?«

»Ich.«

»Aber … weiß DCI Links Bescheid?«

Ich zuckte mit den Achseln. »Möglich, dass Dr. Schilling ihn informiert hat. Das ist nicht mein Problem.«

»Aber …«

»Da ist sie ja schon.«

Dr. Schilling betrat gerade das Café. Inzwischen waren mehrere Tische besetzt – Leute mit Kindern, Paare, die ihre Sonntagszeitung lasen –, sodass sie uns nicht gleich entdeckte. Sie war wie immer schick gekleidet, wenn auch vielleicht einen Tick lässiger als während der Woche. Zu einer dunkelblauen Hose, die ihr nur bis zu den Knöcheln reichte, trug sie einen schwarzen Pullover mit V-Ausschnitt. Und eine Sonnenbrille. Schließlich sah sie uns und kam näher. Sie nahm die Brille ab und legte sie zusammen mit einem Schlüsselbund und – wie ich interessiert feststellte – einer Schachtel Zigaretten auf den Tisch. Einen Moment lang musterte sie uns aufmerksam. Ihre Miene wirkte wie immer ziemlich cool.

»Möchten Sie auch frühstücken?«, fragte ich.

»Ich bin eigentlich nicht so der Frühstückstyp.«

»Sie stehen wohl eher auf Kaffee und Zigaretten?«

»Mehr schaffe ich meist nicht.«

Ich warf einen Blick zu Lynne hinüber, die noch immer ziemlich entgeistert dreinblickte.

»Wären Sie so nett, Dr. Schilling eine Tasse Kaffee zu holen?«, bat ich sie.

Lynne zog ab.

»Manchmal kommt es mir fast so vor, als hätte ich jetzt eine persönliche Assistentin«, meinte ich lächelnd. »Kein schlechtes Gefühl. Haben Sie mit Links gesprochen?«

Sie zündete sich eine Zigarette an. »Ich habe ihm gesagt, dass Sie mich um ein Gespräch gebeten haben.«

»War er einverstanden?«

»Er war überrascht.«

Ich tunkte den Rest des Eidotters mit meinem Toast auf. »Können Sie ein Geheimnis für sich behalten?«, fragte ich.

»Wie meinen Sie das?«

»Ich habe die Akten eingesehen«, erklärte ich. »Na ja, zumindest einen Teil davon. Ich bin dabei nicht ganz den offiziellen Weg gegangen, deshalb wäre es mir lieber, Sie würden nicht darüber reden.«

Wie nicht anders zu erwarten, starrte sie mich verblüfft an. Ich gewöhnte mich allmählich an diesen Blick. Sie nahm einen tiefen Zug an ihrer Zigarette und wechselte die Sitzposition. Ich hatte den Eindruck, dass sie sich in ihrer Haut nicht besonders wohl fühlte und vielleicht glaubte, die Kontrolle verloren zu haben? Ich hoffte es.

»Warum haben Sie es mir dann gesagt?«

»Ich muss Ihnen ein paar Fragen stellen. Ich weiß, dass Sie mich bisher ganz schön belogen haben.« Sie hob abrupt den

Kopf und öffnete den Mund, um etwas zu erwidern, ließ es dann aber doch bleiben. »Aber das spielt keine Rolle«, fuhr ich fort. »Das interessiert mich nicht mehr. Ich möchte nur, dass Sie wissen, dass ich über Zoë und Jennifer Bescheid weiß. Ich habe die Autopsieberichte gelesen. Ich mache mir keine Illusionen. Alles, was ich will, ist, dass Sie ehrlich zu mir sind.«

Lynne kam mit dem Kaffee zurück. »Haben Sie etwas dagegen, wenn ich hier sitzen bleibe?«, fragte sie.

»Tut mir Leid, Lynne, aber ich würde doch lieber unter vier Augen mit Dr. Schilling sprechen.«

Sie wurde rot und verzog sich an einen Nachbartisch. Ich wandte mich wieder an Grace. »Ich kann nicht beurteilen, wie kompetent die Polizei im Normalfall ist, aber Sie werden bestimmt verstehen, dass ich kein großes Vertrauen in ihre Fähigkeit setze, mir diesen Killer vom Leib zu halten. Immerhin haben Sie beziehungsweise die Polizei bereits zweimal vergeblich versucht, eine Frau vor ihm zu beschützen.«

»Nadia«, sagte Grace. »Ich kann verstehen, wie Sie sich fühlen, aber für den Ausgang der beiden anderen Fälle gab es bestimmte Gründe. In Fall von Miss Haratounian –«

»Zoë.«

»Ja. In ihrem Fall wurde der Ernst der Bedrohung erst erkannt, als es bereits zu spät war. Im Fall von Mrs. Hintlesham trat ein Problem ein, das alles verkomplizierte.«

»Sie meinen die Verhaftung ihres Mannes?«

»Ja. Ihnen sollte also klar sein, dass Ihre Situation eine völlig andere ist.«

Ich schenkte mir eine weitere Tasse Tee ein. »Grace, ich glaube, Sie haben mich missverstanden. Es geht mir nicht darum, Sie zu kritisieren oder Informationen für eine Beschwerde zu sammeln oder mir von Ihnen bestätigen zu lassen, dass ich Recht habe, aber bitte beleidigen Sie mich nicht, indem Sie behaupten, ich bräuchte mir keine Sorgen zu machen. Ich habe das Polizeimemo gesehen, das Ihnen ebenfalls vorgelegen hat und in dem es darum geht, wie im Fall meiner Ermordung mit dem Tatort verfahren werden soll.«

Grace zündete sich eine neue Zigarette an. »Was wollen Sie von mir?«, fragte sie mit ausdrucksloser Miene.

»Ich habe in den Akten keinen Bericht von Ihnen entdeckt. Vielleicht liegt das daran, dass Sie Dinge zu sagen haben, die mir nicht gefallen würden. Ich muss wissen, was Sie wissen.«

»Ich bin nicht sicher, ob ich irgendetwas weiß, das für Sie von Nutzen sein könnte.«

»Warum ausgerechnet ich? Ich hatte gehofft, dass mir die Akten Aufschluss über Gemeinsamkeiten zwischen uns drei Frauen geben würden, aber abgesehen von unserer Körpergröße konnte ich nichts finden.«

Grace zog nachdenklich an ihrer Zigarette. »Stimmt. Er hat sich drei besonders kleine Frauen ausgesucht. Und drei besonders gut aussehende, wenn auch auf sehr unterschiedliche Weise.«

»Das ist wirklich nett von Ihnen, aber …«

»Drei verwundbare Frauen. Sadistische Sexualverbrecher suchen sich ihre Opfer auf die gleiche Weise aus wie Raubtiere. Sie entscheiden sich für diejenigen, die zurückbleiben, die unsicher wirken. Zoë Haratounian war neu in London und das Leben in der Großstadt noch nicht gewöhnt. Jenny Hintlesham war in einer unglücklichen Ehe gefangen. Sie selbst haben sich vor kurzem von Ihrem Freund getrennt.«

»Ist das alles?«

»Es könnte unter Umständen schon ausreichen.«

»Können Sie mir irgendetwas über ihn sagen?«

Sie schwieg eine Weile.

»Wir werden Anhaltspunkte finden«, antwortete sie schließlich. »Es gibt immer Anhaltspunkte. Die Kunst ist nur, sie als solche zu erkennen. Ein französischer Kriminologe, Dr. Locarde, hat in diesem Zusammenhang einen berühmten Ausspruch geprägt: ›Jeder Verbrecher lässt etwas von sich selbst am Tatort zurück – irgendetwas, egal, wie klein es auch sein mag – und nimmt immer etwas vom Tatort mit.‹ Bis wir diese Hinweise gefunden haben – und wir werden sie finden –, kann ich Ihnen nur sagen, dass es sich höchstwahrscheinlich um einen

Weißen handelt. Er ist vermutlich Anfang zwanzig bis Anfang dreißig. Größer als der Durchschnitt. Kräftig. Gebildet, möglicherweise sogar mit akademischer Ausbildung. Aber ich bin sicher, das meiste davon haben Sie sich selbst auch schon gedacht.«

»Kenne ich ihn?«

Grace drückte ihre Zigarette aus, setzte zu einer Antwort an, hielt inne. Zum ersten Mal hatte ich den Eindruck, dass ihr die Sache so richtig nahe ging. Ihr war anzusehen, dass sie Schwierigkeiten hatte, sich wieder zu fangen. »Nadia«, sagte sie schließlich, »ich wünschte, ich könnte Ihnen etwas sagen, das Ihnen weiterhilft. Ich würde Ihnen gern versichern, dass es niemand sein kann, den Sie gut kennen, weil die Polizei inzwischen – hoffentlich – eine Verbindung zu den beiden anderen Frauen festgestellt hätte. Im Grunde aber könnte es jeder sein: ein enger Freund, jemand, den Sie nur ein einziges Mal getroffen und sofort wieder vergessen haben, oder jemand, den Sie gar nicht kennen und der bloß Sie ein einziges Mal gesehen hat.«

Ich blickte mich um und war froh, dass ich mich dafür entschieden hatte, mich an einem sonnigen Morgen mit ihr zu treffen, an einem Ort, wo Kinder um uns herumliefen.

»Im Schlaf wird er mich jedenfalls nicht überraschen«, erklärte ich. »Im Moment bekomme ich nämlich kein Auge zu. Immer wenn ich es versuche, sehe ich das Foto von Jenny Hintlesham vor mir, wie sie tot daliegt, mit … Nun, ich bin sicher, Sie haben es auch gesehen. Ich kann den Gedanken nicht ertragen, dass es in meinem Bekanntenkreis jemanden geben könnte, der herumläuft und ein normales Leben führt, nachdem er so etwas getan hat.«

Grace ließ einen ihrer langen, schlanken Finger über den Rand der Kaffeetasse gleiten. »Der Kerl ist extrem durchorganisiert. Denken Sie nur an die Briefe und die Mühe, die er sich gemacht hat, um sie seinen Opfern zukommen zu lassen.«

»Ich kann noch immer nicht fassen, dass es der Polizei nicht gelungen ist, diese Frauen zu beschützen, obwohl er doch angekündigt hatte, was er ihnen antun wollte.«

Grace nickte heftig. »Ich habe in letzter Zeit ein bisschen recherchiert. Es hat in der Vergangenheit eine Reihe derartiger Fälle gegeben. Einen davon vor ein paar Jahren in Washington DC. Ein Mann schrieb Briefe an Frauen, in denen er explizite Morddrohungen aussprach. Der Ehemann der ersten Frau heuerte bewaffnete Leibwächter an. Trotzdem wurde sie in ihrem eigenen Haus ermordet. Die zweite Frau wurde rund um die Uhr von der Polizei bewacht und während dieser Zeit in ihrem Schlafzimmer gefoltert und ermordet, und das, obwohl sich ihr Mann ebenfalls im Haus aufhielt. Ich erzähle Ihnen das nur ungern, aber Sie wollten, dass ich ehrlich zu Ihnen bin. Manche dieser Männer betrachten sich als Genies. Was sie aber nicht sind. Sie ähneln eher Menschen, die eine Leidenschaft für ein bestimmtes Hobby haben. Was sie auszeichnet, ist ihre starke Motivation. Sie haben den Wunsch, Frauen leiden zu sehen und dann zu töten, und sie verwenden ihre ganze Energie, Phantasie und Intelligenz darauf, diesen Wunsch in die Tat umzusetzen. Die Polizei tut ihr Bestes, aber es ist schwer, gegen eine solche Zielstrebigkeit anzukommen.«

»Was ist mit dem Washingtoner Mörder passiert?«

»Sie haben ihn schließlich am Tatort gefasst.«

»Konnte die Frau noch gerettet werden?«

Grace wandte den Blick ab. »Das weiß ich nicht mehr«, antwortete sie. »Ich kann Ihnen nur sagen, dass wir es hier nicht mit einem Psychopathen zu tun haben, der unter einer Brücke in einer Pappschachtel haust. Wahrscheinlich verhält er sich in diesem Moment wie ein ganz normales Mitglied der Gesellschaft. Ted Bundy kehrte nach Hause zurück, nachdem er zwei voneinander unabhängige Morde begangen hatte, und wirkte seiner Freundin zufolge nicht einmal müde.«

»Wer ist Ted Bundy?«

»Ein weiterer Frauenmörder.«

»Aber warum machen sich diese Männer so viel Mühe? Warum lauern sie ihren Opfern nicht einfach in einer dunklen Gasse auf?«

»Die Mühe ist ein Teil des Vergnügens. Damit will ich sagen,

Nadia, dass Sie hinsichtlich seines Charakters und seiner Motive alle Ihre normalen, auf gesundem Menschenverstand basierenden Vorstellungen aufgeben müssen. Er hat es nicht auf Ihr Geld abgesehen. Er empfindet nicht einmal Hass auf sie. Zumindest wird er es nicht so sehen. Vielleicht hält er seine Gefühle eher für Liebe. Denken Sie an die Briefe, die er schreibt: Auf eine perverse Weise handelt es sich dabei um Liebesbriefe. Er entwickelt eine Obsession für die Frauen, die er sich aussucht.«

»Sie meinen, er ist der Typ, der gern Züge beobachtet, und ich bin der Zug.«

»So könnte man es ausdrücken.«

»Aber warum? Ich verstehe einfach nicht, warum er all diese Anstrengungen unternimmt, Briefe schreibt, eine Zeichnung anfertigt, ein unglaubliches Risiko eingeht, indem er die Briefe zum Teil persönlich durch den Briefschlitz wirft, und seine Opfer, die alle ganz normale Frauen sind, am Ende dann auf so bestialische Weise umbringt. Warum?«

Ich sah Grace in die Augen. Ihr Gesicht wirkte jetzt völlig ausdruckslos, fast wie eine Maske.

»Sie meinen, weil so schreckliche Dinge passieren, müsste es dafür auch besondere Motive geben. Irgendwann wird dieser Mensch hinter Schloss und Riegel sein, und jemand – vielleicht sogar ich – wird mit ihm über sein Leben reden. Vielleicht wurde er als Kind brutal geschlagen oder von einem Onkel missbraucht oder erlitt eine Kopfverletzung, die eine Schädigung des Gehirns zur Folge hatte. Irgendetwas Derartiges wird der Grund sein. Natürlich gibt es viele Leute, die als Kind misshandelt oder missbraucht wurden, die aber nicht zu psychopathischen Sexualverbrechern heranwuchsen. Es ist einfach etwas, das er gern tut. Warum tun wir gern, was wir gern tun?«

»Was, glauben Sie, wird passieren?«

Sie zündete sich eine neue Zigarette an.

»Seine Brutalität eskaliert«, antwortete sie. »Sie steigert sich. Beim ersten Mord ist er vergleichsweise zahm vorgegangen. Wahrscheinlich hat er ihr dabei nicht mal ins Gesicht gesehen, sie gar nicht so sehr als Individuum betrachtet. Der zweite war wesentlich brutaler, wesentlich aggressiver. Das ist ein typisches Muster. Die Verbrechen werden immer grausamer und unkontrollierter. Bis der Täter schließlich gefasst wird.«

Plötzlich war mir, als hätte sich eine schwarze Wolke vor die Sonne geschoben. Ich blickte hoch, doch da war keine Wolke. Der Himmel leuchtete strahlend blau.

»Die übernächste Person, die er sich aussucht, könnte davon vielleicht schon profitieren«, stellte ich bitter fest.

Wir standen auf. Ich sah mich nach Lynne um, aber sie wich meinem Blick aus. Ich wandte mich wieder zu Grace. »Was für ein Gefühl haben Sie, wenn Sie an die letzten zwei Monate denken?«, fragte ich. »Sind Sie zufrieden mit der Art, wie Sie die Ermittlungen geführt haben?«

Sie griff nach ihrer Sonnenbrille, den Schlüsseln und der Zigarettenpackung. »Eigentlich habe ich mit dem Rauchen längst aufgehört. Wann war das noch mal? – Vor fünf Jahren, glaube ich. Seit Wochen zermartere ich mir immer wieder das Gehirn und frage mich, was ich hätte anders machen können. Vielleicht werde ich es wissen, wenn er gefasst ist.« Sie warf mir einen wehmütigen Blick zu. »Keine Angst. Ich bitte Sie nicht um Verständnis.« Sie zog etwas aus ihrer Tasche und hielt es mir hin. Es war eine Visitenkarte. »Sie können mich jederzeit anrufen.«

Ich nahm sie entgegen und betrachtete sie mit dem oberflächlichen, höflichen Interesse, mit dem man solche Karten in der Regel in Empfang nimmt. »Ich glaube nicht, dass Sie es schaffen werden, rechtzeitig da zu sein«, antwortete ich.

## 15. KAPITEL

Als ich am College war, wo man ja eigentlich lernen sollte, wie man der wirklichen Welt auf eine erwachsene Weise begegnet, hatte ich eine Freundin, die an Leukämie starb. Sie hieß Laura, hatte winzige Füße und rosige Apfelwangen. Sie wurde im ersten Studienjahr krank und schaffte es nicht mehr, ihre Abschlussprüfung zu machen. Nach ihrem Tod gewöhnten wir uns erschreckend schnell an die Tatsache, dass sie nicht mehr bei uns war, und erinnerten uns nur noch hin und wieder aus Scham oder Sentimentalität an sie. In meiner jetzigen Situation aber dachte ich sehr viel an Laura. Auf eine seltsame Weise und eigentlich gegen meinen Willen fühlte ich mich ihr – und auch Jenny und Zoë, zwei Frauen, denen ich nie begegnet war – viel näher als meinen lebenden Freunden.

Sogar Zach und Janet waren mir irgendwie fremd geworden. Sie waren entsetzt über das, was mir passierte, aber zugleich auch peinlich berührt. Sie riefen mich häufig an, aber schauten nicht oft genug vorbei, und wenn wir uns doch einmal trafen, gab es nichts, worüber wir richtig reden konnten, weil ich mich im Schatten befand und sie sich in der Sonne. Wir konnten nicht mehr so locker wie früher miteinander umgehen. Es war, als wäre ich ihnen vorausgegangen – an einen Ort, an den sie mir nicht folgen konnten und den ich nicht mehr in der Lage war zu verlassen. Mit einem Schaudern musste ich daran denken, dass Laura etwas ganz Ähnliches gesagt hatte, als es schließlich dem Ende zuging und für uns alle offensichtlich war, dass sie es nicht schaffen würde. Sie hatte gesagt – oder eher geschrien –, dass es ihr vorkomme, als säße sie in einem Wartezimmer und die Tür auf der anderen Seite würde sich bald für sie öffnen. Ich konnte mich noch gut an das Entsetzen erinnern, das ich bei ihren Worten empfunden hatte. Ich stellte mir vor, dass es jenseits der Tür stockfinster wäre und sie gezwungen sein würde, aus einem erleuchteten Raum in eine tiefe, gähnende Schwärze hinauszutreten.

Laura hatte alle Stadien durchlaufen, die man angeblich durchläuft, wenn man dem Tod ins Auge blickt: Fassungslosigkeit, Wut, Trauer, Entsetzen, Resignation und schließlich eine Art von Akzeptanz – vielleicht, weil die vielen Behandlungen und das ewige Schwanken zwischen Hoffnung und Verzweiflung sie so erschöpft hatten. Nachdem sie gestorben war, führten ein paar von uns eines Abends ein unschönes – durch zu viel Alkohol noch zusätzlich angeheiztes – Streitgespräch darüber, ob sie vielleicht überleben oder zumindest länger leben hätte können, wenn sie stärker gegen die Krankheit angekämpft hätte, statt irgendwann einfach aufzugeben und loszulassen. In der Vergangenheit hatte ich mir dieses Loslassen immer so vorgestellt, dass eine Hand sich sanft aus der Hand eines geliebten Menschen löst. Nun, nachdem ich die Fotos gesehen und die Berichte zu den beiden anderen Fällen gelesen hatte, sah ich vor meinem geistigen Auge eher zwei Hände, die sich an einen Mauervorsprung klammern, bis ein schwerer Stiefel sie mit roher Gewalt zum Loslassen zwingt. Damals hatte jemand gemeint, Laura hätte stärker dagegen ankämpfen müssen – als ob Lauras Sterben ihre eigene Schuld gewesen wäre und nicht bloß ein grausamer Schlag des Schicksals.

Ich würde dagegen ankämpfen. Ich wusste nicht, ob es auch nur den geringsten Unterschied machen würde, aber darum ging es gar nicht. Ich wollte bloß nicht starr vor Entsetzen in einem gottverdammten Wartezimmer kauern, ständig auf die gegenüberliegende Tür starren und dabei jene lähmende Angst empfinden, die ich in den letzten Tagen gefühlt hatte und die ständig mein Herz zum Rasen, meinen Mund zum Austrocknen und meinen Magen zum Revoltieren brachte. Ich hatte die Fotos gesehen, die Berichte gelesen und mit Grace gesprochen. Ich setzte nicht viel Vertrauen in Links und Cameron, was teilweise wohl daran lag, dass sie selbst nicht an ihre Fähigkeiten zu glauben schienen und im Grunde mit meinem baldigen Tod rechneten, auch wenn sie es nie zugaben. Ich war also auf mich allein gestellt, konnte mich nur noch auf mich selbst verlassen. Und wenn ich etwas hasse, dann ist es Warten.

Eines stand fest: Ich durfte nicht länger in meiner Wohnung herumsitzen und mich vor Lynne und meiner eigenen Angst verstecken. Das Seltsame war, dass Lynne und ich noch immer nicht über meinen möglichen Tod sprachen. Das war zwischen uns ein absolutes Tabuthema. Wir redeten nur über Terminpläne und Fragen, die den täglichen Ablauf betrafen, beispielsweise, wo ich als Nächstes hinwollte und wo sie auf mich warten sollte. Wir nahmen auch unsere Mahlzeiten nicht mehr gemeinsam ein. Es kam nicht einmal mehr vor, dass wir uns irgendwo Pommes mitnahmen oder zusammen eine Scheibe Toast zum Frühstück aßen. Ich hatte aufgehört, sie wie eine Art Gast oder Freundin zu behandeln.

Am Tag nach meinem Treffen mit Grace Schilling ging ich mit Claire zum Schlittschuhlaufen. Claire war Schauspielerin, hatte zurzeit aber kein Engagement. Sie konnte rückwärts fahren und Pirouetten drehen, bei denen einem schon vom bloßen Zusehen schwindlig wurde. Lynne und eine weitere Polizistin saßen missmutig am Rand und sahen zu, wie ich in kleine Kinder krachte und sie wie Kegel zum Umkippen brachte oder wild mit den Armen rudernd über meine eigenen Beine fiel. Am Abend desselben Tages lud ich mich bei Zach ein und bat ihn, noch ein paar andere Freunde dazuzubitten, was er auch tat. Lynne wartete draußen, während wir uns mit Tacos voll stopften und ich so viel Rotwein trank, dass ich irgendwann anfing, laute und blöde Witze zu reißen und um zwei Uhr morgens sturzbetrunken in den wartenden Wagen fiel. Die ganze Zeit über – selbst dann, als ich mich mit Alkohol zudröhnte und mit einem Mann namens Terence flirtete, der ganz offensichtlich schwul war und meine Annäherungsversuche höchst peinlich fand –, versuchte ich darüber nachzudenken, was ich als Nächstes tun sollte. Grace hatte gesagt, dass Menschen wie dieser Mann allen anderen immer ein paar Schritte voraus sind: zielgerichteter, entschlossener, beharrlicher. Ich wollte versuchen, noch einen Schritt schneller zu sein als er.

Am nächsten Morgen erwachte ich mit starken Kopfschmerzen und einem trockenen Mund. Mir war leicht übel, und als ich die Vorhänge aufzog, hatte ich das Gefühl, als würden meine Augen von Pfeilen durchbohrt. Ich wankte in die Küche und trank zwei Gläser Wasser, ohne auf Lynnes mitfühlenden, wenn auch etwas vorwurfsvollen Gesichtsausdruck zu achten. Dann machte ich mir eine große Kanne Tee und kehrte damit in mein Schlafzimmer zurück, wo ich mich, bekleidet mit einer Jogginghose und einer schäbigen grauen Weste, im Schneidersitz auf meinen Bett niederließ und mich in der Tür meines Spiegelschranks betrachtete. Neuerdings widmete ich meinem Spiegelbild viel mehr Aufmerksamkeit als früher, wahrscheinlich, weil ich mich und meinen Körper nicht mehr einfach als gegeben betrachtete. Hätte ich inzwischen nicht anders aussehen müssen, dünner und mitgenommener? So weit ich das beurteilen konnte, hatte ich mich rein äußerlich überhaupt nicht verändert. Das war Nadia, wie man sie kannte: Sommersprossen auf der Nase, ungekämmt, total verkatert.

Es klingelte. Ich hörte Lynne zur Tür gehen. Obwohl ich die Ohren spitzte, drangen nur ein paar gemurmelte Worte zu mir herein. Dann klopfte es an der Schlafzimmertür.

»Ja?«

»Da ist jemand, der Sie sprechen möchte.«

»Wer?«

Auf der anderen Seite der Tür zögerte Lynne für den Bruchteil einer Sekunde.

»Josh Hintlesham.« Nach einer kurzen Pause fügte sie leiser hinzu: »Jennys Sohn.«

»O mein Gott! Augenblick!« Ich sprang aus dem Bett. »Bitten Sie ihn herein.«

»Sind Sie sicher? Ich weiß nicht, was Links davon –«

»Ich brauche bloß eine Minute.«

Ich stürzte ins Bad, schluckte drei Tabletten gegen meine Kopfschmerzen, klatschte mir kaltes Wasser ins Gesicht und putzte mir hektisch die Zähne. Josh. Der Junge auf dem Fensterbrett, der mit der pubertären Akne und Jennys dunklen Augen.

Ich ging ins Wohnzimmer und streckte ihm die Hand entgegen. »Josh, hallo.«

Seine Hand hing kalt und schlaff in meiner. Er wich meinem Blick aus, murmelte etwas und starrte auf den Boden.

»Wären Sie so nett, draußen im Wagen zu warten, Lynne?«, fragte ich.

Bevor sie die Tür hinter sich zuzog, warf sie uns über die Schulter einen besorgten Blick zu. Josh trat nervös von einem Fuß auf den anderen. Er trug einen Jogginganzug, der ihm ein bisschen zu klein war, und sein fettiges Haar hing ihm strähnig ins Gesicht. Er hätte jemanden gebraucht, der mit ihm einkaufen ging und ihn aufforderte, hin und wieder mal ein Bad zu nehmen, sich die Haare zu waschen und ein Deo zu benutzen. Ich konnte mir nicht vorstellen, dass Gloria das tun würde.

»Kaffee oder Tee?«, fragte ich.

»Nichts, Danke schön.« Seine Stimme war nur ein Murmeln.

»Saft?« Ein bisschen zu spät fiel mir ein, dass ich gar keinen im Kühlschrank hatte.

»Nein, danke.«

»Setz dich.«

Ich deutete auf das Sofa.

Verlegen nahm er ganz vorn auf der Kante Platz, während ich ein paar Kaffeebohnen mahlte und wartete, bis das Wasser kochte. Mir fiel auf, wie groß seine Hände und Füße waren und was für knochige Handgelenke er hatte. Sein Gesicht wirkte blass, aber die Ränder seiner Augen waren rot. Ich hatte das Gefühl, dass er ziemlich am Ende war. Allerdings hatte ich schon seit zehn Jahren mit keinem Jungen im Teenageralter mehr zu tun gehabt. Jungs über neun waren für mich ein Buch mit sieben Siegeln.

»Wie hast du mich gefunden?«

»Ich habe in den Gelben Seiten unter ›Entertainer‹ nachgesehen. Christo hat mir gesagt, dass Sie Clown sind.«

»Ganz schön clever.« Ich nahm meine Kaffeetasse und ließ mich ihm gegenüber nieder. »Hör zu, Josh, das mit deiner Mutter tut mir sehr Leid.«

Er nickte achselzuckend. »Ja.«

Mister Cool.

»Bestimmt fehlt sie dir.«

Gott, warum konnte ich nicht einfach den Mund halten?

Er zuckte zusammen und fing an, auf einem Fingernagel herumzukauen. »Sie hatte nicht viel Zeit für mich«, erklärte er. »Sie war immer in Eile oder wegen irgendwas genervt.«

Ich hatte das Gefühl, ein gutes Wort für sie einlegen zu müssen.

»Ich nehme an, drei Kinder und ein Haus sind ganz schön

stressig«, sagte ich und tat so, als würde ich einen Schluck aus meiner Tasse nehmen, obwohl sie schon leer war. Nadia, die Hobby-Therapeutin. »Hast du jemanden, mit dem du über das alles reden kannst?«, fragte ich ihn. »Freunde oder einen Arzt oder so was?«

»Ich komme schon klar«, antwortete er.

Dann saßen wir eine Weile da, ohne etwas zu sagen. Um das Schweigen zu überbrücken, schenkte ich mir noch eine Tasse Kaffee ein.

»Und Sie?«, fragte er plötzlich.

»Ich?«

»Haben Sie Angst?«

»Ich versuche, optimistisch zu sein.«

»Ich träume dauernd von ihr«, sagte er. »Jede Nacht. Keine Albträume, in denen sie ermordet wird oder so. Es sind schöne, glückliche Träume, in denen Mom mir übers Haar streicht und mich in den Arm nimmt, lauter solche Sachen, obwohl sie in Wirklichkeit nur Christo übers Haar gestreichelt hat. Sie hat gesagt, dass ich dafür schon zu alt bin.« Er errötete heftig. »Die Träume machen es nur noch schlimmer.« Dann fügte er hinzu: »Keiner will mir sagen, wie sie genau gestorben ist.«

»Josh …«

»Ich kann die Wahrheit ertragen.«

Während ich den verlegenen, tapferen Jungen vor mir betrachtete, musste ich an das Foto von Jennys Leiche denken. »Schnell«, sagte ich. »Sie ist schnell gestorben. Wahrscheinlich hat sie gar nicht mitbekommen, was passiert ist.«

»Sie lügen mich auch an. Ich dachte, Sie würden mir die Wahrheit sagen.«

Ich holte tief Luft. »Josh, die Wahrheit ist, dass ich es nicht weiß. Deine Mutter ist tot. Wie auch immer sie gestorben ist, sie hat jetzt keine Schmerzen mehr.«

Ich schämte mich, weil ich die Situation nicht besser gemeistert hatte. Josh stand abrupt auf und fing an, im Raum herumzuwandern. »Arbeiten Sie wirklich als Clown?«

»Als Unterhalterin.«

Er griff nach meinen Bohnensäckchen.

»Können Sie jonglieren?«

Ich nahm sie ihm aus der Hand und fing an, sie durch die Luft zu wirbeln. Er wirkte nicht sehr beeindruckt.

»Ich meine, richtig jonglieren. Ich kenne eine Menge Leute, die mit drei Bällen jonglieren können.«

»Versuch du es doch mal.«

»Ich bin kein Unterhalter.«

»Nein«, gab ich trocken zurück.

»Ich habe Ihnen etwas mitgebracht«, sagte er.

Er nahm seinen Rucksack zur Hand und fischte einen braunen Umschlag heraus.

Der Umschlag enthielt Dutzende von Fotos, hauptsächlich Urlaubsfotos, die im Lauf der Jahre aufgenommen worden waren. Während ich sie betrachtete, war mir auf schreckliche Weise bewusst, dass Josh mir schwer atmend über die Schulter sah. Jenny im gelben Bikini, sehr schlank und braun gebrannt an einem Sandstrand, im Hintergrund ein Stück blauer Himmel. Jenny in einer ordentlich gebügelten Jeans und einem grünen Poloshirt, Clives steifen Arm um die Schulter, ein hübsches Lächeln für die Kamera auf den Lippen. Sie sah so viel besser aus als er. Jenny, Hand in Hand mit einem viel jüngeren Josh. Jenny mit einem kahlen Baby im Arm, wahrscheinlich Chris. Jenny auf einer Wiese sitzend, umgeben von ihren drei Söhnen. Jenny mit kinnlangem, gestuftem Haar. Jenny beim Skifahren, in sauberer, nach vorn gebeugter Haltung, die Skistöcke unter die Achseln geklemmt. Jenny auf Gruppenfotos, Jenny allein.

Am meisten berührte mich ein Foto, das offensichtlich ohne ihr Wissen aufgenommen worden war, sodass sie ausnahmsweise mal nicht ihre typische skeptische Miene aufgesetzt hatte. Es handelte sich um eine leicht verschwommene Profilaufnahme. Eine Strähne ihres glänzenden Haars hing ihr ins Gesicht. Ihre Wange wirkte glatt, ihre Lippen waren leicht geöffnet, ihre Hand halb erhoben. Sie machte einen nachdenklichen, fast traurigen Eindruck. Ohne ihren üblichen Schutzpanzer sah sie aus wie eine Frau, mit der ich vielleicht doch hätte befreundet sein können. Noch etwas traf mich wie ein Messerstich: Sie hatte etwas Interessantes an sich. Eine besondere Ausstrahlung, die erklärte, warum sie jemandes Aufmerksamkeit erregt hatte. Ich konnte sie mir jetzt durchaus als eine Frau vorstellen, von der die Leute fasziniert gewesen waren. O Gott.

Schweigend legte ich die Fotos auf den Tisch und drehte mich zu Josh um. »Du armer Junge«, sagte ich, woraufhin er zu weinen begann, auch wenn er tapfer versuchte, die Tränen zurückzuhalten. Er schluckte und schniefte und erstickte fast an seinem Kummer, während er zwischendrin immer wieder leise »Tut mir Leid« vor sich hinmurmelte. Schließlich verbarg er den Kopf in seiner Armbeuge. Ich legte ihm eine Hand auf die Schulter und wartete, bis er sich wieder beruhigt hatte. Nach einer Weile richtete er sich auf, kramte ein zerknülltes Taschentuch hervor und putzte sich lautstark die Nase.

»Tut mir Leid«, sagte er noch einmal.

»Du musst dich nicht entschuldigen«, entgegnete ich. »Es ist gut, dass es jemanden gibt, der um sie weint.«

»Ich gehe jetzt wohl besser«, sagte er, während er die Fotos einsammelte und zurück in den Umschlag schob.

»Geht's wieder?«

»Ja.« Er wischte sich mit dem Ärmel über die Nase.

»Ich gebe dir meine Visitenkarte, damit du nicht mehr in den Gelben Seiten nachschauen musst, wenn du mich anrufen möchtest. Augenblick.«

Ich ging ins Schlafzimmer hinüber, wo mein Schreibtisch stand. Josh wartete im Türrahmen. Wieder fiel mir auf, wie dünn er war. Er sah aus, als bräuchte er immer was zum Anlehnen, weil er sonst einfach umfallen würde. Ein richtiger Knochenhaufen.

»Besonders ordentlich sind Sie ja nicht gerade«, bemerkte er.

So ein frecher Bengel. »Stimmt. Wenn ich gewusst hätte, dass du kommst, hätte ich extra für dich aufgeräumt.«

Er grinste verlegen. »Außerdem haben Sie einen richtig altertümlichen Computer.«

»Du bist nicht der Erste, der mir das sagt.«

Ich durchwühlte die Schubladen nach meinen Visitenkarten.

»Sind Sie online?«

»Online? Nicht dass ich wüsste.«

Er setzte sich an den Computer und fing an, auf der Tastatur herumzutippen. Er starrte auf den Bildschirm, als wäre er ein Bullauge, durch das etwas besonders Lustiges zu sehen war.

»Welche Kapazität hat Ihre Festplatte?«

»Frag mich was Leichteres.«

»Das ist das Allerwichtigste. Sie brauchen einfach mehr Power. Diese Kiste hier ist wie eine Mücke, die versucht, einen Lastwagen zu ziehen. Sie brauchen ein System mit einem größeren Arbeitsspeicher.«

»Ja, wahrscheinlich«, antwortete ich in der Hoffnung, ihn dadurch zum Schweigen zu bringen.

»Schnellere Hamster.«

Endlich wurde ich fündig. Ich hielt ihm die Karte unter die Nase.

»Hier! Nadia Blake, Entertainerin für Kinder, Puppenspielerin, Jongleurin, Zauberin und ...« Plötzlich erstarrte ich. »Was? Was hast du da gerade gesagt?«

»Nicht böse sein! Es ist nun mal eine Tatsache, dass so ein Computer praktisch nutzlos ist, wenn er keine richtige ...«

»Ja, ja, aber was hast du eben gesagt?«

»Ich habe gesagt, dass Sie mehr Power brauchen.«

»Nein, du hast es irgendwie anders formuliert!«

Nachdem Josh einen Moment überlegt hatte, sah ich ihn zum ersten Mal lachen. »Tut mir Leid, das ist nur so ein blöder Ausdruck. Schnellere Hamster. Damit ist einfach nur mehr Power gemeint.«

»Wo hast du das her?«

»Es ist nur ein bildlicher Ausdruck. Wahrscheinlich bezieht er sich auf Hamster in Laufrädern. Nehme ich zumindest an. Ich habe noch nie wirklich darüber nachgedacht.«

»Nein, das meine ich nicht. Von wem hast du den Begriff?«

»Von wem?« Josh zog ein Gesicht. »Von einem Typen aus dem Computerclub bei uns an der Schule.«

»Was? Einem Schüler?«

»Nein, er heißt Hack und ist einer von den Typen, die den Club betreuen. Er ist wirklich nett zu mir, vor allem, seit Mum gestorben ist.«

Ich zitterte. »Hack? Was ist denn das für ein Name?«

»In Wirklichkeit heißt er ganz anders. Das ist bloß sein Codename.«

Ich versuchte, ruhig zu bleiben. »Josh«, sagte ich, während ich meine zitternden Hände fest aneinanderpresste, »kennst du seinen richtigen Namen?«

Er runzelte die Stirn. Bitte, bitte, bitte.

»Ich glaube, er heißt Morris. Er kennt sich mit Computern total gut aus, aber er wird Ihnen genau dasselbe sagen wie ich.«

## 16. KAPITEL

Meine Hände zitterten so, dass ich es kaum schaffte, die Telefonnummer zu wählen. Ich ließ mich zu Links durchstellen. Inzwischen war ich dahinter gekommen, dass man nur hartnäckig genug sein musste, dann stellte sich am Ende immer heraus, dass er doch zu sprechen war. Er klang distanziert und argwöhnisch. Seit ich ausgebüxt war, wusste er wohl nicht mehr recht, wie er mit mir umgehen sollte. Zweifellos hätte er mich am liebsten wegen irgendeines Verstoßes angezeigt, aber anscheinend hatte ich kein Gesetz gebrochen. Das Einzige, was er aus seiner Position der Schwäche heraus tun konnte, war, mich mit seiner mürrischen Art zu bestrafen.

»Ja?«, fragte er.

»Ich habe mit Joshua Hintlesham gesprochen.«

»Wie bitte?«

»Er ist Jennifer Hintleshams Sohn.«

»Das ist mir bekannt. Wie kommen Sie dazu, mit ihm zu sprechen?«

»Er hat mich besucht.«

»Wieso? Woher weiß er, wer Sie sind?«

Wenn er in Reichweite gewesen wäre, hätte ich mich jetzt zu ihm hinübergebeugt und ihn kräftig geschüttelt oder ihm ein paar Kopfnüsse verabreicht, aber leider war er nicht greifbar. »Machen Sie sich deswegen keine Gedanken. Es spielt keine Rolle. Wichtig ist nur, dass ich auf jemanden gestoßen bin, den wir beide kennen.«

»Wie meinen Sie das?«

»Vor ungefähr zwei Wochen hatte ich Probleme mit meinem Computer und habe eine Nummer angerufen, die ich auf einer Visitenkarte unter meinem Scheibenwischer fand. Ein Typ namens Morris ist vorbeigekommen und hat das Ding repariert. Im Grund war es nur eine Kleinigkeit. Was Computer betrifft, bin ich eine absolute Niete. Jedenfalls ist mir dieser Typ kürzlich auf der Straße über den Weg gelaufen. Das war an dem Tag, an dem ich Lynne entwischt bin. Er war sehr freundlich, und ich habe mir nichts weiter dabei gedacht, aber heute hat mir Josh von dem Computerclub erzählt, der von seiner Schule organisiert wird, und dabei habe ich erfahren, dass einer von den Typen, die den Club betreuen, dieser Morris ist.«

Am anderen Ende der Leitung herrschte eine Weile Schweigen. Nun hatte ich ihm etwas zu beißen gegeben.

»Handelt es sich wirklich um dieselbe Person?«

»Es scheint zumindest so.« Ich konnte es mir nicht verkneifen hinzuzufügen: »Vielleicht hat es gar nichts zu bedeuten. Wollen Sie, dass ich das überprüfe?«

»Nein, bloß nicht!«, antwortete er sofort. »Auf keinen Fall. Wir machen das schon. Was wissen Sie sonst noch über ihn?«

»Er heißt Morris Burnside. Ich schätze ihn auf Mitte zwanzig. Ansonsten kann ich nicht viel über ihn sagen. Er macht einen netten, cleveren Eindruck. Allerdings bin ich von jedem Menschen beeindruckt, der in der Lage ist, einen Computer zu bedienen. Josh scheint ihn sehr gern zu mögen. Er wirkt nicht wie ein Spinner. Außerdem sieht er recht gut aus. Mir gegenüber verhielt er sich weder schüchtern noch sonst irgendwie seltsam.«

»Wie gut kennen Sie ihn?«

»Ich kenne ihn überhaupt nicht. Wie ich schon gesagt habe, ich bin ihm bloß zweimal begegnet.«

»Hat er versucht, mit Ihnen in Kontakt zu treten?«

Ich ging unsere kurzen Gespräche im Geist noch einmal durch. Viel war da nicht gewesen.

»Ich glaube, er hat sich zu mir hingezogen gefühlt. Ich habe ihm erzählt, dass ich gerade eine Trennung hinter mir habe. Er hat vorsichtig gefragt, ob ich mal mit ihm ausgehen würde, und ich habe ihm eine ausweichende Antwort gegeben. Das Ganze war überhaupt nicht unangenehm oder peinlich. Er hat mir seine Hilfe beim Kauf eines neuen, leistungsfähigeren Computers angeboten. Ich habe dankend abgelehnt, aber das ist ja wohl auch kein ausreichender Grund, mich gleich umzubringen.«

»Wissen Sie, wo er wohnt?«

»Ich habe seine Telefonnummer. Hilft Ihnen das weiter?«

Ich las ihm die Nummer vor, die auf der Karte stand. Wie froh war ich vor zwei Wochen gewesen, diese Karte zu finden!

»Gut, überlassen Sie die Sache uns. Unternehmen Sie keinen Versuch, sich mit ihm in Verbindung zu setzen.«

»Sie werden mit ihm sprechen?«

»Wir überprüfen ihn.«

»Vielleicht steckt gar nichts dahinter«, gab ich zu bedenken.

»Wir werden sehen.«

»Vielleicht handelt es sich überhaupt nicht um dieselbe Person.«

»Wir überprüfen das.«

Als ich den Hörer auflegte, hätte ich mich am liebsten auf den Boden geworfen und losgeheult. Wie schön wäre es jetzt gewesen, von jemandem ins Bett gebracht und umsorgt zu werden. Aber da war nur Lynne, die ständig um mich herumschwirrte, wie eine lästige Fliege, die ich am liebsten mit der Klatsche erschlagen hätte. Während ich mit Links sprach, hatte sie die Ohren gespitzt. Jetzt sah sie mich erwartungsvoll an. Sie wollte informiert werden. Ich musste hier raus. Ohne auf ihre stumme Frage zu antworten, griff ich erneut nach dem Telefon.

»Du bist ihm schon mal begegnet.«

Zach blieb stehen, als könnte er nicht gleichzeitig gehen und nachdenken.

»Wann?«

»Vor ungefähr zwei Wochen. Als du bei mir vorbeigeschaut hast und dieser junge Mann meinen Computer repariert hatte. Er war schon am Gehen, als du gekommen bist.«

»Der Typ, der kein Geld nehmen wollte?«

»Genau der.«

»Sandfarbenes Haar.«

»Nein. Ziemlich langes, dunkles Haar.«

»Hast du dir mein Haar schon mal angesehen?«

Zach trat einen Schritt zur Seite und versuchte, sich in einem Schaufenster zu spiegeln. Wir bummelten gerade die Camden High Street entlang. Hin und wieder gingen wir in einen Laden hinein, um etwas zu probieren, kauften aber nichts. Lynne folgte uns in knapp zwanzig Metern Abstand, die Hände in den Hosentaschen.

»Es wird immer dünner«, fuhr er fort. »Eigentlich sollte ich es ganz abrasieren. Was meinst du?«

Er sah mich fragend an.

»Lass es, wie es ist«, sagte ich. »Ich glaube nicht, dass dir ein rasierter Schädel stehen würde.«

»Gefällt dir meine Kopfform nicht?«

»Wo waren wir stehen geblieben? Ach ja, wie sich herausgestellt hat, kennt dieser Morris auch den Sohn einer der ermordeten Frauen.«

»Du meinst, er könnte sie umgebracht haben?«

»Zumindest ist er das einzige Bindeglied, das wir gefunden haben.«

»Aber das kann nicht sein. Ich weiß, dass ich ihn nur ungefähr acht Sekunden gesehen habe, aber er ist mir völlig normal erschienen.«

»Und wenn schon? Ich habe mit der Psychologin gesprochen, die sich auf diesem Gebiet auskennt. Sie hat gesagt, dass solche Typen oft einen ganz normalen Eindruck machen. Ich hoffe jedenfalls, dass es dieser Morris ist. Wenn sie ihn doch einfach wegsperren würden, sodass ich in Ruhe weiterleben könnte!« Ich griff nach Zachs Hand. »Weißt du, ich war ganz und gar davon überzeugt, dass ich sterben würde. Die Polizei hat schließlich auch versucht, die beiden anderen Frauen zu beschützen, und es ist ihnen nicht gelungen. Sie sind beide ermordet worden. Ich muss die ganze Zeit ans Sterben denken. An den Tod. Ich habe solche Angst gehabt!«

Die Tränen begannen mir übers Gesicht zu laufen. Es war weder der richtige Zeitpunkt noch der optimale Ort für einen Heulanfall. Ständig schoben sich Leute mit Einkaufstüten an uns vorbei. Zach nahm mich in den Arm und drückte mir einen Kuss auf die Stirn. Manchmal konnte er richtig nett sein. Er zog ein paar halbwegs saubere Taschentücher aus seiner Jacke und reichte sie mir. Ich wischte mir das Gesicht ab und putzte mir die Nase.

»Warum hast du mich nicht um Hilfe gebeten?«, fragte er.

»Was hättest du denn tun können?«

»Irgendwas wäre mir schon eingefallen«, antwortete er. »Wir hätten zusammen übers Totsein sprechen können. Denk an die Zeit, bevor du auf die Welt gekommen bist. Da warst du Millionen und Billionen von Jahren tot. Dieser Gedanke macht dir doch auch keine Angst, oder?«

»Doch, und wie!«

Plötzlich berührte mich jemand am Ellbogen. Lynne.

»Ich habe für Sie eine Nachricht von DCI Links. Er möchte, dass Sie sofort aufs Revier kommen.«

»Was ist passiert?«

Sie zuckte mit den Achseln. »Er hat nur gesagt, dass er mit Ihnen sprechen möchte.«

Auf dem Revier waren alle unheimlich nett zu mir. Ich wurde sofort in Empfang genommen und in ein luxuriöses Büro geführt, das von dem Großraumbüro abgetrennt war. Dann forderte man mich auf, in dem Sessel vor dem Schreibtisch Platz zu nehmen, versorgte mich mit Tee und Keksen auf einem kleinen

Tablett und sagte mir, Links werde gleich kommen. Ich hatte kaum an meinem Tee genippt und den ersten Keks eingetunkt, als Links und Cameron schon den Raum betraten. Sie hatten beide eine ernste, offizielle Miene aufgesetzt. Cameron ließ sich auf dem Sofa nieder, das an einer Seite des Raums stand, und Links nahm hinter dem Schreibtisch Platz. Demnach war es also sein Büro.

»Hat man Ihnen Tee gebracht?«, fragte er.

Statt einer Antwort hielt ich meine Tasse hoch.

»Ich wollte Sie so schnell wie möglich informieren«, erklärte er. »Wir haben Morris Burnside verhört und von der Liste der Verdächtigen gestrichen.«

Der Raum schien sich um mich zu drehen. Benommen starrte ich ihn an.

»Was?«

»Seien Sie versichert, dass es sich dabei durchaus um einen positiven Schritt handelt.«

»Aber wie konnten Sie ihn so schnell von der Liste streichen?«

Gleich zu Beginn unseres Gesprächs hatte er angefangen, mit einer Büroklammer herumzuspielen. Zuerst hatte er sie auseinander gebogen. Jetzt versuchte er gerade, ihr wieder die alte Form zu geben. Ich hatte das auch schon mal probiert. Man bekommt die Klammer nie mehr so hin, wie sie war. Immerhin hatte er auf diese Weise etwas zu tun und brauchte mir nicht in die Augen zu sehen.

»Wie Dr. Schilling mir mitgeteilt hat, haben Sie erfahren, dass zwei weitere Frauen ermordet worden sind, nein, ich wollte sagen, dass wir in unsere Ermittlungen zwei Mordfälle mit einbeziehen. Unsere Dokumentenanalysen haben mit hundertprozentiger Sicherheit ergeben, dass dieselbe Person, die Ihnen Drohbriefe geschickt hat, auch in die Ermordung von Zoë Haratounian und Jennifer Hintlesham verwickelt ist. Dafür gibt es außer den Briefen noch weitere eindeutige Hinweise.«

Inzwischen machte Links ein Gesicht, als würde ihm das Sprechen große Schmerzen bereiten. »Wir wissen, dass sich der

Mörder die Mühe gemacht hat, einen Gegenstand aus Mrs. Hintleshams Besitz in der Wohnung von Miss Haratounian zu deponieren… wahrscheinlich in der Absicht, ähm… alles noch ein wenig verwirrender zu machen.« Er bog die Büroklammer wieder auseinander. »An dem Morgen, als Zoë Haratounian ermordet wurde, befand sich Morris Burnside auf einer Informatikkonferenz in Birmingham, die das ganze Wochenende dauerte. Er war dort für einen Stand zuständig und hat Produkte präsentiert. Wir haben das überprüft. Es gibt eine ganze Reihe von Personen, die bezeugen können, dass er sich den ganzen Sonntag dort aufgehalten hat, von morgens bis abends.«

»Kann er sich nicht für eine Weile abgeseilt haben?«

»Nein, völlig ausgeschlossen.«

»Wie hat er reagiert, als Sie ihm mitgeteilt haben, dass Sie ihn befragen wollten?«

»Anfangs war er natürlich geschockt, dann aber sehr höflich und kooperativ. Ein netter junger Mann.«

»War er wütend?«

»Überhaupt nicht. Außerdem haben wir nicht erwähnt, dass wir seinen Namen von Ihnen haben.«

Ich lehnte mich vor und stellte meine Teetasse auf dem Schreibtisch ab.

»Kann ich sie einfach da stehen lassen?«

»Ja, natürlich.«

Ich hatte keine Kraft mehr, fühlte mich wie leer gepumpt. Für kurze Zeit hatte ich geglaubt, in Sicherheit zu sein. Jetzt ging das Bangen wieder von vorn los. Ich fühlte mich dem allen nicht mehr gewachsen. Ich war müde. »Ich habe gedacht, es wäre vorbei«, sagte ich mit tonloser Stimme.

»Ihnen wird nichts geschehen«, entgegnete Links, wich dabei aber nach wie vor meinem Blick aus. »Wir werden weiterhin auf Sie aufpassen.«

Benommen stand ich auf und blickte mich nach der Tür um.

»Sie müssen das Ganze als positiven Schritt betrachten. Wir können einen potenziellen Verdächtigen von der Liste streichen. Das ist durchaus ein Fortschritt.«

Ich drehte mich wieder zu ihm um.

»Was?«, fragte ich.

»Einer weniger, um den wir uns Sorgen machen müssen.«

»Bleiben ja nur noch sechs Milliarden«, gab ich zurück. »Oh, nein, ich nehme an, Frauen und Kinder können wir auch streichen. Damit wären wir wohl bei zwei Milliarden minus einem.«

Links stand auf. »Stadler wird Sie hinausbegleiten.«

Er musste mich halb führen, halb tragen. In einem ruhigen Teil des Gangs blieb er stehen. »Geht es wieder?«, fragte er.

Statt einer Antwort stöhnte ich nur.

»Ich muss dich sehen«, erklärte er.

»Was?«

»Ich denke die ganze Zeit an dich. Ich möchte dir helfen, Nadia. Ich brauche dich, und ich glaube, du brauchst mich auch.« Er berührte meinen Arm.

»Was?« Es dauerte eine Weile, bis ich begriff, was er da tat. Mit einem leisen Stöhnen schüttelte ich ihn ab. »Fass mich nie wieder an«, sagte ich. »Fass mich nie wieder an!«

## 17. KAPITEL

Die Angst zog mir den Boden unter den Füßen weg. Gleichzeitig hatte ich das Gefühl, als würde sie mich von innen heraus auffressen. Ich kroch in mein Bett, starrte zur Decke hinauf und versuchte, nicht nachzudenken. Trotzdem rasten meine Gedanken. Ein paar Stunden der Hoffnung und des Hochgefühls, und nun? Jetzt stand ich wieder da, wo ich vor ein paar Tagen angefangen hatte, oder war es schon eine Woche her? Nur dass es mir nicht wie Tage vorkam, sondern wie Monate und Jahre, eine triste, entsetzliche Ewigkeit der Angst. Ich schlief ein, wachte auf, schlief wieder ein. Es war nur ein leichter, nervöser Schlaf, in dem Träume lauerten, die einen festhalten konnten wie dicke, unter der Wasseroberfläche hin und her wogende Schlingpflanzen. Erst war es dunkel, dann wurde es langsam heller, und schließlich war wieder Tag. Draußen vor dem Fenster konnte ich den stahlgrauen Himmel sehen. Eine Weile lauschte ich dem Gesang eines Vogels. Dann warf ich einen Blick auf die Uhr. Halb sieben. Ich zog mir die Bettdecke über den Kopf. Was sollte ich heute bloß mit mir anfangen?

Als Erstes rief ich Zach an. Seine Stimme klang verschlafen.

»Hallo Zach, ich bin's, Nadia. Tut mir Leid, aber ich musste dich einfach anrufen. Er war es doch nicht! Es war nicht Morris. Er kann es nicht gewesen sein.«

»So ein Mist!«, sagte er.

»Stimmt. Was soll ich denn jetzt tun?« Zu meiner eigenen Überraschung stellte ich fest, dass ich weinte. Die Tränen liefen mir in den Mund, brachten meine Nase zum Jucken, bahnten sich ihren Weg meinen Hals hinunter.

»Ist die Polizei ganz sicher?«

»Ja, er war es nicht.«

»So ein Mist!«, sagte er noch einmal. Ich wusste, dass er krampfhaft überlegte, was er noch hinzufügen konnte, um mich ein wenig aufzubauen.

»Ich bin völlig ratlos, Zach. Er wird mich kriegen. Ich kann nicht mehr. Ich kann so nicht mehr weitermachen. Es hat keinen Sinn.«

»Doch, du kannst, Nadia. Du kannst.«

»Nein.« Ich wischte mit dem Ärmel meines Nachthemds über mein tränennasses Gesicht. Mein Hals und meine Lymphknoten schmerzten. »Nein, ich kann nicht mehr.«

»Hör zu, Nadia. Du bist tapfer. Ich glaube an dich.«

Das wiederholte er immer wieder: »Ich glaube an dich. Du bist tapfer.« Ich weinte weiter und widersprach ihm hin und wieder schniefend. »Ich bin nicht tapfer« und: »Nein, ich kann nicht mehr.« Aber irgendwie taten mir seine Worte gut, sodass ich immer weniger protestierte. Irgendwann hörte ich mich sogar lachen, weil Zach mir beteuerte, dass ich ganz bestimmt hundert Jahre alt werden würde. Ich musste ihm versprechen, etwas zum Frühstück zu essen. Er sagte, er werde mich in einer Stunde oder so noch einmal anrufen und später vorbeikommen, um nach mir zu sehen.

Gehorsam toastete ich mir etwas Weißbrot, das schon ziemlich altbacken aussah, und aß es zu einer großen Tasse schwarzem Kaffee. Ich saß in der Küche und starrte aus dem Fenster. Draußen ging ein Typ mit einer Baseballkappe und einer weiten Hose vorbei. Er hatte die Lippen gespitzt und pfiff eine Melodie vor sich hin. Der könnte es sein, dachte ich. Oder der mit dem Kopfhörer, der einen kläffenden Hund hinter sich herzog. Oder der Typ mit dem struppigen Bart und dem schütter werdenden Haar, der an einem brütend heißen Augustnachmittag einen Steppanorak trug. Im Grunde konnte es jeder sein.

Ich versuchte, nicht an die tote Jenny zu denken. Wenn ich mir dieses Foto ins Gedächtnis rief, schnürte mir die Panik fast die Kehle zu. Bevor ich die Akten gesehen hatte, war der Killer eine vage drohende Gefahr gewesen, etwas Abstraktes und fast Irreales. Zoës liebes Gesicht hingegen hatte nichts Abstraktes, ebenso wenig wie Jennys grotesk verunstaltete Leiche. Ich spürte, wie sich zögernd ein Teil von mir regte, der einen ganz persönlichen Hass auf diesen Killer zu empfinden begann: ein intimes, zielgerichtetes Gefühl. Ich saß am Küchentisch und hielt dieses Gefühl fest, bis es in meinem Kopf deutlicher Gestalt annahm. Er war keine Wolke, kein Schatten, keine schreckliche Präsenz in der Luft – er war ein Mann, der zwei junge Frauen getötet hatte und nun mich töten wollte. Er gegen mich.

Ich griff nach einem ungeöffneten Brief, der mich schon auf dem Umschlag darüber informierte, dass ich bereits einen Preis gewonnen hatte. Ich begann mir auf der Rückseite des Kuverts Notizen zu machen. Was wusste ich über den Mann? Er hatte Zoë Mitte Juli umgebracht, Jenny Anfang August. Grace zu Folge handelte es sich um einen Fall »eskalierender Gewalt«. Ein silbernes Medaillon, das Jenny wochenlang vermisst hatte, war in Zoës Wohnung gefunden worden, ein Foto von Zoë zwischen Clives Papieren, aber das waren die einzigen Dinge, die eine Verbindung zwischen den beiden Frauen herstellte. Das einzige schwache – und wie sich herausstellte, bedeutungslose – Bindeglied zwischen mir und Jenny war Morris. Ich ging im Geist die anderen Leute durch, die befragt worden waren: Fred natürlich, wenn auch nie als Verdächtiger, weil er bereits überprüft worden war, bevor der Mord überhaupt passierte. Clive, der Immobilienmakler Guy, ein Geschäftsmann namens Nick Shale, ein früherer Freund von Zoë, der gerade von einer Weltreise zurückgekehrt war, außerdem ein paar Architekten, Bauarbeiter, Gärtner und Reinigungskräfte, die für Jenny gearbeitet hatten. Und jetzt Morris. In meinen Augen hatte die Polizei bisher nichts anderes getan, als einen Verdächtigen nach dem anderen von der Liste zu streichen.

Ich nippte an meinem kalt gewordenen Kaffee. Was bedeutete das für mich? Dass ich weiterhin an meinem Küchentisch sitzen und erbärmliche Versuche unternehmen müsste, selbst Detektiv zu spielen? Um währenddessen bei jedem Mann, der draußen vorbeiging, zu denken: der oder der oder keiner von denen? Ich rannte mit dem Kopf gegen dieselbe Wand, gegen die die Polizei schon seit Wochen anlief.

Ich holte den Zettel mit den Namen und Adressen, die ich mir aus den Polizeiakten herausgeschrieben hatte. Ich starrte auf sie hinunter, bis die Schrift vor meinen Augen verschwamm. Dann holte ich tief Luft und griff nach dem Telefonhörer. Etwas Besseres fiel mir nicht ein.

»Guten Morgen, Clarke's. Kann ich Ihnen helfen?« Eine Frauenstimme, der man anhörte, dass ihr eifriger Tonfall bloß geheuchelt war.

»Ich habe gehört, dass Sie eine Wohnung in der Holloway Road verkaufen. Meinen Sie, ich könnte sie mir mal ansehen?«

»Einen Moment bitte!« Ein paar Minuten lang saß ich da und lauschte einer Melodie von Bach, gespielt auf einer elektronischen Kinderorgel.

Dann meldete sich eine Männerstimme, die ihre Anwesenheit in der Leitung zunächst durch ein diskretes Hüsteln ankündigte. »Hier spricht Guy. Kann ich Ihnen helfen?«

Ich wiederholte mein Anliegen.

»Großartig«, sagte er. »Eine äußerst günstig gelegene Wohnung.«

»Kann ich sie mir heute ansehen?«

»Auf jeden Fall. Wir wär's mit heute Nachmittag?«

»Hat der Besitzer denn da Zeit?«

»Ich werde selbst kommen und sie Ihnen zeigen.«

Was war ich doch für ein Glückspilz.

Ich rief auch noch die nächste Nummer auf meinem Zettel an. Warum, weiß ich nicht genau. Vielleicht weil die dazugehörige Frau die einzige Person in den ganzen Akten gewesen war, die traurig geklungen hatte.

»Hallo?«

Wie sollte ich nur beginnen. Ich entschied mich dafür, offen und ehrlich zu sein.

»Ich bin Nadia Blake. Sie kennen mich nicht. Ich wollte mit Ihnen über Zoë sprechen.« Am anderen Ende der Leitung herrschte einen Moment Schweigen. Ich konnte sie nicht mal atmen hören. »Entschuldigen Sie«, sagte ich. »Ich wollte Sie nicht aufregen.«

»Wer sind Sie? Eine Journalistin?«

»Nein. Ich bin wie sie. Ich meine, ich bekomme auch Briefe von dem Mann, der sie umgebracht hat.«

»O mein Gott! Das ist ja schrecklich. Nadia, sagen Sie?«

»Ja.«

»Kann ich irgendwas für Sie tun?«

»Ich dachte, wir könnten uns vielleicht treffen?«

»Ja, natürlich. Ich habe noch Ferien. Ich bin Lehrerin.«

»Wie wär's heute Nachmittag um zwei, in Zoës Wohnung?«

»Zoës Wohnung?«

»Ich habe mir einen Termin für eine Wohnungsbesichtigung geben lassen.«

»Warum denn das?«

»Ich wollte sie sehen.«

»Sind Sie sicher?« Sie klang skeptisch. Vielleicht hielt sie mich für verrückt.

»Ich wollte einfach etwas über Zoë erfahren.«

»Ich werde da sein.«

Bis zu dem Termin blieben mir noch vier Stunden. An diesem Tag passte eine andere Beamtin auf mich auf, Bernice. Als ich ihr erklärte, dass ich mir kurz vor zwei eine Wohnung in der Holloway Road ansehen wollte, zuckte sie nicht mal mit der Wimper, sondern nickte nur gleichgültig und vermerkte den Termin in dem Notizbuch, das sie mit sich herumtrug. Vielleicht kannte sie Zoës ehemalige Adresse nicht, oder es wurde ihr und allen anderen allmählich zu langweilig, darauf zu warten, dass etwas geschah. Ich ließ mir ein Bad ein, wusch mir die Haare und blieb dann so lange in dem öligen Wasser liegen, bis die Haut an meinen Fingern und Zehen weich und schrumpelig geworden war. Anschließend lackierte ich mir die Zehennägel und schlüpfte in ein Kleid, das ich höchstens ein- oder zweimal getragen hatte. Ich hatte es mir für eine besondere Gelegenheit aufgespart, irgendeine tolle Party, auf der ich meinen nächsten Mr. Right kennen lernen würde, aber inzwischen erschien es mir albern, auf so etwas zu warten. Genauso gut konnte ich es zur Besichtigung von Zoës Wohnung anziehen, für Louise und Guy. Es hatte eine sehr schöne Farbe – einen edlen, blassen Türkiston – und war auf Figur geschnitten, mit kurzen Ärmeln und einem U-Ausschnitt. Als Accessoires wählte ich eine Kette und kleine Ohrringe. Zum Schluss schlüpfte ich in ein paar leichte Sandalen. Fertig. Ich wirkte frisch und schick, als wollte ich zu einem Sommerfest. Wenn es nur so wäre, dachte ich. Um das Bild abzurunden, legte ich ein wenig Lippenstift auf.

Gegen Mittag kam Bernice herein und informierte mich, dass ich Besuch von zwei jungen Männern hätte. Ich spähte aus dem Dielenfenster und sah einen nervösen Josh vor der Tür stehen, neben ihm ein Mann mit dunklen, zerzausten Haaren, der eine schwarze Stoffjacke trug. Bewaffnet mit einer Schachtel Zigaretten und einem Strauß Blumen, lächelte er die Tür an, in der ich gleich erscheinen würde.

Als ich ein paar Stunden lang der Meinung gewesen war, Morris sei der Killer, hatte ich sein Gesicht als das eines Mörders in Erinnerung gehabt: listig und verschlagen, mit den toten, ausdruckslosen Augen eines Hais. Jetzt stellte ich fest, dass er ziemlich jungenhaft aussah, durchaus attraktiv. Ich fand es ziemlich süß, wie er seinen Blumenstrauß hoch hielt und darauf wartete, mich mit seinem Lächeln zu begrüßen.

»Herein mit euch beiden!«

Josh murmelte etwas und setzte sich in Bewegung. Dabei stieg er auf seine offenen Schuhbänder, sodass er ins Stolpern geriet. Morris überreichte mir den Blumenstrauß.

»Eigentlich sollte ich Ihnen Blumen schenken, um mich für meinen Verdacht zu entschuldigen«, sagte ich. »Aber vielen Dank, sie sind wunderschön!« Aus einem spontanen Impuls heraus stellte ich mich auf die Zehenspitzen und küsste ihn auf die Wange.

Bernice schloss wie eine Gefängniswärterin die Tür hinter uns.

»Ich hoffe, es macht Ihnen nichts aus, dass wir einfach so hereinschneien«, meinte Morris, während er zusah, wie ich einen Krug mit Wasser füllte und die Blumen hineinstellte.

»Hack meinte, wir drei sollten uns mal kurzschließen«, fügte Josh hinzu.

Unruhig wanderte er im Wohnzimmer herum, hob hier und dort etwas auf, ließ seine Hände an meinen Regalfächern entlanggleiten.

»Setz dich, Josh, du machst mich ganz nervös. Ich freue mich, euch beide zu sehen. Auch wenn es irgendwie ein komisches Gefühl ist.«

»Wieso?«

»Na ja, ich finde, wir geben schon ein seltsames Grüppchen ab!« Ich brach in ein freudloses Kichern aus, und Josh stimmte aus Nervosität oder Höflichkeit mit ein. Morris starrte uns beide stirnrunzelnd an.

»Wie können Sie da noch lachen?«, fragte er, nachdem mein hysterischer Lachanfall abgeklungen war. »Wo es doch da draußen jemanden gibt, der Sie töten möchte!«

»Sie hätten mich heute Morgen sehen sollen. Oder gestern, als ich erfuhr, dass Sie es doch nicht waren. Ich hoffe, Sie verstehen mich nicht falsch, wenn ich Ihnen jetzt sage, dass ich mir wirklich ganz fest gewünscht habe, Sie wären es.«

»Hoffnung ist etwas Grausames«, sagte Morris mit einem ernsten Nicken.

Ich warf Josh einen besorgten Blick zu. »Alles in Ordnung mit dir?«

»Ja.«

Er sah aber nicht aus, als wäre alles in Ordnung mit ihm. Seine Augen waren blutunterlaufen, die Haut so blass, dass sie fast grün wirkte. Ich stand auf, schob ihn zum Sofa hinüber und drückte ihn in die Kissen. »Wann hast du das letzte Mal was gegessen?«

»Ich habe keinen Hunger.«

»Ich mache dir jetzt trotzdem was zu essen. Vielleicht ein paar Nudeln, wenn ich welche finde. Möchten Sie auch was?«, fragte ich Morris.

»Ich helfe Ihnen«, antwortete er. »Du bleibst einfach hier sitzen und ruhst dich aus«, sagte er zu Josh und gab ihm einen leichten Klaps auf die Schulter. »Sammle deine Kräfte.«

Josh lehnte sich zurück und schloss die Augen. Ein schwaches Lächeln breitete sich auf seinem Gesicht aus.

Morris schnitt die Tomaten auf. Ich fand eine halbe Tüte Spiralnudeln, kippte sie in einen Topf und schaltete den Wasserkocher an.

»Haben Sie sehr große Angst?«, fragte er mich, wie Josh es beim letzten Mal getan hatte.

»Sie kommt und geht«, antwortete ich. »Ich versuche, stark zu bleiben.«

»Das ist gut«, meinte er, während er sich weiter den Tomaten widmete. »Helfen sie Ihnen?«

»Wer?«

»Die von der Polizei.«

»Sie versuchen es«, antwortete ich knapp. Ich wollte jetzt nicht über dieses Thema sprechen.

Im Kühlschrank hatte ich eine Dose entsteinte schwarze Oliven gefunden. Als die Nudeln fertig waren, gab ich eine Hand voll darüber und beträufelte das Ganze mit ein wenig Öl. Allerdings hätte ich noch ein bisschen Parmesan und schwarzen Pfeffer gebraucht, um das Bild abzurunden. Egal. Morris war immer noch damit beschäftigt, die Tomaten – sehr langsam und methodisch – in kleine Würfel zu schneiden.

»Wie stellen Sie sich ihn vor?«, fragte er.

»Gar nicht.« Ich war selbst überrascht über meinen entschiedenen Ton. »Ich denke bloß an die Frauen. Zoë und Jenny.«

Er gab die Tomaten in eine Schüssel.

»Wenn ich irgendwas für Sie tun kann«, meinte er, »dann sagen Sie es einfach.«

»Danke.« Ich achtete bewusst darauf, nicht allzu viel Begeisterung in meine Stimme zu legen. Ich hatte schon genug Freunde.

Während wir aßen, erzählte ich Josh und Morris von meinem Vorhaben, mir Zoës Wohnung anzusehen. Beide waren ziemlich verblüfft über meine Idee. »Warum kommt ihr nicht mit?«, fragte ich spontan. Kaum hatte ich diesen Vorschlag ausgesprochen, bereute ich ihn schon wieder halb.

Josh schüttelte den Kopf. »Gloria fährt heute mit uns zu ihrer Mutter, damit wir sie kennen lernen«, erklärte er bitter.

Nachdem er seine Nudeln gegessen hatte, schien es ihm viel besser zu gehen, auch wenn er sämtliche Oliven am Rand seines Tellers zu einem ordentlichen Haufen gestapelt hatte.

»Gern«, sagte Morris mit einem Lächeln. »Ich komme mit.«

»Ich treffe mich dort mit einer Freundin von Zoë«, erklärte ich. »Einer Frau namens Louise.«

»Wie seltsam«, sagte Morris.

»Was ist daran seltsam?«

Morris wirkte überrascht. »Erst lernen Sie Leute kennen, die Joshs Mutter gekannt haben. Und jetzt auch noch Bekannte von Zoë. Das finde ich seltsam.«

»Wirklich? Ich halte das irgendwie für wichtig.«

Er murmelte etwas, das nach vager Zustimmung klang.

Als er mit dem Essen fertig war, stand er auf und fischte ein Handy aus seiner Jackentasche.

»Mal sehen, ob ich irgendwelche Nachrichten bekommen

habe«, sagte er. Er stellte sich ans Fenster, drückte an seinem Telefon verschiedene Knöpfe und lauschte mir gerunzelter Stirn. »Mist«, sagte er und begann, seine Jacke zuzuknöpfen. »Ich werde dringend gebraucht. Ich fürchte, ich muss die Wohnungsbesichtigung ausfallen lassen. Tut mir Leid. Und das, nachdem ich Ihnen gerade versprochen habe zu helfen. Jetzt habe ich wirklich ein schlechtes Gewissen.«

»Das brauchen Sie nicht.«

Bevor er ging, nahm er meine Hand und drückte sie. Er stand auf mich, das war nicht zu übersehen. Er hatte mich gleich auf Anhieb sympathisch gefunden, schon an dem Tag, als er vorbeigekommen war, um meinen Computer zu reparieren. War ihm denn nicht klar, dass das das Letzte war, wonach mir jetzt der Sinn stand? Im Moment erschien es mir absolut unvorstellbar, eines Tages wieder einen Mann sexuell zu begehren.

Kurz darauf brach auch Josh auf. Als ich ihn an der Tür auf die Wange küsste, traten ihm Tränen in die Augen.

»Bis bald mal wieder«, sagte ich, um einen möglichst fröhlichen Ton bemüht. »Pass auf dich auf!«

Mit hängenden Schultern setzte er sich in Bewegung. Nach ein paar Schritten drehte er sich noch einmal um und stieß hervor: »Selber! Ich meine, passen Sie auf sich auf!«

## 18. KAPITEL

Guy trug einen schokoladebraunen Anzug sowie eine Bart-Simpson-Krawatte und lächelte. Er hatte sehr weiße Zähne und war extrem braun gebrannt. Nachdem er mir kräftig die Hand geschüttelt hatte, fragte er mich, ob er Nadia zu mir sagen dürfe, und nannte mich von da an ständig beim Namen. Wahrscheinlich hatte er das in einem Kurs gelernt. Als er die Haustür aufschloss, sagte eine Stimme hinter uns: »Nadia?«

Ich drehte mich um. Vor mir stand eine Frau in meinem Alter, die auch etwa die gleiche Größe und Figur hatte wie ich. Sie trug ein ärmelloses gelbes Top und einen knallroten Rock, der so kurz war, dass ich fast die Rundung ihrer Pobacken sehen konnte. Ihre nackten braunen Beine waren kräftig und wohl geformt. Sie hatte ihr glänzendes dunkles Haar zu einem Pferdeschwanz zurückgebunden und einen Lippenstift aufgelegt, der im Farbton genau zum Rock passte. Sie wirkte intelligent, lebhaft und energisch. Bei ihrem Anblick ging es mir gleich besser. »Louise? Ich bin froh, dass Sie gekommen sind.«

Sie lächelte mich aufmunternd an. Zusammen betraten wir einen düsteren Gang und stiegen eine schmale Treppe hinauf.

»Das ist das Wohnzimmer«, erklärte Guy überflüssigerweise, während wir einen engen Raum betraten, der muffig und unbewohnt roch.

Die dünnen orangefarbenen Vorhänge waren halb zugezogen. Ich trat an das kleine Fenster und öffnete es. Was für eine deprimierende kleine Wohnung. »Hören Sie«, wandte ich mich an Guy, »würde es Ihnen etwas ausmachen, wenn wir uns allein ein wenig umsehen? Vielleicht könnten Sie draußen auf uns warten?«

»Brauchen Sie mich denn …«

»Nein«, fiel ihm Louise ins Wort. Nachdem er gegangen war, fügte sie hinzu: »Ein fieser Typ. Zoë konnte ihn nicht ausstehen. Er wollte unbedingt mit ihr ausgehen, hat sie immer wieder angemacht.«

Ich spürte, wie mir die Tränen in die Augen stiegen. Zoë mit dem lieben Lächeln hatte hier gelebt. Im Zimmer nebenan war sie gestorben.

»Nach allem, was ich über sie gehört habe, muss sie sehr nett gewesen sein«, sagte ich. »Ich wünschte …« Ich hielt inne.

»Sie war ein wundervoller Mensch«, erklärte Louise. »Ich hasse es zu sagen: ›war‹. Ihre Schüler haben sie vergöttert. Die meisten Männer waren auch ziemlich angetan von ihr. Sie hatte etwas an sich …«

»Ja?«

Louise wanderte gedankenverloren durch den Raum. Es war offensichtlich, dass ihre Augen Dinge sahen, die ich nicht sehen konnte. Als sie wieder zu sprechen begann, schien es mir, als würde sie zu sich selbst reden. »Sie hatte sehr früh ihre Mutter verloren, und irgendwie sah man ihr das an. Man hatte immer das Gefühl, sie beschützen zu müssen. Vielleicht ist das der Grund, warum …«

»Ja?«

»Wer weiß? Warum sucht sich so ein Typ eine ganz bestimmte Frau aus?«

»Darüber habe ich auch schon nachgedacht«, erwiderte ich.

Ich wanderte durch das Zimmer und sah mich um.

Anscheinend hatte jemand aufgeräumt, ansonsten aber alles so gelassen, wie es gewesen war. Die Bücher, die herumlagen, waren sauber gestapelt. Auf dem kleinen Tisch neben dem Fenster entdeckte ich ein liniertes Heft, auf dem ein paar Stifte, ein Lineal und ein Radiergummi lagen. Ich griff nach dem Heft und schlug es auf. Auf der ersten Seite waren ein paar Ideen für eine Unterrichtsstunde aufgelistet. Die einzelnen Stichpunkte waren sauber untereinander geschrieben und nummeriert. Zoës kleine runde Buchstaben wirkten sehr ordentlich. An der Wand hing eine gerahmte Zeitungsseite mit einem Bild von Zoë. Sie hielt eine riesige Wassermelone und war von dutzenden kleiner Kinder umringt.

Wir gingen in die Küche. Auf dem Abtropfbrett standen mehrere Tassen. In einer Vase auf dem Tisch ließen ein paar verwelkte Blumen die Köpfe hängen. Neben dem Wasserkocher stand eine einzelne Flasche Weißwein. Der Kühlschrank war offen, leer und blitzblank geputzt.

»Die Wohnung gehört jetzt ihrer Tante«, erklärte Louise.

Ich griff nach einem Taschenrechner, der auf der Arbeitsfläche lag, drückte gedankenverloren ein paar Knöpfe und starrte auf die Summe, die auf dem Display erschien. »Hatte sie Angst?«

»Ja. Zum Schluss hat sie bei mir übernachtet. Irgendwann war sie vor Angst völlig außer sich, aber an jenem letzten Tag erschien sie mir ruhiger. Sie hatte wieder Hoffnung geschöpft, fühlte sich ein wenig sicherer. Ich habe draußen auf sie gewartet, müssen Sie wissen.« Louise machte eine Kopfbewegung in Richtung Straße. »Mein Wagen stand im absoluten Halteverbot. Ich wartete und wartete. Als es mir zu lange dauerte, habe ich wütend auf die Hupe gedrückt und noch mal ein paar Minuten gewartet. Dann bin ich ausgestiegen und habe geklingelt. Als sie noch immer nicht auftauchte, habe ich die Polizei gerufen.«

»Sie haben ihre Leiche also nicht gesehen?«

Louise starrte mich blinzelnd an.

»Nein«, antwortete sie schließlich. »Sie haben mich nicht gelassen. Später sind sie dann mit mir in die Wohnung gefahren. Sie wollten wissen, ob irgendwas anders war als vorher. Ich konnte es einfach nicht glauben. Sie wollte doch bloß schnell ihr Zeug holen. Als sie ausstieg, sagte sie, sie wäre in einer Minute wieder zurück.«

»Kommen die Damen da drinnen zurecht?«, rief Guy vom Treppenhaus herein.

»Wir sind gleich fertig!«, antwortete ich.

Zusammen gingen wir in das Schlafzimmer. Das Bett war abgezogen, und auf einem Sessel türmte sich ein Stapel Bettlaken und Kissen. Ich öffnete den Schrank. Ihre Kleider waren noch da. Sie hatte nicht viele besessen. Auf dem Schrankboden standen drei Paar Schuhe. Ich streckte die Hand aus und strich über den Stoff eines hellblauen Kleides. Daneben hing eine Baumwolljacke mit aufgetrenntem Saum.

»Haben Sie auch Fred gekannt?«, fragte ich Louise.

»Klar. Ein recht charmanter Typ. Obwohl Zoë ohne ihn besser dran war. Er hat ihr nicht direkt geholfen. Sie war richtig erleichtert, als sie ihm endlich gesagt hatte, dass es vorbei sei.«

»Das habe ich nicht gewusst.«

Für einen Moment schloss ich die Augen und rief mir das Bild ihrer Leiche ins Gedächtnis, die so friedlich auf dem Boden lag, als wäre sie dort eingeschlafen. Vielleicht hatte sie nicht gelitten. Als ich die Augen wieder öffnete, sah ich, dass Louise mich besorgt anstarrte.

»Warum sind Sie hergekommen?«, fragte sie. »Was erwarten Sie sich davon?«

»Ich weiß es nicht«, antwortete ich. »Ich hatte gehofft, auf diese Weise irgendwas zu erfahren, aber ich habe keine Ahnung, was. Vielleicht halte ich nur Ausschau nach Zoë.«

Sie lächelte. »Suchen Sie nach Hinweisen?«, fragte sie.

»Blöd, nicht wahr? Fehlt denn was?«

Louise blickte sich um. »Das hat mich die Polizei auch schon gefragt. Ich konnte ihnen nicht wirklich weiterhelfen. Das Einzige, was mir einfiel, war, dass der Wandbehang nicht mehr da war, den Fred ihr geschenkt hatte.«

»Ja. Das stand auch im Bericht der Spurensicherung.«

»Ich finde es seltsam, dass der Mörder ausgerechnet dieses Ding hat mitgehen lassen. Es war bestimmt nicht viel wert.«

»Die Polizei vermutet, dass er ihn dazu verwendet hat, andere Sachen wegzutragen.«

Louise sah mich verblüfft an. »Warum hat er nicht einfach eine Plastiktüte aus der Küche benutzt?«

»Keine Ahnung. Ich nehme an, ein Mensch, der gerade jemanden umgebracht hat, denkt nicht mehr so rational.«

»Wie auch immer, sie hat nicht viel besessen. Vielleicht hat sich ihre Tante schon bedient. Die Polizei wird natürlich auch etwas mitgenommen haben. Im Großen und Ganzen sieht aber noch alles so aus, wie ich es in Erinnerung habe. Ein trister Ort, finden Sie nicht auch?«

»Ja.«

»Sie hat die Wohnung gehasst, vor allem zum Schluss. Diese Räume spiegeln überhaupt nicht wieder, wie Zoë war.« Wir gingen zurück ins Wohnzimmer und setzten uns aufs Sofa. »An ihrem letzten Tag sind wir zusammen einkaufen gegangen. Sie wollte sich ein paar Sachen besorgen, die sie tragen konnte, bis sie ihr ganzes Zeug aus der Wohnung geholt hatte. Wir suchten mehrere Slips für sie aus, außerdem einen BH und einige Paar Socken. Dann sagte sie, sie wolle sich ein T-Shirt kaufen. Meine waren ihr alle zu groß. Sie war sehr dünn, und die ständige Angst hatte sie noch mehr abmagern lassen. Deswegen landeten wir am Ende in einem Kinderladen ganz in der Nähe meiner Wohnung, wo sie ein leichtes Sommerkleid und ein weißes T-Shirt mit kleinen aufgestickten Blumen fand. Zehn bis elf Jahre, stand auf dem Etikett. Zehn bis elf Jahre – es passte ihr wie angegossen. Sie probierte es an, und als sie damit aus der Umkleidekabine kam, sah sie so … so unglaublich süß aus, mit ihrem zerzausten Haar, den dünnen Armen, ihrem lebhaften Gesicht und dem Kinder-T-Shirt. Sie musste selbst ein bisschen lachen.«

Während Louise sprach, liefen ihr die Tränen übers Gesicht. Sie unternahm keinen Versuch, sie wegzuwischen.

»So habe ich sie in Erinnerung«, fügte sie hinzu. »Sie war dreiundzwanzig, eine junge Frau mit einem richtigen Erwachsenenberuf, einer Wohnung und allem, was sonst noch dazugehört. Aber immer, wenn ich an sie denke, sehe ich sie wieder in ihren Kindersachen vor mir stehen und mich anlachen. Sie war so klein, so jung.« Louise fischte ein Kleenex aus ihrer Tasche und wischte sich damit übers Gesicht. »So sah sie aus, als sie starb. Hübsch herausgeputzt, in lauter brandneuen Sachen. Sauber und frisch wie ein Gänseblümchen.«

»Meine Damen!« Guy streckte den Kopf zur Tür herein. Er machte ein ziemlich verdutztes Gesicht, als er uns eng umschlungen und mit tränenüberströmten Gesichtern auf der Couch sitzen sah. Ich wusste nicht genau, um wen ich trauerte, aber wir blieben trotzdem noch eine Weile sitzen und weinten weiter. Als wir schließlich gingen, nahm Louise mein Gesicht in beide Hände, hielt mich einen Moment fest und starrte mich an.

»Viel Glück, Nadia, meine neue Freundin«, sagte sie. »Ich werde an dich denken.«

## 19. KAPITEL

Als es am nächsten Abend kurz vor sieben an meiner Haustür klingelte, lag ich gerade auf dem Sofa. Bis dahin war dieser Tag nicht besonders gut verlaufen. In den frühen Morgenstunden hatte ich wach gelegen und an Zoë und Jenny gedacht. Inzwischen waren die beiden für mich fast so etwas wie Freundinnen geworden, vielleicht sogar mehr als das. Während ich so dalag, stellte ich mir vor, wie ich einen Weg entlangging, von dem ich genau wusste, dass die beiden anderen Frauen ihn vor mir gegangen waren, erst Zoë und dann Jenny. Manchmal konnte ich sogar noch ihre Spuren erkennen. Ich wusste, dass sie alles gesehen hatten, was ich gerade sah. Sie waren mir vorausgegangen, und während der Himmel hinter meinen Vorhängen langsam heller wurde, stellte ich mir vor, dass sie dort draußen im dunklen Nichts auf mich warteten.

Hatten sie sich ebenfalls Gedanken übers Sterben gemacht? Was hatten sie getan? Damit meinte ich nicht die Sicherheitsvorkehrungen, die sie getroffen hatten. Nein, ich fragte mich vielmehr, ob sie ihre Lebensweise geändert hatten. Was macht man, wenn man vielleicht nur noch einen Tag oder eine Woche zu leben hat? Angeblich erscheint einem das Leben dann plötzlich viel kostbarer. Wahrscheinlich sollte ich versuchen, klar zu denken und große Werke der Weltliteratur zu lesen. Ich war nicht sicher, ob ich überhaupt solche großen Werke besaß. Nachdem ich aufgestanden war und mir eine Kanne Kaffee gekocht hatte, ließ ich den Blick mein Bücherregal entlangwandern und stieß dabei auf einen Gedichtband, den mir mal jemand zum Geburtstag geschenkt hatte. Angeblich handelte es sich dabei um Gedichte, die sich besonders gut zum Auswendiglernen eigneten, aber mir bereitete allein schon das Lesen Schwierigkeiten. Irgendwas schien mit meinem Gehirn nicht in Ordnung zu sein. Der Sinn der Gedichte blieb mir völlig verschlossen. Ich stellte das Buch zurück ins Regal und schaltete den Fernseher an.

Noch vor kurzem hatte ich darüber nachgedacht, wie ich den Rest meines Lebens auf konstruktive Weise nutzen könnte. Nun sah ich mir eine Talkshow an, in der Frauen zu Wort kamen, die eine Affäre mit dem Freund ihrer Schwester gehabt hatten. Danach kam eine Kochsendung, die zugleich eine Gameshow war, dann die Wiederholung einer Sitcom aus den Siebzigerjahren und schließlich eine ebenfalls ziemlich angestaubt wirkende Dokumentation über ein Korallenriff. Außerdem sah ich eine Menge Wetterberichte.

Falls ich tatsächlich mit achtundzwanzig Jahren sterben sollte und jemand einen Nachruf auf mich schreiben würde – was bestimmt niemand tat –, was würde dem Betreffenden dann zu meinem Leben einfallen? »In ihren späteren Jahren fand sie eine Nische als mäßig erfolgreiche Kinderunterhalterin.« Zoë, die selbst fast noch ein Kind gewesen war, hatte bereits als Lehrerin gearbeitet. Und Jenny hatte drei Kindern das Leben geschenkt. Sie hatte Josh großgezogen, ein Kind, das fast schon ein Mann war.

Irgendwann schlief ich auf meinem Sofa ein, und als ich wieder aufwachte, sah ich mir den Schluss eines Western an, dann eine Sendung über Kegelbahnen, anschließend eine Quizsendung. Gerade als ich umschalten wollte, klingelte es an der Tür. Ich machte auf. Vor mir standen Josh und Morris. Der Duft von indischem Essen wehte herein. Morris war gerade in eine Diskussion mit einer Polizistin verwickelt.

»Ja, sie kennt uns. Ihre Kollegin, die letztes Mal da war, hat bereits unsere Namen und Adressen notiert. Wir können sie Ihnen aber gern noch mal geben, wenn Sie wollen.« Er drehte sich um und sah mich in der Tür stehen. »Wir haben uns was zum Essen geholt, und weil wir gerade in der Nähe waren, dachten wir, wir schauen mal vorbei.«

Ich starrte die beiden überrascht an. Es hatte nichts mit ihnen zu tun, nur damit, dass ich den ganzen Tag vor dem Fernseher verbracht hatte. Ich fühlte mich, als hätte ich irgendwelche Beruhigungspillen genommen.

»Kein Problem«, fuhr Morris fort. »Wenn wir ungelegen kommen, können wir auch irgendwo auf einer Parkbank essen. Oder in einem Hauseingang. Nein, noch besser: unter einer Straßenlampe. Im strömenden Regen.«

Gegen meinen Willen musste ich lächeln. Es war noch immer ein schöner, sonniger Tag.

»Blödsinn! Rein mit euch!« Die Beamtin wirkte nicht gerade begeistert. »Ist schon gut. Ich kenne die beiden.«

Sie traten ein und luden drei große Tüten, aus denen es verführerisch duftete, auf dem Tisch ab.

»Wahrscheinlich sind Sie heute irgendwo zum Essen eingeladen, oder?«

»Nein, ehrlich gesagt nicht«, gestand ich.

Sie zogen ihre Jacken aus und warfen sie in eine Ecke. Sie schienen sich bei mir recht wohl zu fühlen.

»Bei Josh zu Hause steigt heute eine albtraumhafte Soirée. Da habe ich ihn gerettet, und wir sind gemeinsam auf Frauenfang gegangen.«

Josh lächelte so verlegen, dass ich ihn am liebsten in den Arm genommen hätte. Sie fingen an, die Schälchen aus Alufolie zu verteilen.

»Wir wussten nicht so genau, wie viel Schärfe Sie vertragen«, erklärte Morris, während er die Pappdeckel abzog, »deswegen haben wir uns für die ganze Bandbreite entschieden, von extrem mild bis hin zu mörderisch scharf, mit sämtlichen Abstufungen dazwischen, außerdem mehrere Brotsorten, *phal* und verschiedene Gemüse. Die Erwachsenen dürfen dazu starkes Bier trinken, während Josh sich mit leichtem Lager begnügen muss.«

Ich hob eine Augenbraue. »Darfst du überhaupt schon Alkohol trinken, Josh?«

»Klar«, antwortete er trotzig.

Na ja, was soll's, dachte ich. Ich hatte auch so schon genug Probleme. Ich holte Teller, Gläser und Besteck aus dem Schrank.

»Was hättet ihr gemacht, wenn ich nicht da gewesen wäre?«, fragte ich.

»Morris war sich ganz sicher, dass Sie zu Hause sein würden«, antwortete Josh.

»Ach ja?« Ich drehte mich mit gespielt ironischer Miene zu Morris um.

Er lächelte. »Ich wollte mich damit nicht über Sie lustig machen«, sagte er. »Ich dachte bloß, dass Sie wahrscheinlich ein bisschen angeschlagen sind.«

»Das bin ich in der Tat«, gab ich zu. »Ich habe im Moment keine besonders gute Phase.«

»Das merkt man«, meinte er. »Also langen Sie kräftig zu!«

Was wir auch taten. Das Essen war genau das, was ich jetzt brauchte: eine gute, chaotische, stillose Mahlzeit, bei der man alles Mögliche durcheinander essen konnte. Zwischendrin nahm ich mir immer wieder ein Stück Brot und tauchte es in die verschiedenen Saucen. Wir forderten einander heraus, möglichst viel von dem scharfen *phal* in den Mund zu nehmen, achteten aber darauf, dass kaltes Bier zum Löschen bereit stand. Ich hatte den Eindruck, dass Morris schummelte und nur ein winziges Stück hineinschob, obwohl er uns gegenüber recht tapfer tat. Josh dagegen holte ein paar Mal tief Luft, schob sich tatsächlich eine ansehnliche Menge Fleisch in den Mund, kaute ein wenig darauf herum und schluckte es hinunter. Fasziniert beobachteten wir, wie kurz darauf kleine Schweißtröpfchen auf seine Stirn traten.

»Bestimmt wird es dich gleich zerreissen«, meinte ich. »Morris, wir müssen uns in Sicherheit bringen.«

»Nein, ich habe alles im Griff«, stieß Josh mit gepresster Stimme hervor, woraufhin wir alle drei lachten.

Es war das erste Mal, dass ich Josh mit einem fröhlichen Gesichtsausdruck gesehen hatte. Sonst wirkte er immer so verkniffen und gehemmt. Ich selbst hatte auch schon lange nicht mehr so unbekümmert gelacht.

»Jetzt Sie«, sagte Josh.

Mit einem übertriebenen, eleganten Schwung nahm ich einen großen Löffel voll und schob ihn mir in den Mund. Sie starrten mich an, als wäre ich ein Feuerwerkskörper, der erst mit einiger Verspätung explodierte.

»Wie haben Sie das gemacht?«, fragte Morris schließlich.

»Ich liebe scharfes Essen«, erklärte ich. »Und ich kann damit umgehen wie eine Lady.«

»Wir sind beeindruckt«, meinte Josh voller Bewunderung.

Hastig griff ich nach meinem Glas und nahm einen großen Schluck von dem kalten Bier.

»Sind Sie okay?«, fragte Josh.

»Klar. Ich bin bloß sehr durstig«, gab ich lässig zurück. Dann fügte ich spontan hinzu: »Sagt mal, Jungs, wie wär's, wenn wir uns alle duzen?«

Natürlich waren sie einverstanden.

Überraschend schnell hatten wir das meiste verputzt. Es waren nur noch ein paar kalt gewordene Reste übrig. Während ich den Tisch abräumte, was im Wesentlichen bedeutete, dass ich die Aluschälchen ineinanderstapelte, wanderten die Jungs zu meinem berühmt-berüchtigten Computer hinüber. Bald hockten sie beide vor dem Ding, und hin und wieder hörte ich sie ungläubig nach Luft schnappen oder losprusten. Schließlich gesellte ich mich mit einem frischen Glas Bier zu ihnen. Ich fühlte mich angenehm benebelt. »Ich weiß, dass ihr das komisch findet«, sagte ich.

»Nein, es ist großartig«, widersprach Josh, während er fachmännisch auf der Maus herumklickte. »Du hast all diese vorsintflutlichen Programme, lauter 1.1.- und 1.2-Versionen. Es ist wie ein Software-Dinosaurierpark. Augenblick mal, was ist denn das?«

Wie sich herausstellte, steckte irgendwo in meinem Computer ein Solitaire-Kartenspiel, von dem ich nicht mal was geahnt hatte. »Kennst du die Regeln?«, riefen sie. Nein, ich kannte sie nicht. Mit viel Geschrei und Geraufe um die Maus begannen sie zu spielen.

»Es ist, als würde ich den Abend mit zwei Dreizehnjährigen verbringen«, stellte ich fest.

»Na und?«, gab Josh zurück.

Er wurde immer lockerer. Zumindest *mir* gegenüber verhielt er sich inzwischen viel entspannter. Von der Zurückhaltung und dem Respekt, mit dem er mich anfangs behandelt hatte, war zum Glück nichts mehr zu spüren. Sie verlangten nach mehr Bier, und ich brachte ihnen zwei kalte Dosen aus dem Kühlschrank.

»Allmählich fühle ich mich in diesem Szenario fast wie Prinzessin Leia«, sagte ich.

Josh wandte den Blick vom Bildschirm ab und musterte mich nachdenklich. »Ich finde, du siehst eher aus wie Chewbacca.«

»Wer?«

»Vergiss es!«

Vielleicht sollte ich mir meinen Wuschelkopf doch mal ein bisschen stutzen lassen. Ich ging in die Küche hinüber und kochte eine Kanne Kaffee. Nachdem ich mir selbst eine Tasse eingeschenkt hatte – sehr schwarz und sehr heiß –, rief ich zu den Jungs hinüber: »Es gibt Kaffee!«

Josh war von dem Spiel so fasziniert, dass er meine Existenz vorübergehend völlig vergessen hatte, aber Morris wollte eine Tasse.

»Hast du Milch?«, fragte er.

»Augenblick, ich bring dir gleich welche.«

»Nein, bleib hier, ich hole sie mir selbst.«

Während Morris in die Küche verschwand, betrachtete ich Josh, der mit höchster Konzentration auf den Bildschirm starrte. Seine Arme wirkten dünn und bleich. Er war trotz seiner Größe noch immer ein kleiner Junge. Morris kam zurück.

»Eine nette Wohnung ist das«, bemerkte er. »Sehr ruhig.«

»Bist du auf Wohnungssuche?«, fragte ich ihn. »In dem Fall solltest du mal einen Blick auf die werfen, die ich mir gestern angesehen habe. Allerdings ist die nicht besonders ruhig.«

»Wie ist es denn gelaufen?«

»Ich weiß nicht«, antwortete ich. »Ich weiß nicht mal genau, was ich eigentlich dort wollte. Wahrscheinlich war es eine Schnapsidee, aber irgendwie erschien es mir wichtig. Immerhin hatte ich Gelegenheit, mit Zoës Freundin zu sprechen, Louise. Sie ist sehr nett. Das hat mir Zoë ein bisschen näher gebracht.«

Morris nahm einen Schluck von seinem Kaffee. »Wie kann man sich für jemanden interessieren, den man nie kennen gelernt hat?«

»Na ja, weißt du, ich fühle mich Zoë und Jenny durchaus auf eine gewisse Weise verbunden.«

»Hast du letzte Woche die Zeitungsberichte über den Erdrutsch in Honduras verfolgt?«

»Nein.«

»Sie haben mehr als zweihundert Leichen geborgen. Es steht noch nicht fest, wie viele Menschen noch unter den Erdmassen begraben liegen.«

»Wie schrecklich.«

»Es war nur ein ganz kleiner Bericht im Auslandsteil meiner Zeitung. Wenn das Unglück in Frankreich passiert wäre, hätte es eine große Story gegeben. Wäre England der Schauplatz gewesen, hätte man es uns auf der Titelseite präsentiert.«

»Tut mir Leid«, sagte ich. »Du musst entschuldigen, wenn ich im Moment ein bisschen zu sehr mit mir selbst beschäftigt bin. Das hat mit diesem ständigen Gefühl der Angst zu tun. Da wird man einfach so.«

Morris beugte sich vor und stellte seine Kaffeetasse ganz behutsam auf einer Zeitung ab, als wäre es tatsächlich möglich, den Wert meines ramponierten Tisches noch zu mindern.

»Hast du wirklich solche Angst?«, fragte er mitfühlend.

»Ja«, antwortete ich. »Ich versuche nicht daran zu denken, die Angst zumindest zeitweise zu verdrängen, aber sie ist immer da. Du kennst bestimmt das Gefühl, wenn man mit Grippe im Bett liegt und alles, was man isst, so einen komischen Beigeschmack hat. So ähnlich fühlt sich das auch an.«

»Wenn du darüber reden möchtest, dann tu's. Erzähl mir, was du empfindest. Du kannst mir alles sagen. Wirklich alles.«

»Nett von dir, aber so kompliziert ist das nicht. Ich möchte einfach nur, dass es ein Ende hat.«

Morris blickte sich um. Josh war noch immer in das Spiel vertieft.

»Was wirst du als Nächstes tun?«, fragte er.

»Keine Ahnung. Ich hatte mir irgendwie in den Kopf gesetzt, selbst nach Hinweisen zu suchen, aber das war wohl eine ziemlich blöde Idee. Reine Zeitverschwendung. Die Polizei hat schon alles gründlich untersucht.«

»Wonach hast du denn gesucht?«

»Keine Ahnung. Das ist wahrscheinlich das Allerlächerlichste daran. In einem Heuhaufen nach einer Stecknadel zu suchen ist eine Sache, aber was, wenn man nicht mal weiß, wonach man den Heuhaufen durchwühlt? Vielleicht suche ich ja nach einem Strohhalm. Ich hatte übrigens Gelegenheit, einen kurzen Blick in einen Teil der Polizeiakten zu werfen.«

»Sie haben dich ihre Akten einsehen lassen?«, fragte Morris in scharfem Tonfall.

Ich lachte.

»Na ja, sozusagen.«

»Worum hat es sich dabei im Einzelnen gehandelt? Waren auch Autopsieberichte darunter?«

»Hauptsächlich war es bürokratisches Zeug, aber ich habe auch ein paar schreckliche Fotos gesehen. Was er Jenny angetan hat. Glaub mir, du willst es nicht wissen. Wenn ich die Augen schließe, sehe ich es noch immer vor mir.«

»Das kann ich mir vorstellen. Hast du sonst was Interessantes erfahren?«

»Eigentlich nicht. Oh, eine Menge Details, aber nichts, was mir wirklich weiterhilft. Es war schrecklich, aber im Grunde völlig umsonst. Ich hatte wohl gehofft, auf irgendetwas zu stoßen, irgendeine Verbindung zwischen uns: Zoë, Jenny und Nadia, den drei seltsamen Stiefschwestern.«

»Du hast *mich* gefunden«, sagte er lächelnd.

»Stimmt. Keine Angst, Morris, ich habe dich noch immer im Visier. Außerdem ist da noch dieser Immobilienmakler, Guy, der ebenfalls ein Bindeglied zwischen Zoë und Jenny gewesen sein könnte. Er scheint ein ziemlich schräger Vogel zu sein. Aber selbst wenn er tatsächlich beide Frauen gekannt hat, muss das nicht notwendigerweise etwas bedeuten. Schließlich haben auch Zoë und Jenny in Nord-London gelebt, genau wie ich. Da ist es im Grunde sogar ziemlich wahrscheinlich, dass es Verbindungen zwischen uns gibt. Es wäre geradezu seltsam, wenn es *keine* gäbe. Wer weiß, vielleicht haben wir in denselben Läden eingekauft oder sind uns sogar hin und wieder auf der Straße begegnet. Aber das ist gar nicht das Entscheidende. Was mir zu schaffen macht, ist einfach die Tatsache, dass ich ständig vor mich hingrüble. Es muss irgendeinen Hinweis geben. Irgendetwas *muss* es geben. Ich habe mich kürzlich mit einer Psychologin unterhalten, und sie hat bei der Gelegenheit von so einer Art Prinzip gesprochen. Demnach lässt jeder Verbrecher irgendwas von sich am Tatort zurück, nimmt aber auch immer etwas mit. Eine faszinierende Idee, findest du nicht?«

Morris zuckte mit den Achseln.

»Na ja«, fuhr ich fort, »*mich* lässt sie jedenfalls nicht mehr los.

Es kommt mir vor, als würde ich besagten Heuhaufen in meinem Kopf herumtragen. Ich habe das Gefühl, dass es dort zwei entscheidende Strohhalme gibt, und wenn es mir gelingt, diese beiden zusammenzubringen, wird es mir vielleicht auch gelingen, mein Leben zu retten.«

»Natürlich wird dir das gelingen«, sagte Morris. »Du darfst die Hoffnung nicht aufgeben.«

»Manchmal bin ich nah dran. Weißt du, was ich als das Schlimmste empfinde? Die wenigen Momente, in denen ich fühle, wie es sein könnte, das alles zu überstehen, ein normales Leben zu führen und alt zu werden.« Ich musste aufhören und mich zusammenreißen, bevor mir die Tränen kamen. Plötzlich wurde mir bewusst, dass jemand neben mir stand. Josh. Ich schenkte ihm eine Tasse Kaffee ein. »Den heutigen Abend habe ich auch ein bisschen so empfunden«, fuhr ich fort. »Ich hätte nicht damit gerechnet, es hatte sich einfach so ergeben.«

Einen Moment lang schwiegen wir. Josh sah jetzt wieder aus wie ein Erwachsener, der mit zwei anderen Erwachsenen auf dem Sofa saß. Wir tranken unseren Kaffee und warfen uns dabei immer wieder lächelnde Blicke zu.

»Demnach hast du also versucht«, begann Morris, »eine Verbindung zwischen dir und den anderen zwei Frauen herzustellen, Zoë und … ähm … Joshs Mum.«

»Genau.«

»Ich habe auch über das Ganze nachgedacht, und mir ist da ein wirklich blöder Gedanke gekommen. Ich hoffe, du bist mir nicht böse, wenn ich dir trotzdem davon erzähle.«

»Schieß los!«, sagte ich. »Es wird mir gut tun, zur Abwechslung mal den Mund zu halten. Ich rede sowieso viel zu viel.«

»Mir ist aufgefallen, dass es sehr wohl eine Verbindung zwischen euch dreien gibt.«

»Wie bitte?«

»Es klingt fast wie eine Scherzfrage, aber wer sind die Personen, die ihr drei gemeinsam habt?«

»Wer?«

Ich blickte von Morris zu Josh. Josh begann zu lächeln, als wäre ihm gerade ein Licht aufgegangen.

»Ich hab's«, erklärte er selbstgefällig.

»Dann sag's mir! Wer ist es?«

»Ich finde, du solltest noch ein bisschen länger raten.« Jetzt zog er mich doch tatsächlich auf wie ein jüngerer Bruder.

»Verdammt, Josh, nun sag's mir endlich, oder ich zieh dir die Löffel lang!« Ich hob drohend die Hand.

»Also gut, also gut! Die Polizei.«

»Haben die Beamten, die du kennst, auch in den beiden anderen Fällen ermittelt?«, fragte Morris.

»Ich glaube schon«, antwortete ich. »Aber... also wirklich...«

»Meine brillante Theorie hat tatsächlich einen entscheidenden Schönheitsfehler.«

»Und der wäre?»«

»Das erste Opfer. Zoë. Die Polizei kann erst nach dem ersten Brief auf sie aufmerksam geworden sein.«

»O ja, stimmt.«

Wir schwiegen wieder. Plötzlich hatte ich das Gefühl, als würde es in meinem Hinterkopf zu kribbeln anfangen. Endlich war das passiert, worauf ich gehofft hatte. »Das stimmt nicht«, sagte ich.

»Was?«, fragte Morris.

»Was du gesagt hast. Dass sie erst nach dem ersten Brief auf der Bildfläche erschienen sind.«

»Wie meinst du das? Wie hätte die Polizei vorher von ihr wissen sollen?«

»Es stand in den Akten. Kurz bevor das Ganze anfing, ist ein Bericht über Zoë durch die Zeitungen gegangen. Sie hat sich auf der Straße mit einem Handtaschendieb angelegt. Ihn mit einer Wassermelone k.o. geschlagen. Sie war ein paar Tage lang berühmt, ihr Foto in allen Zeitungen. Die Polizei hat *schon* von ihr gewusst.«

»So ernst habe ich das mit meiner Theorie eigentlich gar nicht gemeint«, erklärte Morris. »Trotzdem... vielleicht solltest du wirklich mal darüber nachdenken, ob sie dich irgendwie seltsam behandelt haben. Ich nehme an, das Ganze ist ziemlich förmlich und unpersönlich abgelaufen, wie bei der Polizei halt so üblich.«

Ich warf ihm einen leicht nervösen Blick zu. Ich durfte mir jetzt nichts anmerken lassen.

»Ja, genau. Wie das so üblich ist.« Ich weiß, dass ich keine gute Lügnerin bin. Was hätte jemand, der keinen Grund zum Lügen hatte, an meiner Stelle wohl gesagt?

»Geht es dir nicht gut?«, fragte Morris.

»Doch, natürlich, warum sollte es mir nicht gut gehen?« Inzwischen rasten meine Gedanken. Es gab zu viel, worüber ich nachdenken, zu viel, das ich im Geiste Revue passieren lassen musste. »Du glaubst doch nicht allen Ernstes, dass es ein Polizist sein könnte?«

»Was denkst du, Josh?«

Josh schüttelte verwirrt den Kopf. »Nein, das kann nicht sein. Das ist einfach zu verrückt. Obwohl ich … nein, das ist ein blöder Gedanke.«

»Was?«, fragte ich. »Raus damit!«

»Ich weiß nicht, ob du davon schon gehört hast: Bevor meine Mum, nun ja, du weißt schon … auf jeden Fall hatten sie für kurze Zeit meinen Dad in Verdacht, weil etwas, das meiner Mum gehört hatte, in der Wohnung der anderen Frau, dieser Zoë, aufgetaucht war. Wer sonst hätte es dort hinschaffen können?«

Diesmal hatte unser Schweigen etwas Düsteres.

»Da muss ich erst mal drüber nachdenken«, sagte ich. »Das ist ja wie ein Kreuzworträtsel. Ich bin nicht intelligent genug.«

»Tut mir Leid«, entschuldigte sich Morris. »Ich habe euch da wohl einen Floh ins Ohr gesetzt. Ich hätte den Mund halten sollen.«

»Nein«, widersprach ich. »Nun sei nicht albern. Das Ganze ist gar nicht so abwegig. Ich kann es bloß noch nicht glauben. Was soll ich denn jetzt tun?«

Morris und Josh sahen sich an und zuckten mit den Achseln.

»Auf jeden Fall solltest du gut auf dich aufpassen«, meinte

Morris. »Halt die Augen offen!« Er gab Josh ein Zeichen zum Aufbruch. »Wir sollten jetzt gehen«, erklärte er.

Ich brachte sie zur Tür.

»Was soll ich denn jetzt tun?«, wiederholte ich kläglich.

»Denk in Ruhe über alles nach«, antwortete Morris. »Wir werden das Gleiche tun. Vielleicht fällt uns etwas ein. Vergiss nicht, wir sind auf deiner Seite.«

Nachdem ich die Tür hinter ihnen abgeschlossen hatte, nahm ich mir nicht mal die Zeit, mich hinzusetzen. Ich blieb an der Tür stehen und begann nachzudenken. Krampfhaft versuchte ich, das alles in eine Form zu bringen, die einen Sinn ergab. Mein Kopf schmerzte.

*Ich befinde mich direkt im Zentrum des Geschehens. Unsichtbar. Ich stehe vor ihr, und sie sieht mich mit diesem ganz eigenen Lächeln an, bei dem sich so hübsche Fältchen um ihre Augen bilden. Sie lacht über meine Witze. Sie legt die Hände auf meine Schulter. Sie hat mir sogar schon einen Kuss auf die Wange gegeben: einen weichen, trockenen Kuss, der sich in meine Haut eingebrannt hat. Wenn ihr Tränen in die Augen treten, wischt sie sie nicht weg. Es gibt nicht mehr viele Leute, denen sie noch vertraut, aber mir vertraut sie. Ja, sie vertraut mir vollkommen. Wenn ich mit ihr zusammen bin, darf ich nicht lachen. Das Lachen baut sich in mir auf wie eine Flutwelle.*

*Sie ist stark, richtet sich immer wieder auf. Sie ist noch nicht zusammengebrochen. Aber ich bin auch stark. Ich bin stärker als sie, stärker als alle anderen. Und ich bin clever, cleverer als diese Narren, die nach Hinweisen suchen, die nicht da sind. Außerdem bin ich geduldig. Ich kann warten, so lange es nötig ist. Ich beobachte und warte, und innerlich lache ich.*

## 20. KAPITEL

Du«, sagte ich.

»Ich«, antwortete Cameron. Wir starrten uns an. »Ich bin heute Lynne. Befehl von oben.«

»Oh.« Ich war im kurzen Bademantel und mit ungebürsteten Haaren an die Tür gegangen, weil ich mit Lynne oder Bernice gerechnet hatte. Ich wollte nicht, dass er mich so sah. Seine Augen wanderten von meinem Gesicht zu meinen Brüsten hinunter und von dort weiter zu meinen nackten Beinen. Instinktiv legte ich die Hand an den Hals, worauf er mit einem kleinen Lächeln reagierte. »Ich ziehe mich an«, erklärte ich.

Ich entschied mich für ein schlichtes Outfit: Jeans und T-Shirt. Dann bürstete ich mir das Haar aus dem Gesicht und band es zusammen. Draußen war es heute etwas kühler. Ich hatte fast das Gefühl, einen Hauch von Herbst in der Luft zu spüren. Ich wollte so gern erleben, wie es Herbst wurde: wie die Blätter der Bäume die Farbe wechselten, graue Wolken am Himmel dahinjagten und der Wind den Regen durch die Luft peitschte. Ich wollte die Birnen draußen im Garten ernten und die Brombeeren pflücken, die auf dem nahe gelegenen Friedhof wuchsen. Ich stellte mir das Rascheln des trockenen Laubes vor, wenn ich mit meinen Stiefeln durch das kleine Wäldchen in der Nähe meines Elternhauses stapfte. Ich sah mich in Janets Haus am Kamin sitzen und gebutterten Toast essen. Kleine Dinge.

Ich hörte Cameron in der Küche hantieren. Er kannte sich bei mir ja bestens aus. Ich musste an das denken, was Morris gestern gesagt hatte, und dachte: Ja, es könnte sein, es könnte stimmen. Während Cameron nebenan mit dem Geschirr klapperte, dachte ich an das, was zwischen uns passiert war, ließ unsere gemeinsamen Stunden noch einmal Revue passieren. Er hatte stöhnend den Kopf zwischen meinen Brüsten vergraben, mich mit seinem

Gewicht aufs Bett gedrückt, mich wild, brutal und zärtlich geliebt. Wenn er mich mit seinen hungrigen Augen angestarrt hatte, was glaubte er da zu sehen? Was sah er jetzt? Musste ich Angst vor ihm haben?

Ich atmete einmal tief durch und ging zu ihm in die Küche.

»Kaffee?«, fragte er.

»Danke.«

Einen Moment lang schwiegen wir, dann sagte ich: »Ich habe mich für heute bei meinen Eltern angekündigt. Sie leben in der Nähe von Reading.«

»Gut.«

»Ich hätte gern, dass du draußen wartest. Ich werde ihnen nichts von dir erzählen.«

»Machen Sie sich große Sorgen um dich?«

»Nicht wegen dieser Sache. Sie wissen nichts davon. Ich habe es ihnen nicht erzählt.«

Allerdings machten sie sich prinzipiell Sorgen um mich. Das war auch der Grund, warum ich ihnen nichts gesagt hatte. Jedes Mal, wenn ich nach dem Hörer gegriffen hatte, hatte ich mir die sanfte, besorgte Stimme meiner Mutter vorgestellt, in der ständig ein panischer Unterton mitschwang. Immer wenn sie am anderen Ende der Leitung meine Stimme hörte, stellte sie sich darauf ein, dass ich ihr gleich irgendeine Hiobsbotschaft mitteilen würde. Sie hatte schon immer an mir gezweifelt, warum, wusste ich nicht. Sie traute mir einfach nicht zu, dass ich in der Lage war, selbst auf mich aufzupassen und meinen Lebensunterhalt zu verdienen. Heute aber würde ich es ihnen sagen. Es ging nicht anders.

»Nadia, wir müssen reden…« Er stellte seine Tasse ab und lehnte sich zu mir herüber.

»Ich möchte dich etwas fragen…«

»Über uns. Dich und mich.«

»Meine Frage betrifft Zoë und Jenny.«

»Nadia, wir müssen über das reden, was passiert ist.«

»Nein, das müssen wir nicht.« Ich bemühte mich, meine Stimme möglichst geschäftsmäßig klingen zu lassen. Ich konzentrierte mich darauf, die Tasse in meinen Händen ruhig zu halten.

»Das meinst du doch nicht so«, sagte er.

Ich sah ihn an. Groß und kräftig stand er wie eine Wand zwischen mir und dem Rest der Welt. Er hatte starke, fleischige Hände mit Haaren auf den Knöcheln. Diese Hände hatten mich gehalten, mich berührt, nach allen meinen Geheimnissen getastet. Auch jetzt starrte er mich wieder mit hungrigen Augen an, zog mich mit seinen Blicken aus.

»Ich habe mich in dich verliebt«, flüsterte er heiser.

»Hast du es deiner Frau schon gesagt?«

Er zuckte zusammen. »Sie hat damit nichts zu tun«, erklärte er. »Es geht dabei nur um dich und mich, hier in deiner Wohnung.«

»Berichte mir von Zoë und Jenny«, wiederholte ich hartnäckig. »Du hast mir nie von ihnen erzählt. Wie waren sie?« Er schüttelte verärgert den Kopf, aber ich ließ nicht locker. »Das bist du mir schuldig.«

»Ich bin dir gar nichts schuldig«, entgegnete er, hob aber gleichzeitig mit einer Geste der Kapitulation die Hände. Dann schloss er für einen Moment die Augen. »Über Zoë weiß ich nicht viel. Ich hatte kaum Gelegenheit, sie kennen zu lernen… Das erste Mal habe ich sie auf einem Foto gesehen, das bei uns im Revier an der Wand hing, nachdem sie mit einer Wassermelone einen Taschendieb niedergestreckt hatte. Sie war für unsere Jungs so eine Art Heldin. Natürlich haben sie auch eine Menge schmutzige Witze über sie gerissen.«

»Ja, aber was für ein Typ war sie?«

»Ich bin ihr nie begegnet.«

»Und Jenny? Jenny musst du ziemlich gut gekannt haben.« Ich beobachtete sein Gesicht.

»Ja, bei Jenny lag der Fall anders.« Beim Gedanken an sie musste er fast ein bisschen grinsen, riss sich dann aber zusammen. »Sie war auch sehr klein. Genau so klein wie du«, fügte er nachdenklich hinzu. »Aber stark, voller Energie und Tatendrang. Manchmal auch sehr unzugänglich und wütend. Klug. Ungeduldig. Gelegentlich am Rande des Wahnsinns.«

»Unglücklich?«

»Das auch.« Er legte mir eine Hand aufs Knie. Ich ließ ihn gewähren, obwohl seine Berührung mich abstieß. »Sie hätte einem aber den Kopf abgerissen, wenn man gewagt hätte, dieses Thema anzusprechen. Sie konnte ein ziemlicher Drachen sein.«

Ich stand auf, um seine Hand loszuwerden. Schenkte mir Kaffee nach.

»Wir sollten bald aufbrechen«, drängte ich.

»Nadia.«

»Ich möchte nicht zu spät kommen.«

»Wenn ich nachts im Bett wach liege, sehe ich ständig dich, dein Gesicht, deinen Körper.«

»Lass mich in Ruhe!«

»Ich kenne dich.«

»Du glaubst, dass ich sterben werde.«

Bevor wir aufbrachen, rief ich Links an. Ich achtete darauf, dass Cameron im Raum war und das Gespräch mit anhörte. Ich erklärte Links, dass Detective Inspector Stadler mich zu meinen Eltern fahren werde und wir aller Voraussicht nach am Spätnachmittag zurück wären. Ich registrierte die Verwunderung in Links' Stimme. Er verstand nicht, wieso ich ihn anrief und ihm meine Pläne mitteilte, aber das war mir egal. Ich wiederholte meine Worte laut und deutlich, sodass er nicht umhin konnte, sie zur Kenntnis zu nehmen, ebenso wie Cameron.

Wir sprachen nicht viel, während wir die M4 und dann eine schmale Landstraße entlangfuhren. Ich gab ihm kurze Anweisungen, während er den Wagen lenkte. Hin und wieder sah er mit seinem Schlafzimmerblick zu mir herüber. Ich hatte die Hände in den Schoß gelegt und tat, als würde ich die ganze Zeit aus dem Fenster starren, merkte es aber immer, wenn er den Kopf zu mir drehte und mich nachdenklich musterte.

»Was machen deine Eltern?«, fragte er mich kurz bevor wir ankamen.

»Dad war Lehrer für Geographie, ist aber früh in Pension gegangen. Meine Mum hat alles Mögliche gemacht, aber die meiste Zeit war sie Hausfrau und passte auf mich und meinen Bruder auf. So, jetzt sind wir fast schon da. Vergiss nicht, du bleibst draußen.«

Das Haus stammte aus den Dreißigerjahren, war eigentlich eine Doppelhaushälfte und sah aus wie die meisten anderen, die zu beiden Seiten der Sackgasse standen. Cameron brachte den Wagen zum Stehen. »Warte«, sagte er, als ich aussteigen wollte. »Ich muss dir noch was sagen.«

»Was?«

»Es ist ein weiterer Brief gekommen.«

Ich lehnte mich zurück und schloss die Augen. »O Gott!«, stöhnte ich.

»Du wolltest, dass ich dir alles sage.«

»Was stand drin?«

»Nur eine ganz kurze Nachricht, ein einziger Satz: ›Du bist sehr tapfer, aber das wird dir auch nichts nützen.‹ Etwas in der Art.«

»Und das war alles?« Ich öffnete die Augen und sah zu Cameron hinüber. »Wann ist er gekommen?«

»Vor vier Tagen.«

»Hat euch die Nachricht irgendwelche neuen Erkenntnisse gebracht?«

»Wir verwenden sie als zusätzliches Material für unsere psychologische Beurteilung.«

»Also nichts Neues«, stellte ich seufzend fest. »Na ja, ich schätze, das ändert im Grunde nicht viel an der Situation. Wir haben ja gewusst, dass er noch irgendwo da draußen herumläuft, stimmt's?«

»Stimmt, das haben wir gewusst.«

»Wir sehen uns in zirka zwei Stunden.«

»Nadia.«

»Was?«

»Du *bist* tapfer.« Ich starrte ihn an. »Es stimmt«, sagte er.

»Du meinst, genau so tapfer wie Zoë und Jenny?«

Er gab mir keine Antwort.

Mum hatte Lammschmorbraten mit Reis und grünem Salat gemacht. Den Reis hatte sie zu lange gekocht, sodass er ziemlich klumpte. Als Kind war Lammschmorbraten eines meiner Lieblingsgerichte gewesen. Wie bringt man seiner Mutter bei, dass man eine frühere Leibspeise nicht mehr mag? Der Braten war knorpelig und voller scharfer Knochensplitter. Dad machte eine Flasche Rotwein auf, obwohl weder er noch Mum sonst Alkohol zum Mittagessen tranken. Sie freuten sich so, mich zu sehen. Sie machten sich meinetwegen Umstände, als wäre ich eine Fremde. In Gegenwart dieser beiden netten alten Leute, die eigentlich noch gar nicht so alt waren, fühlte ich mich tatsächlich wie eine Fremde.

Auf ihrem Weg durchs Leben ließen sie stets größte Vorsicht walten. Was mich betraf, waren sie ebenfalls sehr vorsichtig, blieben stets auf und warteten auf mich, wenn ich abends ausging, legten mir in frostigen Nächten eine Wärmflasche ins Bett, rieten mir, eine zusätzliche Schicht Unterwäsche anzuziehen, wenn es kalt war, und spitzten vor Beginn eines neuen Schulhalbjahrs alle meine Stifte. Damals machte es mich fast verrückt, wie sie mich umsorgten und sich über jedes Detail meines Lebens Gedanken machten. Jetzt stimmte mich die Erinnerung daran unendlich sentimental.

Ich beschloss, es ihnen erst nach dem Essen zu sagen. Als wir schließlich bei Kaffee und Minzpralinen im Wohnzimmer saßen, schien mir der richtige Zeitpunkt gekommen. Von meinem Platz aus konnte ich Cameron hinter dem Steuer seines Wagens sitzen sehen. Ich räusperte mich. »Ich habe euch etwas zu sagen«, erklärte ich.

»Ja?«

Mum sah mich halb erwartungsvoll, halb ängstlich an.

»Ich … es gibt da einen Mann, der …« Ich hielt inne. Auf dem Gesicht meiner Mutter breitete sich ein Strahlen aus. Offenbar hatte sie aus meinen wenigen Worten geschlossen, dass ich nun endlich den Mann fürs Leben gefunden hatte. Sie war von Anfang an der Meinung gewesen, dass aus Max und mir langfristig nichts werden konnte. Ich brachte es nicht fertig, den Satz zu

Ende zu sprechen. »Ach, eigentlich ist es gar nicht der Rede wert.«

»Nein, sprich weiter. Wir wollen es hören, nicht wahr, Tony?«

»Später«, sagte ich und stand abrupt auf. »Erst muss Dad mir zeigen, was sich im Garten so tut.«

Stolz führte er mich zu dem Baum mit den schönen, bereits reif werdenden Pflaumen, und präsentierte mir dann die Stangenbohnen, den Kopfsalat und die Kartoffeln, die er anbaute. In seinem Gewächshaus wuchsen sogar Tomaten, und er bestand darauf, mir ein Plastiktablett voller Cocktailtomaten mitzugeben.

»Deine Mutter hat ein paar Gläser Erdbeermarmelade für dich hergerichtet«, erklärte er.

Ich nahm ihn am Arm. »Dad«, sagte ich. »Dad, ich weiß, dass wir unsere Meinungsverschiedenheiten hatten« – Streitpunkte hatte es viele gegeben: Hausaufgaben, Zigaretten, Alkohol, Make-up, nächtliche Streifzüge durch die Diskotheken, Politik, Drogen, Jungs, meine Unfähigkeit, eine dauerhafte Beziehung einzugehen, meine Weigerung, mir einen ernsthaften Beruf zu suchen und, und, und –, »aber du bist trotzdem immer ein sehr guter Vater gewesen. Das wollte ich dir einfach mal sagen.«

Er räusperte sich verlegen und tätschelte mir die Schulter. »Deine Mutter fragt sich bestimmt schon, wo wir so lange bleiben.«

Wir verabschiedeten uns in der Diele. Ich konnte die beiden nicht richtig umarmen, weil ich die Tomaten und die Marmelade hielt. Als ich meine Wange gegen die von Mum presste, atmete ich den vertrauten Duft nach Vanille, Puder, Seife und Mottenpulver ein. Den Duft meiner Kindheit.

»Auf Wiedersehen«, sagte ich. Sie winkten mir lächelnd nach. »Auf Wiedersehen!«

Einen Moment lang musste ich daran denken, dass ich sie vielleicht nie mehr sehen würde, aber dann schob ich den Gedanken sofort beiseite. Ich hätte es sonst nicht fertig gebracht, ins Auto einzusteigen und meine lächelnde Fassade aufrechtzuerhalten.

Während der ganzen Heimfahrt tat ich, als würde ich schlafen. Dann, nachdem Cameron seine übliche Runde durch meine Wohnung gedreht und sich davon überzeugt hatte, dass alles in Ordnung war, bat ich ihn, draußen im Wagen zu bleiben. Ich wollte eine Weile allein sein. Er begann zu protestieren, aber dann piepte plötzlich das Funkgerät, das am Gürtel seiner Hose hing, und ich schlug ihm die Tür vor der Nase zu.

Erschöpft setzte ich mich auf die Kante meines Betts und stützte die Hände auf die Knie. Einen Moment lang schloss ich die Augen, dann öffnete ich sie wieder. Ich lauschte dem Geräusch meines eigenen Atems und wartete – nicht darauf, dass etwas passieren würde, sondern darauf, dass dieses Gefühl weggehen würde.

Als das Telefon zu läuten begann, kam es mir fast vor, als würde es im Innern meines Kopfes läuten. Ich griff nach dem Hörer.

»Nadia.« Es war Morris. Seine Stimme klang heiser und drängend.

»Ja?«

»Sag jetzt nichts, Nadia, hör mir einfach zu! Ich habe etwas herausgefunden, das ich dir am Telefon nicht sagen kann. Wir müssen uns treffen!«

Ich spürte, wie das ungute Gefühl in meinem Magen sich in Angst verwandelte. »Nun sag schon, was hast du herausgefunden?«

»Komm zu mir in die Wohnung, sobald du kannst! Ich muss dir etwas zeigen! Ist jemand bei dir?«

»Nein. Er ist draußen.«

»Wer ist es?«

»Stadler.«

Ich hörte, wie Morris nach Luft rang. Nach einer kurzen Pause sprach er sehr ruhig und langsam weiter: »Du musst versuchen, ihm zu entwischen, Nadia. Ich warte auf dich.«

Ich stellte das Telefon zur Seite und stand auf. Dann war es also doch Cameron. Ich spürte, wie meine Angst verebbte. Ich fühlte mich plötzlich stark und voller Schwung. Endlich war es so weit. Das Warten war vorüber und mit ihm die Trauer und die Angst. Ich war bereit, und es war Zeit zu gehen.

## 21. KAPITEL

Als ich durch meine Wohnungstür trat, hatte ich einen völlig klaren Kopf. Ich wusste, was ich tun würde. Plötzlich war alles ganz einfach, zumindest im Moment. Die Angst war ein wenig in den Hintergrund getreten, auch wenn sie noch immer irgendwo lauerte. Cameron war sofort an meiner Seite und sah mich fragend an, fast ein bisschen hoffnungsvoll.

»Ich gehe bloß ein Stück die Straße rauf, um was fürs Abendessen einzukaufen«, erklärte ich.

Eine Weile marschierten wir schweigend nebeneinander her.

»Ich möchte mich bei dir entschuldigen«, sagte er schließlich. »Für alles. Ich möchte es doch nur richtig machen. Für dich und für mich. Uns.«

»Wovon redest du überhaupt?«, fragte ich.

Er gab mir keine Antwort. Wir überquerten die Straße und gingen den Gehsteig entlang, bis wir vor Marks and Spencer standen. Einen Streit konnte ich jetzt nicht gebrauchen. Ich durfte auf keinen Fall sein Misstrauen erregen. Ich legte meine Hand auf seinen Unterarm. Ein bisschen Hautkontakt, weiter nichts.

»Tut mir Leid«, sagte ich. »Ich bin momentan nicht in der Lage, rational an die Dinge heranzugehen. Der Zeitpunkt ist ungünstig.«

»Das verstehe ich.«

Seufzend wandte ich mich ab, um in das Geschäft hineinzugehen. »Ich brauche bloß eine Minute.«

»Ich warte hier auf dich.«

»Soll ich dir was mitbringen?«

»Nicht nötig.«

Die Camdener Filiale von Marks and Spencer hat einen kleinen Hinterausgang. Wenige Minuten später saß ich schon in der

U-Bahn. Als ich auf der Rolltreppe zum Bahnsteig hinuntergefahren war, hatte ich einen Blick über die Schulter geworfen. Cameron war nirgendwo zu sehen.

Während der kurzen Fahrt versuchte ich mir einen Reim auf das zu machen, was Morris gesagt hatte. Es kam mir vor, als wäre ich wochenlang in einem dicken Nebel gefangen gewesen, der sich nun zwar nicht völlig hob, aber doch etwas lichtete, sodass langsam eine Art Landschaft sichtbar wurde. Wenn es ein Polizist gewesen war, unter Umständen sogar Cameron, dann wurde das, was vorher unmöglich erschienen war, plötzlich ganz plausibel. Die Polizei hatte unbeschränkten Zutritt zu Zoës Wohnung und Jennys Haus. Plötzlich wurde mir wieder bang ums Herz. In *meiner* Wohnung gingen sie ebenfalls ein und aus. Aber warum sollte jemand von der Polizei, warum sollte Cameron so etwas tun?

Ich brauchte nur an Camerons Blick zu denken, dann hatte ich die Antwort. Mir fiel mein erstes Treffen mit den beiden Polizisten wieder ein, als Cameron in der Ecke gesessen und mich angestarrt hatte. Ich dachte an Cameron in meinem Bett. Noch nie war ich auf eine solche Weise angesehen und berührt worden wie von ihm, als wäre ich ein unendlich wertvoller und begehrenswerter Gegenstand. Anfangs hatte ich das unheimlich aufregend gefunden, später dann eher abstoßend. Nun aber erschien mir alles erschreckend logisch. Welch ein Kick, neben der Frau zu liegen, die man terrorisierte, sie zu vögeln, all ihre Geheimnisse herauszufinden! Trotzdem, welche Beweise gab es dafür? Ob Morris etwas herausgefunden hatte, das mir weiterhelfen würde?

Morris wohnte nur ein paar Minuten von der U-Bahn-Station entfernt. An der Hauptstraße drängten sich die Menschen, aber seine Wohnung lag in einer kleinen Seitenstraße, die schwierig zu finden war. Das erste Mal übersah ich sie, aber nachdem ich jemanden gefragt hatte, wurde ich fündig. Es ging ein Stück geradeaus und dann um eine Ecke. An diesem Samstagabend war die kleine, gepflasterte Seitenstraße menschenleer. An ihrem Ende fand ich eine Tür mit einem kleinen Schild neben dem

Klingelknopf: Burnside. Ich läutete. Nichts rührte sich. Konnte es sein, dass er weggegangen war? Dann hörte ich ihn aufschließen, was eine Weile dauerte. Anscheinend hatte er die Tür mehrfach verriegelt. Als er schließlich vor mir stand, merkte ich sofort, dass er vor Tatkraft nur so sprühte. Er trug eine weite Hose mit Unmengen von Taschen und dazu ein Kurzarmhemd. Mir fiel auf, dass er barfuß war. Das Faszinierendste an ihm aber waren seine glänzenden, lebhaften Augen. Die Energie, die er ausstrahlte, hatte etwas von einem Magnetfeld. Er war ein attraktiver Mann – noch dazu einer, der sich einbildete, verliebt zu sein. Diese Erkenntnis gab mir zu denken. Hoffentlich hatte er nicht aus einer Mücke einen Elefanten gemacht, bloß um eine Gelegenheit zum Flirten mit mir zu finden.

»Nadia«, sagte er und lächelte mich an.

Er beugte sich ein wenig vor und schaute über meine Schulter auf die Straße hinaus. Ich drehte mich um und ließ den Blick ebenfalls die Straße entlangwandern.

»Wie hast du es geschafft, ihn abzuhängen?«, fragte er.

»Du weißt doch, ich kann zaubern«, antwortete ich.

»Komm rein! Ich habe allerdings nicht aufgeräumt.«

Für mein Gefühl sah es ziemlich aufgeräumt aus. Wir waren durch die Wohnungstür direkt in ein kleines gemütliches Wohnzimmer getreten. Am anderen Ende des Raums führte eine Tür auf einen kurzen Gang hinaus.

»War das mal ein Lagerhaus?«

»Eine Art von Werkstatt, glaube ich. Es ist nicht meine Wohnung, ich passe bloß darauf auf. Sie gehört einem Freund, der sich zurzeit im Ausland aufhält.«

Das Einzige, was nicht ins Bild passte, war das Bügelbrett mit Bügeleisen, das neben dem Tisch stand.

»Du hast gebügelt«, stellte ich fest. »Ich bin sehr beeindruckt.«

»Nur dieses Hemd.«

»Ich habe es für neu gehalten.«

»Das ist der Trick daran«, erklärte er. »Wenn man seine Sachen bügelt, sehen sie aus wie neu.«

Ich lächelte.

»Der wahre Trick besteht darin, sich das Bügeln zu sparen, indem man grundsätzlich nur neue Sachen trägt«, entgegnete ich.

Neugierig drehte ich eine Runde durch den Raum. Es war eine Leidenschaft von mir, mir die Wohnungen anderer Leute anzusehen. Mit dem Instinkt einer Meisterschnüfflerin näherte ich mich einer großen Korkpinnwand, an der etliche Takeaway-Speisekarten, Visitenkarten von Klempnern und Elektrikern und ein paar kleine Schnappschüsse hingen. Natürlich interessierte ich mich hauptsächlich für Letztere. Morris auf einer Party, Morris auf einem Fahrrad, Morris an einem Strand, Morris mit einem Mädchen.

»Sie sieht nett aus«, bemerkte ich.

»Cath«, sagte er.

»Ist sie deine Freundin?«

»Na ja, wir hatten eine Weile was miteinander.«

Innerlich musste ich lächeln. Sie war definitiv seine Freundin. Wenn ein Mann von einem Mädchen sagte, dass er mal was mit ihr hatte, dann war das ungefähr so, als ob ein Ehemann Pflaster über seinen Ehering klebte. Solche Männer wollten die übrige Damenwelt im Unklaren darüber lassen, inwieweit sie noch zur Verfügung standen oder nicht.

»Wo sind denn die anderen hingekommen?«

»Was?«

»Die anderen Fotos. Hier sind viel mehr Reißnägel als Fotos.« Ich deutete auf die vielen Lücken.

»Oh! Ein paar habe ich abgenommen, weil ich sie nicht mehr sehen konnte.« Er lachte. »Du hättest Detektivin werden sollen.«

»A propos, ich hoffe, du hast was wirklich Interessantes auf Lager. Detective Inspector Stadler wird nämlich sehr wütend auf mich sein. Wahrscheinlich habe ich Glück, wenn ich mit einer Verwarnung davonkomme, weil ich den Beamten die Zeit gestohlen habe.«

Morris forderte mich mit einer Handbewegung auf, am Tisch Platz zu nehmen, und ließ sich mir gegenüber nieder. »Ich habe noch mal drüber nachgedacht, wie es war, als ich von der Polizei befragt wurde, von Stadler und … wie hieß noch mal der andere?«

»Links?«

»Ja, stimmt. Jedenfalls bin ich zu dem Schluss gekommen, dass dieser Stadler wirklich etwas Eigenartiges an sich hat. Die Art, wie er über die beiden anderen Frauen sprach, war richtig seltsam, und deswegen wollte ich das ganze Gespräch noch mal mit dir durchgehen. Außerdem war mir einfach nicht wohl bei dem Gedanken, dass du mit diesem Typen allein bist. Ich wollte dich irgendwie von ihm loseisen.«

»Hast du irgendwelche konkreten Beweise?«

»Wie meinst du das?«

»Ich dachte, du hättest vielleicht etwas gefunden, das wir wirklich gegen ihn verwenden könnten.«

»Tut mir Leid«, sagte er. »Ich wünschte, es wäre so.«

Ich versuchte nachzudenken. Der Nebel, der sich zumindest ansatzweise gelichtet hatte, wurde wieder dichter. Plötzlich überlief es mich kalt.

»Sie stimmt sowieso nicht«, erklärte ich deprimiert.

Morris starrte mich verständnislos an. »Was stimmt nicht?«

»Die Polizeitheorie. Vor lauter Aufregung wegen Zoës Wassermelonen-Geschichte und der Tatsache, dass sie schon mit der Polizei in Verbindung stand, bevor die Briefe eintrafen, habe ich ganz übersehen, dass das Problem Jennifer damit nicht zu erklären ist.«

»Inwiefern?«

»Jennifers Medaillon wurde bereits vor Zoës Tod in deren Wohnung geschleust. Zu dem Zeitpunkt hatte Jennifer noch keine Briefe bekommen und daher auch die Polizei noch nicht verständigt.«

»Vielleicht hat die Polizei die Geschichte mit dem Medaillon fingiert?«

Ich überlegte einen Moment. »Ja, vielleicht«, räumte ich skeptisch ein. »Trotzdem ist das noch immer keine Erklärung für die Verbindung zu Jenny. Wieso ausgerechnet sie?«

»Vielleicht hat Stadler sie irgendwo gesehen.«

»Das könnte man über jeden sagen. Die Polizeitheorie basierte auf der Voraussetzung, dass sie mit allen betroffenen Frauen zu tun hatten.«

Mir wurde vor Enttäuschung ganz übel. »Es war alles ein Irrtum«, stellte ich niedergeschlagen fest. »Ich glaube, ich gehe jetzt besser.«

Morris beugte sich zu mir herüber und berührte meinen Arm. »Bleib doch noch ein bisschen!«, bat er. »Wenigstens ein halbes Stündchen, Nadia.«

»Es wäre ja auch zu schön gewesen, um wahr zu sein«, fuhr ich mit matter Stimme fort. »So eine schöne Theorie! Es fällt mir richtig schwer, sie aufzugeben.«

»Zurück zum Heuhaufen!«, sagte Morris. Er lächelte mich an, als wäre das wahnsinnig komisch. Seine Zähne blitzten, seine Augen, sein ganzes Gesicht strahlten.

»Weißt du, was?«

»Was?«, sagte er.

»Es ist mir immer irgendwie seltsam vorgekommen, dass ich Zoë und Jenny nie begegnet bin. Das ist jetzt ganz anders. Manchmal sehe ich uns als Schwestern, aber immer häufiger habe ich das Gefühl, dass wir in Wirklichkeit ein und dieselbe Person sind. Wir haben alle drei die gleichen Erfahrungen gemacht. Wir haben nachts mit den gleichen Ängsten wach gelegen. Und bald werden wir auch die gleiche Todesart gemeinsam haben.«

Morris schüttelte den Kopf. »Nadia…«

»Schhh!«, sagte ich wie zu einem kleinen Kind. Inzwischen führte ich eher ein Selbstgespräch und wollte in meinen Gedanken nicht gestört werden. »Als ich mir mit Louise – Zoës Freundin – die Wohnung angesehen habe, war das ein ganz erstaunliches Gefühl. Es kam mir fast vor, als wäre sie schon immer meine beste Freundin gewesen. Als würden wir uns schon lange kennen. Wirklich eigenartig. Sie hat mir erzählt, wie sie an Zoës letztem Nachmittag einen Einkaufsbummel mit ihr gemacht hat, und mir war dabei so, als würde sie von einer Shoppingtour reden, die *wir* gemeinsam unternommen hatten. Sie hat es auch so empfunden, das habe ich ihr angemerkt.«

In dem Moment hob sich ganz plötzlich der Nebel, und die Landschaft lag vor mir – kalt und gnadenlos, im gleißenden Sonnenlicht, sodass ich alles klar und deutlich sehen konnte. Es bestand kein Zweifel. Seit ich die Akte der Spurensicherung eingesehen hatte, war ich sie im Geist immer wieder durchgegangen.

»Was ist?«, fragte er.

Erschrocken zuckte ich zusammen. Ich hatte fast vergessen, dass Morris noch da war. »Was?«

»Du wirkst so abwesend. Woran hast du gerade gedacht?«

»Ich musste gerade daran denken, dass Zoë, als sie getötet wurde, ein T-Shirt trug, das sie gerade erst mit Louise gekauft hatte. Seltsam, findest du nicht?«

»Ich weiß nicht. Sag mir, was daran seltsam ist, Nadia. Sag es mir.«

»Schade um das schöne neue T-Shirt«, meinte ich nur.

Morris starrte mich an, als versuchte er, in meinen Kopf hineinzusehen. Ob er wohl dachte, dass ich langsam verrückt wurde? Hoffentlich. Ich beugte mich über den Tisch und griff nach seiner Hand. Sie fühlte sich heiß und feucht an. Meine war kühl und trocken. Ich nahm seine Rechte zwischen meine beiden Hände und drückte sie.

»Morris«, sagte ich. »Hättest du vielleicht eine Tasse Tee für mich?«

»Ja, natürlich, Nadia.« Er lächelte übers ganze Gesicht. Er konnte gar nicht mehr aufhören.

Nachdem er den Raum verlassen hatte, warf ich einen Blick zur Wohnungstür, an der mehrere Riegel und Knaufe angebracht waren. Von dort aus waren es fünfzig oder sechzig Meter auf der menschenleeren Gasse bis zur Hauptstraße. Ich stand auf und trat erneut an die Korkpinnwand.

»Kann ich dir helfen?«, rief ich.

»Nein!«, antwortete er aus der Küche.

Ich sah mir die Pinnwand genauer an. Darunter stand ein Schreibtisch mit mehreren Schubladen. So leise ich konnte, zog ich die oberste auf. Scheckbücher, Rechnungen. Ich öffnete die zweite. Postkarten. Die dritte. Kataloge. Die vierte. Ein Stapel

Fotos. Ich nahm ein paar heraus. Obwohl ich in etwa wusste, was mich erwartete, bekam ich vor Entsetzen eine Gänsehaut. Morris, ein paar Leute, die ich nicht kannte, und Fred. Morris und Cath und Fred. Morris, ein unbekanntes Gesicht und Fred. Ich schob eines der Fotos in die Potasche meiner Jeans. Vielleicht würde es an meiner Leiche gefunden werden. Ich schloss die Schublade und setzte mich wieder an den Tisch. Dann blickte ich mich suchend um. Das war meine einzige Chance. Ich versuchte, einen klaren Kopf zu bekommen. Nein, das stimmt nicht: Ich versuchte ihn zu füllen. Ich zwang mich, an das Foto der toten Jenny zu denken. An jedes einzelne Detail. Was würde Jenny tun, wenn sie säße, wo ich jetzt saß?

Morris kam aus der Küche. Irgendwie schaffte er es, eine Teekanne, zwei Tassen, einen Milchkarton und eine Packung Kekse zu tragen, alles auf einmal. Er stellte die Sachen auf dem Tisch ab und setzte sich.

»Warte einen Augenblick«, sagte ich, bevor er uns einschenken konnte. »Ich möchte dir etwas zeigen.« Ich stand auf und ging um den Tisch herum. »Es ist eine Art Zaubertrick.«

Wieder lächelte er mich an. Was für ein nettes Lächeln! Er machte einen glücklichen, aufgeregten Eindruck. Die Aufregung strahlte wie ein Licht aus seinen Augen. »Ich habe nicht allzu viel Ahnung vom Zaubern«, erklärte ich, »aber als erste Regel lernt man, dass man seinem Publikum vorher nie sagen darf, was man vorhat. Wenn etwas schief geht, kann man immer noch so tun, als wäre es Absicht gewesen. Schau her!« Ich nahm den Deckel von der Teekanne, hob die Kanne hoch und schleuderte sie ihm mit einer schnellen Bewegung ins Gesicht. Ich selbst bekam auch ein bisschen was ab, empfand dabei aber keinen Schmerz. Morris schrie wie ein Tier. Ich griff nach dem Bügeleisen. Ich hatte nur eine einzige Chance, und alles hing davon ab, dass ich wirklich Schaden anrichtete. Morris hatte beide Hände vors Gesicht geschlagen. Ich holte aus und ließ das Bügeleisen dann mit aller Kraft auf sein rechtes Knie niedersausen. Ich hörte ein seltsames Krachen und einen weiteren Schrei. Morris krümmte sich und sackte seitlich vom Stuhl. Was noch? Ich zwang mich, an das Foto zu denken, und spürte, wie meine Wut wieder aufflammte. Sein linker Knöchel lag frei. Ich ließ das Bügeleisen ein zweites Mal auf ihn niedersausen. Wieder dieses Krachen, ein weiterer Schrei. Ich trat einen Schritt zurück, spürte aber im selben Moment eine Hand an meinem Hosenbein. Als ich erneut mit dem Bügeleisen ausholte, ließ er los.

Ich wich zurück, bis ich außerhalb seiner Reichweite war. Verdreht und wimmernd lag er auf dem Boden. Was ich von seinem Gesicht sehen konnte, war feuerrot und mit Blasen bedeckt.

»Wenn du auch nur einen einzigen Zentimeter näher kommst«, sagte ich, »dann breche ich dir jeden verdammten Knochen im Leib! Du weißt, dass ich es tun werde. Ich habe die Fotos gesehen. Ich weiß, was du mit Jenny gemacht hast.«

Trotzdem wich ich weiter zurück, ohne ihn eine Sekunde aus den Augen zu lassen. Dann blickte ich mich rasch um und entdeckte das Telefon. Noch immer mit dem Bügeleisen bewaffnet, dessen Kabel hinter mir herschleifte, ging ich hinüber und begann zu wählen.

## 22. KAPITEL

Ich legte auf und blieb neben dem Telefon stehen, so weit von Morris entfernt, wie das in dem kleinen Raum nur möglich war. Er lag noch immer stöhnend auf dem Boden. Sein Atem ging keuchend. Ich fragte mich, ob er wohl gerade dabei war, seine Kräfte zu sammeln, um aufzustehen und sich auf mich zu stürzen. Sollte ich ein weiteres Mal mit dem Bügeleisen auf ihn eindreschen? Oder sollte ich lieber auf die Straße hinausrennen? Meine Füße waren wie gelähmt. Es gab nichts, was ich tun konnte. Plötzlich begann ich zu zittern. Erschöpft lehnte ich mich gegen die Wand. Im selben Moment begann sich Morris zu bewegen, erst ganz langsam und zögernd, dann immer entschlossener. Vor Anstrengung stöhnend, versuchte er sich aufzurichten. Ein rascher Blick sagte mir, dass er es nicht schaffen würde. Seine Beine waren definitiv außer Gefecht gesetzt. Er konnte sich bloß auf dem Boden dahinschleppen, was ihm offensichtlich große Schmerzen bereitete. Wimmernd lehnte er sich gegen das Bücherregal. Nachdem er sich noch ein wenig weiter hochgeschoben hatte, drehte er sich so, dass er zu mir herübersehen konnte. Sein Gesicht sah wirklich schlimm aus: Wangen und Stirn waren mit Blasen bedeckt, eines seiner Augen fast ganz zugeschwollen. Aus dem geöffneten Mund lief ihm Speichel übers Kinn. Er musste husten.

»Was hast du getan?«

Ich gab ihm keine Antwort.

»Ich verstehe das nicht!«, sagte er. »Ich war es nicht.«

Noch immer umklammerte ich das Bügeleisen fest mit beiden Händen.

»Eine Bewegung, und ich breche dir einen anderen Knochen!«

Er versuchte, die Stellung zu wechseln, und schrie vor Schmerz auf.

»Verdammt!«, keuchte er. »Es tut so weh!«

»Warum hast du sie getötet?«, fragte ich. »Sie hatte Kinder. Was hat sie dir getan?«

»Du bist verrückt«, antwortete er. »Ich war's nicht, das schwöre ich dir, Nadia. Sie haben es dir doch gesagt. Ich war hundert Meilen weg, als Zoë umgebracht wurde.«

»Ich weiß.«

»Was?«

»Ich weiß, dass du Zoë nicht umgebracht hast. Du wolltest, aber du hast es nicht getan. Du hast Jenny umgebracht.«

»Ich schwöre dir, du irrst dich!«, beteuerte er. »O Gott, was hast du bloß mit meinem Gesicht gemacht? Warum hast du das getan?«

Jetzt weinte er.

»Du wolltest mich umbringen. Wie du sie umgebracht hast.«

Das Sprechen fiel mir schwer. Mein Atem kam stoßweise, mein Herz raste.

»Ich war's nicht, Nadia. Ich schwöre es!« Seine Stimme war nur noch ein Flüstern.

»Halt verdammt noch mal den Mund! Ich habe die Fotos gesehen. In der Schublade.«

»Was?«

»Die von dir und Fred, die du abgenommen hast, bevor ich gekommen bin.«

Er reagierte schnell.

»Ich gebe ja zu, dass ich die Fotos versteckt habe. Ich bin ein bisschen in Panik geraten, weil ich dachte, das würde einen falschen Eindruck erwecken. Aber es bedeutet nicht, dass ich jemanden umgebracht habe.«

»So, wie du auch in Panik geraten bist, als du damit rechnen musstest, in Zoës Wohnung Louise zu treffen?«

»Nein, an dem Tag hatte ich wirklich eine dringende Nachricht erhalten. Nadia, du hast das alles ganz falsch verstanden …«

Ich weiß nicht, was ich erwartet hatte. Vielleicht wünschte ich mir einfach, dass er seine Tat zugeben und etwas sagen würde, das mir half zu verstehen, wieso er es getan hatte. Jetzt aber wurde mir klar, dass er nie aufgeben und ich es nie verstehen würde. Er würde lügen und lügen, und vielleicht würde er am Ende sogar seine eigenen Lügen glauben. Ich starrte ihn an, sein verbrühtes Gesicht, seinen sich krümmenden Körper, das eine, auf mich gerichtete Auge.

»Eigentlich sollte ich dich umbringen«, sagte ich. »Ich sollte dir den Rest geben, bevor die Polizei kommt.«

»Vielleicht solltest du das wirklich tun. Weil ich es nämlich nicht war, Nadia, und keinerlei Beweise gegen mich vorliegen. Sie werden mich gehen lassen und stattdessen dich ins Gefängnis stecken. Aber könntest du das überhaupt? Wärst du dazu in der Lage, Nadia? Könntest du mich umbringen?«

»Glaub mir, es würde mir sogar Spaß machen.«

»Dann tu's doch! Komm schon, Liebling. Komm!« Speichel lief ihm übers Gesicht. Er versuchte zu lächeln.

»Ich würde dich gern leiden lassen – so, wie du Zoë und Jenny hast leiden lassen.«

»Ich werde dir helfen.« Keuchend und stöhnend begann er

auf mich zuzukriechen wie eine große, fette, schreckliche Schnecke. Er kam nur sehr langsam voran.

»Wenn du noch näher kommst, schlage ich dir den Schädel ein!« Ich umklammerte das Bügeleisen noch eine Spur fester.

»Tu's doch!«, sagte Morris. »Du musst sowieso ins Gefängnis. Sie werden mich gehen lassen. Und wenn nicht, bin ich trotzdem bald wieder draußen. Wäre es da nicht besser, mich gleich zu erledigen?«

»Hör endlich auf!«, rief ich und brach in Tränen aus. Ich hatte das Gefühl, als würde er sich nicht nur auf dem Dielenboden, sondern auch in meinem Kopf winden. Ich war schon fast im Begriff, ihm das Bügeleisen an den Schädel zu schleudern, als jemand gegen die Haustür klopfte und Stimmen meinen Namen riefen. Als ich mich umblickte, sah ich draußen Scheinwerfer. Ich rannte zur Tür und entriegelte sie. Wie sich herausstellte, war es ganz einfach. Ich brauchte dafür nicht länger als ein paar Sekunden. Mehrere Gestalten, die ich nur verschwommen wahrnahm, stürzten an mir vorbei. Dann standen mir plötzlich zwei uniformierte Beamte und Cameron gegenüber. Über seine Schulter sah ich zwei Streifenwagen. Ein dritter traf gerade ein. Cameron ließ den Blick durch das Zimmer schweifen. Er schwitzte, und seine Krawatte hing ihm nach hinten über die Schulter. »Was zum Teufel hast du hier angerichtet?«

Ohne ihm eine Antwort zu geben, beugte ich mich hinunter und stellte das Bügeleisen auf den Boden.

»Hast du einen Krankenwagen gerufen?«

Ich schüttelte den Kopf. Er rief einem Beamten etwas zu, woraufhin dieser den Raum verließ.

»Sie hat mich tätlich angegriffen«, erklärte Morris. »Sie ist völlig durchgedreht.«

Verblüfft wanderte Camerons Blick von Morris zu mir und wieder zurück. »Sind Sie verletzt?«, fragte er Morris.

»Das kann man wohl sagen«, antwortete Morris. »Sieht man das denn nicht? Die Frau ist total verrückt!«

Cameron trat auf mich zu und legte mir die Hand auf die Schulter.

»Bist du okay?«, flüsterte er.

Ich nickte. Mein Blick wanderte immer wieder zu Morris, und jedes Mal, wenn ich ihn ansah, starrte er zurück. Er fixierte mich mit seinem unverletzten Auge, das niemals zu blinzeln schien. Ein Beamter beugte sich über ihn und sagte etwas, aber sein Blick blieb auf mich gerichtet.

»Setz dich«, sagte Cameron zu mir.

Ich sah mich um. Mit Camerons Hilfe schaffte ich es bis zum Tisch, wo ich so Platz nahm, dass ich Morris nicht sehen musste. Ich hatte das Gefühl, mich übergeben zu müssen, wenn ich noch eine Sekunde länger gezwungen wäre, ihn anzuschauen.

»Hör zu, Nadia, bevor wir weiterreden, muss ich dich über deine Rechte aufklären. Du brauchst nichts zu sagen, wenn du nicht möchtest. Aber wenn du etwas sagst, dann kann alles, was du von dir gibst, als Beweismaterial gegen dich verwendet werden, falls Anklage gegen dich erhoben wird. Außerdem hast du ein Recht auf einen Anwalt. Wenn du möchtest, können wir einen für dich organisieren. Hast du mich verstanden?«

Ich nickte.

»Nein, du musst laut sagen, dass du mich verstanden hast.«

»Ich habe verstanden. Ich brauche keinen Anwalt. Ich kann für mich selbst sprechen.«

»Was ist passiert?«

»Wirf einen Blick in die Schublade. Dort drüben.«

Er trat an die offene Haustür und rief hinaus, dass er jemanden von der Spurensicherung brauche. Gerade kam ein Krankenwagen mit quietschenden Reifen vor dem Haus zum Stehen. Ein Mann und eine Frau im grünen Overall stürmten herein und beugten sich über Morris. Cameron starrte mich an. Dann streifte er sich ein paar dünne Plastikhandschuhe über, nicht solche, wie Chirurgen sie benutzen, sondern eher welche von der billigen Sorte, die man an der Tankstelle bekam. Er zog die Schublade auf und sah sich die Fotos an.

»Er kennt Fred«, sagte ich.

Die Situation bekam langsam absurde Züge. Cameron starrte verblüfft auf die Bilder. Morris wimmerte vor Schmerz, während ihm die Sanitäter die Hose aufschnitten. Dann traf Links ein.

»Kann mir mal einer erklären, was hier los ist?«, wandte er sich an Cameron.

»Sie hat Morris mit dem Bügeleisen attackiert.«

»Was zum Teufel – warum?«

»Sie behauptet, er ist der Mörder.«

»Aber ...«

Cameron reichte Links eines der Fotos. Links starrte es an. Dann sah er mich an.

»Ja, aber ...« Er wandte sich wieder an Cameron. »Haben Sie sie auf ihre Rechte hingewiesen?«

»Ja. Sie sagt, sie ist bereit zu reden.«

»Gut. Was ist mit Burnside?«

»Ich konnte noch nicht mit ihm sprechen.«

Links beugte sich zu Morris hinunter und zeigte ihm das Foto. Nachdem Morris nur stöhnend den Kopf geschüttelt hatte, kam Links zu mir herüber und setzte sich neben mich. Ich fühlte mich jetzt sehr ruhig, hatte einen völlig klaren Kopf.

»Hat Morris Sie angegriffen?«, fragte Links.

»Nein. Wenn Morris mich angegriffen hätte, wäre ich jetzt tot. Nein, nicht tot. Ich würde gerade sterben. Durch seine Hand.«

»Aber Nadia«, widersprach Links in sanftem Ton, »ist Ihnen denn nicht klar, dass Morris Burnside den Mord an Zoë Haratounian gar nicht begangen haben kann? Er war zu dem Zeitpunkt nicht in der Stadt.«

»Ich weiß. Ich weiß, wer Zoë umgebracht hat.«

»Wer?«

»Die Erkenntnis ist mir ganz plötzlich gekommen. Ihr habt euch alle in den Kopf gesetzt, dass dieselbe Person, die Zoë die Briefe geschickt hat, sie auch umgebracht haben muss. Aber was, wenn jemand anderer schneller war?«

»Warum sollte jemand anderer sie umbringen?«

»Ich habe über etwas nachgedacht, das Grace Schilling zu mir gesagt hat. Über das Prinzip, dass der Verbrecher immer etwas von sich am Tatort zurücklässt und auch immer etwas mitnimmt. Haben Sie davon schon mal gehört?« Ich warf einen Blick zu Cameron hinüber, der noch immer mit dem Inhalt der Schublade beschäftigt war. »Ich habe den Bericht der Spurensicherung gelesen. Erinnern Sie sich, was in dem Bericht über das T-Shirt steht, das Zoë trug, als sie aufgefunden wurde?«

»Ja, ich erinnere mich, aber wie um alles in der Welt haben Sie –«

»Erinnern Sie sich an das Ergebnis der Analyse?«

»Auf dem T-Shirt wurden die gleichen Haare und Fasern gefunden wie auf ihren anderen Sachen, den Teppichen, dem Bettzeug. Nur Spuren von ihr selbst und ihrem Exfreund.«

»Das Shirt hätte aber keine Spuren von Fred aufweisen dürfen. Zoë hat es in einer Plastiktüte in die Wohnung gebracht. Sie hatte es erst am Vortag mit ihrer Freundin Louise gekauft.« Ich blickte mich nach Morris um. Er hörte mir aufmerksam zu. »Fred hat Spuren seines Haars auf Zoës Shirt hinterlassen, während er sie erdrosselte.«

Ich bildete mir ein, die Andeutung eines Lächelns auf Morris' Gesicht zu sehen.

»Du hast das nicht gewusst, oder?«, wandte ich mich an ihn. »Dein Freund hat Zoë getötet, bevor *du* es tun konntest.« Ich sah Stadler und Links an. »Zwei Mörder. Das ist des Rätsels Lösung. Haben Sie sich nie gewundert, wieso die beiden Frauen auf so unterschiedliche Weise umgebracht wurden? Das Ganze war kein Fall von eskalierender Gewalt. Nein, es lag daran, dass die Morde von unterschiedlichen Personen begangen wurden. Warst du deshalb so brutal zu ihr, Morris? Hast du Jenny dafür bestraft, dass dir Zoë entgangen war?«

»Ich habe keine Ahnung, wovon du sprichst.«

»Aber du bist ja ein bisschen dafür entschädigt worden«, fuhr ich fort. »Plötzlich hattest du nämlich das perfekte Alibi. Das verschaffte dir die Chance, mir so richtig auf die Pelle zu rücken. Mich ganz aus der Nähe leiden zu sehen.«

»Aber wie hätte Fred den Mord planen sollen?«, fragte Links. »Miss Haratounian hatte ursprünglich doch gar nicht vor, in ihre Wohnung zurückzukehren.«

»Ich glaube, er hat ihn nicht geplant«, antwortete ich. »Es hat eine Weile gedauert, bis mir das klar geworden ist. Ich musste immer an dieses seltsame Ding denken, das aus der Wohnung gestohlen worden ist, den scheußlichen Wandbehang, den Fred Zoë geschenkt hatte. Warum hätte jemand ausgerechnet diesen Fetzen mitnehmen sollen? Meiner Meinung nach ist es gar nicht gestohlen worden, Fred hat es sich bloß *zurückgeholt*. Wahrscheinlich war er gerade in der Wohnung, um seine Sachen mitzunehmen, als überraschend Zoë auftauchte. Da hat er den Gürtel ihres Bademantels genommen und sie damit erdrosselt. Deswegen war die Spurensicherung in diesem Fall auch so schwierig. Das Stück Stoff, das er mitnahm, war etwas, das ihm bereits gehörte. Hinzu kam, dass er ebenfalls ein perfektes Alibi besaß. Die Polizei wusste, dass er als Verfasser der Briefe nicht in Frage kam. Und wer sonst hätte Zoë umbringen sollen, außer dem Mann, der es bereits explizit angekündigt hatte? Das ist schon witzig, was, Morris? Du und Fred, ihr hättet ein gutes Team abgegeben, wenn ihr voneinander gewusst hättet.«

Inzwischen wurde Morris von Sanitätern auf eine Trage gehoben. Sie waren gerade damit beschäftigt, ihm die Kanüle für eine Infusion zu legen.

»Werdet ihr seine Taschen durchsuchen?«

»Warum?«

»Ich weiß nicht. Ich glaube, dass er mir etwas antun wollte.«

Cameron sah zu Links hinüber, der nickte. Morris' schöne neue Hose bestand mittlerweile aus zwei Teilen. Cameron begann, die vielen Taschen zu durchsuchen. Plötzlich sah ich in seinen Händen etwas aufblitzen. Er hielt ein Stück Draht hoch.

»Was ist das?«, fragte er Morris.

»Damit wollte ich etwas reparieren«, antwortete der.

»Was sind das für Reparaturen, für die man eine Drahtschlinge braucht, die man zuziehen kann?«

Morris gab keine Antwort. Stattdessen starrte er mich an und sagte im Flüsterton: »Liebling. Ich werde wiederkommen, Liebling.«

Die Sanitäter hoben die Trage hoch und trugen ihn hinaus.

Links rief einem der uniformierten Beamten zu: »Zwei von euch fahren mit ins Krankenhaus! Klärt ihn unterwegs über seine Rechte auf. Lasst ihn nicht aus den Augen! Niemand darf zu ihm!«

Ich sah ihm nach. Bis sie um die Ecke bogen, war sein einzelnes, glänzendes Auge unverwandt auf mich gerichtet. Sein freundliches, entstelltes Mördergesicht lächelte mich an.

Ich wandte mich wieder an Links. »Was passiert mit Fred?«

Links seufzte.

»Wir werden ihn sofort verhören. Das heißt, sobald wir ihn festgenommen haben.«

»Und was ist mit mir? Kann ich gehen?«

»Wir werden Sie nach Hause bringen.«

»Ich gehe lieber zu Fuß. Allein.«

Cameron baute sich entschlossen vor mir auf.

»Miss Blake, wenn Sie sich weigern, von einem Streifenwagen und unter Polizeischutz nach Hause gefahren zu werden, lasse ich Sie verhaften.«

»Ich glaube«, sagte ich und bemühte mich dabei um einen möglichst coolen Ton, »ich glaube, ich würde mich allein sicherer fühlen.«

»Wie Sie wollen«, antwortete er gepresst. Ich sah die Angst in seinem Gesicht. Er fürchtete sich vor der öffentlichen Schande, einer Karriere in Scherben.

»Allein war ich schon immer sicherer.«

## 23. KAPITEL

Was ich als Nächstes getan habe? Was tut man, wenn einem das Leben neu geschenkt worden ist?

Den ersten Tag und die erste Nacht verbrachte ich im Haus meiner Eltern, wo ich meinem Vater half, den Gartenschuppen zu streichen, und stundenlang mit dem Gesicht nach unten auf der ausgebleichten Chenille-Tagesdecke in meinem alten Zimmer lag und den Geruch nach Mottenkugeln und Staub einatmete, während meine Mutter hektisch in der Küche herumklapperte, mir eine Tasse milchigen Tee nach der anderen brachte und Ingwerkekse für mich buk, die ich nicht hinunterbrachte. Jedes Mal, wenn sie ins Zimmer trat, starrte sie mich besorgt an, legte mir die Hand auf die Schulter oder streichelte mir sanft übers Haar. Ich hatte ihnen ein wenig von dem erzählt, was passiert war, aber vieles, was wichtig war, weggelassen.

Dann kehrte ich in meine Wohnung zurück und startete eine große Putz- und Entrümpelungsaktion. Mein erster Gedanke war gewesen, auf der Stelle auszuziehen, meine Sachen zu packen und neu anzufangen – aber was für einen Sinn hätte das gehabt? Also riss ich die Terrassentür auf und zog eine alte Latzhose an, die aussah, als hätte sie mir jemand als Scherzartikel geschenkt – jedenfalls konnte ich mich nicht erinnern, sie selbst erworben zu haben. Ich drehte das Radio so laut auf, dass sämtliche Räume mit fröhlicher, seichter Musik beschallt wurden. Dann legte ich los. Ich ging jede Schublade durch. Ich füllte Müllsäcke mit zerrissenen Strumpfhosen, gebrauchten Umschlägen, alten Seifenstücken, leeren Toilettenpapierrollen, ausgetrockneten Filzstiften, schimmeligem Käse. Ich stapelte alte Zeitungen, um sie anschließend zum Altpapiercontainer zu bringen, sammelte alle leeren Flaschen in einer großen Schachtel. Ich faltete Klamotten zusammen oder hängte sie in den Schrank, füllte einen Wäschekorb mit schmutziger Wäsche, sortierte Rechnungen und bearbeitete das Waschbecken, die Kloschüssel und alles, was es sonst noch nötig hatte, mit Haushaltsreiniger. Ich taute den Kühlschrank ab und schrubbte den Küchenboden. Ich putzte die Fenster und staubte sogar ab!

Das Ganze nahm zwei Tage in Anspruch. Zwei Tage lang arbeitete ich einfach von morgens bis abends vor mich hin. Es war wie eine Meditation. Ich konnte meinen Gedanken nachhängen, ohne wirklich nachzudenken, Erinnerungen in meinem Kopf herumtanzen lassen, ohne ihren Ursprung zu ergründen. Ich empfand keine Euphorie, nicht einmal große Erleichterung, aber nach und nach hatte ich das Gefühl, langsam wieder in mein normales Leben hinüberzuwechseln. Ich nahm Morris' Visitenkarte vom Schreibtisch, rief mir ins Gedächtnis, wie er mich mit seinem einen, glänzenden Auge angestarrt hatte, als er hinausgetragen worden war, und legte sie dann zu dem anderen Müll in die Tüte. Ich zerknüllte das Blatt mit den Namen und Adressen aus den Akten, die Cameron für mich entwendet hatte, und warf es ebenfalls weg, allerdings nicht, ohne vorher Louises Adresse notiert zu haben. Auf dem Boden fand ich zwei kleine Knöpfe. Stammten sie vielleicht von Cameron? Ich behielt sie einen Augenblick in der Hand, bevor ich sie in die Schuhschachtel legte, in der ich in Zukunft mein Nähzeug aufbewahren würde.

Ich ging nicht ans Telefon und schaltete den Anrufbeantworter laut. Es kamen viele Anrufe, weil die Medien Wind von der Geschichte bekommen hatten. Der *Participant* brachte sogar Fotos von uns – Zoë, Jenny und mir –, obwohl mir völlig schleierhaft war, woher sie mein Bild hatten. Ganz oben auf Seite drei waren wir nebeneinander aufgereiht, als wären wir alle drei gestorben. Oder alle noch am Leben. Reporter meldeten sich, alle möglichen Freunde wollten plötzlich mit mir reden, Cameron sprach mir mehrmals mit leiser, drängender Stimme aufs Band, und Leute, denen ich erst ein- oder zweimal im Leben begegnet war, riefen mich aufgeregt an, weil sie festgestellt hatten, dass sie jemanden kannten, der plötzlich und für kurze Zeit ein wenig berühmt war. Ich ging kein einziges Mal ran.

Eine Ausnahme machte ich am frühen Morgen des vierten Tages, einem schönen, etwas windigen Tag, an dem die Sonne durch die offene Terrassentür schien und sich unter dem Birnbaum, wo ich Cameron zum ersten Mal umarmt und geküsst hatte, die ersten Herbstblätter sammelten. Während ich überlegte, ob ich als Nächstes den Garten in Angriff nehmen und die Brennnesseln ausrupfen sollte, klingelte wieder einmal das Telefon, und der Anrufbeantworter sprang an.

Ich war gerade im Begriff, kochendes Wasser über einen Teebeutel zu schütten, als eine Stimme »Nadia« sagte, die mich mitten in der Bewegung innehalten ließ. »Nadia, hier ist Grace. Grace Schilling.« Pause. »Nadia, wenn Sie da sind, dann gehen Sie doch bitte ran!« Dann: »Bitte, Nadia! Es ist wichtig!«

Ich nahm den Hörer ab. »Hallo, ich bin zu Hause.«

»Danke. Hören Sie, können wir uns treffen? Ich muss Ihnen etwas Wichtiges mitteilen.«

»Können Sie mir das nicht jetzt gleich sagen?«

»Nein. Ich muss Sie unbedingt sehen.«

»Ist es wirklich wichtig?«

»Ich glaube schon. Können wir uns in, sagen wir mal, fünfundvierzig Minuten bei Ihnen in der Wohnung treffen?«

»Nein, nicht hier, im ›The Heath‹.«

»Gut, ich werde um zehn Uhr da sein, am Pavillon.«

»Gut.«

Ich war früh dran, aber sie wartete schon auf mich. Obwohl es ein warmer Morgen war, hatte sie sich in einen langen Mantel gehüllt, als wäre bereits Winter. Sie trug ihr Haar streng nach hinten gekämmt, was ihr Gesicht seltsam flach, älter und müder aussehen ließ, als ich es in Erinnerung hatte. Nach einem förmlichen Händedruck wanderten wir den Hügel hinauf, wo ein einzelner Mann einen großen roten Drachen steigen ließ, der flatternd und knatternd an der Leine zerrte.

»Wie geht es Ihnen?«, fragte sie. Ich zuckte nur mit den Achseln. Ich wollte mit ihr nicht über meinen psychischen Zustand reden.

»Was haben Sie auf dem Herzen?«

Sie nahm eine Schachtel Zigaretten heraus, zündete sich hinter vorgehaltener Hand eine an und nahm einen tiefen Zug. Dann sah sie mich mit ihren grauen Augen ruhig an. »Es tut mir Leid, Nadia.«

»Ist das die wichtige Sache, die Sie mir sagen wollten?«

»Ja.«

»O je!« Ich kickte einen Stein aus dem Pfad und verfolgte seinen Weg durch das Gras. »Und was wollen Sie jetzt von mir hören?«

Sie runzelte die Stirn, gab mir aber keine Antwort.

»Wollen Sie, dass ich Ihnen die Absolution erteile oder so was in der Art?«, fragte ich neugierig. »Da sind Sie bei mir an der falschen Adresse. Nicht ich bin tot, sondern die beiden anderen.« Sie zuckte zusammen. »Ich kann Sie nicht einfach in den Arm nehmen und sagen: ›Ist ja gut!‹«

Sie machte eine ungeduldige Handbewegung, als müsste sie einen Insektenschwarm verscheuchen.

»Das erwarte ich auch gar nicht. Ich wollte nur, dass Sie wissen, dass es mir wirklich Leid tut.«

»Haben die anderen Sie geschickt? Ist das eine Kollektiventschuldigung?«

Lächelnd zog sie an ihrer Zigarette. »Mein Gott, nein. Es ist uns allen strengstens verboten, Kontakt mit Zeugen zu haben.« Ein weiteres ironisches Lächeln. »Wegen des bevorstehenden Prozesses und der internen Untersuchungen. Von den Fernsehdokumentationen ganz zu schweigen.«

»Demnach stecken Sie alle in Schwierigkeiten?«

»Ziemlich«, antwortete sie vage. »Aber das ist in Ordnung. Wir haben es nicht besser verdient. Was wir getan haben, war ...«, sie hielt inne, »... fast hätte ich gesagt, unverzeihlich. Es war unprofessionell. Dumm. Blind. Falsch.«

Sie warf die Zigarette auf den Weg und trat sie mit der Spitze ihres schmalen Schuhs aus. »Vielleicht sollte ich dieses Gespräch für Clives Anwalt aufnehmen.« Sie runzelte die Stirn. »Ja, er hat rechtliche Schritte gegen uns eingeleitet. Zoës Tante ebenfalls. Sollen sie doch. Die beiden sind mir völlig egal. Im Gegensatz zu Zoë und Jenny. Diese beiden sind mir nicht egal, ebenso wenig wie Sie. Was Sie durchmachen mussten, ist mir nicht egal.«

Wir verließen den Pfad und wanderten querfeldein auf den Teich zu. Eine Windbö kräuselte die Wasseroberfläche und wehte Herbstlaub vor unsere Füße. Ein Kind stand mit seiner Mutter am Wasser und warf den fetten Enten Brotstückchen zu.

»Es war nicht wirklich Ihre Schuld«, sagte ich vorsichtig. »Das Ganze ist nicht auf Ihrem Mist gewachsen, oder? Ich meine, uns nicht zu sagen, was da ablief.«

Sie sah mich bloß an. Offenbar hatte sie beschlossen, die volle Verantwortung für die Sache zu übernehmen, sich nicht zu drücken.

»So weit ich das beurteilen kann«, fuhr ich fort, »waren Sie im Rahmen Ihrer Möglichkeiten ohnehin relativ ehrlich.«

»Danke, Nadia, aber wir wissen beide, dass ich mich in diesem Fall nicht mit Ruhm bekleckert habe. Es ist schon seltsam«, fügte sie hinzu, »da predige ich den Leuten immer, ihr Leben in den Griff zu bekommen, und dann verliere ich selbst total die Kontrolle. Jemand trifft eine Entscheidung – die Presse nicht über Zoës Tod zu informieren, um die Bevölkerung nicht in Panik zu versetzen und selbst nicht als inkompetent dazustehen –, und diese Entscheidung zieht automatisch die nächste nach sich, und die nächste, und ehe sie, ich meine wir, uns versahen, befanden wir uns auf dieser Einbahnstraße und konnten nicht mehr zurück. Was am Ende dazu führte, dass wir uns immer tiefer in unsere Lügen verstrickten und die Leute nicht mehr schützen konnten, die auf unsere Hilfe vertrauten.« Sie lächelte mich traurig an. »Das soll übrigens keine Entschuldigung sein.«

»Die ganze Angst«, sagte ich.

»Ja.«

»Ich habe es nie wirklich geschafft, an Gott zu glauben. Sie?«

Sie schüttelte den Kopf.

»Nun gibt es in meinem Leben zwei Frauen, denen ich mich besonders verbunden fühle«, sagte ich, »obwohl ich sie nie kennen gelernt habe. Und dann sind da noch diese zwei Männer, die ich sehr wohl kennen gelernt habe. Sie auch?«

Sie holte tief Luft. »Fred habe ich schon damals getroffen, als er nach Zoës Tod seine Zeugenaussage gemacht hat, und Morris bin ich natürlich auch begegnet, nachdem Sie herausgefunden hatten, dass er sowohl Sie als auch Jennifer Hintlesham kannte.«

»Was das betrifft, brauche ich Ihre Hilfe, Grace. Sie kennen sich mit so was aus. Die beiden kamen mir anfangs so normal vor. Hätten Sie ihnen denn zu Anfang einen Mord zugetraut? Sieht man einem Menschen so was an? Ich meine, Fred zum Beispiel. Ist er früher schon mal durch besondere Gewalttätigkeit aufgefallen?«

»Irgendwann ist immer das erste Mal.«

»Ich meine …«

»Ich weiß, was Sie meinen. Sie wollen von mir hören, dass diese Männer anders sind als andere, nicht wahr? Sie wollen, dass ich ihnen einen Stempel aufdrücke. Gefährlich. Oder verrückt.« Wir blieben neben dem Teich stehen, und sie zündete sich eine neue Zigarette an. »Genau das wird natürlich passieren. Leute wie ich werden Morris befragen und herausfinden, dass er als Kind missbraucht oder vernachlässigt worden ist, dass er geschlagen oder zu sehr verhätschelt wurde, dass er Gewaltvideos gesehen oder sich beim Sturz von einem Klettergerüst den Kopf verletzt hat. Und irgendwann wird sich irgendeine Exfreundin bei der Presse melden und erzählen, dass Fred sie vor fünf Jahren mal geschlagen hat. Und dann werden diverse Politiker und Experten auf den Putz hauen und entrüstet fragen, warum das denn damals niemand gemerkt habe.«

»Und?«

»Es gab nichts zu merken. Wenn Menschen einen Mord begehen, dann meist an jemandem, den sie kennen. Zumindest besagt das die Statistik. Fred war wütend und fühlte sich von Zoë gedemütigt, weil sie ihm den Laufpass gegeben hatte. Und durch einen Zufall, der für beide tragische Folgen hatte, vor allem natürlich für Zoë, standen sie sich plötzlich allein gegenüber, und er brachte sie um. So einfach ist das. Solche Dinge passieren ständig. Er trägt wahrscheinlich nicht mehr Mordgelüste in sich als die meisten anderen Menschen, mit dem einzigen Unterschied, dass er ihnen nachgegeben hat und eine Weile ungestraft davonkam, weil sein Opfer zufällig Drohbriefe von einem anderen Mann erhalten hatte.«

»Sehr tröstlich«, bemerkte ich trocken.

»Mir war nicht klar, dass Sie von mir tröstliche Worte hören wollten. Ich kann mich nicht erinnern, dass Sie mich je gebeten haben, Sie zu trösten. Das ist nicht Ihr Stil, oder? Aber kommen wir zu Morris. Stimmt, Morris ist *tatsächlich* anders, und man könnte ihn wahrscheinlich genauso verrückt nennen wie jeden anderen Menschen, der ein sinnloses Verbrechen begeht. Oder böse, wenn man an solche Begriffe glaubt. Aber das bringt uns auch nicht weiter. Ihr Problem ist, glaube ich, dass man aus dieser Sache trotz all des Schreckens und der Toten keine Lehre ziehen, sie mit keinem Etikett versehen kann.«

»Stimmt, genau das bereitet mir Sorgen.«

»Das dachte ich mir.« Wir kehrten auf den Weg zurück, den wir zuvor verlassen hatten, und gingen eine Weile schweigend nebeneinander her.

»Darf ich Ihnen eine Frage stellen, Nadia?«

»Klar.«

»Es gibt da etwas, das mir keine Ruhe lässt. Wie um alles in der Welt haben Sie es geschafft, all diese Akten einzusehen?«

»Ach, das. Ich habe mit Cameron Stadler geschlafen und ihn dann erpresst.«

Sie starrte mich an, als hätte ich ihr eine Ohrfeige verpasst.

»Fragen Sie mich lieber nicht!«, sagte ich. »Es ist besser, Sie wissen es nicht.«

Sie brach in ein nervöses Lachen aus, das nicht wirklich fröhlich klang, aber ich stimmte trotzdem mit ein, und es dauerte nicht lang, bis wir einander festhielten und lachten und kicherten wie Teenager. Dann hörte sie plötzlich auf, und ihre Miene wurde ernst.

»Sie können nicht den Rest Ihres Lebens mit Schuldgefühlen herumlaufen«, sagte ich.

»Wetten?«

»Lieber nicht.«

An einer Weggabelung blieb sie stehen. »Ich muss in diese Richtung«, erklärte sie. »Auf Wiedersehen, Nadia.«

»Auf Wiedersehen.«

Sie reichte mir die Hand, und ich schüttelte sie. Dann begann ich den Pfad zurückzugehen, den wir gekommen waren. Der Drachen segelte noch immer in der Luft.

»Nadia!«

Ich drehte mich um. »Ja?«

»Sie haben uns gerettet!«, rief sie. »Uns, sich und die anderen Frauen, die nach Ihnen gekommen wären. Sie haben uns alle gerettet.«

»Ich hatte nur Glück, Grace. Ich hatte nur Glück.«

## 24. KAPITEL

Es war zu kalt für Schnee. Der Himmel war eisig blau, und auf den Gehsteigen glitzerte noch der Frost der letzten Nacht. Mein Atem bildete in der Luft Dampfwolken, meine Augen tränten, meine Nase fühlte sich rot und wund an, und mein Kinn juckte, weil ich mir einen kratzigen alten Wollschal um den Hals gewickelt hatte. Es ging ein beißender Wind. Mit gesenktem Kopf eilte ich die Straße entlang.

»Nadia? Nadia!« Eine junge Stimme von der anderen Straßenseite. Ich drehte mich um und kniff die Augen zusammen.

»Josh?«

Er war es tatsächlich. Obwohl er mit einer Gruppe von Jungen und Mädchen in seinem Alter unterwegs war, die alle in dicke Jacken und Mützen gepackt waren und sich gegenseitig übermütig anrempelten, kam er zu mir herüber. »Ich komme nach!«, rief er ihnen winkend zu. Er wirkte ein bisschen kräftiger, als ich ihn in Erinnerung gehabt hatte, nicht mehr ganz so blass und schmächtig. Ein paar Schritte vor mir blieb er stehen, und wir lächelten uns ein wenig verlegen an.

»Joshua Hintlesham, ich habe oft an dich gedacht«, sagte ich, um einen freundlichen Ton bemüht.

»Wie geht es dir?«

»Ich bin noch am Leben.«

»Das ist gut«, antwortete er, als bestünde da irgendein Zweifel. Er blickte sich nervös um. »Ich hätte mich schon längst mal melden sollen«, sagte er, »aber ich habe mich so mies gefühlt. Weil ich Morris zu dir geschleppt habe und so. Du weißt schon.«

Es schien mir viel länger her zu sein als fünf Monate, dass er das letzte Mal auf meinem Sofa gesessen hatte. Damals war er ein Häuflein Elend gewesen. Ich wusste nicht so recht, was ich zu ihm sagen sollte, weil zu viel zwischen uns lag.

»Hast du Zeit für einen Kaffee?« Er nahm seine Wollmütze ab. Ich sah, dass er sich die Haare leuchtend orangerot gefärbt hatte und einen Stecker im Ohr trug.

»Was ist mit deinen Freunden?«

»Das geht schon in Ordnung.«

Schweigend gingen wir nebeneinander her, bis wir ein kleines italienisches Café fanden. Drinnen war es dunkel, stickig und verraucht. Auf der Theke stotterte eine Espressomaschine zischend vor sich hin.

»Ah, das tut gut!«, seufzte ich, während ich mich von Mantel, Mütze, Schal und Handschuhen befreite.

»Ich lade dich ein«, erklärte er betont lässig und klimperte mit den Münzen in seiner Tasche. Dabei wirkte er recht zufrieden mit sich und der Welt.

»Meinetwegen, du Krösus! Ich nehme einen Cappuccino.«

»Irgendwas zu essen?«, fragte er hoffnungsvoll.

Ich wollte ihn nicht enttäuschen. »Eins von diesen Mandelcroissants.«

Ich setzte mich an einen Ecktisch und beobachtete, wie er bestellte. Jennys ältester Sohn lehnte sich mit seinem orangefarbenen Haar über die Theke und versuchte, sich wie ein Mann zu benehmen und seine neue coole, selbstbewusste Art an mir auszuprobieren. Er musste inzwischen fünfzehn sein, dachte ich. Fast schon erwachsen. In ein paar Jahren würde er mit der Schule fertig sein.

Er brachte mir den Kaffee und das Croissant. Für sich selbst hatte er eine Tasse heiße Schokolade bestellt, an der er nun vorsichtig nippte. Auf seiner Oberlippe bildete sich ein kleiner schaumiger Schnurrbart. Wieder lächelten wir uns an.

»Ich hätte mich wirklich mal melden sollen«, wiederholte er.

Wir nahmen beide einen großen Schluck von unserem Getränk und sahen uns über den Tassenrand hinweg an.

»Ich habe gehört, dass du Morris ganz schön fertig gemacht hast«, sagte er.

»Es hieß: Er oder ich.«

»Hast du dabei wirklich ein Bügeleisen benutzt?«

»Ja, habe ich.«

»Damit hast du ihm bestimmt höllisch wehgetan.«

»Das kann man wohl sagen!«

»Ich nehme an, ich sollte mich darüber freuen«, meinte er.

»Hast du schon mal von den Yakuza-Gangs in Japan gehört? Bevor sie dich umbringen, tun sie dir alles Mögliche an, bis du bewusstlos wirst. Dann schleppen sie dich nach draußen und fahren immer wieder mit einem Auto über dich, bis sie dir sämtliche Knochen gebrochen haben. Es gibt da so eine Theorie, dass das menschliche Schmerzempfinden auf einer sehr niedrigen Stufe einsetzt, sodass man auch dann noch Schmerzen fühlt, wenn man im Koma liegt oder stirbt.«

»Nette Theorie«, bemerkte ich und zog eine Grimasse.

»Eine Zeit lang hatte ich das Gefühl, dass ich Morris auch so was in der Art antun sollte. Wenn ich daran denke, dass er dauernd mit mir rumhing und dabei wahrscheinlich die ganze Zeit an das dachte, was er mit Mum gemacht hatte...«

»Ich nehme an, das war ein Teil des Kicks.«

»Inzwischen denke ich mir: Was soll's! Vielleicht wenn er rauskommt.«

»Der kommt erst wieder raus, wenn er ein alter Tattergreis ist.«

»Ein alter Tattergreis mit einem arthritischen Knie«, fügte Josh mit einem Grinsen hinzu.

»Ich hoffe es. Fred kommt bestimmt schneller wieder frei. Ich habe mit Links darüber gesprochen. Der Prozess wird erst nächstes Jahr stattfinden, aber für ein so kleines Verbrechen wie das Erdrosseln der Exfreundin, weil sie einem den Laufpass gegeben hat, wird er laut Links nicht länger als acht bis zehn Jahre sitzen.«

Josh stellte seine Tasse ab und wischte sich mit dem Daumen die Schokolade von der Oberlippe. »Ich weiß nicht, was ich dich fragen soll«, erklärte er in frustriertem Ton. »Ich denke mir ganz oft, dass ich dich alles Mögliche fragen muss, aber jetzt fällt mir nichts ein. Ich weiß natürlich, was passiert ist, aber das meine ich damit nicht. Es geht mir um etwas anderes.« Mit gerunzelter Stirn starrte er mich an. Wie immer erinnerten mich seine Augen an Jenny, und er kam mir plötzlich viel jünger vor wie der Josh, den ich aus unserem katastrophalen Sommer in Erinnerung hatte.

»Du hast wahrscheinlich das Gefühl, dass es etwas geben

müsste, das ich dir als Lebensweisheit mit auf den Weg geben könnte.«

»So was in der Art«, murmelte er, während er einen Finger durch ein kleines Zuckerhäufchen auf dem Tisch zog. Ich musste daran denken, dass ich fast dasselbe zu Grace gesagt hatte, als wir uns vor Monaten trafen. Ich holte tief Luft.

»Morris hat deine Mutter umgebracht, weil es ihm Spaß machte. Dann hat er sich mich ausgesucht, und wenn ich nicht so viel Glück gehabt hätte, dann würdest du jetzt vielleicht mit der nächsten Frau hier sitzen, die er auserkoren hätte, oder mit der übernächsten. Es hätte jede sein können, aber leider ist es ausgerechnet Jenny gewesen. Was mir sehr Leid tut«, fügte ich nach einer Pause hinzu.

»Schon gut«, murmelte er, während er weiter Muster in den Zucker malte.

»Wie läuft's in der Schule?«

»Ich gehe jetzt in eine andere. Irgendwie hielt ich es für eine gute Idee, die Schule zu wechseln.«

»Ja.«

»Da, wo ich jetzt bin, gefällt es mir viel besser. Ich habe Freunde gefunden.«

»Gut.«

»Und ich treffe jemanden.«

»Du meinst, eine Freundin?«

»Nein. Jemanden, mit dem ich über alles reden kann.«

»O ja, das ist auch gut.«

»Was ist mit dir?«

»Wie meinst du das?«

»Was machst du denn inzwischen?«

»Ach, dieses und jenes.«

»Du meinst, das Gleiche wie vorher?«

»Nein«, widersprach ich energisch. Ich deutete auf die kleine Nylonreisetasche unter meinem Stuhl. »Weißt du, was in der Tasche ist?«

»Was?«

»Unter anderem fünf Jonglierbälle.«

Er starrte mich an, als würde er mich nicht verstehen.

»Fünf«, wiederholte ich. »Was hältst du davon?«

»Das ist ja Wahnsinn!«, sagte er, nun ehrlich beeindruckt.

»Mein eigentlicher Plan ist, diesen Job ganz loszuwerden, aber bis es so weit ist, muss ich ja nicht auf der faulen Haut liegen.«

»Zeig's mir!«, bat er.

»Hier?«

»Los, zeig's mir!«

»Willst du das wirklich?«

»Unbedingt!«

Ich blickte mich um. Das Café war fast leer. Ich nahm die Bälle aus der Tasche, drei in die eine Hand, zwei in die andere, und stand auf.

»Passt du auch gut auf?«

»Ja.«

»Du musst dich konzentrieren.«

»Ich konzentriere mich.«

Ich fing an. Es klappte ungefähr eine Sekunde, dann schossen die Bälle in alle Richtungen davon. Einer traf Josh, einer meine leere Kaffeetasse.

»Na ja, jetzt hast du zumindest eine ungefähre Vorstellung«, meinte ich, während ich unter dem Tisch nach einem weiteren Ball suchte.

»Und das war's?«, fragte er lächelnd.

»Wenn es leichter wäre, dann würde es ja jeder machen.«

»Nein, es war großartig«, sagte er und begann lauthals zu lachen. Vielleicht war das mein Geschenk an Josh und zugleich mein Abschied: Nadia, die Närrin, die als einzige nicht gestorben war und in einem dunklen kleinen Café Bälle durch die Gegend warf. Ein Kichern – oder vielleicht war es auch ein Schluchzen – stieg in mir auf. Ich nahm die Bälle und verstaute sie wieder in der Tasche.

»Ich muss allmählich aufbrechen«, sagte ich.

»Ich auch.«

Nachdem wir uns an der Tür des Cafés mit zwei Küsschen auf

die Wange verabschiedet hatten, traten wir in die eisige Kälte hinaus. Bevor wir in entgegengesetzte Richtungen davoneilten, sagte Josh zu mir: »Ich bringe ihr immer noch Blumen aufs Grab.«

»Das freut mich.«

»Ich vergesse sie nicht.«

»O Josh«, erwiderte ich, »irgendwann darfst du vergessen. Jeder hat das Recht zu vergessen.«

Aber während ich am Kanal entlang nach Hause ging, dachte ich: Ich kann nicht vergessen. Ich werde die Frauen, die gestorben sind, nicht vergessen. Zoë und Jenny. Manchmal ertappe ich mich dabei, dass ich fest damit rechne, sie zu sehen, wenn ich auf der Straße um eine Kurve biege oder in einen überfüllten Bus steige und auf der Suche nach einem Platz den Gang entlanggehe oder wenn ich in einer Menschenmenge nach einer Freundin Ausschau halte.

Ich kenne ihre Gesichter besser als alle anderen, sogar besser als das meiner Mutter oder meines Vaters, besser als das Gesicht eines Geliebten, zu dem ich einmal voller Leidenschaft aufgeblickt habe. Ich kenne ihre Gesichter wie mein eigenes Spiegelbild. Ich habe sie endlos angestarrt, in ihnen nach Hinweisen gesucht, sie angefleht, ihre Geheimnisse zu offenbaren und mir zu helfen.

Obwohl ich ihnen nie begegnet bin, fehlen sie mir. Damals habe ich sie nicht gekannt, aber jetzt, da es zu spät ist, kenne ich sie. Ich kenne sie so, wie sie niemand sonst gekannt hat. Sie hätten mich auch gekannt. Auch wenn wir uns vielleicht nicht gemocht hätten, sind wir unter der Haut doch Schwestern, denn ihre Angst war meine Angst, ihre Scham meine Scham. Auch die Wut hatten wir gemeinsam, ebenso die Panik, die Verletztheit und das Gefühl, hilflos zu sein. Das Wissen, dass das Entsetzen immer näher kam. Ich weiß, was sie gefühlt haben. Ich habe es selbst gefühlt.

Andere werden sie mit der Zeit vergessen, oder zumindest ihre Erinnerungen an sie werden verblassen. So sollte es auch sein, wenn jemand stirbt. Die Menschen, die den Betreffenden einst ihre Liebe beteuert haben, werden die gleichen Worte zu jemand anderem sagen. Das ist gut und richtig so – nur so können wir das Leben ertragen. Ihre Gräber werden immer seltener besucht werden, bald nur noch an Tagen von besonderer Bedeutung. Die Leute werden sich gegenseitig erzählen, wie gut sie sie damals gekannt hatten; denn eine Tragödie aus der Nähe mitzuerleben, gibt uns das Gefühl, irgendwie wichtig zu sein: War das nicht schrecklich, was Zoë damals passiert ist? Was Jenny erleben musste? War das nicht furchtbar traurig?

Ich aber kann sie nicht vergessen. Ich muss sie mit mir herumtragen, wo immer ich auch hingehe: durch das Leben, das mir neu geschenkt wurde, durch die Jahre, die sie nicht hatten, durch all die Liebe, die Verluste und Veränderungen, die sie nicht mehr erlebten. Jeden Tag sage ich von Neuem zu ihnen: Adieu!

Lesen Sie weiter >>

# LESEPROBE

Das fesselnde Finale der Frieda-Klein-Serie

Frieda Klein ist untergetaucht. Selbst ihre Freunde haben nicht die geringste Ahnung, wo sie steckt. Aber Frieda hat nicht mit der Hartnäckigkeit der Studentin Lola gerechnet, die eine Arbeit über sie schreiben will – und nicht ahnt, in welche Lebensgefahr sie sich damit bringt. Denn etwa zur gleichen Zeit beginnt eine Mordserie, hinter der Frieda ihren alten Widersacher Dean Reeves vermutet. Gemeinsam fliehen die beiden Frauen vor dem erbarmungslosen Mörder.

# 1

Es war ein schöner, warmer Montagmorgen – zu warm für den Spätherbst –, und Charlotte Beck würde gleich die einzige wirklich dramatische Erfahrung ihres Lebens machen. Bereit war sie dafür nicht. Im Grunde fühlte sie sich für gar nichts bereit.

Sie lotste gerade eine chaotische kleine Gruppe die Heath Street entlang, wie sie es jeden Wochentag tat. Während sie den Kinderwagen mit der zehn Monate alten Lulu lenkte, schob sich zu ihrer Linken der zweieinhalbjährige Oscar auf einem kleinen Roller voran. Um Charlottes rechtes Handgelenk war eine Hundeleine geschlungen, und am anderen Ende der Leine hing ein schwarzer Labradorwelpe namens Suki. Alles erschien Charlotte wie in Dunst gehüllt, doch es war kein wirklicher Dunst, sondern der bleierne Nebel der Erschöpfung, der seit einem halben Jahr beharrlich über ihrer Welt hing. Lulu schlief nachts nicht, sondern schrie und kreischte. Egal, was Charlotte ausprobierte, egal, welche Expertenratschläge sie befolgte, nichts half.

Stattdessen schlief Lulu tagsüber. Auch jetzt schlummerte sie zufrieden in ihrem Kinderwagen, warm verpackt unter einer Decke, einen Schnuller im Mund. Hin und wieder beugte Charlotte sich mit prüfendem Blick über sie. Lulu wirkte friedlich wie ein Engel. Es war kaum zu glauben, dass dieses glatte kleine Gesicht mit den langen Wimpern und rosigen Wangen einer erwachsenen Frau derartig zusetzen konnte. Charlotte fühlte sich so müde, dass es wehtat. Ihre Augen brannten, ihre Haut spannte, ihre Gelenke schmerzten. Sie war doch erst einunddreißig. Das konnte noch keine Arthritis sein, oder?

Machte Schlafmangel die Knochen kaputt? Es fühlte sich danach an.

Während ihre kleine Chaoskarawane sich langsam den Hügel hinaufbewegte, war Charlotte bewusst, dass so vieles schiefgehen konnte. Suki war noch nicht richtig erzogen. Charlotte hatte eigentlich vorgehabt, ihr frühzeitig beizubringen, nicht zu betteln, sich bei »Platz« zu setzen und überhaupt alles zu tun, was man ihr sagte, doch dafür hatte die Zeit nicht gereicht. Es war so viel anderes zu bewältigen gewesen. Deswegen bestand nun die Gefahr, dass Suki voller Begeisterung auf einen Artgenossen zustürmte oder aus Angst vor einem bedrohlich wirkenden Exemplar die Flucht ergriff und dabei die ganze Gruppe auf die Straße riss, hinein in den Verkehr. Zwar war sie nur ein Welpe, ihrer Besitzerin aber mehr als gewachsen. Auch Oscar auf seinem Roller stellte eine ständige Gefahr für sich und andere dar. Wohl zum hundertsten Mal sagte sich Charlotte, dass sie ihm nun wirklich einen Helm kaufen musste. Was, wenn er von seinem Gefährt fiel und mit dem Kopf aufschlug? Welche Sorte Mutter war sie eigentlich? Benommen stellte sie sich die potenziellen Schlagzeilen vor: »Familie von Hund unter Auto gerissen«, »Kleinkind stirbt bei Rollercrash. Mutter verhaftet.«

An diesem Morgen erschien ihr die Geschäftsstraße wie eine Aneinanderreihung von Vorwürfen. Sie kam an mehreren Cafés vorbei, wo junge Mütter paarweise oder in Grüppchen saßen und sich unterhielten, als wäre die Mutterschaft eine einfache und erfreuliche Lebensstilvariante. Die Vorstellung, auch nur den Versuch zu unternehmen, sich mit Oscar, Lulu und Suki in einem Café niederzulassen, bescherte Charlotte schon eine ansatzweise Migräne. Mittlerweile befanden sie sich auf Höhe eines Kinderbekleidungsgeschäfts namens Mamma Mia. Oscar brachte seinen Roller zum Stehen, indem er das Schaufenster rammte.

»Ist das da ein Roboter?«, fragte er, den Blick gebannt auf

die silbrig glänzende Schaufensterpuppe in Kindergröße gerichtet, die eine Jacke zum Preis von 87,50 Pfund trug.

»Nein«, antwortete Charlotte. »Das ist eine …« Sie zögerte. Wie sollte sie es ihm erklären? »Eine Art Puppe für Anziehsachen.« Hinter den Schaufensterpuppen sah Charlotte eine Frau in einer rosaroten Jacke, die ebenfalls zwei Kinder bei sich hatte, einen Jungen in Oscars Alter und ein blondes Mädchen, das ein paar Jahre älter war und das Haar zu einem Pferdeschwanz gebunden trug. Charlotte kam es vor, als liefe in dem Laden eine Bühnenvorstellung ab, dargeboten von Menschen, die wussten, wie man eine Familie bildete, und auch genug Geld besaßen, um alles richtig hinzukriegen.

Sie setzten ihren Weg die Straße entlang fort. Ihr Ziel war die Kuppe des Hügels, der Whitestone Pond in Hampstead Heath. Dort hatte Charlotte jedes Mal das Gefühl, ins Licht zu entkommen, raus aus der darunterliegenden Düsternis, dem Verkehr und den Abgasen der Allradfahrer, die ihre Kinder in eine von den Dutzenden kleiner, über ganz Hampstead verteilter Privatschulen brachten. Vor einer Zahnarztpraxis legte sie eine Verschnaufpause ein. Wann mussten Kinder eigentlich erstmals zum Zahnarzt? Sie betrachtete das gläserne Schild mit den angebotenen Serviceleistungen. »Lächeln wie ein Promi!« Das klang nach etwas, das sie unbedingt brauchte. »Zähne wie mit zwanzig!« Noch besser. Sie dachte an ihr Leben vor zehn Jahren – war das wirklich schon so lange her? – als Studentin an der Uni. An die Freitag- und Samstagabende, die verschlafenen Vormittage. Niemand musste gefüttert werden, um niemanden brauchte sie sich Gedanken zu machen, außer um sich selbst und gelegentlich eine Mitbewohnerin, die den letzten Rest Milch verbrauchte. Sie erhaschte einen Blick auf ihr Spiegelbild. Was wohl die einundzwanzigjährige Charlotte Beck von der einunddreißigjährigen hielte, die von Schlafmangel gezeichnet war und mit ungewaschenem Haar herumlief und – wie sie gerade erst bemerkte – mit einem Fleck auf der Vorderseite ihres Shirts? Rasch zog sie den Reißverschluss ihrer Jacke hoch, damit man ihn nicht mehr sah.

Sie setzten ihren Weg den Hügel hinauf fort.

»Wohin gehen wir?«, fragte Oscar.

»Wohin wir immer gehen. Zum Teich. Vielleicht legen wir uns ja eines Tages ein Boot zu.«

»Was für ein Boot?«

»Ein kleines Segelboot.« Kaum waren die Worte draußen, wurde ihr klar, dass das wohl keine gute Idee gewesen war.

In dem Moment passierte es.

Wie ein silbriger Blitz schoss der Wagen an ihr vorbei, den Hügel hinunter.

Zu schnell, dachte sie und wandte sich instinktiv Oscar, dem Kinderwagen und Suki zu. Sie blickte also nicht in die entsprechende Richtung, als sie hinter sich plötzlich Schreie hörte, dann ein schabendes Geräusch, gefolgt von einem Knall, metallischem Knirschen und dem Bersten von Glas. Erschrocken fuhr sie herum und starrte den Hügel hinunter. Im ersten Moment hatte sie Schwierigkeiten zu begreifen, was sie da sah, denn auf einmal war alles ganz anders. Niemand bewegte sich, und die Welt war verstummt, abgesehen von irgendeiner Sirene – einer Alarmanlage oder einem Feueralarm. Unfassbarerweise, wie in einem Albtraum, klemmte das silberfarbene Auto, das eben an ihr vorbeigerast war, nun in einem Schaufenster, und zwar fast ganz drin. Ein weißer Lieferwagen, der im Begriff gewesen war, den Hügel hinaufzufahren, hatte mitten auf der Straße angehalten. Der Fahrer war ausgestiegen, unternahm jedoch nichts, sondern stand einfach nur da und starrte.

Charlotte kam es vor, als hätte das normale Leben einen Sprung bekommen und sie einen Schritt durch diesen Sprung getan, sodass nun alles anders war und nichts mehr einen Sinn ergab. Langsam setzte sie sich in Bewegung, auf die Verwüstung zu, blieb jedoch gleich wieder stehen. Sie hatte Suki bei sich, die Leine war ja um ihr Handgelenk geschlungen, ihre Kinder aber hatte sie vergessen. Sie machte kehrt und griff nach dem Kinderwagen. Lulu schlief immer noch tief und fest. Oscar starrte mit offenem Mund auf den Unfall, wie die Karikatur eines überraschten kleinen Jungen in einem Kinderbuch.

»Komm«, sagte Charlotte zu ihm, während sie steif seine rechte Hand in ihre linke nahm und mit der anderen, an der auch Sukis Leine hing, den Kinderwagen schob. Als sie näher kam, sah sie, dass ein paar Leute einfach nur dastanden und die Augen aufrissen. Zwei Frauen waren aus dem Café getreten. Ein Postbote stand auch dabei. Nein. Charlotte korrigierte sich im Geiste. Es handelte sich um eine Postbot*in*: Sie hatte ihren lustigen roten Anhänger im Schlepptau und hielt ein Päckchen in der Hand. Als Nächstes registrierte Charlotte die am Boden liegenden Gestalten. Warum half ihnen denn niemand? Wer kümmerte sich um alles? Sie blickte sich um. Was sie sich wünschte, war, dass Leute in Uniform auftauchten, die Regie übernahmen, Absperrband spannten und allen Anwesenden befahlen, auf der anderen Seite zu bleiben. Aber da waren keine Rettungskräfte, sondern nur normale Leute, die nicht wussten, was sie tun sollten.

Nicht weit von ihr entfernt standen zwei junge Frauen. Eine von beiden hatte eine Ledertasche umhängen.

»Haben Sie ein Telefon?«

Da die Frauen sie nur verwirrt anstarrten, wiederholte Charlotte ihre Frage, woraufhin eine der beiden den Arm hob und ihr das Telefon zeigte, das sie in der Hand hielt.

»Krankenwagen«, sagte Charlotte. »Neun, neun, neun. Rufen Sie an. Jetzt.«

Sie wandte sich an die andere Frau und deutete auf ihre Kinder. »Kümmern Sie sich um die zwei«, befahl sie. »Nur eine Minute. Ich bin gleich wieder da.«

Charlotte streifte Sukis Leine vom Handgelenk und übergab sie Oscar, dem immer noch der Mund offen stand. »Pass einen Moment auf Suki auf. Schaffst du das?«

Er nickte feierlich. Charlotte wandte sich um und steuerte auf den Wagen zu. Eine Frau lag halb auf dem Gehsteig, halb auf der Straße, ein Bein seltsam verrenkt. Charlotte kniete sich neben sie und sah ihr in die Augen. Krampfhaft versuchte sie, sich zu erinnern, was in einer solchen Situation zu tun war. Sollte man die verletzte Person bewegen oder nicht? Ihr Gehirn fühlte sich an wie leer gefegt.

»Wie geht es Ihnen?«, fragte sie.

»Mein Bein!«, stöhnte die Frau. Wenigstens konnte sie sprechen.

»Tut Ihnen sonst noch was weh?«

»Mein Mann, wo ist mein Mann?«

»Der Krankenwagen ist schon unterwegs«, antwortete Charlotte in der Hoffnung, dass es stimmte. Sie stand auf und ging zur anderen Seite des Fahrzeugs. Dort lag ein älterer Mann auf dem Rücken. Blicklos starrte er in den Himmel hinauf. Er war der erste Tote, den Charlotte in ihrem Leben sah.

Sie trat neben den Wagen. In seinem Inneren entdeckte sie eine zusammengesunkene Gestalt, konnte jedoch nicht erkennen, ob es sich um einen Mann oder eine Frau handelte. Als sie gerade die Wagentür öffnen wollte, hörte sie ein Schluchzen und wandte den Kopf: Es kam aus dem Laden. Sie stieg durch die Überreste dessen, was einmal das Schaufenster gewesen war. Glas knirschte unter ihren Füßen. Sie blickte nach unten und begriff plötzlich, dass es sich um das Mamma Mia handelte, das Kinderbekleidungsgeschäft.

Sie ging weiter hinein. Vor ihr auf dem Boden lag jemand, halb unter den Vorderreifen des Wagens eingeklemmt. Als Charlotte sich hinunterbeugte, bewegte sich die Gestalt stöhnend. In dem Moment spürte Charlotte einen warmen Schwall gegen ihren Körper klatschen und stellte fest, dass es sich um eine Frau handelte, aus deren Schulter – oder Schulterbereich – Blut quoll. Es kam in Fontänen, als würde es jemand herausblasen, dann einen Moment einatmen und erneut Blut ausstoßen. Die Frau sah zu ihr auf, blickte ihr direkt in die Augen. Charlottes erster Impuls war davonzulaufen und es jemand anderem zu überlassen, sich um die Schwerverletzte zu kümmern.

Immerhin konnte sie sich dunkel daran erinnern, was man in einem solchen Fall tun sollte. Etwas draufdrücken. Das war's. Aber wo? Sie legte die Finger über die Wunde, doch das Blut quoll zwischen ihnen hindurch. Es funktionierte nicht. Daraufhin schob sie die Hand tiefer, ein kleines Stück weg von der Wunde, und drückte erneut, diesmal richtig fest. Der Blutstrom versiegte, als wäre sie auf einen Gartenschlauch getreten. Sie drückte noch fester, woraufhin die Frau ein Keuchen ausstieß.

»Werde ich sterben?«, fragte sie mit flackerndem Blick.

»Ein Krankenwagen ist schon unterwegs«, antwortete Charlotte.

»Joey«, sagte die Frau. »Und Cass.«

Schlagartig begriff Charlotte, dass es die Frau war, die sie vorhin durchs Fenster beobachtet hatte, und der Tote draußen vielleicht ihr Ehemann. Sie fragte sich, wo wohl die Kinder steckten.

»Bestimmt sind sie in Sicherheit«, erklärte sie.

Suchend blickte sie sich um. Dabei hatte sie fast Angst vor dem, was sie womöglich sehen würde. Doch ein paar Meter seitlich von ihnen entdeckte sie die Kinder, auf den Boden gekauert, die Augen glasig vor Schock. Charlotte hatte das Gefühl, dass sie den beiden irgendwie beistehen sollte, wagte aber nicht, die Hand von der Wunde zu nehmen. Plötzlich wimmelte es um sie herum von Uniformen, jungen Männern und Frauen, deren Gesichter sie nur verschwommen wahrnahm. Jemand bombardierte sie mit Fragen, doch sie konnte keinen klaren Gedanken fassen. Man zog sie weg von der Frau, die unter einer Schar von Rettungssanitätern verschwand. Charlotte wich zurück. Wieder hörte sie das Glas unter ihren Füßen knirschen. Sie starrte die beiden Kinder an, die immer noch auf dem Boden kauerten, und breitete hilflos die Arme aus.

In dem Moment fielen ihr ihre eigenen Kinder wieder ein. Benommen bahnte sie sich einen Weg durch den verwüsteten Laden. Überall sah sie uniformierte Rettungskräfte. Einige von ihnen musterten sie eindringlich. Sie trat nach draußen, spürte die Sonne auf der Haut und hörte die Leute rundherum keuchen. Verwirrt fragte sie sich nach dem Grund. Als sie daraufhin den Blick an sich hinabgleiten ließ, über ihre blutgetränkte Kleidung, begriff sie, dass sie selbst der Grund für das Keuchen war.

## 2

Constable Darren Symons hatte seinen Posten erst gut zwei Monate inne. Das am schlimmsten betroffene Unfallopfer, mit dem er bisher zu tun gehabt hatte, war ein junger Mann gewesen, den ein Betonmischer von seinem Motorrad herunterbefördert hatte. Allerdings war der Mann dabei nicht gestorben, sondern hatte sich nur ein Bein gebrochen. Das hier war etwas ganz anderes. Fast ehrfürchtig ließ Symons den Blick über das Blutbad schweifen. Es kam ihm vor wie ein Fiebertraum: das blitzende Blaulicht, der in den Laden gerammte silberfarbene Wagen, die funkelnden Glasscherben auf dem Gehsteig, die leblose Person, die noch in dem eingedrückten Fahrzeug gefangen war. Das alles erschien ihm nicht real, jedenfalls nicht realer als die Schaufensterpuppe in Kindergröße, die unerschütterlich inmitten des verwüsteten Ladens stand. Er sah, wie eines der Opfer auf eine Trage gehoben wurde. Eine Beamtin führte zwei kleine Kinder zu einem wartenden Fahrzeug. Sein Blick blieb an dem Blut auf dem Gehsteig hängen. Er hörte jemanden weinen, schrill und laut.

»Constable Symons. Darren!« Blinzelnd wandte er sich seiner Vorgesetzten zu, die eine ausladende Handbewegung machte. »Die Zeugen. Nehmen Sie ihre Namen auf, bevor sie alle verschwinden.«

Symons nickte und zog sein Notizbuch heraus. Sein Stift zuckte unsicher über das Papier, als er das Datum schrieb: 3. Oktober 2016. Nach einem Blick auf seine Armbanduhr fügte er die Uhrzeit hinzu: 9.11 Uhr. Hinter den Absperrungen standen die Leute bereits dicht gedrängt, und weitere strömten den Hügel herauf, als wären sie auf dem Weg zu einem Konzert. Wie erfuhren sie nur so schnell davon? Er blickte hoch und sah an den Fenstern der Häuser überall Gesichter.

Eine Frau saß blutüberströmt auf dem Gehsteig. Sie hielt eine Leine, an deren anderem Ende ein kleiner Hund hing. Jedes Mal, wenn das Tier zu zerren begann, riss es ihren Oberkörper in die entsprechende Richtung. Warum kümmerte sich niemand um sie? Vorsichtig trat Symons näher, als könnte sie wie eine Bombe explodieren. Die Frau hob den Kopf. Ihr Gesicht war vor Schock kalkweiß, aber äußere Verletzungen schien sie auf den ersten Blick keine zu haben. In dem Kinderwagen neben ihr lag ein Baby, das unglaublicherweise inmitten des ganzen Durcheinanders friedlich schlief. In seinem Mund steckte ein Schnuller, und seine Augen zuckten, als träumte es. Am Randstein sprang ein kleiner Junge auf und ab. Er trug eine gestreifte Hose und hatte vor Aufregung rot gefleckte Wangen.

»Sind Sie verletzt?«, fragte Constable Symons.

Hinter sich hörte er eine Motorsäge aufheulen. Offenbar schnitten sie jetzt die leblose Person aus dem Wagen.

»Ich? Nein. Ich bin nur …« Sie legte eine Pause ein. »Mir ist ein bisschen schlecht.«

»Das ist Blut!«, stieß der Junge keuchend hervor. »Echtes Blut!« Noch immer sprang er hektisch den Randstein auf und ab, das Gesicht vor Anstrengung verzogen, aber mit leuchtenden Augen.

»Darf ich Ihnen ein paar Fragen stellen?«, wandte Constable Symons sich wieder an die Frau. »Zu dem, was Sie gesehen haben?«

»Ich habe nichts gesehen.«

»Sie sind voller Blut.«

Benommen blickte sie an sich hinunter. »Es ist von der Frau. Muss sie sterben? Wo sind ihre Kinder?«

»Wen meinen Sie?«

»Die Frau in dem Geschäft. Ich habe versucht ...«

»Darüber weiß ich nichts«, unterbrach er sie. »Wenn Sie mir bitte erzählen würden, was Sie gesehen haben.«

»Es ging zack-peng!«, rief der Junge. »Wir wollten zum Teich. Bald kaufen wir uns ein Segelboot.«

»Fangen wir doch mit Ihrem Namen an.«

»Ich heiße Charlotte Beck«, erklärte die Frau. Dann begann sie plötzlich zu weinen. Ihr magerer Körper zuckte, und die Tränen strömten ihr über die Wangen.

Er setzte sich neben sie auf den Gehsteig und legte ihr die Hand auf die Schulter. Der kleine Junge unterbrach sein Gehopse und kauerte sich ebenfalls neben sie.

»Das wäscht sich doch wieder ab«, versuchte er sie zu beruhigen. »Nicht weinen, Mummy.«

»Ich war hinten im Lager«, flüsterte die Inhaberin des Mamma Mia. Die Stimme versagte ihr einen Moment den Dienst. Ständig strich sie sich mit den Händen über Gesicht und Körper, als müsste sie sich immer wieder davon überzeugen, dass ihr nichts fehlte. »Ich habe nach etwas gesucht, nach ...« Sie brach erneut ab. »Ich schätze, es spielt keine Rolle, wonach ich gesucht habe.«

»Sie haben also nichts gesehen?«, fragte Constable Symons.

»Ich dachte, es ist ein Erdbeben. Oder eine Bombe. Ich dachte, ich muss sterben.« Sie starrte ihn an. »Ich bin unter den Tisch gekrochen«, fuhr sie fort. »Statt zu helfen, habe ich mich einfach nur versteckt.«

»Das ist ganz normal«, entgegnete er.

»Da saß noch jemand mit dem Mann im Wagen.«

»Tatsächlich?«

»Ein zweiter Mann. Mit einem Hut, wenn ich mich nicht irre. Es ging alles so schnell, aber ich bin wirklich davon überzeugt, dass da noch ein Mann war. Ist er nicht mehr da? Merkwürdig.«

»Da war irgendetwas merkwürdig.«

Symons musterte den Mann. Er war kräftig gebaut, hatte kurz geschnittenes Haar und trug über seiner Jeans eine dicke grüne Jacke. »Natürlich, da war alles merkwürdig«, antwortete der Beamte. »Ein Wagen, der in einen Laden rast. Merkwürdiger geht's nicht.«

»Das meine ich nicht. Der Wagen hat nicht so ausgesehen, als würde ihn jemand fahren. Es war eher, als käme er einfach den Hügel heruntergerollt, außer Kontrolle.«

»Gerollt? Wie meinen Sie das?«

»Ich sage nur, was ich gesehen habe.«

»Kann ich Ihren Namen und Ihre Nummer haben?«

»McGill«, antwortete der Mann, »Dave McGill.« Er fügte eine Telefonnummer hinzu.